4 第四辑

在思南
阅读世界

孙甘露　主编

上海人民出版社　上海书店出版社

《在思南阅读世界　第四辑》编委会

目 录

序

徐　炯

不知不觉间，思南读书会 5 岁了。280 余期节目，800 多位嘉宾，近 4 万位现场读者，汇成了一路的风光旖旎。由衷感谢读者朋友，你们是思南读书会的共同塑造者和见证者，用每周风雨无阻的倾听，用每天共享阅读的热情，支持着读书会一路前行。

作为上海书展的衍生品牌，思南读书会没有辜负读者的热忱和厚爱，没有辜负上海这座城市，以独特的文化品位和魅力彰显了阅读的力量。它不仅在上海市民中树立了好口碑，更引发全国文学界、出版界等广泛关注，被誉为“上海城市文化新名片”“城市公共阅读新地标”，成为上海常态化阅读活动最重要的示范性品牌，成为读者心目中理想的读书会。

一个有底蕴、有魅力的城市，应该书香浓郁。上海市民历来重视教育，崇尚阅读。从上海书展到上海国际文学周到思南读书会，接连问世的一个个阅读文化品牌使上海原本存在的阅读风尚，迸发出更为热烈绚丽的火花，生发出更为细润绵长的清流，滋养着百姓的日常生活。上海书展“我爱读书，我爱生活”“让阅读成为一种生活方式”的理念，在思南读书会得到延续和升华。

2011 年，上海市新闻出版局和上海市作协发起的上海书展“上海国际文学周”项目，选址思南公馆，在书展期间举办世界各国文学名家的对谈活动。随后，无论主办方还是读者听众，都觉得每年仅一周的活动远远不能尽兴，进而促成 2014 年新春开始每周六下午在“思南文学之家”举办思南读书会，把每年上海书展承载的阅读热情延展开去。作为一种探索，它尽量把有价值的书推荐给读者，帮助爱书人深读、精读，更好地思考和领会书中精华，也为城市的全民阅读常态化，倡导静心精深阅读营造了浓郁氛围。如今，思南读书会文学气质凸显，成为作家与读者互动的最知名平台。在时光行进中，支撑起它的那些鲜为人知的决策与执行，努力与付出，种种细节终将隐没，但其积淀并唤起的文化意识与品位担当，凝聚成无形的力量，时时可感。毫无疑问，这是比读书会本身更为深远的城市文化风景。

从上海书展到“上海国际文学周”、思南读书会，再到应时而生的《思南文学选刊》和思南书局快闪店、实体店，上海这座城市和市民读者共同构想和塑造着一个个阅读文化品牌。为庆祝改革开放 40 周年，思南书局 2018 年推出世纪快闪店，以“新时代、新上海、新篇章”为主题，邀请 40 位在上海经济社会发展、卓越城市建设、重大科技工程、文学艺术创作等领域成就卓著的代表人物和亲历改革开放 40 年、见证上海巨大变化的市民代表、劳动者代表，聚焦上海服务、上海制造、上海购物、上海文化四大品牌，讲述他们与上海的故事、与改革开放的故事、与生活和阅读的故事，情真意切，让人动容。这是思南文化品牌的再一次延续拓展。有怎样的城市和读者，就有怎样的上海书展和文学、阅读活动。反过来，有怎样的上海书展和思南读书会等活动，就会带给城市和读者怎样的滋养和启迪。人，难免暂时迷失、走偏，但人自有根本需求，总会促成回归，比如重新珍视健康，不仅锻炼身体，还追求内心平静、精神丰富，这就是钟摆效应。当下，人们已经从一度的随性吃喝玩乐，进阶到男女老少都关注健身，有多少人在计算每天走了多少步。那么精神的丰富呢？人们也会以在朋友圈晒读了多少本好书为傲的。

感谢将优质图书带到思南的出版人。

感谢来思南分享的作家、学者和文化界人士。

感谢多年来伴随、激励思南读书会的读者朋友。

时间：2017 年 3 月 4 日

嘉宾：葛亮　陈思和　赵萍

此情可待成追忆

主持人： 各位读者，两位嘉宾大家下午好。我没想到有这么多的人来到我们今天的现场，我本来应该坐在下面的，但是实在没有座了，所以我坐在这儿了，我就替大家坐在这儿，然后做一个读者的传话筒，有一些问题问两位嘉宾。

葛亮来的时候拿了一个本子，他和陈思和老师来对台还是非常认真的，葛亮来的时候在车上就会看一些，和陈老师谈些什么呢？其实我也很好奇，大家翻开书就会知道，陈思和老师是我们这本书的序言作者，给我们这本书做了序，非常有幸。其实拿到这个序的时候蛮惊讶的，是不是葛亮？当时我们说，陈老师用了一种最费劲的方式来写这个序，是一个非常内行的读者，看到了我们编辑没有看到的一些很内行的问题。我想请陈老师，其实我觉得您那个序里面能感觉到，您对葛亮这部小说中，您对他虚构和非虚构部分有自己的好奇和解读以及探究，我想听您讲讲这个，您怎样看待葛亮这部小说中。

葛亮先来吧。

葛亮： 首先非常感谢在这样一个和煦下午，百忙之中来到我们思南公馆这次活动，我这次抱着学习的心态，因为这次和我们陈思和老师同台。来到上海，关于这本叫做《北鸢》的书，今天下午也是一个非常

赵萍　陈思和　葛亮

好的交流机会，首先允许我向大家致以问候和感谢。

我是特别要感谢陈思和老师，因为这本书前后写了七年的时间，当然可以讲是我作为一个年轻人，对于我的家族，也对于我祖辈那个时代，一种我自己的体会、认知和沉淀。因为这本书有这样长的一个篇幅，因为陈老师这篇序有非常精准的导读，所以令读者用一种非常自然、亲切的方式进入到这本书绘制的那个时代情景，所以在这里要特别向陈老师致以谢意。

编辑赵萍女士是这本书整个出版过程中的一个大功臣，也可以讲前前后后给予相当大的努力和帮助。刚刚赵萍讲到虚构和非虚构的话题，确是这本书在一开始是撰写的一个非常重要的切入点。我记得上次陈老师帮我写完这篇序言，我们俩也是在一个非常美好的下午，但是那个地点又让我觉得是一种冥冥之中的事情，我当时在绅公馆，为什么讲很有意思？因为它的旧址对面，恰恰是这本书的主人公的原型也就是我的外公以前做生意的商站。所以当时和陈老师聊起来这件事情的时候，就感觉是上天安排的那种感觉。有的时候也许一个很小的机缘，就将你的生命和一段时代链接在一起，然后有这样一个非常好的解读者，将这些机缘在某一个时代向你展示。

我记得若干年前有一次和另一个作家朋友黄碧云，对她做过一个访谈，我和她的相遇当然也是非常具有戏剧性，她用了一句话：这是一种上天的指示。所以从某种意义上来讲，我想这本书的撰成，包括和读者之间的交流，也许也是一种指引，我还是想，在这样和大家分享的情景之下，听听陈老师关于这个话题更多的指点。

陈思和：我当时为了葛亮的这本小说，写序是看了好几遍，因为我刚开始看的时候有点抓不住，我不知道读者有没有这种感觉？我在读的时候就提了一个问题，这也是我今天想和葛亮交流的一个起点。因为我们已知这个小说写的是葛亮的家族史，里面的主人公卢文笙，原型是他的外祖父。但是好玩的是，他在整个前言几乎没有介绍他的外祖父，是介绍他的爷爷。他的爷爷是很有名的艺术家、画家，他在前言里讲的是爷爷的事情，所以我一开始就老在找他爷爷为原型的人物，可是找来找去不对，到很晚以后才发现，这个大概是他的外祖父。因为后来出现了两个人物，就在讲他俩要配儿女亲家了，那个时候我才醒悟过来，原来那个人是他的外祖父，我当时是有一点误读的，我误读的过程中，这个主人公有艺术气质，不是商人气质，因为卢文笙这个人一开始不要钱，人也有点朦朦胧胧的，这个人给我感觉应该是一个艺术家，所以我起先是这样入手的。

当然，我对葛亮先生一点不了解，我当时看到他的前言，说到他的祖父叫葛康俞，所以我就到百度上去找这个人的信息。他的这本书，我按照这个线索去读的。但是后来不是，他是写他的外祖父，应该说是商人，这个家族是商人的家族。可是这个作品里面，这个外祖父到最后大概也没有做商人，跑到上海来开一个什么店，刚刚进入他的事业，真正辉煌的历史还没有开始，所以这是我最早读这个小说的错误。

这个小说读了好几遍，才刚刚找到它里面的一个内涵，所以耽误了书的出版。

主持人：没有耽误，是把这个书在一个特别好的时机推给读者。

陈思和：但主要是我在阅读当中一开始没有进入这个文本的渠道，但是后来我进入了，也提了一个问题，也是我对葛亮先生小说的理解。现在这本小说很红了，几个月就卖了 13 万，像畅销书一样。所以现在用不着我来解释了，它已经很红了。但是我不知道，在这个比较红的过程当中，大家有没有一个先入为主的阅读前提？就是这本书是作者的家族史，作者写的是他自己家里的，当然不是他这一代，是他祖辈的一个家族历史，这样就很容易把小说和现实生活等同起来。因为好多是和家族史有关的东西，葛亮先生也很喜欢说：这是真的。我每一次问他某个细节，他就说这是真的。但是从我对小说艺术的理解上来说，这也不是我的理解，是好多作者的理解，比如王安忆，问她这是不是写你自己？她马上说我是虚构的。明明是真的，也说是虚构的，一定是这样说的。

一般作家哪怕是写真实的事情，也不会说真有其事，一般都说本故事纯属虚构，就是我不负责的，万一得罪人也没关系，我是虚构的。葛亮比较老实，他会承认这是真的。为什么我会讨论这个问题？就是说虚构和真实的关系，因为我注意到他的小说很好。我假设这个小说全部是真的，都是葛亮先生外祖父这一代的故事。但是好玩的事，外祖父不是这家亲生的，这个我不知道是真的假的，一开始说他外祖父是个小孩儿，被人往太太身上一丢就走了，我就想到了《红楼梦》经常会有出现一个大师给他送了一个孩子，本来就有一点神话和传奇色彩的开端，这也罢了，我看到小说的结尾，这个外祖父长大了开始谈情说爱，就和冯家的，就是你的外婆。两个人已经准备要结婚了，就在那个时候，他们又去领养了一个孩子。可能是因为我没有生过孩子，所以我对领养孩子特别敏感，我觉得人物是非血缘关系的。可是本来这个主人公准备结婚了，耀祖光宗了，本来应该要繁衍后代了，可是这里没有任何的暗示，他们俩结婚了生孩子了，反而变成外面去领养了一个孩子，也不是故意领养，是收养了朋友的遗腹子，就是你妈妈。这个故事给我一个奇怪的感觉，前面不是亲生的，后面也不是亲生的。你本来在写一个血缘关系的家族史，所谓的家族，就是血缘关系，就是那是他生的，下面是他生的，这叫家族。可是你偏偏写的非血缘关系，一开始也是非血缘，我不知道这是葛亮先生的虚构还是真的？第二，假设它是真的，作家这么来选择故事的一头一尾，就变成对家族的一种解构。因为家族本来讲血缘、遗传，讲祖孙三代。但是他告诉你这个家族的血缘都不对的，孩子都是外面来的，后面生的也不是自己的，这个血缘被解构了，我的第一感觉肯定还是不够的，评论家首先是个读者，我的阅读和葛亮先生的寄托是不一样的，我第一个感觉就和葛亮先生有差距，我就怀疑是不是一个家族故事？如果是一个家族故事，是不是把它解构掉了？因为这个故事可能是真的，但是作者用这样的一个真的故事把它作为开头和结尾，那么我想作家一定有自己的考量。

葛亮：谢谢陈老师，陈老师开头是一个解密式的开头，因为我的编辑都没有和我探讨过这个问题。我想和大家说，这样感觉上这个结构的确是真的，我的外公确实是这样的情形。其实从某种意义上来说，《北鸢》整个过程相对于我外公的经历还简化了，中间还有一系列的事情。关于虚构和非虚构的事情，在写这个小说的时候我考量蛮多的，因为陈老师是我的前辈，同时也是一个最理想的读者，就是我在写小说的时候对面是有一个读者的。就是当我用虚构的一个非虚构的手法，去构建整部小说的时候，它本身有一个可信度在那里、它的信服力在那里，所以当写这部小说一开始的时候，我是希望把它处理成非虚构的作品。当然我在序言里面写，实际上中间涉及具体的问题，后来还是把它处理成一个在施展空间上更大的一个小说的体式。

但是从某种意义上来说，就是这个小说本身它所带来的一系列这种原型式的事件，确实对于我作为作者来说有冲击力的，我会觉得写完这部小说以后更加相信命数了。就是这样，在我写上一部长篇《朱雀》的时候，我有一些读者说《朱雀》陷入三代宿命的循环，但是当我写

《北鸢》的时候，就像我一开始所讲，有一种冥冥之中的连带关系。我的外祖家和祖父这种因缘的构成，当我的父母给我讲到细节的时候我自己都很震惊，因为涉及一个人，就是我的外祖父的父亲，他有一个好朋友，这本书里没有写，吴先生，他在那样的时代可以说是一个非常微妙的节点，他本来是一个清高的画家，也就是说是很少出来应酬的。但是在那样的一个节点，他决定要做一个公众知识分子，并且教学。他当时实际上招收的相对来说是家境比较贫寒，但非常有天资的一些学生，因为他要振兴他的画派。所以其中有一位叫李永顺，这个孩子非常有天分，他对这个孩子讲了这样的一句话，叫“孺子可教，素质可染”。后来这个孩子就是我们国画大师李可染。

非常机缘巧合的一点，当我祖父葛康俞成人之后，进入杭州国立艺术院学习，师从林风眠和潘天寿先生，他同门之一就是李可染。所以有一个人在冥冥之中，两家之前完全没有任何的交集，但是有一个在冥冥之中将这个关系连接起来了。这本书里面实际上有一个最大的虚构，这个虚构可以讲是它支撑着往前推进，唯一的就是毛克俞，就是我的祖父；我的外祖父，在小说里面叫卢文笙，他们实际上在成为儿女亲家是不相识的，但是我觉得实际上这种冥冥之中的机缘，如果以一个少年时代的相遇、相知作为一个起点，我觉得无论从逻辑还是整个情节铺展上会更加美好，所以我设计了这样的一个情节，实际上后来是我的父亲和母亲认识了以后，这两个家族成为了儿女亲家。

所以陈老师问我这样一个虚构和非虚构的话题，在我在写的时候，使我作为一个晚辈陷入了一个惊讶的状态：“哦，原来是这样”，经常会有这样的感觉。我们对非虚构的话题，实际上这几年谈得非常多，就是怎么样处理非虚构的问题，实际上有一个史学家叫丹伯尔·卡其曼，他曾经就讲了这么一句话，他说其实我不是特别喜欢非虚构的这个概念，为什么？他说当我讲非虚构的时候，这个词好像是虚构的附属，好像是所谓的虚构剩余和零碎，他说更加倾向于用“真相”这个词汇，但是这几年非虚构非常盛行，没有办法去逆行这种大的历史风潮，所以他在写作的时候非常慎用这个词汇。

所以作为一个小说作者，如何处理真实的素材和真相，到后期的话，我会觉得实际上就是一种自然而然的表达，它就是我家族故事中的一部分，而我从某种意义上来说是一个记录者，或者从另外一个角度来说不能以代言者自居，但是我写这本小说和我写《朱雀》的时候是不一样的，我更希望自己能够进入到那个情景中间去，成为一个在场者，真实地把我的感受传达给读者，从另外一个角度向我的祖辈致敬。那个时代太丰厚、微妙，很多事情不是我们当代人的价值观可以理解的，所以我只能忠实的表达，我对这个问题做这些回应。

主持人：葛亮其实刚才讲到，他在小说写作时会遇那么多在历史上声名显赫的人物，有没有诚惶诚恐？在处理和他们关系的时候，你觉得这是小说人物中，哪个人物给了你最能自由发挥的空间。

葛亮：可以说当我最初设计用这个题材的时候，我的压力特别大。因为我的祖父他是一个艺术史家同时是一个画家，他有一本遗著《据几曾看》。当然中间有很多的故事。后来要是有个人和我讲，说葛亮其实以你祖父作为主线，背后是当时的中国知识分子或文化史的简史，作为一个后辈你其实有责任为你的祖父写一点东西。那样我会觉得自己的心里压力很大，从某种因素来说我没有经历，甚至还隔代了。

从另外一点，作为当下的年轻人，我的世界观、价值观，甚至对当时场景的理解是和那个时代的人不一样的，要进入那个时代是一种很不容易的事情。我刚一开始讲非虚构的概念，是在当时建立起来的，所以做了大量资料的查考，写这本小说，笔记做了一百多万字，现在看来很必要的，这是一个非常重要的过程。中间有一系列的困难，如果你作为一个作家要对那段历史负责，实际上会遭遇到很多的一些问题，比如涉及我同辈的亲朋，甚至于家里的长辈，就是说你会觉得历史本身是一个很开放性的东西，比如我要为他们做一些访谈，但是他们今天兴之所至讲的访谈和明天或隔一段时间再讲的东西，其实是不同版本的。我一开始为这点非常的恍惚，我不知道应该怎样处理，因为从我的角度上来说，我既然要为他们的那个时代负责，我其实希望自己是一个忠实的表达，但是他们自己的这种文本，实际上都呈现出各种各样的开放性，就像一个巨大的迷思，进入其中其实很难找到东西南北。还有一个，就是在我祖父身后的这段时间，他很多的老朋友，像王世襄先生、范用先生，他们相继离世，这个实际上对我处理这个题材也造成了蛮大的难度。

刚才我的编辑也问到，我对小说里哪个角色最亲近，那一定是我的外祖父。因为我的祖父是一个学者，实际上是一个性格比较清岸的学者，毛克俞更加活泼一些，这个过程你可以感觉到，我的外祖父是一个商人，而且他的性格非常平和，他一路上看别人的风景，看那个时代的周遭，但是他特别好的一点，他不去参与到别人的生命当中。所以有读者感觉好像卢文笙在里面没有干预到里面任何人的命运，确实如此，这是他本人的性格，真实的场景也是这样，他更多像那个时代的睇视者，我可以通过他的眼睛去看那个时代、表达那个时代、理解那个时代，我当时是这样想的。

主持人：陈老师真的是这本书的第一读者，您看了以后怎么看待他小说里的人物？

陈思和：我是充满疑虑，我在序里也写了，我在那里面是表扬他，但是也表达了我的理解，但作为一个评论家，我一定不会关注到这个小说多大程度上的真实性，因为这个对于读者来说是无关的。比如我读《红楼梦》，因为现在很多研究这个书的人，这个人物是曹雪芹家里什么人，这是一种阅读方法，但是对于我来说不会这样去阅读的，因为我觉得这个家族，包括葛亮先生的那个家族，本来对我是没有关系的，唯一有关系是因为我读了这本小说。如果他把这个小说写的不好看，我和这个家族也没关系，是因为很好看，所以我才和他所讲的家族发生关系了，就是有一种感情上的投射。对于我来说，我更关心的就是刚才那个赵萍说的，他虽然是写自己的家庭，但是这个家庭其实涉及历史上写的，我们这也是一个说法，就是历史上很重要的人物，真实的人物。这些真实的人物有的是家喻户晓，有的是已经青史留名，这样的大家族又联系了那么多历史人物，但是葛亮写的时候是举重若轻。比如这里面的石玉璞，还有写的是外祖父的姨夫，这个姨夫是北洋时期一个军阀，而且这个军阀是有真人真事的，不仅有真人真事而且有故事，可以指名道姓的就是秦瘦鸥写《秋海棠》里面的那个军阀，不是小老婆和一个戏子发生暧昧关系，他是把那个戏子脸上划了什么东西，实际上是枪毙掉了，《秋海棠》是以真实故事写的。没想到这个军阀就是他外祖父的姨夫，这是很奇怪的事情，原来我以为《秋海棠》是编出来的，实际上是真的。然后他要把《秋海棠》的故事重新写一遍，他小说涉及这个故事了，写的是一个军阀，后来写这个军阀内讧被别的军阀杀掉了等等，他要把这个历史节点呈现出来，那就是一个历史事件了。

还有一个历史事件，就是他的祖父那条线里面，有一个是他祖父的妻舅，就是中国共产党的创始人之一陈独秀，是不是很奇怪？我觉得这个关系很奇怪，但是更奇怪的是，葛亮说这本小说关乎民国，但是我觉得特别奇怪的，就是说我们现在理解的“民国”，就是我们今天一般说什么民国人物等等，通常是理解成一个国民党政府统治的中国是民国，其实国民党是后半民国，前民国是北洋军阀、袁世凯等等，但是民国离我们太远了也搞不清楚，所以我们一般理解民国是国民党政府的民国。前两天我的老朋友和人家打嘴架，人家说民国好的，民国容易和国民党联系在一起，这个小说故事又是发生在抗日战争。所以抗日战争的时候国民党已经逃到重庆去了，这里还有一个所谓的中华民国是汪精卫的中华民国，所以民国这里就出现了好多个“民国”，可是他的这个家族，就是卢文笙和这个家族有关的人物，恰恰都是国民党政府的敌人，我是这样理解的。一方面是陈独秀，他两个儿子也是被国民党杀掉了，所以他和国民党有一段不共戴天的历史，军阀肯定也不是国民党，至少军阀也是和国民党对立，一个前对立，一个后对立。正好国民党的民国在葛亮的小说里空出来，所以这是我想请教葛亮先生的第二个问题，光复民国是什么概念？

葛亮：其实我在写这个小说的时候，我当时写的时候就知道，其实一定会涉及一个家国的命题，因为毕竟处于那样一个微妙的时代，因为我们知道民国一直被称为“近现代的五代十国”，动荡又蕴藏无限可能性，所以我当时写的时候也请教过家里的前辈，这个问题怎么处理？他对我的忠告：“葛亮，把国事当家事写”。当你进入一个家庭的谱系里，去展示历史的时候，要高屋建瓴，从国或庙堂的结构或系统去关照他们，可能结果是不一样。比如刚才陈老师提到的石玉璞这个人物，他的本名叫褚玉璞，是我外祖父的姨夫。我外祖父实际上是跟着他长大的，但是当我外祖父成长时期，实际上褚玉璞和他的亲信几乎是下野的状态，所以他正在天津的意租界里做寓公，所以你看到的并不是在当时中国政坛上，一个纵横捭阖、指点方遒的大人物，而是一个实际上已经从权力的潮头坠落，在民间偏安一隅的人物。其实除了褚玉璞之外还有其他的人，还有以前的大总统徐世昌、张勋，还有前清的王室贵胄。

比方那个时候我的外公，他就读的那个中学小说里面有写，叫耀华中学，实际上是以很著名的耀先中学为原型。他班上有一对姓金的姐弟，他们的本姓是“爱新觉罗”，当时前清王室贵族的子弟，实际上在天津的意租界那个地区，形成了一个非常微妙的群落。曾经在中国决定历史走向、执掌方遒的人物，在此地变成了一个民间和日常的状态，所以我会觉得，这反而是我比较感兴趣的地方，就是权力到底是什么样的东西？或者说历史究竟由谁来决定的？我觉得反而这是我在小说里特别想表达的一个东西。再加上这种政治，因为谈到政治就一定有立场和观念，但是我觉得其实有的时候也是一种非常微妙的转化。比如我们家家训就是无涉政治，这个来自哪里呢？因为陈独秀先生，他的晚景众所周知，对于家族也是一段不堪回首的岁月。他临去世的那段时间，我的祖父陪着他，一直到去世，他的墓碑是我祖父手书，那段时间其实对我祖父而言，影响他很独立的一个观念就是远离政治，因为他看到一个曾经有抱负的青年到晚景是什么样的状态。这和我祖父为什么要成为一个纯粹的艺术家是有关系的，他在40年代的时候知道中国是什么样动荡，但是他在那个时候去完成一部重要的著作，就是这样的情景。

从我作为一个作者的角度上来说，我不希望自己去特别选择、规避什么东西，我反而选择从自然角度把本来的东西表现出来。所以关于虚构和非虚构的概念，陈老师刚刚和我讲到我也非常受教，这实际上有时候是一个技术性的问题，但对我而言可能也会进入情感性的问题，当你进入一个情感的场域再写这个故事的时候，就会从另外一种角度切入这个表达，从一个家的角度去切入它的表达。包括讲到石玉普，就是我外公的大姨昭德，我对她有时候一些故事的情节或行为实际上虚构的，但是她存在的意义，从某种程度上来说，解释了我在这本书想表达的历史观。就是说有一次，陈老师也提到了，褚玉璞这个人物晚景非常凄惨，是被他的政敌也是昔日的部下刘珍年活埋的，这是对家族非常大的打击。但是之前他感觉到刘珍年可能对他的政治势力出现威胁的时候，他一时间也非常恍惚，然后接着昭德，也就是他的太太对他讲了一句话，你造出了时势，就莫怪时势造出了这么个英雄。

所以我想历史本身是一个很辩证的东西，我们现在作为一个后辈人来看，有所谓的立场、格局、壁垒，但是在当时可能是一个更为复杂的网状形结构。我看了以后就讲说，实际上这个发生了真实的事情比我这个小说写出来更要戏剧一百倍，我长辈讲出的故事，第一是版本不确定，第二展现出盘根错节、互相之间非常复杂的一种结构。比如说褚玉璞和日本人、蒋介石之间的关系，也就是说他不是这种敌对或联盟，实际上有时候是非常的复杂，为了自己当下某一个阶段利己的利益，可能做出很多的考虑，有时候是牺牲，有时候表现出一种莫名的进取。为什么我的长辈对我这句话是忠告，把所谓的国事当家事写，就是无论是重要人物还是大人物，最后都会还原为人，都有人的脆弱，有些选择和判断都可能是他一刹那脆弱的时候就做出来了，可能会影响所谓的历史走向和政治的格局，但是我们现在作为一个后辈再来看也许我们看到是一个大的层面，但是他那一刹那的脆弱，反而是我作为小说的作者特别感兴趣的地方。

陈思和：你还有要什么写进去的？可以透露一点？

葛亮：下一本小说吧。我会觉得历史这个东西是和阅历相关，比如陈老师在表达历史的观念，我当时看到陈老师的序言特别感动，陈老师以一种索引和考据的方式对这个小说进行分析，把它列举到我的家族史的细节，甚至到某些年代的考证，这个使我特别感动。因为我作为一个家族的后辈而言，我进入这样一个所谓的场域是自然的，陈老师作为一个解读者，他除了学者的精谨之外还投入感觉。

主持人：陈老师的解读是饶有兴味的。陈老师关于葛亮说的，与其说这个是关乎政治的民国，不如说是关乎文化的民国，您当时是怎么有感而发是这样的一个论断呢？

陈思和：这个问题其实是一个什么概念？因为他是写家族的，所以他眼睛里看上去的东西，可能从葛亮本身来说，他不是那么有意思地去强调褒扬什么、遮蔽什么，他就是讲一个我的家族历史。但是这里面肯定有很多虚构的，就是他在补充细节的时候，他一定有些东西是要有意赞扬的东西。这个赞扬是什么？因为在他这个故事里面，民国政府也好、军阀政府也好，包括陈独秀这样的一个革命人生也好，就是说，其实都是过眼烟云，都是显赫一次就过去了。

我当时读了以后有点惊讶的，因为我认识葛亮蛮早的，但是给我印象一直就是一个很年轻的人，当我读到他前面的一个引子的时候，我觉得他写得特别苍老，因为引子写了两个八十多岁的老人，一对夫妇，老人就跑到一个地方给他买一个风筝，然后就问这个风筝是不是可以今天不给钱，对，这是我们的老规矩。那天是他生日，当年他是小孩子的时候，他爸爸到风筝店给他扎了一个风筝，老板是一个手艺人，也很讲规矩，那个卢文笙的爸爸曾经帮过他，所以他就说今天是你少爷的生日，就送一个风筝，不要钱，后来每年都给他扎一个，不要钱，死前又交代给他的儿子，反正就是往下传了。

所以那天那个老人说，老规矩上面传过，今天我是不收钱的。没看这个小说的时候，都搞不清楚这个是干嘛，最后就知道这个老人，两夫妻把车推到外面，最后把这个风筝放到天上放走了。就是说这一整个环节，就是一个人生的完结，就是人生到了暮年，像那种“老树枯藤昏鸦”的感觉，两个人到了暮年最后把那个风筝放走，让它飞掉了。我在读那个小说一刹那间吸引我了。就是说我读这个小说读到这里，我的感觉就好像这个小说是一个非常沉重的故事，就是到了最后到人生完结。通常风筝在天上飞，我们往往会把它从文学的意义上来理解，就是一个希望吧。

过去风筝慢慢飞上去，然后借着轻风把它吹上去，虽然是拿了一根线把它拴住的，但是总是给你有个感觉有个希望在那儿，可是他把那个绳子割断了，让它自己飞走，给人一个感觉，如果小孩子放了无所谓，是两个人到暮年的老夫妻，给你的感觉就是享尽人生繁华，到了最后一切都看穿了，最后的希望就放掉了，这是我第一个感觉。这个作者对历史蛮有沧桑感的。但是我读正文小说没有沧桑感，感觉非常轻快，不是那种惨不忍睹的状态，总的还是好的结果，花好月圆，有情人终成眷属，最后还是好结尾。但是看一个引子，一对老人应该是遍体鳞伤的，这是我当时第一个读这本小说的感觉，但是因为这里面都没有写出来，小说写完一对年轻人刚刚结婚，真正复杂的生活还没写出来，但是这个引子给了一个很大的想象，这是我对他书写这个家族史的第一个感受。

第二个感受，这个风筝，因为这个小说的题目用《北鸢》，作者通过小说人物有一个见解，两个小孩画画，让他取个名字，有一个人取“命悬一线”，这个名字很危险的，通常一个人快要死了，才取这样的名字。另外一个人说，也可以取这样的名字，叫“一线生机”，中国的语言就是这样，“命悬一线”是很恐怖的事情，而一线生机就会慢慢发展，变成胜利。同样的意思、同样的场景，不同的话就会说出不同的含义，比如说命相学，一个指点你这个人不行，另外一个说你前途会旺，虽然现在还不行。里面就通过这样不同的命运讲这个风筝，就是说这个风筝在这个小说里面变得非常有味道，是这个家族象征，也可以作为人生象征，就是说你时时刻刻会碰到危险，但是你要记得，在你碰到危险的时候还隐藏着一线生机，就是你可能突然坏下去，但也可能在人生的低谷里突然回上来，它是这样的一个循环东西，这是我对他写的这个家族一个理解，所以因为你只写到1947年，大概真正的沧桑感、命悬一线我们还没看到。

葛亮： 陈老师讲到这个开头，因为这个开头，我在一开始写的时候，是想给这个小说定下一个基调，确实是一对饱经沧桑的老人。因为这个小说在我的外公和外婆，经过很漫长的时间相遇、相知、相爱，停留在他们在一起最静好的时间。大家知道，1947年以后、建国以后会是一个什么样的状态？因为我的外婆出身于一个士绅家庭，而我的外公是出身一个资本家的家庭。所以实际上中间肯定会有非常多的波折，所以在他们真正进入暮年的时候，我觉得是两个状态，第一是饱经沧桑，另外一点，就是杨绛那首《生与死》的诗一样，很多她都看开了，非常的开朗和豁达。所以这个开头，里面大概有两个层面，第一是陈老师刚才讲到的，一个是民间的艺人，和本来是大家族里的小少爷慢慢长大，和几代人之间，实际上是一个承诺——最早和卢文笙的父亲的一个承诺，一直延续几代。我觉得陈思和老师在序言的开头，有一句话概括非常准确。实际上很多在我们的观念里面，长期的价值观最核心的内容，比如说信守承诺，这些东西实际上最后还是归结于民间的，让我在这里想表达这样的一层含义。另外他们两个剪掉风筝的线，然后放掉了。当时卢文笙讲了一句话，说“娘，万事皆好，风随人愿”，就把风筝放掉了。就是风筝本身我觉得也是一种非常微妙的表达，从某种意义上来说，可以讲是一个很民间的工艺品，和所谓的大雅东西还不一样。因为曹雪芹先生《南鹞北鸢考工志》里面有定位，“方之器物无其用，比之书画无其雅”，它实际上是一个比较边缘化的东西，但是到另外一个角度来说，我觉得它的内涵非常丰富，作为一个民间替代物，我可以有不同的解读。

比如刚才陈老师讲到，有时候是“命悬一线”，有时候是“一线生机”。同时实际上我在这本书有另外的情节呼应了开头，就是当卢文笙和冯仁桢真正走到一起的时候，有一次卢文笙说我教你放风筝，两个人约在城头上开始放风筝，然后看风筝远去的时候，冯仁桢突然问道其实风筝是一个什么样的东西？它的意义在哪里？卢文笙说代表着总有牵挂，你飞得再高再远总有牵挂。但是冯仁桢说如果它飞走了不是有更大的世界等着它？所以就是怎样看待的问题，中国的文化传统也是如此。我前一段时间在读一本书，这本书对我的启发很大，虽然不是有关文学、文化的著作，有关建筑学的著作，就是王澍的《造房子》，他本身对古典书画的造诣还是非常深的，他从一个古典书画的角度看待建筑理念，他说看李唐的《万壑松风图》，他说看中国的书画，有山外看山和山内看山之说。就是说我进入到这个情景中间去，我去看这样的一个东西，和我跳出来看实际上是不一样的，所以我觉得从某种意义上来说，其实着重的是这个传统，它的内核部分也是一样，就像风筝一样，你在一个风筝的角度看一个世界，和放风筝的人角度看这个世界，角度也是不一样的。刚才陈老师特别提到这个话题，我做一点回应。

主持人：其实陈老师所说的民国，应该是20世纪初。100年前的日常，您说过他是用委婉而空灵的文学语言来展示日常生活的细节。其实像葛亮说也有一个文化传统的传承、文化气质的传统，传承到我们今天，要我们今天一个作家来写这样的一部小说，您对这种传承是怎么来看的？

陈思和：这个我就简单说一下，因为我用了一句话。所谓的“礼”，用今天的话里说就是文明，因为“礼”是从一个政治的角度来说，就是一些本家、规矩，必须要遵守的一些制度，但是这个东西是会变的，尤其是古代，比如一场改朝换代，很多前朝的东西被废除了，一个新的朝代出来就有新的东西出来。但是那些历史、典章、制度、文化文明，这样的一些东西，从一个大趋势里面已经崩溃了，没有了。可是它散落到民间去，中国的民间是一个非常了不起的空间，这个空间我们过去都把它忽略的，我后来越来越关注这个问题，我用一个词，这个词和大家用法不一样，我觉得民间就是一个“藏污纳垢”的世界，不是它把许多珍宝、值钱东西保留下来，值钱的都被官府、主流社会拿走的，它剩下的都是被抛弃的，但是这个“藏污纳垢”，绝对不是一句坏话。我说的“藏污纳垢”，不是说这个地方肮脏、一塌糊涂叫藏污纳垢。表面看民间好像是乱七八糟各种都有，我们过去在“文革”当中喜欢说“招降纳叛”，但是民间是一个散路、广泛、非常丰富的世界，什么东西被抛弃的就会掉到民间的世界去，老百姓就会把它收藏起来、保护起来，这个收藏、保护也不是今天收藏家这样花了大价钱买下来，都不是的。你比如我举一个例子，比如说有一块儿很珍贵的石碑，石碑上有很有名的名家题词，或者碑里面讲了一个朝代的历史，朝代被消灭、历史也没有了，可是在这个石碑上保留下来了。可是这块儿石碑如果放在庙堂里，被统治者看到，统治者一定会把它毁掉的。但是这块儿石碑可能被弄断残破了，拿到民间，民间不是因为家国仇恨收藏的，它拿去垫猪圈或是腌咸菜去了。过了几十年，人家无意当中发现这个猪圈里怎么有块儿石碑，石碑上保留了前朝的很多事情，那么就把它留下来了。我要讲的民间，就是民间没有责任去为历史、官府去承担什么，一定要抛头颅，洒热血为历史保存下来，不是这样的，老百姓就是只顾生活，就只顾养猪、腌咸菜等等。可是他就在养猪、腌咸菜的过程当中，他有时候就把这个文化保留下来了。那么这样的东西，如果某一件事情是一个特例，如果多了，用一个否定意义来说就是“藏污纳垢”，它把好像那些无用的东西、否定的东西、抛弃的东西保留下来了，但是保留下来的东西，若干年后又会产生它的意义，又会成为国家民族的瑰宝，这样的过程我把称为民间的“藏污纳垢”的运动。就好像一块儿土地，一只鸟死了、狗死了就烂在这个地方了，没有人去打扫，树叶落下去烂在里面也没有人打扫，结果它变成肥料了，死狗、死猫都变成肥料了，又回馈给大自然，这个森林就更茂盛了，它是一个活的东西、它是一个有生命力的东西，这个生命力高高在上的人看不到，这个好像没有生命力，其实有生命力的，只是我们不看而已。

文化也是一样的，主流文化总是破坏掉它，把它否定掉，或者把它收藏起来成为皇家珍品，老百姓还是看不见。但是一旦革命爆发了，或者发生大动乱，这些东西又重新用破碎的形式回到民间，结果是民间把这些东西保留起来，我这个说法是一个抽象的说法，实际上在葛亮小说里，他就写了这样一些散落在民间的一种文化，就是这种文明。比如我刚才说的老人，他记得他的父亲告诉他过，几月几号有个人买风筝你不要收钱，那是一件很小的事情，他就记住了。一直经过那么多的沧桑，来的人已经是白发苍苍80多岁的老人还是记得这个事情，我们上海喜欢说一句话“老规矩”，老规矩就是这么做的，至于什么意义他也不考虑的，他只是觉得我是祖上传下来有这么一件事，但是这个就保留了很多中华民族那种文化的特征、文化的精髓。比如我们今天说中国人喜欢的一句话叫“一诺千金”，这句话现在在中国不流行了，往往说话都赖掉了。但是对于一些比较有中国文化内在的人，他有这个意义在，我既然答应你了，我就会遵照这个话一直做下去。比如一诺千金这句话是很高大上的，但是这句话如果到上海的民间就很不上台面了，好像流氓说的话。中国民间就在于，他看上去这个人可能是一个流氓似的人，可是如果他认真去实践了，他的意思是我既然答应你了，我就证明我同意了，我一定会做到。

如果是一个搞投机倒把的人，或者搞那种买空卖空，或者电话诈骗的骗子，他肯定不会说一诺千金，这句话过去是像杜月笙这种人说的，杜月笙不会乱讲的。这就是流落到民间去了，政客们都不讲信誉的，庙堂也不讲信誉了，民间就有这个出来了。这样一个循环，我觉得这样的循环在葛亮的小说里写的蛮多，包括他写到一些民间情谊，包括到后面他们流落到上海，就是他们有一个朋友，这个朋友碰到骗子钱都没有了，卢文笙一直在支持他等等，像这样的一些故事，我想在葛亮的家族史也是真的，但是被葛亮转化出来的，他没有把它写得非常高大上，但是他通过很多日常生活里的民间把中国文化的一些精髓表达出来了，这还是让他自己介绍比较好。

葛亮：因为刚才陈老师讲到对民间的诠释，因为我之前拜读过陈老师很多的著作，其中也有对民间的解读，我自己也特别钦佩。我记得中间有关于民间的一部分，除了刚才陈老师讲的“藏污纳垢”的概念，实际上它是一个边缘化的空间所在。另外的研究，非常微妙的时候，会和庙堂广场就是知识分子产生一些交集，有时候还会有砥砺，其实也是一个历史的复杂性所在。因为我们今天中午和陈老师一起吃饭，我才知道陈老师除了批评家的身份之外还是一个超棒的美食家，所以我会觉得借势亲近民间是一个非常有趣的话题。在《北鸢》里面也写了有关美食的场景，我接着刚刚陈老师说的话题，你在一个庙堂角度，有一些可能说不清道不明的大道理，可能在民间以一个非常朴实性表达出来。比如有一场卢文笙跟着他母亲，跑返回来以后聚集在圣保罗的医院里面，有一个老医生，就是那个叶十娘，因为天特别冷，几个人围炉夜话，就在越冬的时候。因为那个时候物质特别贫乏，就像陈老师刚才讲到的，一个人成为美食家恰恰是因为可能前期物质贫乏，特别会表现出来对于美食的一种向往，甚至于那个味觉也会相对更加发达。所以他们就在那儿坐而论道，其实没有什么好吃的，其实就是烤栗子、烤山芋，这个时候叶十娘讲了一句话：中国人太能吃了，吃的太精、太刁。那点道理全在吃上了。然后昭如讲了一句话：我们老子有云“治大国，如烹小鲜”。所以他们这些人就像我们现在看那个 VR 电影一样，其实有点画饼充饥的意思，没有什么吃的，但是两个人说吃过什么吃过什么。

我当时写的时候，其实我自己没有意识到，但是写到中间一部分，他们提到中国人在饮食方面和西方人有点不太一样的地方，中国人特别善于吃一些变质的食物，比方说臭鳜鱼、臭咸菜梗等等很多，这些东西你会觉得中国人特别善于用质变的方式把一样东西变成另外的美食，西方人顶多是奶酪，陈老师说这也是一种“藏污纳垢”，可能也是对的。我想这是一个人或家国大道理，怎样处理这之间的关系？我们常常安于常态，可能变的东西有时候更加有魅力。

另外一个场景也写到毛克俞和卢文笙多年以后再次相遇，毛克俞这个人在这个作品里有革命理想，后来因为思月的离去，这个不说真假，因为女友的离去以至于有段时间非常颓唐，后来接受了他母校的邀请回来当老师，然后我的外婆，就是冯仁桢知道在那儿执教，有点戏剧性，安排他们师生见面，在哪里呢？后来毛克俞在杭州国立边上开了一间餐厅，叫“苏舍”，我觉得当时我写这个，其实也是对祖父的一个美化。因为我祖父是一个纯粹的学者，其实是远庖厨的心理。但是我写的像陈老师一样的美食家，他里面的菜单上有幅楹联，“未成小隐聊中隐，可得长闲胜暂闲”，是苏东坡的诗句。就是从某种意义上来说，他想要借此表达心智，就是作为一个革命青年，其实达不到所谓家国甚至庙堂的理想，回归民间反而能够找到心里的那种寄托。而苏舍杭帮菜特别的有名，卖的不全是杭帮菜，他太太是安徽人，也是一个非常好的厨娘，将杭帮菜的东西和安徽菜做了一种合并，创了一个新的菜系。当时有一个想法，这也是中国文化中一个很重要的部分——调和鼎鼐，将看似不相融的东西融合在一起成为一种新的东西。比如前面写到的云雾藕，其实是没有的，在徽菜里叫云雾肉，就是把它经过改良变成新的东西。我觉得当时中国的状态其实也是如此，就是他在不断地吸纳，吸纳的同时在潜移默化地改造自己原来一些传统、已经被我们视为成见的东西。包括上实际上松花蛋，这种质变的过程也是不断地改良和调和，这是我刚才和陈老师，由民间的话题想到的一部分。

陈思和：我要请教一下，你这里面写的思月这个人是真的吗？

葛亮：其实还是我们家里面的事。我在这本书，因为刚刚的版本另有别册，我为了写这本书，专门到加拿大拜访我祖父的同窗，就涉及思月。实际上在祖父真正的经历里，主动放弃了她，但在小说里，我让思月不告而别了。

陈思和：就是说思月这个人在小说里，有一个引子、原型，是地下党，是共产党吧？

葛亮：在西南联大的时候，有一个暗示。

陈思和：后来她不告而别离开了思月，因为她要去投身革命，还是说她不想要革命？

葛亮：从我的角度上来说，实际上她内心有一个纠结，不光是思月，其实毛克俞本人也是一样，就是一个艺术人和家国人，文化身份和政治身份之间其实非常容易产生纠结。像鲁迅先生他写的爱情东西很少，他也处理一个纠结的问题。在我的小说里，我想表达思月更像另外的一个他，她就像他的倒影，她提醒毛克俞原来你有另外一面。陈老师你也注意到，其实他们相遇的时候，他不断地让思月离开，但是当他们在某一个夜里面亲近以后，实际上思月突然不告而别，对他而言，实际上是一个非常大的心灵空洞，实际上他最后放弃了革命，就是因为他的政治身份的倒影突然消失了。

陈思和：毛克俞放弃了革命？

葛亮：对。

陈思和：为什么读下来感觉思月放弃了革命？

葛亮：思月走了，因为工人罢工以后离开了天津。

陈思和：离开了天津，意思是她要继续革命？还是通过罢工失败，包括她和毛克俞的关系，她最后觉得——这是我的理解，可能我这个人的心理比较阴暗，我的感觉是她舅舅又是陈独秀，思月看穿了她走这条路所谓的前景，我的感觉这和你的小说没关系，这个形象给我的感觉是有点大彻大悟，不想走这条路，当然也觉得对不起毛克俞，因为他们有点往革命道路走的，因为就把她推到自己认清的阶段，所以她走掉了，我当时的感觉是这样。

葛亮：她在天津见到毛克俞的时候还是一个革命的推动者形象，她有一次看到毛克俞画的画，就是我祖父的画，画也是真的。她讲毛克俞的画，你在这样一个大动荡的时代甘做隐士，少年强则国强，我和你说过但是你没听进去，我也现身说法。她的离开实际上就像娜拉走了一样，实际上我们都不知道娜拉去了哪里，从某种意义上来说，她的离开对毛克俞来说，是离开了毛克俞这样一个艺术的人，而对于毛克俞来说，所谓的一个政治身份也离他而去，他最后完全进入到一个纯粹的艺术人生的状态之中。

陈思和：我的理解就是思月走了，就是对毛克俞的打击，让他感到一个比较勇敢的、榜样的人破灭了，所以他就死心塌地去画画。

葛亮：对，死心塌地去画画，在农村娶了一个太太，开了一个苏舍。

主持人：我们把时间留给读者，大家在读的过程中，包括今天陈老师这么专业的一个解读下，是一个很好的机会，大家有什么问题？

读者：抛砖引玉，我想葛亮先生一个小问题，就是我看了以后，我觉得你整个布局非常合理，八个章节，每个章节你是有四篇左右的故事，每个故事是两个字。就是你在构思的时候，你是构思了七年，你这个七年中间，这么宏大的构思要延续下来，因为你要上课还有其他的公共活动，怎么能够始终维持你一开始的布局？

第二，我谈一下我看你这个书的感受，我同意陈老师讲的。我觉得最震撼的是，就是你对这个文化回归的执着，陈老师说的那个，实际上你的故事很多很多，包括乡间的一个老农，晚上给他吃了一顿饭，后来留下三块大洋，老农追了过来，骑马还给他，说你这三个大洋想两清了，我这个饭值三个大洋？我们后会有期。这个细节，我觉得从年轻人的角度好像很难想象这个情况，就是你这个本人的思想，包括你讲到的观点，你是从你父辈这里得到的感悟，还是你后来在学生时代自己读书得到的感悟？就这两个问题。

葛亮：谢谢您，首先非常感谢您的问题。每次资深、年长的读者朋友和我交流都特别开心，因为从某种意义来说这本书是献给我祖辈，这个过程当中，像您这样朋友的解读，就会让我觉得我做了件特别有意义的事情。您刚提到的这个话题，为什么这本书需要写七年？我在写这本书的时候还有其他的事务，我本人写小说其实还是需要有一股气，这个气不单指写作上的连贯性，也不单指写作的热情，实际上是对于格局的把握。所以对于我来说最重要的是暑假，因为香港没有寒假，比如经历了一个学期，我需要读前面的情节然后再进入。另外一点，我写这个小说的过程中做了一些案头工作，对我来说非常有帮助，因为它不仅仅是一种史实的搜集或运用，其实在这个过程中也帮助我进入到那个时代，所以有的时候我在经过一个阶段，再继续写小说的时候，我会把那些再重新看一遍。

您还有一个，就是关于民间的信义。

读者：就是你的思想，你是得益于家族还是自身的？

葛亮：我觉得这点来说，祖父留给我的东西非常多。我一开始没有准备写一部小说的时候，就是在写他本人作为主线写一个非虚构作品的时候，我读了他留下的很多东西，包括他的著作，也包括他的同仁和长辈，因为我祖父的长辈中，有一位蛮有声名的美学家邓以蛰先生，我们家有很多他们之间留下来的书信，某种意义上来说，帮助我建立一种在当下看来不那么常见的价值观或是一种人生观，特别是不单指两个文人之间所谓文化上的惆怅，某些东西自己的思想也凝聚在里面。

另外《据几曾看》这本书，对我最大的启发，在《北鸢》的序言里有写到，实际上这个过程不是一朝一夕的过程，有些东西你看多了，会产生一些也许是你希望能够达到的比较理想的观念。因为我就引了当时我的祖父的一个段落，其实一个很斑驳、破败的墙，你在上面蒙上一层绢纱，你看久了就能看出山水来，他们的思想会渐渐形成这样的一种观念。

读者： 我有两个问题，第一个是关于引子的问题，因为引子和这本书中间隔了一个很长的年代，您写这个引子的时候，是说这个小说的整体完成之后再升华主题，还是你很想表达的东西，所以您写在前面。

第二，三代人的逻辑不同，您写这本书有家族的荣辱在里面，但是这本小说要面向读者，我觉得您文字的处理很好，和之前看没有什么很大的隔阂，您在创作的时候，有没有考虑怎么样把结构、语言风格把它表达更能符合当代读者的态度、看法，就是这些。

葛亮： 谢谢你的问题。关于第一个问题，楔子开头那部分，其实一开始就是写好的，然后再进入到对正文的叙述。为什么当时有这样的一个开头？我再早一点的时候，实际上出过另外一本小说《七声》，首篇叫《琴瑟》，实际上这个就是写的外公外婆在晚年的故事，其实上是专门纪念我外公外婆金婚，我外婆前几年也去世了，我外公现在也是一个人，我当时特别希望为他写这样的一部作品，又想到了我外婆，所以有这样的一个楔子，就是在晚年之后，也是这样一个和煦的下午，两个人在尘埃落定的时候，因为他们之前经历了很多的事情，有堪称“浩劫”的事情，他们再走到这个时候，我外婆已几近失明了，所以她如何再去感知风筝的那个时代？所以对于我而言更像一个纪念的意义，然后再进入民国的表述。

另外的一个问题，怎么契合当代。其实有关这本书的一个语言的问题，我当时考量也是蛮多的，因为从某种意义上来说，其实写民国的作品也不在少数，就是你以什么的立场写、态度写，其实结论也是不一样的。刚才陈思和老师讲，有关褚玉璞的历史，当时秦瘦鸥有他的表达，但是我作为一个后辈、现在的立场，我该怎么去讲述这个事件，因为我对面有我的读者，我怎么样帮助我的读者进入到那样的情景。我觉得有时候，其实这本书在处理的这个问题，不光在语言上，包括整体有关时代的表达、价值观等都涉及，就是怎么样处理所谓的传统和现代的问题。因为我们对当代有当代的解读，现在看传统和当时看传统，实际上也是不一样的。就包括我举一个例子，所谓的艺术观念这件事情一样，因为我祖父是一个画家，现在经常讲国画或者叫中国画，其实在西画进入到中国之前没有这个概念的，我们的国画或中国画这个概念，实际上是一个抵御性的观念，要和西画形成壁垒，实际上怎么样处理这个关系，不是我们当下考虑的问题，在我的祖父那一辈已经在考量了，因为我祖父在国立艺术院学习，他有两位老师，一个是当时校长林风眠先生，一个是潘天寿先生，他们两个人的艺术观完全不一样，林风眠更加趋向中西调和，他讲我们中国画里面更加注重情绪的表达，他用这样的一段话“就像更加的机械化，类似于照相术是一种技术性的东西”，所以他觉得两样东西要融合在一起，潘天寿不是这样，它觉得中就是中，西就是西，他不希望有交集，他比较倾向于这种分庭抗礼的局面。这两位老师，他们都如此资深，对于一个年轻的画者来说会造成多大的冲击。所以我的祖父在这个过程中，也是大量地学习西画，但是后来他还是回归到了国画的本位，但是你看他同期很多的学长和同窗，实际上都做出了不同的艺术选择。比如吴冠中的画法，李可染先生的画法，还有艾青先生，原名蒋海澄，同班同学，甚至觉得画无法表达自己的艺术观和立场，放弃了绘画，成为了一个诗人，所以现在看来仍然是一个很开放性的东西，我对自己仍然没有任何的规限，我写出来这样的东西要符合某一种标准，即一种非常自然的，一个水到渠成的表达，就像当年我的祖父一样。

读者：我问的问题比较简单，你前一部小说叫《朱雀》，你觉得《北鸢》比《朱雀》写的好？还是怎么样？你自己的感受怎么样？这两部小说有没有相联的关系？我们还蛮想知道的。

葛亮：这个要问我的编辑赵萍女士。

主持人：从刊印数来看还是更喜欢《北鸢》，因为我们做出版的。其实《北鸢》是葛亮这七年，很多人包括评论家等等都来了解，这七年当中到底葛亮发生了什么事情？他的小说有这么大的进步？他的叙述能这么沉静，我们常说他静水深流。当然《朱雀》是跨越了七十年，是他最早的一个小说，可能有一些情节上的起承转合非常巧合，巧合比较多。但是我觉得，可能他第一部长篇小说有他的探索和尝试，但是到了《北鸢》之后，我觉得葛亮的创作心态更沉静，而且他面对自己家族的历史，就像刚才陈老师说的，他以很沉静、宠辱不惊的态度来叙事，所以从个人来说我更喜欢《北鸢》。

读者：葛亮老师您好，我和前面几位不一样，我想问一个其他的问题，因为我已经追您追了很久了，我从南京追到了香港，包括您刚刚提到的《七声》《迷鸦》。我是一个90后，阅历比较浅，我对《北鸢》还有前面的《朱雀》没有特别深的理解，但是我很喜欢你的《七生》，包括你刚才讲的第一个故事，印象也很深刻，所以我想问一个问题，您多久会有中短篇的小说出来？因为我很期待您的中短篇。还有一个问题，像《朱雀》《北鸢》您写的是老一辈的故事，您之前在《迷鸦》里写的打篮球遇到的人，还有香港遇到的小人物等等，我其实比较喜欢小人物的故事，所以我不知道您之后会不会再写这些小人物的故事，谢谢。

葛亮：谢谢你的问题，我正在写。增加了一些悬疑性的色彩。因为我非常喜欢推理小说家横沟正史，读了他很多书，所谓的故事型小说普适性是什么样的标准？困扰了很多人，我现在这一本应该是会成一个系列，所以我希望这种带有推理性、悬疑性，非常理性的场景，或者切入了人性的表达，我正在写的这本书，希望不会让您失望，谢谢。

读者：您虽然写的是一个家族的故事，但是毕竟是家族的故事，您写的是小说。小说就要有小说的真实，就是我读完了小说，觉得这个是真的。但是我读完您的小说感觉里面有很多的桥段很荒诞。比如那个日本特务秋田的故事，我们可以比较一下《霸王别姬》，这是其一。

还有一个桥段，还有那个孟昭德，最后她自己引爆那个炸弹死掉了，其实前面已经完全失常了，疯狂了。你可以说现实生活中她就是这样的，但是我在小说当中没有读出这个故事的逻辑来。

第二，我看了《朱雀》《北鸢》《七声》还有《琴瑟》。因为《北鸢》的故事在《琴瑟》里已经出现了，就特别比较了一下你写这两个人物的差别，我发现没有什么本质的差别。因为无论你写什么，日常生活也好、家族故事也好，都是要写人的，但是您最后的人物特别不饱满。比如说卢文笙，这个故事和《琴瑟》相比没有什么大的突破，我感觉就是很扁平的一个人物。尤其是陈老师用了一个《红楼梦》的例子，我觉得五姨太的桥段，和《红楼梦》司棋偷情非常相似，司棋偷情的时候，曹雪芹就一句话：司棋叹了一下，哎呀，怎么碰到这么一个男人。但是您在处理这个石玉普和五姨太的时候，最后我感觉就没有了，就是石玉普一枪把五姨太给崩了，特别有画面感，特别像电影，但是五姨太这个人就看不到了，就是这个人性当中看不出来，您怎么样处理这个问题？因为我觉得您从《朱雀》到《琴瑟》到《北鸢》，这个人应该写得还要有张力一点。

最后一个问题，是特意想到的，您刚才说到每个人对于生活都有一种态度，我想您写《北鸢》一定有一种现实关怀的，您要传达一个您对民国的理解，包括您家族对于民国的理解，您要在您的书里呈现出来。但是实际上在您的作品当中无法回避的东西，跑返的事情其实特别的惨，人特别无助、绝望，无辜的人像狗一样死在那些地方，这些残酷的地方，在您的作品里面感觉有一些被遮蔽了，那呈现出了非常诗意的那种民国。但是事实上真正的历史不是那样，比如仁义礼智信这些东西，我们当面对民国那些东西的时候，恰恰是看到这些东西的束缚，所以陈独秀才会在那个年代提出自由、人尊严的问题，但是您的作品当中，我们读到的可能有一点遮蔽，这可能是一个更加个性化的民国历史的诠释，这个可以接受，但是您也是有一种现实关怀的，是不是历史被遮蔽？

葛亮： 谢谢您的问题，也是一种期许，我把它当作一种自我的鼓励。因为赵萍也讲到了，实际上我也在寻找一种在握自己看来更加理想的叙述方式，进而对所谓历史的书写。包括您刚才讲到，关于对于人物的表达、情节的假设，实际上从当时的《朱雀》到《北鸢》，可以讲这七年间不断在摸索的一件事情，就是你怎样看待所谓的艺术真实和所谓的现实真实的这种关系。就是说《朱雀》里面，实际上有很多的层面，因为我们确实觉得是一个年轻人，就这点来说，和前辈的作家都有交流，当时会感觉我们对于历史的处理和所谓历史的亲历者之间是有落差，所以你可以看到这里面有大量的想象成分。在当时的写作逻辑在现在看来仍然有意义，为什么这样说？你作为一个作者在这个过程当中不断地成长，有时候每一个成长的结点，都是你在写这个过程当中的印记。比如你在《朱雀》里面看到更多有关青春表达，有关青年人对理想的定义甚至幻灭，但到了《北鸢》的时候，我刚才讲到我无意于我的祖辈代言，但是我是以自己身份，希望进入到当时的情景，从另外一种角度上向他们致敬，从另外一种角度是触摸他的时代。所以关于民国是一个什么样的时代，有太多的作品去表达，有太多的立场去表达。因为在这个书腰封上有这样的一句话，民国是一个什么样的时代？实际上在我了解是这样，自由至性、不拘一格。当然你可以讲到，它的背后有破败、动荡、不堪，也有很多藏污纳垢的东西。但是每个人去关注这个时代，有自己不同的角度，也可以讲是有自己特别关注的部分，可能从《北鸢》的这本书而言，就像所谓的弱水三千取一瓢饮，我看那个时代林林总总，从我的角度表达给我的读者，我也希望这本书和其他有关民国的书籍形成一个交集，最后让大家看到民国多元化的面向，谢谢。

陈思和： 大家还是对葛亮作品有期待。我有感而发说几句，第一，这部小说我觉得有很大的一个成分，我开始也有误读。我觉得葛亮有一句话，首先是光复民国，所以大家对这个民国有不同的诠释，民国是什么样？有黄包车夫的民国，有大家族衰败的民国等等，这都可以不同地理解。我刚才特别请教了葛亮，他就说了一句，他的前辈让你把国事当家事来写，我听了这句话就释然了。其实是我们自己被他诱导了，觉得这部小说是写民国的小说，其实他只是写了他家族的小说，这个家族不幸生在民国所以我们就把它连在一起讨论，所以葛亮一直重复：我是真的。因为他的家族确实是真的，但是如果以一个传统的标准，那什么叫真的就难说了，北洋军阀的民国、国民党政府的民国，这个民国的理解不一样，所以这个理解也是很复杂。他其实就写了部家族史，这个家族背景在民国，一定会牵扯到像石玉普、陈独秀等这些故事，这些故事是真实的，在历史上是可以考据出来的。那么在这个前提下，这里其实是有一个张力的，他作为一个家庭成员，一个是作为一个历史人物，这中间有一个张力。因为历史人物，大家对他的理解往往有一个普遍的看法，就是说是一个教科书的看法或是社会舆论的看法，但是作为家族来说，这是我的姨夫，这是完全个人化的看法，这其实是有距离的。这个距离是传统的一种理解文学的方法，因为我们过去说你不仅要生活真实，还必须要艺术真实。所谓的生活真实，就是说葛亮说是真的，艺术来说，你从历史上应该怎么样，那就是觉得这个小说写的不够惨烈，比如日本人轰炸、大屠杀等不够惨烈，我理解刚才提出这个问题，一个所谓的艺术真实，是不是我们对历史本质的理解？对历史的看法当中，哪一些是真的我们也讲不清楚，我们现在看到的，比如陈独秀，陈独秀是他祖父的舅舅，那么他祖父看出来的陈独秀和我们看的陈独秀也不一样，所以艺术的真实怎么样来理解？这个问题是学院讨论的问题。

在我看来，我后来慢慢自己改过来，自己也在进步，我慢慢在评论当中有点悟出艺术真实是什么东西？艺术真实是文本本身的一个历史事迹，要看这个文本体现的人物和故事有没有逻辑性，人物写的够不够饱满？我可以说这个人物写的不好，从艺术上还没有达到非常饱满的境界。如果是这样来衡量，我觉得葛亮作品有几个特点，从文本上有意义，但是这个小说总体上，如果是一个戏是文戏，是以唱功为主，主要是讲家族婚丧喜事等等，类似于一个家族的历史。但是在他的小说里有一些从文戏里掺杂了一些武戏，比如大逃返，比如说昭德，她有武功，嫁给军阀，所以这里面有武戏，比如我们看一个戏突然有一个武打的过程，这个小说葛亮还是做了蛮精心的刻画。我想问他，逃难这段是真的吗？我不知道是不是真的，因为他讲到了一个细节，他家人逃到山东的一个什么堡，那个里面有很多的民兵，都在武装反抗日本人扫荡，里面有一个最高家族的老祖宗，好像带了下面的壮丁、武教头去抗日，却是不堪一击的。他写这个是想写民间的抗战，就是民间对日本人自发的抵抗，实际上就是在那个混乱当中的一个故事。我就想起了最近刚好看过的一个电视剧《嫂子嫂子》，他里面有一个故事和你小说里很像，就是农民一个城堡，领头是老太太带着孤儿寡妇，打日本人。我就想到这个故事。也许这个故事是你虚构、听来的故事，这个故事如果按照我们标准的抗日战争，这个故事写的不够经典，只是说那些农民武装不堪一击。但是这个故事在里面给人感受到的就是一种特别的悲凉，为什么呢？因为这家人家后来说你赶快走吧，这里要打仗了，但是后来不是派了一个教头保护他们去，结果回来就被杀掉了，说明这个教头没有什么本事，那些壮丁也是没本事，所以这些人去打，如果土匪来、日本人来可能被消灭掉了，这个村庄可能毁灭掉了，这个城堡就没有了。

葛亮在艺术上不追求极致，他写的很温润，这个温润也是一种方式。在当代文学，葛亮是南京大学出来的，我觉得他的小说很像叶兆言的小说，风格也像叶兆言，他的小说从来不写很残酷、惊天动地的事情，他总是把这些很残酷的事情一笔带过，让你隐隐约约感受到这个事情在那里，你会被这个事情感受到。这个老太太很像梁山上的老太公等等，但是这个庄严的人马上就要遭遇灭顶之灾，你就会觉得这是一个大乱世的小人物的故事，这个小人物是不堪一击的，但就是过去了。

另外一个理解，我们对历史长期有一种大是大非的故事，日本人都是屠杀，汉奸都是死有余辜的，因为我们教科书有一整套大是大非的观念。但是葛亮写的是一个小人物的故事，千百万当中的老百姓故事，老百姓不被赋予一种宣传意识形态的话，他可能就是跑来跑去，他不是积极抗日，日本人杀人他要逃走，日本人不杀人又回来了，所以也有汉奸进维持会，后来日本人投降了，又因为当了维持会被当汉奸抓起来了。这里面写了小人物的故事，就是我们说的民间。其实民间这个理论，是我的一个说法，他对于这样一个阶层，对这样的一个艺术空间，其实他有他自己很独到的理解。就是说对于一个普通的小人物来说，和一个乱世的大是大非来说是有距离的，但是这个距离到底有多大？或者说这个距离怎么来表现？这是艺术上的风格，我觉得葛亮是有他自己的一种艺术的追求，有他自己理想的一个艺术境界，这个境界可能也是我比较喜欢的一种，他不是那种大喊大叫、呼天抢地，问老天、骂大地，不是这样的一种，他是另外一种味道，这种味道在当代来说也是蛮独特，有点像叶兆言的风格，他写南京大屠杀等，他不会写得非常传奇，他写的很平淡，这个平淡当中背后都是有故事的，我不知道我的理解对不对。

葛亮：刚才陈老师非常精彩地阐释对这个段落，我作为一个作者当时写这段，大家也注意到了，这个章节的段落叫“熙靖”，就是我们一个朴实性的理解，他实际上是一个非常平稳、和平的地方，实际上有一个原型，范阳卢氏是山东的一个簪缨世家，就是其实它出将很多，但是很多人做官，但是其中有一代人实际上就选了这样的一个地方，实际上是隐居的状态。其实也是回应刚才这位提问的朋友，我觉得怎样表达有关时代的动荡？我更加倾向于在这个段落里实际上是一个类似于桃花源的所在，本来你可以讲在任何周遭的时代无论怎样迭转，它有它自己非常独立和安稳命运。但是在那样的一个当下，其实是他几代几代传下来，都可以以一种谦恭自守的状态来生存，但是在这个时代却受到了一种威胁，包括他讲的那种家里面老房子一百多年，现在用来挖地窖。所以从我的角度，我是希望从这个方式传达一种动荡，几千年传下来的东西，本来可以谦恭自守的东西，甚至于寄托了很大传统的人文理想的东西，但在这个当下都岌岌可危，所以我想这种动荡可以是通过这种方式来传达的。

主持人：其实我觉得葛亮老说他这个事情是真的，假设我和葛亮一起坐在他的前辈面前，听他讲了这样的一段故事，我和他重讲这段历史的时候可能会不一样。一个小说家，我觉得是有一个想象力的空间，否则他写自己的家族史，即使是有很多的非虚构，说实话有很多事实的，现实的这种故事原型在那儿，如果你没有一个小说家的空间，没有一个小说家的想象力，你是没法儿写成一部小说的。

我觉得这个真的和假的之间，其实他还是很模糊的。

葛亮：我觉得是这样，我们探讨的比较深了，有关这个话题，有关所谓的艺术真实和所谓的生活真实，它中间并非有一个非常明晰的界限。科尔纳实际上是一个史家，他曾经讲实际上历史，其实归根结底都是一种叙述。

主持人：克罗奇说过，一切的历史都是当代史。

葛亮：对，其实你面对我们所谓的这种史实，被称作是"遗留态历史"，但是你怎么样去表达。或者说就我而言我可能选择了什么，有些东西和我更加贴近，我去书写这段，有一些其他人更加熟悉书写那段，其实代表了我和他的不同，其实真正表达出来其实就是一种艺术的真实，因为你已经代入自己选择的空间在里面。

主持人：我们已经到时间了，其实本来想请陈思和老师来总结，其实刚才他最后一段话，也说出了对葛亮的期许，因为这是中国三部曲，葛亮后面还有一个作品，您用简短的话，作为一个长辈给葛亮的期许。

陈思和：《朱雀》《北鸢》，南方北方，下面是西方还是东方？

葛亮：第三部名字还没有完全构思好，我觉得陈老师是一个语言家。因为前面两部，实际上在现阶段是以南北书的概念，把它呈现给读者的。我始终觉得，中国作为一个很大的地域空间不是铁板一块儿的，北中国和南中国的文化实际上不完全一样，我们有北方这个传统。但是南中国实际上有它非常开放和有魅力的地方，就是所谓的中原和所谓的岭南、西南，甚至有一些生活在粤北地区，其实也不一样，所以我借由这两本书表达一种南北文化之间交集、碰撞和各自不同的面目。下一本的话，确实会涉及一点中西的话题。可能在整个时代的推演上，会再往前推至晚清，我觉得那个世纪上是中国近代化乃至于现代化非常微妙的节点，有很多精彩的事情，也有很多诠释的空间在里面，你会发现不是一个真正单一的中国。一个老大帝国，开始与西方产生种种的接触。我的下一部会探讨这个话题。

时间：2017 年 4 月 23 日

嘉宾：陆志宙　曹元勇　黄昱宁　谢锦　猿渡静子

致敬出版人

——思南读书会 2017 世界读书日特别活动

主持人：各位读者，这是我们“4·23”的常规活动，过去我们做过很多活动，其中致敬过读者，也致敬过作家，是时候要致敬一下我们的出版人了。相信关注思南读书会的都知道，就在现在这个时候，小广场也有一些朗读会正在进行，非常感谢你们放弃那么动听的声音，能够坐在这里。

我介绍一下今天的嘉宾，黄昱宁老师，翻译家、述评家、编辑家，也是小说家；这位是猿渡静子老师，文学博士，也是新经典文化股份有限公司副总裁，是“上海国际文学周”、思南读书会重要合作伙伴；这位是陆志宙老师，译林出版社原创文学中心的负责人，也是上海书展重要合作伙伴；谢锦老师是我们上海文艺出版社副总编辑，《小说界》的社长。今年《小说界》有个很大的变化，包括文艺出版社很多新书非常有颜值，就像谢老师一样漂亮。这位是曹元勇，是浙江文艺出版社副社长，他是非常优秀的翻译家，经他出版和编辑策划的书更是很多了，比如莫言先生的作品，很早就是曹老师出版策划的。

我们在准备对谈的时候，也请了孙甘露老师一起来商量，今天会聊一些什么话题，估计整个上海今天各区、各县、各大图书馆、书店都在做活动，我们思南读书会今天会做一个什么样的别致活动呢？孙甘露

李伟长　曹元勇　谢锦　陆志宙　猿渡静子　黄昱宁

老师也说，在大家都在谈读书的时候，我们要谈点有意思的话题。所以第一个问题，想请各位描述一下，您本人和您所代表的出版社跟上海这座城市，跟上海书展，跟“上海国际文学周”的渊源。

曹元勇： 李伟长老师点了我的名，今天坐在这儿我是当一片绿叶的，因为旁边有四朵金花。

刚才李伟长介绍了，我现在身份是浙江文艺出版社常务副社长，我们在上海办了浙江文艺上海分社，应该说上海分社和上海有地理上的关系，思南公馆去年上海书展期间的“上海国际文学周我们也在这个场地”做过陈丹燕老师和塞尔维亚诗人的对话，关系相当密切。

浙江跟上海关系也非常密切，相当于上海的后花园。浙江文艺社以前也参与过上海国际文学周的活动，也做过杰夫·戴尔活动。杰夫·戴尔对上海印象非常好，我印象在浦江邮轮上，那是第一届上海诗歌之夜。杰夫·戴尔在船上悲伤地说，为什么我们去台上朗诵诗。后来我们想，以后小说家参加“诗歌之夜”也可以朗诵他喜欢的诗歌或者他写的诗歌。那次杰夫·戴尔坐在下面作为“诗歌之夜”嘉宾，他羡慕得不得了，也嫉妒得不得了。当时“诗歌之夜”邀请了上海以及国内其他地区的诗人，那场活动给国外嘉宾留下非常好的印象。

又正如猿渡静子所代表的新经典一样，上海是一个国际大都市，出版业也非常发达。除了上海本土出版业，外省的出版社在上海逐渐开辟了很多桥头堡。浙江文艺不算早，分社从去年7月1日正式开始运营，到了今年7月份是一周年，应该说时间不长，也做了一些事情，包括去年8月份上海书展陈丹燕两本书，包括今年会配合浙江文艺出版社杭州总部邀请日本作家平野启一郎，他是非常优秀的年轻作家，会做几场活动。

谢锦：大家好，我是上海文艺出版社的谢锦，跟曹博不一样，大家一看就知道，上海文艺出版社，本土、本地的出版社。上海文艺出版社是历史比较悠久的老出版社，是1952年6月1日第一家公私合营的出版社，走到现在已经66年了，是具有深厚历史传统的老出版社，一代又一代的编辑在这66年历史长河中，为中国的出版事业添砖加瓦。尤其在文学上有“北人文、南文艺”这样的说法。

我们出版社在本土、在本地，所以跟“上海国际文学周”、上海书展密不可分，因为是我们主场，所以我们每次都卖力参加上海书展和上海国际文学周，它几乎成为我们出版社一年当中最重要的活动季节之一。包括余华、易中天等等，每年都会邀请在中国具有影响的大牌作家过来。因为上海文艺出版社在中国原创文学这块有非常丰厚的资源。

陆志宙：各位朋友好，我是南京译林出版社陆志宙，我和静子是外地来的。说到译林出版社和上海的渊源，有一个很好的例子，我们每次跟别人讲我们是译林出版社，人家说“你在上海啊”，几乎80%、70%的人都会讲：你们不是在上海吗？人们很自然把译林跟上海建立起联系。所以在读者迫切要求下，去年我们在上海成立了上海出版中心，有两位爱将，终于在上海落户了。

上海文艺出版社是1952年成立的，今年将近66岁，我们译林出版社是非常年轻的出版社，大家提到译林出版社，可能都会知道杂志《译林》，1979年1月1日创刊，《尼罗河上的惨案》就是在那期上登的，曾经还引起很大的风波，到1988年才从一个杂志社成长为一个出版社，再过两年我们也要到而立之年了。

译林非常喜欢上海这座城市和思南读书会，给我们一个非常好的平台，我们的书大部分是引进版图书，社科、文学，消费者更国际化，也需要包容性更强一点，这跟上海这座城市气质是比较契合的。我们译林出版社一般有作家来，想要做活动，一定是在上海做，因为上海的媒体、上海的平台，对我们来讲，辐射面更广一点。去年“上海国际文学周”，跟孙老师在思南这边，在全体同仁帮助下，请来了朱诺·迪亚斯，他是获得过普利策奖和国家图书奖的年轻作家。他当时来之前，可能对他宣传不够，他不太清楚“上海国际文学周”是什么样的活动，后来去年夏天到思南这里，给他安排了四场活动，整个四场活动结束以后，他说远远超出他的预期。虽然他只来了一周，他表示今后还要来，到中国来写作，或者做驻城作家。从这点来讲，思南读书会对我们译林的意义是非常大的。

主持人：上海的读者肯定都还记得朱诺·迪亚斯在思南文学之家，在我们宴会厅，在我们作协，手扶着腰给大家讲话的场景，他习惯站起来，灵感飞速而允准，妙语连珠。那天我们上海媒体对朱诺·迪亚斯有非常充分的报道，因为作家书好，也会说，还长得很帅，这是我们上海这座城市最欢迎的。

猿渡静子：我叫猿渡静子，我来自北京，我的公司是叫新经典文化有限公司，新经典的作家大家一定会知道的，新经典很年轻，跟在座其他同行相比，我们还是少男、少女，因为我们成立至今只有15年时间。我们新经典15年来运气特别好，我们出版有三块，第一块，也是占最大的一块，是外国文学，我们作家非常多，我提两个大家最喜欢的作家：马尔克斯、奈保尔，真的是有名的作家，他们全部的作品我们都签下来了。

马尔克斯的话题很长，我不多说了，我比较庆幸的是，我们有马尔克斯这样的作家，比如《百年孤独》目前销售600万册。奈保尔来过上海，新经典跟上海最大的结缘契机是奈保尔。另外我要提一个作家张爱玲，张爱玲是新经典的作家。提到张爱玲，大家知道她是上海味道的作家。新经典除了外国文学之外，还有华语作家的部分，港台地区作家有张爱玲、三毛，还有大陆的作家，比如路遥《平凡的世界》《人生》，今年最响亮的《人民的名义》的作者周梅森，也是我们的作家。

新经典还有一块，可能是大家关注相对少一些的，就是我们的童书，儿童文学再加上绘本，针对0—12岁的读者。童书最了不起的是《窗边的小豆豆》，我们感到很荣幸的是，一本书在中国能被几千万人读到，它的读者至少有四千万到五千万。

除了儿童文学部分，还有绘本，比如说《爱心树》，很多年轻的爸爸妈妈知道，我们引进了将近一千种绘本。

这就是我所代表的新经典，因为新经典从最开始起步就在这家公司，我们成立了15年，服务了16年，这是新经典，这就是我，猿渡静子。

主持人：新经典确实在国内有很大的影响力，推出了很多作家，他们和数字经济联系在一块，也是和盗版联系在一块，上海译文出版社也一定有很多被盗版。

黄昱宁：新经典确实有很多值得骄傲的作家，我们也差不多。

首先我要说一下，这个安排非常有意思，好像给读者一个辨析题，我们很相像，文艺和译文，最初确实是一家，我们正式挂牌是1978年，明年是我们建社40周年，一系列社庆活动也在筹备当中。我们跟译林非常容易被搞混。我们当初建设的动机、职能出发点是完全一致的，译林比我们晚一点，但是发展不晚。我们互相非常熟悉，彼此的书有什么特点都很清楚，而且我们是良性竞争。

我们跟上海的渊源，40 年在这里，还不算之前跟文艺是一家的渊源。当然我们也积累了很多很有名的作家。刚才猿渡静子没有提到村上春树，我想是特意给我留的。我们两家一起做的村上春树，我们出门品种可能多一点，但是村上的近作新经典做得多一些，这是我们一直在精耕细作的作家。同样我们儿童文学也有《夏洛的网》，可与《窗边的小豆豆》相映成趣，销量没有那么多，五六百万册应该有，我们都是非常好的出版社，包括浙江文艺近来的势头。很高兴能有一个机会坐在一起。

我们跟“上海国际文学周”的渊源，首先我们出版社是引进外国文学，绝大部分作品都是跟这个有关的，我们从第一届开始一直在参与，包括艾德田等作家也来过“上海国际文学周”，也留下很多美好的记忆。我预告一下，我们 5 月份也会请来一个作家，其实他年事已高，不适合七八月份来，他是《辛德勒名单》的作者托马斯·肯尼利，我觉得也是能够跟国际文学周发生关系的活动，希望大家到时候支持。

主持人：谢谢，黄老师已经开始写小说了，上海文艺出版社也要抓住你的。

谢锦：当时看了名单我很吃惊，今天我和曹元勇、黄昱宁三个人有渊源，我们三个人是 1997 年同时进出版社，而且我们三个人当时在一个班级上编辑培训课。

曹元勇：我是那一届的班长。

主持人：刚才他们都说到盗版的事情，我多说一句，今天上午曹老师也在微信贴了一段。世界读书日，是通俗的说法，曹老师说应该叫“图书与版权人日”。所以里面有几个元素：一个是书，一个是版权。版权这个话题在我们国内特别受关注，可能也跟我们整个出版的环境，以及我们的读者阅读有关系，所以在今天这样的环节，为什么要把出版人这么一个卓越的群体来与大家分享？就像开场说的，我们这几年活动当中，一直在说的良好的文学出版生态也好，阅读生态也好，肯定第一要有作家、非常好的作家，第二要有好的读者，读者和作家是相应的，还有非常好的天才捕手，就是出版家、出版公司、出版社，另外还有媒体，把好的东西分享出去，有媒体、评论家这些角色。所以今天做这个活动，除了向出版人致敬，我们希望有理想的出版生态和出版事业，这是我们一开始的想法。

刚才大家分享了与上海书展、“上海国际文学周”的故事，接下来我们聊得放松一点。我们发现这两年，经常用一个词来形容目前的出版和阅读状况，叫“回暖”。当然“回暖”是因为可能以前像曹老师这样的人有一个经验，阅读是什么样的样子，经历了相对的低谷再回来，回来以后再往前走，可能有这么一个过程。我想问一下，你们作为出版一线的出版人，对“回暖”这个事情的感觉是什么样子？可以结合你们推某一本书的感想和推某一个作家的感受说一下。

黄昱宁：说到“回暖”，当中一定是经过冰点、很冷的时候，从我自己工作角度来说，我还没有感觉有到特别低的低谷，现在比较平稳。

主持人：比中国股市好多了。

黄昱宁：跟杂志、报纸比起来，目前出版业还算比较稳。说到危机当然有，先不算危机，我们现在谈“回暖”，谈繁荣。比如前两年我们直接参与的一本村上春树《没有女人的男人们》，当时营销用了非常多的办法，译者用了不同的人，这样有一个好处是：每个城市好像都有那么一两个译者。当时活动面铺得比较广，目前这本书还是处在非常平稳的销量，我觉得应该是我近几年觉得做得比较好的一本书。读者的热情还是相当高的。我现在的文学编辑室，文学编辑有 18 个人，相当于小型出版社所有人了。因为我们语种多，很难打散，当初经历过青黄不接的时候，这些编辑是50、60年代的人，我们出版社考核上，经济效益、社会效益非常严格。他们找我哭诉，说怎么做，书才能到达读者手里？现在新媒体也是个契机，慢慢知道读者在哪里，慢慢有这个感觉，不管读者有八千个、还是八万个，只要自己知道有哪批人在看你的书，这个编辑差不多到火候了，但这样的过程我感觉至少需要五六年。说到“回暖”，我宁可说它慢热，实际上这个行业就是一个慢热的过程，不可能一蹴而就。我觉得新经典做得非常好，值得学习，虽然年轻，我们看着它发展起来，这是非常好的案例，看他们从发行到营销、版权，是怎么统盘在一起的。

主持人：你们觉得原来做图书活动和现在做图书活动有什么区别吗？比如说受欢迎程度、参加活动的人。

黄昱宁：我到思南这里就差别很大了。现在手段越来越多，有线上的，也有线下的。尤其现在线上有各种各样的直播，线上线下也可以结合在一起。其实一个编辑只要用心，一定能知道读者在哪里，只是这个过程不会快，一定会碰一些壁，这是我的经验。

主持人：你知道你的读者在哪里吗？

黄昱宁：我自己知道。

主持人：刚才提到了村上春树的书《没有女人的男人们》。这本书很有意思，村上春树的小说，写了很多男人被女人抛弃的故事，里面有很有意思的说法。我分享一下这本书，一个男人怎样才能体会被女人抛弃的感觉，他说那就是失去了，以后再也没有了，与这个人共享亲密时间的人，不是说身体，身体当然是一部分，感情也是一部分，有的时候你会跟人有非常亲密的时间共享，他说那个没有了，就是真的失去了。那本小说其实反响很好，很多人在读。我这里帮黄老师做一个广告。出版和阅读确实捆绑在一块，我特别想听猿渡静子老师的看法。

猿渡静子：“回暖”确实蛮快的，五年前开始回暖，并且温度越来越高。我进入出版界到今年是16年，回暖的感觉非常明显。我就以卖了两千万册《窗边的小豆豆》为例，这本书2003年1月份出版，我引进，也是责编。这本书首印两万册到现在是两千万册，多么不协调的数字。两万册首印卖了半年没卖完。当时引进的时候，我跟我的老板，所有的同事都知道这本书是多么棒的一本书，我们真的没有放弃掉。2003年下半年就开始努力，在北京一家一家进小学、举办读书会，每个礼拜都会进一所学校，2003年下半年大概进了有50所小学。

主持人：有没有被赶出来？

猿渡静子：没有，因为我们把书先发给孩子、老师，送给他们看，然后请大家一块读书，还蛮受欢迎的，这样到2003年底再印了8万册。2004年我们想给将近一千所学校的校长给每人送一本书，因为我们知道校长会影响他的老师，老师会影响孩子，孩子再影响父母。2004年印了15万册，到后来有各种各样的做法。2005年用新华社权威媒体的发声，告诉读者们这本书是多么好的一本教育书，以这样的方式一路过来。

到2010年之后，这本书基本上每年都超过100万册，一直到现在，每年都是100万册。大家都是读书人，知道读书有多么好，其实每年100万册的书并不多。《窗边的小豆豆》到2010年以后没有做过任何宣传，就是内容不断在读者心中发酵。从2010年到现在，这个回暖，首先书是好书，才会有“回暖”的可能，但是我也能强烈感觉到，比如这两三年有120万册、130万册书出来，说明阅读在升温。这是我们的感受。

主持人：我们刚刚说话的一瞬间，《窗边的小豆豆》就卖出几十本。对儿童阅读来说，校长蛮重要，因为这本书写了一个蛮不错的校长，可能我们不关注，等到你有了孩子以后会很关注这本书，这本书很好。这本书让家长看了以后会有很大的反省，怎么跟小朋友相处。

刚才猿渡静子老师说到阅读“回暖”，她的感受比较明显，我说一个事，这几年一直在推全民阅读，有这样一个大势氛围在，再加上各个出版人的努力，和读者阅读的兴趣起来了，所以会有这样的现象。

黄昱宁：我们也是这两年能明显感觉到有个上升，这跟儿童阅读市场一直处在上升状态有关，所以上海有童书展，非常契合这个发展形势。

陆志宙：前面各位分享了经验，这两年我们译林出版社也是明显感觉到回暖的势头。我是 2004 年到译林出版社，那时候作为德语编辑到了译林出版社，后来待了一年多，我不知道我们读者在哪里，我的书通过什么渠道到了读者手中，中间经过很多环节，怎么到书店，怎么拆包，拆包以后怎么办？基于这些困惑，我从 2006 年开始做发行。从 2006 年到 2016 年，我觉得业态有很大的变化。首先是我们曾经经历过选择泛滥的时代，最起码在 2015 年之前，每年到图书市场的品种有五六十万，这是没有办法选择的，正是选择泛滥的时代，正好也是品质的时代，当大家选择困难的时候就是选品质，我们坚持做经典的书、好的书，这样才是它存活下去的理由。

我觉得这几年发行模式和营销模式都发生很大的变化，我们与读者之间，都是很直接的接触，微博、微信。大家都知道你是什么样的人，通过一个企业的微博微信，可以直接跟读者互动，其实新媒体最大的好处就是互动，他会觉得你是个具体的人，而不是机器人在后面。我觉得是新技术改变了我们这个业态。

还有一个要分享的，我们的读者也在成长。我举个例子，去年我们有一本书《查令十字街 84 号》，那本书去年 4 月底面世，因为电影《不二情书》那个时候上映。

主持人：你们预感到那本书火起来了？

陆志宙：我们并没有预感到。我们3月份接到一个神秘电话，他说自己是为《北京遇上西雅图》给汤唯和谁做营销的，你们愿意一起做吗？我们觉得挺好的，不知道电影要4月底上，也正好做这个书。这个书是2005年做的，2005年是做了小小的平装书，其实它是致敬书店、致敬爱书人的一本书，爱它的会很爱，后来在实体店消亡了，只在当当网卖，但是这十年间卖了十万册，就是靠口碑在那里卖。去年3月份有个爆点出来了，电影来了，我们本来也想重新做，正好是作者诞辰一百周年，所以我们就想做一个纪念版，我记得4月底上市的，到现在卖了一百万册。这个过程中，我们知道这个导演是这本书的粉丝，他借这个电影，其实用了两个小时为我们这本书做了个大大的广告。当时我们到书店去宣传，书店并没有特别大的敏感度，但是到4月底，书店的人说立刻要加单，这个书一下子爆发了，我觉得跟读者的成长有很大的关系。

包括今年做《杀死一只知更鸟》这本书，他们说是美国国书，塑造美国精神的88本书之一。

主持人：我觉得这本书很有意思，刚刚陆老师说的整个生态，包括读者。所以电影很重要，因为你不知道哪个读者就是个导演，就会拍一部电影，用两个小时为这本书做一个广告。所以阅读和电影，有点开玩笑讲，电影推动了中国阅读的回暖。所以应该感谢电影，感谢导演。

谢锦：就像刚才三位同行说的，我们作为出版人，其实看不到读者，那怎么感受到这个温暖？看一本书的发行量，这个数字特别说明问题。另外，其实还有一个回暖的感觉，这几年出版人内心不太恐慌了，这是非常重要的一种感觉。我记得前两年，觉得报刊垮了，我们出版业好像是文化最后一道屏障了，所有的人都说狼来了，出版要当心，要完蛋了。

老法师郝铭鉴编辑，他上课时给我们说，你们要当心，传统出版业要被挤垮了。但是这两年一个是数字让我们心安了，另外我觉得惶恐感慢慢消散了。我们的核心是做当代作家的原创小说，为什么这么多年惶恐的心慢慢平复，最重要的原因是我们要找准自己的位置，出版产业一定是内容为王，不要被满天的风雨所迷惑。你的每一本书都要保证它的内容，所以文艺社这么多年文学图书的走势，有谷底，也有上升，但是大家可以看，每过几年都会有一个重量级作家出现，带动中国原创文学往前走，余华的《兄弟》、易中天的《品三国》、莫言的《蛙》，一直到金宇澄老师的《繁花》，大家可以看到你扎扎实实做好内容。我们出版社所要调整的，是get这个时代的点，正好这个作家get到这个点，我们正好把作家作品抓过来。我觉得新媒体的手段，其实不是一件坏事，是反过来让传统的出版业不断改进。

哲学上有否定之否定的定义，我觉得否定之后就是上升了，出版业越来越会“回暖”，我觉得就是经历了这样一个过程。所有出版社的从业者，出版人的观念也在更新，也在找自己的读者，也在找这种感觉，然后面对面。我觉得回暖是好事，若干年后可能又会有严峻的挑战，但是没有关系，大家抓住这个出版社的本质，然后我们面对挑战，不断改进。

主持人：我觉得谢老师说的特别“正能量”，特别有希望感。

曹元勇：小谢老师这么讲，我觉得就没什么必要往下讲了，我应该马上到编辑部编一本书给谢老师。正好今天的日子跟阅读的“回暖”有密切关系。刚才伟长老师讲的“世界读书日”本来的含义是什么？我觉得这恰恰是图书市场变得这么好的基础，就叫世界读书日之版权日。在世界读书日谈谈读书，这一点不奇怪，读书本来是日常的事情，是个人每天需要做的事情，而不是只有在这一天谈一谈读书，读两本书就高尚了？就比别人怎样了？我觉得不是。世界读书日其实就是版权日，其中的一个意思是，我们为图书这样一个精神产品感到非常兴奋，阅读图书是一种享受。同时，图书是被人创造出来的，有作者，有出版人，要尊重产品的创造者，尊重版权。

无论是黄昱宁老师，还是猿渡静子老师，还是陆志宙老师讲的很辉煌的销售数字，其实背后很关键的一点是知识产权的保护。如果今天还是盗版满天，从出版社的角度来说你是感受不到这种辉煌的，我觉得首先是知识产权得到了保护。所以对出版人来说，现在最重要的事情，就是你手上有什么样的版权。新经典有马尔克斯、奈保尔和村上春树新书的版权，上海译文出版社有一大堆作家的版权，译林社也有很多，上海文艺也有很多原创版权，我们浙江有莫言所有作品的大陆独家版权，库切所有书的版权目前在浙江的出版社，包括网络小说《甄嬛传》《芈月传》等，市场应该来说都不错。所以，首先要有授权，没有版权，谈“回暖”不现实。

现在阅读环境也在变，最重要一点是读者成长了。在当年图书市场越来越走下坡路的时候，我一直有个观点，人是个奇怪的动物，人在某一个阶段拼命追求物质享受，但是到一定的程度，人们对空虚是有反叛、抵抗的。所以说到一定程度，他自己会寻求精神享受，阅读是其中一块。按照目前中国人口基数来说，畅销书的销售数字，我觉得真的不算大。如果跟欧美相比，欧美国家也不会讲他们图书市场“回暖”，他们本来是这样的，他们一直在成长。对我们来说，我们阅读一直在常态当中，我们之所以感到图书出现回暖，出版出现了回暖，是因为之前读者是非常分散的，在新媒体之前，你不知道数字在哪儿。所以今天你会感到，我们正说着译文社《没有女人的男人们》，我们粉丝就在边上。当然我们出版业也发生很多质变，今天有了网络媒体，发行和出版变得越来越净化，我们做一本书过程中也知道自己的读者在哪里。加上中国民营出版生机勃勃的推动，体制内的出版也自然在改变，在这种情况下，更多的好书自然会出来。

当然最重要的是，你有版权。假如《思南文学选刊》，慢慢也变成一家出版社，版权都在你这儿，你当然是一家生机勃勃的大社了，如果这些作者不是你的，也不会有影响。接下来一个问题，原创作家也慢慢地会跟出版人形成一个长期合作。之前中国出版人缺乏版权意识，比如作家版权事情特别多，还有授权的理性上，这些都是出版能回暖的大保障。另外，现在读者越来越成熟，精神享受也在分化，有一部分人追穿越剧、网络剧，还有一部分人享受独立阅读一本书的那种世界。所以说，读一本书，尤其是近十年原创诗歌市场也变得非常好，以前难以想象一本诗集出来会受到欢迎，现在诗也变成个人享受，就比追一个剧给他精神上的享受更直接，比如我们追《人民的名义》，三天可以追完，一本诗集读一年、两年，甚至有些书你会反复地阅读，我觉得这是突出的特点，也决定了读者群的凝聚，也知道他们在哪里。

主持人：曹老师您说的数字，《甄嬛传》的发行量也是相当的惊人，我们把它归入通俗阅读的过程，但是这个例子说明了“生态”。第一个话题到这里结束了，这个话题恰恰说出我们这些出版人理想的出版阅读生态。有这么几个：第一，读者的成长。第二，作家的理性，对版权认识的理性。这两者对整个阅读的生态起着非常重要的作用，还有出版人的安心，因为出版人安心了，就会努力干活。所以读者、作家、出版人，别人在谈读书，我们今天在谈理想，这就是我们出版人，对阅读、对出版生态无限的想象。

说到版权，因为我们很多都是做外版书的出版社，除了谢老师做原创。在版权的购买和版权谈判当中，这里有很多可以分享，比如有很得意谈下来的版权，也有错过、遗憾的版权，这个问题请几位出版人谈一谈。先从陆老师开始。

陆志宙：我先抛砖引玉。刚才讲到《杀死一只知更鸟》那本书，没有讲完，我就从这本书开始分享。这本书有电影，1961 年得普利策奖，格利高里派克因为演这个男主角，获得奥斯卡奖。我们在 2001 年已经买下了版权，可能当时时机没有到，“回暖”没有到，我们很艰难，五年卖了一万册，甚至当当网说给你们包销，全部给我供货，其他渠道不要卖了，我们来做，一年包你五千册，我们没舍得。我们知道这本书的价值，是对教养的一种承认，对孩子成长过程，对诚实、勇气耳濡目染的一本书。我觉得爆发点是去年哈珀·李去世了，一下子这本书卖了20万册，到今年他逝世一周年，出了纪念版，前面三个月卖了五六万册。书的成长有一个过程，我们坚持买经典的，我们译林不适合短平快的书，我们社很笨重，节奏也比较慢，是以做长线见长的出版社。

比如我们买《少年派的奇幻漂流》，2005年的德国图书奖、布克奖，2006年出，花了三四年也就卖了两万册，一直到2012年被李安拍电影，也是一个爆发。我们一般从小众开始做起。

1992年中国加入国际版权组织，那时候国内老牌社不习惯买版权，但是译林社作为新的出版社，胆小，所以买了很多版权，包括塞林格的《麦田里的守望者》，还有《荆棘鸟》，后来发现这些书都成了我们看家的书，我们都是做长线往下发展的书。如果说我们最大的遗憾，就是与马尔克斯失之交臂。

主持人：这个你可以讲一讲。

陆志宙：可能那个时候马尔克斯的版权每一家都参与了。

黄昱宁：不光是我个人出版工作史上，也是我们出版社最大的遗憾。第一波热炒是译文出版社带动的。最大的问题在于，正因为我们出得太早了，可能开始的时候，马尔克斯的代理人对我们有很大的偏见，当时我们没有加入版权公约。

这里普及一个版权知识，中国1992年才加入国际版权公约，在此之前想买版权也没地方买。没有加入版权公约的情况下，谈不上合法或者不合法，因为你根本没加入版权公约。正因为有很大的成见在那里，但我们也是1992年之后最早跟他们接触的出版社之一，一直跟他们有联系。我刚入行曾经在法兰克福见代理人，我到现在都记得他们的脸色：你们国家盗版很多我们的书。其实不只是译文盗的，只是译文最引人瞩目，后来也跟他们有很多接触，也差点买了他们版权。很遗憾，最终赶不上新经典。只不过从代理人角度，他们肯定也希望选择一个有朝气和新锐的出版社。

主持人：你最得意的版权是什么？

黄昱宁：谈不上最得意的。有村上春树的版权，还有昆德拉《生命不能承受之轻》，还有《夏洛的网》，这个不是我接手的，《精灵鼠小弟》《吹小号的天鹅》，现在这两本书也达到很大的量，《夏洛的网》是最重要的一个。当初很有意思，他们不愿意授权《夏洛的网》这一本。到现在也不明白，为何先授权了《精灵鼠小弟》《吹小号的天鹅》，可能是想试一试出版社的表现，留了一本最重要的没有给我们。这中间差了四五年的时间，最后把他们攻破了。这是比较开心的一件事，最终我到现在也没有明白为什么他们当中隔了几年没给我们，应该是试试看吧。我们坚持做，表现出对这本书始终有坚持不懈的信心。可能他们认为我们是一家比较可靠出版社。

主持人：让猿渡静子讲讲，她的幸福是建立在你们的痛苦之上。

猿渡静子：我也要讲讲痛苦的事，特别是在座三位都是版权人，其实版权人痛并快乐着。做版权有十几年时间，特别在中国做版权，背负的东西要更多。我 2001 年进入出版界，中国 1992 年加入版权公约，1992 年之前的书在中国是合法出版的，但在国外作者看来中国是违法的，这是立场问题。

《窗边的小豆豆》从 1981 年到 1984 年有六到七个版本，这是没有经过作者授权的，作者也不知道。最早马尔克斯看到有这么多盗版，他发誓说，150 年不授权中文版。这就回到我身上来了，反正我觉得我是蛮奇怪的人，我是一个要不断设定目标才能活下去的人，11 岁半的时候有点青春期忧郁症，我最后读到北大的博士。可能大家觉得很奇怪，我的导师曹老师，我为他骄傲，他也有一点点为我骄傲，因为马尔克斯。

我进入出版界，就像小时候给自己设定博士一样，设定两个目标，一个是用五年时间争取将村上春树的作品拿下来。作为一个日本人在中国做出版人，能出村上春树的书，我没有考虑其他同行的感受，我是执着于自己的理想往前走的。用了五年的时间，每年出差去日本的时候，不断跟他们唠叨，我怎么做《窗边的小豆豆》《再见了，可鲁》。日本的版权人和出版人觉得《窗边的小豆豆》做得真是不错，是当时所有日文书在中国销量最大的。包括《再见了，可鲁》，一个狗的摄影集当时卖了十万册。我说试试我们新生的力量，真的是五年的时间，每次去都跟他们唠叨我想出村上春树的书。五年时间拿下了村上春树，真是个偶然的机会，他出了《跑步》散文集，村上很恋旧，他说散文合集你敢试吗？我说试吧。因为我是文学博士，对文学有信仰，散文集也是文学，我就想试一试。所以拿到村上第一本书《当我谈跑步时我谈些什么》，那是个散文集。村上的书竞价不是特别离谱的，基本新的书在新经典，旧的书在老东家。

回到马尔克斯，拿到村上之后，我开始为我十年的目标努力，我知道所有中国版权人都想拿到马尔克斯。我想怎么能脱颖而出，脱颖而出才能有拿到的可能性。我开始给马尔克斯经纪人写信，所有版权人都会用英文写信。我想一个西班牙老太太，用她的母语写信她应该会眼前一亮，所以第一封信翻译成西班牙语，差不多每三个月到半年时间会给她写一封信。我知道不能太频繁，会让她有急功近利的感觉。我在后面的信里面告诉她，我在中国读文学博士，中国作家怎么受到《百年孤独》的影响，在中国的《百年孤独》跟在日本的《百年孤独》有什么不同的感受，我给她讲我的理由，让她对我有个印象，对我公司有个印象。写了大概三年时间，三年之后真的有一天得到她的回信，她回了一封信，“我们愿意跟你们公司接触，我们需要多一点时间的了解，我们开始对中国市场感兴趣了。”

接下来有一年半的时间，她派她的中国助手到中国市场考察新经典，四年半之后给我写了一封信，到2011年拿下《百年孤独》马尔克斯的版权，这是马尔克斯成功授权中国的一个过程。

主持人：原来说的是十年，现在四年半就完成了。你有拿不下来的东西吗？

猿渡静子：也有遗憾失去的。但我这个人和我老板比较“轴”，目前没有特别拿不下来的东西。拿下马尔克斯之后，我们好像就信心倍增。

主持人：谁经得住你这三四年连续不断地写信，就像小伙子追姑娘一样。

猿渡静子：有失去的，比如会因为200美金、500美金，比如他就值200美金，要加到500美金，我们不加，就失去了。可能黄老师会觉得是不是我太有心机，不是。为了理想一步一步走，其实四年半也是个痛苦的过程，我的这种痛苦希望能让你安心一点。

谢锦：说到版权问题，这三位老师他们都是资深的外国文学专家，在外国版权交易当中他们会有特别的故事和特别的经验，刚才李老师也说了，我们上海文艺出版社是以中国文学原创作品为核心的，我们打交道的都是中国的当代作家，所以工作流程是不一样的，我们有我们的特点，我说一下我们的特点。

主持人：你们也给作家写信。

谢锦：我们做中国原创文学经常有一个比喻，我们是农民，是靠天吃饭的，不能指挥作家说，让孙甘露老师一定要写个类似于《人民的名义》这样的东西，不可能。对作家来说，他是创作主体，有自己的想法，所以我们在下面接盘，接盘也非常累。有一些好的作家，出版社是需要几代编辑跟进，到最后可能还没有拿到。因为作家有创造周期，他的稿子出来以后，他也有自己的选择，我们要尊重他的选择。

我记得我去年去河南出差，接茅盾奖的得主李佩甫老师。李佩甫老师跟我聊天，说我最对不起的就是你们的丁元昌老师，因为我们老编辑丁元昌老师盯着李佩甫一辈子，但是到丁老师退休，没有拿到李佩甫老师的稿子，但是也许我们下一代编辑再盯上去，李佩甫老师的稿子就给我们了。所以这个出版社像人梯一样，一代代编辑踩在老编辑身上上去，一个出版社整体的平台，也是一代代编辑搭起来的。当时李佩甫老师跟我说这个话的时候，我非常感慨，不要看文艺出版社、浙江文艺、译文或者新经典，他们手里握有大量的版权，其实是一代代编辑扑上去，编辑在其中要投入非常多的精力去跟作家交往，不断地去盯着这个作家，跟他一起成长、变老。

主持人：既要做生意，也要做朋友。

谢锦：其实编辑这个职业没有名也没有利，但他有职业的快乐，就在于你跟这个作家同步成长，并且你看他在成长，而且最后这个书在你这里出版，然后给到读者，这是职业能带给你最大的快乐。

主持人：曹老师有非常丰富的经验。

曹元勇：我们有个不同的故事，也是跟马尔克斯有关。一个从事文学出版的人，都会对世界上最有影响力的作家的作品产生兴趣。若干年前，在猿渡静子给她不断写信之前，我在一次伦敦书展跟她谈过一次。头几年《活着就是讲故事》，还有短一点的小说刚出版。我在伦敦书展就买了《活着就是讲故事》，又托美国的朋友把短的小说买过来，那年请了在澳大利亚写诗的一位中国外语同行跟我一起去。我就带着两本马尔克斯英文版新书就去了。那年书展正好赶上中国中秋节，我带了中国月饼过去，我特别生气，我对她讲我对马尔克斯书里面的细节非常熟悉，里面姑娘坐着飞船飞起来的细节，就像我们的嫦娥，啃了一块月饼就飞上月亮。她吃了月饼很高兴，但一句话不跟我谈马尔克斯版权的事情，转而谈什么呢？她向我推荐几个目前在西班牙比较有影响的作家，可以拿到西班牙政府给的翻译资助。后来我对卡温女士说，我的原则是看中的书，不需要你资助，我看不中的书，你给我资助，我也不会出。

当然，静子你的老板肯定大力支持，你才会坚持三年、四年，甚至十年也会坚持下来。但当时上海的出版环境，我觉得坚持是没用的。当时还需要一个契机，中国图书市场的成熟。

我的意思是作为文学出版人，没有对它产生兴趣，没有试图参与一下，这是作为出版人的遗憾。包括村上春树的书，今年村上春树有新书，现在因为版权公司和出版公司越来越理性，也希望有些东西能长期进行合作。村上的书，很多人问我，你参与了吗？要不要竞标一下？但是我说竞标也没用。当时上海分社微信公众号刚办起来，我们说搞一篇关于这本书的文章，因为我觉得村上春树写的长篇还是有大的飞跃的，后来我们编辑马上做了一篇，那天在广州马上有记者给我打电话：曹老师，听说你们拿到村上春树版权了？我又不能说没拿到，也不能说拿到了，我说走着瞧吧。这是国外图书市场非常有影响的作家，假如我不参与，不发生兴趣才奇怪了。

国内也是一样，尤其是国内一流的作家，要积极参与，跟他合作。刚才小谢讲的，原创作家写一本书不知道要用多长时间，现在市场各种竞争对手多得是。我举个例子，当年莫言《蛙》写好了，他说写好了，谈谈版权，我在他家里，从中午 12 点一直磨到吃晚饭，吃完饭后再回到他家里，再磨到晚上 9 点，莫言说有数了。有时候我觉得也很对不起作家，中国作家的生存状况真的不是很好，花了四五年时间写了一本书，我们一个出版社也给不了他们多少出版税。当时有家民营公司跟莫言讲，你只要和我签了合同，马上现金摆在这儿，比如一百万、两百万，都是朋友，不能不让朋友挣钱。国外作家，我们按照市场来，可是国内作家，如果甘露老师有人给你一千万，我这个书十年、二十年不出也可以，也会让你挣这个钱，所以国内的版权要拿下真的不容易。

刚才伟长讲了一句，既要做生意，又要做朋友。对于原创文学，不像做海外版权更好一点、更规矩一点。所以静子就因为500美金错过了机会，这也正常，要不然只有新经典一家，百花齐放比较好。如果按照新经典和浙江的经济实力，都可以拿得下来，问题是不能那么做，有时候干嘛都拿到自己手上，还不如拿到一两个把它做好，这样一对得起作者，二对得起读者。

主持人：出版人跟作者谈判特别有意思，一个好的版权人、好的出版人真的付出了巨大的努力，就像猿渡静子老师，她写第一封信估计也不知道这封信会写四年半之久，甚至写四年半之久的时候，也不会想到会有一封信来，如果谁来告诉我，写四年半或者几年半会获得他的回应，我想大部分人会做到，因为目标是明确的。但是在希望渺茫，不知道会不会有回信的情况下，还那么坚持去就不容易了，包括像丁老师一样，因为我们跟丁老师很早也接触，非常好的老编辑，对于这个过程我相信很多人有蛮多的感受。

接下来第三个话题，这几年中国的作家在国际上确实获得了很大成绩，也获得了很大的奖，比如诺奖。我们国内有各种各样的文学奖，各种各样的文学排行榜，每到年终或者年初有各种各样的榜单出来，引发很多人的关注，我想问问你们，你们怎么看待这种现象？这种现象背后你们觉得有没有问题？如果说有问题，那么你们心目当中理想的文学奖应该是什么样子？当然诺奖就不讲了。

曹元勇：应该说现在的各种文学奖项比较多，包括排行榜，甚至现在有月度排行榜、周排行榜，这是好事情，因为现在图书出版品种这么多，对于广大读者来说，让他从几十万的品种当中找到他最感兴趣的图书，或者在那么多图书中找到哪些书值得阅读，真不容易。就像进饭店，饭店会说我们店招牌菜一样，就像大众点评网。奖项和排行榜给读者至少提供了线索。我想讲的是，尤其是排行榜，或者月度排行榜，很可能存在的情况，很多书很难进的排行榜，比如十大好书排行榜，必然会遮蔽掉很多好书，这些好书如何被发现是个问题。当然有些排行榜做得非常严谨，比如备选的书，评选人很认真地把每一本都阅读了，给出他们的意见，投出非常神圣的一票。但是也有一种情况，很多评委也在讲，我们去参加某某出版社年度好书奖，也有评委讲，这些书自己都没看过，就投出来了，这样问题就来了，你没看过怎么还要去误导，对于评委来说，他不去投这一票，也许读者根本不知道有这么一本书，这是非常矛盾的事。

反过来讲，图书虽然是文化，虽然是知识，但是当你变成一本书，就是商品，无论奖项也好，排行榜也罢，虽然它带着浓厚的商业气息，这就是它的本质，总是有一些书首先进入读者眼睛，有些书就需要非常执着的读者去发现它。就像世纪文景去年做的那本书《斯通纳》，《斯通纳》50 年代出版的时候，半个世纪没卖掉多少本，进入新世纪以来，一下子变成欧美超级畅销书，我觉得总得有人发现它。有的东西被遮蔽了，有的东西待被发现。

还有一个不太好的现象，文学出版社过于商业化，也导致很多作者满脑子商业气息，包括奖项也是这样，也导致写作是为了获得奖项。这样的作品大部分是朝生暮死。这也是一部分人，你有诱惑，必然有人愿意受这样的诱惑。总的来说，有奖项也不是坏事，尤其对我们出版人来说，当然有排行榜也是好事，我们很支持这样的事情。

主持人：你觉得奖项有用吗？

谢锦：确实是有用。数据可以反映一切，但凡在社会上影响力比较大的排行榜、奖项，比如说茅盾奖，对图书市场特别有推动力。

今天早上北京在颁中华优秀读物奖，像中华优秀读物奖、中国好书，出版社的书一旦进去之后，明显能看到发行量噌噌往上走，这等于借助其他的力量在帮你的书做宣传，所以我们出版人对于排行榜、奖项的心情是很矛盾的。就像曹博士说的，图书既是商品，又不是商品，所以针对“图书”而来的销售榜、排行榜、奖项同时是带有双重性的。我想说的是，随着整个社会对阅读的推动，我明显感到这两年不管是排行榜还是奖项都在不断调整、平衡，确实需要有这样一个过程。因为对我们出版人来说一直有个矛盾，只要图书和商品的问题不解决，这个矛盾我觉得永远存在。

陆志宙：刚才讲到奖项的问题，我觉得奖项对于我们出版社来讲，是不容回避的，大家都要争取的。比如《望春风》去年五六月份出版的时候，在格非老师资深读者群中有影响，但是它并没有一开始就得到大众的瞩目。格非老师是学院派作者，他的书也不是那种形式的。后来得了深圳读书月十大好书，然后各种媒体频频上榜，使得它的曝光度越来越高。我觉得大家也就是眼球经济，第一次提到，可能大家还不太注意这本书，第二次、第三次在媒体上反复看到，大家会有印象，会寻找这本书。所以我觉得奖项还是很重要的。

任何事物有正反两面，我觉得大量的奖项比较雷同。刚才曹老师讲过，很多人也许不一定读了，就去评了。就这点来讲，我觉得诚品书店非常了不起，每个月选书。他是销售人员，由他们选书，而且他们选书规定不看文案，不可以看内容简介，你读了以后一定要选出来，非常公正，我觉得这是诚品书店所带来的一种风格，不管怎么样它保持相对的独立性。我们的奖项，有不同的侧重点，有书店的奖，有纯文学的奖，还有大众的奖，还有读者喜欢谁，可以个人荐书，我觉得这个力量也应该重视。比如科幻文学，由科幻大牛来推荐这些书，还有专家推荐书单，现在“书单”有 480 万粉丝。“书单”去年跟我们交流，很多读者提问，不知道读什么书，很困惑，所以“书单来了”因此变成一个独立的公众号来运营。

主持人：我可以举个例子，这份书单当天发出来已经 10 万 + 了，我们看到 10 万 +，可能背后的内容更多。它的标题是“书单来了，五本让你深夜痛哭的催泪经典”。第一本是《情书》，第二本是《一个陌生女人的来信》，第三本是《霸王别姬》，第四本是《悬疑人X的献身》，第五本是《少年维特之烦恼》，从书来讲，这五本书都挺好的，但是他用这么一个媒体，“五本让你深夜痛哭的催泪经典”，你一看标题就会瞄一眼。

猿渡静子： 新经典出原创作者不是那么多，我们基本是以引进为主。说到奖项，可能在座的有的人不知道，日本这个国家文学奖项非常多，多到数不胜数，几百个奖项应该是有的，这几十年下来真的是有那么多文学奖项。我是一个文学爱好者，我就在想文学奖项对于出版社、对于读者意味着什么？我觉得这些奖项是对老一代作者的记忆，一个奖项基本以老作家名字命名的。还有是对青年作家的鼓励。几乎日本所有作家都是从获奖开始起步，包括村上。日本的奖项都是认真评，每一个评委都非常认真，而且非常注重仪式感。获奖颁奖仪式真的像个高端宴会，让获奖者真的有仪式感。所以当大家走上文学道路的时候，第一个想到是不是拿一个文学奖，几乎所有人都是，拿到这个奖，再拿另一个奖。比如这个奖项有一百万日币，我写一篇短篇小说可以拿一百万日币，相当于我一年不用打工了。这样的奖项鼓舞一代代喜欢创作的人成为作家，一直写下去。我自己感觉中国书单比较多，奖项还是少了。

主持人： 欢迎更多的文学奖项，也欢迎奖金更高一点。

黄昱宁： 我觉得奖也好，奖项也好，对整个行业的繁荣，对读者选书的指导意义作用肯定是比较明显的，出版从业人员也是非常重视的。当然它有反过来的一面，既然有排行榜、奖项，就有运作它的空间。其实行业内有很多故事和传言，包括排行榜也是可以运作的，也有买榜的现象存在，这是商业必然会面临的问题。从奖项和排行榜本身来说，不断提高它的专业性以及公信力应该是一个方向，这些会让这个行业越来越成熟。

我觉得我比较喜欢的，可能我英美文学做得比较多，那么多年观察下来，布克奖在我心目当中各方面做得比较好，布克奖有很强的分析能力，这几年也在不断发展，包括从国内发展到英联邦，然后发展成为英语国家的。除了诺贝尔奖以外，如果就作品奖来说它是第一位的，因为它一直保持很强的活力，比起美国其他奖，它在短名单、长名单方面，保密做得也非常好，它每隔几年整个方向会看到不同的地方，这几年特别重视新的作家。像很多大作家连长名单都进不去，它一直保持这个能力，不被强大的影响力所左右。虽然有很多争议，也有很多作家听说名单不进，或者名单进了不得奖，当场失态的故事也有很多，但是它就是保持这样的风格，做得越来越好。你反过来看，小圈子的奖，它一定是成功不了的。

主持人： 刚才几位出版人说到文学奖有个非常好的关键词，理想中的文学奖有发现价值、发现文学新人、发现文学名作，发现可能被我们遗忘的好作品。发现才华、捕捉天才。

最后一个问题，可以聊一聊新书的计划，考虑读者的钱包，重点推荐一本。

曹元勇： 刚才聊到日本的奖项对年轻新秀的扶植，也不叫扶植，他们的奖项对年轻作家的重视非常有意思。当然中国的奖项有中国的特色。

我想讲去年龚古尔文学奖得主蕾拉·斯利马尼，去年 35 岁。法国龚古尔文学奖是她最大的文学奖，但是奖金非常可怜，只有 10 美元，一个奖项有多么高的奖金，这并不重要，重要的是这个奖项机制是不是公正，这个奖项是不是有悠久的历史，是不是一直持续着发挥它的作用和影响，包括布克奖，包括普利策奖都是这样。我曾经听说过，中国设立一个中国人的诺贝尔奖，奖金有 500 万。

蕾拉·斯利马尼去年得奖的书叫《温柔之歌》，她是个美女作家，为什么要推荐她？第一，我们去年也是果断地把版权拿下来，请了袁筱一来翻译。最近一两年袁筱一老师拒绝翻译文学作品。我觉得这个书作者是女作者，袁老师是法语翻译当中非常了不起的女性译者，我想找她，她如果翻译就最好。她说不翻译作品，我说你先看一看再回答我。袁老师拿到书后没几天说愿意翻译这本书，而且是两本书。因为我买了蕾拉·斯利马尼《食人魔花园》，袁老师讲这两本书都翻，让我非常吃惊。上个月她把译稿发给我，我也没想到如此快地把译稿发过来。我想讲的是什么呢？袁老师对文学的感受和判断，包括她对作品的要求是非常高的，如果不是好的作品，她不会这么投入。

这本书写的是法国的一个保姆，把雇主的两个小孩全弄死了，上来就是一个男孩死了，另外一个女孩子也是奄奄一息，然后开始讲这是怎样的事情。我们当时买版权，考虑到现在中国很多城市雇保姆，很多保姆虐待自己的孩子，很多家长看不到，或者看到了非常吃惊。一个法国 35 岁的作家，她能捕捉到这样的题材，而且写出在法国评价那么高的作品，这样的作品会不会对我们作家有一点启发？

另外这个作家很有意思的是，蕾拉·斯利马尼祖籍是摩洛哥，我看这个小说里面的保姆是有一点阿拉伯血统的人，这让我想起阿拉伯世界在西方世界里那种特殊的感受。在今天的欧洲，文化的、种族的冲突这么严重，我觉得这本书启发很多。因为我们现在的中国，虽然在这块土地上，但地球的、世界的问题，也是我们的问题，早已经不是只有中国的问题才是自己的问题，世界的、欧洲的问题不是我们的问题这种局面，我觉得都是我们的问题。这样的书既然要做，就把它拿下来，找最好的译者翻译，现在译稿已经有了，基本八九月份可以出来了。

另外有一个消息，明年 3 月份蕾拉·斯利马尼专门为这本书到中国来一趟。本来想请她参加上海国际文学周，或者参加上海的写作计划，因为她非常有创造力，但 4 月份生了她第二胎。还要去法兰克福书展，我们也考虑了各种因素，交涉下来明年三月来中国，我们希望借思南公馆的宝地，甘露老师、李伟长老师给我们留点时间做一个活动。

主持人：确实是非常有生产力的作家。

曹元勇：蕾拉·斯利马尼，《温柔之歌》或者叫《甜蜜歌唱》，另外一本书《食人魔花园》。

主持人：下次找翻译的时候也找我们的小马老师。

曹元勇：马老师是我们尊敬的资深翻译家。

谢锦：我把我们社最新的一些书带过来，也作为今天的福利，散场之后如果感兴趣就到我这儿看一下，有自己喜欢的书就拿走。因为伟长老师要求我们，要重点推一套书，我今天给大家介绍的书，也是今天的一个议题，关于电子阅读和纸质阅读。今年上海文艺出版社推了“小文艺口袋文库”，这个书非常小巧，手感非常好。我们觉得现在大家读电子的东西太多了，而且碎片化，所以我们把书本做成这样的小开本，便于大家携带。首先推出20本是小说系列，全部是中国作家原创小说，中篇小说八万字，上下班路上就可以把一本“小口袋”读完，当中有实力派作家、青年作家、名作家，书的题材都跟现实比较有关，我们用文学讲述当下中国的故事，到7月份我们有一套也是小口袋，是器物系列，生活中各种各样的器物，像垃圾筒、密码。到10月份还有个小口袋系列，大概是偶像系列，也是八万字，选了十个世界级偶像（人物传记），它基本的规模在一百册到两百册。我们广告语是：换一种姿势的阅读。不要老捧着iPad、手机，纸质阅读有它无可替代的东西。所以我今天借这个机会向各位读者推荐一下我们这套书，我们花很多力气建这个读者文库。第一辑有设计一个书套，大家可以插一个交通卡，扫书就可以进地铁，非常有范儿，换一种姿势来阅读。

不要以为小书字很密，我们排版很松，如果感兴趣可以拿回去读一下。我们20本书的书名非常有趣，这20本推出以后，会做一个活动，请所有读者把书名连成一个故事。

陆志宙：现在的思南读者还是层次非常高的，我选一个小众一点的书，今年我们上海中心也要出版他的第一本书，我着重要介绍一下马上要面世一本书叫《世界与我之间》，是2015年美国国家图书奖非虚构类书，它也获了有色人种促进会的大奖。

我记得朱诺·迪亚斯来过一次演讲，怎么样来沟通，他讲一句话“我们的脊背就是桥”，这句话给我印象特别深刻。这本书也是一样，向红是个法学博士，她每次给我们讲这本书的时候，你能明确感觉到她的那种爱。这本书是一个父亲写给成长中的孩子一封长信，因为他是黑人，就是告诉他，在美丽残酷的世界怎么做清醒的公民，在他十几岁非常重要的年纪，你怎么在这个世界上自由地生活，能够远离恐惧的生活。带着父亲很多很多的期待，很多很多的经验和很多成长的经历。龙应台写给过孩子一本书《目送》，也是跟孩子的交流。我觉得这本书可能面临的社会问题更多，作为少数族裔，作为弱势群体，他在世界上生活会有更多的艰难，所以他要介绍自己的孩子，这是父子之间的一本书。

我们再邀请这位作家来上海国际文学周，但是他还没有回复，因为时间有点迟，也在争取。

主持人：这让我想起我在书店看到一本书《世界与我之间隔着一个你》。

猿渡静子：我远道而来，可以推荐两本书吗？一定要推荐这两本书，作家大家都知道，村上春树最新的一本书《我的职业是小说家》，可能也有人已经读过了，讲怎么写小说。大家都知道，村上特别多产，而且他的小说质量非常高，但是大家不知道他是怎么写出来的。他是很坚持，特别轴的作家，每天坚持五个小时的写作，每天十公里。我觉得他是先做了人，才有自己的文学成就。

还有我最敬爱的马尔克斯出了一本书叫《活着为了讲述》，这也是他自传性质的一本书。

村上春树和马尔克斯各一本，每个人读小说的感觉可能都是不一样的，但是这两本书给你更多，给你非常深的感触。

主持人： 换一种方式讲，《活着是为了讲述》，因为《我是职业小说家》。

黄昱宁： 我看年度计划有很多文集，十几卷，我就不讲这些了，我讲一本我最熟悉的，是我自己翻译的书，这本书叫做《暗杀》，是希拉里·曼特尔的短篇小说集，两次布克奖的得主。为什么暗杀？因为有个主题小说叫《刺杀撒切尔》。我为什么说跟另外一本书有关系，是因为我当时拿到两本书，编辑说你翻译哪一本？当时都以为我会译麦克尤恩的《儿童法案》，但我觉得已经翻译他的三本小说，我想换一种，就挑了曼特尔。但是曼特尔的小说，确实跟麦克尤恩的书完全不同，写得非常狠。《刺杀撒切尔》已经发在《思南文学选刊》上，大家可以看一下，这本书到年终才出。

总体来说，曼特尔下笔非但巾帼不让须眉，可能会把须眉全压下去。她的标题《刺杀撒切尔》是极具挑衅性的。因为我们撒切尔夫人很老才去世，至于这个刺杀，是作者虚构的。之所以要刺杀，是因为撒切尔当任期间非常强硬，虽然她在外交上取得非常的成就，但她伤害了国内的利益，尤其是底层者的利益。除了这篇小说，其他的几篇小说也有差不多的主题，英国人说话比较暧昧，不会把话说死，但是曼特尔在我看来完全不同于其他英国作家的特点，她不但把话说死了，把人都写死了，小说技术同时又是非常精湛，我非常推荐大家看这本很有刺激性小说，叫《暗杀》。

主持人： 黄老师最近有本书《假作真时》，那里面有“黄三篇”，非常好，《吃着吃着就淡了》《听着听着就老了》《写着写着就散了》也是译林出的，非常好。

我推荐一下书，《思南文学选刊》第二期，当中有一篇《刺杀撒切尔》，非常棒的书，选刊很漂亮，现在是颜值的时代，我们出版的书越来越漂亮，时间有限，到此为止。

最后感谢一下所有的出版人，因为有出版人参与，所以上海书展、上海国际文学周才受到关注，思南读书会才坚持了170多期，我们希望第四年、第五年的时候，还会与各位继续合作，向你们致敬，谢谢！

时间：2017 年 5 月 13 日

嘉宾：沈国明　孙颙　施大畏　张培成　范奕彬　梁川　罗玲　施晓颉

梦开始的地方

——漫谈中华创世神话连环画绘本

主持人：各位读者朋友大家下午好，今天非常荣幸在这里为大家推荐一本新书，大家也看到屏幕上显示的是叫《开天辟地·中华创世神话连环画绘本系列》。这套图书作品是我们市的重点工程：开天辟地中华创世神话创作和传播工程，连环画部分的部分创作成果。在这里我们说了两个部分，并不是我口误。其实是想跟大家介绍一下，第一个部分想要说明的是整个开天辟地工程涵盖范围非常广泛，连环画只是其中的一个部分。另外即将推出的还将有美术主题创作、舞台剧、动漫、电影其他的艺术形式，多方面来表现。第二个部分指的这套图书，至今还没有完全出版，因为由于我们的创作是分为两个批次进行的，所以目前面世的是 30 套作品中的前 17 套。其余的作品将于今年的 8 月份与读者朋友见面。

《盘古开天》《女娲造人》《后羿射日》《嫦娥奔月》《大禹治水》等大家耳熟能详的主题，经过重新梳理和编文，并且邀请全国知名的大画家以连环画这种传统的方式创作，呈现在大家面前。今天我们请来学术主持是社科院著名的学者沈国明先生。参与我们今天这场艺术漫谈的有著名作家，主持我们这次“开天辟地工程”文字小组工作的孙颙先生。还有上海文联主席、上海中国画院院长美术创作小组组长施大畏先生。

沈国明　施大畏　孙颙　张培成

同时在我们台下我们还请来了几位年轻的艺术家代表，他们是《大禹出山》的作者梁川、《伏羲创八卦》的作者施晓颉，《嫘祖教织》的作者范奕彬、《羿除四凶》的作者罗玲，也是我们这次创作年纪最小的画家。现在就请我们以热烈的掌声请他们为我们讲述梦开始的地方。

沈国明：今天的主题是关于创世神话连环画绘本。这个题材关系我们中华优秀传统文化的发展和传承。十八大以来习总书记对中华优秀文化的传承和发展做过很多的指示。前些日子，出台了《关于实施中华优秀传统文化传承发展工程的意见》。这个意见对我们实际工作者来说意义非常重大，为什么提供了方向，为我们指明了方向，同时告诉我们要做的很多事情。

中国是一个有五千年历史的伟大的民族，我们这个民族有很多优秀的文化遗产。正因为这样，所以我们五千年来这个世界上很多文明消失了，中华文明它不仅没有消失，而且有很大的发展。我们说为什么我们要这么看重传统文化？历史经验告诉我们如果不知道一个民族过来的路，你就不知道未来走向哪里。所以我们要很好地发掘、发扬我们优秀的传统文化它的功能，如果我们传统文化当中没有优秀的思想理念在起作用，我们这个民族他就不可能像现在这样具有凝聚力。所以优秀传统文化对于我们民族凝聚力，对于树立我们民族的自信心，都是至关重要的。

做创世神话研究或者宣传，关系到确立我们道路自信、制度自信、理论自信、文化自信。现在上海市委宣传部把做这个事，作为我们宣传系统的一个重要的事情。不仅是文化艺术界，包括学术界都参与，都投入。但是在这么多界别当中，可以这么说美术界是走得最快的。他们已经拿出了初步的成果，这一套连环画绘本就是他们初步的成果。我相信用不了多久我们可以在中华艺术宫看到他们更多的成果。市委宣传部高度重视这个事情，我们学术界也在组织力量进行研究。我们这个成果今后会是什么样？能发挥什么作用？我很想通过今天下午他们三位作者的演讲，让大家知晓，同时希望我们有很好的互动。我会挑动群众斗他们，你们有什么问题提出来让他们回答？如果回答不出来，说明你们的问题很有质量，会逼使他们回去思考，把这个工作做得更好。我说得可能太多了，就到这儿打住。现在开始交由他们三个人讲。怎么个排序？孙颙，他是文字稿的奉献者，做了很多研究。孙颙同志是著名作家，曾经很长时间担任过出版局局长，又是作协的党组书记。他有很多作品，其中有一本讲八卦，这个书给我看起来就不是个文学著作，就是一个学术著作。所以他对传统文化非常有研究。那么就由孙颙开头，你开始讲吧。大家欢迎！

孙颙：沈国明今天想要挑动群众斗群众是吗？那我就先跳出来。这件事情为什么要做？我想很简单的有这么一个表述，刚才他说中华文明五千年，也有人说是八千年，甚至一万年。不管怎么样，就是五千年，我们在座的各位可能比较讲得出一点的是两千多年的时间。再往前的，很少能说几句。为什么？因为我们讲到老子、孔子，好像就是中国文化比较开始的时候。连老外都是这样，现在我们中外文化交流很多，外国人会讲我们的老子，会讲我们的孔子，但是再往前就不太有人说。为什么？这不能怪老外，要怪我们自己。我们好像把老子、孔子讲好，到后面唐宋元明清就不要说了，讲得比较多，往前我们就不太说。西方人怎么回事？现在因为可以出去旅游的人多了，你跑到西方的美术馆，跑到西方的教堂，他的那种创世美术作品铺天盖地。所以好像讲到比较早的文化，连我们中国的孩子们知道的都是什么诺亚方舟、亚当、夏娃，还有什么爱神丘比特，好像讲那些比较多。中国的讲什么呢？杏花楼的月饼盒子上面有嫦娥，这个只能怪我们做文化的人好像有点缺憾。所以我们想补这个东西，真正进去做了以后，我们就发现其实我们的创世神话比现在西方基督教《圣经》所讲的创世神话要丰富得多。我不能说是谁高谁低，但是我可以讲一个具体事实，在很古老的时候全世界都遇到过大洪水的。那么西方神话怎么反映呢？我们大家都知道诺亚方舟，大家跳到一个船上去逃跑。事实上这个当然是一个神话，哪怕是现在万吨级的船能坐多少人？我们中国的祖先不是跳到哪里去逃跑，是大禹治水。大洪水来了，我要把它治理，只有治理好了，大家才能够安身。所以同样是神话，我再申明一点，我不是说比高下。至少比出我们中国人有独特的智慧和能力吧？所以做这个中华创世神话，为什么做？我想这样简单地说，好像意思已经出来了。但是讲这个意义还不是最要紧的，这个事情实际上做下去以后，发现很难。为什么？西方的创世神话是通过文艺复兴前后的几百年慢慢做出来的，做到现在他们在那里，几乎是家喻户晓。我们现在要做难在哪里？他刚才说美术先走起来，为什么美术先走？因为我们的神话好像大家比较喜欢的孙悟空，孙悟空不是属于创世神话。其他的形象上感觉有没有？我们讲炎黄子孙，炎帝是怎么样？黄帝是怎么样？我们有感觉吗？至少我是没感觉。我们讲仓颉造字，有的人说他跟我们眼睛不一样，多一个眼睛。但是他什么形象你说得出吗？哪怕大禹，大禹什么形象？盘古开天，盘古是什么形象？女娲，我们最早的母亲，明天是母亲节，最早的母亲是什么形象？几乎说不出啊！所以这个美术难就难在这里。我最佩服的是他们通过一年多的努力，现在能够拿出 17 本，马上就到 30 本。当然这个具体要施大畏、张培成我们这些画家去说，这个当中的艰辛绝对不是我们搞文字的人能体会到。好了，我开头好了，接下去你要挑他了。

沈国明：谢谢孙颙，下面大畏你说吧。

施大畏：孙老师开了一个头，我说句心里话，这件事情由来已久。在2003年的时候我们这批政协委员跟吴贻弓，当时他是政协常委，我们在北京的时候就想我们的坐标到底是什么？中国的英雄到底在哪儿？这变成我们思考的问题。于是我们就集中开始做一个神话创作的想法。其中有一位很著名的学者叫赵昌平，他也是全国政协委员。他这次最大的贡献就是做40万字的文史的梳理。刚才孙颙吹捧了我，我说句心里话，没有40万字的文字我们是梳理不出故事的。今天讲一个上古时期的中国的神话的精神，它的脉络，没有文字的努力，我们是做不成的。曾经记得孙颙美术几年以前在上海中国画院做了一个跨界融合的讲座。他为我推荐了一本书，那本书叫《爱因斯坦、毕加索：时间空间之美》。这本书我印象很深，我甚至买了几十本给我的朋友，他讲了艺术创作的科学性。举这个例子是什么意思？一个艺术家最重要的要有文字的，或者文学的，或者知识的支出，你可以搞出比较像样的作品出来。因此这个一年当中，孙颙的团队把文字工作做好了。我一直讲连环画创作，我跟张培成年轻的时候画过连环画，据说有人称我是连环画的大家。其实我工人出身，第一步是走进了上海人民美术出版社画连环画。在2012年中华艺术宫开馆的时候，当时的市委书记俞正声看了我们的一个展览，这个展览是上海电影美术制片厂的回顾展。俞书记很有兴趣地看完了《三个和尚》的电影影片，他突然问我一个问题，他说："孩子们能看懂吗？"那会儿我不假思索说能看懂。他走了以后，我想起来他问的是一个文化的问题。改革开放30年，缺的就是文化的传播。这个30年当中，我们从"文化大革命"结束以后，过了几年进入改革开放新时期，经过对文化的思考，突然发现我们文化缺少了。什么是传统文化？什么是传统的优秀文化？这个问题大家迷茫。这些问题放在我们画家面前，你们怎么用这个高度表述一个上古时期我们中华民族在宇宙混沌的时间当中开创了中华民族的神州大地，这些问题就放在我们面前成为一个主体的研究。似乎很熟悉的神话故事，又非常生疏的一个故事。跟我们很贴近，《西游记》也好，《山海经》也好，又觉得非常遥远。怎么把这个故事能够通过我们艺术家的文化传播放在大家的心里，变成我们一个课题。于是我们就采用了连环画的形式。因为连环画从80年代完全市场化以后，丧失了它的功能。我们现在重新打造中国动漫连环画的学派，我们就想通过我们这批老炮们，加上小青年们，一起把连环画做起来。我们这波人还有最后一口气，咱们把中国的连环画往前推一步。我们站在台上都是近70岁的人，原来我觉得很年轻，现在突然发现那么老，于是我称自己为老炮。冯小刚电影里最后拿了一把刀，在冰河上冲上前，我就感觉那是一种精神。我们去为中华文化的传承做一些贡献，那就是我们最有意思的东西。我非常感谢这个团队，我们是公益活动，稿费太少了，出版社很抠门，每张画就几百块钱。我也很抠门，没给他们多少稿费，最后画完了。我们这种比拼，罗玲小朋友画了以后说"动漫应该这么画的"。于是拿回家又重画了。她一年可以挣很多的钱，这本连环画画了30多幅，又被我砍掉了很多。关于技巧上的问题，张培成比我画得好。我们那个展览在比利时布鲁塞尔做了一个呈现，现在还在展出。我们主任带着队伍出去，受到了很大的关注和老外的兴趣。文化走出去，用什么样的东西走出去？张培成他有直观的感受，我把话筒让给他了。

张培成： 我就是给大畏一直拖着，我比他大两岁，今年虚岁70了。实际上我们从小就一起画画，本来退休了就想在家里安享晚年，自己画画画。画连环画我们应该是20多年前这个时候的事情，后来也不画了，因为画连环画很烦的。你想你每天画了一张还要画下去，而且还不是随便画，要根据他们写的文字来弄，你还得看，所以其实很累的。但是我觉得这确实是很有意义的一件事情。因为以前也没怎么接触过神话，像我们这种"老三届"那个时候又碰到"文革"，又下农村。就像我们现在的年轻人讲到爱神就是丘比特，或者亚当、夏娃，他不会去讲伏羲、女娲的。当然全球化的背景下面，世界的文化交流越来越频繁，这是很自然的事情。但是我有时候想那么我们有没有必要有一个小镇要叫泰晤士小镇？我觉得幸亏我们家住的不是西班牙名园什么。我有时候想想我们自己说中国人的文化自信，但连住的小区都要叫外国名字，好像高档一点。所以今天我们做的这件事情真的是很有意思的，让我们年轻一代重新回到民族的那种文化自信上面。

昨天晚上我自己一边看书，一边看电视里的“诗书中华”，就是比赛的那个。那个小孩那么小，所以我当时想他这么小能念那么多，我全都念不出的，我都想不出来的。我想明天还要来讲什么？我只是一个画画的，就非常自卑。昨天我还跟大畏说：“我还是不要来了，我讲神话真不知道怎么讲。”这次我们这些作品选了一部分，因为每一部作品都有 30 部。我们就选了 4 幅，每个人 4 幅到那边去展览。在开幕式前参观他们布鲁塞尔的一个丁丁漫画博物馆。丁丁已经全世界都有名了，我知道中国有很多小孩也在看这个书。他们请了那个馆长做了主题发言。他是他们漫画协会的头啊，还有学校也来了一拨人。我们当时有一些选题讲到我们这里叫“连环画”，他们那里叫“漫画”。我们这些画画的人，我们画作品的作者都不会认为自己画的画是叫“漫画”。后来我问那个翻译，那个法语翻译——比利时有法语区、德语区和荷兰语区，我们在的是法语区，我说：“你说的漫画到底是漫画还是连环画？”他说：“一个意思。”搞了半天，我回来以后查了一下字典，也问了儿子，我英语不懂，日语学过，很想搞清楚。因为我们一块儿去的有个韩硕，他原先是少儿出版社的，有什么动漫、绘本。我想到底我们连环画和漫画什么意思？后来一看其实动漫这个词辞典里面是没有的，我想会不会是日语里面来的？因为日语和中文都使用汉字，很多字是一样的。我查了一下日语辞典，也没有动漫。那么我想这个肯定就是生造出来的。为什么？日语里面有动画，这个词有的，也有漫画，这个词也有的。有漫画、映画，这个就是叫动画片，就是没有动漫。后来我一想，我们现代汉语里面很多都是借用了日本汉字，我们的“美术馆”“干部”“哲学”，以前国内都没有的。好，搞清楚了。在比利时他们的漫画其实就是我们说的连环画，第二天我们去参观丁丁博物馆，看了以后觉得他们这个博物馆，他们的这种漫画跟我们的漫画不是一个层面的。他们那些画就是像我们这样画画的，有很好的写实基础，其实就是故事画。这个搞清楚以后，我们介绍了我们这个展览的情况，后来他们老外发言的时候说，“我们对你们这个题材非常感兴趣，我们以前一点都不知道。我们现在知道了，其实我们人类的初始有很多是相似的。”他讲到大禹治水和诺亚方舟的事情，在远古的时候肯定有过大洪水。我们这个题材表现了我们人类先祖跟大自然的搏斗。他说我们这个应该都是共同的。我们有仓颉造字，养蚕织丝绸，他们非常感兴趣。还有一点，他们就说了，“不过我们一看你就知道，你们不是画漫画的。”后来我们跟他说，本来我们介绍了，我说我是画中国画的，阿星是画油画的。他说：“我们能感觉到，你们画里面的那种气息，是跟我们画连环画是不太一样的。”他觉得画得很好。

孙颙：你就讲得直白一点，就说是大画家来画连环画。你不要不好意思，是这个意思。

张培成：人家也没说大画家。还有我们正好去比利时，比利时是一个对连环画非常重视的国家。他们那个博物馆是私人的，就是创作《丁丁历险记》的，好像叫埃尔热。埃尔热创作了丁丁以后，办的这份刊物、这份报纸，持续了44年。一直到二战的时候都没有停止。他去世了以后，他的夫人把家里的遗产都卖掉，弄了这个博物馆。他们很关心我们这套书的传播，问“你们以后儿童的这种书会不会在书店里面，有没有专柜？”还问我们“这个书一般老百姓买得起吗？”那么我们说，“我们这里每一本的价钱不是很贵。”我们用欧元换算着说了。我说我们还有简装本，会更便宜。这个也提醒我们，如果真的要传播的话，确实可以用很便宜的价格，让农村的孩子都能够看。昨天晚上那个节目里面，居然最厉害的是两个农村的姐妹。她们没怎么读书，就是自己看的。我想如果她们从小就看到这个书，她们有这方面的知识，是非常有意义的事。我就讲这些。

沈国明：三位老师都讲得非常好！我觉得我听完第一个感受，我想从专业的角度来说，就是功夫在画外。他们讲的都是画画之外的事情。孙颙他这个工作非常难做，我们中国创世神话，史书有记载，但是都很简单。比如说《山海经》里面有很多神话，但是《山海经》的神话每一个只有几句话。你要把几句话演绎成一个完整的故事，然后还要画面把它表现出来。当时他们这个团队花了很大的功夫，创作的脚本这么厚。刚才施大畏说的40万字，这个工作很厉害。然后他们两位画家，都是讲文化的事，不是讲绘画的事。大畏经常会跟我聊起最近看了什么书，然后他会把看的一些很形而上的书告诉我，我觉得很感动，我觉得做得好的艺术家，都是功夫在业外的。比如说大畏很典型，我想你们一定认识奚美娟，奚美娟是很好的表演艺术家，她看了很多书，所以评论文章里边经常会写到她表演的具有文化内涵的东西。然后有一些核心刊物，她会发表学术文章谈表演。比如说台词，她就会写好多这种很深刻的文章。那么这两位刚才讲的，你都可以看出功夫在画外。我真的没想到张培成老师会去查法文辞典，查日文辞典。这个你就知道要画出大家可以接受的好的艺术作品，这个功夫是怎么一个投入。

现在，我想他们第一轮说完了，不解渴。我非常想叫孙颙谈谈你们怎么把一个几十个字的故事说得比较完整。在我概念中希腊神话故事，每个故事都很完整。他们刚才都说到我们这边的神话形象，就孙悟空大家比较认可，其他都不知道什么样子。这个跟故事表述得不够完整很有关系。现在他们力图做这个事，我自己的感觉也急不得的。因为刚才孙老师也讲到，希腊神话故事它成形是在文艺复兴时期，用了300年的时间。我们现在刚刚开始，所以我想这个反差很大，感触很深。我非常想请他就这个问题跟我们做个交流。

孙颙：刚开始的时候，我们做过一点无用功。什么无用功呢？找了好多画家、文化研究者、学者，大家坐下来讨论某某人应该是什么形象，讨论过好多次。有一次有一个人的发言让我们豁然开朗，他说“你们想想看孙悟空现在大家家喻户晓，公认了，他是怎么出来的？不是大家坐在那里讨论出来的。先要有人画啊，要发挥画家跟文化学者的想象力。”我们豁然开朗。然后我们就定下一个想法，搞一些最基本的元素，然后让自称老炮的施大畏、张培成跟这些年轻画家自己去想象。而且说可以画得不一样，连风格都不一样。如果你们有兴趣翻一翻，就这几个封面，你看看这完全是不同的风格，我们以前看的连环画《三国演义》《水浒》，我们基本上觉得是一个风格吧？这一套连环画风格绝对不是这样。我们最小的罗玲跟施大畏之间，大概是两三代的差距吧。

施大畏：我是她爷爷。

孙颙：你想他们对于人物的感觉。法国总统不是30多岁就做爷爷了吗？所以这对我们来说很重要的，不是说谁研究出来炎帝、黄帝是怎么样，我们进行创作。研究不出来的，当初孙悟空也不是研究出来的。你这么想，他那么画，经过很长时间的社会的互动，约定俗成最后孙悟空这个形象。日本人会把孙悟空画成另外一个形象，我们基本上是约定俗成的。

张培成：日本人也是这样，我到过他们的博物馆，《西游记》里的几个人都是这样。

孙颙：也许哪一天，我们大画家施大畏塑造的盘古被人家否决了，但是今后的盘古是在你的盘古基础上长出来的。

施大畏：所以还是有功劳的。

孙颙：功劳很大，开创者。我们进去以后发现很难，但是又豁然开朗。各人去发挥创造力。这次几个年轻人的创造力让我们还是蛮吃惊的。上次讲的那个女画家是谁？她父亲给她买了很多书。北京有个年轻的女画家，我们是通过全国遴选的，有个学术委员会遴选。北京一位年轻人被选中了，她父亲听到这个消息很激动，每星期给他女儿买中国文化的书，后来这个女孩子创作的确实别具一格。然后他刚才说功夫在画外，作为旁观者我还要讲一点画内的不容易。我们现在这个市场画家的价钱不得了，施大畏不敢说了，我们说旁边的张培成，张培成他刚刚在这里讲几句话，他大概就可以画出一幅我不敢讨价的画。我们作家这点稿费还是蛮看重的，你们这点稿费对他们来说算什么？他们画一尺就是几万块钱。所以我是觉得这次真的不容易。参加这套连环画创作的中国美术家协会的副主席有5个还是6个？4个是中国美术家协会的副主席。有西藏的美术家协会主席，也是中国美术家协会副主席。冯远是北京的中国美术家协会主席。画一本连环画大概拿两万多块钱的稿费，可他们画一幅画不知道多少钱了。

施大畏：不要讲了。

孙颙：没关系。我是说真的不容易，因为我们作家是拿低稿费拿惯了。但是他们肯这么来画画，我真的是觉得不容易。而且是倾注了极大的热情，而且施大畏蛮苛刻的，画得不好退回去重画。像张培成不大碰到重新画这种事情的。

沈国明：孙颙做了很好的一个说明，说明画内、画外都是很不容易的。事实上刚才讲的，这个工程现在刚刚开始，我觉得这批艺术家，包括他们文字创作的认识都比较统一，这一点非常重要。为什么说刚刚开始？刚才说了希腊神话故事用了300年时间成形，《圣经》故事用了多少年？一千年。我们现在是不是刚刚开始？所以给自己一个准确的定位，对于做好自己的工作非常重要。我觉得我们这辈人大概都差不多，就是汪老给我们这辈人的一个评价。汪道涵同志病重的时候，我们社科院的同志去看他，他说："我是过去之人，你们是过渡之人。"他说他过去之人，那是自谦。他90多岁了，住在病房。如果台湾来人，能够见他，回去都是很荣耀的事。所以他一直到生命最后一刻，都是谦虚。

我们这些人是过渡之人，就是海滩上捡几颗鹅卵石，如果铺路的话，这个路要打几层地基，我们就是这样的人。大畏你现在创造的形象，以后被人家否定，还是很光荣的事情。不过我还是想问问你怎么考虑设计你创作的人物形象？你给大家讲讲。

施大畏：我突然想起一首诗，法国的动漫，就是蕾蒙娜·巴蒂斯库的动漫的文字。我大概背几句，他说“重重叠叠的幸福之后，波米诺突然想念忧伤。他给自己买了很多草莓，他想起了没有答案的问题，想起了很多很多答不完的答案的问题。他想起了，如果有一天树枝掉下来，别人还记住他吗？我不在了，可能谁也不会记住我。于是波米诺买了很多草莓之后，他说：‘我还有很多草莓。’他在自己的忧伤里找到自己的幸福。”刚才国明说了我们这批过渡的人，就是这种心态。其实我们很幸福，我们有了很多的经历，这个经历也许比在座各位年轻人要多一点。我们这种经历过来以后，有很多感悟。但是我们缺少什么？缺少时间。这种重重叠叠的幸福就是我们的经历，而我们这种经历，这种忧伤里边的幸福，这就是我们的回忆。通过我们最后这个努力，给大家做块鹅卵石铺路。这就是我们这批画家的一个心态，刚才国明问我一个问题“你怎么造型的？”因为我画了很多神话故事，我画了鲧，在中华艺术宫展出的时候，我正好接待了希腊美术代表团。希腊的美术家问我那个是什么意思？我说希腊神话里面有普罗米修斯，他为了人类的幸福，他偷了火种，他献出了自己的生命。我画的鲧跟普罗米修斯一个意思，他治水失败以后，他也被杀了。这就是一种悲情的英雄气概。我们中华民族上古时期的神话人物，他跟希腊神话里面的英雄的真善美是相通的。你突然发现我们造的神话造型，不是简单画一个似鬼似神的人物。于是我给自己提了一个问题，怎么把神变成人？尼采说希腊是很富有民族感情的民族，他们造了很多支撑希腊人活着的价值的神。尽管有些结局是悲哀的，但也是英雄的赞歌。我觉得这就是不管你是希腊神话，还是中国的神话，它里面的英雄都有为人类的造福献出自己的生命的过程。有了这样的想法之后，我觉得大家的造型就不是一种娱乐化的简单的描述，而更多的是表达你心里的一种感受，心里的一种感动。我觉得这是最重要的。所以这17本连环画每个人有快乐的，像我画的不管是哭，还是悲壮的，但是每个人角度不同，赋予了神话人物的感情之后，它就会产生温度，就会感动每个人。刚才我念了那首法国小诗，法国的绘本就告诉孩子们一个简单的做人的道理。这是我题外话。今年政协的时候，我们政协委员里边跟北京某一个大学的学生进行了座谈。他来问我你的出生，你的经历，你为什么画画等等，我就一一回答了。最后我问了个问题，他是大二，我说："假如你三年以后大学毕业没有工作，你愿不愿意做刚才走过那位清洁工的工作？"后来这个小朋友说："我没想过。"我说："你们想一想。如果中国人没有对于自身价值的基本判断的话，那我们的文化真的是缺失了。"于是他们后来微信上讨论这个问题，我说我不是说一定是大学生做清洁工就是一个好事，不是！那是对自己价值的判断，工作不分高低卑贱的，而人的精神上是有崇高和非崇高之分的。所以说我们今天做这个神话故事，绝对不是我们这批人闹着玩玩。而是在今天当今的国际语境当中，中国人怎么有尊严地面对世界？这就变成我们铺路石的作用。老炮们就这么沉重，他会拿着一把刀去拼命。我们处在一个太好的时代，政府给你钱，通过政府的宣传，对传播没有利，还有名嘛。所以这个东西在价值判断上，天行健，君子自强不息。如果记住这个东西，24个字的核心价值观，那也就可以解释清楚了。我就说这些。

张培成：讲到这个造型，在最开始画的时候，就想是不是要塑造大家共同的一个原则，比如说伏羲是什么样的，女娲是什么样的。但是有30多个作者，最后肯定是很难很难画成一个脸。所以当时艺术家、画家在一起商量的时候，大家觉得会有一个大的构想。并不是说伏羲是大眼睛的，黄帝是浓眉毛的，不是这样。我们这一套画有这么多画家，每个人的风格不一样，所以造型上肯定会有偏差。后来我们有一个大的想法，比如说画女娲和伏羲，有很多他们的形象，有两条蛇在交尾的，人首蛇身的。有个画家说"女娲是我们中华民族的先母，谁都不希望自己的先母是个爬行动物。我觉得应该是个伟大的母亲的形象，应该是非常美丽的，很有定力的，很有爱心的。”包括画到伏羲，他是我们的先父，他是那样的关心人民的疾苦，应该是一个很朴实的一个普通人，我们觉得是一个普通人。为什么我这里强调普通人呢？因为其实我们画的时候，肯定会去找好多资料。古代是没有照片的，只有木刻或者绣像。很多都是明清的木刻、绣像，他们那时候出来的皇帝就像秦始皇一样，戴着流苏冠。我们今天的人看到远古的东西是比他们多，因为后来考古发达了，很多东西都出来了。虽然他们离那个时间近一点，但他们都没看到。所以我们对那个年代，我觉得对它的理解肯定比前人深。后来我们考虑要有原始性，就是人类初始的时候，包括选择环境的时候也是很荒的，就是还没开化的，基本上大家就形成这么一个原则来画。所以你们如果去翻书的时候，可能会发现他画的伏羲和他画的伏羲不是一个形象，我想这个事情可能就是这样来理解。其实我们看画书的时候，不仅仅是看画来了解故事。如果你要知道故事，文字就可以解决了。既然我们要叫好的艺术家来画，在看这个故事的时候，同时也是一种审美的教育。我真的觉得我们在这个民族在这一点上面是有一点差的。我觉得好像我们现在还不如古代。你想我们到安徽的歙县，他们的房子造得那么好，非常贴切。用的黑瓦、白墙、树，什么都很好。我们一会儿出现东方明珠，一会儿又出现一个宝塔，又出现一个罗马柱。其实有很好的材料，结果用了一个不锈钢。说到底，还是我前面讲过的问题，文化自信没有。他不觉得自己原来木头的东西是很好看的，山上面采下来的石头垒起来是很好看的，比不锈钢要强多了。我觉得这就是我们这一代的审美不行，我们有着那么多难看的建筑也是这样。我想我们在画的时候，大家在讲同一个故事，但是每个人可以用不同的绘画语言，用自己独特的语言来阐述这个故事。让大家在看故事的时候，同时受到审美的教育，慢慢知道画可以这样画，还可以那样画。所以我想这个可能也是这一套书的意义所在。

孙颙：因为听了咱们张先生说了几次文化自信，我突然冒出一些概括，我来插几句。有一次我的朋友跟我说“中国搞不好了，搞了五千年还是这个样子，肯定搞不好。”因为他是朋友，我很想问他一句，如果真的搞不好，就搞不到五千年了，早就完了。但是搞这个神话的时候，我突然有一个很强的感觉，我们的祖先不是这个样子。我来举个例子，我们现在搞市场经济，什么东西都是你死我活。你去看那些商界的大佬们的对话鱼死网破，你不让我活，我也不让你活。网上流行的语言是什么？原来的语言是走自己的路，让人家说去吧。现在改成走人家的路，让人家无路可走。这种文化跟我们上古祖先的文化完全不一样。为什么？我们叫炎黄子孙，炎帝和黄帝。炎帝是代表当时的少数民族部落，黄帝主要是代表汉民族的部落。当时打得很厉害，我们知道点的中原大战。这次画的还没出来。打得不得了，打完了以后怎么样？按现在的，让你无路可走，你死我活，把你灭掉算数。不是，炎帝代表他的部落说“我们输了，永不再战。”有点像海外的竞选，输掉了笑眯眯握手。黄帝说“输掉的部落都在你们自己的地方安居乐业，我不剥夺你们生存的权利。”然后炎帝不打仗了，去干什么？我们知道神农去尝百草，去种粮食。我们古人就是这样的，失败的人跟胜利的人就是这样一种关系。跟现在这种动不动就是你死我活，哪怕商战我都要把你灭了为止，我们的祖先不是这个文化。所以我们搞这个东西，实际上是精神上受到很多的感染，就是大畏刚刚说的“天行健，君子自强不息”。这就是创造精神。“地为坤，君子厚德载物。”厚德载物就是今天讲的和谐。可以说做这个工作的过程当中，我突然感觉到我们现在很多的文化、思想、行为是违背了我们的祖先的。接下去要讨论为什么会违背？这件事情很复杂了。我们的祖先是宽容的文化，是各民族共同生活于世界。为什么中华民族有那么的民族可以组成一个大家庭？在全世界都是少有的这样的国家，就是跟我们祖先的作为有关的。这是我的一种感慨，因为他刚才讲文化自信，就触发了我这些年参与这个项目的感想。

沈国明：他们三位刚刚讲的关于造型的问题。他们都是年近古稀的人，我特别想听听罗玲，你怎么考虑人物造型？

罗玲： 这个项目我能参与，首先是我个人的莫大荣幸。因为在座的那些老师，都是我学习的过程中之前非常崇拜，非常想要接触的一些老师们。在这个创作过程中，这样的集体创作之前是没有的。因为只有在集体的创作中，你才能感触到各位老师本身做事的思路，我觉得最重要的就是一些情怀，他们是有情怀的人。让人觉得他在做一件事情，绝没有当今社会那些唯利是图的感觉。不是，他是想要把一件事情做好。包括创作的过程，也是让我们年轻人非常自由。他给予了每一位创作者充分的发挥得余地，也信任你能够创作好，这是对我们年轻人的一个鼓舞。其次在整个过程中，我们可以学到老师他们是怎么创作的，他们的思路是怎么样的，他们绘画的过程又是怎么样的。所以在整个过程中，对我们年轻人来说，在创作中是深深地被感动的一个过程。就像老师说的，我们之前在文化上没有自信。但近几年已经慢慢开始复苏了，我没有想到在这个过程中，会让人觉得这真的是一帮老师在用他们的情怀，真的是在用自己的那种，有一点像公益的在做一些为子孙后代，在做一些利民的事情。这个是让我非常感触的。

沈国明： 范老师、梁老师也说说吧。

范奕彬： 因为我的身份对于这套书来说也比较特殊，一个是这套书的一本连环画的作者之一。另外我也是上海人民美术出版社工作，承担了这套书的责任编辑的工作。我想从整套书的出版方面来讲一讲。这套书它是从市委宣传部动员启动开始，一直到这个书的最后出版，我觉得贯穿始终的就是严谨两个字。无论是 30 本书的题材的选择，包括 30 本书的艺术家、作者的，项目组都是用心良苦的。然后艺术家他本身对自己的作品也是创作态度十分严谨的。据我所知施晓颉、罗玲他们的创作稿就是易稿数次，充分体现了对整个项目的重视，认真、严谨的态度。小到包括整本书的内页用什么纸，封面用什么纸，包括字号的大小，字体用什么字体，都是施院长、孙局长一起参与讨论，这种严谨的态度，让人十分钦佩。我就想讲这些，谢谢！

梁川：我们也是70后，就是看连环画长大的一代人。我小时候对动画、连环画这方面的题材的关注可以说是进入了心灵的状态。那时候老一辈艺术家就给我们塑造了这个梦想。到后面连环画，施院长继续给我们这些东西。突然到80年代末期的时候，这些东西都消失掉，我也不知道怎么回事，就是没有着落。但我们其实很怀念我们小时候曾经有过这样的氛围。真的，今天在这里我们很多老师带领下，我们又能真正地去做这件事情，人生就像一场梦一样，但是我非常愿意把这场梦做下去。就像我小孩，把这个梦再延续下去，我就感到非常欣慰。

沈国明：谢谢，让施晓颉说说。

施晓颉：刚刚罗玲、梁川老师、范奕彬老师讲了很多。其实很有幸参与到这个工程里面去，这些老艺术家给我最大的感触是他们在这个工程当中的赤子之心、严谨之心。从他们身上看到很多值得我学习和继续努力的方向。刚才私底下跟梁川在交流，外面的绘本画家行情非常好，很多年轻作者都是因为稿费的问题，说自己档期很满，没有参加。梁川、罗玲这两位非常难能可贵，梁川老师是南京的，他一次次到上海讨论、参与，非常令人感动。这些老艺术家，包括张培成老师，就像我父亲施大畏说“老炮的力量，最后在冰湖上，刀在冰湖上留下痕迹”的时候，他其实希望用神话的故事给我们后代留下一些痕迹。我一直很喜欢一部纪录片讲乔丹的，有一个章节是叫传承和发扬。这是我一直在想的问题，神话是古代的，靠70后、80后传承下去。我们用年轻人的语境，用绘画的笔把故事讲好，让我们的后代把中国的神话故事讲好，这也是我们年轻一代该做的事情。

沈国明：谢谢，刚才4位年轻人也做了很好的发言。我们最后留半个小时时间互动，给大家提问。可以有半个小时时间，各位如果有什么问题，可以直接向台上这3位，包括台下这4位，可以向他们提问。我今天特别要说一下，我进入会场看到一个人，我顿时心存感动，年逾80，这是我们20年前上海的妇联主席章博华女士。居然她在这儿出现，来听这样的讲座，所以我很感动。她是一个非常有学习精神和学习能力的人，我在好多次讲座现场见到她，她是清华毕业的高才生。我把第一个提问的机会留给你，章主任您有什么，您先说吧。

章博华： 我今年80，正好是80，1937年生的，1956年考入清华。当时正好是搞核物理，所以学工程物理系，在清华念了6年。我完全是一个理工生，对于文科的话，那时候学会数理化走遍天下都不怕。我之前退休，我真正退的话，应该说是人大常委会以后。当时党组问我还要做什么？我说我做志愿者，一不要位子，二不要票子。后来我到了慈善基金会、儿童基金会，另外当选了清华校友会的会长。但是我觉得我最喜欢做的是学生，我到现在为止我还是感觉到学习应该是我终身的爱好。有的时候我觉得老了，跟在座的，可能都是你们的奶奶。我前阶段也在思考，老，要接受老，我觉得老要老得自信，老要老得慈爱，老要老得洁白，老要老得宁静。我今天为什么来？我觉得我是在寻找我童年的回忆，我看了这个以后，我就想我们现在讲是动漫，我们原来说的动画。我觉得对我们，尤其是儿童是非常非常重要的。我们每一代人都有每一代人小时候的，我们心中保存下来的童话。我们那个年代我记忆最深的是《木偶奇遇记》，到了我儿子的时候可能是《黑猫警长》，到了我孙女那一代是《宝莲灯》。它是每个人认识世界的起点，它也是在我们心中植入真善美的种子。所以今天我是来回忆，来寻找，同时我也很希望我能够挑选我喜欢的书，给它保存下来，作为家里的也是一种对我们优秀文化的传承。我非常感谢在座的各位。

沈国明： 还没提问。

章博华： 我还没想好，我最喜欢做学生，现在哪儿有报告，我就到哪儿去听，所以很幸福，《解放日报》的读书会我都会去。我每天也安排一定的学习时间。学生总是聆听，谢谢！

沈国明：谢谢章主任。还有谁提问？

读者：您好！台上的几位老师好！我是有这么几个问题。第一我是想问一下孙局长，这次神话创作是上海市政府的政府行为，就是说这个事情，以神话故事面向的一些读者，我看都是小孩。我是想你们创作这一次神话故事，有没有想法把中国的有些人本来都是无神论者，会不会把他们引导到有神论呢？第二个你们创作，会不会把这些形象落地？这些神话人物的创作肯定是有诞生地的，有没有考虑过在上海这个地方，有这么一个地方专门供着我们上古神话人物的庙？就是成为建筑类的一部分。还有一个问题，我们开发了这么多的文化作品，有没有可能未来做一个神话创作的艺术品，或者建筑装饰元素？或者我们生活中的个人行为习惯的一些文章？您在这些创作当中，有没有考虑过我们普通老百姓在当时的时代有没有存在的可能？

还有一个问题我想问一下沈老师，您作为这次的主持，您觉得神话创作如果对国外宣传的话，有没有考虑我们这些神话人物，是模仿国外神话里面的人物？还是我们有没有必要自创神话人物？

孙颙：首先我纠正一下，这个项目你说是市政府做，实际上这个项目最初提出来的是文化人。著名的导演吴贻弓，还有学者赵昌平。最早孕育这个项目是十几年之前，不是现在。现在能够比较成规模的做起来，确实是上海文化基金给予了支持。因为现在市场经济，随便做点什么事情，没有钱是很难做的。所以上海的文化基金给予支持，市里比较重视。这个我纠正一下，最早它是这么来的。

至于有神论、无神论的问题，我只能讲我个人想法。我现在对这些问题的界限看得比较模糊。不要太抠字眼，太抠字眼是什么时候的行为呢？我们都是过来人，那时一篇报纸的社论发表要一个字一个字地读，每个字是什么意思都要想半天。现在我觉得可以超然一点，我们改革开放了，很多问题可以用比较超然的态度去看。我是赞成比较超然地去看这个问题，不要什么事情都要一清二白。

沈国明：还有设施，是不是有一个建筑？

施大畏：我们整个叫文艺创作和文化传播工程。第一个是文艺创作，不单单是有连环画，不单单有大型的主题画，还有交响乐，还有舞剧。你比如说杨丽萍做过《十面埋伏》的舞剧。我就想女娲补天做一个杨丽萍这样的舞剧有多美？她的肢体语言是非常吻合的。交响乐我们音乐家协会已经在筹划了，请全国的作曲家来做开天辟地的交响乐。如果说能够计划实现的话，在明年的上海之春开幕式上演奏就是开天辟地的交响。这是个立体的工程。我们这个东西，第一步我们连环画在全国各地巡展。刚才主任跟我谈到关于孩子的问题，当时我们画完连环画的稿子，送到一个小学征求意见。请孩子的妈妈，请小学的校长、老师一起来，跟孩子们一起帮我们这套连环画提意见。孩子们喜欢，尽管是高大上的艺术，大画家在画，但是我们一定要让小孩喜欢。小朋友提了很多意见，比如说封面上一定要有拼音。有个小朋友问倒我了。他说脚本里面说到祭台上的东西是不能拿的，他怎么能在祭台上去拿呢？刚才主任跟我谈这个问题，给我一个启示，就是说我们把这些东西变成跟孩子们的互动。刚才 4 位艺术家表扬了我们这些老炮们，我们在孩子们身上学到了一种冲动。关于作品的呈现，也许我们会在中华艺术宫做一个专题馆，我想变成一个上海的景点。除了它有这个那个硬件以外，这是软件。因为上海是开放的城市，它有胸怀应对上古时期神话创作这么一种题材的研究，这是我们上海的优势。我们文联也组织艺术家到发生神话故事的地方去做一个采风，把这个采风的资料、照片、写生，以后也会作为一种艺术样式，作为一个传播手段。

沈国明：我也来回应一下。神话有专门研究神话的神话学。神话学是对人类的一种神圣状态进行研究的学问。创世神话和寓言并不一样，比如说我们东郭先生与狼的故事，这一类和创世神话是两码事。创世神话是讲人的诞生或者人类社会诞生的故事。对于它的研究，全世界都有，每个民族都进行这样的研究。你看各个民族图腾都是不一样的。

我们后来的人物形象和希腊神话故事，和圣经故事人物形象也不一样。但是相同的话题一定会形成交流。如果我们的成果比较成熟，就有人愿意和中国学者、艺术家交流了。他们的作品拿到海外去，所以我讲将来这种交流是会很经常的，而且将来我们这边设计的形象会被人认可。但是我还是要说，现在这个工作刚刚开始，黄帝陵的圣物就是黄帝的脚印，黄帝的脚印有桌子这么长，只要是人，不可能有这么长的足迹。那儿有黄帝手执本，但黄帝时代是没有书本的。每个时代的人都在阐述创世神话，这个事情可以说从我们这一代开始，也可以说很早很早人家就开始了。我们这一代要有我们的认识跟人家进行交流。这个事情我们也急不得，说我们有定型的东西大家可以跟全世界交流。离这目标还比较远，但我还比较乐观，只要持续做，盛世修史。我们国家现在 GDP 总量，也就是经济总量世界第二，我们的文化应该和我们经济发展相称。和世界进行对话，这是一个很好的题材。所以我觉得选这个作为重点工程是很适当的。我们责任很重，要把这个做好。我们以前是外国人怎么说，我们跟着说。后来觉得外国人说的不一定对，所以跟他对着说。以后应该是领着说，要让他们逐步接受中国的话语。但是这个事情要很多代人持续地努力，要中华民族真正实现伟大的复兴，我们不仅硬实力强，软实力也很强，我们才能做到这一步。我说的领着讲，不是像孙颙批评的市场经济条件下，我活你死，不是这样。价值观是多元的。这样我觉得我们这个工程就做好了。但是我们现在刚刚做了第一步。就算做个回应。

读者：我简单说一下，两点感受，两个问题。因为看到中华创世神话，我就咬文嚼字了。我就说最后定下来中华创世神话是某年某月某日，是谁最后敲定的？这是一个问题。第二个刚才沈老师说，我理解创世、神话、中华，这三个词是三种结合？还是中华与创世神话结合？我主要想问一个，既然讲中华创世神话，中华两个字最早形成。因为我们有炎黄子孙什么，最早形成中华两个字是某年某月或者某个时代？中华从文字上来说，到底是什么时候？

孙颙：一个孩子生下来的时候，他叫什么名字，他自己是不知道的。有的是父母起的，有的是外公外婆、爷爷奶奶起的。等到他自己知道这个名字的时候，至少是他已经懂事了。所以中华这个名字，最早是哪一天定下来的，这个没有任何人可以回答你。因为我们没有哪一个天上的爷爷奶奶给我们起名字，它是后来自然形成的。有很多传说，其中一个传说里讲发现了一个龟背，龟壳上面的花纹可以形成繁写的华字。这是传说。

至于说我们这个名字怎么来的，几个学者最早酝酿这个题目将近十年了，上海少年儿童出版社根据他们的研究结果出了一本书，这本书叫《中华创世纪》，那个时候雏形已经有了。这次为什么会改成《中华创世神话》呢？坦率地说也是大家想来想去，既要把中华创世这个概念放进去，又要跟西方的《创世纪》有点区别，所以最后变成了中华创世神话。

沈国明：下一位观众请提问。

读者：各位老师，我看了一下，我觉得这是一个了不起的工程。就像您刚才提到的，我们国家的经济实力，还有“一带一路”，很多文化的东西肯定是要跟上去的。创世文化这一块肯定是一个比较基础的东西，肯定是要有比较有家国情怀的，又有相当技术才华的艺术家来做。我想请教，如果从文化传播的角度来说，我们这套书主要针对的读者对象，是一些国外人士？还是对中国文化了解不是很深刻的年轻人？年轻人喜欢日本漫画。像我这一代，有可能对西方文化比较感兴趣，小孩子是不是看得懂？你们第一套书出来主要针对的读者市场在哪里？这一块也会对大家有一些启发。因为这个工程实在是太大了，过去也没有人做。

沈国明：在他们回答之前，我先问你一下，你看完之后你什么感觉？就你看起来应该是哪个目标人群？

读者： 我还没有仔细看，我看这些设计，不是写实性的。而且很多作品也有作家的很多个性在，有不同艺术家自己不同的想法。作为这样一个比较大的，比较基础型的，又代表中国文化的工程出现的话，我觉得一开始可能对大家要有一些指导。可能对哪一方面的人一开始的针对性比较强？一些写实性的东西可能会出一个副本。但是我都是围绕一个大的方向。但是你一开始要有这么多东西，我觉得真的很难。

孙颙： 这些问题我们确实是考虑过。首先它是一个非常大的创作项目，今后有各种类型。比如说今后会有电影，会有动画片，它的涵盖的人群肯定是不一样的。这一套书涵盖的对象是什么呢？我们商量过了，让妈妈们能够带着孩子读，是这个概念。

读者： 还是小孩的绘本？

孙颙： 对，是妈妈们带着孩子去读。但是孩子去读，他确实有困难。所以我们基本的想法是让妈妈们能够带着孩子去读，这是我们的基本想法。至于说这个连环画是写实不写实？确实过程当中，我们想第一次就是让画家们根据基本的文本要求，发挥个人的创造性。所以这个17本连环画绘本，有非常写实的，有相对比较抽象的。因为刚才已经说了，我们是第一步，我们要跟社会互动，最后大家觉得什么样的绘本可能是会比较受欢迎？那么我们就朝哪个方向去走。现在肯定没到定型。

沈国明： 按照要求四点结束，我给这位观众最后一个问题。

读者： 谢谢几位老师。刚刚几位老师谈到了具体的人物形象的创作，刚刚我查了一下上海图书馆的词条，输入中华创世神话，此类的出版物有200多种。出版相当多的，此后肯定也会有很多的同类型的出版物出版。而且在很多神话学研究的内容中，关于同一个神话它的版本会非常多的。我想问一下孙老师，初期脚本创作的时候，对于版本的源头，您具体是怎么取舍？怎么选择的呢？

孙颙：具体是学者做的，我是一个跑龙套的组织者。但是我可以说他们已经把能够看到的典籍，包括刚才这位先生说的各个少数民族关于神话的传说，尽可能地进行了综合的研究。在我们目前拿出来的文学底本跟这些连环画绘本当中，已经可以看得出有不同的关联。比方说最初的开天，盘古开天是一说，伏羲是另一说。我们目前是采用了一个开端，两种传说的办法，让它并行在做。你要说完全统一，我跟你讲几乎不可能。为什么？神话传说的文字记载本身是互相矛盾的。我们是尽可能地综合，尽可能地取大家公认的。我举一个最简单的例子，神话典籍的记录当中，某某皇帝可以活几百年，你说可能吗？现在肯定认为不可能，可能是把儿子、孙子全部算在他一个人头上。所以这个系统的整理，只能是尽力而为。但是我们的研究者把能看的资料，基本上都看了。

沈国明：这个脚本我看过，考据都做得非常细，取自什么书，取自什么年代的。同样一个故事，有大量注释，这本书40多万字。我希望这本书现在就应该出。但作者们都非常严谨，逐字逐句考证。我很认同你的说法，创世神话这个东西要有创新思维，要解放思想。几十个字你要把它画成上千个字的故事，没有发散思维做不到的。我希望他们这个书早点出来。

施大畏：我想这套书希望大家能喜欢，希望大家也给今后的工作多提些想法。因为这是中华民族新一轮的文艺复兴，是我们梦开始的地方。

孙颙：现在做文化最怕是没有人关心，如果有很多人来批评，我们也成功了。

时间：2017 年 5 月 18 日

嘉宾：托马斯·基尼利　小白　冯涛

在小说与电影中重建历史

——《辛德勒名单》作者托马斯·基尼利见面会

黄昱宁： 各位，下午好！今天是思南读书会第 179 期，今天我们分享的这本书是《辛德勒名单》，我先介绍一下今天到场的嘉宾，这位是从澳大利亚远道而来的《辛德勒名单》作者托马斯·基尼利先生，坐在他身边是这本书的译者冯涛老师，这位是作家小白老师，今天的翻译是复旦大学文学博士项丁丁女士，我是这场读书会主持人，也是这本书的责编黄昱宁。

《辛德勒名单》这个电影，我估计大部分人至少应该听到过，应该很多人看过这部电影。可能其中有一部分知道，也可能有一些人不知道，这部电影其实来源于一部小说，就像电影在电影史上成为名作，这本小说在文学史也有非常重要的地位，曾经得到布克奖的殊荣，我们今天读书会就从这本小说开始。

首先非常欢迎基尼利先生来到上海，《辛德勒名单》是您最重要的作品，也是中国读者最熟悉的，我想问一下，您怎么定义这本书，它在您的文学生涯中的意义？促使您当时写下这段历史，是怎样的一种写作冲动？

托马斯·基尼利： 首先，我想感谢大家，这是我本次来中国之旅

黄昱宁

托马斯·基尼利

最后一场活动，待会我会离开早一点，因为要去机场，但是我要向大家许诺，明年我83岁，我争取再来中国，再见到大家。

我很感谢黄女士提出的问题，也感谢大家对这本书的兴趣。实际上作为一名澳大利亚作家，我写各种各样的主题，其中包括澳大利亚、欧洲的历史、非洲，我甚至试图从女人的角度写小说，我认为自己对女人有足够的了解，可以以女人的视角来写故事。不管如何，《辛德勒名单》这部小说，自从它问世以来，一直被列在我所有作品最前面，我也通常被称为《辛德勒名单》小说作者，这部小说在我的写作生涯当中，确实有非常重要的地位，至少说到我获得的奖项——布克奖，像所有文学奖项一样，一个作家获得奖项通常是件非常偶然的事情，取决于当年的评委到底是谁。关于获奖这件事，我一直心怀感激，因为获奖本身坚定了我作为作家的地位。

实际上我是从60年代末开始写作的，而且作为一个作家我感到非常幸运，从《辛德勒名单》这本小说，我自认为获益不少，其中让我非常难受的是，实际上是历史上有人死了，或者被谋杀了，成就了这本小说，这让我在某种程度有负罪感。当时大屠杀的幸存者、被屠杀的家

冯涛

小白

属找到我，感谢我写了这本小说，他们并不知道我心中默默有一种愧疚感，因为我在写作的时候，我知道这件事情特殊的含义。

促使我写这部小说的到底是什么呢？是作为作家虚荣心？或者作家想要讲述好故事的欲望？不管我是否遇到这个故事，辛德勒的故事本身已经存在的，而且它是非常棒的故事。一个作者，一个小说家，所做的努力就是把这个故事按照它原本已经很好的程度讲述出来，所以我选择以纪实小说这样的题材来写作，但是我还是希望大家知道我是澳大利亚作家，我除了写澳大利亚的事情之外，我还写其他各种各样的主题。

黄昱宁：因为时间确实非常紧，今天不会有签售环节，一部分读者可以购买。下面一个问题，我问一下翻译者冯涛，我是这本书的责任编辑，整个翻译过程，我也是见证者，我知道还是比较艰难的，基尼利先生在上图讲座中提到写作过程非常痛苦，其实翻译过程也是非常痛苦的，冯涛给我们讲讲为什么痛苦，痛苦在哪里？

冯涛：本身这个故事，就像基尼利先生说的，上次基尼利先生在上图的英文演讲时也提到，他首先对这个故事产生兴趣，然后开始写，写到中间的时候，他作为一个作家经历一次非常严重的精神危机，甚至都写不下去，也睡不好觉，老是做噩梦，因为这确实是非常痛苦的事件，本身也是要亲身经历，要重新活在这个痛苦的事件当中。我作为译者，这种感受肯定不如作者这样强烈，但毕竟也是等于重新经历了一遍这样的过程，大家都知道这是个沉重、压抑的故事。我觉得这个故事，它不光有它压抑、沉重的一面，就像在译后记里面说的，辛德勒这个人本身就是非常矛盾，性格非常丰富的一个人，他是一个登徒子，他是一个资本家，他想盈利，他非常好色，非常好酒，他有男人一切的弱点，但是他怎么由一个一心想盈利的人，变成一个一心想拯救人的人，我想这正好是触发基尼利先生创作这本小说最大的出发点。我在翻译的时候也是注意到这部作品的重要性并不是在于只是还原这样的历史事实，如果仅仅是纪实作，但是它为什么能得到英语文学界最高的文学奖——布克奖。

我顺便提一下，当时得到布克奖有一些争议的，很多读者、批评家说，这个到底是一部小说，还是一部纪实作品？我觉得这确实一部非常伟大的小说，而它的伟大之处，就在于它把主要的人物——辛德勒，丰富的、矛盾的性格呈现在大家面前。除了辛德勒这样的人物形象，还有另外一个物形象也非常丰满、立体。就是最大的反角阿蒙哥特，集中营的指挥官。基尼利先生小说里面直接提到，“这简直就是辛德勒的一个黑暗兄弟”，因为两个人在个性上，甚至长相也比较类似，两个人的爱好也很相似，美酒、美女，他们都是性格非常外向，贪图享受的人，但何以一个成为屠杀者，另外一个成为拯救者呢？这就是人性最复杂，也是最微妙的地方。

翻译的过程确实非常压抑、非常痛苦，但是到最后我越来越觉得，会有一种鼓舞人心的东西在那里。因为这个小说也透露出，好像每一个纳粹军官都有一个犹太人朋友，这就像一个传染病一样，它里面除了辛德勒以外，包括很多的纳粹军官，有好几位也在默默地帮助那些犹太人，我觉得这是最让人感到感动的地方，也正是这一点，我在译后记里面也说，“人和动物区别在哪里，我觉得就是一念之仁，就可以让畜生超达到人类”。其中提到一点，“救一人的命如同普度众生”，这一点正好是说，为什么经历了这么多痛苦，人类仍然能前进的重大动力所在，所以我觉得这是一部沉重的作品，也是一部鼓舞人心的作品。

黄昱宁：刚才冯涛也提到一点，这部小说究竟是什么，到底是虚构的，还是非虚构的，是历史写作，还是印象中典型的小说，我想把这个问题留给小白。他的《租界》也是写上海的一段历史，我想问一下小白，如果从历史写作或者从小说角度看，小白是怎么看待《辛德勒名单》这本书的？

小白：谢谢大家，今天很荣幸来参加这个活动。其实我已经很熟悉《辛德勒名单》这个故事，因为这个电影那么多年，从 VCD、DVD 到网上的蓝光不知道看了多少遍了，这个故事很熟悉了。我们今天要讲的这个小说，跟这个电影其实还是值得再看的。一个故事反复再看，可能会厌倦，但我觉得还是很值得再去看一遍小说，因为我自己看了小说之后，它有很多东西是电影没有的，比如刚才说到的，电影里面只有辛德勒那样一个人，把他搞成好像一个传奇故事，在不可思议的故事里面，出现了不可思议的传奇人物做的这样一件事。但是你看了小说就会发觉，实际在纳粹党卫军，甚至集中营的士兵里面，在德国的工商企业主里面，很多人在这个时候选择站在“善”的一面，这样一来反而跟看电影又不一样了。电影有一种传奇故事一样的感觉，读小说的时候，更感觉有一种力量。

我读小说时有个感觉，它当然是本小说，这是毋庸置疑的。我自己的感觉，一开始读的时候会有一种错觉，作者会不断出来分析、评判，后来我读了半本以后，我觉得这是唯一的一种方法。有句话说“奥斯威辛之后写诗就是野蛮”，大概是这个意思，我觉得用任何一种文体都很难去讲这样的一段故事。我觉得冯涛在后记引了托尔斯泰的话很有意思。我自己读这部小说，作者用庄严、概括、简练的方法，我觉得很有托尔斯泰的感觉。这样一个恐怖的不可言说的事件，只能用这样的文体来表达，这种表达当中可能让读者觉得不像小说，有的地方很简练、概括，有的地方作者忍不住出来要评论、分析，实际上我觉得这是唯一能反映这样一个内容的问题。算是回答你刚才的问题吧。

黄昱宁：我们接着小白刚才的话，他认为这段历史，这种不可言说的历史，您用这种近乎非虚构的方式表现出来是最合适的。我接下来两个问题，首先想问，您当时是不是这么选择的？第二个问题，意大利克罗齐有一句话名言，“一切历史都是当代史”，《辛德勒名单》在出版30年之后，虽然看起来离二战很远了，但是这个时代国际局势仍然面临很多不可调和的矛盾，面对种种人道主义的危机，我们常常感到深深的无力感，我们现在再谈这本小说，对当代有什么启示意义？

托马斯·基尼利：当我们想起人类所做的一切对其他人不公事情的时候，仿佛是讲过去的罪行比承认今天的罪行要来得容易一些，比如说现在德国默克尔，她为难民打开了大门，现在世界上有1600万难民，而且叙利亚内乱可能为明年这个数目再增加更多的难民人口，所以我希望这本书可以被重读，而且带来新的意义，我一直对于人种和部落感兴趣，因为这当中存在深刻的张力，这是在人性当中的一种张力。我们常常会因为陌生人跟我们表面上的不同，而去憎恶他们，但却很少会想我们和他们一样都是“人”，所以应该为这种共同性而感到欢欣鼓舞。而现在这个时代，好像已经非常接近二战时期这种人与人的互相憎恨，这似乎又变成一件很当下的事情，当然我希望我们不会再重蹈覆辙，但是非常危险的是，现在在美国的白宫里面，仍然坐着这样一位像小丑一样的人物，他试图把人类之间的仇恨，让这个可怕的传统一直存续下去。

黄昱宁：下面我们来谈谈这个电影，好多人至少开始听到这个名字，都是因为这个电影，我也知道我们出版这本小说的时候，可能让人们驻足购买这本小说，很大程度也是因为这个电影。我想首先问一下小白，这个电影你肯定看过，你现在也致力于影视编剧？

小白：没有。

黄昱宁：我想请你谈一谈，您当初看这个电影，或者现在回忆起来对这个电影的看法和印象。

小白：我的印象是，当时看很早，第一次看很感动。现在回忆这个电影，跟小说比较起来，确实觉得这个电影太传奇了，还有太抒情了，跟那个音乐是有关的。读小说，庄严的调子，很概括，但是这个概括里面对人、对当时的环境，用很概括的话，把复杂性、人性很深奥和幽微的地方揭露出来，这个力量是很强的。我觉得现在大家现在不耐烦，我只要了解一个故事就够了，实际上怎么样讲这个故事也是很重要的，我是建议大家把电影放在一边，再去像面对一个全新的故事去读这本小说，我觉得肯定会有很多收获。

黄昱宁：我当时在看小说稿子的时候，里面大量讲了他怎么做生意这类背景，我觉得那部分非常有趣，实际上这部电影无法展现，他给人物提供非常厚实的基础，这个人物就不像横空出世那么奇怪、传奇。我请基尼利先生来讲一讲这个电影，我记得在前天讲座里面，写书到拍电影，发生了很多有意思的事情，想请您对电影打个分。第二，在整个过程发生什么有趣的、印象深刻的事情？

托马斯·基尼利：电影很大的问题是太费时，斯皮尔伯格首先改造的版本当中，导演中意的版本长达 6 小时 30 分钟，到发布的电影是 3 小时 20 分钟，但是这么长，小说很多内容仍然被删除掉，比如在电影当中，我们看到辛德勒后来建立的军工厂，一个弹壳都没有生产出来，虽然电影中提到了为什么会出现这样的结果，是辛德勒不想有任何人因为他所生产的弹壳而被杀死。我希望这个电影讲出背后另一个原因是，他在黑市做交易，伪造了一些文件，去剥削当时被轰炸的其他工厂，通过这些伪造的文件，他在黑市获得了高级的酒、钻石、咖啡、食品等各种各样的东西，如果我们能够把这个内幕也在电影当中呈现出来，它将是一个非常有趣的矛盾。

黄昱宁：我想证实以前在什么材料上看到的八卦，小说改编成电影，斯皮尔伯格是不是一开始的第一人选？我看到曾经换过好几个导演。

托马斯·基尼利：回答你的第一个问题，如果满分10分，我会给8.5分。

说到关于八卦的事情，当时有两家制片公司来找我，对于我来说是件蛮吃惊的事情，作为一名隐居在澳大利亚的作家，居然会有斯皮尔伯格和科瑞斯特这样的制作人来找我，而他们的工作室曾经拍过《圣雄甘地》这样的作品，这让我非常惊异。说到选择导演或者制片人，这并不是作者所做出决定，选择斯皮尔伯格这个决定是辛德勒的律师作出的，我很喜欢斯皮尔伯格这个电影里至少三个处理。第一，他用了黑白影片的方式，在很大程度上保留了作品类似纪录片的风格。第二，他在电影当中呈现辛德勒很矛盾的动机。第三，但我不太喜欢他对电影做了一些非常感伤的处理，很情感化的处理，例如电影最后，辛德勒离升他的劳工营的时候，哭泣着说为什么没卖掉胸章，我不喜欢这种处理方式。实际上斯皮尔伯格省略了另外一个令人触目惊心的事实，是因为辛德勒劳工营已经太过拥挤，曾经发生过这样一件事，辛德勒在那里有两条很小的铁路，他曾经在那里用两节车厢救了很多处于濒死状态的犹太人，当中很多人体重已经不足40公斤，虽然有些人没被救活，但还有一些人被照料，恢复健康，不管怎么说，这显示出辛德勒劳工营已经太过拥挤了。

这其中有我对斯皮尔伯格欣赏的地方，也有对他有微词的地方，所以打 8.5 分。

黄昱宁：抒情的段落，我印象很深。我挺感兴趣，您的其他作品，如果让您挑一个，您还得过三次提名，挑一个您最喜欢的作品是哪个？为什么？

冯涛：我补充一下，基尼利先生不光是《辛德勒名单》的作者，他在整个澳大利亚是国宝级作家，澳大利亚有个官方评选，基尼利先生是其中一位。还有一种说法，澳大利亚作家当中唯一可以靠写作谋生的，只有两位，一位是得过诺奖的帕特里克·怀特，另外一位就是基尼利先生。基尼利先生除了创作了《辛德勒名单》，他还创作非常多的其他作品，大部分是历史小说，而且题材非常广泛，确实是非常了不起的一位伟大作家。

托马斯·基尼利：当你写了 52 年小说之后，你再回头看最初写的小说，往往会产生一种非常尴尬的情，就像你看自己 20 岁写的蹩脚情书或者情诗一样。

说起我自己最喜欢的小说，是一本关于东非一部小说，这部小说叫做《去阿斯马拉》，这部小说是关于厄立特里亚的东非国家小说，在援助厄立特里亚战争和后面发生饥荒的时候，澳大利亚是非常出力的。这个战争和饥荒发生在 80 年代，我也去过厄立特里亚几次，我发现当地的人就像遭遇了大屠杀，他们经常一个家族、一个家族的人凭空消失了，剩下一个孤零零的幸存者，碰巧他们的总统也是独裁者、暴君，厄立特里亚的人想乘坐他们在地中海上找到的船漂流去意大利，但是很多人死在这个过程中。于是在《去阿斯马拉》这部小说当中，我想探索饥荒到底是由什么原因造成的，到底是由政治造成的？还是战争造成的？还是以自然为代表的上帝造成的？在我去阿斯马拉的时候，前两次阿斯马拉这个首都城市还没有被侵略者占领。对于饥荒的探索，最后我的结论是，这一切基本上都是由政治造成的。

另外一部小说，我之前一直说我最喜欢的就是《内海的女人》，这部小说我是以女性目光写的，D.H. 劳伦斯也曾经以女性视角来写小说，女权主义批评者非常讨厌他那部小说，但我觉得自己这部小说还是比较满意的，因为我的妻子并不会称我为澳大利亚现存的活宝，但是她会称我为澳大利亚现存的最大的情感上的马大哈。在之后，几年之前我又想以女性视角叙述的小说，于是写了《火星的女儿》，这本小说讲了几个澳大利亚籍的护士，她们在意大利、法国都遭到不好的对待，这两个女孩子跟我非常不一样，首先她们长得很漂亮；第二，她们和我信仰不同宗教，也是来自不同的民族，当我写完这部小说，我开始对她们产生思念之情，我知道这种思念之情是因为作为一个作者，你觉得这部小说写得还不错，而不是像给一个错误的人写了一封错误的情书的那种尴尬的感觉。

黄昱宁：刚才说基尼利先生最后一句话，如果这些话能把这些全翻出来，他就是中国现存的活宝。

接下来大概半个小时，是互动时间，大家可以提一些问题。

读者：我想给基尼利先生提出两个问题，第一，假如你在比弗利山庄没有遇到这个故事，《辛德勒名单》是不是在地球上消失了？

第二，像刚才小白说的，有很多故事非常吸引人，电影没表现出来，其中阿蒙哥特转折点，出现党卫军的腐败，这是很现实。辛德勒最后的遭遇非常悲惨，我觉得这里面有很多精彩的语句，有一句话是辛德勒夫人说的，辛德勒在战前和战后并没有表现多出色，而是在他在 1935 年到 1943 年之间，把他的极限表现出来，我感觉到基尼利先生是不是对辛德勒非常赞赏？实际上我看到小说以后，我感到辛德勒非常天才，我反过来想，如果辛德勒没有三个女人，包括后面第四个女人，他若没有充沛的精力，他是不是后来会造出来一个辛德勒名单，或者实现他的辛德勒名单呢？

托马斯·基尼利：如果我在比弗利山庄没有遇到这样一个人，那么辛德勒确实很有可能会被人忘记，除了那些被他拯救过生命的人之外。

实际上几周之前，我在澳大利亚碰到辛德勒幸存者的孩子，他母亲在20岁时在辛德勒工厂工作，当时她正好在楼下车间工作，她还报告说辛德勒太太是个非常善良的女人，对她非常好的一个女人，如果她没有进辛德勒工厂，她肯定就死掉了。而现在这个人是犯罪学家，她对现在的人生非常心存感激，而我也是心存感激的。当时碰到F的情形是这样的。我的另外一部小说，关于澳大利亚原住民的，也被改编成电影，我去美国参加电影节，我在电影节碰到F这个人，他也是辛德勒幸存者，他是非常有趣的人物，哪怕放到小说里面也是非常有趣的人物。首先第一点，他对斯皮尔伯格是以长者的身份，比如他曾经对斯皮尔伯格说，我听你母亲讲你现在做得还可以呀，这个所谓的还可以，实际上那时斯皮尔伯格已经是名导，他已经拍出类似于《E.T.》这样远远超过"还可以"这个电影标准。

第二，和上海有某种关系。当时正好斯皮尔伯格在上海拍了《太阳帝国》，讲了在日本集中营的英国男孩子的故事，我觉得这个电影拍得还可以，但是影评人却不喜欢它。包括一些澳大利亚的制片人，对这部电影也并不看好，所以斯皮尔伯格感到非常沮丧，于是他就放弃拍这种严肃主题的电影，还去拍一些比较讨巧的娱乐性质的电影，但是F就对他说，你不能再拍这些小毛绒似的小玩意儿，我们这个世界上有太多毛茸茸的小玩意儿，你必须要去拍关于人性的电影，才能获得奥斯卡奖，或者说你得拍奥斯卡的电影，才能得奥斯卡的奖，说起来F是一个天不怕地不怕的人，这在他参加完斯皮尔伯格获得奥斯卡奖一个典礼的瞬间可以得到印证，那就是当时他抓住斯皮尔伯格说，你看我当时跟你怎么说的。

读者：我想问一个问题，您在年轻的时候，刚刚开始进行文学创作的时候，有没有特别喜欢的作家，他们的作品，有没有受到他们写作风格的影响？喜欢哪一种类型的电影和音乐？

托马斯·基尼利：首先，我再次强调一下，刚刚那位男士说的对的，写出小说这件事很偶然的，如果当时箱子没坏，我不会走进商店，也不会有后来的故事。

回答刚刚这位女士的问题，我年轻的时候什么都读，当时最喜欢的人是狄更斯，哪怕到现在年纪大重新又在读狄更斯。我觉得狄更斯小说在很多方面来说都非常好，但是他有一个缺陷，他的女性角色通常写的不够丰满，比如说《远大前程》当中的艾丝黛拉，她虽然是精力丰沛的女孩子，但说起来还是个很平面的人物，狄更斯所写的女性角色，但凡有趣的往往只是一个次要人物，而每当要进入爱情的主题，他们就变成二维、天使一般的人物，就没什么意思了。

说到我自己的写作，60年代在澳大利亚，我们读的所有英语作品都是欧洲人写的，甚至当时人认为澳大利亚没有人写小说。在我高中最后一年，我们班教室最后有一列柜子，里面有各种各样的文学作品，包括沃尔夫、劳伦斯、艾略特等，当时我看了这些书以后感觉自己的小宇宙好像突然爆发了，自己所居住的天地突然间变大很多。

我比较喜欢巴洛克音乐，喜欢的作曲家有莫扎特、巴赫，等等。不太喜欢歌剧，喜欢芭蕾。说到电影，我觉得电影确实是一个比较局限性的媒介，但还是有一些喜欢的电影，其中包括中国电影，还有俄罗斯电影，比如俄罗斯电影《烈日灼人》讲到苏联的将军被大清洗之前的事情。澳大利亚导演当中也有我喜欢的，比如拍出《宠物世界》的导演，还有在白宫坐着丑陋的美国人，却拍出《丑陋美国人》这部影片的努斯伯格。小说家当中我很喜欢菲利普·罗斯，还有一个美国女作家巴布罗，我和这个女作家没有浪漫爱情产生，但是我很喜欢这位作家。另外很爱的作家是托尔斯泰。说起最喜欢的小说，应该是《米德尔马契》这本小说。

小白：他说最伟大的英语小说是乔治·艾略特的《米德尔马契》。

读者：我的问题是我们有不少经历过非人遭遇的作家，也有不少关于犹太人悲惨和纳粹分子罪行的小说，那些小说更多传递出来一曲人性的悲歌，当然有些故事中也透出一点人性的温暖和希望，但是那种创伤的不可言说性，似乎很深刻，非常可感，而您的小说相比，可能有些特殊，或者说是我的判断不够准确，如果我的判断站得住脚，或者说的确有这种区别，我想是不是跟您的身份有关，或者您的经历，不知道您是不是犹太人？

托马斯·基尼利：不是。

读者：可能跟你非犹太裔身份有关，您讲到很爱读狄更斯的小说，狄更斯小说往往会出现次要的小丑型的人物，增加一点欢快也是会透露出一些温暖。

托马斯·基尼利：您的感受是对的，那些自己经历过纳粹集中营的作家，他们写作当中肯定有一种深重的痛苦，而我和他们不一样，是因为我跟这个故事的渊源是间接的，这个故事对我来说，好像总是处在某一种微光当中，它用一种耳语的方式向我诉说，这使得我自己能以有选择的方式来对待这个故事的原材料。因为大屠杀的幸存者，就是辛德勒集中营的那些人，他们会看出这部小说的依据，也会指出这个作者，所以我唯一的选择，就是以杜鲁门·卡波特所写《冷血》那部小说，或者汤姆·沃尔夫所开创的新新闻主义写作流派的风格来写，我要以一种非常冷静的笔触来写，所以也就避免了用很多形容词来描述事件，这使得我强迫进入一种风格，这种强迫来自辛德勒囚犯，还有犹太人文化保留委员会以及辛德勒太太等种种人的凝视，他们希望我写出一部和现实非常吻合的作品。这样说起来我所写的这部作品，就不能像常规小说一样，就像福楼拜写《包法利夫人》的时候，他不需要去问包法利，去核实每一个写作细节是否真实。在我所有作品当中，《辛德勒名单》是唯一一部我称之为事实性小说的作品，它和我写的历史小说不一样，在写的时候，我感到内心有一种冲动，以一种带有距离感的方式来做出选择，而不像自己经历过纳粹集中营的那些作家，他们实际上是以心理创伤的经历去写小说的，他们不可能像我这样，有着非常冷静的态度去写小说。

黄昱宁：今天的提问质量非常高。因为基尼利先生马上要赶飞机，这次没有安排签售环节，我们准备了少量的书，最后还是感谢基尼利先生，谢谢大家！

时间：2017 年 5 月 27 日

嘉宾：双雪涛　罗岗　黄平

“新的美学原则在崛起”

——双雪涛《平原上的摩西》分享会

黄平：大家下午好，非常高兴大家光临今天下午的思南读书会，今天这一场特别荣幸地请到了风头正劲的 80 后青年小说家双雪涛先生，以及沪上著名的文学评论家、华东师范大学中文系罗岗教授。我本人是华东师大中文系的黄平。今天的分享会的题目是“新的美学原则在崛起”，关于双雪涛先生的小说，在这里请允许我稍微用一点时间对这个题目略加阐释，“新的美学原则在崛起”打了一个双引号，这不是我们原创的话，有当代文学史背景的朋友会马上想到这句话非常有名，1981 年的时候，是著名文学批评家孙绍振先生写给朦胧诗，并送给北岛那一代的一句话，叫“新的美学原则在崛起”，当时有三篇非常有名的文章，就是所谓的“三个崛起”。“三个崛起”代表着朦胧诗这一代，新的美学、新的作家群体的浮现。我查了一下当代文学史的资料，孙绍振老师写给北岛一代的时候，北岛正好是 32 岁。以北岛先生为例，1981 年他正好 32 岁。同样是 32 岁的年龄，双雪涛老师在 2015 年上海《收获》杂志上发表了今天分享会同名小说《平原上的摩西》，我们对 80 后文学长久以来有各种各样的想象，甚至于偏见，长久以来 80 后文学被以韩寒、郭敬明为主导的美学所限定。2015 年前后双雪涛的出现，使得我们发现原来 80 后文学还有完全不同的另外一种取向，另

黄平　　　　双雪涛　　　　罗岗

外一种美学的面貌。这个意义上，我们借用孙绍振先生当年非常经典的论断，“新的美学原则在崛起”，当然这个美学原则的内涵可能有所变化，我们用当年这句老话，30 多年前的这句老话献给今天完全不一样的北岛的后辈，就是今天的青年作家。

关于我们今天的分享会的作家双雪涛，我在这里略微做一点介绍。雪涛出生于 1983 年，出生于辽宁省沈阳市，2003 年到 2007 年就读于吉林大学，我本科也就读于吉林大学，我稍微解释一下，很多朋友觉得吉林大学在哪里？是不是在吉林市。我介绍自己的时候经常遇到这样的困惑，吉林大学在吉林省省会长春市，吉大是东北最好的高校，双雪涛当时考到的是吉大的法学院。

罗岗：我到吉林大学去，吉林大学给我介绍，不是说吉林大学在长春，把这个话倒过来，长春在吉林大学，因为在长春到处都是吉林大学的校区分校，全中国最大的学校。

黄平： 吉大非常巨大，所有学科门类都很齐全，包括农业、军事我们都有，我们甚至合并了一所军校。双雪涛当时考上的是吉大的法学院，这是我们的一个王牌专业。大家知道新世纪之初，2003 年那个时候，法学还是热门专业，分数都非常高，大家对法学的前景有各种各样的憧憬。当然现在我们知道法学就业率不是很理想了。双雪涛 2007 年毕业以后没有从事法律方面的工作，他回到家乡沈阳去了一家银行，从事银行相关的工作。大概在 2010 年前后，台湾地区有一个非常重要的文学奖，当时双雪涛在《南方周末》上看到了一个文学奖的启事，写了一篇小说，参加了这个文学奖。非常棒，出手不凡，获得了当年的第一名。这次文学奖也是双雪涛文学之路的开启。这个经历跟我们非常熟悉的当代作家，双雪涛也非常热爱的一个作家经历非常相似，就是王小波。我们都知道王小波的文学之路也是正式开始于这样一个文学奖。之后双雪涛大概在 2012 年辞去了银行的工作，从事专业写作，从 2012 年开始有大量的文学作品上了各大文学期刊，其中被文学界关注较多，得到较多评论的，一般被视为是双雪涛的代表作，就是《平原上的摩西》。我看很多朋友把小说集带来了，它也是双雪涛出版的同名小说集。

他 2013 年去了中国人民大学一个作家班从事硕士阶段的学习，类似于创意写作的专业，双雪涛现在是硕士二年级，明年毕业。对于作家很难用学历衡量，尽管在大学也是在体制中，但某种程度上来说是教育体制中的飞地，在相对宽松的大学校园里，为今天的这些非常有才华的青年小说家提供一方绿洲，给他们一个缓冲，让他们比较自由，发展自己的才华。在人大这几年，双雪涛的小说写得越来越好，影响也越来越大。今年他刚刚获得了华语文学传媒大奖的最具潜力青年作家，这是雪涛基本的一个情况，我不多说，作家本人就坐在我们身边，我只能从公开媒体上只言片语来了解。

罗岗： 我补充两句，黄平老师介绍双雪涛，昨天双雪涛在华东师大有一个很精彩的讲演，将来会放在我们系里的公号上。我想补充两点，双雪涛跟一般理解的80后的作家，或者甚至说跟一般作家都不太一样。刚才黄平老师介绍的时候说，双雪涛2003年进入吉林大学法学院学习，到他2010年重新开始写小说，就是写后来获了《中国时报》文学奖的《翅鬼》，七年，双雪涛说他从来没有想过要成为文学家，或者跟文学、小说创作有什么关系。这七年他就是作为一个文学的圈外人，根本没有想过，虽然也没有说很热爱法学，但是至少没有想过要成为一个文学家，我觉得这是一个重要的情况。如果广义来讲，近些年当代文学有某种新的美学原则在挑战固有的美学原则的话，很重要一点是那些看上去本来不太想成为小说家、文学家的人，他们在各种各样的机缘巧合下进入到文学圈。上海大家最了解的一个是写《繁花》的老金，因为老金是一个职业编辑，他的小说《繁花》的写作本身就带有很大的偶然性，这个大家都知道。如果你们关注一个叫“弄堂文”的公众号，正在推送《繁花》的原版，已经推送了30多段了，大家有兴趣可以去看，当时发表在网上一段一段像帖子性质的，最后变成了小说。另外还有一个更年轻一点的就是叫小白，小白最近写了《封锁》，之前写了《租界》，但是我们知道小白虽然写作，他最初的时候做的工作是华东师大哲学系毕业的，因为他语言能力很强，最早的时候他做字幕组的翻译，就是很多盗版DVD，他在那边翻译字幕。这两个作家都是从文学之外进入到文学里面，他们的小说跟主流的美学原则有一个很大的区别，就是跟当代的文学圈没有什么很深的纠葛。我觉得雪涛也是有这样一个特质，所以他才能出手不凡，不被当代文学的条条框框所束缚。第二，双雪涛得了中国时报文学奖。

双雪涛： 当时是《时报》主办的，但是叫华文人世界电影小说奖。

罗岗： 但是它是跟时报是有很大的关系的，《时报》在华文文学界扮演着非常重要的角色，如果大家熟悉台湾文学甚至华文文学的历史的话。黄老师也讲到，像王小波，当时也是一个圈外人，而且他们特别强调，投稿者是不能正式出版过的，我印象中规定是可以在杂志上发表作品，但是不能出版过小说集或者是长篇小说，这个是前提。也就是说他比较关注的是真正的新秀，因为你没有出过小说集，就是一个新秀。所以双雪涛进入《中国时报》得奖，很重要的一点，他自己也讲从来没有想到，他每天在网上看，公布长名单，类似国外的评奖规则，先公布长名单，前 50 名，前 40 名，前 10 名，一步步进入这个名单核心，是这样一个过程。我觉得这个奖确实也跟大陆很多奖不太一样，因为大陆的奖我印象中没有这样规定的，而且大陆作家也几乎很少有人是通过评奖成名，因为我们的奖基本上是给成名的作家，比如说鲁迅奖，更不用说茅盾奖了，也不会有某个作家得了一个新秀奖，然后一举成名，一鸣惊人，好像我们大陆的文学没有这样一个机制。所以我觉得雪涛通过这样一种方式进入到文学界，这也是他很不一样的地方，这两个不一样的地方决定了他的作品从起步的时候，跟我们想象的 80 后小说的美学不太一样。

双雪涛：很感谢黄平和罗岗老师的介绍，我很紧张，因为这段经历是我自己比较熟悉的，也是我自己经常会讲的东西。但是我发现刚才黄平老师已经把我想讲的都讲完了，所以我现在非常紧张，不知道该讲什么了。

黄平：隐私我不了解，我只能讲报纸上看的。

双雪涛：几个大标题都已经讲了，我只能讲几个小标题。刚才罗岗老师说的就是我自己的情况，我在银行上班，上了五年之后辞职去写作，过去在吉林大学学了四年法律，法律确实比较难就业，就去搞文学了。还可能跟当时学法律学不明白，确实体会不到法律的精髓，而且自己也没有那么勤奋有关系吧。昨天我跟罗老师和黄老师也聊起，在那段生活里头，大部分时间是在特别专心的生活，而不是心不在焉的生活，大部分时间是很认真的希望能够把生活过好，生活里没有文学这个事，或者没有写作这个事，但是有阅读这个事。所以最后把我推向写作的一个关键的点，第一个是大部分时间都在阅读，这个阅读就会使人有时候有技痒之感，就是你看了很多书，看了很多优秀的作品，甚至伟大的作品，你觉得自己可以试试。但是这个种子一直埋在心里，从来没有想试过。为什么在2010年那个契机会去试一下。主要原因是在单位工作太无聊了，这个无聊的程度就会让你去找一个事把这个时间杀掉。我尝试了很多我能够实践的事，后来发现写作这个事杀时间最好用，因为一写一天一夜就过去了。当时做这件事是因为我阅读有一定的积累，然后想用它来填补我空虚的生活，我从来没有想到自己写得如何，或者能不能发表，最开始写的时候都没有这个感觉。所以参加比赛的时候，这几个契机相互作用，碰撞在一起。有了这样一个比赛，我又想把时间打发掉，有一些阅读的时候想要致敬的作家，这几个东西赶在一块，就参加了比赛。后来其他场合我也谈过关于比赛的事情，刚才老师总结地很精辟，台湾地区很多比赛是针对新人的，我现在自己回想台湾地区有没有那些功成名就的文学奖项，我一直想不到。现在奖项没有当年影响力那么大了，但是在兴盛的时候，时报文学奖、联合报文学奖，等等，他们有很多很多大大小小的奖项，可能在大学里、学院里也有一些奖项，文学比赛可能是进入文学圈子的一个特别便捷的途径。甚至我觉得可能大部分的台湾地区的作家都是通过参加文学比赛，然后被别人认识，然后能够使自己的作品顺利地陆续发表出来。我们现在回头看我们自己大陆这边的文学比赛，可能我们这两年有一些关注新人的比赛了，有些关注40岁以下的作者，有些关注没有发表过作品的作者，需要时间把这个东西积累起来。其实我是特别特别希望看到我们能多一点这种匿名比赛。匿名的，而不是说我都已经知道你写了什么，也知道你是谁，然后把奖给你。我特别期待有一些比赛只看稿件，把稿件编号，再去对应到底是谁的作品，最后把奖发给他，这个奖持续下来应该能够成为有影响力的文学奖，对很多从事文学的年轻人来说是一个好事。当时其实我去台湾地区参加这个比赛之后回到大陆，我也特别想参加一个大陆的比赛，但是我自己没有找到，所以我只能通过投稿的方式进入文学。

可能我是一个特别特别幸运的人，这个不是自谦，因为我的稿件确实是《收获》的老师能在自由来稿里看到，又能觉得作品不是特别次，又能给我打电话鼓励我去写作，这几个事赶在一块，不光是我的文学品质达到了什么水准，更多的是在那个时期是一个幸运儿。但是我觉得如果有一些比赛的话，可能幸运儿会更多一点。

黄平：刚才听了罗老师和雪涛的介绍，发现一方面台湾地区和大陆地区的文学体制有一定的差异，但同时像文学奖、文学期刊，某种程度上可以把它普遍化了，成为青年作家登上文坛的必由之路。不过我们看双雪涛的年龄，1983 年同一批出来的作家，基本上都是通过文学奖、文学期刊出来，但他们的美学有非常不一样的面貌。我忽然想到《平原上的摩西》小说中的一个细节，我们这个小说在表面上时间跨度很大，从“文化大革命”一路讲到新世纪，但是非常核心的一年是 1995 年，他 1995 年应该 12 岁，12 岁正好是小学上初中这样的一个年龄。

这个小说里面特别打动我本人的，我们看到小说中这样的一个工人的子弟，他当时面临着一个非常沉重的一个障碍，当时 1995 年辽宁沈阳要收九千元的择校费，1995 年的九千元，对一个正在遭受下岗重创的地区大家知道意味着什么。昨天雪涛莅临华东师范大学，华东师大的我的朋友找双雪涛签名，一定让雪涛签句话，写给 90 年代沈阳某所中学的某个同学，因为这个同学在当年的遭遇跟小说中是非常一样的，被九千多元的择校费所驱赶，无法进入到他心仪的初中。这不仅仅是一个升学的难题，背后牵扯一系列的结构性的变化。所以在这个意义上一方面是文学制度性的，另一方面像罗尔讲的，作家永远在文学制度之外，广阔的世界，各种各样的历史力量激发，会出现各种完全不一样的美学。我想借思南读书会这个场合请教双雪涛，在小说中类似择校费的经历，这个是你完全虚构的，还是和你个人的成长经历有关？

罗岗：雪涛在小说里说九千元择校费，不仅仅是在《平原上的摩西》上讲到的，他的《我的朋友安德烈》里，这是作为最主要的情节，“九千元班”，我觉得这个细节应该是贯穿了他小时候，在他的记忆中，应该是一个很重要的细节。但是这个细节背后，其实是有很深厚的历史变迁，因为在这个点上，显示出双雪涛跟一般的80后作家不一样。因为80后作家还有一个路子，刚才我们没讲到的，新概念作文也是一个比赛，也产生了很多作家，但是这些作家更多分享的是城市生活给他们带来的安逸、优厚，以前黄平老师讲叫“小公主和小王子”，80后的人觉得对他们来讲，生活在一个富裕的时代。因为跟60后、70后甚至50后，因为50后、60后、70后，可能在座还有好多更大年纪的人都知道，那个时代是短缺经济的时代，是没有钱的时代。但是80后以后都会觉得消费不是问题了，雪涛的这个细节，虽然是1995年了，但是他把我们带到了另外一个时代的感觉里面。我觉得在这个上面，就从刚才黄老师说的一点，拉开了他与所谓80后作家一般的描写的距离。

双雪涛：这个事正好能呼应昨天罗岗老师在我的讲座里说的，中国城市之间差异很大，这个差异发展的不均衡，然后地域的风貌、人的性格，差异是很大的。对于我来说，九千元班这事确有其事，因为写了这么多细节，肯定假不了。它对我的影响其实是我自己在写的过程中，我没有想他是一个时代的什么东西，对我来说就是一个对我有很大创伤的事，我个人的一个伤疤式的东西。

在90年代的中期的时候，九千块钱对于我父母这样的收入来说基本上是一年不吃不喝也赚不到，他们两个人在一起收入一个月六七百块钱，九千块接近一年半或者接近两年不吃不喝才能攒下这个钱。这个对普通家庭来说是不能负担的东西，而且交了这九千块钱并不减免你其他的费用，你的学费、书本费什么的都不包含，是单独的一笔独立的收费。所以我在小的时候，其实没有什么关于钱的概念，但是在12岁那一瞬间知道了钱的力量。我后来是借钱上学校的，因为它比较粗暴的地方是你即使考了第一名，你也要交这个钱，他跟你的成绩优劣没有关系。除非你愿意去按片分，按学区分，学区分的话就把我分到离我家比较近的学校了，基本上是一个流氓学校。所以逼着你，必须花九千块钱把你送到另一个市区里的学校，因为你都考上了。我爸妈也经过了一些思想斗争，因为身边的就像你昨天跟我讲的签名的朋友，我相信他的父母也做过心理斗争。因为在我父亲他们工人那些子女里，也有一些考上的人，但可能有放弃的，我不交这九千块钱，我算了，我放弃了。我父母把这口气顶住了，我为了孩子就把这个钱交了。但是他们其实也有点摇摆，这个事值不值？到了交钱那天，把钱送到学校的财务室才发现财务室排着一条长龙，这条长龙并不是交钱的人，是一些能够交得起九千块钱，甚至交得起三万块钱的人拎着一纸袋的钱，在那等着名额掉下来，你不交后面有很多人等着交，那时候我母亲去交这个钱，那时候对我母亲的冲击非常大，她突然间知道世界剧烈的变化，贫富迅速的分化了。而且有一些人是拎着比三万块钱还要多的钱，准备了很多现金来希望谋求这么一个名额。但是这个九千块钱我反复写它，我相信是对我摸到社会那么一点点现实的开始，一个 12 岁的男孩，那时候稍微比较敏感，能够感受到家里的氛围，能够感受到钱的压力。但是等到上学之后你就会发现，班级里好多是没有参加过考试的人，他们通过各种各样的途径也能来你的班级上学，用更多的钱。我记得还有一些同学是共建班，共建怎么讲，他们给学校盖过一个楼，学校有一个教学楼是他们家帮盖的，他不需要择校费他就能来，还有一些官员的孩子也不需要交钱，他们是特权阶级，也可以来。所以在我读书的那段时间，那三年我明确感受到这个世界变化非常剧烈，明显感受到自己不是被公正对待的这么一群人或者几个人。

其实在我小时候，脑子里一直对我们的小学老师，或者对站在讲台上的老师有巨大的尊重的，我在初中的时候我这个尊重失去了，因为他对我们这些孩子是区别对待的，而且我们都能非常明确的感受到。所以可能对我们来说一直有这种卑微感，愿意去想点事实，阅读点东西，找到一点支撑的开始，就是大概初中的时候。

黄平： 雪涛一开始讲中国非常巨大，因此各个省份之间、各个地方有不同的文化的性格。然而回到东北，我也是辽宁人，但是像九千块这个事件本身很难讲是一个地方的文化性格，最后我们会看到是一个社会结构性的问题。比如说下岗的问题，东北人并非天生懒散不思进取，他就是下岗了。我们知道中国经济的骄傲——上海在当年也面临着下岗潮，比如纺织业，百万工人大下岗。一方面不能说跟地方的文化性格一点关系都没有，但另一方面更直接的更根本的原因还是大的社会的结构性重组。有些家庭为那九千元苦苦奔波，求爷爷告奶奶的时候，有的同学可能很心安理得进入他爸爸给他盖的教学楼里学习了。一场新的历史运动正在发生。某种程度上也形成了双雪涛后来不同的美学取向。罗岗老师是这方面的文学专家，罗老师的文学研究出入于文学与社会之间，请罗老师回忆一下90年代。

罗岗：在座很多是年纪比较大的朋友，大家知道1992年邓小平南方谈话以后，中国推进了非常激进的市场化的运作，我们说90年代成为市场社会。其中市场社会最主要我们说原来我们中国人，刚才双雪涛说包括在东北很多人都是一样的，包括我们刚开始工作的时候，我们都觉得钱不重要，为什么不重要？因为我们赖在国家上面，或者赖在单位上，比如说分房子、医疗，包括就学，这些都是属于以前被国家包起来的。但是90年代以后这三块东西放开了，到今天为止我们感受到这三块，特别是原来被国家和单位的福利部分，忽然之间被社会化了，而且社会化以后、市场化以后，把所有东西转化为共建费、赞助费、择校费，变着非常多的花样。而且就是在90年代的时候大学也开始扩招了。当时所有的说法就是听起来有点荒唐了，现在已经不这样了，比如说“搞导弹的不如卖茶叶蛋的，拿手术刀的不如拿剃头刀的”。这个情况今天发生了很大的变化，当时社会的氛围就是被这个细节抓住了。而且非常重要的一点，我觉得80后作家跟前辈的作家有很大的区别。有一年我跟孙甘露老师我们一起在《文汇报》社里做一个文学周的讲座，我讲了一个题目叫做“文学与迁徙”，就是人要移动。我说前面的人从“五四”开始的第一代作家开始，就是鲁迅他们这一代开始都是走来走去，离开家乡。最后的一辈就是知青，知青一辈也是离开家乡到乡下，乡下又回到城里面，对他们来讲迁徙是非常重要的。

但是到了80后的这一代作家，迁徙对他们来讲基本上完成了，基本上没有了，他们都从学校到学校，阅读成为了他们非常重要的理解社会的方式。昨天双雪涛特别讲了阅读经历，阅读经历不仅是80后一代、甚至70后一代，60后一代都是共同分享的，阅读经历非常重要。比如说读金庸小说的经历，我们那个时候也有跟你类似的经历。而且在这代阅读过程中，也不分类型，就是大量阅读作品。所以在从阅读到写作的过程中，这就使得一方面80后作家因为深刻受到阅读的影响，所以他们的写作显得对这个社会，因为他对这个社会不是直接的切身的具有肉身感的介入，所以他往往是通过阅读，包括还有比如说除了看书之外，比如说电影、影视作品，对他们也有很大的影响。所以这就等于说某种意义上按黄老师的说法，阅读的美学在80后的美学是很重要。我觉得双雪涛的作品某种程度上，有一个跟80后类似的阅读经历，虽然也按他刚才的说法来讲，可能没有文学了，但是阅读一直没有停止过。但是他的阅读之外，我觉得有一个很重要的点，就是刚才讲的，从九千块钱讲的，他一下子也直接切入到社会中，或者说突破了仅仅阅读书本，而使得这个书本跟社会之间产生了某种距离和隔阂，他突破了这个。他更多的是越过了阅读的限制，进入到社会中。我觉得这也是雪涛写作的一个特性。

实际上黄老师知道，我以前没有读过双雪涛的作品，是先读黄平老师指导的学生写的论文，然后我再看到雪涛的小说，通过那个学生论文里面引用的故事和段落我发现，他的写法是跟所谓80后一大批作家不一样，因为80后作家写作的特点，比如说从语言上讲高度书面化，他对设置的背景和环境，他也是从一种虚拟的层面上讲，而且他的虚拟主要虚拟在什么地方？他基本上是可以抹去这个背景的。比如说在上海、在中国香港、中国台湾，在S城都是一样的，没有什么历史感，或者说不需要这种历史感。如果说有历史感也可以是自己虚构的。而双雪涛的写作一下子切入到社会中去，他的写作的作品里面，很少有那种文绉绉的色彩，基本上没有那种感觉——我读了很多书，我来写，拽文，没有这种，写得非常鲜活。即使有些作品里面写到了阅读，比如说

《我的朋友安德烈》，写法非常搞笑，阅读感并不高贵，他的方法更多服从于青年学生的心理，阅读是为这个服务的。所以这样一种写作方法使得双雪涛不管有没有意识，使自己写作更加具有了肉身性，直接用自己的感受切入到社会中。一个作家不一定对市井所处的时代和社会有一种理性的概括，因为理性概括写出来就是我们说的概念先行，不是的，他要有这种肉身感。但是我们在座所有人对自己所处的时代都有肉身感，但是只有好的作家才能把这种肉身感转化为一种可以供我们阅读的形式。但同时不是每一个作家都能够找到这种形式，因为有的人找的很蹩脚，有的就找的不成功，双雪涛恰恰找到了一种。昨天谈到《平原上的摩西》为什么一下子火了，大家都读了，读了之后都喜欢了。很多人都读了这个作品，你之前也有出版的作品，但是可能没有一下子被大家聚焦到，那就是他找到了最好、最合适的形式，而我们今天这个时代中需要这样一种写作。从他的经历讲，1995 年是非常重要的，重新书写 90 年代是当代文学最重要的一个话题了，因为我们对 80 年代有很多感性、理性的概括，但我们对 90 年代的书写，都是零散化的，某种程度上，他的东西是这样的，虽然他只有十几岁，但是他恰恰用他的方式把握住了 90 年代的特质。这一点上，我们都是从外面来看，我们从成果的角度，因为作品写出来了，从双雪涛自己创作角度来讲，这个就让他来说了，更想听你说说看。

双雪涛：90 年代这个事我最开始从来没有想起过要写它，刚刚黄老师说了，包括《我的朋友安德烈》，他其实是跟我自身的经历了有很贴近的地方，有些材料是虚构性的，我就把它拿来用了。这个过程里我也用过蹩脚的尝试，只不过这样的作品你们没有看到，也一个不断摸索的时期，好比一个人刚学会骑自行车，他要骑到让自己平衡的时候才能不停的骑下去。

在 2013 年之前，从 2010 年台湾地区的那个比赛到 2013 年之间，都是一个摸索期和试验期，也写了一些短篇小说，还写了两个小长篇，这段时间其实有一些局部写的蛮好，局部可能写的不错，但是整体来说都没有找到把自行车骑明白的感觉，没有找到自己的节奏和频率。在2013年的时候，我记得那阵是我的小孩出生了，经济上捉襟见肘，非常的恐慌，每天晚上睡觉都想着奶粉要喝光了怎么办，这是很直接的东西，这也是肉身应对的东西，但当时并没有上升到这么高的境界，当时就想奶粉，孩子的很多花销怎么办。因为我已经辞职一年了，这一年基本上没有发表过任何一篇作品，因为很狂妄，因为那时候在2010年和2012年拿了两个台湾地区的奖，自己突然膨胀起来了，狂妄起来了，以为发表文学很轻松，以为靠写一些有文学品质的东西可以养活自己。在2012年到2013年现实给了我沉重的一个打击，这一年里没有发表任何的东西。

在我孩子出生前后，是我最困惑和压力最大的时期，我就写了一个小说叫《大师》，就是讲我父亲下棋的，我没有任何要写一个特别棒的作品的想法，没有这种感觉，就是在特别孤独的时候，我想和我父亲做一个对话式的东西。我父亲生涯很多时间花在下棋上，中国象棋，蹲在马路牙子下棋。我那时候突然想到我父亲这一辈子特别热衷于精神活动，他为这些活动奉献了很多很多，然后其实并没有什么收益，这东西对他来说，完全是一个纯粹的智力活动。我就想到自己从事这个职业也没有什么收益。因为到了2013年，那个小说我有一种献祭的，有把自己放到更高贵的地方评价自己的幻觉，我想通过这个幻觉给自己鼓劲。

但是恰巧在那个时期，因为前一阵子的准备和那阵的状态，内心冲突正好达到了饱和的时候，所以那个小说写的非常顺。后来我现在看来，也认为是我写得比较准的，而且元气比较足的一个小说，可能跟篇幅有关系，一万字，在我没有疲劳的时候小说就结束了。我回头看那个小说，可能是我从2010年到2013年我唯一比较满意的小说，因为它使我找到一种节奏，使我找到了一种走路的姿态，这个对我后来的写作特别重要。

所以从2013年到2015年期间，我一口气写了十几个中短篇，这些中短篇都是因为在《大师》那个段找到了自己的节奏，找到了自己某种语言的习惯。积累，积累，一直写，写到2014年上半年的时候，那时候可能连写了十个中短篇的小说，然后我去北京办一个什么事，就去看了个电影，是讲东北一件罪案的电影。那个跟东北时代没有关系，美学也更完备，也很好。突然对我有了很大的刺激，就是说我们东北1995年这一批被侮辱和被损害的我的父辈们，为什么没有人写他们？这其实是我一个强烈的感受，因为那个电影当时获得了很大的成功，在国内国外都很成功。当时写的是一个外乡者对东北的观望，甚至东北的冰雪、东北的那种寒冷只能作为隐喻在电影里存在，而不是作为有智力的现实存在。对我来说是很大的冲击，我一方面很喜欢这个电影，一方面我又觉得我也应该写一这样的东西，一定要完全区别于它，完全能够表达我对父辈这些人的观察，甚至能够表达我对我自己这一代在那个时候的成长，我耳闻目染看到的东北变迁的表达。这些表达其实是我积攒了很多的时间，一直没有找到很好的形式和出口。正好被那个电影一推，我因为在语言上经过了几年的准备，也能够把东西写出来。本身内心的那种愤懑也使得小说带了所谓的一种硬度，因为可能当你觉得这个东西值得写，没人写的时候，你会有一种锋刃在里面。这个小说在写的时候，我并没有觉得它会成为一个如何如何的作品，它只是我在那个时期一个比较完整的表达。回头看这个《平原上的摩西》这个小说，它有很多的问题，包括它有些细节，有一些东西也没有处理的那么圆润。但它可能在某种程度上达到了一种均衡，就是你的人物性表达的东西，时代性，语言和这些东西的咬合程度，它本身的篇幅和它发表的时间和平台，这些东西正好都赶上了，赶到一块了，使得《平原上的摩西》这篇小说，现在看来是给我带来了很多东西的小说。我觉得我还是要感谢当时我心里那种愤怒。

黄平：相信大家都感受到了，非常了不起的愤怒。我想到80后同代人的作家，就像罗老师刚才讲到的一样，他们出来往往是通过新概念作文大赛，这个新概念作文大赛有非常大的历史贡献，但是瑕不掩瑜，但是它的一点点瑕疵就是在于当时他把真实定义为人的内心，因为他当时反对一个对象，新概念作文大赛的前一年，是1997年的语文教育大讨论，那是非常重要的一个背景。后来写作的人越来越内倾化了，越来越向内转。我们会看到雪涛这里，当他写作陷入谷底的时候，他是写《我的朋友安德烈》，更重要的是写关于父亲的小说——《大师》，他不是沉溺在自我的美学之中，玩弄自己的小情绪，他面向比较广阔的世界，这点非常不凡。我们会看到，1995年遭受下岗风暴重创的这一辈人的儿子，开始理解并且拥抱像双雪涛讲的被侮辱与被损害的父辈，写出他们的故事，这样的文学的能量，某种程度上不是来自我们常见的80后的自我的美学中，而是投向更大的美学世界。我读这个小说特别感动的一点就是小说里包含的父与子的和谐，这其实是90年代以来非常难以处理的问题。

罗岗：刚才双雪涛讲的时候，我感觉印证了我的想法，我非常喜欢《大师》这部作品，读这部小说，作为一个职业的当代文学研究者，有两点很明显。第一，读《大师》，隐隐会想到阿城的《棋王》，因为都是下棋。而且棋和人生和社会之间的关系是透过棋表现的，在阿城的《棋王》当中有更多的寄予，但是实际上也有他对当时生活的理解。我第一个就觉得，双雪涛既然敢挑战这个题目，有《棋王》在前面，怎么写。但是我觉得雪涛确实可以感觉到，像他说的那样，某种意义上是向传统挑战，就是阿城构成的《棋王》传统，是一个很强大的文学。这个问题当中也是，因为在阿城那里，是要把棋引向更形而上的玄幻、玄学的地方，我们知道王一生的棋是道德棋还是什么棋，还有形而上和形而下，就是吃东西和下棋之间的冲突，等等。我觉得双雪涛这个小说不是在这个传统里面的，跟黄老师说的一样，他实际上是要，包括刚才特别是双雪涛自己讲，他跟他所处的环境有很大的关系，要写自己的父亲。实际上我觉得不仅仅是下棋耗费了这一辈子，甚至有人会讲说，东北的这一代工人阶级或者是工人，他们这辈子好像也耗费掉了，因为他们做的这些东西，其实做了很大的贡献，但是最后的结果对他们来讲非常不公平。

第二个也是非常重要的一点，因为我们都知道，另外就是除了阿城《棋王》的文学传统之外，还有一个文学传统是父子关系的文学传统。这个父子关系的文学传统是60年代以后，无论是西方的文学还是中国的文学，西方的文学是从60年代，中国的文学是从80年代，都是一个打死父亲的传统，《打死父亲》本身就是一个英国的小说，比如说我们熟悉的从现代派作家余华他们开始，18岁出门远行，父亲这一辈、家庭这一辈完全是负面的东西，所以戴锦华说他们是“弑父的一代”，把父亲都杀死的一代。但是我觉得雪涛同样是，不是顺着这个传统，而是背向这个传统的写作。一方面他是向父亲致敬，我觉得《大师》小说的结尾也是非常精彩的，因为这个结尾很明显有点像《棋王》里面的车轮大战，也非常紧张，最终小说中的父亲故意让棋，最终的结果是让自己的儿子叫那个和尚，实际上也是当年的犯人，要叫他父亲。这一点非常感人。在当代文学里面，很多人可能会觉得父子的和解，或者是儿子向父辈的致敬完全是搞笑的，是温情的，或者是大团圆什么的，在这里达到了一个高潮。那种紧张感和最后的温情之间达到了一种和解，我觉得这个是在我们今天的当代文学里面看不到的。因为大家都觉得写黑暗、写罪恶、写堕落变成了一种很正常的东西，而不愿意写像小说里说的，你的棋比我的棋多一点，就是棋可能代表了很多功利的东西，因为棋要取胜，棋代表了谋略，代表了各种各样的算计。但是最终还有比它更高的东西，这个更高东西实际上是文学所要守护的。但是那种守护又并不是在一种很滥情的情况下，我觉得雪涛在这个上面，他的作品代表了他，一方面是背对我刚才讲到的文学传统，但是同时又在自己的创作里面，在某种程度上回归了一个更好的文学的原则。这个就是他的作品，所以我们说新的美学原则，因为在《小时代》或者80后其他作品里面他们没有完全顺着前面的传统，或者说他们不敢按照自己的方式创造出新的文学的高度，这是一个很大的问题。我因为听他讲以后，印证了我的阅读的体会，非常感谢。

双雪涛：我补充两句，我自己在想，我作为一个儿子，我对我的父辈有很多不满，因为一路走过来，吃了不少苦。作为一个小说家，我对他有很多的同情和尊敬，我觉得这两个身份对我来说是不一样的。所以我觉得我是幸运的人，是因为我找到了一个容器，这个容器就是写作这个事。通过写作这个事我可能比过去多理解了他们一点，我通过写小说，我才知道我心里对他们怀有多么深的感情，我不写东西我感受不到。可能文学就有这么一个魔力吧，就是你有很多的记忆，就在遗忘的边缘，它难以被想起来，但也难以被彻底忘记，你只有通过写作这个事，才能成为一个具象的、鲜活的，甚至栩栩如生的，比生活更真实的一个东西，才能出来。

当你看到了自己的虚构之后，你又想到了现实，这个现实跟你看过虚构后的现实已经变样了，当我去描摹了我的父母这辈人，再回头看他们的时候，其实眼光已经变样了。我有一次跟张悦然老师聊天，悦然老师有一个概括很准确，她说我的父辈有点像掉到了时代的沟壑里，我觉得这个词还是比较准确的。我经常会说我妈、我爸他们那一代人，有点像被时代戏弄了一圈，一直到现在这个戏弄也没有结束。他们其实很努力地想把生活过明白，很努力地想在自己生产线上成为一个勤勤恳恳的螺丝钉。但是后来时代把这个螺丝从生产线上拔出来，扔到大街了，这让人怎么办呢？对于我的父母来说，可能我们乡村出来的人没有他们自己的乡愁，他们的乡愁就是在田间，或者在村庄里面，在宗祠里面，对于我的父辈他们的乡愁就是在工厂，这些工厂有托儿所，有工人之家，有电影院。几万人的大工厂里面，我们能想到的都有，它是一个巨大的社区，这个社区就是我父母这辈人的乡愁。当这个东西破败了，崩溃掉了之后，他们最重要的困惑并不是他们没事可干了，而是他们的精神没有地方放了，他们不知道自己是在为什么奋斗，他们只能变成把日子过得特别细碎，为自己求生存、求发展这么一个状况。但是跟他们最开始在青少年时代接受的世界观是完全不一样的，终其一生都很难扭转过来。他们在这个矛盾里看到世界在飞速发展，每一天都有翻天覆地的变化，今天有了电话，明天有了BP机，突然有一天可以用手机，现在又能用微信了，他们一直想努力把这些东西都捡起来，学会才能跟儿女沟通。但我觉得有时候很累。有时候我看到我的父母，我心里挺难受的，你看，现在有很多我父辈那样的人，他们热衷于同学聚会，就是那些40年不见了，互相又找到了，在微信里建个群，我觉得我父母那代人确实这一辈子一直在跟着指挥棒走，把自己的生活过明白的不多。

黄平：像罗老师和双雪涛讲的一样，我们想看到更真实的生活，比今天的生活更真实的生活，我们用很有力量的一句话：文学是非常重要的一种武器。刚才罗老师梳理了雪涛面对的两种传统，比如说以西方为代表的寻根文学传统和“弑父”传统。其实两种传统有非常一致性的东西，我们知道80年代中期“寻根文学”开始之后，把地方奇观化，这个地方破碎了，从国家脱构出来，各地有各地的奇观，都不一样。比如说贾平凹写的陕西，一定是非常奇特，不一样的，跟日常不一样的东西。包括父子关系，子一代的情绪一定是非常颓废的、扭曲的，充满了各种各样的绝望的。这样一种破碎、这样一种断裂，当然在美学意义上，当然有它的现代性所在。但是站在我们今天来看，我觉得像雪涛他的文学的出现，重新把破碎的东西开始聚合，这一点非常重要。无论是在美学的意义上，还是在这样一个文化政治的这样一个意义上。我们这个破碎的东西，现在有美学的解放性了，某种程度上今天已经被耗尽了，我们更重要的是在整体性的意义上理解父亲那一代，可能父子一代之外的，比如刚才雪涛谈到社会主义文化记忆，当代中国的历史进程，我们怎么把自己重新和更大的世界勾连起来，我觉得文学在这样一个时刻，其实是一个非常非常有能量的东西。

罗岗：刚才双雪涛讲了一句话很重要，文学总是去把握处于边缘的东西，但是实际上很长的时间文学都在关注边缘的东西，只是这个边缘的东西怎么整合进一个整体性的视野，很多人没有做到。边缘永远是边缘，这就变成一个麻烦事了。所以比如说我们讲下岗工人，上海也有百万工人大下岗，只不过上海的工人要比东北的工人幸运，因为上海是一个商业城市，四五十岁的那一代很多人都去了超市、商店，特别大概十年前左右我们去超市里面，很多是下岗女工在做收银员，或者百货商场里面都是这样，因为他们被吸纳进去了，所以他们生活没有那么差，没有像东北的工人。

但是实际上他还是处在一个迅速被从社会的整体结构中抛出去的状况。我印象很深刻的是蔡翔老师，他也是有工厂的经历，他给李陀跟北岛编的《七十年代》写过一篇文章，后来别人开玩笑说：70年代人头马。因为所有的回忆都是精英阶层，只有蔡翔老师的回忆写的是70年代的工人，就是70年代进厂的工人到90年代全部下岗了。我觉得他写的一个细节可以呼应刚才雪涛讲的，这些人因为在上海环境还可以，甚至买断工龄，拿了钱，在家里没什么事打点小麻将。但是还做一点事，因为在工厂里都有一点技术。现在这个技术用来干什么呢？他说去把水表搞一点，电表搞一搞，偷点水偷点电，这是作孽。当年在工厂里学到的东西是只能去搞点这种事情。因为你还是经济上比较紧张，但是觉得没有脸面。所以蔡老师说有一种尊严消失了，我觉得刚才讲的单位式的体制，那种大的工厂里面，可能收入也是很少的，但是有一种尊严感，或者精神上有种寄托感。但是这些东西被打散了，打散以后怎么安顿他们，我们文学里面很多人根本不考虑这个问题。现在如果关注他们，所以这个也涉及。如果很粗暴的归类，雪涛也是底层的，是不是底层文学，搞到底层文学就麻烦了，因为底层文学恰恰是仅仅处于一种关注他们的状态。但关注之后是什么，不知道了，完全把他们放在一个底层的位置或者边缘的位置上去观照。而我觉得双雪涛某种程度上也不是这个意义上写作的，作为子一辈对父亲这辈的认同，实际上就是对自身的历史记忆的延续。刚才黄老师讲为什么会奇观化，奇观化的一点前提就是切断跟历史之间的关系，而所有的作家或者很多写一样的作品，就是我们有一种文学可以称之为是全球性的文学。我们有一句俗话来讲，很好翻译，你写上海，都写上海的大都市、消费社会、灯红酒绿、人性堕落、男女关系，翻成日文像是村上春树的小说，翻成英文像谁的小说，翻回中文来以后还是这样的。因为今天我们确实在创造一个全球化的共同的消费领域、流通的领域，我们很容易置身于这个领域，而且置身为这个领域，很容易成为一个流行的，而且被所有人欢迎的作家。但是问题在于任何一个地方在全球化的边上都还有历史的沟壑、时代的沟壑，没有办法被抹煞掉，世界虽然说是平的，但是平的背后还有很多沟沟壑壑的东西。而文学怎么去写这些东西，怎么把握这些东西，重建历史之间的联系，而且各地的历史是不一样的，东北有东北的历史，我们很遗憾地说，上海没有人很好地写过上海的这一代，因为上海是工业城市，一大批工人现在变成六七十岁了，二十年前四五十岁一代，他们这代人的命运完全消失了。这个就是文学怎么样才能发挥一种重新拯救历史的作用，可能雪涛的小说给我们了启发，整体性的视野中怎么把握个人的命运，这是非常重要的问题。

双雪涛：我回忆起来在那阵，1995年、1996年，东北几百万人下岗的时候，还有一个重大问题，除了乡愁失去，重大的问题是老实人没饭吃，投机倒把的，家里有关系的，以前的二流子，在工厂里没人看得上的，不好好干活，好多这种人挣着钱了，他有办法，或者是脑筋活，而那些真正的老实人，像我父母还有我父母的同事们的脑筋其实很简单，就是想吃这口饭，想干这个活。当你突然间这个东西倾覆的时候，他们反应不过来，那时候其实很大的问题不但是工人的乡愁失去了，还有社会价值序列混乱了。我父亲经常会看到谁挣钱了，或者看到谁把国有资产拿去卖了，叫承包，那个一开始叫“小舢板突围”。

罗岗：简单点就是说，一个厂里面，其他的产品都不太好卖，但是有一部分是比较好的，然后他会把这部分承包给某一个有能力的人，这个人就变成老板了，别人就被抛弃了，优质的资产就被剥离了，剥离是为他个人所有了，最终他就成为老板了，说起来，很多发家的人都是通过这个方式。

双雪涛：开了一个“小舢板”，到了一个宝岛上。而且这个小舢板突围其实在某种程度上加速了工厂崩溃，恶化了当时整个的工作，因为要保留一些优质资产，一会儿想使得优质资产不要被整个东西拖垮，另外一方面加速了这个东西的崩溃，可能还有点活气的也马上给你扫地出门了，其实是一种简单粗暴的，其实没有考虑到个体公正的方式解决掉。解决掉之后，导致价值序列出了问题，我父亲经常会喝完酒说一句话："我一辈子是共产党的工人。"我父亲会说个话，他平常也经常会说闹"文革"很乱，吃不上饭，在那个时候他非常想维护价值序列，他是里面的一分子，他必须把这个序列的精神领袖捍卫了，他说我永远是共产党的工人，我可不能拿一点点东西。通常是这些死脑筋的人变得特别卑微和困难。

我小时候在这个环境长大，对不公平感有很强烈的敏感性，我经常会感觉有些人得到了不该得的东西，有些人应该有正常的尊严和生活却失去掉了。这个小伙的身上经常有这个戾气，一些并不是特别温和的东西。我觉得我们刚才讲的《棋王》其实是一个很好的话题，我觉得《棋王》在那个时候也是一种文学的经典作品。但是，他跳过了我们后来的很多的政治的语言，他接续了某种明清语言，他把五四的白话文直接接到更古旧的，或者更扎实的语言，所以我阅读阿城的时候，小说语言是我最欣赏，最佩服的。我觉得《孩子王》也特别精彩，乡村教师的故事、字典的故事特别精彩。《棋王》是名气最大的一个，后来也被改编成各种各样的东西，好像有这么一个电影。《棋王》被徐克也弄了一个电影但不是特别成功，没有陈凯歌的《孩子王》那样被大家所知道。这个小说我后来看了，我说一点，为什么后来我又写下棋的，因为我觉得阿城是一个把人的温度降得比较低的人，他后来打磨，把人和人的毛边打磨掉了，您刚才讲的特别准确，他把吃和下棋这两个事成了二元叙事的原则，使得棋王的精神和肉身的叙述的预言，可以这么说，所以他追求的是把这个道给讲明白了，而不是要把这个人给讲明白了，这是我不满足的地方。如果我写小说的话，如果那个人我没讲明白或者没有那些人和人情感的细微的动人的地方，我是不会写的。《大师》这个小说是我投入了很多感情的小说，这个是我想去在山后面盖一个小土包的基本的出发点。

黄平：雪涛谦虚了，我看过他一个创作团队说的比较犀利，《大师》和《棋王》，他们俩很像，因为都在下棋，一方面向传统的美学原则致敬，另外一方面也有新的原则，我们读雪涛的作品，非常重要的一点，罗老师和双雪涛都谈到了他的人物立得住，同时人物有尊严，当代文学里面，人物有尊严非常难。雪涛谈的非常坦诚，可能对自己在生活层面，对父亲一代是不满，为什么我爸不是李刚，或者为什么我爸不是王健林，李刚已经不行了。今天这种怨恨太强烈了，大家都懂的。但是雪涛的作品，比如《大师》《平原上的摩西》，说我父亲一代有了一些尊严，尊严不是说像一些谄媚的作家一样，一定要把尊严献给历史的胜利者，你胜利了尊严给你。我们看《平原上的摩西》，有双雪涛鄙视的供销科科长，有这样的人，同时也有老工人，他也不坏，我蛮喜欢这个人的，其实他有内心的软弱甚至是可爱的一面。非常不凡的地方写出来了，像李守廉这样的一个人物。这个小说人物很多，如果让我一定要选一个人物作为主人公的话，不是付东新，也不是李守廉的女儿李斐而是李守廉这样的父亲的形象。我蛮想请教双雪涛的，很多人注意到李守廉这个形象，这个小说形成很特别，第一人称的交替叙述，为什么李守廉一直自己不讲话。

罗岗：没有第一人称叙述，视点叙述，这是现在很流行，或者现在当代小说一个新的写法，视点叙述，每个人物到他这里面就有一个视点，但是这样有多重视点结合在一起，但多重视点结合在一起的时候，并不一定构成一个整体，彼此之间还有冲突等等，但他的父亲就作为一个缺席者。

双雪涛：我写小说有一个习惯，得在形式上有一个新鲜感，我自己才能把个小说写下来，我本来想讲一个大道理，我就生气了，我看电影之后生气了，我必须把我的愤怒写出来，写不了，其实最后还是一个文学上的活，并不是给大家讲道理，我意识到自己最后有一些东西，有点像倒推了。当时写的时候是我先捕捉到了一个形式，这个形式让我有动力把它写出来，就是分头叙述的形式，这个形式我跟黄平以前我们俩通过邮件沟通过，他也问我是不是我弥留之际一样的，我弥留之际也不是第一个这么做的作品，名气比较大，确实是我特别喜欢的小说，在写这个小说的时候，我下意识地想到一些形式比较灵活的，先前伟大作家们使用的形式，另一方面我特别想写一个有难度的东西，这个小说，这个方式，我觉得不算特别取巧，有一定难度，难度在于每个人叙述，这个东西要推进，悬念要维持，每个人物只有五六千字的一段，这一段要把最有质量的细节写出来，才能让人物立住，有可能有时候写十万字人物还没活，可能你需要五六千字，六七千字就把人物立起来，所以这个对我来说是个挑战，也是一个比较有意思的事。李守廉这个角色没有声音，其实是一个很自然的选择，这个选择是因为他就是一个内心沉默的人，他的内心应该交给阅读者去捕捉，而不是我告诉他们。因为他的内心甚至连我有的时候都不太清楚，他其实是露出了冰山一角，他代表了很多沉默的人，沉默的人就不要说话了，沉默的人就应该被刻画、被想象、被描述，交给优秀的读者自己去捕捉。

罗岗：我觉得《平原上的摩西》讲了一个很重要的线索，他肯定看了《白日焰火》，我想《平原上的摩西》能够引起人们的关注，不仅是小说本身，实际上是被他放到了一个更大的脉络里，这个脉络就是对东北的关注，一部分讲工厂，它巨大的废墟感，这种巨大的东北废墟的感觉，后来有电影《钢的琴》、还有《白日焰火》《八月》也是。我们也有好些朋友，比如说刘岩写过一本书专门研究东北，王洪喆写过东北的文化宫，还有写过东北的赵本山的《乡村爱情》。这些东西重新被拉拢进来，东北是非常丰富的地方，一写到东北，它就是一个很有历史的厚度，同时又充满了历史的悲情。美国人也写了一本东北的游记，实际上它原来的名字叫《满中》，一用这个名字，当然也把更大的历史写进这里面去了，因为黄平老师也是东北人，您也是东北人，我觉得我们不是从地域文学的角度，以前讲黑土地的文学，不是地域文学的角度，某种意义上它也是当代中国的一种，因为当代中国有很大的一部分，比如在上海或者是北京，在东南沿海的大城市，更能感受到全球化，中国是怎么跟世界接轨，包括我们现在不仅仅是普通人，我们大妈也经常组织各种团到国外旅游，好像中国都跟这个世界发达的部分有很多的联系，但是另外一部分在中国卷入到现代化过程中，还有很多的沟沟壑壑的部分，实际上被遗忘了，或者说被我们刻意的遗忘，东北某种程度上，就处在这个版图上。这个版图上我们对他的想法认知停留在小品，因为也有人讲过这方面的东西。

除了这个之外，我觉得要了解未被全球化，或者说不完全被现代化卷进去的那一部分的时候，东北可能就是最大的存在，写清楚了东北，某种程度上是写清楚了中国，因为真正的中国，或者说中国的未来，不在于已经被全球化的那部分，而是尚未被卷入，或者还留在沟沟壑壑里的那些部分，雪涛最主要的写作是他在关注这些东西，而且他关注的方式有他的独特性，刚才我们讲到，他既不同于前辈作家的写法，也跟再一次成为流行且有可能成为主流的底层文学不太一样，因为底层文学的写法里面，或者原来那套文学传统的写法里面，很难赋予人某种尊严，因为这种尊严不是一个善恶的判断，坏人可能有尊严，穷人也可以有尊严，而且这种尊严不为时代所容，特别是在我们今天我们这个时代可能比90年代更厉害了，就是“阶层风”更厉害了，只不过更隐性了而已。因为我们今天创造了一个，大家都是中产阶级或者小资的这样的一个梦想，但是在这样的时代里面，怎么样来写《大师》里面与父亲下棋的那些人，以及断腿的和尚这样的人，我们可以想，他为了在监狱里面出来，他有一个什么样的历程，但是坚持要找父亲来下一盘没有下完的棋，这是我们当年看过的一部电影，这些东西都是在无形之中，在我们这个时代里面，我们有很多是追求成功、物质、住房等这些东西，我们还有别的东西在追求，就是你的棋比我多，多的那个东西是什么，我们不知道，但是我们要相信有那么多的东西，否则不相信有那么多的东西的话，我们人就被夷平了，就像《钢的琴》也是这样，《钢的琴》最后打造出来的是一个怪物，根本不是钢的琴对不对？但那是一个隐喻，因为他们有一个想法，有一个东西，所以最后要凝聚成一个奇奇怪怪的形象出来，所以这个我觉得是雪涛的创作在我们今天文学的半途上面特别重要的一点，或者说，我这里不太清楚，也许只有在东北这样的地方，在江南这样的地方不一定能铸造出这样的东西，因为我们刚才讲的那一系列的作品，本身就是东北的历史所带来的这样的一种厚度。

黄平：罗老师这点讲的非常重要，我们不能在地域文化意义上把握东北。所以在这个意义上回应了，我个人的看法我觉得一种新的美学，正在或者说即将在东北浮现，或者说在东北籍的写作家、艺术家或者是理论家身上浮现。但是这个意义上的东北已经不是一个纯粹的地理空间了，而是一种别样的精神资源或者是别样的文化记忆。像在上海、北京，包括台北、香港，这是现在全球消费主义非常核心的城市，最顽固的堡垒了，它会生产出一种有差异的文学，小资化的文学，就是以思南公馆为核心的，这样的一种文学作品，但是雪涛这个一登场，就出手不凡，它是以体验为核心的文学，确实呈现出了非常不一样的美学面貌，在这样的意义上，尽管我从来不用地域文化的标签，因为这里隐含着自我优越和排斥性的逻辑。但是如果把地域作为一种抽象的隐喻来理解的话，结构性的关系把握的话，确实今天正在处于衰败中的东北，某种程度上蕴含着革命性的文化力量，像双雪涛这样非常优秀的青年作家，这样革命性的力量浮出水面，刷新我们对文学文化的理解，刷新对当代世界的把握，这是双雪涛非常重要的文学史的意义所在。

双雪涛：把我说得特别惭愧，好像脚踏着东北这个聚宝盆，不写点啥对不起东北，我觉得一方面东北确实有故事，这个是真的，而且身边确实有很多有意思的人，另一方面我觉得写好东北就肯定代表中国，这个绝对是没错的，写好东北两条街也能代表中国，后面写出了东北两家人也代表中国，这个还是人的事，这个特别重要。而且刚才罗岗老师讲到尊严，我刚才坐着在想，我觉得里面包含了某种理想主义，这个理想主义会使人有那么点尊严。我经常想，为什么我们的世界现在变成这样了？因为我们理想主义的人越来越少了，现实主义的人越来越多，越来越聪明，越来越讲究方式方法，越来越温文尔雅，越来越体面。但是那种粗糙的、傻乎乎的理想主义的人变得越来越少，成为珍稀动物。经常有很多人一边说这个东西不公平，这个东西有问题，一方面在为这个事偷偷地添砖加瓦，经常看到这样言行不一的人。我经常会想如果一个作家都没有一点理想主义的话，那这个世界就完蛋了。所以可能对于我来说，我是不是能够帮东北承担起这么一点责任，把东北写出来，我自己一点把握没有。但是能够努力做一个理想主义者，我有一点小小的把握。

黄平：刚刚大家把掌声献给了理想主义者双雪涛，我相信今天我们到思南读书会一同分享双雪涛的经验，朋友们也充满了理想主义，不知道大家有什么问题想和双雪涛交流的吗？

读者：各位老师好，双雪涛这个作品正好我看了最著名的三篇，分别是《平原上的摩西》《大师》和《安德烈》，我现在看到这三篇，正好是评论的这个，我有两点体会，第一点我觉得可能上海人看不懂，为什么看不懂？因为我在东北插过队，你描写的所有的人情、景色我全部能够理解，但我宁可不要《平原上的摩西》，我希望东北能够成为上海，宁可不要这个文学宝库，我希望东北能够富起来。

第二点我想问一个问题，因为你是1983年出生的，家庭是普通工人，尽管罗老师说你读了很多作品，世界上读很多作品的人很多，为什么人家没有成为双雪涛，还有什么原因让你的文章写这么好？

双雪涛：特别感谢这位先生美好的愿望，但是我觉得想让东北成为上海我是看不到这一点了，这个可能性太小了。并不是在经济总量方面有如何的相似性，我相信他本身就不是一样的地方，本身就不是一个事，不是一个事就不能变成一个事，这是首要的。第二个是为什么我要去写作，跟我的虚荣心有关系，一个作家从写作初期都有一点虚荣心，希望表达能够被别人认可，可能后来这个虚荣心一点点去转化，变化其他的东西，就像我小时候经常愿意给我的同龄人讲故事，希望博得他们的喝彩，希望看到他们听我讲故事的如痴如醉的表情，小时候的那种虚荣，这种虚荣延续到我后来30多岁，后来去决定建一个word文档，把一个故事写进去其实是一样的，我相信就是这个虚荣心使我后来写了小说。

读者：本来我也不清楚下岗对东北的工人有这么大的影响，后来一点点体会到，我觉得这是历史发展的一个过程。我现在想，你能够写的，能够接触的都写的差不多了，你的后半辈子你的方向是什么，这是我问的第一个问题，你总不能这样写下去吧？你这样写下去没有出息的。我给你提个建议，你能把赵本山写好了，你就成了名作家了，他的一生，整个的一生，包括东北的“二人转”，你能把它写好写出来繁荣这个时代，无论从经济，无论从各个方面。

双雪涛：我完全听明白了，压力很大，后半生的问题在我面前突然间显现出来了，以前从来没有思考过这个事，这个事我不着急想，我在想我眼前的事，这个月我还有东西写，可能对我来说是最重要的，不是后面30年我要写什么东西。另一方面我对赵本山没什么兴趣，我身边有很多比赵本山的一生更精彩的人，而他们其实不像赵本山这个名字被你们所知道，所以我觉得我还是写那些张本山或者王本山那些你们不知道的本山好一点。

读者：刚才你们讲写好东北两家人，两条街，这是什么？我们不太听得懂。

双雪涛：我觉得不能说两条街两家人，把自己搞明白，就能搞明白很多人。他其实是一个比喻，有一个小小的家庭和另一个小小家庭产生了关系，这个关系是比较复杂的，跨度比较大。我就有兴趣写，就写了《平原上的摩西》，《平原上的摩西》就是两个家庭之间的事，说大了是东北的变迁，说小了就是两个家庭的事，我曾经写过这样东西，我觉得我以后可能还会写这样的东西。

黄平： 按照思南读书会的流程要开放一定时间给后台提问。一个问题问雪涛，一个读者讲你《平原上的摩西》，他这个小说的题目起的很特点，因为摩西不是一个东北人，乃至不是一个中国人，请作家本人解释一下摩西象征着什么。

双雪涛： 这个问题我回答过很多次，每次答案都不一样，在一次活动里有一个小伙子，像您说的全球化都市里面培养的小伙子，瘦瘦的，戴着一个很雅致的眼镜，脸白白的，他跟我说，摩西是不是“摩西摩西”，我说这个我敢肯定的回答你，这个不是，但是具体说《平原上的摩西》到底是什么东西，这个《平原上的摩西》只能模糊的说是一个信念，是一个承诺。可能具体指谁或者代表什么样的东西，我自己也比较模糊，我觉得是在小说里那些所谓的如果存在那么一点诗意的话，这个诗意的东西是无法言说的，只能通过阅读，每次把这个书打开，这个诗意才能升起来，而不是在书外用嘴巴讲出来所以摩西确实是解释不了。但是可能大概是一个信念和承诺有关系的东西。

黄平： 下个问题提问给罗岗老师，读者问，您作为著名的文学评论家，您怎么看待今天青年一代文学的基本面貌？

罗岗： 这个问题没法回答，我总觉得今天对文学本身来讲，不仅仅指青年文学，在我看来在今天社会中，毫无疑问是进一步的边缘化，就是文学，特别是以纸面阅读为主的文学，肯定是边缘化的。因为一个时代的叙事，比如说 80 年代，不要讲的很远，80 年代的时代叙事主要是借助文学，甚至有一段时间一篇小说比洛阳纸贵。我们都记得刘心武发表了一篇小说，《爱情的位置》，因为以前很长时间没有小说的题目上面出现爱情，一下子大家全用这个小说，一篇报告文学，一下子全国都轰动了。这个时代，那个时候的叙事是用文学承担的，但是到了今天，从90年代以后开始，我们发现纸面上的文字影响力变得越来越小，如果是同样的阅读，比如90年代各种各样的小报开始了，都市报，现在都市报没有了，以前上海《东方早报》《新闻晨报》，各种都市报的出现非常火，那时候大家都去读这个了，文学最后变成一些专业性的阅读了。再后面比如说电视剧特别火，电视剧有时候成为一个时代的公众的话题，包括我们前段时间的《人民的名义》，还有之前好多的电视剧。在这个转变过程中你会发现文学位置越来越边缘化。但是一个时代是需要叙事的，我们为什么需要叙事？我们听很多朋友们发言就知道，每个人对时代的感受都是很零散的，我在东北是看到东北的，他在上海只看到上海的，上海人理解不了东北的，都是很零碎的。在每个人都有很零碎的感受的时候，都渴望要有完整的叙事，把零碎的感受整合起来。只不过有人觉得现代化、西方的、美国式的生活是我的理想，所以会感受东北太落后了，总有一天变成上海就好了，也有一种人可能是别的。所以在这个时代里面叙事如果需要的话，文学的形式会发生很大的变化，比如说转到电视剧，转到别的上面去。但是这种纸面存在的文学也许不是最主要的，但是文学性的东西或者是叙事性的东西会散播到别的媒介里面去，别的媒介会承担起这个作用。包括我们会看到最近这些年来，可以看到以前比如说美剧比好莱坞电影要低一点，但是现在好多好莱坞电影第一线明星都去演美剧了，因为美剧或者说电视剧在一个时代叙事中所包含的能量可能要超过好莱坞电影，这也是很大的变化。

所以我觉得我们没有必要说我们是有孽债的。当代文学，包括写作，我们老说文学最重要了，文学不重要天就塌下来了，我觉得未必是这样的。所以不需要老是强调文学在这个世界上什么位置，怎么重要，怎么概括它的发展，这不是问题。问题在于我们每个人都有各种各样非常零碎的感受，双雪涛的小说或者别人的小说，别的电视剧，别的什么样的故事能够提供出一种不同于主流的叙事，然后你能把我们某些零散的感受整合进去，你就成功了，你就影响到这个时代了，这个才是最主要的。这个意义上讲，文学的重要性永远是不可取代的。而不是在业界，有人说书卖不掉了，杂志办不好了，不是在业界意义上来讨论这个问题，我们可能会比较舒心一点，否则我们会永远忧心忡忡。

黄平：最后一个问题问雪涛，是一位老人家写的，来自上海石油化工总厂，他也是想问你的未来，他说你在《平原上的摩西》之后，上海的老人家都很关心你的未来，《平原上的摩西》之后，现在这几年，比如说在新一期《收获》杂志上发表了短篇《白鸟》，老人家请你谈谈包括《白鸟》在内的新著，这也是回应刚才读者的问题，未来文学之路的构想。

双雪涛：跟我自己现在换了个城市有关系，我大部分时间在北京待着，到北京待着之后有一个很大的变化，视线的距离产生了变化，回头从一个大部分时间生活在东北之外的人看东北，看家乡。而且不单要看家乡，要看世界，看北京，这个使得我的人生产生了很大的变化，因为我在 32 岁之前基本没有离开过东北，最远去长春念了四年法律，回到了沈阳去银行上班了。可能在北京这段时间，使我感受到了一些新东西，这些新东西是一些细微杂乱的感受，还没有很好拼凑起来，所以形成了《白鸟》这样的小说，由七个简短的故事组合在一起的，而且这七个故事是我想用虚构的方式写我自己的艺术随笔，在我的创作的这么多小说里面是比较特别的一个，它可能反映了我现在想了很多以前不会想的问题，是不是对？我不知道。另一方面我相信我会永远带着我原来的眼光和价值观气息去看世界的，这个是不会变的，就像东北永远不可能变成上海，因为东北是不是愿意变成上海也不一定，所以对于我来说，我可能永远会维护着那么一个核心的东西去生活，但是其他有一些微小的调整，可能我后续也会去做一些，大概是这样的。

黄平：大家的问题我们可以回到华师大再跟双雪涛来交流，因为今天这样的提问签售只能到这里，因为今天是城市公共空间艺术节的活动，5 点钟之后这个场地要有相关的活动。意犹未尽，但是理解一个作家最好的方式未必是面对面的交流，而是去阅读他的作品，我们相信双雪涛作为一个1983年出生的非常年轻的作家，他的未来会不断的呈献出比《平原上的摩西》更为出色，更为厚重的作品出来，请大家继续关注双雪涛的创作，再次感谢朋友们对今天下午的光临，谢谢。

时间：2017 年 6 月 10 日

嘉宾：黄强　郑逸文　汪涌豪　陆灏　周毅　舒明

歌以言志：文汇笔会七十年纪念分享

主持人： 各位下午好，我们活动马上开始，因为后面还有一场。我很荣幸被叫来做这场活动的主持，很忐忑很激动，所以我忑忑打了草稿，在我以前的生涯当中是没有的。闲话少说，我们首先先请现在《文汇报》老总黄强先生上来和我一起。

黄先生您请坐。是这样的我代表这么多人来参加这次活动，《文汇报》的读者我本人也是很忠实的读者向你提一些问题。我们知道《文汇报》是上海最重要的报纸之一，上个世纪 30 年代有几位知识分子在上海创办的，以后几经风波，几次停刊，几次复刊，在"文革"以后重新焕发生机。我的感觉，《文汇报》历任老总都是著名的报人，了不起的文化人，在他们的主持下，《文汇报》不但从新闻到副刊都做出了辉煌的业绩。今天的主题是副刊，但是你是抓主题的《文汇报》老总，我想代替他们问问你，你对于《文汇报》有一个什么样的概括定位？

黄强： 谢谢各位，首先允许我讲一些开场白，今天非常高兴，能够在思南文学之家，和我们的读者以及笔友一起见个面。今天参加活动，我们《文汇报》的同仁有我们的副总编辑郑逸文女士，有我们笔会的几乎所有的编辑。主持汪涌豪是著名的长江学者，我读大学时候的师兄。今天他来捧场，我感到很高兴，然后也要特别感谢作协，我们党组

汪涌豪　周毅　舒明　陆灏

书记，王伟先生。今天我们甘露书记其实也来了，借这个宝地把笔会70年这样一个历程，在这里做一段小小的总结。

刚才涌豪问我怎么看文汇？确实最近我看了一本经常在案头翻翻的书，是一部内部的资料，题目叫《〈文汇报〉60年》。这60年讲1938年到1998年60年的历史，为什么我经常翻翻？因为到明年《文汇报》创刊80周年，所以我一直在想80年的风风雨雨这样一路过来，《文汇报》到底是一张什么样的报纸。这个是作为我们报社管理者，一直在想的一个问题。

我想“文汇文汇”，首先就是一个“文”字。我记得我到“文汇”的时候时间不长，2013年的10月份，三年多。这三年多，应该说我非常的幸运，或者我们现在《文汇报》的领导班子非常幸运。为什么？就是明确了《文汇报》的定位，叫“文汇姓文”。上海三张报纸影响都非常大，解放市委机关部，“解放姓党”，“文汇姓文”，还有一张《新民晚报》，“晚报姓民”。不要小看这四个字，这四个字决定了《文汇报》内容的取舍。我跟汪教授讲，我在翻阅《〈文汇报〉60年》这本书的时候，经常可以看到几乎是每一段，每隔一段时间，报史资料里面就讲《文汇报》它是一个什么报纸。有一段时间讲《文汇报》应该是一个面向青年知识分子的报纸，跟《大公报》不一样，《大公报》的对象是工商界人士和高级知识分。一直从办报之初，到抗战烽火到解放战争，到副刊。

《文汇报》历史上有三次停刊，当中有很短暂的一段时间是改过名字叫《教师报》迁到北京去。改革开放以后。所以这样一路过来，我作为一个总编辑，我作为一个报人，我首先关心是它的定位是什么。它决定了你什么稿件，所以“文汇姓文”。

今天我们回到笔会，我想如果少了笔会这样一块园地的话，“文汇姓文”的分量、含量、元素会大打折扣。当然不仅仅是笔会，只不过笔会历史最长。如果说现在的《文汇报》，打开它的报纸的话，找历史元素有两个好像始终没有变过，一个是“文汇报”这三个字，还有一个就是“笔会”这个副刊的名字。80年来，创办的其他各种副刊，有的已经停刊了，有的在这个当中刚刚创刊没有多久就变化了。唯一能够找到这个文脉的，到目前为止只有“文汇报”三个字和笔会这个副刊。大概是这样一个情况。

主持人：谢谢黄强，我要继续追问，我的任务就是有好奇心，要不断的问。笔会我们知道是创办于副刊后1946年，那个时候最早的编辑是柯灵。那是在国内存续最长的一个副刊。最初的刊头是钱钟书先生题的。那么在副刊笔会上写文章的，除了找去世的鲁迅之外，很多的先辈以及他们的传人，几乎都在那里发过文章。它现在已经成为《文汇报》最具有竞争力和影响力的版面了。

有一种说法说新闻是主攻的，笔会是主守的，新闻是吸引人的，笔会是副刊是留住人的。那么作为一个老总，您在经营《文汇报》的时候，你对笔会是怎样期待的？或者你投入多少？我很想知道。

黄强：谢谢，这是非常好的问题，但是这个问题很难回答。作为副刊来讲，《文汇报》在创刊的第一天，一共只有四个版。第一版是要闻，第二版国际新闻，第三版上海和外省市有关新闻，第四版是副刊，这个副刊名字叫文汇。过了大概不到一个月的时间，这个副刊就是柯灵组织我们最早的一个副刊，留存时间非常长。但是那个时候的副刊，我看了资料确实是那个时代的印记，那个副刊很激越，副刊的文字也是血与火，有抗争有呐喊。真实反映那个时代，所以你很难说副刊，它承载的使命就是风花雪月。副刊和我们前面的新闻报告肯定有分工，它总是一张报纸的一个部分。它总是把会折射和反映出，他所处那个年代的那些人、那些事，那些情绪，那些感动。

对于笔会来讲，我想同样如此。我作为《文汇报》的总编，对于笔会大概可以用三无来解释。第一个无是无文，我从来没有为笔会写过什么东西，当然我很想些东西，无文。第二是无知，我对笔会的历史了解甚少，开玩笑的话。

昨天因为我是坐夜班，晚上 10 点多钟，我们笔会编辑周毅给我发来八条短信。给我讲笔会创刊第一天，一直到笔会历任编辑，八条，我概括为“周八条”。他说这八条是笔会知识点，昨天是高考最后一天，我看的时候感受是一个班主任老师送自己的学生明天上考场，叮嘱他这八条你要记住，临场不要乱。但是我看了这八条，笔会“谈笑有鸿儒，往来无白丁”，确确实实每个年代都有它鲜明的特点和特色，我对笔会的了解真的是太少了。

所以这两个无导致了第三个无，叫无为。我们笔会有些事情不能做。最近上海滩有一个很热的新闻，静安区有一个优秀的历史建筑被人拆了，今天正好是遗产保护日，我觉得对于遗产保护最好就是不要动它，我们现在想不通。往往有的时候，一任领导上去了，总要做点事情，做点事情就要动。最好的动就是把它的外立面动掉，我觉得我们《文汇报》在 2014 年改版，伤筋动骨从机构到版面动的非常厉害。我现在回想起来，郑总也在，我们班子里唯一形成共识的就是笔会这个部门没有动，还是叫笔会。照例我们可以把笔会纳入我们采访中心，我们叫文化中心。根据文汇姓文的定位，传承文汇的要求，我们把文化做大，如果把笔会装到文化中心是顺理成章。但是笔会这个部门没有动，成建制的保留在那里。第二版面全部动掉了，唯一没有动是笔会的版面。从它的版式，一直到它的字号。

有一次我跟陆灏吐槽，我说你们笔会的字体好像有点太小，有时候我看起来很累，一直没有动。最近动是字号有一点变化，但是那个风格还在。我们没有像土豪一样，觉得这个报纸现在在我手里，所以我要把它改动，把它伤筋动骨，这个没有。我觉得对它最好的尊重，就是无为。这是“三无”。

回过头来讲，我还有“三有”，对笔会我们是有要求的。起码你的品格，品质一定要有，水平一定要有，追求一定要有。所以不瞒大家说，最近我胸比较闷，上海新闻奖，去年新闻奖，笔会没有得到奖。为此我很生气，我得到这个消息的时候，我在外地，我就给郑总到电话。我说我很生气，我觉得笔会应该得一等奖。

第二，上一次笔会评新闻奖的时候也没有得过一等奖，我说连续两次我们没有得到一等奖，我觉得不应该。后来我把我的意思跟领导说了，但我第二天醒来觉得有点后悔，有点意气用事。因为笔会得不得新闻奖不要紧，应该是今天在座的诸位是否认可。大家今天赶过来，本来天气预报有暴雨，但来了一屋子人，我觉得这才是对笔会最好的奖。笔会的口碑是在我们版面上，是在我们各位的心中。

主持人：谢谢黄总，我自己作为一个读者，作为一个写作者，我的感觉也是这样。一张报纸是城市的历史夹杂在一起。很多人说一张报纸是城市的一张名片，尤其是我们有悠久历史的笔会。我觉得这样定义有点浮夸，有点轻薄，它是一个城市的体面，是一个城市的斯文所在。在当今的时代，眼球经济，吸引力经济，人们择取的标准是多元的。有时候是劣币逐良币，一个高雅的东西曲高和寡。所以最好的口碑确实在读者心目当中，从这一屋子人可以看出来读者对于文汇的热爱，我的感觉也是这样的。我觉得文汇不仅仅反映上海一座城市，甚至不仅仅反映中国当代的变化。文汇上面很多文章，天文地理，古今中外，还有很多全球，关于科普，有很多精彩的内容。康德有一句话，人有两个东西非常令人敬畏的，一个是心中的道德，一个是头上的星空。它并不是说你跟我抬头看流星雨，而是说你应该超越眼皮底下鸡零狗碎的东西，去向往更多的。就像我们通常所说的，所谓的诗与远方，笔会经常把我们带离现实的纠结，错乱，迷惘，或者无聊，拉向一个比较远的方向。在这样一个接近笔会的同时，我们使自己接受一个特别的精神的生活，这很难得，因为当下生活都是物质社会，我们可以通过读报纸进入精神生活，我觉得是很伟大的事情。

刚才老总说的“三无”我觉得特别有意思，特别是“无为”，任何一个时代，不折腾是最重要的。我们不断翻腾各种各样的名堂、花样，我们外文系的一位大家，陆谷孙，人家问他现在说不折腾这怎么翻译成外文比较好？他讲得很智慧，他说在我看来不折腾的确很难翻译，如果一定要翻译的话，它的意思就是折腾。什么意思？生活中经常出现各样新的想法，新的做法，弄出新的花样，不断改变，今天一变，明天一变。电视台里面，比如说来了一个新台长，电视节目换一套，来了一个新台长又换一套。其实我在这个城市里面需要衡定的文化辨识，我到一个城市我可以找到，就像我留着门我可以找到家。现在不断变，我很错乱，所以你说无为不变，正是对笔会最大的支持。所以我也代表一部分作者希望笔会不能变。

黄强： 谢谢，现在关于上海人有一个段子，就是外省市人对你最高的评价就是，你这个人不像上海人，这个好像才是真正的上海人。我作为《文汇报》总编辑最爱听到的是《文汇报》我家里有，再有你们的笔会我一直看。每每听到这个话，作为总编辑是最开心的。确实刚才涌豪讲了，不光在上海，甚至全国，甚至海外都有作者为笔会写文章。天文也好，地理也好，五湖四海。在北京有个大领导跟我说，某某报我不大看，《文汇报》我天天看。两年之后我也碰到他，他说《文汇报》不要追求发行量，要有影响力。

所以对于文汇来讲以笔会为代表一些文化类的专刊和副刊，这个本身就是这张报纸的写实。从这张报纸来看，也是上海在构建所谓文化大都市当中很重要的一个砝码，很重要的基石。你很难想象，一个城市没有一张历史很长，或者大家很认同的有文化的报纸，这个城市底蕴会居然很深厚。

笔会到底是什么性格，我确实很纠结。它就是一张名片，我确实觉得这个名片的说法，或者靓丽的风景，华丽的风景线，这个太浮夸了。很难讲笔会是什么性格，你说它是海派的东西，明明有京派的大家名家在写。你说它是全国的，它也是上海的。你说很近，它也可以很远，可以讲讲《红楼梦》，讲讲《三国演义》。你说很远，它也很近，它也是很可以揭示当下的。它应该是和时代若即若离，形影不离，它有距离，但是又不会太远。我这个理解其实也不是看笔会的文章，而是看笔会的这些编辑们。他们对我的距离非常远，他们现在就在我们五楼编辑部，一个小小的西北角，就在那里悄无声息。这个版面就像流水一样就出来了，就这么一回事。

主持人：谢谢黄总，讲得非常的好，希望你继续是“无为”下去，但是物质的鼓励是需要的，精神的鼓励也是需要的，行政上继续“无为”下去。谢谢你。

黄强：我想我们职业生涯都是非常短暂的，翻开《〈文汇报〉60年》，明年到《文汇报》80年，我们都是台上匆匆的过客。不要试图留下一些什么东西，往往你刻意要做的，到最后适得其反。我突然想起庄子的那句话“逍遥流，且夫水之积也不厚，则其负大舟也无力。覆杯水于坳堂之上，则芥为之舟；置杯焉则胶，水浅而舟大也”。笔会有这么多大家、名家，新锐，新人，大家都愿意来，就是因为你的水深，你这里丰厚。我们在座的这些，都是在涵养这方水土。我真心希望我们笔会版面也好，文章也好，编辑也好，是非常非常纯粹的，非常非常纯粹的人，纯粹的文，只有这样才是美文。所以我觉得作为一个平台，我不想笔会成为一个文人群，它应该是一个人文群，格局要更大。欢迎一切正义、善意的，美好的东西，不断把它做大，歌以言志，真正能够做到。我今天的任务是来暖场的，主角应该是笔会的编辑，谢谢。

主持人：谢谢。我们谢谢黄总。下面我把笔会的编辑一个一个介绍一下，然后再请两位资深编辑上来。首先是周毅，然后是舒明，然后陆灏，吴东昆，谢娟。待会儿我们可以分别和他们做交流，现在先请周毅和陆灏上来。

我先要问问周毅，周毅是笔会历史上最年轻的主编，而且是第一位女性主编。有人说这样讲的话，不是什么好话，有点性别歧视。现在百行百业都是女士上位，这也是正常的。因为我和她是同年龄段，我们也是同一个学校出来的。因为这样的关系，她也成为我和《文汇报》主编联系最多的一个。她对文汇笔会的感情，可以通过她写笔会的年表看出来，因为她捋得非常清楚。在她的主持下，笔会有新的面貌。我以一个读者的感觉，她开了笔会的《会客厅》，开了《记录》，开了《译文》，这些栏目都是与时俱进，吸引年轻的读者。最重要也推出了像我这样的新人，当然更新的人是李娟，她研究黄永玉的著作也是好评如潮，为此她获得上海新闻特等奖，然后是中国新闻一等奖。最气人的是得了文学榜随笔散文的第一名，我写作也有四十年了，我什么奖都没有得过，搞得我很错乱。

她给我的感觉，她这个人非常率直，纯真。在她的主持下面，笔会有新的面貌，那么下面给她的时间，让她对笔会的同仁有一个介绍，然后我再问你问题。

周毅：刚才汪老师把我说得有点不好意思。今天这个活动特点是我们笔会全体编辑跟大家做见面，这是我们活动唯一的特色，不是我自己有什么特色。因为我们笔会，其实我们正式是去年过的是70周年的纪念，我们也没有搞什么庆祝，因为现在很多事情都从简，我们什么也没有做。今年因为有书的源头，特别是思南邀请我们做一个读书分享会，我觉得这个蛮有意思。我跟我们编辑也说，也是算是做一个念想。

我们70年是我们这些人做，80年未必是我们这群人，大家开开心心做这样一个交流。

今天有一个遗憾的是，我们有一个编辑叫潘向黎，她因为今天突然身体不舒服，所以没有来，所以我们现在笔会一共六个编辑，今天有五个到场，有一位因为身体原因，我替她说一声抱歉。

一个是给大家做一个念想，刚才说没有到场的潘向黎，是我们《文汇报》特聘首席编辑，她本人也是作家。我们这里的陆灏，有“沪上陆公子”之称，而且也可以说是他第一次抛头露面。以前不管他写作，还是编辑什么的，他都没有出来和大家做过见面会，所以我觉得是很珍贵的。今天确实也是我们所有编辑跟大家见面，刚才黄总说的话很多话我都没有听过，包括笔会没有变，他们整个党委讨论过程我们自己其实都不知道。黄总最后一句话是有一点吐槽意味，笔会编辑是离他很远的部门，这个确实是事实，他也看不到。就看到版面流水一样的出来，我可以理解这是吐槽。我之前跟他沟通，我问他您今天会讲什么，他说我要吐槽，我当时不知道他吐什么槽。

开始我还理解为另外有一个，其实老总要吐槽我们的地方肯定还有，我想到另外的地方吐槽，没有说那个也挺好的。我就想我们的笔会，我自己觉得其实我们大部分的工作，都是按照我们的话就是，不足为外人道，编辑的工作就是不足为外人道，那么今天说些什么呢？我自己想分享的感受就是说，我们天天其实每天在日常生活当中，其实做着这些确实不足为外人道的工作，大部分都是很平凡的工作。但是某一些时候，某一些时间，我觉得就是时间这个点，它会出现，让我自己感觉，它会让一些东西显现，突然出现了。本来都没有，什么东西都是日常生活而已，但是有些东西突然出现。比如说我们70年也是一个时间，我们编这个书的时候，也是这两天翻这个书的《文汇报》，我们这个书叫《歌以言志》，其实是一本小书，我们希望它可以在读者手里面很轻松，翻阅起来很愉快，很便捷有这么一个感受。它会让什么东西显型？就是一些时间，这里面有金宇澄的时间，金宇澄写这篇文章的时候还没有成名，还没有写《繁花》，不是后来那么有名。我觉得这篇文章特别优秀，《马语》这篇文章。这个时间让金宇澄，让这篇文章显形。其实让大家看到，金宇澄除了在上海写作之外，还有其他的空间。这是将来还可以期待他的地方，这是一个作家的特点。

还有比如说刚才汪教授提到的李娟，李娟这些年确实是从《文汇报》开始写的一个小姑娘，从《文汇报》走出来，一点点走到今天。我今年得到上海译文社的朋友的一个电话，他说他们正在引进哈佛大学出版的《中国当代文学史》，他说里面现在活着的当代作家里面收了六位，其中一位就是李娟，他说祝贺你。我说一点都不是祝贺我，肯定祝贺李娟，但是我们肯定为她高兴。她确实是得益于《文汇报》，她现在也说她和笔会关系最铁，有什么文章先给笔会。就是你有耐心做这样一件事，你怎么想到她从阿勒泰的一个角落，通过这个走向世界。你要有耐心，带着你耐心和沉心做这件事，会在时间里面慢慢闲逸，慢慢显示出来。我就讲这些，你应该让我们编辑多讲讲。

主持人：我还有一个问题，因为你是主编，我肯定要多问一点。今天不仅是全媒体的时代，又是自媒体的时代。这样的时代里阅读是碎片化的，那么碎片化的阅读，肯定对纸媒有挤占的，随着时间的发展，肯定会有支点。我外行看起来副刊是很好的支点，从老总的层面上支持这个支点，就是支持《文汇报》，就是支持你自己。前面说过新闻是招客，副刊是留客的，或者新闻是要采的，副刊是要约的。你怎么样笼络住这些人，这个蛮难的。我们《复旦学报》，低三下四请人写文章，人家说收你起的嘴脸，还说我没什么诚心，对我很冷淡。好的稿子很难来。我就想求教，《文汇报》可以吸引这么多很牛，确实是老中青三代作者，愿意把最好的东西贡献给笔会，总是有一些诀窍的。

周毅：我们老前辈柯灵有一句话，同心相印，同气相求。如可以做到同心相印，同气相求这个稍微容易一点。但是具体肯定通过具体的人，比如说陆灏，比如说潘向黎。潘向黎今天没有来我不知道他要讲什么，不过我可以代替她。潘向黎年初的时候到北京参加中国作协大会，她自己作为一个作家去。因为碰到人她也会约稿，她就被叫为潜伏在作家圈里的编辑。她自己是一个作家，她利用自己作家的身份，和这些人约稿。我知道她来了肯定会讲出更多具体的故事，说到底要用什么面孔跟大家交往。我觉得最主要是自己这副面孔要好一点，这个陆灏来讲一讲吧。

主持人： 我要谈我的感受，周毅对我凶巴巴，她的版面最长的文章，给4000字已经很看重你了，我一篇文章从2万字删到4000字，删完之后她说我的文章非常傲，太深色了，你能不能再改改。我混到这个年纪，已经没有人要求我改文章。《文汇报》的编辑让我改，一个是陆灏，陆灏有一次机会连都不给我。他说你先给我讲一讲，你准备写什么。后来我吓得不敢给他。同心相印，同气向吸，我觉得是很贴近的朋友，又是畏友的关系。他其实对我负责，当然也是对读者负责。你要把你最好的东西交给我，我从即时性的第一角度来处理，你这里有问题。一个人写东西肯定感觉这是最好的，旁人的眼光看来会有另外的问题。所以这次收到这本集子里面，我的一篇文章，里面一个尾巴。这个尾巴是掉书袋的，里面有一个小的细节，我很得意，但他们把它斩掉了。我心里非常遗憾，他们还安慰我，你其实是不错的，但是我还把你拿掉了，既然不错你拿掉干什么？我的意思是温暖一刀也是我们笔会的长处，我这一点很佩服。

周毅： 我来补充两句，我看到你说我凶巴巴，我们黄总在举手，他表示很同意。我再讲一个凶巴巴的故事，有一次我们潘向黎说，周毅这封信你来写，有一个作者给她投稿，他觉得不太合适我们笔会。但是她说退了几次，那个人说你给你们主编看一下，他责怪是不是下面编辑压下来了，要求给主编看。潘向黎不高兴跟我说，这封信你回。我觉得这个作者也是属于很执拗的作者，他非要一个说法。我那封信也是跟他的脾气相应，也点执拗。其实我觉得这就是我想讲的，其实笔会是一个传统，他不是说我个人是怎样的。很多标准是由我们作者形成的，包括教授在内的作者们和他们的文章形成一个水准。我跟这个作者说，因为我们笔会有很多来稿，有稿件。我们怎么选择？其实你很难说一个文章的标准，这个时候像大家来打架，谁打赢了谁就胜出输了，就没有办法。我不过是在旁边看看，你打输了，没有办法只能下。可能我这个话实在有点凶巴巴，他再也没有来过稿子了。

主持人：所以我还是心理承受能力比较强，有人说不信你 2 万字删到 4000 字，我下次请周毅到我家，我给她看看我的原稿。我的意思是我给笔会的稿子都是精品，这是她对我的期许，也是她对我的认知，让我必须把好的东西给笔会。下面让主编休息一会儿，我要问问舒明。舒明像一个无名英雄一样，他刚才都不愿意上来。笔会人不多，每个人都是像一座山一样，都很难绕过去。我记得普利兹本人说过，做新闻的人就是站在一座船的船头，迎风波浪。他说新闻有硬新闻和软新闻的区别，像我们的副刊就是比较软的一块，如果说做硬新闻是再船头的，你感觉我们做副刊在船上什么位置？我的问题比较坏。

舒明：虽然我是新闻系毕业的，但是做新闻和做副刊我想应该是，就像《一代宗师》里面就出来一帮帮派说，有的是面子，有的是里子。新闻就是面子，副刊就是里子。笔会，潘向黎、陆灏是面子，我来做面子，而且一般人做不了的，这些是我能做的，我也做一些力所能及的事情，也是恰如其分做一些我很开心的事情。

主持人：你这个话我很认同，我不知道别人怎么看。在我家里面我就是里子，我太太是面子，里子是很伟大的。他很低调的，低调的人是很高傲的，我们不惹他，我们问旁边的。陆灏，刚才周毅说了，沪上陆公子。向黎是经历很复杂，陆灏是身份很复杂，他早前是《文汇读书周报》的，到了《文汇报》以后，他编辑也编得很好的，然后再到笔会。但是 1998 年，陆灏创办了《万象》杂志。2008 年创办了《东方早报·上海书评》，他主持编辑了书趣文丛、新世纪万有文库、上海书店出版社海上文库丛书、海豚出版社海豚书馆等。不仅是在上海出版界、文化界，那是在全国都有广泛的影响，所以他是以知情名理知趣的特殊的才情。通吃上至文化老人，下至年轻才俊。这个我没有夸张，我以前也没有吹捧过，难得有一次这个机会。更难得的是他笔下摇曳生姿，我也摇曳生姿，但是我不知道节制，所以被你删了。

陆灏是摇曳生姿，还善于节制，写专栏不过千字，有的时候千字都不到，集成文集，篇篇都好。许多人买过他的书，不多的，三四种，但是几乎篇篇可读，所以我确实也是他的粉丝之一。他还是个有旧朝文人气的小开，曼妙人物。有人说中国大半顶级的文化人，都在陆灏的名片夹里。这个话没有太多的夸大，还有就是其中顶尖的顶尖，才有幸被陆灏请到家里喝咖啡，这种机会我也不知道什么时候有了。

下面我要问陆灏几个问题，我心态也不大好。中国现代意义上的报纸，其实近代以来，率先是由传教士传入的，传教士在中国办报，中国人才知道报纸这个事情。但是中国人是聪明的，中国那批传统文人，赋予报纸独特的品质，就是在报纸上创办了副刊。这个在国外有周刊的，有专刊的，副刊是中国的特色。

1897年《字林沪报》头一回开辟副刊，所谓的《消闲报》。我觉得中国人之所以在报纸上开副刊，而且很执拗，一代代都有。这可能跟中国人的思维传统或者辞章雅好相关，如果你同意的话讲讲理由，不同意也讲讲理由。你阐发一下它怎么样和中国文人的传统是有关的，能够这样创造出副刊。

陆灏：我难得有这么一个机会跟大家见见面，刚才汪教授把我的简历说了一下，我听下来觉得仿佛是在我太太和丈母娘面前，把我在外面搞的那些小三小四揭了一下底。我要当着郑总和黄总面前，表达一下我对笔会忠贞不渝的爱。那个问题我先不回答，先说一下这个。

我在笔会当中，确实是入门最晚，但是年纪最大。我们是18岁就许身《文汇报》，到现在已经36年了。那么在这个当中不离不弃，我们进《文汇报》的时候，我觉得得终生在《文汇报》，白头偕老，那是从一而终的。不管怎么说，我一直在报社也说过，我说我身是《文汇报》

的人，死是《文汇报》的鬼。那么至于在当中搞了一些婚外情，也搞了不少。现在回过头来想想，我给自己找到了一个很好的理由，我其实是在裂变，我是在学本领域，以《万象》《上海书评》等磨炼自己的水准。等到这些东西都编好了，我觉得我有水平了，可以了，我就申请到笔会。我把我所有在外面学到的本事，操练的本事都奉献给笔会。

主持人：还是你会说。

陆灏：现在回答你的问题，我也没有对这个报纸的副刊做过很深的研究，但是早年我在图书馆翻过一些小报，小报的副刊就是你说的传统，就是写诗。但是这个格调蛮低，它的诗词主要围绕着妓女，某一个妓女所有的文人都在那儿写诗，如何吹捧她。最早副刊活跃的都是小报副刊，都是一些老派文人，那个时候比较多。后来等着新闻学出来的副刊，北京的《晨报副刊》，上海的《申报·自由坛》。这个时候我觉得格调蛮高，这个当然也有一些文人雅兴的东西在，我觉得尤其是鲁迅参与的《申报·自由坛》。那就是刚才黄总讲的，《文汇报》当时的副刊一样，那个是“匕首”和“标枪”，它是为了呼应整个时代，对于黑暗的东西做出一些批判。其实我们是历来副刊的传统。为什么鲁迅很多文章被开天窗，不让发，就是因为他是有战斗性。包括北京那些报纸的副刊，其实在北洋时期也是遭到了一些被禁的情况。

我觉得副刊，如果说风花雪月那是旧派报纸，小报的传统，我觉得到新文学以后，副刊等于说它是报纸不可分的部分，它其实也承担了一些社会批判的责任，我觉得我们现在继承的是这两个。一方面我们确实有闲情逸致，当年毛泽东对徐铸成说你那个报纸没有什么什么，当然那个时候因为别的报纸面目可憎，完全一本正经宣传的样子。《文汇报》当时是做得很活跃，但是另外一方面《文汇报》副刊的战斗的传统，切入现实，其实一直没有断。

主持人：我问你你是喜欢笔会上匕首标枪，还是喜欢清风朗月，闲情逸致？

陆灏：我觉得都应该有。总是打一会儿架再歇一会儿，歇一会儿总是还要打。我觉得一个副刊的风格，当然《文汇报》有这个传统另外一个副刊的风格那是主编和总编辑定下来的，我们是延续了这个传统，我们是奉命在做。

主持人：在我一个读者看起来，我当然希望笔会不要老是闲情逸致，也要言之有物，它也可以甄别一些东西。但是我希望它甄别是很巧妙，很合雅。我们上海人讲指桑骂槐，我们感觉到笔会确实有一个特点，它的风格非常雅致，就是它有所甄别，有所抵御，它也是经过了这样的东西。它其实是写给聪明人看的，如果你不聪明的话也没有关系，看了它之后也会变聪明，是这样的。我觉得陆灏刚才讲的是好的，而且他讲的相对有分寸，先是标枪这之类的，然后再讲闲情逸致，这个我对陆灏有了新的认识，我很佩服。

我还要问你，因为我刚才自己表明立场了，我就是一个书生，我就喜欢闲情逸致，我看到中小学的作品里面天天三离三别，我难受死了。这些作品是在这些诗人当中，他的集子里面是很小很小的部分。中国这么诗词里面都是在讲花前月下，红男绿女，你至少给我来一点，他都不来。整天是在讲访贫问苦，忧国忧民，我实在受不了。

我喜欢清风明月，我觉得是这样的，报纸当然要甄别。更多应该给新闻第一班，第二班子承担。有些人需要站在人群的前面，冲冒着风寒，披荆斩棘的这些人，但是我们这个时代也不是需要每个人都与时俱进的。有些人需要托身在时势的后面，你们先走，我掩护，然后不断实时回顾，顾恋自己的传统，成为一个时代的殉道者。在我作为读者，我要求笔会恰恰不是成为时代的先锋，我希望他成为时代的殉道。

我们这个时代太快了，人人都要往前赶，都要与时俱进，赶到后来灵魂慢了身体在前面了。所以我要你慢一点，我自己今天都是很慢，我本来讲话速度很快，走路速度很急。后来老婆问我，你有什么好急的？老头子，你有什么好急的？前面有什么好等着你？前面都不是好急的，前面最重大的就是死，往前奔干什么？我们要停下来，什么东西可以勾留你停下来，不是小山，我们这个年纪对于小山没有兴趣。是好的思想，好的文字。

我经常拿着《文汇报》在楼上看，看到一篇好文章我都笑出声音。因为这篇文章写出来的东西是我心里有，笔下无的，所谓古人说的先后我行，我就笑起来了。我丈母娘没有文化就说我，你神经病又犯了。我很愿意让我的文字当中，经常让我有一种迷狂状态的东西。这种东西绝对不是标枪，绝对不是匕首。

作为一个作者也好，一个读者也好，我希望，我乞求我仰盼笔会恰恰是这种直指人心，拖慢半拍的那种东西，可能让他写的长一点还没关系。让他写的古奥一点没关系，好东西都是少部分人才懂得。所以我就问我们陆灏兄弟，成为时代的殉道，你觉得有道理吗？

陆灏：其实我觉得，对于我来说作为标枪匕首，那是做了三十多年报纸，处于在中国这么一个现实，这么一个多变，就是各种各样情况下，作为一个新闻人本身的反应。但是作为个人，不是作为新闻人，作为自己的性格来说，我当然还是喜欢闲情逸致。也不单单是闲情逸致。有一次我们开什么会，在讨论小说，讨论什么事儿。我们上海作协主席王安忆说了一句话，我觉得我非常赞同，他说我们关注的是变动时代当中不变的东西。我真的是非常赞同她的想法。

刚才黄总介绍了《文汇报》，《文汇报》明年 80 年。在上海来说，中国来说，应该是寿命最长的一张报纸。《新民晚报》说是比我们早，但是它之前叫《新民报晚刊》，1949 年才叫《新民晚报》，《解放日报》后来转到《人民日报》。我们是最长的，笔会又是我们《文汇报》最长的副刊。我在报社 30 多年，历经几任总编，也算是几朝元老。历经多次改版，尤其是在 80 年代到 90 年代，我们曾经有十几个副刊，然后改版，改一次停掉几个，增加几个。有一次我开玩笑，我说我们有两次改版，第一次改版增加了一个“法庭内外”那么一个副刊。第二次改版把法庭内外取消掉，那就改版成功。再改版又把法庭内外恢复，又成功一次。这个就是不断在变，当时在80年代，我也做过几个副刊。所有那些副刊都不在，所有的都变了，只有笔会在。包括我们学术的，现在也改了，不是叫原来的学林，只有笔会在。这个就是在那么多变化当中不变的东西就是笔会。

那么从文学，或者从文化，从一个人的修养来说，我觉得这个报纸其实对于时代的影响，对于人的影响是非常大的。我有一次在英国的时候，碰到一个英国作家叫伊恩·布鲁玛，前几年上海书展他也来过，他现在当了《纽约书评》主编，他来过上海我请他吃过饭，我到英国玩，他也请我到他家。我就问他，那个时候是2000年，变化没有现在那么大。我就问他，你对于英国整个社会文化的传统，是不是觉得有一点悲观。因为那个时候我们这里已经觉得有点悲观，传统没了，文化世风日下。但是我很不同意世风日下，人心不古的话。

他觉得我没有觉得英国怎么样，他说英国的报纸水准没有下降，副刊层次还是很高。他觉得他对于整个世界，对于整个文化没有悲观。我觉得我们现在也是，现在我觉得那么多的，其实我们这里面是很多纸媒在死，很多新媒体出来。新媒体是过几天就有一个花样，以前是微博，后来是微信，现在是公众号。那个东西是过眼烟云，你看了它没几天就没了。这个东西就得我们沉淀一下，我们不要那么急着赶着新的东西，我们还是要回到传统。

有一次台湾有一个作家，现在已经去世了，叫陈之藩，是很有名的散文作家，他送给我了一本书，我说你书上帮我写几句话。他帮我写了一句话：历史产生传统，传统产生品位，品位产生艺术。他说那段话不是他想起来的，他说不知道在哪本书看的，我对这个印象很深。我觉得那就是传统，笔会是传统，《文汇报》是传统。只有这么一个传统才能产生好的品位，才能产生好的文化。

主持人： 关于什么是传统，像我们这种酸溜溜的书生，有许多种名词解释方式，像解释文化一样，两百多种解释方式。有一次我们开会就是解释传统，我一个发言他们很惊讶，我觉得自己也很聪明。

我说在我看来传统很简单，传得下去，统得下去才是传统。《文汇报》的笔会就是传得下来，统给下去的副刊。我们那个年代，刚才陆灏说到王安忆主席的话，他还有一句话我印象很深。他说我们小的时候没有书看，很难得到书，当我们现在书变得很容易得到的情况下，我们的读者都不在了。这个时代尽管不是世风日下，人心不古。世风还是在变化的，我说我小时候我要让我父母给我订一张报纸。我说我愿意在家里擦地，刷马桶。我妈反应非常残酷，说：马桶得倒，报纸没有。很干脆，脸上没有任何表情的，很淡定。

我们楼下一个小地主出身的，有点品位，他订了一张报纸，我每天早上一大早起来，就等着这个投递员来。我先把报纸展开，只有四版，认认真真看完，连中缝都看完，再叠好从他家门缝塞进去。我当时最喜欢看就是柯灵的文章，我觉得柯灵老师的文章写得非常密致，是我的菜。他的文字非常古雅，我觉得很过瘾。他的文字你去看，柯灵的文字我家里都有。有的是很古奥，我不仅看还抄下来。所以我和《文汇报》的感情，不是说今天才有，那是老感情。并且我眼睛不朝外看。

有的人说我到外面偷师，回来还是忠于文汇，我不是这样，我是一心一意。所以现在其他报纸对于我很有意见，我的老同学徐锦江对我很有意见，他在我们同学群里吐槽汪涌豪不上路。

陆灏：没删你的稿子？

主持人：他倒是不删我的，说起来我还是有点犯贱的。周毅主编很有领导的艺术，可见我们《文汇报》的传统。潘向黎不在，她一再介绍潘向黎，甚至说我代潘向黎说话。其实你怎么可能对她说话？她听到你的话恨都恨死了。现在我代她说几句，可能她会喜欢。

我先介绍几句潘向黎，我前面说陆灏是身份复杂，潘向黎是经历复杂，潘向黎最早在《上海文学》，然后到日本留学。日本留学之后再到文汇工作，当中又到南大添了一个博士帽回来。但是在这一切之前，

1988 年人家就开始写文章了，1988 年那时候他 22 岁，已经开始发表作品了。获得的是我们笔会文学新人奖。自从有文学新人奖以后，后面的陆续哗哗的来了，鲁迅奖来了，冰心散文奖来了。她的小说集，散文集都写得非常细致。女性细腻不稀奇的，女性就是细腻。

潘向黎有这种细腻，细腻不稀罕，她还有这种透彻。她是知性和感性交杂的。尤其让我坐不住的是，她经常写一些喝茶的文章就算了。她是福建人，她还要写古诗词的解读，那简直是抢我饭碗，我是学古典文学的。她写的也是很好的，所以我坐不住了。我想说的是笔会的编辑，每个人都有自己的特长，当初笔会有一个专栏，有一个专栏是写 30 年的书生活。后来我想借机投稿，写我 30 年的书生活。这篇文章迄今为止还是我自己最喜欢的文章，谢娟就说汪老师你这篇文章写得很好。我当时就想如果主编是谢娟做的话会怎样，后来这篇文章网上刷屏了。所以一个副刊的强，它不是强在一个人，它强在一批人。一个副刊强不是强在一批人，它是一代一代的人，薪火相传，这就是底蕴。

上海不是都是金子，商业化的码头，上海人他非常的聪明，他非常知道你就有钱是没用的。你有钱像马云这样的，我是很不乐意的，鬼头鬼脑，讲话没有把门的，有什么好佩服的？对不对？你有钱你还要有文化的，而文化这个东西绝对是钱堆不出来的，文化这个东西甚至是牺牲了钱才有的，大家看了我就明白了吧。我没有钱，但是我真的有文化。

我们很难得，我们下面还有一点时间可以谈笔会。上海还有两家很有名的副刊，《解放日报》的副刊和《新民晚报》的副刊也是很好的，我们不能说今天讲笔会，全部把好话堆在笔会，别的就没有了，不是这样。但和“夜光杯”、“朝花”都是有不一样的地方。在我看起来和夜光杯的区别，以前刘伟其实有过这么一篇文章。

他的意思就是说，我怕说错，我要看一下。他的意思是说“夜光杯”是以奇取胜的，以俗取胜的。我觉得他总结的还是蛮对的，“夜光杯”瞄准了上海的视角，上海的里弄，它是上海人生活的实录。那么我们《文汇报》笔会是用什么取胜？它不是用奇，我觉得是用合取胜，它不是用俗，它是用雅取胜的。它不关注上海人市井里弄的生活。它关注的是上海人乃至中国人的精神生活，这是很重要的。并不是说《新民晚报》副刊不关注人的精神生活，我这样说出去会被打死。而是说笔会它更追求这点，它好像拟定被赋予了这个责任，写一些现实世界是不够的，你还必须引渡到使人有可能达到精神的世界。因为现实世界是非常无趣，是一望可知的。经常有问我，老汪你现在觉得什么东西使你充满着动力？你要去抓什么东西？我说我有，不然我就不活了，我野心很大。我想抓的东西。他说你要抓的东西是什么？我说就是我这辈子拿不到的东西。这辈子里面你说拿不到的东西，拿到手都是没劲的。人家都说老汪你太太不错的，我说有什么不错的？到手了不稀罕的，那些没到手的，才会刺激我，引诱我。

我的意思是，比如说我到世界各地走，我看到博物馆、美术馆这里面的好东西，是我一辈子不可能拥有的，但去接近它，这是我活着的理由。你们千万不要以为我是在说笑话，我说这个话的时候非常庄重，这个世界上只有我得不到的都才深深吸引我，并且使我为之活着，这就是所谓精神世界对于我的重要性。

现在医学报告可以证明，一个人死亡之前是什么感觉？那些猝死被救活的人，他都可以回答你。他说死的时候感觉好极了。快死的人从来没有人讲，我还有几个股票没有倒腾，还有两套房子没有脱手。还有三个小时没有按照MBA原则管理一下。没有人这样想，所有人想的都是，快死的时候，前面有一道阳光通道打开，鸟语花香好听的音乐起来，你所看到的事物风景向你起来，他们向你拥抱，你拥抱的时候戛然而止，你被救活了。这说明什么？濒死报道里面，快死的人想的东西，都是精神的东西，没有一个想物质。说是精神治愈人重要的意义，到今天为止是不被绝大多数人认知的。

从这个意义上来说，我的确怀有一点精英意识。我觉得我生错年代了，你让我选择，我一定选活在明代。并不是说在明代我这样的人可以选择八个丫头，不是说万卷书，一个大宅子。所有这些东西都是我们的浪漫想象，但是在现实当中，我们可以凸显理想，只要它有一些阶梯，有一些途径，有一些渠道。书本，好的文章，好的音乐。写书法，画画，那些都是。所以这里便宜在座的各位了，我们可能劳身碌碌，各有各的事情，我们可能都很忙。但是我们订一份报纸，订一份《文汇报》，这个太便宜了。你们订了没有？你们自己订了一份，态度还不算好，给你们儿媳和女婿都订。真的，它里面笔会的栏目，不仅仅是笔会，还有时评写得也是很好的。因为我也经常写时评，时评写得也是很好的。时评特别有利于学生写论述作文，那么笔会绝对有利于你们写抒情文。从任何意义上来说都是好的。

我就是想表达，其实我不是来站台的，确实想表达我对《文汇报》的感情。这种感情是基于精神性的联系，是一种很真挚的感情。作为一个读者我是非常希望笔会能够不断的，发扬光大，把旧的传统做得更好。我最后的问题想问主编，您还有什么新招，比如说有些文章不删了，那么也可以发一点古诗，我最近在写古诗。你也可以写写古文，比如说很短小800字的古文这类的。你看民间学诗词，写古文多多，有许多报纸在搞。我们笔会为什么不能搞一点？你回应一下。

周毅：这个建议我觉得很好，我们70周年编了这本书，其实是很好的书。我们60周年编了一个大书。我们为什么只编了一本小书？是因为我们60周年已经从头到尾编了一个集子，再炒冷饭效果不是很大。还有想给读者很自在的阅读体验，不是我们自己的纪念集。其实我们在笔会70周年做了两本书，一本是今天作为主题《歌以言志》，还有一个《叫把信写给埃米莉》。这本书是我们邀请外面人来编的，不是我们自己编的。我们将来有没有可能请汪老师请你给笔会编一本年选，你可以考虑吗？

主持人：我绝对愿意。

陆灏：问题是一半是他自己的文章。

主持人：我绝对按照我的标准，这种婆婆妈妈，早晨起来阳光正好，我吃好早餐去上班，这种统统删掉。

陆灏：我们也没有这样的文字。

主持人：或者比它好的也不行。一定要古雅。

周毅：笔会确实有这个想法，能够所谓的开门办报，我们每天版面已经是我们几个编辑决定的。那么在做年选的时候，有可能选一些像汪老师这样的人，他用他的眼光写一下，这是一个好主意。这个是我们的现在的一个想法，能够开门办。你刚才说新媒体在不断的出来，我们有什么招？我觉得这个也算是一个，希望可以更加打开，能够吸引外面的眼光选择。但是你说我们现在是不是在新媒体面前，是不是还是这种仓皇失落，我觉得已经没有这样的。

我觉得这种也是一点一点累计起来的，和整个报社的方针对于笔会的看护，和我们自己很切实的一个人，互相给予的支持，我觉得都在的，慢慢不慌了。像现在有些文章，在我们这儿不能发。

比如说在澎湃、书评上发出来了，我觉得这也是好事，互相补充。那天我也听了陆灏说，为什么他们那能发，因为他们那里可以一秒钟消失。你看到我们的好处了吗？我们一秒钟也不能消失，我们白纸黑字印出来之后就是我们的一部分。新媒体有很多快速便捷的方式，但是印成纸媒之后，它的优点，可能现在的人不是那么容易看到。但是我觉得在这时间长河里面，它是负责任的。只要你自己用负责任态度对待它，我觉得它的价值不能没落。

以前意大利作家艾柯讲过一句话，他说有些东西发明出来就是永恒的，它不需要更新。他是指书，他说这个需要变成新媒体，变成iPad吗？这种变化其实是没有必要的，这个是很稳定的。我觉得我们笔会，或者说纸媒，它也有这种性质。我们自己不要抛弃它，我们好好做，我不觉得它是一个，真的是那段慌乱期，已经过了。

主持人：确实美国有一个著名的记者也是作家，叫尼古拉斯卡尔，他写过“互联网是不是让我们变得更蠢”，我是高度同意他的说法，互联网时代有许多的便捷，但是它也扩散着现代意义的孤单，人与人的连接在终端上。大家都守着一台电脑，你现在敲开一家人的门，到了晚上，这家人阴风阵阵，鬼气深深。这家人男主人盯着一台电脑，女主人盯着一个手机，小孩儿盯着一个 iPad，互相不讲话。但是对着人际交流的时候，内心很狂野。写出来的东西似乎很自由，包括一些网络写手作家，但是他们其实是不自由的，因为他们受到了另外一种制约，就是点击率。有的人需要在上面赚钱，他必须不停码字，必须要编出来一些无聊的故事不断灌输。所以这些东西起来的很快，但一下子留不住了。当然笔会显然是早就和它拉开距离了，只不过像我这种人要求更高。

当然不采用青菜萝卜，今天阳光真好，我去上班这样的大白话。但是我读下来笔会也有一些煽情，让我受不了。这些如果外请专家，我就 cut 了，年纪比我还大，经常抒情，抒的那些很滥的情。真正的情是不动声色的，难道高兴就笑，不高兴就哭，这是情吗？我真受不了，快 60 岁的人了，不断“啊啊啊”很浅薄的感情。一段好的感情后面要有触点，每个人不是无缘无故表达自己的感情，如果你是读书人的话，你做这个表情的话，必定有前因后果，你必定会想到许多东西。你文章里面要写出这个东西，读者一看涨知识了。你就说我不高兴了，我哭了。你要对有些人标准放宽一点，对大部分人标准就严一点。

周毅：知道了。

主持人：这个是说说的，据我自己作为一个作者来说，我一定会在以后时间里面，不断继续严格要求自己。但是也希望在以后的日子里面，笔会依然能够保持很高的标准。让它成为一个中文世界里汉语表达水平比较高的平台。我们不仅仅是留给这个城市的印迹，我们在汉语世界有反响的。我们在航班上，经常看到有些人点开看《文汇报》的文章。我自己在《文汇报》上发表的文章，也被国外华文报纸转载。这个确实是这么回事。

我们说一个报纸和一个城市的关系，一个报纸在一座城市里面起的作用，不是领导封的。有的时候也不是读者封的，以前刘少奇晚年死之前说的，好在历史是人民写的，这句话好像没错，但是我不大同意这句话。历史不是人民写的，人民有的时候会被蒙蔽，会被蛊惑。历史是时间写的，能够写历史的只有时间。那个报纸的定位也好，一个副刊定位也好，最后谁说了算？时间，那个悠长的时间，无穷的岁月。

像我这种人从8岁开始看《文汇报》，现在已经60多岁，老的连自己都不认识了。一个报纸和人的关系，一个报纸和城市的关系，一个副刊和一种文化的关系，并不是一种煽情，也不是无限拔高，这个关系就是存在。在今天中国社会，人与人的关系，人与物的关系，各种关系都越来越脱胎的时候，人们非常需要有一种精神性的连接，精神性的连接有许多渠道。现在电视上诗词故事是一种渠道吧？我看不是，当初他们办这个节目的时候，我电话也被打爆了，让我谈谈意见，我是一个都不接，我没什么意见。诗词感受属于个人。报纸也是这样的，所以这个其实是一个办报纸，办副刊，说到底还是一个寂寞的事情，而且它也的确不需要太得到领导照顾的事情。

领导一照顾了反而不好了，领导把自己小舅子一篇很烂的文章塞过来，完蛋了。从这个意义上来说，我们领导绝对是好领导。领导信任，我们读者也是信任。我们非常希望看到，笔会还有一个新的70年，新的70年我们早就不在了。但是有这个念想，支撑我们生活很重要的部分。下面我们留点时间，让我们读者朋友和各位编辑老总对话。我要隆重推出我们郑逸文总编辑。她曾经一个电话：汪涌豪，你明年开一个专栏好吗？我只有两个字，好啊。

周毅：在读者朋友交流之前，我想介绍一下，他们思南因为有位置的限制，只有我们这几个人坐在上面。我们全体人都到了，我再介绍一下没有上台的编辑，一个是谢娟，她是我们很勤奋的一个编辑，很多作者都是她联系，还有吴东昆，吴东昆是我们这里年纪很轻的编辑，但是他是我们这儿非常有夫子气的人，我们这儿很多事情，看稿子能够有这么一个人可以把关，有他给我们提意见，我心里面才比较有底。即使不是他发的稿，他可以看出来里面的问题，我很感谢他。还有舒明，舒明他刚才只是用一个“里子”把自己忽悠过去了。

我想介绍一下我们很重要的副主编，这是笔会运作不可缺少的主编。他是我们那儿最潮的人，他确实不像笔会的人，但是他就是笔会的人。我只说一个潮，不说他的衣服其他的，他有很强的语言造型能力。他会说一些话，你看他很不好意思坐在意思，但是他很会说话。他说的话我是叫语言造型。我就说他几个造型的词，他比较文雅是我做的事情不足为外人道。他日常形容自己做的事情是擦屁股，我做了什么？擦屁股去了。

还有一种他的造型语言，他的话还有一个就是对稿子的判断。我们最近的一个讨论，说到有一个事情，这个稿子好不好的时候。因为其实文章好不好，有很多标准，我们教授也有很多标准。舒明他就是一言而蔽之，就是没有说人话，我觉得也是非常好的一个标准。他这个文章到底是不是说的人话，我觉得这个话也是说得很透彻，就是几个字。

还有一个说他的词，比如说我有一次吃了批评，我自己觉得很委屈。我就跟他叨叨叨，他说哎呀，好了好了，你平常心。我说换作你，你来平常心。他说是呀，我也平常心。我说你到底这个平常心是什么意思？他说就是你本来怎么想就怎么做。很安我心。你说你工作里面各种摩擦都可能有，受点委屈也是有可能的，那么你就问问你自己本心是什么样子，就是平常心了，所以我就对他做这么一个介绍，我觉得很重要。

现在大家有什么交流，各种问题可能对每个人都会有一点了解。现在有半个小时的交流时间，谢谢大家。

读者：刚才听了几位编辑发言非常受益，我以前到现在也是一直很喜欢看笔会，有一段时间，家里没有订《文汇报》，我以前到复兴公园，靠近北面的地方有一个报亭买。最早的时候笔会在 KTV 的地方，复兴公园东面，钱柜那里也开过。我看了以后，笔会长的稿子我也喜欢看，短的稿子我也喜欢看。前面讲到了像匕首，我觉得笔会这方面也不缺少。比如说像张崇光老师写到缅甸去的长文，还有关于日本飞虎队的，我觉得像这种长文，也是现在另外一种匕首。

刚才汪老师一直讲周主编怎么把2万字砍到4000字，我是一个普通读者，我也没什么资格说，但是我觉得周老师做得特别好。为什么特别好？我觉得笔会给我唯一不满足的就是版面上有的时候就是长文章太多了。长文章一多，美编再怎么排也不好。排出来的版面就比较难看，有的时候你砍掉一点，如果放一点毛尖以前写的一些影评，还有何立伟短的文章，版面也生动。读者看起来很有学术性，艺术性，很有品位，否则有的时候也会很累，也会审美疲劳。有一些短文，穿插一下会觉得非常舒服，谢谢。

周毅：谢谢你，谢谢。

主持人：非常反映这个时代是女性上位的时代，讲得是有道理的。

读者：陆老师，刚才不是有三句话，可不可以重复一下？历史产生文化……

陆灏：历史产生传统，传统产生品位，品位产生艺术。

读者：谢谢你。

读者：我想问周老师一个问题，我自己也有一个小文章在里面发过一次，叫《上书》。有一个问题我看到笔会里面的文章有很多随笔、文学评论这类。但是对于散文这方面，笔会有没有这样一个平衡。比如说推出李娟，这就是一个比较典型的散文，笔会对于散文有没有重点，或者推出新的散文，是一个重点还是很多标准。我感到很多人喜欢看笔会不同的东西，有没有考虑平衡的问题？

周毅：我没有听懂，您是说我们怎么平衡的意思吗？

读者：在很多不同种类的文章中间，对于散文有没有一个量的方面，比如说三分之一是随笔还是什么？

周毅：没有，我们不是特别发纯散文的，不是这样的。我感觉你说我们有一个什么样的标准，这个标准只能说在工作当中形成的，不是抽象的标准。我觉得一个文章到我们手里面是看它的总分。就是说学识、趣味、文笔，这是一个总分。因为笔会，其实它不完全是一个作家散文，我们不是一个写作家，纯粹写文学性抒情的，汪老师不是很喜欢单纯抒情散文，我们也不喜欢，毕竟是报纸的副刊不是杂志的。单纯写散文的东西，就是要看它的总分，首先我们也是有实例。第一看作者，一个名家、大家还是会得分。如果不是，就看学识和趣味，然后再看文笔，像李娟是一个特例。一般的人模仿李娟又模仿不出来，你说走她的路，是很不容易从副刊上走出来的。她就是写自己的生活，一般的人要写自己的生活写得这么出彩还是比较少的，所以我觉得我不知道是不是完全回答，可能是一个文章的总分。

读者：谢谢。

读者：我没有问题，我想表示两个建议和期望。我原来听汪教授说，原先《东方早报·上海书评》是陆灏先生在张罗的，如果这样的话我想向陆灏先生表示敬意，还有想对汪教授表示敬意。无论是做嘉宾也好，还是做主持也好，都很认真风趣，有复旦的风格。

主持人：风趣是认真不出来的，是我本来就有的。

读者：最后有点期望，我觉得上海这样的都市，是不是有一张像《纽约时报》的报纸，我觉得《上海书评》现在放在公开网上，我觉得非常遗憾都是在市委宣传部统一领导下，是不是可以放在《文汇报》上。另外《文汇报》今后是不是会考虑搞成类似于《纽约时报》这样的，反正这是读者一点胡思乱想。

黄强：谢谢，这个话题不大好接，虽然是一个报业集团，毕竟是两张报纸，确如这位读者讲的，我是想过 2015 年《文汇报》改版之后，现在每逢星期一把《文汇读书周报》拉到大报。每逢星期五是《文汇学人》，我一直想我们做人文大报，能不能把后面这块文的领域能够做大。是不是以后星期二可以有什么，星期三有什么。当时“东早”决定暂时关闭的时候，我曾经找过陆灏，而且我到报业集团去，找过王伟。王伟当时在报业集团管系列报刊。我说我有一个想法，我想把《上海书评》弄到我这里来。那时候邱兵还在那儿，一口回绝，说想都别想，它是东早的，这件事就没有做成，我想没有关系，我们自我发扬，自己随着我们编辑队伍的成长，随着对于世界认知的提高，总有一天，我们会有自己好的品牌。来日方长，谢谢。

读者：《文汇报》是好报纸，我是一名退休教师，我们有一个政策，订《文汇报》可以有补贴，当时工会问我订不订我说好啊。我想的一个问题就是，我是退休教师，我只要看《文汇报》，多和读者有些交流机会，加大发行，可能会更好，谢谢。

主持人：你们工会主席很有水平，我们中文系订报当时也是我做副系主任的时候提出来的，我们中文系教授每个人订一份《文汇报》，一直到今天。所以你们工会主席很有眼光。

主持人：周老师要回答一下吗？

周毅：其实我听您刚才说的，我们黄总也点头。其实我觉得做媒体和读者的关系都是很重要的，今天也借着回答你这个问题，我对今天到场的各位朋友表示感谢，真是忠诚的感谢。今天上午还下这么大的雨，不知道过来会不会全身淋湿。在这里面大部分是我们没有见过面的读者，其实还有几位作者到了现场，还有一些我们平时的朋友，感谢。

黄强：我也来做个回应，刚才那位老师说，确实《文汇报》现在目前的发行量20万份，这三年来没有升过也没有降过。我们现在发行主要在教育文化界，在上海的三报当中，我们在北京发行量是近一半。我们现在定位是全国性人文大版。

我对于报纸的理解是不追求数量，包括我们自己办新媒体，一直对新媒体中心的总监在讲，你千万不要跟我说，我们文汇App的装机量又达到多少。在国内我根本不信这个数字，这个数字对于我来说是没有意义的。我只是说这个文章的阅读，它有一个平心的水准的话，稳定增长的话，那就达到目的了。周毅如果很兴奋跟我说，我们第一篇阅读可以突破10万+，他们也有一个统计。我觉得本身对于文学的爱好，或者人文比较高雅的追求，像汪教授这种不多。上海2000多万人的城市，有几个汪教授？有一个就够了。所以《文汇报》肯定会在人文这条定位上走下去。

那么刚刚这位老同志讲，我们应该看到报纸绝对不是行政单位，它有文化使命。要有生命力，接地气，要贴近社会。我觉得在新媒体传播时代我一直讲这样一句话，总编不如主编，主编不如小编。小编是最接地气的，以后像这样的活动应该多多举办，这样才能知道读者需求在什么地方。到底长文章好还是短文章好，或者长短皆可，只要言之有物，歌以言志，这就是好的文章。能够尽量兼顾到读者的关注点，兴趣点，但是又有自己的坚守，又有自己的品格，两个方面结合起来。能够跟着时代走，不至于太快。快了像汪教授讲的，要把它拉回来，但也不能太慢，要有自己自身的节奏。

读者：请你们介绍一下笔会的微信公众号。

周毅：微信公众号的运作是我们笔会编辑自己运作，我们这个之前是在 2013 年 7 月份开始，那时候其实整个新媒体刚兴起，还没有像后来这种势头。应该是我们自己的自觉，觉得这个微信公众号，它有一个方便。因为仅仅在纸媒上的话，它确实依赖于这张报纸。如果说大家看报纸的习惯减弱的话，确实会受到影响，这个直接送到每个人的手机上。这个时候我们就自己，其实是自己跟党委提出来的，我们想做这么一个东西。后来我们在 2013 年也是在 7 月 1 日笔会创刊纪念日，那天推出来了。这个事情在笔会内部也是我们自己学习新本事，尝试一种新技能，对于大家都是。其实我们这批人，我说吴东昆有点夫子气，其实大家都是，大家对这个不是很灵巧。但是到今天为止，快四年了，还是坚持下来了，都是我们编辑自己做的。

我觉得喜欢微信的好处，它可以留言，我觉得其实一个副刊，作者、编辑、读者这三个之间关系真的很温暖。这个载体可以把作者的文章呈现出来，编辑如果有编辑思路可以体现出来，读者能够有一个留言反馈，这个对于编辑是肯定，对于写作的人来说也是一个肯定，希望你们多多转发。

主持人：由于时间的关系，我们只能结束，俄罗斯有这样的谚语，法国也有这样的谚语——快乐的时光总是容易过去，人的生命也是如此。我们期待再会，非常感谢我们黄总、郑总，非常感谢我们笔会编辑，非常感谢甘露主席，谢谢大家。

时间：2017 年 6 月 24 日

嘉宾：江晓原　宝树　潘海天

科幻文学

——跨越文化与边疆暨《未来镜像》分享会

王侃瑜：感谢大家今天冒雨参加第 188 期思南读书会，今天主题是“跨越文化与边疆暨《未来镜像》的分享会”。请到的三位嘉宾分别从事不同领域的工作，但是他们都长期关注科幻。今天想请他们跟大家一起聊一聊科幻，从各自不同的角度出发分享大家的见解。江晓原老师，上海交通大学讲席教授、博士生导师，科学史与科学文化研究院院长。宝树老师，科幻作家，毕业于北京大学并且是比利时鲁汶大学硕士，自 2010 年开始科幻创作以来，出版《三体 X：观想之宙》等多部长篇小说与两部短篇小说集。潘海天老师，毕业清华大学建筑系，代表作《大角，快跑！》也是知名奇幻小说作家，九州系列作者之一，创办《九州幻想》杂志，他的作品《饿塔》被翻译成英文，并且收录在《未来镜像》当中。

不知道大家听说过《克拉克的世界》没有，这是美国科幻期刊，有十多年历史，刊登小说曾经获得过世界奇幻奖、英国奇幻奖，三次获得雨果奖最佳科幻奇幻奖。从 2015 年 1 月开始，《克拉克的世界》做了中国科幻专栏，我们每个月推荐一篇中国科幻小说给《克拉克的世界》翻译成英文发表在上面，今天和大家分享《未来镜像》是收录这个专栏第一年当中发表的九篇作品，以中英双语形式来呈现给大家。大家

王侃瑜　　江晓原　　宝树　　潘海天

可能知道在2015年刘慈欣凭借《三体》拿了雨果奖，去年郝景芳《北京折叠》又拿了一座雨果奖，这对于中国人乃至亚洲人来说非常值得骄傲的事情，这两位作者有作品被收录在《未来镜像》。今天主题是“跨越文化与边疆”，看起来主题貌似挺大，我们首先从跨越文化来出发。《未来镜像》这本书上周在深圳做了分享会，那个分享会的主题科幻中的文化壁垒，请问一下各位老师，觉得我们所说的文学如果跨越文化壁垒，这些文化壁垒可能有哪几重？

江晓原：首先想到语言，以前中国作家作品很少会出现在国外，主要是语言障碍，这两年这个障碍逐渐突破了，这次讨论的这个书，这些作品都是中国作家的作品，但是被译成英文以后，第一重障碍越过了。这重是最重要的障碍，这个障碍一旦越过以后，后面的事情比较好办。很多人觉得后边还有文化，比如说这些小说本来写给中国读者看的，在这些小说里有一些中国的背景，历史的背景，其实这个东西，也许西方读者会不知道。当然有这样的问题，所以一部分特别好的译作给作品加注释，这些注对本国读者来也许没必要，但是会对外国人有帮助。其实人有主观能动性，一个喜欢小说的人，他知道这是一个中国作家写的，那个小说他喜欢，他就会接着下次找另外一个作者看，那个作品涉及中国的历史，他有可能找一个跟中国历史有关的书看。这些壁垒逐渐的可以越过。

宝树：潘老师说的很好，我个人理解壁垒，可以从两个层面：一个是比较明显的，你看小说，奥康小说或者影视有些东西没法理解的，或者不知道指的是什么，这是比较简单的一层。上次看《异形·契约》，里面引了雪莱的诗，那个诗是雪莱写古埃及，那时候那么盛大，现在完全消失了，很像中国苏轼的“大江东去，浪淘尽，千古风流人物”。在中国大家都知道，中国读者关注，把诗稍微翻一下，明白一点，不明白背后文化的东西，这个是一层壁垒。另一层稍微深一点，背后的文明的精神，价值取向，表面上看会明白，但是背后有些东西要深入在文化精髓的东西才能明白，比如私生子，中国的私生子，只要你父亲承认你，他传位给你是没有问题，但西方贵族不行，这是文化比较上的隔阂。再深一点可能有基督教文化，赎罪意识，中国不是特别容易理解这个意识，或者理解要经过很多年深入的探究，有很多层壁垒。

潘海天：这种壁垒可能是存在两个，一种文化交流是中国的作品走出去，面对外面的世界的时候，还有当外部作品想要描述中国的时候，他可能会陷入到刻板印象，现在好莱坞电影重视中国市场，往里添加很多中国元素，这个中国元素加起来，在中国人看起来是戴着一种有色眼镜或者被扭曲的状态，是他们刻板的东西，有很多例子，特别像《爱丽斯漫游》第几集从中国回去，穿着中国的服装，整套服装在我们看起来很夸张很可笑，但是他很得意，在中国可以穿成这样见慈禧太后。老外对中国特别感兴趣的故事场景，比如特别关心“文革”状态或者那前后时期的东西。他们特别关注这些东西往往忽略当代的精神追求或者不同的思考状态，他太关注这些，也是一些壁垒。

江晓原：壁垒一般是我们要打破的，你刚才说到国外的作者，如果写一点中国的东西，有时候写的确实很隔，有时候国外人写的东西对中国人非常有启发，比如说克拉克《太空漫游》后面几部里有一个很大的中国元素，“钱学森”被他直接写进去，变成一个人物，确实有的人物，甚至还有一艘飞船叫“钱学森”号，在这种作品里，你看到的是在克拉克眼中钱学森是这样的人物，这跟国内很多人对钱的想法不一样，因为钱现在在国内一些舆论上有很多讨论，你看克拉克的作品里钱是另一种样子。这种也是跨文化的，这种视角很有意思。

潘海天：保持一种疏离感，看一些事物状态会更清楚。前一阵看《外国人看鼓浪屿》，当时生活在鼓浪屿很多老外，写的回忆录，当时他们到厦门，写中国生存状态的时候，角度非常新颖非常有趣，这就是壁垒反而有优点的地方。

王侃瑜：刚刚潘海天老师提到外国人的视角反而让我们有一种疏离感，我们读科幻，有时候获得一种认知疏离。我们换一个角度来想，是不是这些文化壁垒的存在，反而会对科幻小说是一种优势，因为他可以去跨越国别民族之间的文化壁垒，去探讨一些全人类共同面对的问题，我们面对一些更巨大的未知的时候可能有一些相通的反应和经验，不知道各位老师对此如何看？

宝树：科幻相对传统文学，比如中国最有名的作家莫言，莫言写中国的问题，外国文学爱好者会读莫言，甚至很多人喜欢，但是他喜欢的是描述中国的部分，那里面的生活可能跟他没有任何关系。像《三体》，他们读的时候，显然很多外星人入侵，高科技造成的问题，甚至社会女性化，是他们自己的生活，甚至与他们讨论很多问题都是息息相关的，所以奥巴马看《三体》可能想到美国社会当代现实的问题，或者至少未来可能发生的问题，而不是像看莫言那样，作为一个文化上比较远的欣赏。

科幻所探讨的人和自然的关系，这个关系是美国文化深处根子里都在处理，他们在某种意义上具有了超越文化的意义，最近有一个小说写玛雅人和玛雅文化，现在很多文化非常可怕和怪异的东西，比如他们吃人，玛雅用人制品，甚至进行我们觉得毫无意义的杀戮酷刑，甚至喜欢自己折磨自己，非常怪异的文化。我也写他们对天文学的追求，他们也去观察天文，推测行星运行。虽然玛雅人和现在中国人和西方人和现代人差的非常远，这点来讲又有共通性，从这个地方展开，有很多让我们觉得既近又远的东西可以展开写作。

潘海天：科幻小说有一个很大的优点在于，首先写的故事通常发生在比较新的世界里，作者在写的时候已经很注意了让读者对这个世界有一个逐渐的认识，在小说里慢慢把这个世界展现出来，比如让老外看莫言的小说，可能要有很多注释，这种注释的工作在科幻小说里，在文本里，在小说本身里已经把这个事情做掉了。所以读者在读的时候可能会比较觉得自己没有障碍，都能够理解这些新的东西。另一方面，本身科幻作家写这些故事，塑造人物的时候通常不是关注个人的命运或者思想，可能是代表某个群体某个大的群体，甚至某个国家，把一个国家作为一个人物，整体来进行描写的。可能我们看文学作品的时候，很清晰意识到这个人物的生活环境，他的国别，比如说莫言的人物一定是中国人，安娜·卡列尼娜是俄罗斯人，在科幻小说里很多人物国别是模糊的，甚至不知道是哪国人，比如天津德鲁克是美国人，可能带有美国牛仔的劲，但是国别本身是模糊的，这是小说人物存在的特质。科幻小说天然的是有一种跨越国别的状态。

宝树：像天津德鲁克，明显是西方人，文化意义上跟中国没有什么关系，这个跨越以你为主还是以我为主，可能有这样的问题。

王侃瑜：确实存在我们是从这里看还是从那里看。刚刚谈到跨越文化，第一反应是国别和民族之间的文化，科幻小说当中很多主题已经跨越不同种族、物种，比如外星人到地球，这种层面的文化，潘老师有没有读到这一层面跨越文化对你来说印象比较深的科幻小说，星际、物种，不是平时所说的。

江晓原：科幻小说里这是一种常见的文体之一，科幻小说可以用各种各样的角度读，以前国内比较熟悉的读法是把科幻小说当文学读，我相信很多创作者，自己也觉得是在创作文学作品，但是也有一些科幻作家并不愿意说自己的小说是科幻小说，他说他写哲学上的东西，当他这样说时，是想强调自己的哲学思考。探讨到了不同的物种这种层面的时候，立刻就是哲学了，不同的国家之间，毕竟还是一个人种，哪怕小说人物设定成一个中国人也未尝不可，他要这样设定，我们也只好认，这个无所谓。因为在他那个故事框架里本来就是各种星系的人都有，移民出地球以后都变异了。更多的作品会涉及不同的物种，比如这两天《异形·契约》，在这个里面你和异物种之间是一种什么关系，这个在很多科幻作品里都有这样的，比如《X 战警》系列，现在拍了多少部，认真算起来七八部了，后来渐渐偏离了主题，一开始讨论的其实是这样一种主题，如果我们的身边有一批人，他们跟我们人种不一样，他们有超能力，甚至长得不一样，明显不是一个物种，这个时候我们人类愿不愿意跟这样的物种分享这个地球？这个问题很难回答的，因为有很多人不愿意跟这样的物种分享地球，但是也有愿意跟他们分享的，故事可以从这里展开。这种问题很快都进入哲学层面，这时候比我们现在讲的今天的主题还要大，跨越地更远。

王侃瑜：学哲学的宝树老师，有没有什么想法？

宝树：从哲学来讲，还是没怎么想过，现在的人确实面临一个问题，西方有很多种族、宗教问题很尖锐，你有你的生活方式，我有我的生活方式，我们从根本上是不是一样的？你信这个教我不信教或者信另外的教，是不是在之外有一个共同生活的基础？有的人认为有，有的认为没有，在伦理学上，不能杀人或者尊重彼此的选择，有一套东西，在这个基础上再发展你的问题。但是有一个理想模型，还有一个模型，不认同，我的文化里不包括自由，但是有别的很好的东西。这样的东西，这样的文化应该消灭掉还是应该保存，在这个社会上以他的方式继续存在，这个涉及很多哲理上的问题。总有一个普遍法对所有人适用的，即使没有公认的东西大家认为可以遵守的，但是可能试图找出像这样的根基。如果跟科幻有关的，这个东西很大程度上也反映在科幻作品里，比如说《星球大战》里面不同的外星人，像欧美大都市里不同的种族，他们在同一座大都市里。还有一种可能，我们和外星人的关系，根据原型，外星人和人的关系，或者机器人跟人的关系，还有一种东西是神秘的东西，不可知，类似人和神的关系，人和魔鬼的关系。他可能不现身，启示你一下。他所引起的思考，另外一个层面上的，几乎是神学的层面，这个蛮有意思的。

潘海天：没有什么想特别多补充的，宝树提出这几个问题很有趣。我觉得科幻小说很多时候要讨论一个问题，科技导致人的异化，人一旦异化，就引发了与普通人相处的问题，这个变化是很重要的问题。

王侃瑜：科学和人文是两种不同的文化，在 1959 年英国科学家和小说家做过一个讲座，论点是整个西方社会知识分子的生活被名义上分成两种文化，科学和人文，对解决世界上的问题是重大的障碍，可能江晓原老师应该是这方面的专家，大家碰到两种学科：搞科学、搞人文，彼此鸡同鸭讲，没有办法交流的情况。

江晓原：你提到 C・P・斯诺的讲座，后来出的书叫《两种文化》，C・P・斯诺讲的话，他当时的意思是说，科学这种文化没有受到足够的尊重，他觉得不够，人文那帮人掌握的权威太大，话语权太大，他们傲慢，拒绝理解科学家，到了今天，情形已经反过来，今天科学家在那里傲慢，拒绝理解人文，而人文格局正在逐渐地萎缩。从斯诺讲座中表现出的思想看，如果在今天，斯诺会倒过来为人文争地盘。不管为哪方争地盘，首先现在沟通一直有问题，早先在古代的时候没有那么明确职业分工的时候，一个懂很多科学的人同时是一个人文学者。到了今天，你所说沟通的鸡同鸭讲的问题都存在，很多人把这个问题看成是一个技术问题，好像文科的人看不懂公式，理科的人读不懂古文，这种问题确实存在，但是这是很简单的问题，只要学习一下都可以解决，现在主要的障碍是傲慢，特别是来自科学这一面，傲慢是最明显的，因为很多人觉得科学技术是人世间最高的学问，所以科学家天然傲慢，科学家觉得，我能做的是人世间最高的学问，其他学问都等而下之，其他学问如果哪天想做都能做，我只是现在没兴趣做。这样的想法，在很多科学家脑子里根深蒂固，尽管他知道在正式场合这样说不合适的，但他心里是这样想的。有这个想法以后，障碍就出现——不是有没有能力理解对方的问题，是不屑于理解对方的问题：他们是比较低的东西，我们这会儿没功夫管，我们要想了解他们还不容易吗？在高校里，我们亲眼见过一个理科教授非常傲慢地对文科教授说，你们写的东西我都看得懂，我写的东西你看得懂吗？文科教授想，他写的数学公式我是看不懂，他就矮了一截。而且现在我们的社会公认科学是最高的，我们为什么在中学就把学生分成理科、文科班，老师对学习好的孩子说，你得在理科班，你要考清华北大，你不能去学文，太浪费了，大家认定学文的低人一等，这样的观念极其有害，在这样的观念里不要指望有理想的交流。

王侃瑜：好像成绩好的应该学理。江老师边上坐着来自清华北大。

江晓原：他们两个学理科文科？

宝树：我哲学。

潘海天：我历史。

江晓原：偏见直接作用在你身上，当然北大光环可以掩盖一下。我经常发表一些言论，有些人很不喜欢我，他们就说科学的事情，文科教授不要来插手，有的时候别人纠正他，这个人可能学天体物理专业，不是文科，即使这样，暂时把它的傲慢压压，你看看天体物理你也学不懂，我至少学过。但是这种偏见是普遍存在的，而且很多人自己也是这样感觉到，我不知道这种偏见对你们的创作有没有正面作用？或者某种激励的作用？比如你打算在你的作品里让某一个文科学者扬眉吐气。

宝树：《三体》里挺有意思，主角是学社会学，最后拯救世界。江老师讲了个蛮复杂的问题，展开太偏题，我觉得文科有很深的，但是它有一个特点，确实比较好混，文科论文混一下，弄一个硕士博士不是太难，所以有些人看轻文科是这个原因。真到做的好，不会比做一个物理学家要浅，你要读史学，不光死记硬背，还要把背后若隐若现的历史趋势潮流演绎出来，那是非常难的功夫，但是写乱七八糟的东西也可以毕业，确实是文科的东西，但是好像跟科幻没有什么关系。

王侃瑜：科幻可能处于科学与人文之间的位置，这个位置是比较尴尬，还是可能反而起到弥合两种文化之间的隔阂的作用？

江晓原：科幻在中国跟国外，历史有所不同，在美国这样的国家，一开始科幻杂志科幻小说多被认为比较低端，有点像《故事会》，普通大众看，文化学者不看，这是早先的情况。后来逐渐发展，渐渐也有人努力往高大上做，包括美国有一些非常成功的小说家，不愿意自己说自己是科幻作家，比如迪克死掉以后，他的作品经纪人跟中国出版社打交道，要强调迪克不是科幻作家，是主流文学作家，尽管迪克生前一直非常潦倒。这是西方的现象，中国国内情况不一样，喜欢把科幻跟科普搞在一道，这几年混迹科幻界，跟科幻界打交道，我一直鼓吹远离科普，不要跟科普搞在一道，但科幻界很多人不赞成，他们仍然愿意跟科普搞在一道。科普这个东西，是中国特有的，我们给了科普一种非常特殊的地位，这种地位是别的国家没有的，美国肯定是没有，前苏联可能有一点，这个科普的地位非常奇怪，一方面从理论上说，这显得我们比西方国家更重视科学，所以专门有科普，还有专职科普官员，我们国家专门为科普拨款。但是另外一方面，科普不被科学家待见，科学家对搞科普的人很轻视，所以科学家自己就不愿意让自己跟科普专门在一起。有一年举办著名的科普大奖，有一个学者给我打电话，你会不会成为这届的评委？你要是评委的话，我拜托你，我那本书你千万别让我得奖。我说人家只有走后门得奖，哪有走后门别得奖。他说我那个书是我的博士论文改写的，如果得了科普奖，以后别人说我博士论文就是一个科普作品，那我怎么做人。你一定不能让我得奖。后来我没有成为那届评委，他的书没有得奖。科普这个东西很多人躲得远远的，中国的科幻本来完全可以走的更高端，我们强调我们的思想性，你搞科普，人家把他跟“哄小孩子”等同起来，觉得你们一起哄小孩子玩，这样对科普的发展也是不好的。成长起来的土壤环境不一样，有些事情也不能照搬，比如从国外看到他们在这里弄，我们这样弄的时候，可能情况，因为实际上不一样，你面对中国的受众，受众脑子里也觉得科普是哄小孩玩玩，给少年儿童看看。这是我个人见识，搞科幻的一些人并不赞成这种观点。

宝树：科学和人文，像古代中国和西方之间的西域。科幻并不是一个立场，我们要帮科学普及科学，也不是说我们要用人文引导科学，它就是中间一个位置，像唐朝时的西域，有个小城邦喜欢中国文化，学中国，和唐朝长安很像，另外一个城邦可能喜欢印度文化，城市建筑就和印度像，还有像罗马，等等。有的作家更擅长这么做，学了很多科普知识，我觉得是非常好的事情。这并不是说科幻的全部，还有科幻小说，可能借科幻讲一些人文的东西，讲文化的东西。它的科幻本身就是倾向这个方面，或者它的科幻有一些传统的，科幻本身容纳很多类型，不需要为科幻找一个确定的立场，就是在中间的平台，这些东西相互作用本身会产生更有趣的东西，这个是它的意义所在。

潘海天：我想起王剑涛老师在小说里是不是故意彰显某一个学科，其中一篇小说写因为科幻作家，一直被人看不起，最后拯救了世界。他写这个点其实是因为那个时候科幻小说没有受到现在这么大的重视，那时候科幻作家这四个字在之前很长一段时间受到歧视，处在主流文学的边缘状态，我觉得它写那篇小说有一些这样的情绪发泄或者是影射。科幻小说，这四个字应该正名为科技幻想小说更贴切，因为科学和科技有区别，科学是只有对错，没有更多别的因素在里面的东西，一个公式，要么是成立，要么不成立，是特别简单有标准判断的东西。什么是科技？科技是利用这个公式造了一个可以应用的东西，科技一定有人为因素加在里面，造成原子弹的时候，原子弹里包含有道德问题。科幻小说，更关注的是后面的，一旦科学对人类造成影响，或者有很多人类因素在里面的时候，他对人类的生活造成什么样的影响，对人类思维方式，对人类看待世界的方式有没有造成影响，科幻小说天然的是会有很多的哲学思维在里面，虽然从科学公式起步，但是最终归纳到人的哲学的部分。

江晓原：关于这个事情可以补充一点，我们这里一般不是科幻爱好者，如果你跟他说科幻，他脑子里只会想到凡尔纳，现在大家不看凡尔纳，看的人很少，其实对凡尔纳不太了解。凡尔纳是社会主义国家特别选择的作家，凡尔纳的作品里，思想倾向是不一样的，凡尔纳的作品，基本上都是科学主义的作品，完全正面歌颂科学技术美好，像刚刚潘海天说的，后边那段内容，很少涉及，几乎不涉及，到了晚年思想才稍微有点变得悲观，实际上从1900年前后，整个传统完全变了，凡尔纳这样的思想倾向已经普遍的没有人这么做了，我经常跟别人说，你们看现在的科幻作品，只要看他们想象的未来是黑暗的还是光明的，这两天放的科幻电影你看，你仍然看不到光明，前两年有过一个例外，《火星救援》，也是《异形·契约》导演拍的，我当时奇怪这个老头怎么拍这么科学主义的电影，后来看了一些材料知道了，那电影根本就是NASA的宣传片，NASA掏钱，把斯科特请到那里，把小说原作者请去，哄他们，让他们参观，甚至让你们操作一下看你们能把上面空间站某个东西动一动，他们觉得开心，就拍一个宣传片。这次我又带着这个目的，检验了《未来镜像》这本书，这书里有九篇，我把九篇作品看了，我看出来的九篇作品里仍然不光明，都黑暗，比如宝树你那个作品最后，刘警官因为篡改证据，犯法了，我还替他惋惜，我说只要死扛着不承认，他们这样不约而同，九个人，我们选了国内优秀的九位作者，他们做出来的东西里未来都悲观，不光明。这个完全印证他们刚说的科幻更重要的是人们思考科学技术出来之后会怎么样。科学技术出来之后，越是新东西，负面的东西就越容易产生，我们一面在享受，但是另一方面，也要面临不好的东西。科幻作家似乎不约而同意识到，好的一面多讲没什么意思，一方面好的讲不出深刻的故事，你说这个东西多美好，这样有什么深刻？就是颂歌。一定要思考他的负面的东西的时候，思想的深度才出来，刚才说科幻天然就该什么什么，使用天然这个词，这说明这种思想倾向，我们不以唱颂歌为己任，肯定以思考问题为己任。我为什么说科幻不要老跟科普搞在一起，科普老想阉割思想，认为你只要传播科学知识就好了，所以《火星救援》好，火星上怎么种土豆，给你演示出来。科普希望科幻也起这个作用，帮助一起普及科学知识，这样思想性都没有了。我们要强调科幻的思想性，这才是高端的东西。

王侃瑜：江晓原老师讲这本书没有光明未来。

宝树：我们小时候要实现共产主义，或者社会主义高级阶段，去过幸福的生活，现在我们很多人不谈这个，不谈的根本不是不信共产主义，而是说不管社会制度怎么样都会有很多问题，生活在里边的人都不会特别幸福，因为人性本身决定了，以前吃馒头的时候觉得吃红烧肉就很幸福，但是现在吃红烧肉，你看别人吃鲍鱼，又觉得自己差很多。科学会带来其他新的问题，但是我觉得不一定更黑暗，不一定更光明，而是很陌生，很奇怪，很不一样，这可能是科幻作品感兴趣的东西。

江晓原：未来黑暗，不是预言或者希望我们人类未来黑暗，我们当然希望人类未来不要黑暗，我们构造出黑暗的结局是思考问题，本质上希望避免，但到底能不能避免是另外一个问题，科幻的思想性，不是说能够算命，或对未来的预言有多少兑现，有多少没兑现，这些是无关紧要的。亚瑟·克拉克，你们那个杂志跟作家有关系吗？

王侃瑜：没有关系，杂志编辑也姓克拉克。

江晓原：说到克拉克，著名的科幻作家克拉克在自己的作品里写过很多非常有思想的内容和桥段，但是很奇怪，到晚年，克拉克经常对着媒体夸耀自己，而且你会发现他夸耀的东西竟是层次很低的东西，他经常夸耀他写了二三十年的四部曲，每一部曲出来以后、再版以后写前言后记，新版前言，十几二十次有机会写那些事。他每次在这样的场合，他从来不夸耀他自己有思想性，他经常夸耀我某一个作品里写到某一个技术细节，后来技术上真实现了，他甚至可以说我有一个作品想象的宇航员出了问题的时候，向地球呼叫说了一句什么话，后来美国航天飞机出问题的时候，那宇航员真的说了这样一句话。他就得意这些东西，这老头太奇怪了，明明写了很好的东西，他自己好像不觉得他们好，他写的这些无关的东西，你写点硬科幻，想象一些技术的细节，这有什么奇怪的，以后总会蒙对两个，因为还有很多没有蒙对的，没蒙对的不提，把自己蒙对的使劲提。如果接受媒体采访，他讲这些，我们也可以考虑因为媒体喜欢，引诱他讲，然而他在自己书再版前言，这时候是最自由的地方，但是他老是写这个。明明有思想性的东西，他不在乎，他在意具体的细节，那些细节，你说说也很好玩，我以前写过什么东西他真用了。《小灵通漫游》里说打个的，车就停在窗外。后来科幻电影《第五元素》不就这样了。

王侃瑜：潘海天老师、宝树老师，作为创作者来说，你们对你们小说里哪些东西比较自豪骄傲？

潘海天：我没有想过，我觉得写出漂亮的故事很得意，如果塑造出鲜明的人物形象或者真实感很强的未来世界的状态的话，我会比较开心。

宝树：我没怎么想过，我觉得我是比较更内向更自我，我写这个东西外界看来不是很好，一般我自己从客观标准来评价不会很高评价，如果写出我想写的意境我觉得很开心。最近《玉龙图讯》，我很喜欢恐龙，我想一个和恐龙在一起怎么样，写起来很开心。《三体 X》，很多人催快更新，就不是当小说写的，写着玩。后来改了很多，基本框架在那里，如果一开始当一个书写，可能写不出来，因为你觉得压力太大，写出来完全不是这样子。

王侃瑜：接下来谈谈科幻文学跨越边疆问题，“跨越边疆”最早是听西安交通大学王洋老师说的，他是觉得科幻小说当中，当人来到已知和未知颠覆三观的地带就是跨越出熟悉的地带，这时人们心情既好奇又恐惧又探索，但常规思维固守在原来边界之内，科幻思维则倾向于冲破边界，来到外面全新的领域，科幻和科普的关系并非有没有普及科学知识。科幻的价值并不在于普及传递正确知识，而是传达跨越边疆的好奇心和探索心。几位老师在《未来镜像》有没有看到让你们颠覆三观跨越边疆的这类故事地。

宝树：什么叫边疆？没看懂，没想这个问题。这个书没看到过。我写了一本书《古老地球之歌》，后记写为什么写科幻，很小时候做梦，梦在一个星球，《十万个为什么》里有一张照片在火星上拍的，不是地球上随便一个沙漠，对我来说就是一个边疆，这是全新的世界，这个东西存在，但你不可能亲自去，你会想象可以去这个地方。很多小人时候看到过或者想象，但是在生活中各自忙自己的事情，99% 的时间不会想这个事情，想自己生活中乱七八糟的东西，科幻好处是能保存人对未知的好奇，你自然就会想象中跨越这样的世界，最近写文章《科幻是危险的事情》，科幻里的宇宙的未来，未来几亿年以后发生非常宏大的或者很神奇的事情，你看了以后觉得自己日子过了还有什么意思。

潘海天：科幻作家的思维方式有别于常人，有一个老师提到科幻现实主义，但即使科幻现实的作家，他思考问题的方式也不是现实主义的，哪怕描写身边的生活状态，我们身边的人，但是会用一种很扭曲的，改变世界规则的方式重新看待这种生活。通过这种方式重新跟现代生活建立一种距离感，重新审视，重新描述现在的生活状态，用另外一种方式重新描述一遍，这种思维方式不论写未来的东西或是写过去的、历史的东西，都是为了换一种思路重新看待现在的自己。这种我觉得就是一种所谓“跨越边疆”——跨越普通的日常的方式。边疆不是在很远的地方，不是在未来，可能在国外，或者在新疆，甚至在我们周围，我们日常生活当中，我们就叫跨越状态。

宝树：想到小时候写作文，小时候最喜欢写游记，比如到上海或者去苏州写一个游记，老师评了优，自尊心很满足。到一个阶段不愿意写，或者写不出来的感觉，如果让我现在去一个城市转一圈写游记，我觉得没有意思。这是很奇怪的状态，到一个新的城市或者新的景点写小说写文章，里面是边疆吗？有一次写小说，写夏威夷，查点资料，我觉得写得不错，为什么自己去过的地方不愿意写，一个是边疆一个是你熟悉的地方。

王侃瑜：很多时候我们写科幻或者读科幻，会觉得走出了熟悉的地带，来到全新的领域。我蛮想聊聊潘海天老师在《未来镜像》这本书收录的《饿塔》，这本书里收了九部小说，其他八篇发生在地球上而且不在那么远的未来当中，《饿塔》是一个人类到外星球去，在那里找不到食物，最后导致的结果是大家开始吃人，前几天在科幻群当中讨论当中江晓原老师和刘慈欣老师在差不多十年前有过关于吃人的一场讨论。当时刘慈欣老师做了一个假设，世界上只剩下三个人，刘慈欣老师、江晓原老师、还有一个女孩子，必须把这个人吃了才能把人类坚持下去，江晓原老师选择不吃，刘慈欣说我会把她吃下去。不知道过了十年，江晓原老师的观点有没有改变？

江晓原：你要问的是过了十年，刘慈欣有没有改变，刘慈欣跟我个人关系挺好，但是在这个事情上的看法完全不同。网友对我们的意见也非常分裂，一部分人赞成我，一部分赞成他。赞成他的人都是比较冷酷的理性，赞成我的人更多站在人文的立场上，因为我的观点你吃了人，你就丧失了人性，你吃人的目的是什么？不是挽救人类嘛，一旦丧失了人性，这就已经不是人类，已经不值得挽救了，那场讨论的标题就叫做“为什么人类还值得拯救？”这个标题是我想出来的，最初我们谈的是，那个女孩子给我们做记录，现在在果壳网做副总，当然我没有改变，我估计刘也没有改变，因为个人有个人对这个问题的判断，刘慈欣的意见，就是好死不如赖活着，哪怕通过吃人，丧失人性，只要让我们存在下去，也是需要的。支持他的人说，以后可以重新把人性唤醒。但我认为人性这个东西一旦丧失的话，那不是人了，这样的人类不值得拯救。

宝树：中国历史，包括西方历史上肯定有很多吃人事件。

江晓原：刘慈欣假定的是人类只剩三个人，就是他和我还有王燕，这跟张巡、许远不一样，刘认为也许在那个时候，刘慈欣会同意吃人，但是他现在觉得，他比张巡、许远有更多的理由吃人，更正大，是为了全人类生存才吃人的，跟张巡、许远，最多为了唐朝安危，这个事情说到吃人，今天张巡、许远守城的时候吃人是不是合理之本身可以商榷，像《三体》里最懂黑暗之战的人，就吃了同伴。有人说的黑暗之战就是为了回应跟我的对谈，当然从时间上说这是能成立，我们对谈的时候《三体 2》没有出版，这些问题一直是他在想的，为什么后来面临审判，面临审判的时候就是要说你们当年吃人合不合理，今天对张巡、许远来说，现在不能简单赞成他们吃人，也许我们赞成把城开了，投降了算了。如果用今天某种人道立场看，人们会认为，放到西方现代价值体系，张巡、许远守到一定程度开城投降，可以容忍，再打下去人都死光了。我们中国人在这个事情上苛求一点，讲民族气节，宁可全城人死掉你也应该继续守下去。但是，既是我们同意这些牺牲的人是浩然正气的，但是我们仍然可以问，谁有资格要求他们这么干？皇帝有资格要求他们这么干吗？你不能派援兵去，你就叫他们为了虚幻的东西死掉吗？也许皇上说到这个时候把城放弃算了，也不是不合理。这些事情，并不是那么简单的，具体到那个情境下，人们做什么决策，在伦理道德上，在政治理念上，各方面取得平衡，都不是那么容易的，何况我们今天在讨论这个事情的时候，我们也不可能回到历史现场，我们脑子里不是当时人的思想观念，我们今天拿这个事情讨论的时候，中间余地还是很大，只是找出张巡、许远来，也不能证明我不吃人是错的。

宝树：一开始说边疆是新的技术，伦理道德社会制度，这东西也有边疆，科幻以它独特的方式触及这个问题。

江晓原：这些问题也是边疆，不同文化，不同民族之间，对这个问题有不同的看法。

宝树：有的民族吃人是习俗。

江晓原：那时候跟刘慈欣讨论的时候，还举了拜伦笔下唐璜的例子，唐璜和一些人在海上漂流，最后必须吃人了，船上的人约定抓阄，抓到谁就吃谁。要抓阄，他们在海上连一张纸都没有，最后把唐璜贴身藏在身上的情书拿出来撕开做成阄，抓幸好没抓到唐璜，另一个人抓到，他们就吃了他。但是最后，吃了人手的人都中毒死掉了，坚持不肯吃人肉的唐璜，最后没有中毒，他幸存了。拜伦创作这样的故事，就是要用这个来隐喻，吃人没有好下场，坚持不吃的人，上帝才救他。

潘海天：我想到一本书，有一本书叫《洞穴奇案》，几个法官设想一个场景，几个人到山中探险，山洞坍塌，时间很长，其中一个人提抓阄，谁被抽中自愿被吃掉，提议的人被抽中，其他三个人把他吃掉。最后出来之后法官判案，三个人有罪还是无罪，七个法官写了很长的陈词，每个人从不同的法学角度，有人从伦理观念来出发。不同的出发点得出的结论都不一样，在这个点上争论是非常大的。也就是因为存在争论，所以才说越过边疆的问题，是很值得探讨的问题。

王侃瑜：在《饿塔》这篇小说，神父发现解决饥饿的方法想告诉大家的时候，大家眼睛发红看着他，在你写这篇小说的时候，神父代表你道德底线吗？

潘海天：我不知道算不算底线，他确实是一个故事里让这个故事成立的很重要的支柱，这个故事的悲剧性就在于支柱本身要坚守底线，而且找到了拯救所有人的方案，在这个方案告诉大家之前，结果被谋杀了。我这个结尾没有解决任何问题，没有给出任何的答案。这个神父一直坚持做一个事情，找第三条路。

王侃瑜：其实我们在说边疆，科幻小说本身作为门类也有这样的边疆存在，国外把科幻分的界限没有那么严，不会说把科幻和其他的文学类型分的很严，刚刚几位老师说到，在国外科幻文学不太受主流文学待见，我和国外喜欢科幻的人交流中，他们问我一些我们在国内所谓科幻圈不会看作科幻的作品，他们会觉得这是科幻小说，不知道几位老师在你们心目当中，科幻的界限在哪里？刚刚谈到在国外并不会把科幻和奇幻做区分或者和其他主流文学。

江晓原：丹·布朗的小说，除了《达芬奇密码》，其余都是科幻作品，现在每一部出来，我们国内会引进，后面有几部拍了电影，最近就上映了一部。但是他一直不被人看成科幻小说家，他自己也没有这样宣传，他努力想进文学殿堂，当然殿堂也不待见，说他书太畅销。一畅销就进不去，似乎非得小说出版卖不掉才进主流文学殿堂，刚刚我们提到的一些作品，有些自己不愿意，迪克那么多科幻小说，现在大家都认为迪克肯定是科幻作家，你看经纪人还要否认。科幻的边界根本不明确，现在很多幻想作品，对政治进行假想的作品里没科学成分，其实也是一个类型，也是幻想作品，我现在更愿意用幻想作品这样的说法，传统科幻作品也可以包括在里面，现在玄幻和科幻之间，魔幻和科幻之间，界限也是不明确的，在西方也不明确，没有什么，你要这样说边疆，没边疆，或者你认为国境线是开放的，大家不要签证。

宝树：以前在国外喜欢去旧书店淘书。封面上或者书脊上有比较特殊的设记，比如画外星人或者机器人，一看就知道这是科幻，封面大部分非常俗艳，让人一看就知道是科幻书吸引科幻读者。江老师说没有边疆，是不对的，你不知道算什么，算科幻也可以，算奇幻也可以，科幻电影定义来讲，更多是从科幻名义，科幻核心的读者发明这样的概念，这就是科幻，大家来看。玄幻，现在完全可以发明一个词，以前盗墓小说，假设盗墓类小说，围绕这样的中心写，就形成新的类型。这样是有害的，确定一定的边界以后，中间很多活力没有了，又死掉了。

江晓原：我们一直说边疆，这个词用的很泛，问主持人一个问题，这些小说是英文译本，你们为什么把英文原文放在里面？

王侃瑜：我们和《克拉克的世界》这本杂志合作走到第三个年头，翻译了很多小说，外国对于中国科幻小说接受程度蛮高，也蛮关注的，我们在走到第三年的时候，国内读者能读到中文版本了，大家不大可能直接到国外的网站去专门找一篇的翻译来看，除了作者本身关注一下，把作品翻译成英文被发表，在国内普通读者不会看到，这次把中文和英文双语放在一起，希望国内读者在读到英文的时候，有一些很有意思的点，在翻译的时候译者做了蛮多的调整，有一些并不是完全根据中文直译。在这些调整当中，从其他文化视角看怎么让他们容易比较接受，他们比较愿意看到的这样的文本。通过两种语言的对照，我们会发现一些原文意识不到的东西，可能只有从他者眼中才能看到的东西，同时可以去看到从西方的视角看，他们去解读这个故事是怎么进行解读的。

江晓原： 你的目的是双语，那现在效果不好，你应该做成对照，集中做到后面效果也不好。

王侃瑜： 谢谢江老师，以后出第二本第三本的时候做成一页一页对照，这是第一次尝试，没有考虑那么多。

江晓原： 译林出版社出了一大批这样的小说，其中很多是对照的。

宝树： 看自己小说，或者看中文怎么用英文表述，确实蛮有意思，绝大部分我是同意的，但是有些我要商榷一下。

潘海天： 这本书选了这些文章，主要是我们选择我们推送过去的，还是《克拉克世界》的编辑来选？

王侃瑜： 这个专栏 2015 年开始，之前在《克拉克世界》这本杂志上已经有中国科幻小说发表了，那时候更多像刘宇昆又认识主编又认识中国科幻的作家，他认为有优秀的作品可以翻译，他自己翻译推荐给主编，从 2015 年开始，这些作品发表在专栏当中有两部分来源，一部分是刘宇昆直接推荐，还有由《科幻世界》每期选出十几篇故事，值得向国外读者推荐，我们会把这些小说的梗概，先用中文写出来，再找译者翻译成英文给主编看，主编从十几篇故事当中通过梗概看，我们想要哪些作品，我们全文翻译成英文，翻译完进行下一期推荐，这本书在专栏的第一年当中发表了九篇作品，国内国外先有推荐过程，再给到他们进行筛选。

潘海天：这个方式挺好的，之前我们这种文化输出，或者被翻译，基本上是被选择的状态，如果自己有推荐的关系挺好的。

王侃瑜：他们开始这个项目比较早，我们需要更多的作品主动输出，让国外发现和《克拉克世界》的合作效果确实挺好的，就可以一直继续下去。《未来镜像》现在是第一本，接下来继续出第二本、第三本，之后应该采取江老师的建议，中英对照。接下来还有半个小时留给观众提问，大家有没有什么问题？

读者：有什么科幻小说主题或者题材，中国人可以写的比西方人好？比如说儒家小说肯定西方人写不出来的，有什么在科幻小说的主题或者题材下，是我们在东方文化，东方哲学和东方思维方式下可以创作肯定会比西方作者写得好的主题或者题材。

宝树：和中国东方历史文化有关，至少中国人看来是肯定西方人写得不可能比中国人写得好，比如历史科幻，这个不是特别让人满意，因为咱们中国自己历史文化写的比外国人好，这是应当的。面对未来的时候，有一个共通性的东西，普世性的东西，这方面中国人怎么做到更好？我现在觉得，西方或者说科幻在西方很多母题，基本原型来自他的历史文化，带着历史文化去写的。像《三体》里，表达一个什么经验？表达的是落后的地球文明，突然发现外星人马上侵略，有人说中国现代史，就是方面确实是由中国人技术已经落后，迎头赶上，救亡图存，有这样的历史经验在里面。他最终表达比西方人表达的好，将来写的话，写的成功一定会抓到最深的中国的历史经验，可能写的至少会得到更多的认同。

读者：我看特德·姜写《你一生的故事》，视觉呈现的电影蛮有东方的意味，外星人语言文字很像水墨画，很像书法，又是一个圆，有东方文化的思想在里面，可能东方人在这种题材的主题表现上可能会有一定的优势。

宝树：主题是说外星人来了之后的冲突，你这个应该是属于灵感和素材，这的确有。他不喜欢中国语言文字，中国语言文字很落后，我很奇怪，这个《你一生的故事》里讲的两码事。这方面有很多东西可以放在科幻里，包括汉字、禅、道。他并不是大的开拓的方向，不是方向性的东西。

江晓原：两方面，你刚才问的是在科幻作品上，我们中国人有没有一些题材特别擅长的，根据宝树跟你回答的，有人正在做这种努力，比如说马伯庸写过一个，故事的背景在唐代，另一个作品里，故事的背景仍然在长安，唐代的长安，用了一些的东西，包括长安的警察已经有无人机了，比如像武装直升机一样，他用的方法跟《秦时明月》里的做法差不多，有人做这方面努力，把有科幻色彩的东西嫁接到古代，这是一种。我给你补充，你刚才说武侠这个东西是中国人写得非常好，实际上西方也有武侠，他们也有这样的传统，比方说在西方的作品里，亚瑟王系列的各种作品，《亚瑟王之死》就是他们的武侠，那里也有完整的建构，那是根据他们历史上的传说建构起来的，比如司汤达的某些历史小说你完全可以看成武侠小说，虽然里面没有武当太极，没有中国的东西。

潘海天：只谈题材的话，吴鹰老师谈了三个题材，中国苦难叙事，中国威胁叙事、中国诙谐叙事。

读者：我刚刚听江老师说，对于科幻的界限是比较模糊的，很多一些作者本身不承认自己是科幻的作者，他们写的也是科幻，我也想问一个问题，对于科幻跟悬疑结合，科幻融入很多艺术成分，比如音乐、绘画元素的小说，老师有什么自己的看法或者建议？

江晓原：举一两个例子。

读者：我举不出类似的例子，我自己身边很多人都在尝试不同题材的融合，包括科幻融合悬疑，融合各种各样的其他题材。

江晓原：如果没有例子，我们只能根据我们自己想象，从我个人的阅读喜好来说，对于这类东西，我一般会比较喜欢，我喜欢既是又不是科幻、探案、悬疑、冒险的，这些事情里，如果弄进更多的文化元素，会唤起我的好感，我会愿意看这样的东西。你的问题我会给肯定的答案，我觉得这样的东西有趣，但是阅读是非常个人的事情，我个人的好恶，最多只能代表人群中一小部分。

宝树：科幻发展不能故步自封，而且现在有一个趋势，科幻元素融合其他类型里，科幻和悬疑结合，这种还是挺多的。像其他类型，潘海天老师《24个天堂》，有一段高科技动作戏，下一段是恐怖。一方面科幻东西要影响其他的，融合到悬疑里甚至爱情。

江晓原：你讲的那些东西，倪匡的卫斯理很像。

读者：荷西的作品像科幻融合言情。

江晓原：人们不把倪匡看成科幻作家。

宝树：国内不是太认同，科幻界也不太认同。

潘海天：从电影角度看很简单，在电影类型，现在一共分成24种，科幻作为一种类型电影，基本上也不会以单独科幻类型出现，结合别的东西，《黑客帝国》科幻加冒险、动作，这几种类型结合在一起，类型电影有一个很明确的目标，受众群是尽量多的商业性的群体，科幻小说也想走类型化的话，其实要有一个很明确的目标群体。

读者：科幻，吴承恩《西游记》有很多科幻的故事，孙猴子拔毛，就是基因，是不是科幻。

江晓原：幻想作品，没问题，《西游记》《封神榜》都不错，你叫做科幻，现在人们对科幻约定，科幻得是科学幻想，科学又被限定为必须跟现代科学沾上边，这样一来，就不能把《西游记》看成科幻作品，至少在称呼上有点问题。本质上，完全展现了中国人的幻想能力，想象力。

读者：你们说中国古代，拔根毛的就是克隆。

宝树：有一个世界观，《西游记》神佛表现不一样，你发觉的这些，可以作为科幻资源。

读者：为什么中国人好像没有外国人的幻想厉害，是不是思路不宽广？

江晓原：没有什么证据能够说中国人的幻想不如外国人，现在对中国古代幻想作品，没有好好开发，现在有人憋着开发《封神榜》，《西游记》《镜花缘》，这些幻想一点都不差，《镜花缘》里很多的东西，让你想起现代西方的科幻作家。女作家厄休拉，她的一些作品跟我们《镜花缘》很像，几百年前中国已经有人做过这样的幻想了，这个土壤稍有不同，我们这里更多的是讲务实，既让我们小孩子接触科幻作品，也指望他们从里学到科学知识，以后长大热爱科学，抱着这样的态度不是鼓励想象力，有一个段子说乔布斯公司里高管都禁止自己家的孩子玩他们自己的产品，那些产品是你觉得很科学的，但是他们发明出来的人自己都不让自己孩子玩，玩了没有好处。

宝树：中国为什么古代幻想不如西方人，中国太理性。中国上古神话，都改写成了历史，尧舜，留下一些神话痕迹，但都是历史化的东西。

江晓原：有人搜索西方历史上的幻想作品，找到开普勒写过《月亮之梦》，再往上找到古罗马，有幻想作品。用这种路数，在中国古代作品里找，肯定有《西游记》《封神榜》《镜花缘》《三宝下西洋记》，这么来算的话如果讲古代，中国的成绩不差，在开普勒写《月亮之梦》的时候，我们已经有《封神榜》和《西游记》，你要讲想象力的话，开想象力清单，开出来中国真不一定差。

读者：想问问科幻和动漫的关系和联系。

宝树：科幻和动漫，中国动漫概念，现在明白了，之前好像是日本人比较多，日本动漫很有意思，有很多科幻，这个东西我觉得，对我们这代写科幻人有很深的影响，日本科幻文化反而不如动漫文化繁荣，很多好的科幻都是在动漫里出来的，或者是吸收了很多动漫的东西，变成轻小说，日本科幻很多很有趣的东西在动漫里，不是在正常的科幻书里，不知道中国科幻将来有没有这样的发展。画面给人很生动的感觉，我小时候很喜欢漫画。

潘海天：动画片有很大的优势，现在说科幻演示，这里存在技术难题，包括资金上的难题。现在大的科幻大片动不动投资一个亿两个亿上去，但动画片有很大的优势，人工，手画，只要有时间，什么样的画面什么样想象都可以画出来，在成本控制上更容易，大地影业成立新的公司专门做动漫大片，还是挺好的机会，中国科幻动画，中国动画大片是这两年慢慢发现有成人市场，所以会有投资。

读者：动漫和科幻形式哪里不同？

潘海天：动漫是一个载体，可以做科幻动画片，也可以做爱情或者青春。

宝树：日本动漫有很多奇怪的对白，画成漫画可以接受，但是拍成电影就很怪，不同的文体有自己的特点。

江晓原：现在接触很多动漫，比如说日本的动漫，本身就是幻想作品，动漫载体，画政治题材的东西也可以，尽管很少有人这样尝试。确实跟幻想有关的作品展现在了动漫中，不说绝大部分，至少是大部分，这个在西方也是这样的。西方看漫画书，我们现在熟悉的《蝙蝠侠》，最初也是动漫作品，先画小人书，然后再拍电影。日本人真人科幻电影乏善可陈，动漫可以做别的用。

王侃瑜：今天还有很多话题来不及讨论，文学和动漫和电影，等等。感谢三位老师感谢各位听众，今天第188期思南读书会到这里结束。今年8月份上海国际文学周主论坛与科幻相关，刚刚大家一直说主流文学不待见科幻，现在这个现象有所改观了。

时间：2017 年 7 月 15 日

嘉宾：傅小平　徐颖　施晨露　曹玲娟　许旸

风物长宜放眼量

——记者眼中的文学生活

王若虚： 各位尊敬的读者朋友们，大家下午好。首先非常感谢大家在这么炎热的下午，来到我们思南读书会现场，前面我们作协老师还说今天能来的都是真爱。

今天我们的主题是：风物长宜放眼量——记者眼中的文学生活。前面跟几位老师聊天说为什么做这个主题，是我们思南读书会来了很多作家、诗人、学者、教授、评论家、杂志主编、出版社老总等跟文学有关很多人。但是只有跑文学现场的记者，从来没有来到台上，他们一直在现场写稿子，是在幕后，第一次在聚光灯下。今天以文学记者的视角，我先介绍一下今天几位来宾。今天女生比较多，我先从男生开始介绍。你看我们的位置是左右护法，当中四朵金花。

傅小平老师是文学报的记者，同时也从事一些文学评论工作。

徐颖老师是《新闻晨报》记者。

施晨露老师来自《解放日报》。

曹玲娟是《人民日报》上海分社主任记者。

许旸老师是《文汇报》记者。

我们六个人今天都很紧张，为什么？五位老师他们平时一直在幕后工作，所以他们第一次在台前。他们就说今天上来不知道说什么好，

王若虚

傅小平

徐颖

我很紧张是因为我这个人记性一直不太好。我每次做文学活动，最开始一两个月来，我把他们名字和单位没有办法对应起来。过了这么多年，我终于记住了大家每个人都来自哪个单位。但是待会儿我有口误，请大家谅解一下。

早些时候，因为我们做活动碰到各位老师的时候，交流了这场文学活动的信息，然后给他们一些资料。但是说熟很熟，说不熟又不熟。我想今天先请几位嘉宾，大致先介绍一下自己，从事文学记者这方面的经历。因为之前微信预告比较笼统，哪位老师先来？男士优先，傅老师。

傅小平：我的从业经历，应该比在座四位老师简单一些。我是2004年在文学报实习，实习了大半年之后，2005年正式入职，一直干到现在，也没换过单位。其实，不管是进文学报，中间起起伏伏没有离开，说到底还是因为爱文学。我觉得我可以这么讲，的确热爱文学。从业经历就这么简单，其他老师讲讲。

徐颖：我的经历也是非常简单的，我没有做过记者梦，我觉得这个事情，它是偶然也是必然的。我大学的时候，没有读新闻系，但是在

施晨露

曹玲娟

许旸

学校里做了校刊记者，当期刊主编，很自然而然大学毕业的时候会找到报社这份工作。也是因为喜欢这个职业，所以工作二十多年了，一直没有换过，我想可能也是这个职业它每天让我面对新的事务，它满足了我的好奇心，我觉得这是这个职业对我巨大的诱惑，所以才会一直干到现在。

施晨露：先讲一下，我们到思南读书会感觉非常亲切，我记得2014 年冬天 2 月份的时候，第一期思南读书会在这里举办，第一位嘉宾是作协的孙甘露老师，对谈嘉宾是王安忆老师。记得很清楚我站在门口，因为没有座位，听完了整场读书会。之后是 100 期，一年、两年、三年，今天是 191 期。过来也觉得很荣幸，但是还是一点，因为我们知道思南读书会每一期质量都很高，来之前很担心，我们这一批人，会不会让思南读书会档次下降。若虚告诉我哪些老师会参加，我放心了，至少我是五分之一。其他老师更资深，可以跟大家进行交流。

我 2007 年 7 月份从复旦大学中文系毕业，今年正好是大学毕业十年，也是加入《解放日报》工作十年。不管是实习还是工作，报道的领域一直是文化新闻领域。因为我们中文系和新闻系，新闻系时间更长一点，大四整个下半学期基本上都是媒体单位实习，中文系也有两个月的时间。这两个月里，大家会去各个地方实习，也可能以新闻单位为主。当时我在《文汇报》实习，应该是前一年的寒假。接近毕业的时候，大家知道找工作不是很容易，大学里的老师说，《解放日报》也这样的实习机会，我当时就去实习了，实习之后就一直留下来在文艺部工作。新媒体转型后，叫文化频道，关注文化领域的报道，就是这样，谢谢。

曹玲娟：进行一个自我介绍，我是2003年在人民日报社实习，2004年正式工作，当时硕士毕业，我是新闻专业，在新闻单位工作也比较对口。从《人民日报》工作到现在十年下来了，我最开始不是做文化的记者，最开始我是做政法记者和科技记者。后来《人民日报》华东分社调整为上海分社，范围缩小到上海。开始做文化和政治。整个上海文化活动和文化事件我都跑过，造成另外一个现象是我对文学关注，没有在座几位老师那么细致。我做得更加宽一点，更加宏观一点，站在全国层面观察的角度多一点。

其实，也做很多政治方面的东西，不过跟今天主题无关，就略过。十多年在一家单位，忠诚度是非常高的。

许旸：感谢大家这么热的天来看我们，开句玩笑，思南读书会今天创了台上嘉宾最多、台下读者最少的纪录。我是2009年硕士毕业进入《文汇报》，刚刚入职的时候做过新媒体编辑。最近三四年，专门从事文化，尤其是文学出版这个领域的报道，我想到2014年那个时候刚刚到上海作协跟若虚、伟长、郭柳，现在大家都成了很熟悉的朋友，这个过程是挺奇妙的。

今天来之前，我回想了一下我觉得有一个特别巧合的地方。小时候我记得我自己特别爱看《少年文艺》《故事汇》那时候我对这个刊物缘起并不是很了解，后来我自己知道了这两本就是在上海创刊。后来还有一本少女刊物，也是上海人民出版社办的，包括自己读大学、高中的时候，那个时候《萌芽》创办《新概念》，我还兴致勃勃投稿，当然没有中。后来读大学，研究生，自己很喜欢买《收获》看。后来我发现这些文学杂志，他们都来自上海。现在我自己每天投身到这些文学活动，和这些出版人、作家、评论家打交道的时候，我觉得用一句电影台词来说就是：念念不忘，必有回响。过去他们给我很多养分，现在我自己从已经成长的角度，再对他们进行报道、评论分析。我觉得对于我来说是成长的见证，希望自己在这块能够做得更好一些。

王若虚：我没想到，许旸老师是一个文学青年出身。正好您提到这个问题，您小时候看很多杂志刊物，这个其实正好也是我接下来想问的问题。在座几位老师经常跑在文学线现场，现在像许旸老师喜欢读很多文学作品。你们现在阅读状态和阅读习惯有没有继续保持？基本上几位老师都是资深媒体记者，你们现在的阅读这块，是不是还保持原来的状态，会不会因为工作节奏受影响？还是从许旸老师开始。

许旸：我想了一下，现在更便利了，碰到自己想看的书，也会大言不惭跟人家讨要。它让我可以第一时间获取现在出版界的最新动态，我觉得这个特别好。

我们上海华语文学网，每个月会发上海期刊，我会一网打尽所有重要刊物的最新动态。这是每个月都必须要关注到的，每次看的时候，会有一种谜底揭晓的感觉。看看这一期，又有哪些大家出了新作，或者又有哪些喜欢的作家的新作发表。书的话，跟各个出版社建立长期关系之后，他们会把书讯第一时间发过来，我也会关注公众号，也会看这些出版社接下来有哪些书。我自己碰到感兴趣的也会看。比起学生时代，心无旁骛从早看到黑可能不一样，现在看的时候，除了享受阅读本身快感之外，自己脑袋里面还要打几个问号。

比如说这些书出了以后，它有什么样的文学现象可以挖一挖，可以做什么样的选题，这里面透露出什么样的一些信号。这些作家他们的书出来以后，反响怎么样。为什么会有不同的评价，可能想的东西会不一样。

曹玲娟： 我其实是蛮挑剔的人，在学生时代有了大量的阅读，读了大量的书，而且肯定是经典阅读。你说阅读这个东西，门槛高了之后，你很痛苦，当然这也是一个客观理由。另外一个我觉得是我个人的原因，工作特别忙，随着时间越来越紧张，你会越来越挑剔，我会把时间花在最好的阅读和书本上面。但目前我们出来的新书，值得你把宝贵时间花上去的越来越少了。客观讲，我觉得我阅读是呈下降趋势。

阅读是我非常喜欢的事情，找不到好书，让我很痛苦。我蛮喜欢参加文学活动，我可以自己知道哪些书比较好，可以找一些好的东西来看。也有一些个人职业习惯，有很多书我拿过来看，我会觉得写作水平实在不高。因为我们自己也是写作人，我们觉得这本书怎么可以出版？头脑里也会打问号。也有很多书，读得酣畅淋漓，这种书希望可以更多一点。

施晨露： 一般来说，如果别人问我做什么工作，听说在报社做文化方面的记者，大家首先想到是娱记，你可以跟很多明星打交道，是一份很让人羡慕的工作。或者是你肯定有看不完的演出，有各种福利。认为这是一份比较轻松，可以让你得到很多文化享受的工作。其实，我在跑文学出版之前，我很长时间是跑电影这条线的，确实每场发布会可以看到很多，现在大家很热爱的小鲜肉，各种明星。不过发布会不像大家想象的那样，记者都凑在前面。通常是各位嘉宾面前架着一堆大炮，记者都在后面两排。后来我再跑文学出版，觉得和作家、出版人聊天，比跟一个演员聊天有趣得多。

我在跑电影线的时候，我非常不愿意提问，首先因为报纸性质的原因，大家关心的问题、片方需要的问题和明星身上的亮点不一定吻合。我也不太喜欢提问。到了出版文学线上，感觉舒服多了。我爱读书，家里人给我买了很多书，让我觉得读书是自然的事情。我妈妈在买书这件事是不吝啬的。她未必知道这本书的价值，但是世界名著、经典，她会成套成套给我买。

工作以后，确实时间会很少，也有很多需要目的性阅读，这方面会占据不少时间。相对来说，阅读这件事作为工作，比其他工作幸福多了。我当电影记者的时候，看了很多奇奇怪怪的国产片，我只有一个标准衡量它是否可以，就是我还没有睡着就算是比较合格。看书这件事是比较符合自己的意愿，比较自由选择自己爱看的书。这一点来说，当一个文学记者，是幸福得多了。

王若虚： 顺便踩了一些影视圈。

徐颖： 我想我们今天坐在台上都是跟阅读有关的，都是小时候因为阅读爱上了文学，因为文学才有了自己热爱的工作。文学就像一颗种子，小时候在你心底生根发芽，会陪伴你一生。所有到思南读书会的人，内心都是有文学的种子，跟我们是一样的。

图书记者那么多年，心里还是感觉蛮幸福的。因为可以读大量的书，你的兴趣跟你的工作是一致的，因为我也是跑艺术、跑图书。我就发现其实我们不光做图书的新闻，还有很多机会走近很多作家。跟作家的对话和访问，收获非常大，让我们自己的生命活了很多遍，这就是工作带给我的滋养。如果这份工作没有给我报酬，我觉得也很满足。

现在这个时代，在阅读上其实是发生了很大变化，即便是我们做图书条线的记者。因为以前有大把大把时间阅读，还都是经典的作品。比如说，以前喜欢海明威，会把他所有作品，全部都找出来一网打尽。如果读托尔斯泰会把他所有作品拿出来，所有的都会读。这样的话，你会觉得你对一个作家，会有一个非常丰富的了解和感受。但是我真是觉得，我们现在是一个远离经典的时代，现在的读书让人非常失望。作为读书记者，你觉得没有什么书可以读，也没有书让人推荐。有时候写的图书新闻就是这个人你比较熟，就写一下他。

王若虚： 比方说谁？

徐颖： 这个名字是不太能透露的，但是这个名字肯定是一串一串的。

有时候会觉得有点悲哀，我以前写一个东西，一定是让我比较心动的。现在变得已经无感和麻木，我有时候会把它变成一个工作。我觉得这真的是时代非常悲哀的事情，我的阅读量肯定是史上最低的阶段。大量的也是碎片阅读，还有的阅读是出于工作，比如说下星期，比如说上海作协主席王安忆出了两本新书，这样的话出版社会把书提前给我们。先阅读，阅读完了以后要对她有针对性进行访问。这个时候会专心阅读，这个阅读是带着工作任务的。如果你带着工作任务的时候，你的阅读是愉悦的，是把你激活的，你也会很兴奋。

每一次到思南读书会感觉真的不太一样，因为我觉得在这样的空间里面，有那么多人同样对这件事发生兴趣，我觉得这个场景本身就很感人。阅读已经变得比较轻飘飘的时候，那么人怀着巨大的热情。

王若虚：许老师总算最后回来了，傅老师经常做评论的作品，肯定阅读量巨大。

傅小平：他们把我的很多话都说了，我小时候跟他们情况不太一样，我小时候在乡下。我没有想到有一天书多到我读不过来，现在各种各样的书很多。我特别怀念以前没有书读的时候，那时候读一本书会拼命吸进去，而且印象会非常深刻。现在主要是职业化的操作，你拿到一本书，像刚才许旸说的，看看里面有什么可以挖掘的东西，包括徐颖老师讲的，可能要做个采访这样的。

做这个记者行业，的确可以第一时间接触到新书，我有时候很苦恼，越是新的书，我越不读。我一般会放半年，或者几个月，这时候我还想读就拿起来读。除了自己采访的书，那个需要认认真真读。刚才许老师感慨，现在好书越来越少。我也要为作者说话，现在读者是眼高手低，让你自己写就不容易。包括批评什么的，书一下出来就说这个书不好，但是好在什么地方，不好什么地方你要分析一下。有时候一个长篇三四十万字写下来，真的是不容易。

的确就像若虚讲的，我有时候会写评论。但是很惭愧，除了采访的书，我读的书很少。采访占据了大量时间，我愿意把时间用在经过时间沉淀的书上面。

王若虚：前面提到的事迹我觉得特别有意思，记了很多书，要过半年，再看有没有阅读的欲望。

傅小平：这个就是时间的沉淀，比如说刚才出来的时候有各种各样吹捧的，但是我就不信这个，我要自己判断。假如半年以后，或者几个月以后，还有人说这个书好，我的确需要拿出来看看。

王若虚：不建议普通读者按照您的办法。您的书很多都是别人寄过来的。

王若虚：前面谈到阅读习惯，几位老师说了平时阅读和工作阅读，还是要明显区分一下。除此以外我比较感兴趣，你们跑一些文学现场，因为写报道是要有文字案头工作，在文学现场，各位老师记不记得，第一次跑文学现场是什么活动，或者印象最深的一次是什么活动，能否和我们分享一下。

施晨露：之前若虚有给我们交流了一下会聊哪些话题，有一个话题就是第一次跑的文学活动是什么，回忆第一次是新闻现场，当时《收获》创刊55周年，请了非常多的作家，当时先锋作家代表马原老师在上海。他也算是一个新闻人物，到上海前一周在云南被打了，现在时间比较久大家忘了。

那年年初，在淘宝上做农产品做得非常好的洪峰老师在云南被打了，当时马原老师作为朋友去慰问他。11月份凌晨马原在微博上发表说，没想到我也成为受害者，在云南某个地方。当时也是作家，也是在同一个地方，一下子成为新闻。虽然各种方面的事情，但是他本人没有对这件事做出直接的回应。当时觉得他到上海来，是一个很不错的机会。通过各种方面的联系，决定当天晚上到机场接马原，采访这件事。当时去机场接，在车上就采访了这件事。送到住处马上写了报道。

当时大家都期待马元老师做出回应，他的定义是这是一个意外，一块石头砸中，没有办法预料这件事。他第一晚发出求助微博之后，再之后对于当地政府的处理还是比较满意的。因为当时让我对这件事印象比较深的，一个是我没想到文学新闻也是可以当作社会新闻跑的。

王若虛：我也没想到记者可以直接在机场截住人。

曹玲娟：我印象比较深的，可能比较早，是第一次去你们作协院子，大概是某一个中午，也是夏天也有很大的太阳。

可能我第一次去作协，我印象特别深，作协的院子特别有形式感。走进去之后看到一个喷泉，你们作协的喷泉从来都不喷，但是那天开了。开了以后特别美，有几个丘比特，水喷上去，在阳光下晶莹剔透，我心想这真的是神仙住的宅子。更刺激我的大概你们作协中午正好在休息，你们院子边上走廊上摆了一个乒乓球桌子，还有几个人在打乒乓球。我感慨说还是文学界的日子过好，属于世外桃源。

王若虛：这个是属于表面光鲜。

曹玲娟：我知道，最近我再也没有看到过你们打乒乓球，自从有思南读书会之后，工作节奏是不一样了吗？

王若虛：一般打乒乓球和思南读书会是两波人。

曹玲娟：所以你让我想起来什么文学活动真想不起来，我脑海中这个画面一直在我脑袋里面晃着。因为记者工作是很辛苦的，你走到某一个采访场地去，看到那么一个画面，你知道这个院子里面待了多少文化人，多少人写过多少著作。你知道他们在上海这座闹市区，还有一张写字书桌，他们在这里写下了非常精彩的作品，感动了那么多人。你会觉得这是特别神圣的地方。

许旸：刚才晨露回忆起马原的事情，我想起他说过一句话，文学新闻也有像社会新闻那样很国色天香的地方。文学新闻不只是我们对文本，字里行间进行报道和评价。作家也是一个个活生生的人，他身上有很多生活烙印，他的作品是很多历时性的想法串起来的。他一开始，西双版纳盖了一个院子，上海查出了身体里有块肿瘤，朋友建议他一定要做放射，他在书里写得非常细致。后来他做了非常出人意料的决定，他决定去西双版纳，不在医院固定治疗。他觉得我干脆去呼吸更好的空气，去一个更好的环境，让身体有一个更新的过程。他把进入到新的生活状态写了一本书《逃离》。

当时我约他给我们《文汇报》写一个“文艺百家”版面，给我们写一个整版的自白，就讲他为什么从一个生活跳到另外一个生活。那个版面出来之后好评很多，大家觉得看到一个作家，不仅仅看他文字本身用了什么样的写作技巧和手法，也要看他怎么看待生活，特别巧的是，这个事情过后，过了几年他有一篇新的长篇在《收获》首发，我很快采访了他，他写了一个儿童文学，当时他跟我们聊了很多。那是春天，他说每天打开门，到处都是茶香。因为茶农要赶在最好的季节，把最新的茶收起来，给自己的好友品尝。

一个作家其实是有很多故事，不仅仅是一本书，或者一部作品，它其实是一个鲜活的人，可以看到人的七情六欲。你跟这个作家面对面，你可以看到背面的面孔，可以看到他背后经历的故事。这是刚才正好聊到，让我触动的地方。

还有一个，我早期参加文学活动，可能是第一次去作协工作，当时是 2014 年有一个鲁迅文学奖评奖座谈会。那次上海收获很大，我记得作家滕肖澜拿了小说奖，程德培老师有一个文学评论员，张新颖老师也是一个文学评论方面。他们觉得能够安静创作，对于他们来说，就是一个特别平静和快乐的事情。我记得我回来那篇侧记的标题，就是《促成文学健康生态》。上海整个文学创作，依然是非常安静。

王若虚：我突然发现，您跟我一样也带了提纲，上面也写了答案，徐颖老师。

徐颖：我跑文学很多年，以前做采访可能聊作品比较多。但后来发生了一个转变——开始聊他们的生活，聊他们的生命状态。我觉得只有打开这个话题，才会觉得彼此打开了那种感觉。马原也是的，他因为一场大病逃离了。后来他出《逃离》那本书，到上海五角场做签售，签售之前我们俩在书店。聊得非常敞开，说了很多他在上海的日子，他对目前生命的状态，他对爱情的看法，他对新生命的期待。我觉得其实那个时候，聊完了以后，真的觉得那样逼迫的环境下，就觉得这个环境那么明亮。聊完之后，我让马原在那本书上签个字。马原写："徐颖：要好好活着"。我觉得聊完并写下最有感受的话的时候，其实是最打动我的时候。我觉得是他们把所有的经验、经历，所有的精华都浓缩在这样的字句里面了。

白先勇 80 岁了，也是我非常喜欢的作家。我可能也是一路追踪，采访过他很多次。因为白先勇他有在上海生活的一个经历，所以跟他对聊的时候，尽量要打开他这一部分的生活记忆。有一次、两次、无数次，他生命每一个阶段，还有机会访问他，真的感觉很幸福，可能因为大家聊多了，他什么都可以跟你说，一点不设防，真的是特别开心的事情。

记忆比较深的，也跟作协有关系，因为我们经常到作协开会。跑这个地方，那么熟悉亲切。有一次访问，特别好玩，在作协开完会出来，那天下午阳光特别好，我走出来，正好在门口遇到了贺友直，之前有人约我一个访问，让我做一做他的采访。那个时候贺友直，一般不接受采访了。因为我在作协门口碰到他了，就答应了。作协这个地方，对我真是一个福地。

第二天是一个重阳节，那个时候他已经93岁了，大概三个月之后贺友直就去世了。采访时他身体非常好，觉得可以活过百岁。生命真的很无常，你没有办法掌握。他去世消息来了之后，我很难过。很多名家，你要有机会的话，一定要抓住时间访问，什么时候都不知道会发生什么事情。我觉得我们能有机会做亲历者，其实是我们的幸运，更应该做得更好一点。

傅小平：他们都把我带到那个情景里面了，我跟他们情况不一样。我记忆力没有那么好，采访会做很多作家，然后就忘了，我要很努力在书桌前，一点点用文字召唤起来。现场一下子把大家代入情境当中，我真的做不到。

我记得第一次采访的时候去南浔，报社安排我采访一个作家。我们主编把他的号码给我了，我当时到了之后发现号码少了一位，那么晚了我也不好意思打电话，我就通过各种途径找，围着酒店转了很多圈，正好在大堂碰到他了，说明他有夜生活的习惯，那个采访在深夜两三点才完成。以后让我采访的话，我会把电话号码核对一下，生怕再发生类似的事情。

刚才大家谈到马原，我想提另一个姓马的，马振骋老师。那个时候我结婚不久，采访他还带着我的爱人一起去。他的家里给我印象特别深，法国情调特别浓，具体细节我也想不起来了。像马振骋老师是把翻译当成生活。

很多采访完成之后就不联系了，但马老师给我打过一个电话。他说有一个话题，他觉得很好很有趣，是不是可以做一下。我真的蛮感动。

王若虚：马老师也是我们的年度读者之一，我印象当中最近这一年的活动他基本上没有缺席过。

傅小平：基本上每次来我都可以看到他，真的很感动。

王若虚：我们前面聊了一些文学现场和报道。一些相对微观的东西，印象最深的报道，还有自己的阅读习惯。我们现在谈谈宏观的角度，包括几位老师跑文化线时间相对比较长。一场场活动，一本本书，一个个作家，最后会拼凑几个相对宏观的图像。尤其几位都是在上海这边的媒体，对于上海这座城市的文学发展，经过这些年来的接触，阅读、关注，对上海现在的文学发展有一个什么样的感受，或者观点？

傅小平：这个太宏观。

王若虚：越宏观越好说。

傅小平：有一年上海书展，采访徐炯，谈的就是宏观，我可以简单复述一下。文学出版，前两年有金宇澄的《繁花》，但这两年弱一下。他们讲到上海文艺出版社、上海译文出版社比较好。我后来采访一个诗人，他讲到一个我很有感慨：热爱某个作家，你要对他们全面了解。要不然的话，等于把他们缩小成小作家。文学史会告诉你，哪一个作家有哪一个代表作，但是其实进入作品之后，我发现不一样。代表作，不一定特别感兴趣，反而不怎么被人提的特别感兴趣。比如陀思妥耶夫斯基的《少年》提得比较少，但是我特别喜欢。

王若虚：上海对东西方文化交流比较看重，上海很多青年作家既写作，同时也在翻译。

傅小平：这是一个新现象，作协里面有很多。

傅小平：这个是给我特别深刻的感受。

王若虚：我每次看他们很羞愧，因为我只会写，不会翻。

徐颖： 我想说说上海的文学活动的一个巨大变化是从小部分人的活动，变成大众活动。特别是像思南读书会，每一个周末它的活动非常丰富。我们的周末，其实都被这些文学活动包场了。有时候周末都来不及赶场。这个是上海人的幸福，我参加这样的活动，会在朋友圈发一下，外地的朋友会说上海人真的是很幸福。我的朋友有一些根本不从事这个职业，看到之后她会很羡慕我有这样的工作。于是她们会关注这些活动，并参与到活动中来。这个群体会越来越扩大，原来跟文学不相关的人，因为有那么多文学活动，慢慢聚拢，这个队伍会越来越大。我觉得文学变成了每周的必修课，如果你这个周末没有听一场完整的文学讲座，会觉得这个周末缺少了什么。

施晨露： 上海文学现在有一个很重要的关键词就是“多栖”，很多写作者有很多不同的身份。这其实不是上海文学的新现象，我们都知道上海是现代文学的大本营，20世纪二三十年代的书，很多非常重要的作家，都在上海生活。很多重要的作家都有多重身份。比如鲁迅先生同时是一个社会活动家，不只是课本上的鲁迅，他有非常多面的身份。比如巴金先生，他们都翻译，很多角色集合在一起。现在上海得天独厚，中外交流，比较便利，年轻作者的视野广阔。在上海很多写作者，不仅写作，也在翻译，也做评论，也介入出版，我们知道很多出品杂志，背后是很多非常年轻的作家操刀。这样一种多栖身份，构建了上海比较有活力的文学生态。

我们的社会条件，允许我们做不同身份的事，还可以做得很好。记得前几年采访我们作协的前前书记，他说写作是一件个人的事情，肯定是作家自己个体的创作和劳动。作协要做的事情，就是在写作者需要时扶一把，让他们发挥更好的才华。这是上海文学非常让人欣喜的现象。

曹玲娟： 我蛮喜欢讲宏观的东西，因为我们报纸一定是宏观的角色。我们都知道上海在中国文学史上的地位，在近代中国首屈一指。这些年来随着网络文学的发展，随着市场、资本各方面势力的冲击，也有很多人发出不同的声音，上海文学的时代过去了。

我发表一下看法，首先你文学中心地位，是不是和政治中心在一起。上海作为经济中心是规则化，操作型的城市。作为经济中心城市，同时成为文化中心，从世界范围来看，的确我数不出来。当时我认为近代上海，为什么能够成为中国文学高地，是由于战乱，很多文学家，纷纷来到平静的上海，这是上海近代文学发展那么耀眼的重要原因。

第二个原因，也和我们中国文学发展有关系。我在上世纪80年代的时候，是我们严肃文学辉煌时期。我们如果分析当时的严肃文学，就是我们的传统文学，它为什么能够取得那么深入人心，甚至取代了通俗文学的地位？因为“文革”造成了十年的“阅读真空”，所以它才能够取代通俗文学的地位。其实真正你看，严肃文学的受众范围是不可能比得上通俗文学的，所以我们迎来了严肃文学发展非常黄金时期。

基于这两点理由，通过这两个比较，说现在上海文学就不是黄金时代了，这一点我绝对不能够同意。因为时代发展是不同的，面临的历史条件是不一样的。站在全国角度来看，我相当看好上海文学发展。

因为上海文学生态，在全国首屈一指，它把文学生态建设得很好。为什么我们要提文学生态的概念？首先我们可以看一下严肃文学，首屈一指的文学期刊都在上海。一个出名的作家，要发表最新的作品，最好的作品。首先想要在《收获》来发，这等于能把全国最好的严肃文学的引到上海。严肃文学的地位在全国是一个高地，是没有人能够撼动你的。你要说通俗文学，比如说网络文学，上海也做得最好。因为阅文集团在上海，全国网络文学大概八九成的市场份额在阅文集团。上海有全国最好的文学读者。你看这么热的天，思南读书会还有这么多人的。我们的文学读者的文学层次、素质是最高的。在全国任何一个城市，你都看不到尊重文学和书籍的业态。

主办方，思南读书会在全国都是非常有口皆碑的读书会。其实是形式很简单，这么小的场地，清谈形式，能够吸引这么多的知名作家，这么多好的读者。很多诺贝尔文学奖读者，在这儿能够和一个读者面对面的交流。这样良好的文学生态，也是上海独有的现象。从这个角度而言，我认为上海可以出很好的文学作品。因为生态建设好了，才能够有好文学作品的诞生。

但是文学还有另外一个问题，为什么这两年我们前面也有同伴说了，原创文学到底这两年是不是有那么繁花似锦，因为文学还是偶然性的现象，厚积未必薄发，但是你不厚积肯定不行。我还是持乐观态度，我觉得可以拭目以待，尤其是上海青年作家做得特别好。青年作家跨界这方面的写作，未来的文学书写，我们可以看到上海发挥越来越好，越来越重要的作用。当然上海还有它独特的优势，国际交流的城市，上海这座城市，赋予文学生活非常独有的优势。

许旸：我觉得几位同伴都概括地很全面了，我愿意用两个词表达一下我的观察，一个是新锐，一个是弹性。这种新锐，不管是作者自己，还是文学期刊，文学活动，这种新人不光是年轻轻的人表达。上海很多资深，老牌，刚才说的跨界，不光是年轻一代，我自己很喜欢的顾湘，她除了写小说还画画，还办过画展。今年刚刚出了一个很有意思的小书，之前还做过艺术展，包括她也是《思南文学选刊》幕后非常重要的策划人之一。

除了这一波中生代年轻作家以外，上海还有吴亮先生从评论跨界到小说。金宇澄先生他从资深编辑到自己出了《繁花》的小说，还有我很喜欢的陈村，他写了这么多年的小说，他现在做网络观察的电子刊。他在这个年龄，还能以一个特别新的角度观察网络文学发展。网络文学评论这件事，大家一直说，我们只有创作，但是没有对称的评论。他愿意从最基础的评论做起，包括很多期刊的编辑，自己也写些东西。《上海文学》的崔欣开了公众号，写得活色生香。这种新锐不分年龄层，都在求生求变。包括思南读书会，从一开始它专注于纯文学，也许以后吸纳很多哲学社科。我觉得很灵活，有弹性。上海文学的潜力，即使一样东西做得很好，做出了口碑和影响力，它没有躺在现有的成绩上，还是会不断揣摩现在阅读口味的变化。现在阅读口味非常多元，有人喜欢小说、诗歌，有人喜欢畅销，通俗。这就要求文学主办方，对细分的文学做出及时回应。这种姿态，就是上海的文学生态，让各种需求有呼应。

我想到之前有一个比较火的帖子《与阿城有关的日子》，这里面谈到作家阿城的代表作、成名作，一开始投给《北京文学》，退了，1984年《上海文学》首发了。我觉得这只是一个例子。其实上海的文学期刊的这种灵活性，发现新作的敏锐感，从一开始就有优良传统支撑下来，而且这份传统没有丢，它不断老树发新花。我很期待有更多好的作品，不断在这种形式下得到催发。

王若虚：说得我都不好意思了，感觉像在夸我一样，可能我也是比较年轻。

今天提纲上最后一个问题，网络文学或者新媒体的发展，移动互联网阅读的发展以及碎片化，经典靠边站，王者荣耀手机游戏泛滥，很多传统媒体，现在重点转移到网上，看电子版、微信版，媒介的转换一般会导致内容上相对的变化。

几位作为新闻传媒的资深从业者，这块从你们的角度来讲，会不会对文学有比较大影响？曾经说纸媒有一天会死，现在发现纸媒没有死。《萌芽》的销量已经大幅回升，对此有没有什么想法？

曹玲娟：这个问题前两年讨论的还很热，现在已经没有什么讨论的必要了。再怎么样，那都是载体，实质的东西是没有变化的。举一个例子，金宇澄的《繁花》最开始也是在网上写作，一群网友给他提建议，我相信没有网友在网上监督，我们老金同志不可能把这个书这么快写完。可以说这也是网络而且是一本非常好的小说，是近几年上海原创文学出类拔萃的代表作。所以载体不重要，最重要还是创作的源泉在哪里。

所谓的架空，这类网络文学能够弥补我们内心空洞的一些东西，更多还是需要我们一些比较严肃的文学创作。你要说我这两年看了一些什么新书，我还真没看什么特别值得提的新书。颜歌写的《我们家》还不错的，他也是一个年轻作家。

现在公众号写作的一些青年作家一些比较简短的文学都值得阅读。文章价值不是根据载体，文章的价值不取决于碎片化与否的呈现形式。有时候觉得一千字左右的文章也挺耐读，有更多更长的好作品，我也很想看。这个问题到了今天，像我们纸媒还活着一样，已经没有讨论的必要了。

王若虚：一句话把我整个提纲打死。

施晨露：其实若虚刚刚问这个问题的时候，我有一种时空交错感，通常是我们提问作家，或者问杂志人、出版人：你觉得现在新媒体时代了，这样的网络条件的冲击，会对你的创作有什么影响，通常我们是提问者。其实思南读书会，办第一期活动的时候，我们也会问孙甘露老师。当时孙老师这样说的，越是大家在线上交流越来越畅通的时代，可能我们更需要线下的平台，更需要一个面对面直接交流，感受对方不仅是说话的内容，还有说话的语言和表情，各种当时现象的空气这样的一个线下的平台。

我们这期上海文学期刊矩阵十几位作家当中，大多数作家不仅见过，还面对面交流过，甚至有更深入的交流，让阅读作品的时候有更深入的体会。我觉得这是微观的事情，刚才若虚说我们《萌芽》正在回升，因为《萌芽》也是很努力做线下活动。我知道《萌芽》的编辑和作者都非常辛苦，他们会去各个城市的学校，跟《萌芽》读者做非常深入的交流。成绩要非常努力才能取得的。

我们报纸这几年一直说新媒体转型。这里我也为工作单位打个广告，大家年轻的朋友看《解放日报》少一点，年长的朋友看的多一点。我们现在也做新媒体，有 App，叫“上观新闻”。我们也做很多线下活动，希望黏住目标用户。现在的环境下，要做的就是抓住最适合你的受众。不仅是媒体，包括传统艺术，都在想方设法做这方面的事情。文化新闻报道有很重要的主题，关注在新媒体环境下，我们应该如何努力走进大众，特别是走进年轻人。

徐颖：孙甘露回应过这个问题："无论怎么改变，文学的功能仍在人心"。现在这样的网络时代，可能很多事情都可以在网络上解决，所有的事情都可以通过网络来实现。但是我觉得越是这样，越需要大家线下的交流。

不知道大家发现没有，文学读书活动越来越多。书店的功能也已经改变了——变成一个新文化空间，为什么它会越开越多？就说明人有这样的需求，他也许不是到书店买书的。包括在思南读书会，我想大家过来的人，可能享受下午的同时，他也想在这里找到一些什么，他可能想找到自己的伙伴在这里交朋友，共同的爱好大家走在了一起。现在的时代面对面的交流，才会变得更加珍贵。

我认为纸媒它一定会死亡的。但是我觉得它所传播的内容是不会死的，这种内容永远是人们内心需求的。只有把内容做好了，无论什么样的载体，现在是微信，也许过两年微信被新的东西取代掉了，这都没有关系。关键是好的内容，它永远能够打动人心。

傅小平：我刚才听的时候，大家说到载体发生变化怎么样，从竹简到印刷再到网络，我觉得这个影响不太大，我比较关心写作主体发生变化，不是人写，是机器人写。这个问题前段时间也跟韩少功讨教过，得出的结论还是比较乐观的。网络文学，机器人真的可以取代，但是纯文学不可能取代。因为机器人是按照逻辑，包括搜集一些素材，给他一些编程，然后会按照指令写。但是那些非逻辑性的东西，是没有办法表现的，包括价值观。但是人是一直往前走，会有些思考，这些是机器人不可能呈现的。让我对纯文学有期待。

现在讲文学翻译可以被机器人取代，前段时间翻译家协会搞的活动——"巴别塔"小白老师还讲，以后86%的翻译可以由机器人取代。如果10年以后，15年以后，可能文学翻译机器人也可以胜任。我觉得好的翻译，机器人也做到。你想象马振骋老师的翻译，他的一些情绪，文化这些，可能我们翻译家要理解的话，也要很个人的体验，你说机器人可以取代吗？这个角度我对文学持乐观态度。

王若虚：您这个角度，为以后写网络文学的前途堪忧，真的机器人可以到达那种非逻辑性，这个是人类要被取代的。许旸老师您最后总结。

许旸：对新媒体技术的发展，我一向都不唱衰，我是理性式乐观，我这是个不可逆的潮流。每个人都要用手机，都要装微信，没有必要对抗它。微信等网络社交新媒体平台，也可以做很多精品的文章。这才是一个信息异常丰富，有那么多的机构和人都想抓取我们有限注意力的时代。每天时间只有这么一点，但是要看这么几篇文章。对于出版人和媒体人，提出的要求一样，怎么对信息进行加工和编辑，要以最吸引人眼球的方式到达读者。越往后发展的话，文学整个的形态，跟以前也会不一样，它不再是一本本出书，可能越来越像盐融化在水里一样，在我们整个生活范畴里。文学是母体，很多艺术形式脱胎于文学。如果说你对文学不感兴趣，但你可能关注最近上映的电影，是根据某一个小说改编的，你也会进行了解。文学被应用和被进行改编的场景越来越多，所以文学它可能变得像无处不在。

我记得上周末《人类简史》作者，以色列的历史学家赫拉利谈到，以后很多东西会变成数据输出。我觉得文学也可以，第一层是信息输出，一开始我们只是获取信息。再高一层是情感输出，能不能引起共鸣，能不能够打动你；最后观点输出：价值观，所表达的东西，能不能对你有所启发。所发出的声音，都是要把想法和感受变成数据输出，后面就是要研究怎么在这种情况下面，把它输出的更有效。

王若虚：我们提纲说完了，我们现场的读者朋友们，有没有一些问题想要问我们台上的嘉宾？

读者：各位老师好，首先我有一个问题想问一下许旸老师，因为我是一个理科生，所以文学经典的东西基本上没有读过。但是在上海这种环境，爱好还是被激发出来了。我阅读的过程中有这么一个疑问，有些小说看上去很轻松，文字比较平实，很简单的给人启发。有些晦涩，很难懂，也不知道我本身的水平问题还是什么情况。比如读张欣老师的《狐步杀》就很轻松，但是易州老师的《随缘》好像有点摸不到头脑。想问一下许旸老师，如何看待我们小说的朴实性，包括文学定位，包括《人民的名义》看书面的东西也是很简单，不复杂的。但是我们很多经典，包括有一些大作家，在这方面写的确实比较难懂，我问一下怎么看待这个情况。

许旸：我特别可以理解你的想法，特别巧的是你刚才说的那几部我都看了。确实是，我觉得小说本来就是五花八门，因为作家出发点不一样，他是要讲一个故事，还是想要传达一个想法，还是没有想好。他也想过他要用什么方式表达，是继续往通俗的路子走，还是想突破一下自己，以前我写惯古文了，我想换一种方式，想往抽象的方式。因为小说弹性是很大的，你刚才说张欣的《狐步杀》我都读了。他的品位是很现代，都是发生在当下的事情。比如说男主人公他去健身房跑步什么的，他的这种生活元素跟我们当下很贴近。你读起来能够有一种代入感，能够想象出这个主人公为什么在这个情景下面发生这样的事儿。你刚才说易州的《随缘》，也是我很喜欢的小说。他讲的相对比较抽象一些，表面看是一个故事，但是作家在里面又埋了另外一个故事。

有一句话特别有意思，他说小说很像小说家的假面舞会，他往往可能是戴着一张面具出现在小说里面。这个小说你看到是这样的情况，但是作家有可能在里面埋伏了他另外想表达的意思在里面。不妨从你最喜欢的，你可以读得进去的入手。我自己也会有偏好，这个很正常。你先读一些你喜欢的，我自己如果碰到读不懂，读完之后有困惑，我会找我信任的评论文章的来看。评论家从他的角度切入，对这个小说进行分析的时候，说不定可以看得出作者表达的意思，可以多一层感悟，看评论也是很好的方法，我自己有时候也会这样做。

读者：我想再请教曹玲娟老师一个问题，您刚才提到您接触面比较广，考虑的问题也是比较宏观。我想请教一个宏观的问题，您如何看待写作与政治舆论的关系？举个例子，我前段时间看过一本书《亚瑟情书的爱情》是梁实秋先生写的，看完之后我觉得他写得非常好，写爱情里面的很多东西给我很多启发。我本来想写一篇读后感，把他的爱情观念可以传达给我们当下的年轻人。我后来查了一下他的简介和当时的背景，我有点不大敢写了。为什么？他当时写这本书的时候已经是70出头了。他是在台湾碰到当时的影视圈明星韩菁清，当时40多岁。他们两个现在讲是一见钟情，后来我了解到这个一见钟情是在他前妻去世一个多月的时候。他前妻去世的时候他写了一篇悼文，当时很轰动。所以他很多学生，遇到他这个情况都是极力反对。他写这个情绪的时候，当时他住在美国女儿家，我们国家正在处在灾难，很多作家都在为民族呐喊，通过自己的笔在写情书，包括他的爱情观，受到了很多非议。我想到后面有一些犹豫了，我想请教曹老师，您如何看待这种情况？是真的不管不顾写这种纯粹的爱情观，美好就美好。还是要考虑到政治、大众感受，可能是政治上没问题，但是大家的心理舆论这关能够过去吗？谢谢。

曹玲娟：因为没看过这本书，所以我没有发言权。我只有一个感慨，你从历史来看，人不如文的例子，其实还是蛮多的。我个人比较喜欢欣赏的是经得住历史的淘汰与考验的作品，你当时觉得这个作品好，就像刚才傅老师说的一样你过半年看这个作品有不同的感受，再过二三十年来看，留下来的作品是不多的。我爱看那些经得起淘汰和历史考验的作品。

我没有看过这个作品，但是以我挑剔的眼光来看，我个人还是不太喜欢这个作品，一切还是以自己的判断为准。

读者：四位老师好，我是第三次参加思南读书会的活动，我本身也比较喜欢写作，但是我还没有发表过。但是我也很感谢思南读书会也这样的机会，让我们大家参加这样的活动。我最近完成了人生身份的转变，我上学的时候就喜欢写诗歌，但是那时候没有这样的环境。去年来上海，在平常工作环境当中，也没有这种文学氛围，感觉自己找不到自己的定位，今年参加各种读书会有了转变。在这里找到了自己的归属感，还有同一类人的感觉。

刚才曹玲娟老师说得非常好，我从上学就读《收获》这本杂志。现在有机会投稿，真的从一个捷径占领严肃文学的制高点。还有徐颖老师，其实我也对中国文学的未来抱有很大希望。很多人他并不知道文学有这样的途径来展示才华，而且现在有一个现象，文学写作的年龄越来越小，这都是一种好的现象，而且网络文学很发达，它可能会大浪淘沙，未来十年、二十年会有一批非常优秀的作家出现。我问一个问题，包括若虚老师，如何摆脱自己的心理羞耻感，比如说写作当中会写到一些曾经经历的感情和事以及家庭，如何在小说当中呈现？包括写作，有忠于自己思想的原则，如何平衡这件事。假如写出来之后，如何面对周围人，尤其是亲朋好友的眼光。

王若虚：羞耻感这个事情，你首先起一个笔名，尽量不让你的家人知道你在写作，这是我的诀窍，但是后来失败了。我是这样的，当你没有取得一道屏障保护你的时候，你的笔名就是一道屏障。你写得好或者不好，或者你的叙述羞耻感，比如说平时看你是正常的小孩儿，怎么能写出这样的东西？如果你可以自我真实表达，这是很宝贵的品德。

读者：这种是我自己的问题还是……

王若虚：当你写作时候，你就是那个笔名，不要把自己拉得太近。为什么有些人愿意起笔名，起笔名有很多不同的动机，有人觉得自己名字俗，有人有象征意义和纪念意义。当你用笔名的时候，就不用这个真名了。如果我笔名是王二，我在写作的时候我就不是王若虚，我写作的时候我会以王二的角度观察王若虚，因为没有谁比王二更了解王若虚。你千万不要以为笔名只是化名，笔名是一种事关羞耻感和自我保护屏障的事情。当然有人会永远用笔名写，不公布自己的身份。如果有一天你身份暴露的话，其实已经没有意义了。说得通俗一点，就是你成功了。你成功的时候，人在不同的状态，看同样的事情，完全是不一样的。

读者：比如说我们悲伤，但是你大脑在记录你的状态，你觉得这个是自我的状态，还是？

王若虚：肯定是你自我状态，当你作为一个写作者写的时候，你其实是以观察者和总结者写的，你当时所有的状态都是观察和总结的结果。包括前面曹老师说，人不如文，其实都是有差距的。你创作的时候，已经变成另外一个人。你放下笔，回到现实生活又是另外一个状态。

施晨露：写作的问题，若虚比较有发言权，刚才读者说要给《收获》投稿，我给《收获》打个广告，现在《收获》有一个 App 叫行距，有兴趣可以给编辑老师投稿，您可以尝试一下。

读者：今天有机会看到各位老师非常高兴，我高中的时候是《萌芽》的忠实读者，所以我高三的时候一直非常关注王若虚老师的作品，非常喜欢王若虚老师写的《尾巴》这部作品，奉为阅读的圣经。从那部小说看到《霍乱时期的爱情》，接触了很多经典，打开了文学青年的道路。我是自己想问各位老师这样一个问题，因为我自己从事媒体行业，我也是毕业于复旦大学新闻系。我想请问一下各位老师，我身边有很多特稿记者和作家，他们现在都转型成了编剧，特别想请问施晨露老师和王若虚老师，你们如何看待影视与文学之间的关系？

施晨露：可能看我一开始做过电影记者，现在确实有这样的现象，我们现在在写作领域也有很大的门类在崛起，就是非虚构写作。当然这个概念还需要讨论，到底什么是非虚构写作，现在甚至还有非虚构小说，小说本身就是虚构，怎么能是非虚构概念。非虚构小说，毋庸置疑，是有很多读者投入的领域。包括你说的投稿改编为影视剧，究其本质还是影视剧资源非常匮乏，他们急需各种各样的故事。什么故事最精彩？还是真实发生的故事很精彩。因为影视资源争夺非常激烈，我们知道谈 IP 非常火。当然不是说你这部剧，或者这部电影火了之后再找。那个时候已经是天价了，是你没有办法承受的价格。当然我们知道，在我还跑电影的时候，我们当时说光线影业，他们已经屯了一大批小说，现在是读文集团。大家都说很有眼光。

现在非虚构小说也是一样，大家都会说真实的故事比电影还要精彩，应该把它拍成一部电影。现在真正拍成电影的，目前好像没有看到。因为从电影的各种条条框框来说，怎么样把一部精彩的特稿变成一部可以接受的电影，这个还是需要电影人的智慧进一步改造。目前这种智慧在哪里，电影行业大家都知道，其实还是结果导向，票房成功就是好电影，票房不成功就不是好电影。非虚构写作，因为受到越来越多的关注，也会有一些急功近利，或者是放大某些细节。其实调查记者的本职工作还是要真实，大家越来越关注某个调查记者本人的时候，甚至超过他的新闻作品的时候。我觉得有时候会发生一种危险，我觉得记者还是应该做作品背后的人，这样可以对你的报道负责。

王若虚：我从创作者角度来讲，我觉得小说电影，因为我有很多朋友都是写小说，出了书，然后就当编剧了。直接原因就是收入很高，他一部剧收入大概顶我两年的稿费。有时候觉得自己很幸运，自己不富裕但也不缺钱，不用投身到影视行业。之前他们问我，要不要来当编剧，我觉得还是要跟他们保持距离。因为影视的具体操作，和文学是不同的。我不写剧本，但是我有很多编剧朋友，大学刚刚毕业，一年可以赚上百万，但他的付出我也看到，还好我不用选择他们的道路。我本人非常不愿意牵扯到影视行业，至于愿不愿意买我的小说，跟我有关系，但是跟其他方面没有关系。他说你要不要自己改编作品，我都说清楚了，你要买就买走，你拍得再好再烂跟我没有关系，因为这是两个完全不同的行业。你当过两年编辑，你就知道完全是不一样的。

今天时间差不多了，再次感谢各位，在这么热的天，包括台上几位老师，前几天就组了一个群，把提纲发给他们，请他们尽量回忆当年的细节。到时候我们会有更多细节，都会在微信号上发布。再次感谢大家，谢谢。

时间：2017年7月22日

嘉宾：童世骏　陈卫平　顾红亮

今天我们需要什么样的精神生活

——《当代中国的精神挑战——童世骏讲演录》新书分享会

林牧茵： 晚上好！天气很热，最近这两天我倒是感觉浑身舒爽通透，因为我最近在读一本书，童世骏先生的《当代中国的精神挑战——童世骏讲演录》。当你和一个优秀思想者产生共鸣的时候，当你汲取到精神养分，感觉到自己的心灵备受滋养的时候，你一定会感觉到浑身舒爽通透，我觉得这是一种很难用语言来表达的感受，它是一种自己体会的幸福。

这本书是童世骏先生的演讲集，是上海人民出版社出版的。童老师的书我读过不少，这本书我特别有感受，它的语言通俗易懂，内容贴近生活，里面有很多故事，就发生我们在身边，比如汶川地震捐款、公交车爱心专座引发的争议等等，这些问题我们或者是经历者，或是旁观者，我们都有想法，但是作为一个哲学家，他的视角总是有点与众不同，他的观点总会让人耳目一新。所以我读到这本书的时候，感到清风拂面。一位优秀思想者的确可以让人们摆脱心中的困惑，让我们明辨是非，让我们清楚地看到纷繁复杂的世界，我觉得这也是哲学家在当代非常重要的使命，我觉得童老师就是当代最优秀的哲学家之一。其实我很不愿意说“之一”这两个字，但是在我心目当中，童老师就是当代最优

林牧茵　童世骏　陈卫平　顾红亮

秀的哲学家，但是考虑还有另外两位非常优秀的嘉宾。

我们首先介绍一下各位，童世骏先生，华东师范大学党委书记、教授，《哲学分析》总编、教育部社会科学委员会委员、上海市社联副主席，上海市政协常委兼教卫文体委员会副主任委员。主要研究领域为认识论、实践哲学和社会理论，在国内外学术刊物上发表论文百余篇，出版有《论规则》《中西方对话中的现代性问题》《批判与实践——论哈贝马斯的批判理论》《现代化的辩证法：哈贝马斯与中国的现代化讨论》（英文）等著作，译有《在事实与规范之间》等。

接下来是陈卫平老师，陈老师也是华东师范大学哲学系教授、博士生导师，教育部人文社科研究基地中国现代思想文化研究所研究员，兼任中国哲学史学会副会长，上海哲学学会副会长，上海炎黄文化研究会副会长，国际儒学联合会理事。主要从事中国哲学的教学与研究，著有论文200余篇，著作多部。中央马克思主义理论研究和建设工程《中国哲学史》教材首席专家之一，国家社科基金重大项目“当代中国哲学史”首席专家。

顾红亮老师，华东师范大学哲学系、马克思主义学院教授，中国现代思想文化研究所研究员。主要从事中国哲学史尤其是中国近现代哲学和中西哲学比较研究。入选上海浦江人才、曙光学者，获得上海高校“优秀青年教师”称号。主要著作有《论责任》《现代中国平民化人格话语》《儒家生活世界》《实用主义的误读：杜威对现代中国哲学的影响》等多部学术著作，在《江苏社会科学》《毛泽东思想邓小平理论研究》等刊物上发表学术论文多篇。

华师大哲学系不愧是中国哲学教育和研究的重镇，这么多优秀的学者云集于此，接下来进入对话环节，在对话环节之后，我们还会给现场朋友留有一个交流互动的时间。在对话结束之后，还有童老师新书的签售活动。再次把掌声献给三位嘉宾，我们马上开始对话环节。

三位老师都是我的老师，都是我打心眼特别崇敬的人，今天能和三位老师面对面交流，对我个人来说是非常难得的机会，我相信对所有在场的朋友们来说，也将是一次非常难忘的、愉快的心灵旅程。

第一个问题，童老师这本书叫《当代中国的精神挑战——童世骏讲演录》，为什么会以“当代中国的精神挑战”为题？首先希望我们您给我们解解题。

童世骏：这本书是个讲演集，用的书名是里面一篇讲演题目，是在 2009 年凤凰卫视世纪大讲堂做的一个演讲。之所以把这样一个演讲题目《当代中国的精神挑战》用作这本书书名有两个原因：第一个原因，这本书和精神生活、精神挑战关系比较密切，基本上是围绕这个的。第二个原因，2009 年用了这样的题目，或者说讨论了这样的问题，在今天依然有意义，甚至更加有意义。

林牧茵：您觉得我们当代中国精神领域的主要特征是什么呢？

童世骏：当代中国对在座的人来讲，可能都非常有体会。在座各个年龄层次都有，对改革开放之前的中国了解得也不少。我 2009 年做这个演讲的时候，是2004、2005年的中国重大课题，我们做了一个当代中国精神上的调查研究。当时的出发点，因为中国社科院陆学艺教授，写了中国社会分层的情况。基本上是根据中国人物质生活情况，然后根据政治地位、社会地位等等来分的。后来我跟我的同事来商量，考虑当代中国人，不能只看物质怎么样，社会地位怎么样，也要看精神状况怎么样，就做了关于当代中国人精神状况的研究。现在过了这么多年，这个问题更加重要了。

为什么这么说？大家知道从2009年以来，我们其实有些非常重要的变化，这些变化使得精神生活的问题更加重要，首先是我们经济发展，我们已经成为第二大经济体，这对多年物质贫困生活的中国来说是特别具有象征意义。不光是因为提升，而且是因为物质生活非常贫困的情况下，它的一点改善，都会给精神生活造成很大的变化。

林牧茵：这是负面影响更多，还是积极影响更多呢？

童世骏：我们今天不能仅仅通过走出贫困，改善精神生活，而是通过更多的努力，来改善生活质量。以前首先的任务是温饱，温饱解决不仅具有物质意义，也有精神意义。我一直强调改革开放以后，走出贫困，我们的物质生活领域的进步其实具有很大的精神意义。现在精神生活水平进一步提高，不能只是靠物质生活领域的进步，因为进入中等收入阶段以后，通过物质来改善精神生活，它的边际作用在降低。精神生活质量要进一步提高，要对精神生活本身做更大的改进，这是很重要的。另外就是城市化，中国的城市人口超过50%，看上去它是数字连续的变化，但是它是有象征意义的，为什么我们举办“让城市更美好”世博会，就是呼应中国社会的变化，这个也是对我们“过什么样的生活”，将来什么样的生活是更美好的生活，都提出新的问题。

还有一个是非常重要的，这些年来大家注意到了吗？交往手段发生了巨大的变化。微博，我们现在觉得已经过时了，其实也就三五年的事，但很快被微信取代了。微信是哪一年出现的？好像是2013年或者

2012年，现在全国有七、八亿活跃用户。昨天我跟同事坐高铁从北京回上海，我说我做了一个小调查，我在车间里兜了一圈，然后拍了照在微信圈里发，在那么大车厢里只有一个人正在读纸质书，其他人都在看手机。同事说，不对，人家看手机也在看书，确实手机上有很多书可以看，但我偏偏注意了一下，我过去的时候看了一下大家在看什么，没有一个人在看书，都是在刷微信、视频等等。

这个现象非常值得我们从精神生活角度去关注，一方面精神生活依赖于技术条件，现在的技术条件大大改进，但是实际的情况也就是我刚才讲的，那么多人在火车上，完全是闲暇的时间，因为干不了别的，在干嘛呢？这个非常值得我们关注，这也是这些年发生的变化。

在中国还有一个变化，就是政治变化，十八大以后党中央强调要“精神补钙”。以前我们比较多讲精神文化生活，十八大以来“精神文化生活”概念不怎么使用了，现在比较多地是把“精神”和“文化”分开，强调精神。

这些都是精神挑战，富裕起来的中国人，接下去怎么走？国际地位提高的中国，如何呈现出大国形象，用毛泽东的话说，中国人应该对世界做出更大的贡献，怎么做出更大的贡献？毛主席关于“向何处去”，中国人站立起来了，中国应该为人类做出更大的贡献，早就回答了中国向何处去的问题。今天中国已经到了应该而且可以为人类做出重大贡献的时候了，同时也意味着中国向何处去会越来越影响世界向何处去。

中国向何处去，说到底是中国人向何处去；中国人向何处去，说到底就是物质生活富裕了，接下来是精神生活向何处去。

林牧茵：说得很很有道理，其实这个精神和形而上的东西离我们并不遥远，就在我们生活的点点滴滴。对于童老师的这本书，我请陈老师和顾老师谈谈您的观点。对这本书的内容，陈老师如何评价？

陈卫平：说到评价，我觉得有点困难，没有仔细看过，前两天发了一个电子版，因为跟童世骏共事那么多年，他的大体想法还是知道的。这本书序言里提到了，他认为他在演讲集关心两大问题，一个是中国问题，一个是人生问题。他把精神生活把这两个问题联系在一起来考虑的。我觉得这个问题重要性在哪里呢？我想借用前两天我们刚刚播放的《将改革进行到底》这个纪录片的第一集叫“时代之问”，这是“时代之问”。中国人精神生活向何处去？我觉得这也是时代之问。

我认为可以用一个比较形象的课题：中国向何处去？作为时代的课题。毛主席在《新民主主义论》里曾论述到中国新民主主义文化要怎么发展，要民族的、科学的、大众的，这也是指出了中国精神生活的方向。但那个时代是什么时代呢？是一个中国被震撼的时代。什么意思？就是中国近代以来被西方侵略者炮声震撼，中国人开始觉醒。

毛主席又有一句话，“十月革命一声炮响，给我们带来了马克思列宁主义。”一声炮响好像震撼了中国人，那个时代是中国人被世界震撼的时代，现在到了中国震撼世界的时代。因此在这样一个中国震撼世界的时代，对中国人的精神生活来讲，我们需要来加以研究、讨论，然后我们要来加以实证地考察、调查。

刚才童世骏讲到了，他做的当代中国人精神课题里面，我觉得有个数字是引起反响的，就是关于中国人精神信仰的人数，宗教信仰的人肯定比改革开放以前增加很多。这样的问题是不是符合中国的实际状况？这样的出现说明了什么？这是信仰的问题。刚刚改革开放的时候有一个讨论，就是信仰危机，这个讲的是精神信仰的问题。当时中国青年有个讨论：“人生的路为什么越走越窄？”都是新时期精神上的迷茫，精神上不知所措。这样的问题随着改革开放、随着市场经济发展，随着全面深化改革的深入，这方面的挑战应该说是越来越突出，越来越多了。

这种挑战是各个方面的，如果我们从精神信仰角度来讲，我现在可以看到，在这样一个物质生活已经非常丰富、得到迅速提高的时代，我们精神生活应该怎么样呢？我们从哪里寻找精神信仰的？我想基本有三个方面，一种方面要从马克思主义、革命传统、社会主义价值观去寻找我们的信仰，这是我们所提倡的。另外一种，我们现在可以看到，有很多人想要从中国的传统社会里面去寻找它的精神信仰，我们读经也好，我们讲儒家思想复兴也好，确实看到中国古代社会是非常重视精神信仰的，或者说对于精神信仰的重视程度要超过对物质生活追求的程度，这个儒家经典里都有，“一箪食，一瓢饮，人不堪其忧，回也不改其乐”就是精神的追求，远远超过对物质的享受。道家也是这样，道家讲逍遥，要摆脱世俗社会各种束缚，在追求精神的自由，要打破一切条件，使得精神上获得自由。包括佛教也是这样的想法，佛教说放下，你要把世俗的东西看成是空、看成是假，你不要为世俗的事情心动、起念，这样你的人生就是健康的、幸福的。

这些能否回应我们今天的精神生活的挑战？我们今天应该走什么样的正道？我想童世骏这本书，至少对这样的问题作了深度探讨、回答。当然这种探讨、回答，是不是完成了呢？圆满了呢？我想还有很多问题值得进一步讨论。他这本书最重要的意义，就是使我们去思考今天的精神生活正道是什么。

林牧茵：我想知道中国对世界的震撼到底是什么，是中国文化，还是中国制造，还是我们的价值观？所以陈老师说这本书可以对我们有引领，告诉我们，我们在哪条道路走下去，实现我们的目标。顾老师对这本书有什么看法？

顾红亮：谢谢，如果大家要想获得看法，还是先去读一读。刚才林老师说读了这个书以后凉风习习。我觉得有的人读了以后会热血沸腾，因为“当代中国的精神挑战”这个问题，是时代的问题，如果你对时代的问题非常关注，要关心中国向何处去的问题，甚至是世界向何处去的问题，这种大的问题，真正读进去，会热血沸腾。

对我个人来讲，我是非常佩服童老师，为什么？这个话题我自己不敢碰，童老师不仅谈这个话题，而且还出了书，这个理论的勇气我非常佩服。为什么我不敢谈这个话题呢？因为你一谈这个话题，人家会问你自己的精神生活怎么样。

就精神生活来讲有两个我觉得跟我们一般谈文化生活、物质生活不一样的地方。比如我们一般会讲数量和质量，但是精神生活的数量，这个好像无法量化。我读了十本书、一百本书，文化生活很丰富，但是精神生活怎么量化？我们讲精神生活，一定是讲质量的。精神生活质量过得怎么样？讲多少量化的东西，都没有办法衡量你的精神生活到底过得怎么样，这个“过得怎么样”一定是质量，这是我对这个概念的理解，也是受童老师的启发。

第二，目的和手段这个概念。能不能把精神生活作为一个手段来理解，通过精神生活，去达到某个物质享受目的。如果这样，人家会怀疑你的精神生活有问题。我们讲精神生活，常常把它看作一个目的来看待。

我觉得精神生活你要关注它的质量，同时也要理解成是一种目的来追求，不能把它作为数量和手段来追求。童老师有这样的理论勇气，接受这个话题，谈这个话题，解剖这个话题，我从中也得到很多启发。

林牧茵：顾老师给我们很好的重新解读了精神生活的视角，精神生活重在质量、品质，他非常强调个体化的特征，每个人的精神生活都是自己的，我们同样读一本书，但是这本书带给我们是完全不同的，我们从中能得到哪些精神层面的提升，都是每个人不同的收获和感受。谢谢顾老师从内在去感受一个精神产品，这也是我们大家提升自己精神生活品质的一个方式。

这本书再说说它的形式，这本书是一本演讲集，它的语言表达方式其实和平常我们在课堂上给学生上课时不太一样，演讲是面对公众，公开的表达，有什么不一样？您觉得这种传播和表达方式，对您个人来说有什么特别的体验？

童世骏：我在写序言的时候也想了一想，内容都是演讲和对话。作为学者，典型的表达方式是写书。这两种表达方式到底有什么区别，应该说没有太多的区别，因为我们写书和演讲一样都是面对读者和观众。如果要说区别，就是读者和观众的区别。观众，他在场，我们向他表达，他会理解、反应。但是读者不是真实的在场，他的反应不能当下就传达给书写者。

我们说话都是说过别人听，我们的表达是不是成功？我们讲出来的观点，是不是得到同意？是不是得到欣赏？这个对于讲话人来说，或者对表达人来讲，其实都存在很大的挑战。这样的反应，他是现场的，还是非现场的？是直接的，还是不直接的？这对我们接下去思维的展开会产生更大的影响。

林牧茵：公众演讲和写书还是不一样的。我有个遗憾，前几年一直没听过您的演讲，出了这本书以后，很大程度弥补了我的缺憾，拿到这本书我特别高兴，一口气读完，觉得特别过瘾，当然这个过程也遇到一些小问题，借今天的机会向您请教。你提到物质生活和精神生活相对应的概念，物质生活在迅速提升，我们过度追求，对精神生活造成一定的负面影响，物质生活和精神生活是一对必然的矛盾吗？鱼和熊掌可否兼得？

童世骏：我稍微解释一下这个概念，哲学就是做概念。精神生活和物质生活是日常概念。哲学上应是三种生活。人与世界之间要处理的三种关系，首先是我们和物质世界的关系，第二是我们和社会、世界和别人的关系，第三者关系是人和自己的关系。这三者关系分别通过物质生活、社会生活、精神生活来处理。

还有一点，我们平时使用的动词，大概三个动词是最基本的。分别是“有”、“做”、“是”。物质生活是回答“有”和“做”的问题，然后“是”，即“什么、是谁，我是谁”这样的问题，和精神生活有关。

在精神生活我又想把它再进一步区分，精神生活是和自己有关的，但是它又有不同的形式，我们体会到喜怒哀乐，这是一种，我们把它叫做心理生活。如果读写歌咏，我把它叫做文化生活。第三种精神生活的方式是信仰、希望、敬畏（信、望、敬畏），这叫心灵生活，狭义的精神生活是心灵生活，其实到这个层面，我们才说是狭义的精神生活。好多人喜怒哀乐都有，但是不是有希望？是不是有信仰？是不是有敬畏？还是有一点区别的。我不太赞成把精神生活和物质生活对立起来，包括像陈老师讲到儒释道的精神生活，用马克思观点讲，还是物质生活生活建立在精神生活。马克思有句话说，在极端贫困的状态，一些腐朽的东西都会死灰复燃，也就是说你的物质生活低于一个极限，精神生活无法谈起。

我说哪怕物质领域取得的成就，也有精神意义。为什么现在要精准扶贫，现在在贫困线以下的，哪怕贫困线在逐步提高，对于这样一批人当务之急就是解决物质生活，而这种解决的同时又有精神意义，只有走出物质贫困，才能走出极端野蛮，走出狭义上的绝望这样一种非常糟糕的状态。走出贫困以后，物质生活进一步提高，精神生活质量进一步提高，就不是简单的一个物质生活提高多少，精神生活就会相应提高多少，不是这样的。因为精神生活，特别是精神生活涉及认同，涉及意义、涉及价值。认同，就是我是谁，我们为什么连撞衫都不愿意？因为我出生在这个世界，我就是我，我不愿意跟别人一样。以前满大街穿得一样无所谓，现在有了物质条件以后，我穿同样的衣服，我们自己也不愿意，有时候我作为书记跟校长穿的同样的衬衫，就很尴尬，“认同”就是我要跟你不一样。然后是“意义”，其实人生最难熬的，比如肚子饿、太热、太冷是最难熬的，解决这些以后，最难熬的就是太无聊。我们老同学从国外回来以后，经常说的一句话，那地方好山好水好无聊。所谓的“无聊”就是无意义。还有价值，就是告诉什么是好事，什么是坏事，什么是错的，现在有些意义，一些蛮遗憾的现象，甚至出现上年纪的人身上，甚至有句话，是坏人变老人，还是老人变坏。其实每个群体都有好的现象，也有不如人意的现象。但是我想说的这种现象的要害就是好坏的差别没有了，对错的差别没有了，这种情况如果发生在上了年纪的人身上，大家会更加失望，因为成长的过程就是知道好坏的差别，对错的差别，这就是价值。

认同、意义、价值，这三个概念是精神生活最核心的概念。

刚才讲了中国会对世界产生什么样的影响，陈老师讲到宗教信仰，我们课题有个调研，问卷里塞了一个问题："能不能谈谈你的宗教信仰"，30.4% 回答问卷的人选择了某一种宗教信仰，后来我们以此作为基础来推，大概 16 岁以上的中国人，有三亿人说有宗教信仰。后来媒体报道有偏差，说三亿人是宗教信仰，说自己有宗教信仰和判断他们就是宗教信徒还是有区别的。

林牧茵：这个宗教信仰的具体影响是什么呢？

童世骏：首先，我想说的是——这也是公认的——和其他民族相比，中国人的宗教信仰是最弱的，中国人民中的宗教信仰比例最低，宗教信仰对中国人日常生活影响最小。问题是这个现象为什么重要呢？现代化从总体来说是宗教信仰影响越来越小的过程，在全球范围内。从西方文艺复兴、宗教改革、启蒙运动，后来的工业革命、政治革命等，总体上是这样的，有时候也会有一点点逆转。

也就是说，现代化的趋势和中华民族的特性，其实有很重要的重合。当今世界，宗教极端主义盛行，出现了宗教战争、教派冲突，问题很严重，出现了经济现代化、文化现代化和精神领域传统复活，彼此交织的现象。那么中国文化在未来能否成功就显得特别重要，因为中国的文化和典型的现代化高度重合。

在世俗化的条件下，人是不是仍然有独一无二的认同？人仍然有丰富的意义，人是不是仍然有明确的价值标准？这是关键问题，以前这些都是靠宗教来提供的。对宗教来说，最重要的认同就是我是哪个派，哪个教的，所以会你死我活。最重要的意义，就是这个世界是怎么样的，我们生活是怎么样的，它的意义解释最重要的背景是宗教，说到底就是神叫做就是该做的，神反对的就是不该做的，这些都是标准答案，但是现在把这些标准化答案解构了，就出现了文艺复兴，解构不彻底，就出现了极端组织。问题是在中国这块土地，绝大部分人没有宗教，那是否仍然有认同？仍然有意义？仍然有价值？就看我们做什么样的选择，我们会出现什么样的情况，这不仅是当代中国的精神世界，也是当代世界的精神挑战。同时也意味着中国人的责任，选好我们自己的路，不仅仅是对我们这块土地上人民的生活有影响，其实在全世界都有启发意义，甚至是示范的意义。

因为地球就一个，我们消耗的自然资源越来越多。对自己是谁，做什么样的回答，什么样的生活是好的生活、有意义的生活，这种回答都和我们对自然资源的消耗，是不是有节制，都有高度关联，所以它有世界的意义，不仅对我们这个民族有意义。

林牧茵：我这里有个数据，世界现代化程度最高的国家是美国，目前基督徒占人口总数76%，建国的时候是98%，在慢慢减少，谁来接替宗教信仰来支撑一个民族的精神世界？对于庞大的中国人口，用什么来支撑中华民族的精神前进动力？我觉得现在我们哲学家正在思考和探讨这个问题，这的确是一个民族和国家向前发展的急需解决的问题。

我们还可以从历史的纵向视角来考察中国人的精神生活，这个问题我想请教一下陈老师，如果从历史纵向来观察，当代中国人的精神挑战发生了哪些变化？哪些变化是特别值得我们去关注的？

陈卫平：刚才讲到宗教的问题，童世骏也讲了，相比较欧洲的国家或者美国，中国人的宗教信仰、宗教意识比较淡薄，这也是大家公认的观点。这样意味着，西方人通过宗教建立自己的精神信仰，或者他们认为上教堂就是他们的精神活动，那中国几千年以来，有没有精神生活？或者说中国人有什么样的精神生活？我刚才其实已经提到了，我们中国不是不讲精神生活，相反非常注重精神生活。而且注重精神生活跟这本书有关，有什么关系呢？中国占主导地位的儒家思想是主张每个人都要有高尚的精神生活。也就是说，所谓讲的以德智国，为政以德，就是用道德对老百姓进行教化，使每个人成为高尚的人。他是如何朝这方面去做的，我觉得基本上是两个方面：

第一方面，让每个人知道作为人，跟动物、禽兽的区别是什么，所以儒家经常会讲人情之有别，从物质来讲，人和动物没区别，人和动物都要吃饱保暖。人跟动物最根本的区别，人有精神追求，荀子讲人有义，贵有义。动物有知觉，人也有知觉，动物有生命，人也有生命等等都是一样的。但是只有一样，是动物没有的，而人有自觉的精神追求而动物没有。孟子讲区别在这里，“由仁义行”，还有一个是“行仁义”。我问在座的各位，“由仁义行”禽兽呢？还是“行仁义”禽兽呢？这个答案是很简单，“由”是根据的意思，“由仁义行”是指人，“行仁义”是指动物。什么意思呢？在儒家看来，动物也有某些行为似乎是合乎道德的，狗很忠于主人，蜜蜂很勤劳，蚂蚁很团结，但这是本能，不是根据道德来指导行为的。而人对精神生活的追求是自觉的，这是儒家告诉我们的，普通人都应该有精神生活，否则你跟动物就没区别了。所以我们平常生活中，骂人有句话，“你不是人”，就是说你没精神上的追求，没有精神价值的引导。

第二，使得每个人都去追求精神生活，有一个很重要的观点，就是《中庸》里面讲的，在日常生活当中领悟我们所做的每一件事情的意义。因为一般的人，他的生活可以说是重复的，今天上班是搬两个箱子，明天上班可能是搬三个、四个箱子，没有太大的区别，今天吃饭、明天吃饭，基本没什么变化，一生就这样过去了。在这样平凡的一生当中，你有什么样的精神生活呢？你能不能做到有高尚的精神生活呢？儒家认为是可以的。《中庸》就是日常的生活，凡人凡事，这种庸常的生活，但是要从庸常的生活体会人生的意义。

举一个简单的例子，大家就会明白。童世骏这本书提到了《雷锋日记》。这本书也提到了雷锋讲的一句话，人的生命是有限的，为人民服务是无限的。这就讲了生命的意义的问题，有限和无限的问题，还有一句话是非常深刻的，他讲了“吃饭是为了活着，活着不是为了吃饭，活着是为了把有限的生命，投入无限的为人民服务之中”。什么意思呢？我们吃饭，雷锋也是吃饭，他吃饭是为了投入无限地为人民服务之中。雷锋从平凡的人生看出不平凡的人生意义在哪里。他的做每件事情都是为人民服务有关的，也就是说他做每件事都是有境界的。这就是儒家告诉我们的，我们都可以成为圣人，虽然你做的事情是普通的事情，但是你能领悟到每件事不平凡的意义。

对于今天，他的这本书，对我们精神生活这样一个问题，面向社会大众是有启发的。刚才主持人问童世骏，这个和你写其他的著作有什么区别呢？学术著作往往不是考虑面向大众，是面向是学术圈，大众越看不懂，越说明这个书有深度。但演讲就不行，演讲要面向大众，你讲的话要使大家听得明白、听得懂，这样大家才会给你鼓掌。

他这本书还有一个重要的意义在哪里呢？这本书主要讲我们大众，我们每个人，怎么才能有高尚的精神生活。他里面讲的很多内容，跟我们讲的儒家传统也是有关联的，从这里可以体会到，为什么现在习总书记要提倡我们要用传统的文化来滋养我们的精神。传统文化是我们重要的精神家园。这本书对于我们今天普通人怎么过精神生活，提供了很多有益的启发和经验。

我再举一个例子，这本书里面讲到规则的问题，他专门写了一本书《规则论》。我们现在的规则，确实是社会当中重要的问题，因为没有规则，社会就会乱秩序的。这跟古代生活也有关，中国古代讲“礼”就是有规则，礼的繁体字是“禮”，左边示子旁，表明跟祭有关系，右边是弯弯曲曲的“曲”，下面是豆，豆是祭祀的容器。这个禮有个说法，右手捧着珍宝，放在容器，供给神。这说明什么？在古代社会里，规则是神圣的，不可侵犯的，要有敬畏之心。这是习总书记经常讲的要敬畏规则。敬畏了规则，才可能在自己心灵上有高尚的精神生活。

庄子讲精神生活用了一个概念：“心斋”，怎么使你的心灵自由呢？就是要像祭祀神一样，抱着敬畏的态度。他这本书讲规则，精神生活和物质生活是联系在一起，只有敬畏社会规则，我们个人才有迈进高尚的精神生活的殿堂。

林牧茵：刚才童老师说高铁车厢里大部分人刷手机，这是大部分年轻人的常态，他们精神生活更倾向于娱乐化，我们该怎么引领年轻人重新回归到对于精神世界的关注上来？

陈卫平：我觉得童世骏举的例子，好像不是太完整，哪怕在火车上都在看书，这就是他们的精神生活吗？我们好像每天都在看书，好像不看书就无聊了。

讲到知识分子，很多精神产品都是我们创造的，为什么我们要创造这些精神产品呢？很多知识分子，包括我自己，我们在创造这些精神产品的同时，并没有高尚的精神追求。也就是说我创造这些精神产品，不等于我们有高尚的精神生活，我们创造精神产品，可能只是为了完成任务，只是为了评职称，为了拿到稿费等等问题。

这对当下提出了一个问题，精神产品的创造者，是不是同时就是精神活动的引领者？实际上是打折扣的。为什么古代要强调士大夫的作用，士大夫是精神活动的创造者，同时也是精神生活的引领者。

我希望下一次童世骏再出个演讲集，专门为知识分子讲一讲。

林牧茵：我接下来我想问顾老师，您觉得西方国家，西方发达国家是不是同样面临着精神领域的挑战，他们是怎么应对的？

顾红亮：这个问题对我比较难，因为我现在生活在中国。我想讲一个看法，刚才讨论到古代和现代，中国和西方，有的人可能会认为，好像古代人精神生活高尚一些，现代人精神生活好像遇到很大的问题，或者说西方人的精神生活过得似乎比中国人好一些，因为我们遇到了挑战。实际上不是这样的。我举一个例子，一个生活富裕的人和一个生活贫困的人，你很难说生活富裕的人他的精神生活就一定高尚？不一定是这样。很多生活贫困的人，他的精神生活照样非常丰富、非常高尚。这里面精神生活和物质生活，或者说古代人的精神生活和现代人的精神生活，还不能完全画等号，或者用正比或者反比的角度来看待。

刚才陈老师讲到知识分子的精神生活不一定比普通的市民的精神生活一定要高，这点讲得非常好。一个知识分子，虽然创作很多精神文化产品，但是他本身是为了利益的追求，为了纯粹追求一个职称，或者一个名誉，这样来讲他自己的精神生活过得并不是非常富裕，并不是非常高尚。这个观点我非常同意。

我想另外补充一个意见，今天的主题“今天我们需要什么样的精神生活”，我们常常会把精神生活好像就摆在那儿，我们要讨论什么样的精神生活才是我们值得过的，重点在“精神生活”，现在的精神生活发生了什么变化。我愿意把这个命题倒过来理解：“今天的精神生活需要什么样的我们”。美好的精神生活我们都知道，我们追求真善美，追求好的精神生活，但是最关键的是我们怎么选择？所以我愿意理解为，今天精神生活需要什么样的我们，我们自己做好准备了没有？类似于一座山在那儿，我现在要爬山了，我在山脚下，我做好这个准备没有？我的水带足了没有？我是穿着高跟鞋去，还是穿着旅游鞋去的？我是带着干粮的，还是饿着肚子去？

我有一次爬一个两千米的山，爬到顶部，云就在底下。我的朋友没有做好准备，最后他的水、双肩包都是我背的。

我举这个例子是想说明，我们讲精神生活，关键是我们自己做好了什么样的准备。如果顺着标题来讲，我也可以做这么一个理解“今天我们需要什么样的精神生活”，实际上这个话可以理解成“今天我们如何过精神生活”，其实就是如何过精神生活，在过精神生活的这个过程同样体现精神生活的质量。是通过不择手段达到让人家看我的精神生活非常高尚，这样的过法，我们是不齿的，我们不会认为这个精神生活多么高尚。在这个意义上，我把今天的主题理解成“今天精神生活需要什么样的我们”，或者“今天我们如何过精神生活”。

在这个意义上，你刚才讲到西方人，西方人的概念很多，法国人、德国人、英国人……我刚才这样的理解，我想很多法国人、英国人会认同我的看法。

林牧茵： 顾老师最近出的《论责任》，强调了责任意识，能不能谈一谈这个“责任”意识对当代人中国的重要性？

顾红亮：我们今天如何来过一种精神生活，我理解就是对这个精神生活要负责任。所以非常赞同您的看法，“责任”是精神生活非常重要的一个组成部分。

我把责任分了两大类，第一类我把它叫做是岗位责任，我们每个人在社会生活当中都有一份工作，你就有一个身份，有一个工作岗位。你在这个工作岗位上就要承担起岗位的责任。第二种类型，道德的责任，就是我们从古至今一直讲的，如何成为一个善良的人。笼统来讲就是这样两类责任。

岗位责任和道德责任，对于每个人来讲，都是应该承担起的责任。道德责任我理解为，人之所以为人所要遵循的一种责任。岗位责任，就是人成为一个公民，他所应该承担的一个责任。这是第一个理解。

第二个理解，对于每个个人来讲，我把日常生活责任理解为三个层次，分别是有责、负责、尽责。第一个层次，对自己有个理解，有责任感。第二层次，你光有责任感，没有行动，是不行的，还要负责，一旦负责，你就付诸行动，跟你的行为结合在一起。第三，不仅有责，还要行动，进而尽责。行动是承担责任，而尽心尽力来承担责任，那就是尽责。

林牧茵：今天三位嘉宾有共同职业：哲学教授。哲学对于哲学教授来讲，究竟意味着什么？为什么会爱上哲学，把哲学当成自己一生的事业去追求，以此为业，我想听听三位老师讲讲他们的哲学人生故事。

陈卫平：我 1973 年上大学，工农兵大学生，习总书记也是 20 世纪 70 年代上大学，他是 1975 年，我比他早了两年，而且我们两个人名字里都有个“平”，但是这个比较是没有意义的。我们的成长经历有一段共同的成长经历——都下乡。毕业后，我在华东师范大学党委办当秘书，我这个人说话比较随便，这个官也当不上去，做秘书，天天是事务性的工作，失去了人生的意义，1978 年开始考研究生。当时招生可能你们现在不理解，需要单位开介绍信，也要到高招办证明。我当时要找校领导、党委书记，让他们同意我考，开个介绍信，我还搬出大道理“响应党的号召”，书记没有同意，他说要服从工作需要、服从组织安排。他让我学习“十一大”新党章。我听了不舒服，你以为我党员是假的，我说党章不是写给我看，是写给党员一起看的，要一起学。他当然不高兴了。

这样介绍信开不出来，报名期限要过了。还是老干部高风亮节，第二天他找我，他说小陈我昨天发火，我检讨。但是我想这个事情还是要解决。中午一起吃饭，吃饭的时候气氛总是缓和一点，他说可以同意我报名，只能考我们华东师大，这是第一个条件。第二个条件，不能动摇军心，你们不能影响其他人。第三，不能因为要考，就能够给你放假。当时要考华东师大，跟我们这个专业有关只有冯契一个人可以招研究生。

当时还有一个规定，考研究生最好发表过文章，我很努力，写了一篇文章，在《光明日报》上发表，我记得很清楚是1978年6月6号，所以我觉得我肯定能考上。谈不上热爱不热爱，考了中国哲学，到后来就变成一种职业。在很大程度上，我并不觉得我的工作有特别大的意义，我学了习总书记“5·17”讲话，他号召以人民为中心。我虽然要退休的，但是我工作还是要做哲学的，就是要以人民为中心。

童世骏：我要走上哲学道路，我的故事没有陈老师这么精彩。我17岁做农业工人，市里面有个机会选拔工人理论学习小组，我被选上了，就在现在社科院这幢大楼，待了四个半月，我们的任务是准备电视台的讲座。这是蛮偶然的机会，后来选哲学也跟这个机会有关。

我现回过头来想，哲学吸引我的有三个：一、它特别能满足我的求知欲，你喜欢任何学科，后面都可以加一个“的哲学”。比如你对物理感兴趣，你可以研究物理的哲学，你对计算机感兴趣，你可以研究计算机的哲学，你对历史感兴趣，你可以研究历史的哲学。二、哲学能让你比一般人更不无聊。什么叫哲学，就是有意义，你看问题有多个角度，如果没有概念，你就很难从你观察的事实中提炼出意义，哲学的专门工作就是做概念的工作，一个简单的现象，需要比较多的概念加以理解，所以就不那么容易无聊，充满意义。三、和所有职业都一样，任何一个职业，带着敬意，非常认真地去做，你都在实现你的价值，不仅仅是哲学。这是我在做哲学研究当中，如果你认真地做，你会觉得你的工作和生活都是有价值的。

顾红亮： 我是童老师和陈老师的学生，我被他们带进哲学之门，他们前面有这么些丰富多彩的故事，我读他们的书，被他们吸引，然后进了哲学之门。我学哲学一开始很困惑，到底学什么，能学什么，学什么知识。我印象比较深，高年级的学生说，你毕业以后就学一个脑袋。他没告诉我，这个脑袋里装什么东西。后来我想想还是有道理的，就是童老师讲的，有的哲学家他会说这个哲学是个概念的游戏，他掌握很多概念工具，掌握这些概念工具以后，就能够有非常强的分析批判能力，这样就赋予了独特的看待事物的眼光。我后来理解，这就是学一个脑袋其中一个很重要的意思，就是有一个分析批判的能力。

比如我看电影，我会分析一些概念性的东西，比如《天下无贼》，王阳明讲破山中贼很容易，但是破心中的贼，难。我理解这个《天下无贼》是表达人理想中的精神状态，是一种无贼的状态，是很高的境界，不是现实世界警察把小偷消灭掉。这里面一个人物叫傻根，我理解非常有意思的是，“根”来自农村，赚了钱以后要回农村，要回到这个“根”上面去。最后有一帮人要偷他的钱，一对年轻夫妇也想偷他的钱，醒悟以后，要保护傻根，他要保护这个“根”，这个“根”是什么？我在《论责任》里理解称这是一种负责任的生活，“负责任”是大家的“根”，最后这对夫妇要保护这个“根”是大家的“根”，这是大家的精神家园，这是我读《天下无贼》的体会。

林牧茵： 刚才各位嘉宾分享了哲学人生路的故事当中，我发现这三位在精神上是有血缘的，陈老师、童老师、顾老师都是冯契先生的亲传弟子。我也是冯契先生的再传弟子。

童世骏：你可以做一个媒体的哲学。

林牧茵：哲学很有意思，如果真的深入下去，对它一个有一个探讨、有一个追寻的心，会变得乐观。冯契先生有个理论，他说："化理论为方法，化理论为德性"。理论是可以去解释世界，也可以解决问题，它可以去追寻真理，也可以去追求答案。刚才和三位老师对话当中，我们也感受到一位优秀的思想者，他们不仅仅通过思想去努力触及天地的境界，而且他们在用自己的努力，不断把点点滴滴的幸福注入我们的凡俗生活，他们在行动。马克思有一句话："我们用哲学解释世界固然重要，更重要的是我们身体力行去改造世界"。哲学家同样也在用他们的努力，让我们这个世界逐渐地变得越来越美好，让我们精神生活更加丰富。

时间：2017 年 9 月 9 日

嘉宾：马振骋　袁筱一

“我知道什么？”

——《蒙田全集》新书分享会

顾文豪：各位思南读书会的读者朋友，晚上好。非常高兴大家又来参加新一期的思南读书会的活动，今天特别高兴，因为马老师是思南读书会的一位忠实读者，终于在台上和各位嘉宾分享。这位是著名翻译家袁筱一老师。我们现在聊的是马振骋译的《蒙田全集》，我不懂法语，我们先看马老师做的蒙田的年表，马老师会顺着蒙田的年表给大家讲讲他所知道的蒙田。

马振骋：我很高兴到这里，大家知道我习惯的位置在下面，今天难得坐上来心里难免紧张。因为这个群体是我很喜欢的，不但读者很认真，而且还有志愿者记录，他这个记录记得很详细。来之前，一份深圳报纸采访我，里面有一个问题说翻译队伍越来越弱，地位越来越低，收入越来越低，他问我有什么意见，我想我有什么意见，我说第一据我知道翻译队伍越来越弱这个话不对。上次译林出版社也谈过这个问题，他说现在翻译比以前好。我想袁筱一也会同意这样的看法。地位是不是越来越低？这也不一定，这个要看个人，你说翻译搞得很马虎的话，名声就不好了。收入越来越低？这个倒是。有人对我说马老师你翻译了一年，拿的稿费还达不到花瓶明星在荧幕当中亲个嘴的时间赚的钱。尽管

顾文豪　马振骋　袁筱一

这样大家还是很高兴在做翻译，因为这到底是很好的事情。

今天我们来谈蒙田，蒙田还是一个比较陌生的名字，几年前上海国际文学周请了很多外国作家讲座，有一个人也说马老师你翻的书怎么没有人来讲座，我说蒙田在地底下400年了站不起来了，我说他没有办法过来。今天我们几个人把他“挖”出来一下，谈谈他的情况。对蒙田不要说你们不怎么清楚，就是我也不怎么清楚，虽然这本书我花了差不多十年工夫翻译出来，这次要做讲座又把它看了一遍，还是有很多地方不清楚。法国人搞了400年也有很多事情不清楚。现在看一下蒙田年表。

蒙田原来不叫蒙田，叫埃康，他们家是普通的卖咸鱼、卖颜料的家庭，没有多少钱。他曾祖父这代发财了以后买了城堡，城堡的名字叫蒙田。接下来传到儿子，他有两个儿子，一个儿子死了以后，就把自己的一份留给兄弟了，下一代就是蒙田爸爸，参加过法国和意大利的战争。我们知道，贵族要三代，三代什么意思？第一代要有城堡，接下来不做生意，生意是低级的，因为你买城堡的时候要向当地的领主宣誓，一句一句地宣誓。三代里面不做生意过着贵族的生活。蒙田的祖父这代已经很注意了，成心想把自己的地位升高。蒙田父亲参加了意大利战争，战争回来以后在当地成了一个名人。1533年米歇尔·埃康（蒙田）出生了，他爸爸在意大利打仗打了十年，意大利那时候是文艺复兴，接着就是新的思潮。他爸爸回来以后有很多惊人的地方，他把米歇尔送到乡下去跟普通农民一起过日子，几年以后回来了，再请一个不会讲法语的德国人做家庭教师，跟米歇尔讲话完全用拉丁文，他还叫自己的老婆、田农也都跟他七七八八说着，蒙田从小就说他先会说拉丁文，再会说法语，他先知道罗马怎么样，再知道巴黎怎么样，这是他的童年教育。

1548年波尔多有一次暴动，遭到镇压，镇压非常残酷，人肉都被割下来丢到水里，蒙田都看在眼里的。蒙田读书念书、念大学，法国有记载蒙田到底在波尔多还是在巴黎。中学、大学读了以后，父亲当时要培养他走政治的道路，但是也没有走。法国对他的传记也比较乱，也搞不清楚到底他在哪里读。

后来与拉博埃西结交，对他的影响很大，拉博埃西在法国历史上是有名的。到了1562年，这是一个分水岭，因为亨利三世政府里面也有人主张宽容，所谓宽容就是允许新教徒存在，有一派不允许新教徒存在，但是贵族中间已经有很多人加入新教徒里面了。这个“宽恕令”对新教徒比较有利，但是最高法院里面当权的人都不同意，搞到后来宽恕令里面有几条，城市里面有两个教堂的，一个教堂归天主教，一个教堂归基督教，如果没有两个，只有一个白天做，一个晚上做礼拜。但这个宽恕一部分天主教徒也不同意，在瓦西这个地方一部分新教徒做礼拜的时候，一个元帅从外面进来，看到里面新教徒做礼拜，他就气了，冲上去一阵屠杀，引起了新教徒的反抗，一直反抗了三十几年，法国也说不清楚多少次，后来说八次宗教战争，打打停停，一直打到蒙田快要死的时候才结束。

1568年蒙田爸爸去世了，蒙田是长子，法国贵族就是长子继承，他继承了这个城堡。蒙田城堡又叫蒙丹里尔，蒙丹里尔在法文里是“高山”的意思，就是高山城堡，他觉得这个名字很辉煌，从此以后就叫米歇尔·蒙丹里尔，就是米歇尔·蒙田。

之后是1571年圣巴托洛缪大屠杀，这个大屠杀就是《玛戈王后》这个电影里面说到的事情。之后开始宗教战争，宗教战争在法国又叫“三亨利战争”，因为法国的国王亨利三世，有一个王子叫亨利纳瓦尔，还有一个叫亨利·盖茨，三个人名字都叫亨利，其实这三个人从小待在一起，都是同学，但是后来各人走了各人的道路，比如亨利三世他做了国王，还有亨利纳瓦尔我为了简单一点把他叫做亨利四世，因为后来亨利三世死了之后他继承的，所以就是亨利四世，亨利·盖茨他们好像是表兄弟，很有实力的一个贵族，次次威胁到亨利三世的国王位子，因为的派别不一样。他继承了城堡以后，蒙田38岁的时候退休了，把自己在法院的职位卖给别人了，他说我要回到城堡过我自己的生活，让我安安静静过个晚年。其实，到了后来我们知道他没有安安心心过晚年，他晚年就是写东西。到了1580年，他第一卷、第二卷出版，我们也知道当时法国的贵族是很无知的，家里没有什么书，也没有什么文化，他们讲究的是勇敢，跟着国王去打仗，所以蒙田有一次说，两家人家结婚，女方家人说：女儿没有知识，你们要包涵她一点，男方说没关系，只要你女儿知道上下衣服怎么分就行了。而且觉得自己没有什么学问，还是很光荣的事情。贵族不讲究这个，贵族讲打仗。

接下来蒙田开始了意大利之旅，一去17个月。从意大利旅行回来以后，那时候文艺复兴已经完成了，意大利是欧洲的文化中心。他带了四个年轻人一起去，主要看看世界和罗马，罗马让他印象深刻，他从罗马回来，写传记的人说，蒙田从他的家乡到巴黎变成了一个法国人，从巴黎到了罗马回来变成了一个世界人，思想很开阔。这些都写在第三卷里面。

他在意大利的时候，他的同事写信给他，说我们已经选举你做市长，请你快点回来，他原来不想去，他知道官场浑浊，但是他还没到家，亨利三世写信给他说希望你去报到，就没办法了只能去做。他上任时跟同事说我知道你们选举我是看我爸爸的面上，我爸爸做得很卖力，你们感谢他，我跟我爸爸不一样，我这个人懒得很，但有一条，我见人说人话，绝不欺骗人，我能做到多少，我就告诉你我能做多少，但是我可以保证我做到的比我说到的多。他第一期做得平平静静，蛮好的，到了第二期还有人选他当市长，但是这一次乱了，当时在打仗。有领地的人，有国王，有的时候请雇佣军，还有小偷毛贼在乡下穿来穿去，蒙田说老百姓苦得不得了。他在城堡的塔楼里，有三层，下面一层是礼拜堂，中间是他的书房，再上面是他休息的地方。有时候从里面看到骑马的人来来去去，他说其实最讲究纪律的是雇佣军。

1588 年出了随笔第三卷，12 月吉兹公爵遭暗杀，就是亨利三世干的，那时候传吉兹要代替国王，国王就怕了，国王有一次在开会的时候，他跑到自己的宫殿里面叫吉兹和他弟弟到他那里，一进去就把他俩刺死了。蒙田就在那里，人家说蒙田对这个事情怎么反应？蒙田很多事情不声不响，就像刚才那个大屠杀也是，死了三千人在巴黎，最后河都红了，外地也死了一万多人，有的人说杀得好，但是他一声不响，因为这种做法他不同意，但又要明哲保身。所以整个三卷里面，批判的都是人的缺点，人的弱点，他不说大屠杀怎么不对，但是他说这种屠杀没有意义，而且得不到结果，他就说在当时的事情不说，通过另外一件事情来说。我说你们要看他里面话里有话，有时候比如这个事情在这里，但是他要表达的含义在另外一章，这也是他的一种写法。我后来看到法国有一个作家也很奇怪，他 20 岁结的文后来反映到 60 岁才知道什么滋味。

蒙田这里面有好多隐晦的，蒙田的随笔 1588 年出了三卷出完，他过了几年就死了。他的书起初默默无闻，但是到了大革命前夕 18 世纪启蒙运动自由思想家用他的话反驳教会。

19 世纪 30 年代，法国最伟大的文艺评论家圣伯夫详细地讲解过蒙田的《随笔集》，里面最著名的话是看了蒙田的书我们知道“人心没有一个底，只有无数的现象”，人心捉摸不定，到最后怎么样？不知道。就像中国人说的“知人知面不知心”，而且还有一句话“坏人再坏也总有比他还要坏的”。现在来看，我们到了 20 世纪的时候觉得很文明，后来又碰到希特勒这种事情，最近几年也是觉得欧洲比较稳定。人心到底在哪里？这是蒙田这本书真正伟大的地方，茨威格说读蒙田的书年纪不能太轻，经验不能太少，要有很多挫折才知道这个人讲话什么意思。一个美国作家就说，蒙田到了20世纪得到世界普遍的接受，很了不起。但蒙田自己说他有很多缺点，他对人类的进步表示怀疑，对人与人平等也怀疑，有很多都怀疑，但是他与人为善，而且认为人与人相互折磨、相互斗争是最没意思的事情。他完全站在人的角度。他说神、上帝就是人心最向往的标准，这才是神。

蒙田是一个哲学家，我在这里讲这些就像一个法国作家说过的，他说哲学是什么？他问一个学生读什么系，学生说历史系，他说不好，学生说现在我已经转到哲学系了，他说更不好，哲学是自然而然的事情被他稀里糊涂一讲更不明白了，如果我刚才没有讲明白那就让他们来讲明白吧。

顾文豪：先要介绍一下这本书，这本书是上海书店出版社的四卷本《蒙田全集》，加了马老师在年表当中讲的蒙田《意大利之旅》作为第四卷，以及蒙田的一部分书信集。蔡立国先生做的设计，这个书基本上有点像法国书了，做得非常漂亮，非常好。以我了解，这种书印数不多，有收藏价值，今天马老师还可以给大家签名，代表蒙田签一下。

我们刚才聊这个书，马老师讲了蒙田，马老师之前很认真地在微信群给我们布置了任务，我们看看袁老师完成得怎么样？

马振骋：我和袁筱一是老搭档了。

袁筱一：很高兴今天再次为马老师站台，刚才马老师在开场白讲到了贵族要经过三代，我一下子意识到我作为第三代的译者的身份。虽然译者收入越来越低，但是我觉得这个称号还是很光荣的。

刚才马老师的开场白不知道大家是否有所体会，在座有不少人已经读过一些马老师译的《蒙田随笔全集》三卷本，如果是读过，不知大家是否跟我有一样的感受，马老师的开场白讲的很多东西颇有蒙田之风。马老师刚才说把蒙田挖出来，我觉得挖出来不是特别合适，应该说马老师让他在中国重新得到生命，这个更合适一点。我有一个问题想问马老师，因为我觉得马老师是非常合适的蒙田的译者，因为蒙田就我熟悉的情况上来说，我觉得马老师的译文当中能够感受到他本人的性格，这个一会儿我也会谈到。我想知道马老师的文章甚至本人是不是受到蒙田的影响，有的时候我觉得译者和作者的关系是很难说清楚的。当然，我先讲我的作业。

其实马老师在四卷本有精彩的译序，这个译序为我们讲了40分钟，是一个精简版，译序里面更理性一点，更完整。我觉得这个译序能够让我们的读者比较全面地认识到蒙田，刚才马老师也讲了在什么样的背景下，蒙田经历过什么，全集是怎么出来的。任何的介绍和评论都不能代替阅读，我想大家可以从这本书里面都能够得到，今天听到马老师的介绍以后大家都会有很深的印象。我简单补充一下，从整个法国文学史的角度来讲它的地位。

蒙田是法国的文艺复兴时期的重要人物之一，他一生的经历非常丰富，他的作品也就是他的《随笔录》，都被辑在里面，还有一些书信和意大利之旅的文字。应该说这个篇幅对一个译者来说翻译量当然是很大，因为译者一生不可能只翻译一个作者的作品。作为一个作者一生的体量则正好，足以传世，又不会让人觉得它很啰嗦，但是它在文学史上有非常重要的地位。文艺复兴之前是中世纪，中世纪欧洲绝大部分的精致的作品都是拉丁语完成的，地方语言也有一些，比如《罗兰之歌》这种武功歌或者宗教人物素描之类的小作品，还谈不上影响。文艺复兴也是一种思想的解放，同时也是从15世纪开始，法国语言进入比较成熟的时期，进入古典主义，在古典主义时期，所谓“法语是莫里哀的语言”，说明了古典时期对于法语文学作品非常重要。除了蒙田，大家可能更熟悉拉伯雷，但是拉伯雷的性格不是所有人都能够接受的，拉伯雷讽刺的东西更有针对性，不像蒙田涉及生活各处的经验，我们即使今天读起来也不会觉得很陌生，因为他写的所有的主题无论你经过什么样的时代，你的生活发生了什么样的变化，这些主题都是你会碰到的。蒙田谈身体、疾病、死亡、战争、宗教，等等，这些都是今天的人非常熟悉的，过了400年仍不陌生的东西。这是蒙田整个的大致的在文学史里面的背景。后来大家很清楚，经过了古典主义，经过了启蒙时代，到了19世纪，那是一个小说非常兴盛的时代，那时候文学开始书写民众的生活了，一直到20世纪的文学，其实法国文学走的是这样一个脉络。对法语文学来说，蒙田是一个起源，这个起源对后世影响很大，不仅仅是作为法语作品对后世影响很大。就我个人的经历，第一次跟马老师谈蒙田的时候也谈到过，说中文里面没有很准确的词翻译Essais，只能翻译成“散文”，或者是“随笔”，类似于这样的。但是这个词是非常具有法国气质的，用来形容文学的类型也可以，形容题材也可以，卢梭他其实也是一个essais的大家。不知道为什么卢梭不喜欢蒙田，我认为蒙田对他的教育应该很大，或正因为如此，他不承认蒙田是他的前辈，倒过来说，蒙田也不会喜欢卢梭的。

马振骋：历史上很怪，蒙田的东西出来以后帕斯卡也反对他，但是帕斯卡的作品里面很多都抄他的。卢梭也是这样，他写了一个《爱弥尔》是说儿童教育的事情，也抄蒙田的。如果蒙田不死也觉得很好笑，他们这两个人一方面很反对他，骂他，一方面明目张胆地把蒙田相似的话拿出来。

袁筱一：帕斯卡也是，两者相似度很高，帕斯卡写的也是《思想录》。我觉得蒙田对于后世法国文学的影响毫无争议，不仅是文学，还包括法国思想。从蒙田开始，我们今天经常发现如果我们比较一下法国的不管你说哲学也罢，虽然刚才马老师也谈到过对哲学的评价，但是也不知道是不是其实从蒙田开始，法国的哲学就带有这样一种气质。这种气质跟德国哲学家们相比，尤其是从19世纪以后，你会发现法国人更擅长兴之所至的思想，而不擅长严谨体系的哲学思想。应该说这些都是蒙田对后世的影响。正是因为在文艺复兴这样的框架里面最简单的描述就是回到古希腊的思想，我们也会发现他的《随笔录》更接近古希腊的智慧，与其说哲学，还不如说是一种智慧。而且这个书开始也是“投入智慧女神的怀抱”，所以它更多的是智慧。

看似对生活的总结，为什么我们今天读起来仍然觉得非常亲切，他所思考的所有的问题都是你今天也逃不出的范围，甚至读到蒙田会有一种惭愧的心情，怎么好像到今天为止我思考的东西也没有超过他。

这里面也要排除一个误会，他不是说我怎么想，其实今天我们读《随笔录》，里面有很多东西是蒙田博览群书的结果，因为你看了这个就知道，你也可以非常细腻，你也可以把它当成《古今故事录》来读，今天我们读到《随笔录》的时候不会感到厌烦，虽然它是一部伟大的思想作品，但里面有好多故事和引文，一点都不学院。

马振骋：我翻译的时候就感觉到他怎么写得那么细，这种细达到了现代心理学层面，17 世纪有个人写了《人的性格》，它里面就把人的性格分了几类，但是里面很多东西都是从蒙田那边来的。里面有句话：说话一半是你说的，一半是人家说的。一开始我不懂，后来越想越有道理，你讲的一句话传到人家耳朵里面才算完整，传到耳朵里面之后，这句话就不是你的了。我们说一千个人眼中有一千个哈姆莱特，我是我对哈姆莱特的看法，文艺批评也是这样，我批评就是我把内容继续下去。

还有一个 20 世纪最伟大的人类学家，写了《身份》，他研究了一生以后才发现人的身份还有一半的想法由人家决定，别人看到你不是这样，你就不是这样，所以很微妙。

袁筱一：一个伟大作家的伟大之处可能就在这里，今天我们经常也讨论经典，为什么有些可以作为经典流传？不是因为大家认为蒙田是经典就是经典，实际上它已经给你标注了文学的空间，大多数的人不管是写作者本人，或者生活也罢，都逃不出这个。

第二点我认为蒙田非常重要的价值是在于《随笔录》是他生活经验的总结，你会看到到处都是故事性的，是他自己在谈论自己，是他在认识自己的过程当中所生发出来的很多想法。其实，这并不是说明蒙田是一个非常感性的人，这个恰恰是我不太喜欢卢梭的地方，卢梭恰恰很关注自己，蒙田看似他的着眼点是自己，但是其实他关注的不是自己，而是自己身上的那个人，实际上是一个普遍性的人类。

蒙田并不是所谓的我们讲的情感的抒发，蒙田是一个非常理性的作家，或者说一个思想家。今天读蒙田还是有非常重要的理由和价值，因为蒙田代表了某一类理性，我记得马老师在译序当中谈到，蒙田在整个《随笔录》当中揭露了想象力的弊端和理性的不可靠与谵妄，实际上是说你认为正确的唯一的信仰和真理是不可靠的。这个从蒙田他那样一个时代，到现在我们的人类还没有意识到，就是作为唯一真理而存在的真理实际上是不存在的。

马振骋：他最出名的话就是“我知道什么”。苏格拉底在希腊一个岛上的一个庙宇里认识了自己，这个话分析起来有几层意思，第一层是“我知道什么？”，第二层是我什么都不知道，第三层意思我知道什么，有的人问问以为自己知道了，就是我知道什么，要有反复自问的味道。像现在也是，我看了以后发现世界上那么多人夸夸其谈，再回过头来问你知道什么，有好多都是把未来的十年，未来的五年讲得前景怎么样，很肯定的样子，这个发展你不知道，比如柏林墙倒塌，世界上那么多新闻记者一天到晚写评论，哪个人看出来了？蒙田也是，归根结底未来不能确定。蒙田不悲观，蒙田看到这种世道他要你开开心心地过日子，光明正大地享受你的人生，这是他最伟大的地方。他不像有的悲观的人怎么怎么样，昆德拉就说这个世界是不能颠覆的，这个世界是不能改造的，这个世界是不能阻止走向毁灭的。

袁筱一：“我知道什么”后来也是法国的一套丛书，是套知识体系的丛书。其实也是想说明一点，这一点其实跟蒙田的观点非常接近，人需要认识自己，但是过去了这几百年我们认识自己了吗？或者说人需要认识世界，过去这么四五百年我们认识了这个世界吗？从根本上来说，蒙田是一个怀疑主义者，是一个像刚才马老师所说的，一个非常温和的怀疑主义者，他的态度并不激烈。其实怀疑本身或者是质疑现在你看到、你认为或者其他人所有人都认为是合理的一切，这就是一个理性的起源。因为只有质疑你才能够有理性，才能不断探索这个世界或者是我未知的部分，这个我觉得也是蒙田的一个非常大的价值所在。刚才马老师他也提到了，蒙田不是一个决然的悲观主义者，刚才看到年表当中也都介绍过了，年表当中比如蒙田生过6个孩子，但是最终只活下来一个女儿，其实他对待整个死亡的态度，对待人的身体的态度还是非常顺其自然的。我们自认为现在的人随着科学技术的进步对很多的东西都有所了解了，恰恰对死亡，包括对衰老的态度仍然迷惘。在第二卷里面有一篇叫做《论身体力行》，就谈身体，也谈死亡，当然他整个《随笔录》里面有大量涉及死亡主题的。现在我倒是觉得，蒙田非常讲究生活，他认为生活就是他的工作，生活就是他的艺术，是在所谓的今天人所看到的工作和艺术之上的。《随笔录》也是他的生活经验，现在的人看似好像对生命更有科学的了解了，恰恰我觉得现在的人的态度没有蒙田来得自然，包括对死亡。他在《论身体力行》里面谈到，我们对象征性死亡的惧怕远远超过死亡本身，因为他谈到他自己在最接近死亡的那一刻：他有一次被马撞倒在地上，觉得可能有两分钟时间自己快死了，他说其实那两分钟的时间是非常享受的，已经进入了一种非常美妙的，非常平和的状态，迥非我们自己对死亡的那种担心。其实这个世界上的人自认为自己知道得越多，这个世界的象征意义就越强烈，我们现在对死亡是非常恐惧的，至少比蒙田本人更惧怕死亡，这个惧怕死亡并不是惧怕真正的死亡，蒙田讲了，其实死亡你是没有办法体验的，他体验过一次与死亡擦肩而过，但是大多数人没有办法体验死亡。我们为什么害怕死亡？不是因为我们体验过死亡，而是我们对象征意义的死亡害怕，对象征意义的衰老害怕，有一阵法国也讨论过问题，我们现在对衰老的害怕，还有包括对死亡的害怕，过度医疗这是非常典型的对死亡的害怕，当我们不能用一种自然的态度接受生命本质的时候，就会出现这种问题。这也是为什么20世纪会重新质疑某些价值观。随着科学的进步，我们发现我们并未能解决精神上那么多问题，甚至是加剧了这些问题的存在。可在他的那个时代里，蒙田都已经有了这样的态度了，今人应该再好好地重读一下蒙田。

刚才马老师讲了，蒙田也是一个非常温和的享乐主义，这个享乐主义不能从字面意义上来理解，而是非常的自然对待。所谓的享乐主义是更多地希望大家能够品尝生活的快乐，并不是要极尽奢华，这个是有差别的。

马振骋：注意，他这个享乐不是吃喝玩乐，而是抱着乐观的精神享受生活，因为每个人不一样。蒙田说到家庭问题的几篇，绝对要看，儿童的教育、家庭的处理、男女关系。男女关系，蒙田在第三卷里面有几个篇幅讲这个，他讲我年纪大了，所以我也不怕说这种事情，所以我索性现在讲讲，于是他讲了很多。这里面讲的东西法国人禁忌，我上次跟法国朋友聊过蒙田，他没看过蒙田，我就告诉他蒙田是怎么讲男女关系的。他说居然是这样说的？我说蒙田逗就逗在这里，他说这种事，身体跟精神不可以分开，说我们总分肉体美，精神美，精神美很高尚，肉体就很庸俗，他说男女关系就要用肉体美谈，精神美没什么用。蒙田传记的作者——作者是一个女的，她说蒙田就嬉皮笑脸地讲这种话，一句也不脏，但是把事情讲得很透彻。

袁筱一：蒙田的享乐主义其实是提倡简朴的，他恰恰强调了节制。对快乐有节制，对痛苦也要有节制，一味宣扬痛苦也是不理性的。

马振骋：他说肉体的愉快这也是上帝给我们的礼物，他不从道德方面来说，他说世界上男女在一起的时候，那么开心，多么好啊。说到家庭也是，家庭和和睦睦很好，但是不见得里面没有事情，但你真的要怎么样的话，他说大部分人家都有嫌疑。就像冯小刚说别看老公的手机，的确是这样。他讲到，严格遵守结婚定约，这世上没有十几对，大多数做不到，而且大多数男的苛责女的，男的出轨没关系，女的出轨就会把这个事情搞得很大。他后面用了一句话，他说“火钩子嘲笑煤铲子”，大家都有点脏兮兮的，讲得很有趣。

袁筱一：因为他也认为如果肉体没了，灵魂根本就不存在了，从这点来讲他还是蛮唯物主义。宗教在某种程度上是更在意所谓的升华，更在意人的精神世界。在蒙田看来所有自然的一切，自然所赋予的一切都应该欣欣然接受，他所谓的享乐主义应该在这里，我们应该接受，只要是上帝赋予的一切我们都应该接受，这个接受没有什么高低贵贱之分。他也不是非常崇尚过度的痛苦、牺牲，这些都不是他所崇尚的精神，他认为人还是尽可能享受生命的快乐，这才是生命的本质。他在第三卷当中引过西塞罗说过的话“心灵在欢乐中张扬，也在痛苦中颓唐，同样应该受到谴责”，你可以看到他的态度，这与当时的宗教所宣扬的精神其实是差很远的，假如我们仅仅把他当做性格当中的一部分，这就是蒙田非常让人喜欢的地方，蒙田是主张宽容、理性的，主张自然，主张接受生活给予的一切。从人的本性出发，在走出中世纪的状态下，对我们今天讲的从精神上来讲，是具有开篇意义的，当时的人他能够跳脱出宗教的框架来思考这些问题，说实话我们现在都没有做到，因为我们即使是有一部分没有宗教信仰的，但是我们依然逃不出这个框架来思考某些问题，比如道德问题。恰恰蒙田在讨论这一切问题的时候，从来没有站在一个道德的制高点去讨论这些问题，这个是他非常伟大的地方。

顾文豪：刚才袁老师讲了，马老师写的译序叫“投入智慧女神的怀抱”，所以今天蒙田在这儿，智慧女神在那儿。马老师也给我布置了作业，因为我读中国古典文学，他让我谈谈蒙田的随笔和中国古代的随笔之间的关系。

我刚才看马老师那个表的时候，突然脑子里面跳出一个事件来，正好受袁老师启发。刚才说蒙田随笔 1589 年的时候是三卷本，我在想 1580—1589 年的时候中国在干什么事情？那应该是晚明的时候，我看蒙田这个部分的时候有一个很大的感触，我们今天把《蒙田全集》如果在书城里面安架的话应该放在文学类，但是我觉得蒙田如果按照中国古代经史子集四个定义的话，它的书不是集部书，它的书应该是子部书。“经史子集”这个“子”就是偏于哲学的著作，比如《韩非子》《庄子》这些都属于子部书，集部是属于子部书太多之后分化出来的书叫做集部书，集部书最大的特色是乱七八糟，所以叫做“集”。子部就是单个思想类的著作，因为“经”有限制，比如《论语》《孟子》这是经的范畴，但是有很多思想类的著作，比如诸子百家，“诸子”书是放在子部，我觉得蒙田的书按照这个分类，《蒙田全集》可以换成一个说法叫《蒙子全书》，它是一个子部书。

子部书有一个很大的特征，就是跟中国随笔的关系，我后来发现这个关系太重要了。这个关系在哪里？蒙田也讲很多故事，讲很多传说，讲很多逸闻，但是他所有讲这些东西有一个核心是他在讲哲学和思想，中国古代笔记有一个特征是什么？核心特征也是乱七八糟，笔记类的书，第一个特色就是东抄西抄，第二个叫以资闲谈，第三个，一个最大的特色叫掌故之学，就是我们特别喜欢聊的八卦，但是这些古代笔记最后会有一个问题，你读那些东西你会有好多好多乱七八糟的知识，你会有好多好多各种各样的小的东西，在这个笔记当中和蒙田相比有一个很大的欠缺，除非极少数的人，他们没有思想的原创性，中国古代笔记没有思想的原创性。我们放到民国，大家知道周作人，周作人是他那代人读中国古代笔记是读得最多的，中国人有一个词叫“披沙拣金”，他是读得最多的，他读了三千多种，他读过之后说只有三个人的书非常重要，王充是汉代的，李贽是晚明的，还有一个是清代的叫俞正燮，他把这三个人归纳为“中国思想界的三盏明灯”。为什么这么说？他给他们一个共同的特点，这三人讲的都是常识、常理。什么叫常识、常理？周作人虽然抄很多东西，但他就说看中国书可能看一个下午都用不到一条可以用的材料，什么意思？有些材料他是不用的，比如周作人是一个非常早期的人道主义者，他说儒家有一个传统，也符合蒙田，叫“嘉孺子而哀妇人”。比如前几天发生的榆林产妇跳楼事件，鲁迅和周作人肯定要写文章的，你再看看鲁迅和周作人写文章的时候，你会恍然一惊，我们的时代没到21世纪，周作人一直说好多人的眼光可能是人活在20世纪，脑子在12世纪，这是周作人一直强调的部分，这里面是常情常理，比如他是非常反感对妇女压迫的，他们两兄弟都是这样，所以周作人后来对鲁迅娶许广平有很大意见，他觉得这是娶妾。

第二，周作人看中国随笔，他不用妖魔鬼怪，周作人不相信这个东西，因果报应他也不相信。周作人真的是少数的在那个时代是人道主义者也好，人性主义者也好，为什么他会这样？因为周作人特别佩服人类历史上的时期就是希腊，他觉得希腊哲学非常重要的就是爱智慧。这个“爱智慧”中国古代随笔当中是没有的，刚才袁老师讲了，蒙田是法国文学甚至世界文学转型当中一个非常重要的源头。加拿大有一个人类学家叫查尔斯·泰勒，他写过一本书叫《现代社会想象》，其中现代的定义就是对于三种力量的反抗：第一反抗宗教力量，人要从上帝的权威当中摆脱出来；第二个反抗政权的力量，人要从集权的力量当中摆脱出来；第三种力量是科技反抗迷信的力量，人要从迷信科技的力量当中摆脱出来。他认为这就是现代世界崛起的三个标志，摆脱政治集权，摆脱宗教神权，摆脱迷信愚昧，这是现代世界。你去看蒙田的书的时候，我觉得蒙田就是一个具有现代精神的作家。我为什么说他具有现代精神？“现代”不是年表，你今天看很多作家文章你会觉得他是一个古代作家，甚至觉得他是一个中世纪作家，甚至觉得他是一个原始作家，他不是一个有现代精神的作家，这是蒙田非常重要的。

我再回到中国古代笔记，你在蒙田的作品当中再往后推，袁老师讲到了，蒙田之后启蒙主义也好，法国大革命也好，你会发现西方文学在做一件什么事情？大家都知道乾隆总喜欢表彰自己，他做了什么事情？编《四库全书》，但《四库全书》的本子不能用作底本的，因为《四库全书》的本子是修改最多的本子，是挖改最多的本子，它不是一个古代文学专家用的本子，也不是古代文学专业认可的本子。我们复旦的章培恒先生是能不用《四库全书》本就不用《四库全书》本。同样的把时间轴对比一下，西方世界在做什么事情？他们在编《大百科全书》，同样是人类智慧的一次荟萃，同一时间轴上做相似的事情，西方人做的事情就是面向未来。蒙田一直说到古罗马、古希腊，蒙田到了罗马，到了意大利，他说这才觉得是世界的人，因为罗马是世界知识的发源地，他到了中心他才觉得是世界的人。乾隆皇帝编《四库全书》的目的不是走向未来，他说寰宇之间我都已经搞定，都已经摆平了，臣民们不需要再思考问题了，我全部都总结出来了，在乾隆时代已经知晓人类所有的秘密，那就是完全不一样了，从蒙田开始我觉得西方一直在思考如何面对未来世界，如何走入现代。而我们不停地往过去，我觉得这是完全两条不同路径。蒙田的随笔当中，和中国古代笔记非常巨大的区别，思想的原创性、丰满的人道主义精神以及刚才袁老师讲的怀疑主义，那种怀疑主义就是“我知道什么”，就是让人重新确定在这个世界当中的位置。那中国人一直在想什么事情？一直到清朝末年和外国使节一直搞来搞去的事情就两件：第一件外国人膝盖是硬的，见到中国皇帝不肯跪。中国人吃洋餐，以前民国人说吃自助餐叫“吃洋餐，遭洋罪”，第二件中国人一直觉得自己是全世界的中心，就是天朝概念，不是世界概念。所以康乾时代的中国地图你会发现搞半天中国不在世界的中心。我觉得像蒙田的随笔就是一个现代精神，现代世界崛起的时候，蒙田作品里面可以看到这种影子，你会看到现代是怎么长出来的。蒙田是一颗现代的种子，在法国，在欧洲，你慢慢看到现代的种子怎么开花结果，所以蒙田是那种现代意义上的作家。袁老师特别强调蒙田也谈很多生活，他没有空谈大道理，都是从生活中谈。我在香港和一个作家做活动，但不认同他的观点——今天的写作者要有抵抗流俗的想法，你不能从众。文学书写当然不能从众，但是文学书写不从众并不代表这种书写就是有价值的。我认为它是另外一种诱惑，有一种诱惑是“大多数人的诱惑”，比如写网络文学，写很红的文学，受到很多人呼应，这是受到大多数的诱惑。还有一种文学作品是受到“少数的诱惑”，这种诱惑比前一种诱惑更可怕，因为你觉得这对你有益，但对你有益的问题不代表对所有场合里的人有益，所有经典作家，莎士比亚也好，托尔斯泰也好，他们的作品不在于小众性，而是在于他们始终用我的方式去回答我们的问题。他先发现了我们的问题，但是他会用我的方式去回答我们的问题，这是经典作家最重要的道理，人类历史上流传下来每部经典著作回答的都是“我们”的问题，不是回答“我”的问题。人类是很自私的动物，不太会让这么宝贵的资源只是回答你的问题，这本书是流传不来的，你说话干我屁事，我怎么会掏钱买你的书，这是蒙田这部作品当中的想法。

袁筱一：刚才顾文豪讲得非常好，有他自己很多的想法。我注意到其实法国有很多人做研究的时候，都会把蒙田和庄子并提。顾文豪没谈到这点。当然蒙田和庄子的相似性并不是一个非常新鲜的话题，因为有很多人谈到过，今天到现场的也有一位做法国古典文学研究的日本学者，他也写过蒙田和庄子的相似性，当然庄子是否对蒙田有影响还没有考证过。

马振骋：为什么向善？就是从人性出发，他依据的是人，庄子依据的也是人。所以前几百年的事情从人性出发的，讲到现在还是能够触动。我们也从人性出发，因为人基本上不会变，蒙田说一个人全部的生存形态也就是所有人的生存形态，生命从小到大没有什么区别，有区别是因为他在他的环境当中成长，我在我的环境当中成长，他学到什么东西，我学到什么东西，他对事情看法怎么样，我对事情看法怎么样。两个人小时候对事情看法一样，可能大了就不一样了。人医学解剖，你解剖了一个身体以后，也就解剖了所有的身体，说到头也能够把他说透。沃尔夫她也说，她说能够把一个人的灵魂、心灵所有的变化能够看得那么透的。但只有一个人，就是蒙田。蒙田看得透以后还不算，他把一个人的心灵当作机制，出了毛病以后会做出傻事情，帮你调整得好，就不会做傻事情，所以他要试试看看检查自己，保养自己，检验自己，你如果零件有松动的时候拧紧一下。

顾文豪：我不觉得蒙田跟庄子有联系，我觉得蒙田跟陶渊明有点像。因为刚才做那个年表的时候大家会发现蒙田生活的时间是不太平的，绝大多数作家没有太多太好福气的，但是在魏晋的时候也是很乱，我倒觉得跟陶渊明有点像。

马振骋： 跟苏东坡也像。他关心的是精神方面的自由，所以在这点陶渊明、庄子都相似。

读者： 大家好，我是从日本来的，我叫宫川，我花了25年时间在日本研究蒙田。我的太太是上海人，所以经常有机会来上海，去年认识了袁筱一老师，又通过袁筱一老师认识了马老师，感到非常荣幸。见到马老师之后，觉得他知识很渊博，也非常绅士，如果蒙田还在世的话他可能就是马老师这个样子，今天我想就借这个机会跟大家说三点：

第一，在日本，30年代就开始有了蒙田的研究，关于蒙田在日本已经有了四种版本的研究，也就是四种版本的翻译，尽管有了第一版，仍然有第二、第三、第四版，所有的第二、第三、第四版都参照了第一版，也就是所谓“抄袭第一版”。在中国，马老师这本的全集翻译将会成为今后在中国蒙田翻译的一个非常标准化的版本。

第二，蒙田写《随笔录》是用法语写的，作为法国人用法语写看似很理所当然的事情，但是在当时要写作往往是用拉丁文写的，所以用法语写也是非常创新的。蒙田是用非常平易近人的语气写的，任何人都能够理解。如果我们用平易近人的中文翻译蒙田的《蒙田全集》就是继承了蒙田的这个特点。

第三，马老师是上海人，上海出过一个徐光启，徐光启又跟法国有什么联系？徐光启当时接触了利玛窦，利玛窦是文艺复兴时期从意大利过来的人，也受到了文艺复兴时期的影响，他来到中国也对徐光启产生了文艺复兴的影响。蒙田也接受了文艺复兴的影响，从这条线上来讲蒙田是文艺复兴的人，利玛窦也是文艺复兴的人，到了中国以后他又把这个影响传给了徐光启，徐光启又是上海人，所以上海人也有了文艺复兴级的人。作为上海人的马老师翻译蒙田的这本书也是命中注定的。作为一个在日本研究蒙田的人能够在中国上海结识翻译蒙田的书的马老师，作为一个研究人员我也觉得很高兴。

顾文豪：谢谢宫川先生。补一句，刚才说到了上海是通过徐光启传过来文艺复兴的人，宫川先生又娶了上海老婆，总的来说又传到了日本了。

读者：我想提两个问题，第一个是比较宏观的问题，在这本书最后一页上面有茨威格的一句话，要能够欣赏蒙田，年纪不能太轻，阅历也不能太少。因为我现在是一名大学生，自认为比较年轻，没有什么人生阅历，之前读这本书的时候，尤其是里面篇幅比较长的话，我发现我要读两遍到五遍才能精准地抓住一些点，想请教马老师的时候，您在翻译这本书的时候，您是如何快速把握这本书的中心，您阅读这本书的时候有什么深刻的体会？

马振骋：你看到很容易的句子也是很不容易写出来的。

读者：您能否分享一下您读这本书的时候您的感想？

袁筱一：我觉得有可能是两个原因引起的，一个是比较年轻，还没有阅历，我现在也人到中年了，从蒙田本身的写作风格上来讲，不属于那类非常艰涩的那类作家。我从具体的阅读体验来说，本身它有很多的引用或者他讲故事也会涉及罗马时代，这个可能对你来讲稍微有点困难。还有一点，难点可能会在刚才马老师提到过，蒙田是一个很幽默的人，而且在当时那样一种空气下，他不能把所有的话都这么直接地说出来，因为这点他跟拉伯雷不太一样。因为拉伯雷基本上非常明确地在讽刺些什么，但拉伯雷是虚构的，所以问题不大，蒙田确实有点隐讳，不知道他的话是正话还是反话，可能这点也构成了你的阅读困难。总的来讲，不管是马老师也好，包括我在内，可能对整个的了解、阅读，没有那么困难。

马振骋：你们看起来译文很容易，很顺的句子其实都是很不顺利写出来的。比如难的东西，你有时候要想象当初怎么样，比如我就想象蒙田在塔楼的二层楼看着远处有人跑来跑去，有人抢东西，等等，你都要想象你作为作家该怎么样用句子，所以有时候说很容易，就像唱歌一样，他唱得很溜，一溜就出来了，有好多东西都是这样。所以你不要着急，你年纪还轻。

读者：第二个问题跟几位老师探讨一下，里面引用了西塞罗的话“学会了跟别人说话，不是跟自己说话”我觉得这句话对我感触特别深，想请教几位老师对于这句话的看法，什么叫跟自己说话？

马振骋：人往往针对外面的人，但没有针对自己，所以他就是要认识自己，就是这个意思。往往我们会跟对象讲话，不会跟自己讲话，跟对象讲话你无意中都不大自然，所以他可能是指一个人要正视自己。

读者：蒙田怎么做到跟自己说话了？

顾文豪：刚才西塞罗那个话中国人有一句话叫“古之学者为己，今之学者为人”。学是成就你自己的学问，你今天看到很多老师也好，比如我们三个人现在就是，我们按蒙田说法根本不应该做这种活动，我们应该躲在家里面“古之学者为己”这不是说自私，是更多地让知识圆满自己。所谓学会跟别人说话，比如逻辑思维、得到这些东西，那上面看上去有很多知识，那些知识它不是在成人之学。因为它教会你的不是让你通过知识来完满自己的要求，甚至于他也没有教会你如何通过知识学会面对自己的能力，你要学会是自我教育，我觉得这个是他说的这个部分。

怎么读懂蒙田？他们教你阅读方法，我教你一个直接的方法，你多谈几次恋爱，多失恋几次就知道了。

读者：三位老师好，其实我以前也听袁老师讲过几次法国文学的讲座，其实我个人觉得法国文学是最接近文学本意的，因为法国人跟中国人一样，文学都是从一种生活出发，一种美出发，最后它也会归结于生活，无论像俄罗斯人一样在文学里面讲过多的政治、忏悔，还是像日本人那样追求一种极端的东西，我个人觉得更多的是离生活比较远，它好像要摆脱一个东西，获取一个什么东西。法国写的东西很关照自我，怎么成为一个完美的人，怎么通过自我交流完成我自己，像福楼拜写《情感交流》一样，最后总要归结到人上来的，这点是我非常喜欢的。我的问题是，之前马老师说要比较中国人的小品文和蒙田的这种区别，我想是不是说民族对世俗生活的偏好导致的还是什么原因？

袁筱一：我感觉这个问题特别大。当然这可能是你对法国文学的理解，其实法国文学也不是只有一种样态。也有人谈到过法国的知识分子和中国的知识分子的差别，中国的知识分子更容易为政权服务的，它有这样的习惯，法国人一直以来可能知识分子就不以此为使命，但是这是形态的多样化，没有谁好谁坏，谁高谁低。你刚才讲到中国的文学，在法国也不是不存在，因为现在中国的 20 世纪的现实文学其实跟法国的 19 世纪的小说也是分不开的，有很多学者也阐述过中国现代文学当中的世界性因素，世界性因素既有受别人影响，也有他影响别人的。所有的文学样态都一样，我想这个世界就完蛋了。恰恰因为都不一样，文学才有它的意义，因为每个民族思考的起点不一样，思考的问题也不一样，解决的方式也是不一样的，我们是做法国文学的，我觉得做外国文学的人最愿意让别人知道的事情就是除了某一种文学以外，其实这也是蒙田要讲的道理，除了某一种固定的所谓的真理，因为他针对当时的宗教，也就是说你自认为自己是唯一的方式以外，我们应该知道还有很多其他的方式和其他的角度，包括写作，它既是一种方式，也是一种角度，也是一种认识世界的方法和认识自我的方法。你说法国文学是非常自我的，并不见得，法国文学跟社会有很多关系，无论是 20 世纪文学，还是 19 世纪的文学，它跟社会是发生即时的联系的。尤其 19 世纪，你们会更容易觉得是即时的联系，包括你刚才讲的福楼拜，福楼拜的《包法利夫人》你想是怎么样的社会批判？包括巴尔扎克是怎样的社会批判？你觉得现在的文学表达方式离现实很远，也不是，它其实都是对现实的反映，但是反映的方式不一样。对美的定义不一样，任何一种对美的定义都不是唯一的对美的定义，我认为中国文学当中所包含的美的因素也是众多美的定义当中的一种，因为中国文学也不是一种。

顾文豪：大家看过《敦刻尔克》吗？撤退时德军攻过来了，英国海军将军在非常紧张的时候忽然看到英国的民用船只过来救他们，他说了一句话：我看到祖国。我为什么说这个部分，当他在说我看到祖国的时候，镜头出来的是一艘一艘民用船只，如果你去看《战狼》，代表祖国出来的是不一样的，我不是说谁高谁低，我说的意思是这些概念，这么抽象的东西其实在不同国家和历史语境当中反映出来的具体东西是不一样的，那个电影很好看，但是看的时候带好纸。

读者：问一下袁老师，袁老师之前翻译了《温柔之歌》，也是揭露了人和人之间比较矛盾的关系，本质还是回应了法国存在主义哲学对于人和人关系的深入体验，像萨特在《禁闭》当中对于他人的评价。想问一下两位老师，您觉得蒙田能不能作为当代人与人之间的紧张、矛盾、充满焦虑的关系的一种新型的心灵鸡汤，或者说蒙田对于20世纪或者21世纪人和人关系的人文思考的一种，它能不能起到一种很好的作用。

袁筱一：简单回答一下，我觉得蒙田是可能被诠释为心灵鸡汤的，确实有人这样做过。我此前翻译过一本《论幸福》，那个就是法国典型的心灵鸡汤式的作品，提到过很多法国和世界的古今思想家，里面就有蒙田，讲到蒙田对于幸福的看法。所以它可以被诠释为心灵鸡汤，任何一部伟大的作品它被诠释的空间是非常大的，它可以被当做心灵鸡汤来诠释，但是这绝对不是它唯一的阐释。否则真的心灵鸡汤式的作品永远不可能成为今天我们还在谈论的作品。《温柔之歌》是完全不同的，是一部虚构的作品，今天在这里不多说了。

马振骋：就像房龙说的，一部哲学书能够几百年以后还在世间讨论得那么热烈，这部书也就是蒙田，今天在这里讨论的也都是有识之士。我们讲的不可能把方方面面都说得很全，蒙田不是一个道德家，也不是一个圣人，他是一个很普通的人，他在中学是花花公子，他到了意大利，罗马有一个很出名的妓女，他也去拜访，他说拜访妓女跟拜访教士都一样，都是研究人，但是她开的价太贵了。

袁筱一：补充最后一句，这个世界上不管是蒙田也好，或者是《温柔之歌》也好，如果人们确实花很多时间在读这些作品上，我相信人和人的问题一定会少很多，直接的冲突也会少很多。

马振骋：有时候看电视里面打架我就说，这两个人都没有看过蒙田吧，看了蒙田就没有这个事情了。蒙田很逗，他就说人的性情如何如何，说人家控制不住的时候就控制不住，他说世界上这些大人物哪一个没有戴过绿帽子，不要太认真，他们也没有带兄弟把对方消灭掉。

顾文豪：蒙田跟心灵鸡汤的区别是，蒙田是一只有鸡的鸡汤，这个比较重要。今天非常感谢两位老师和我们聊“我知道什么”，不论你望得多远，还有无限的空间在外面。

时间：2017 年 9 月 16 日

嘉宾：张新颖　张定浩　黄德海　吴越

读书这么好的事

——张新颖新书分享会

主持人：谢谢各位，我们有很长一段时间读书会都放在晚上，主要是酷热的 8 月份，连带着秋老虎的 9 月份。今天是一个非常正的日子，正好是 200 期，所以下午还是如期举行这场活动。关注思南读书会的读者有很多很熟悉的朋友，我们开玩笑讲，这是一个漫长的瞬间，因为经过了三年七个月，但是当我们谈起这 200 期的时候，总感觉它是一瞬间完成了，是一个很迅速的过程，而今天这个题目对我们思南读书会 200 期来讲是一个最大的褒奖，也是一个最温柔的交代。如果我们在第 1 期的时候说“读书这么好的事”，也许很多人会说你们怎么知道读书这么好，但是等到做 200 期的时候，可以完全放心地也特别自豪地说“读书这么好的事”，所以今天做 200 期。这个名字正好来自于张新颖老师的一本书，就是上海人民出版社出的精装版的册子。张新颖老师第一次来我们思南读书会是 33 期，那次讲的是“沈从文的后半生”。当初我开场时说，一直想把复旦大学老师的课搬到思南读书会上，那堂课上张老师时间掌握得很精准，给我们讲了沈从文的故事，印象特别深刻。我还记得我们的速记员那一场非常轻松，因为每句话轻轻敲出来改都不用改，那堂课我们通过《上海文化》发表了，那是第一次在思南读书会上见到张新颖老师。第二次是 79 期，讲的也是沈从文，对读者来讲新颖老师总是在为沈从文代言，但是今天200期，正好为读书代言。我们的主办方在商量这期的时候说，“200期是一个非常好的日子，你们要怎么做？”，后来请到了新颖老师。

我前面说了这么多，实际上就是想用掌声对新颖老师表示一下欢迎。前面这段话说得我很紧张，因为我担心会说错数字，也会忘记我想好的形容词。黄德海非常厉害，有时候他说话会讲出一长段抒情的语气，所以我会担心我忘记。

接下来介绍今天的嘉宾们：张定浩，诗人；黄德海，评论家，也是《思南文学选刊》的副主编，相信那本刊物很多人都一直在关注，我想跟大家说第四辑已经出来了，第五辑正在编选当中。另外，吴越老师也是新颖老师的学生，非常棒的编辑，现在在《收获》，有媒体经验，一直关注当代文学现场、当代作家、当代作品。其实吴越也是我的同学，所以我们今天这个阵仗分工很难，我们是听老师说，还是在下面插几句，为这个形式也想了很多，不敢问新颖老师，也不敢问你们，所以我就自作主张。因为这个话题从这本书开始，显然我们要从读书开始谈起。在这本书当中，新颖老师谈了很多关于读书的内容，我想请新颖老师第一个跟我们分享的是写这本书的过程，尽管他在后记里面提到了这些，但是后记写得非常短，往往短的里面可能有长的故事，所以要请张老师先分享一下这最早的18篇是怎么出来的，一会我们再说写作状态。

张新颖：没有故事，写作是没有故事的行为。这个书有一个很好的责任编辑，非常年轻，她说你要写一个后记，我说好。我一直不知道怎么写这样一本书的后记，我觉得话都说完了。今年春天我去参加一个活动，没想在提问时有一个中学语文老师，突然问，说这个书第一次出的时候你37岁，今年你50岁了，你还觉得读书是这么好事吗？他的话确实让我大吃一惊，原因是我忘了写这个书的时候我多大岁数，更忘了我现在多大岁数，人到中年以后会有意识地要忘记自己的岁数，所以他说的时候我自己在心里做加减法，算了一下，大概他说的是对的。

没想到这个书过了这么长的时间，最早写的时候不是37岁，实际是34岁，既然算了加减法就都算一遍。

那个时候要写一个人文知识读本，我想关于人文知识的构建，最重要的也是大家最容易实践的方式是读书，所以我在写读书的部分。这对我来说是一个很高兴的事情，因为我这个人的生活非常枯燥乏味，没有什么特别的爱好，也没有什么特别的经历、故事，曲折的都没有。但是我有一项特别熟悉的，因为常年跟书打交道，读书、写书，职业是教书。如果我写别的不一定能写得好，写读书一般来说不会写得太差，当然这个话说得有点骄傲。写的时候的状态是非常放松的，而且是做一件自己高兴的事情，一个原因是我写这个书的时候，不是教人家读书，我书已经读得很好了，我要居高临下地告诉你1234，教条式地训导别人。假设这个书有一个读者，这个读者就是我的朋友，共同的话题是读书，因为跟朋友聊天可以不那么端着，可以很随意，所以整个写作过程非常快，没有包袱，而且很高兴地就写完了，大概这个就是我34岁的时候发生的事情。

等到上海人民出版社出新版的时候，我确实觉得这是一个新书，好像有点“强词夺理”，第一，这个书的样式是新的，第二，我写的那些句子好像没有变得陈腐，当年气势还在。假设我当年没有写这本书，而是今天来写，会不会写得比当年好一点？有可能在某一个局部会比当年写得好一点，但更大的可能是今天就完全写不出来了，这个我是实话实说。我再读过去写的东西，觉得还过得去。

主持人： 刚刚新颖老师提到它的时间，其实那年是2001年吧？

张新颖： 再往前三年。

主持人： 对，34岁的时候。新颖老师用了四个字形容他当初的写作感受和状态，叫“轻松愉快”，我相信他刚刚也提到了这点，因为跟朋友聊天没有包袱，没有负担，非常享受写作的过程。所以我紧接着追问，当时接受这个任务，你讨论读书这个事情的时候，有没有一个框架，比如说我打算写什么东西。

张新颖：有的，写这个书和我写随笔不一样，随笔是日积月累的，今年写了一篇，明年写了一篇。当时写关于读书，其实有一个整体的考虑，先写什么，后写什么，大致上有一个框架，然后一篇一篇动笔，正好和随笔有一个对比。所以它是完整的，是和朋友的聊天，但是相对集中。

主持人：特别棒。大家注意一下，今天的主题是读书这么好的事——张新颖新书分享会，我这里也跟各位分享一下，除了这本之外，今天还有三本随笔集，其中一本就是《风吹小集》，还有《有情》《迷恋记》。我们有一次跟新颖老师在隔壁喝了啤酒聊了这个事情，新颖老师说他不介意别人称他为随笔作家，因为他对随笔情有独钟，这个话我印象深刻。随笔对我们来说是一个写作方式，也是一个文体，接下来我会请教张定浩和黄德海几个问题。

从张定浩开始，张定浩那篇文章叫《一本看不完的小书》，我跟他商量这个题目的时候，我说现在都是互联网时代了，也要标题党一下，他听从了我的意见。事实上我发现我的建议还是很糟糕，改了一个名字也没有爆发阅读量，作为编辑我们确实也是瞎出主意。张定浩在这篇文章里面提到了两个信息，一个是他谈到了朴素，新颖老师在写这个文章的朴素以及引用资料的朴素，另外他写到新颖老师写文章的方式，在这本书里面有很多的引文，很经典的引文，用引文来构成一部书，用引文构成一部作品，这个对写作者来讲要求特别高，所以接下来请张定浩来。你把这篇文章再读一遍也行。

张定浩：这个文章点击率不高，肯定因为这个名字是我自己改，如果是李伟长改的点击率就会飞升了。我在思南也参加了好多次活动，今天特别紧张，因为跟新颖老师一起。新颖老师在后记里面说，这是一本新书，我觉得说得特别好。今天跟新颖老师坐在这里，自己也像一个新人一样。前面提到了2001年，我想起了这一年对我跟黄德海甚至对吴越都有特殊的意义，这一年我们来到了复旦，这一年我25岁，认识了新颖老师。一晃16年过去了，有时候觉得就像昨天或者两个礼拜前的事情一样，好像自己一直在读书，这种感觉还蛮好的，蛮珍贵的。今天上午天气特别好，我在家里翻这两本书，做了笔记，虽然里面有些文章在一些刊物上看过，但是整体系统地看这两本书，有一种愉快的感觉，我自己可能已经有好长时间没有这样的感觉了。因为也是一个写文章的人，很多时候读书还是带着任务读，或者带着功利性读，今天上午就是非常愉快的感觉。

虽然这些文章我很熟，但是重新看一遍确实觉得它那种气息特别的好，按新颖老师这本书的说法，已经成为一种风了，是一种始终新鲜的状态。《风吹小集》小序里面讲了几句，没有解释这个名字，但是后面一篇文章写了“风吹到词语之间，风吹句子，风吹到旷野和字的笔画之间”，风不停地吹这些词语，这个风来自于过去那些伟大的杰出的作家，他们带来了风，这些风吹到了这些词语当中去，从旷野到字的笔画，同时又产生了新的风。新颖老师特别说到人和人之间，每个生命和生命之间气息之间的流动，这个流动怎么来的？更多是通过读书，通过有些人在写过了以后，被人读到，在这样的过程中这个风就在我们中间流淌，这个感觉特别好。

刚才说到随笔的问题，我一直没跟新颖老师说过，我有时候写东西都在默默学习新颖老师的笔法。刚刚李伟长提到小序，或者很短的后记，但是那个里面特别有章法。我记得我自己出本小册子的时候，小引完全学新颖老师，就是看他怎么在100多字的范围内把自己想说的话都表达清楚，我觉得这是非常高的功力，我也一直在学习。

我上午读到《生长的缓慢和成长的艰难》，里面提到新颖老师喜欢树，后面也有几句诗，也特别好。他提到树的影子，晴空下的树影，今天也是一个非常好的天气，他说地面很多车和人走过去，很多喧嚣划过去都不会损害这个影子，一棵树可以被损害，可以被人砍伐，但是它的影子永远在那里，到了夜晚这个影子慢慢回到树身上，和树成为一体。我觉得其实每本好的书像作者的影子一样，如果一棵树是一个人，一个作者的成长，他成为一棵树，那他写出来的书就是投射在这个大地上的影子，这个影子的力量可能会比这个树更加地长久。

主持人：新颖老师这里面有很多有意思的标题，我刚刚想起了一句，给大家读一下，"醉过才知酒浓，爱过才知情重，你不能做我的诗，正如我不能做你的梦"，这个诗是胡适的诗，也是新颖老师用作随笔的标题。你们去关注一下新颖老师文章的标题，特别有讲究，很多来自于别人的话，他用旧如新，生出新的意思来。关于这个，黄德海肯定有自己的想法，德海那篇文字明确表示过，如果一本书能追得过时光，就值得一再推荐。

黄德海：这篇文章是和张定浩同一时间写的，2007 年，为这本书的上一版写的一篇文章。讲一下我跟这本书的故事，我想今天在台上坐的人，除了张老师以外，就我见过 2001 年的版本，当时我刚来读书，新颖老师送我一本，人文读本里面收了严锋老师关于相声的文章。到了 2004 年，我正好在《上海周报》工作，连载了一下。2007 年在人民社出了一版，责任编辑是我的师妹。我跟张定浩当时写的书评跟这个有关系。包括今天这个版本我都有，但是这本书出来以前，我只剩下 2007 年的版本，2004 年的版本我买了 20 多本，后来我自己一本没留下。

主持人：你让出版社很高兴，要向你学习。

黄德海：为什么这样？如果一个朋友来了，他喜欢读书，我没有礼物送就拿一本给他，最后拿来拿去我自己就没了，但那本人文读本是最独特的，我不知道谁拿走了，但是肯定是有人借去看了，再也没还给我。现在我只有两本，2007 年版的时候篇幅比之前翻倍了，中间加了演讲和附录。这个书到现在为止除了这个版本没有完全读完，其他的我拿到一本读一本。当时画插图那个版本我读了不止一遍，原则上应该是送三本读一遍的感觉，是我读得很熟的一本书。

我忽然想起听新颖老师给我们讲中国新诗的时候，记得第一节课讲的是胡适的白话诗，“两只蝴蝶，双双飞上天，不知为什么”，看起来很浅白，其实胡适大部分白话诗都是这样。讲了一节课以后，我发现新颖老师讲了一个清新的问题，这首诗里气息换过了，是一个现代气息，古诗不会表述得这么浅显、直白、明确，这个没有好坏，只是气息变化了，在这里面能感觉到一个人的敏感。这里面恰恰有一个很大的问题，其实很多人一听到一个人是写评论文章的，写随笔的，你们都是很理性的，仿佛理性可以脱离直觉或者感性。其实真正好的东西是感性、理性平衡的一个过程。我记得新颖老师经常讲唱歌的事，他自己拿着吉他在旁边唱，不像现在要跟观众互动，我觉得在新颖老师的文章里有这样一种气息，这样的气息可以用一组相反的词形容：它里面有一种骄傲的认真，还有一种自信的谦虚。这个词看起来都很矛盾，为什么叫骄傲的认真？其实对于一个卓越的人来说，他在表达自己的内在的时候，他希望是专注的，看起来是不管别人的，包含了很大的骄傲，这个骄傲是因为认真。

主持人：你的意思是你爱看不看？

黄德海：不是。我甚至可以说新颖老师的文章是最适合读的，我说是自信的谦虚。为什么是自信的谦虚？其实一个人在写作的时候，最多面对的是自己的内心，在这个时候他既要充满自信，又知道自己跟无数优秀的头脑交流，尤其写关于读书这个事，这里面的布罗茨基、黑塞，等等，跟这些人打交道能不认真吗？但是你只是认真，不自信的话就不用写了，看过就算了。所以在这个过程中既显示了一个优秀的写作者的敏锐度和触角，另外显示出在卓越的人中间扒开一个缝看出一点自信。我们不能说他预言了这个人的卓越，从这个情况来看，看到一个人他对世界的认知其实是领先的，这个时候如果一个人说写随笔或者搞理论的人没有感性的，我觉得这个应该调整，并且以感性统领的理性是更高级的理性，这个时候才显示出感性的重要性，否则就是单薄的感性，不值得重视。

主持人：说得好。黄德海说话我们需要缓一缓理解一下，想一想把那个词再顺一顺，大概就会得出自己的感受了。这里讲一个笑话，有一次做一个文学活动，让我们这些人评网络作家，大家很重视，去了以后，因为网络写作者和我们受的教育完全不同，没有谁高谁低，所以我们想到的篇目和他们想到的篇目是不一样的。那天黄德海非常认真地跟网络作家沟通，沟通完以后一个人站起来说不同意你的想法，黄老师说你说的都对了。

今天还有一个女孩，正因为有了一个女孩显得这个阵容比较和谐。商量谁来做这个活动的时候，一想四个男的，我觉得没有女生不大好看。因为吴越是复旦毕业，前天我问吴越会说什么，她说你会问什么，那时候我就觉得资深媒体人的素质就出来了。这里有一个梗她会自己说，她跟张老师有一些因缘，包括学校内学校外的因缘。

吴越：已经从女生变成女生的妈了。刚才一直在听老师们说，也不断地想起新颖老师第一次给我们上课的情形。

主持人：新颖老师上课上着上着就不上了？

吴越：对，这是真的。最早大二的时候，听说有一位名叫张新颖的老师给我们上课，大家觉得这个名字起得很新颖，要看这位老师上课有多新颖。我记得在大教室里面，很多同学坐在那里，我这边想说张新颖老师在女生当中的印象是什么，非常羞涩，到现在为止还是这样。这个羞涩我可以理解为两种，男生对张老师都是有点敌意，因为喜欢张老师的女生太多了。张老师的羞涩我也是慢慢体会到，一种是自信的谦虚，还有一种是他真的觉得世界上并没有那么多话好说，按照现在的话来说是你自己体会，所以刚才李伟长说的课堂上的那种空白，其实就是你自己体会。非常难，讲到诗，讲到那一节，张老师就停住了，45度仰望天空，张老师原谅我们的演绎，既然你成为传奇了。所以同学们不敢发声，当然已经沉浸在老师丢给我们的询问当中，漫长的瞬间过去之后，张老师说我也不知道。所以张老师给我们第二个印象就是诚恳，他没有花招，他不会夸夸其谈，但是他把你引入到一个你自己到达不了的境界之后，把你留在那里。其实我们在同一个空间里面，我们在这个空间不同的点看到了和感受到了不同的风景。

最近我的同班同学刚刚从美国斯坦福回来，我们那天从五角场走到大学校门，回去之前想拍两张学校照片，他说我并不是一个会做学问的人，我说对啊，没想到你会一直读，然后读到博士，要走学术的路。我说你怎么想到了，他说大二的时候听新颖老师讲中国新诗，没想到诗可以这样解，从此觉得好像进入了学术的路径。我们一直觉得学术是一个非常有趣的世界，非常有意思。我是第一次知道他是因为新颖老师的课上对某一个诗的解读，突然觉得可能要用自己的青春和智商去追寻。新颖老师讲过穆旦、冯至的那句诗“我们静静拥抱在言语所能照明的世界里”，《繁花》里面也有引用，渐渐地你会明白这样一种情感和境遇。所以新颖老师会把最好的东西给到你，一开始就奠定了你的趣味，在这个界限以下的东西就不会侵占你过多的时间。

还有对新颖老师的印象是，他其实是很有趣的人。在大学时新颖老师是天神般的存在，学年论文他指导，给分很高。我就想读他的研究生，因为种种原因，我们那一届很悲惨，学了一个计算机语言当中比较难的，我那一门挂了，后来怎么追都没用。我就是因为研究生确定不能直研了，就去找新颖老师说这个事情，新颖老师从书架上翻了一本书《默读的声音》，用圆珠笔写了一句“五月流年，2004年”，我带着这本书走了。

主持人：“好好毕业吧”，这个意思。

吴越：从那个瞬间我觉得我离开学校是那个瞬间，我拿了那本书就去上班了，后面又很奇妙，我去之前新颖老师问我，听说你要去《文汇报》。新颖老师在《文汇报》工作过一段时间，所以《文汇报》有些老师会谈到新颖老师，由于没有读成新颖老师的研究生所以有“怨”，但是后来发现他可以成为我的采访对象，又有点喜。假如没有题目了可以回去找老师，所以一直有采访张老师，刚才很开心最后一篇文章是我组的稿《书的价值和价格以及人对书的感情》，在这个过程当中发现新颖老师的文章很有趣，谈流行歌曲，谈流行词，谈得又好看，又有意思。

主持人：新颖老师是最早的互联网大V。

吴越：他不指导你，但是他会启发你。

主持人：听起来是张老师的阴谋。

吴越：就觉得张老师挺有意思的，又不敢讲。我们同学聚会请张老师都会很紧张，今天看到张老师最后那句话说50岁的时候比37岁的时候更觉得读书是这么好的事，确实也是真的越来越感知到，书这个东西它把知识固定下来，它就完整了，而你随着经历增长，你可以继续跟它对话、共鸣，你还这么奢侈，有时间，有安逸的场所，在时代当中有那么一个安定和古往今来的交谈，其实真的是特别特别好的事。

主持人：我觉得你是真正复旦毕业的，口才这么好，这两位我都怀疑。为什么说我们责编特别棒，女生的声音一加入整个会场圆润起来了，特别好，讲细节。你们两个都谈不出很好的细节出来。其实吴越说了他对新颖老师的三点感受，特别好。这里跟新颖老师沟通一下，我为了让你说得长一点，给一个提纲。比如你那个课堂上的空白，她说你喜欢在课堂上讲诗，讲了很多诗，比如你自己也是一个诗人，并且你也非常喜欢穆旦，这些诗在课堂上讲的时候，你会想到这些诗会影响一直到你的学生吗？当然吴越是一个，还有很多。我有一个感受，复旦毕业的学生，在毕业若干年以后，好像有一种依旧还在复旦的感受，这是我特别奇特的感受，因为我是另外一个学校的，我感觉我毕业的时候和这个学校就没关系了。所以新颖老师要不要回应一下？

张新颖：我觉得他们太夸张了。我想说一个事情，这个事情可以解释一个人为什么要读书，为什么要写作，为什么要上课，等等。我们可以把阅读、写作、上课看成一件事情。我年轻的时候，刚进大学写一些短文章，我的老师看到了，这个老师对我特别好，我也特别尊重他，他也是我们中文系最有学问的老师，虽然不一定是最有名声的。他跟我说过一个道理，随笔这种东西不是年轻人的文体，比如金克木的随笔很流行，到了七老八十的时候他的人生阅历很丰厚，人也变成炉火纯青，这个时候写随笔就会显得从容不迫，随心所欲。可是一个年轻人写随笔，阅历不够，读书不够，技巧不够，全都不够。我的老师是委婉地劝我，其实你这样一些文章可以不要写了，我就从那个时候开始写文章，从来没停下来，到现在30年了，好像我的老师话变成了耳旁风，其实不是，我觉得老师的话特别重要，当我开始写作的时候他就告诉你不足，其实你写不好一篇文章和随笔。所以写一篇文章就变成了我要找出不足在哪里，因为很多时候你不写作不知道这里有不足，有很多不足只有通过写作才知道，比如语言表达上的单调、枯燥，比如技巧上的不足等。当然慢慢这些问题会克服，慢慢你会发现更大的问题，我的想象力不行，我的情感宽度不行，到最后发现我的人的修养在这部分不行，所以其实一个不断写作的过程是一个不断的找到自己的不足的过程，如果你有能力，就找到自己的边界，各种各样事情能力的边界，如果有能力再往前跨一步的话，你的边界、你的心怀就宽阔一点。所以我很喜欢写随笔，你可以不断地试探，我这里不行，我可以不断地试探再往前走一步，走到边界。上课也是这样，我会上到把自己讲不下去的地方，他们听着觉得这个老师讲不下去了，是真的讲不下去了，我喜欢在写作当中写到让自己感觉捉襟见肘。我觉得对于一个读者来说，当然喜欢看很丰满、圆润的，没有破绽的文章；对于一个作者来说，假设是一个很诚恳又很自私的作者，我就是一个，就很愿意发现捉襟见肘，这样会找到我的边界。我在讲课的时候，讲着讲着不会把自己放在一个安全的、保险的领域，讲得很圆满，我一定要再往前讲，讲不下去了这里就是我的边界，我目前的能力就达到这里。同时像吴越说得那么好，我也把他们带到了这个边界，到了之后不是说问题到这里为止了，也许下一次再讲同一个问题，如果我进步了，会再往前进一步，也许下面的同学比我聪明，他会在这里往前走一步。所以我的随笔写作，我的上课和我的阅读其实一直都包含着这样的紧张。我一定要有一个不足的感觉，然后阅读才会有一个张力。

当然人有的时候有虚荣心，我也可以把一篇文章修饰得好像我什么都知道一样，这篇文章你看不出破绽来，但是一个作者很诚恳的话，他自己是知道的。我喜欢长期写作的作家，你发现里面有一类人是越写越好的，他的起点也许不一定高，但是一直这样，越写越好。我觉得能够长期写作，越写越好的人就是一直在发现自己的不足，推动着自己往前走。也有长期越写越差的，这是一个很遗憾的事情。阅读也不是为了满足我们的虚荣心，读多少本书不重要，阅读也是一个使自己一点点好起来，一点一点弥补的过程。

主持人：特别棒，给点掌声。

张新颖：现在终于老了，50 岁了，大概可以像当年老师说的，你可以随便写点随笔了，但是我想如果我以后还写随笔，我还希望能够保持以前那样，一直有觉得自己捉襟见肘的张力。

主持人：新颖老师刚刚讲得真的是很诚恳的一番话。我们都是做文字工作的，身边有无数的写作者，每个人都会有一个安全领域，在这块我是安全的，说话、做事、工作有一个安全领域。那些超出安全领域的人，我是一直保持非常敬重的目光，即使他可能会有一些失误，但那个失误都是值得原谅的，因为他跨过了这个。其实新颖老师讲的这类作者我们身边很多，可能一直在写那样的东西，这个跟我们的工作也有点关系。因为有人可能到40岁还可以把自己的工作等全部打碎，重新开始出发，但是有的人觉得在安全领域就觉得挺好的。

张新颖：你刚才说到安全的时候，我忽然想起了这个词。在不安全的领域里面其实是挺舒服的，我写了很多关于外国文学的随笔，我的专业是中国现当代文学，按照道理我应该只写中国现当代文学领域里面的东西，当然我也在《有情》写了现代中国的人和事情，我喜欢用现代中国，不喜欢用民国这个词，用民国好像跟今天隔断了一样，我愿意强调一种联系，所以我用现代中国的人和事。我们有的时候会觉得随笔就是做学问的人剩的边角料写成的，对别人可能是，我不知道。对我来说是那些很珍贵，那么好的东西，我不舍得把它写到论文里面去，写到研究文章里面去，所以要写成随笔。这个不夸张，我那么珍惜它，我不愿意用研究的套路，研究的八股给它加上很多东西，我不愿意把一个很美好的东西怎么怎么地，所以会把它写成随笔。但我很多随笔是写外国文学的。你一个中文系的人谈什么外国文学？但是其实就是因为我是一个中文系的人，我的专业不是外国文学，所以在我谈外国文学的时候，我特别放松，我完全没有外国文学研究专家的负担，我谈的完全就是我个人的感受。当然我不是在谈需要一个专家来处理的事情，我就是一个普通的外国文学读者。所以我会觉得当我写外国文学的时候，比写专业领域的时候更舒服，更放松，所以跨出一步没有什么不好。

主持人：新颖老师写外国文学的，有一篇《不任性的灵魂》，有兴趣的读者可以感受一下，我觉得写随笔这块，可以说是典范之作。刚才新颖老师也谈到了写作的难度，你去探索我自己所知的边界，这种探索会到一个地方，今天到这里，可能过一段时间会往前推进一点点，黄德海关于写作的难度这块，也有过自己的一些想法和描述，给我们分享一下。

黄德海：接着新颖老师的故事再讲一个事情，大家应该知道福克纳的《喧哗与骚动》，这个小说最初其实只有一个视角，就是开始所谓的白痴视角，福克纳写完以后，觉得完了；过了一段时间发现不行，这个视角完全没有展现出他要写的世界的状况，他又加了一个视角，觉得这次写完了；再过了一段时间还不行，又加了一个视角，这三个视角完了以后他以为又完了，过段时间发现还是不行，又加了一个视角，加完第四个视角他觉得他接近边界了，并且运用了很多很多现在叫做技巧的东西，各种探索。就像是尸横遍野的技术残骸，因为所有的路都封闭了，前面三个视角都走到边界了，这次来到眼前全是一片荒野，然后这里试试那里试试，所有技术上的剩余和残骸才是有意义的。在这个问题上，我们应该回到随笔这个文体，蒙田的随笔集原来叫尝试集，在法文里是随笔的意思，所以这个文体本来就是不断试验的东西，对一个新东西捉摸不定，用这个文字捕捉，不断地调整，不断地尝试。其实我觉得因为翻译的问题，随笔好像成了随便写的东西，其实它是一个很严肃的，在边界之上挣扎的，跨一步退两步，一直不断的这么一个过程。

写作最终是对自我的调适，新颖老师说了跨一步边界试一试，其实是调适自己能不能再往前走一点，因为你在艰难走出一步以后，会发现看世界的途径都变了，虽然只是一个小小的调整。如果我们足够幸运，或者有更好的天赋，跨得很远，我们看待世界的模式会发生变化。这个变化会大到什么程度？有一个研究科学史的人做过一个比喻，在观察模式转换之前是兔子，转换之后会变成鸭子。如果你跨一步，世界会有一个调整，最后我们用各种文字在描述捕捉的不过是脑中的这幅世界图景，我们接触得越多，越可以接近那种幸福感。我觉得这是写作的一点点报偿。我有一天晚上在外面吃饭，文章没有写完，回家想继续写。本来想洗澡睡觉，洗澡以前我把电脑按了一下，电脑开机很慢，我想洗完澡再写。电脑开了以后我忽然觉得晚上吃饭是很热闹的事，最后坐下来只有一台电脑，两本书，是一个很寂寞的事，而写作为什么能吸引我们？等有一天我们在边界来来回回，我们原来的世界一点点扩大，尽管永远达不到真正的幸运和幸福，但是你会感觉靠近了那么一点点，这就是你的报偿，不劳作是没有的。

主持人：对于失败的创作你还是表示宽容。

黄德海：这个问题不是宽容的问题，是对人类精神探索的一种敬畏之心。宽容则是我们面对福克纳这个级别的人，他比我们走得更远了，他替我们走一些路，我们只要看他的书，认真地去想就可以了，这是敬畏之心。我们应该对这个保持敬畏，他开出那条新路，让我们的航道拓宽了。

主持人：接下来进入另外一个话题，我身边坐了张定浩，他是一个诗人，在诗人身份被了解之前，我们那时候一起玩豆瓣，张定浩就是一个豆瓣红人，他自己写诗，又写豆瓣书评，也写很严谨的文学评论。所以对于文体的写作变化，张定浩有很深的感受，包括对文体的意识，这块你能聊一下吗？

张定浩：前面新颖老师讲到不安全的事情，他说把自己抛到不安全境地的另外一面也很重要，你要发现对方的好，在《读书这么好的事》里面有一篇文章叫《起死回生的一骂》，它说徐复观见熊十力，熊十力让他看《读通鉴论》，徐复观看到了中间很多不好的地方，被熊十力骂了一顿，说你只看到别人的不好，你要看到别人的好。在文科楼我写了一些批评别人的文章，新颖老师语重心长教育了一遍，说你老是写别人不好有什么意思，你要写别人的好。当时我不以为然，其实这个话也是听进去了，这些年慢慢地写这方面的就少了，对于不好的东西你可以保持沉默。其实你看新颖老师的文章，他也会批评人，但是非常委婉，你要耐心地揣摩一下。隐恶扬善，说好东西的同时，坏的东西自然被比下去了，而不是说别人不好，才显得自己有好。我想到《风吹小集》像一个人把自己抛到外面的风中去，不是躲在房间里面看书，不是躲在封闭的空间看书，读书、写作都是把自己抛到风里面去，这个风有自然界的风，也有很多过去杰出作家的风，有可能是微风，有可能是台风，可能是非常凌厉的风，在这样的风中如何变得更加坚定和成熟，在这个过程中你是吸收它的好。像《读书这么好的事》有一篇说一个人读书的时候要把自己先放空，读一些有难度的书，读一些自己看不太懂的书。新颖老师分了三种书，完全看不懂的书不要看，完全看懂的书是满足自己的虚荣感，最要看的书是那些看懂一点，但不是很懂的书，在这样的书里面获得的东西会更多一点。

关于文体就是自由很重要。不管写什么，我自己一开始算是在博客写东西，就是很自由的状态，你把自己放到一种自由当中去，其实对自己的要求是最高的。当你放在一个随便怎么写的时候，你对自己有一个非常高的要求，这个高要求会超出别人对你的要求，就像你写论文一样，只要满足老师的要求就行了，满足期刊的要求就行了，当我自己写的时候我就不是满足他人的要求了，这时候你要满足自己的要求是更加困难的事情。跟谈恋爱一样，别人给你介绍对象，不管什么条件，只要有条件在那里都能找到符合这个条件的另外一半，但是让你自己去找，让自己满意是更加困难的事情。

主持人：说得好，佩服张定浩，能用谈恋爱这个事情做个结尾。果然是诗人风范。我们原来列了一个提纲，我开始想大家都非常熟悉，一个是面对我们的老师，还有就是我们彼此也经常会聊天，这个可能是我觉得幸运和幸福的地方，因为我跟张定浩、黄德海、吴越是在一个院里办公，在不同部门，但是我们食堂在一起，我们会一起吃午饭，边吃饭的时候会边聊文学，这是真的，我们大部分时间聊文学。

张定浩：所以吸收不好，会长胖。

主持人：聊的过程当中有很多火花和信息，我们会彼此分享。张定浩和黄德海也是我和吴越的编辑，我最近给他们投了一个稿子，这两个编辑说这一遍写得还可以，比前两篇稳一点，作为作者听到这样的话很高兴，因为身份在这里，投稿我就是作者，他们是编辑有这个判断，给出一个肯定的时候我心里很高兴，因为只有自己才知道这个文章花了多少工夫，别人可能不清楚，我自己特别清楚，这个东西我有感觉，我不断地写，慢慢推进。其实我还知道哪些东西我可以再写，但是我写不了。

他们两个跟我说这个的时候，我很失态，我说还有很多东西可以写进去，那个更好，他们说那等明年再发吧。吴越也是一个评论的写作者，她以前写通讯新闻，作家专访，作家长篇访谈、通讯，眼光很敏锐，我们现在也开始慢慢尝试由一个在场者变成一个观察者，变成一个叙述者，变成一个描述者。吴越当你的身份发生变化以后，重新再读新颖老师的《读书这么好的事》，包括他的三本随笔集，我相信你肯定会有很多新的感受。

吴越：最大的感受是黄德海和张定浩当了我们的编辑之后，影响了我们几个人的关系。本来我自认为和黄德海和张定浩，都是张老师的学生，当黄德海老师成了我的老师之后，那新颖老师成了我的师公，我对张老师就更尊敬了。其实我觉得写评论包括用学术的语言，用这种眼光进行，我们回到了张老师的老本行——文学批评。

我一直都很想知道，比如张老师为什么想研究沈从文，为什么是最近十年里面研究沈从文最用力的一个人，这些问题我特别感兴趣。这个时候就觉得老师他做的这些厚厚的研究，是花了多少的心血在里面，看了多少种书，用了多少种结构和想法，把他认为值得告诉你的事情用最新的一种方式给写出来，所以就更尊敬了。

主持人：今天我们的角色都是来表示尊敬的，说得真的很好。刚刚吴越也提到一个问题，你为什么愿意花这么多时间读沈从文，我觉得这里可能有两种身份叠合，一个是作为读者读沈从文，所有的书不断地重读；第二个是写作者或者研究者的身份，读完以后我会有这个想法，想重新叙述一下，把里面的缝隙写出来，当这几个身份叠合在一起的时候，这可能是一个好问题。虽然你在各种场合说到过这些，但对我们来讲常说常新，还是一个新问题。

张新颖：这个问题是个好问题，但是一般好问题回答起来比较麻烦。一个大学里的教师，他同时也是一个置身于当代社会里面的人，所以他会有个人在当下社会里面的感受，对于我来说不会把它和我的文学研究隔绝开来，如果说我做沈从文研究有一点现实关怀的话，我觉得是有的。我们活在这个当下，我们和这个时代要有一个什么样的关系？前面很多人跟时代和社会有各种各样不同的命运关系，我想把这个关系写出来。当然我不会直接来说这样一个问题，它还是一个历史研究的个案。

当你喜欢一个东西，喜欢一个作家，你会发现很多人没有把他的好处说出来，我是挺着急的，所以我就把这个东西告诉你。这个也是研究的价值所在，我能够说出别人没有说的东西，当然这不是你自己标榜的，我以为我说的都是你们不知道的，不是，还是可以比较一下的，还是要知道别人说了些什么，然后你自己可以说一点什么。

主持人：这里确实还有一个小问题，你是因为遇见了沈从文所以你才发现人和社会的关系，这个点让你有兴趣？还是说你有兴趣之后恰好碰到沈从文，如果换了另外一个人呢？

张新颖：不是。你这个就是二选一了，其实两个可以都选，也可以两个都不选，这个很难回答。我读书确实有偏执的东西，如果我喜欢这个作家我会把他的所有东西都找来读，比如我喜欢福克纳我会把福克纳的作品通通拿来读。我的读书方法是这样的，就像追星一样，你如果喜欢一个明星，他的头发、牙齿你都会关心。

主持人：刚才有一个问题一直悬置着，我补充一个例子，我们做完新颖老师谈沈从文的作品之后写过一篇微信文章，文章标题是“沈从文的故事说到底是战胜时间的故事”。我有一个朋友在微信下面回了一句话，那句话让我特别欣赏，可能也是新颖老师特别关注的，他说你们的标题可以改一下，叫“死去活来的沈从文最终是一个战胜时间的故事”，那个标题特别地棒，因为他的后半生确实经历了精神的过程。当然你写沈从文有巨大的精神的参照物在，对张老师也好，还是对读书者也好，都会有，你写小李子呢？写李宗盛呢？写黄德海的呢？因为你写了很多乐评，在“笔会”上有很多随笔。

张新颖：这就是张定浩说的自由。其实我没有把自己限制成一个只能这样不能那样的人，而且我写的东西很多都是我不懂的。

张定浩：老师说好东西不舍得写在论文里面，我想到，我们会把钻石珠宝戴到手上，不会拿钻石做一个房子，觉得太浪费了，好东西往往就是这么一点点。新颖老师每篇文章都有寄托，他在写别人的时候，背后都有很强的“我”在，自己的生命感情都放进去，但是写出文章之后自己又消失在所写的对象背后，这点也是一个写作的典范。当你如何从我走向他，或者走向你，一个人如果没有自己的生命体验，没有办法写作，如果写完以后文章里面还充斥着我在说，好像也不太好。这个我如何安放在更广大的空间里去，让一个小的我，如何进入一个更大的空间，更大的一群人当中去，我觉得这是一个写作者的谦卑，同时也是一种骄傲。我记得这个书里面提到了一群人，就是编词典的人，编百科全书的人，他说这些人我们都不知道具体的作者，可能不是很有名，但是他们就隐藏在文字背后，隐藏在文明的背后，他们是文明背后的人，很多写作者也是一样，虽然他写出来，但是他自己是隐在背后的，这个小我和大我的东西我觉得特别重要。

主持人：今天的主题是回到读书这么好的事，最后请大家就这个主题，也许你们已经回答过这个话题了，关于读书。现在还是想请大家分享一下，你们觉得读书这件事对你来说意味着什么？现在意味着什么？

张定浩：昨天晚上我哄我女儿睡觉，已经9点半了，她上床有一个习惯，总要看一本书，昨天看了一本《丁丁历险记》。我说看完睡觉吧，我抽书抽不动，那时候不太忍心把她的书拿走，作为父亲想让他睡觉，但是作为一个读者又不舍得拿走，她沉浸在里面，那种感觉让我很欣慰，我觉得至少她已经体会到读书是一件特别美好的事情。我觉得每个孩子的这种习惯能够一直保持下去，不管你在什么时候都会自足，对我来讲读书给人自足，给你一种安全感。上班路上我会带一本书在包里面，你会有一种安全感，这是蛮好的。

张新颖：这个书出来以后，看到有一个人写过一个书评，说了一个意见我记得，他说很奇怪，这个书引用了那么多人的话，但是有一句很有名的话没有引，博尔赫斯说的，我读了他的书评之后我也想了一下，为什么我引了这么多人的话，他我没有引，因为我也是他特别的粉丝，而且我在写这本书的过程中没有想过这个话，后来我想明白了，在我的观念里面没有天堂，所以我不会把很好的事情比喻为天堂。

第二，我们读书不是在一个逃避的、纯净的空间里面，我们不要因为我读书，所以我就有特殊的要求，我要求一个适合我读书的大环境，适合我读书的单位的环境、家庭的环境，你有什么资格？没有，我们就是一个很普通的人，每个人都是，我们就是在一个乱糟糟的社会里面各种各样的对于读书有很多干扰的情况下读书的。当我说读书是这么好的事情的时候，一方面我在强调它的轻松愉快，同时我想说这个好实现起来不是容易的事情，正是因为你在跟乱七八糟形成张力关系的时候，这个好才更加地凸显出来，这个是我从个人角度来说的。我不是说大话，但是我忍不住要说，书这个东西是一个文明的象征和文明的符号，人这个物种他进化了这么多年，他的成果是一个文明的形式，但是人这个物种天生有一种破坏的基因在，虽然我们有这样的文明，有这样的文明历史，可是我们同时也从来没有中断过对这个文明的历史形成威胁，要毁灭这个文明这样的力量。这个从大的来说是人这个物种来说，从小的来说可以说到某一个时代，某一个暴君，某种国家的社会制度，其实书所代表的文明在每时每刻都在受到挑战，有的时候挑战的力量不一定是特别弱的，受到威胁。所以有的时候个人的很小的，我喜欢看书，个人很小的一个个人的习惯，可是这样一个个个人习惯集合起来，它就会成为一个保卫文明的力量。刚才定浩用到一个词“安全”，安全待在文明里面是安全的，而在反文明、暴力、血腥、野蛮的世界是不安全的。所以很小的喜欢看书这样一个个人的行为，从大方面来解释，我今天说这样的话也不是无的放矢，放空话，我觉得文明总是在受到挑战的。

黄德海：前面这种问题的回答，后面的人很吃亏。因为你话不能重复一遍，我说一个我对读书的感受吧。对我来说，我觉得高兴的一点是我读书的过程中我学会了“听话”，听别人说话，读书是一个听别人说话的过程。它跟我们日常的交流是一样的，要听各种各样不同的人说话，有些话是你不怎么爱听的，有些话你听了以后很振奋，还有一些话他对你造成了刺激。如果我们在阅读的过程中，对所有这些不同方向的反映没有激怒我们，没有让我们暴躁，我们都能够还是去慢慢地，即使有很多观点缓慢地理解，像我们跟一个人相处，发现他的性格跟我们很不一样，但是我们慢慢地学会了听他说话，知道了他的局限，看他局限的同时也在检查自己局限的来回的过程中。它会让人慢慢地轻松下来，比如我们以为人应该是这样的，人应该是那样的，朋友应该是什么样子的，等到我们慢慢跟不同的书打交道过程中，跟不同的人打交道的过程中，会发现人有各种各样不同，即使我们看起来那些在书的天空中一些最明亮的星星，每个星星都不一样，你会发现它们的差别如此不同，在这种过程中你的心会慢慢放下来。慢慢地你会感到很辽阔，这个辽阔比我们看到的世界广阔得多，这个过程中我会放松下来。其实我们没有那么多计较、不屑，看不上，甚至是自卑，而是看着所有的生命都像河水一样流过去了，有时候平缓，有时候动荡一下。一个更大的好处是，你在逐渐读的过程中，你发现一千年，两千年所有信息多在这条河流中慢慢流，你觉得你是里面的一滴水，放在里面，你有时候也接受着，让人很舒服，负担慢慢丢掉一点，等到我们卸掉心里的负担的时候会带给我们非常好的感受。

主持人：吴越现在还是《收获》的编辑，所以你的阅读还不能和平常人一样，选择自己喜欢的，你可能得面对各种各样的作品，有完成的，有没完成的，这个对你来说是一个挑战。

吴越：大家如果时间有限，应该用来读经典，作为编辑经常要读活人未完成的、未必能成为经典的。但我刚才在黄德海后面讲，我想报复一下，讲一个他的段子。我跟黄德海第一次认识，正好可以一起坐7号线地铁回家，他对《易经》很有研究，对传统文化很有研究，就跟我讲。听着听着一站站过去，突然发现旁边有一个人站在旁边，慢慢向我们倾斜过来，听得很入迷，那个人从屁股下面拿了一本《黄帝内经》毕恭毕敬递给黄德海，老师你帮我讲一下这几段，在人潮人海的地铁上，黄德海面不改色拿过来给他指导了一下。我想引这个说明黄德海的“德”。读书的一个意义就是发问，如果你对人生，或者对任何一些微小的事情有问题的话，说明你已经产生了读书的条件，完全可以通过读书引向你的答案。这种希望得到答案的行为或者动机，其实也是最近看科耶夫感觉到的，他认为人区别于动物的主要的特征之一就是人的欲望可以产生于未来，我希望将来怎么怎么，而动物只能对眼前的东西有欲望，饿了吃，渴了喝。当你可以读书的时候其实是在做人，享受宇宙给你的荣光。你在宇宙当中的位置，时间长河当中的位置，时间只对人有意义，对人来说才形成历史，如果地球上没有人，只有动物的话，那就只有生与死而已。在这个过程中我们享受到了历史，享受到了哲学，享受到了真正物理性的变化，带给我们的一切。最最理想的人有一本书带你漂到另一个码头，到另一个码头当中你产生了另一个问题，没有任何目的。

主持人：直接进入互动环节。

吴越：张老师如何看买了很多书，但是没有时间读的现象？

张新颖：我的书架上也有很多书没有读，当然我不是藏书家，即使是这样也有很多书没有读，不是所有书都是用来读的。如果书是一种文明和象征的符号的话，摆在家里也很好的，不要说人家在家里摆本书就是附庸风雅，这个没有问题。

读者：讲一点体会，再问一个问题。张老师我是第四次听你讲，觉得你非常低调。我进入思南读书会以前从来没读书，《红楼梦》《三国》到现在都没有读过，现在李主任安排什么书我就读什么书，他打广告的书，50 块也买，80 块也买，但是也碰到一个问题，读了三分之一，第二本书来了，只能放下这本书。今天给我印象最深的是，张老师说到边界问题，这个说得太好了，我原来没有这个感觉，到底读多少书算好。我想问张老师，你自己是什么时候感觉到了这个边界？你什么时候感觉你要把这个边界的概念通过这样的场合告诉你的同事、学生包括思南读书会。

张新颖：这个是个人的体会，不是我独特的体会，你也会有这样的体会。小孩一开始不识数，然后识数了，这就是边界往前走了一步。这个不独特，每个人都有这个体会，但是我把这个东西看作一个很重要的感受。什么时候认识边界？时时刻刻对都会认识到。我讲一个故事，1975 年我 8 岁，小学一年级读完了，认识了一些字，放暑假的时候趁家里没人打开我妈妈的书箱，找到了一本长篇小说，还有《毛选》四卷，那个我读不懂，读最后一篇，最后一篇有点长，不知道四书五经是什么东西，前面说了一大通也读不懂，读到最后读懂了。闻一多面对特务的枪口不屈服，朱自清宁可饿死不领美国人的钱，这个是我最早知道的两个现代作家的名字。一年级不知道这两个人是作家，但是我记住了这两个人的名字，所以上大学的时候我还真的查了一查，因为小时候看到这两个名字觉得很奇怪，到大学以后我考证了闻一多的名字，又考证了朱自清怎么死的。

我发现了一个笔记本，一个绒布面的，当时1975年，我老家是山东的，这样一个绒布面是很奢华的感觉，这个笔记本是空白的，我想是我母亲没有舍得用，我翻开笔记本，里面的插画是梵高，有十几幅，今天我大概可以猜想这个笔记本是我母亲读高中的时候留下来的，那个就是60年代初期，这就很有意思了，因为我没有研究过梵高的画在中国的流传史，60年代什么样的印刷厂印笔记本会用梵高的画做插页，而且十几页，其中有一本到了我母亲的手里。这个画让我不舒服，他画了向日葵，好像要烧起来，眼睛不适用，天空里面有一个漩涡式的东西，星空好像能把你吸进去，所以让我产生强烈的不舒服，但是这个强烈的不适又吸引你去看。我把这个笔记本合上，过一会忍不住再去看一遍，这个事情发生过也就发生过，这个笔记本也没有了。接下来我再没有想起这个事情，等到读大学的时候已经是80年代了，那时候有一阵子梵高热，有一本流行的书叫《渴望生活》，梵高的传记，我用一个晚上把这本传记读完了，好像我比1975年的小学生时候更多一点知道梵高，但其实我还是不知道，我是一个没有受过绘画训练的人。再过十年，刚才提到一本书就是冯至翻译的里尔克《给一个青年诗人的十封信》，冯至对梵高很熟悉，他说梵高画一个春天的树，春天的气温还是很寒冷的，周围很穷困，这个树和穷困环境形成对比，因为树的树叶在生长，树在生长，周围的环境比较贫乏。因为我有1975年的经验，所以我会特别注意到这段话，我回想我的青春周围是不是一个很贫乏的环境，我是不是在一个很贫乏的环境里面生命的汁液还在流动的人，回答不出，好像我是一个贫乏的人，但是我的周围又很丰富，所以这个问题到现在也回答不出。

再过十年，这个时间真的是特别奇怪，有一次我在芝加哥美术馆转得昏头昏脑的，一抬头发现梵高的自画像，其中一幅就在我的眼前，差不多要顶在鼻子上了，给我的震惊感是尺寸比我想象得要小，感觉有点抽象，原来我离梵高的距离比我想象得要短。那个画不像我们博物馆，珍贵东西要罩一个玻璃罩，它没有。我觉得其实我跟你的关系还不是那么远，就有这样的感觉。我在美术馆转了一大圈，我想等出门的时候再回来看看梵高，但是那时我看到画前面站着一个人，大概30来岁的女性，她直直正对着梵高的画，泪流满面，根本不关心旁边的人，我悄悄走开了。出了美术馆，我想起了1975年最初看到梵高画的不适感，但这个不适感又吸引着你，我在想那个吸引我的东西是什么？吸引一个8岁对绘画一无所知的，因为笔记本上会写名字，除此之外不知道关于梵高的知识，到底是什么？又产生了这样一个问题，但是我只知道这个人对我很有吸引力，这个也是边界，1975年的边界，1985年，1995年的边界，一直到今天的边界，不是很好的回答，但是就是这样。

主持人：我有点不忍打住这个话的感觉。

张新颖：因为我不是一个专家，当然我从国外背回很厚的梵高的画的全集，但还不是一个专家，我对他了解不多的过程中发生很深刻的感情，我觉得有点奇妙。

读者：你的父亲母亲在文学方面什么情况？

张新颖：我的父亲是一个普通工人，母亲是一个普通的教师。

读者：语文教师？

张新颖：我想我母亲其他科目也很好。

主持人：我希望这个时间一直这么延续下去，张老师在讲述这个故事的时候，所营造的那种氛围那是极其迷人的，好像在那一瞬间几十人围着你，你在讲这段历史，里面的人物命运，那些鲜活的情感，慢慢延续到下一个十年，你告诉我们那是边界，那个人泪流满面，而你也没有办法回答她为什么泪流满面。最后一句话，如果说阅读它真的有用的话，就是回到刚刚所有人说的一个关键词，它会让我们拥有一个安全的心灵世界，谢谢各位。

时间：2017 年 9 月 28 日

嘉宾：中村文则　中上纪　潘向黎　汪涌豪　陆梅　尹藤氏贵
　　　柴崎友香　小白

文学中的都市想象

——日本作家对谈

第一场：

孙甘露：我介绍一下今天的几位嘉宾，首先是中村文则先生。另一位是中上纪女士是一位非常年轻的 70 后作家，毕业于美国夏威夷大学美术系美术史专业，从小跟随其父亲到处旅行，走访过世界各地，写了大量随笔、游记，是非常有名的小说家、散文家。接下来介绍两位上海的作家，潘向黎女士，是一位非常出色的小说家、散文家，有很深厚的中国古典文学造诣，复旦大学著名学者潘旭澜先生的女公子，她现在《文汇报》工作，首席记者，还是上海民进市委副主委。汪涌豪先生，复旦大学教授，《复旦大学学报》主编，上海文艺评论家协会主席。潘向黎女士曾经在日本留学 2 年。汪涌豪先生写过《知日的风景》讨论日本文化，今天请他们两位来出席这个活动很合适，也感谢他们百忙之中来到这里。

中村文则：我来中国三次了，第一次来上海。

中上纪：各位大家下午好。

孙甘露：非常感谢两位。今天的主题是“文学中的都市想象”，先请汪涌豪老师谈一下，因为他刚才跟我说准备了四五页纸，汪老师讲课非常精彩，如果让他一个人讲，今天别人也不要讲了，先请汪涌豪先生就今天这个主题跟我们讲几句，大家欢迎。

汪涌豪：很高兴今天能和两位日本作家见面。我在日本福冈、神户待了 3 年，几乎走遍了日本全境，许多日本人没有去的地方我都去了，在日本挣的工资全部都花了，所以和日本朋友交往并不感到陌生，反而感到很亲切。

中村先生的小说我看过一本上海文艺出的《偷摸》，也译作《小偷》。我对中村先生的小说很感兴趣，刚才甘露主席也介绍了，他的许多小说在日本、美国得奖，在美国得了犯罪小说类奖项。今天主题：都市中的想象，日本很早就进入工业社会，现在已是后发展时代，追求精致化、发展程度很高。日本是非常安全的社会，它的犯罪率是西方世界的 1/20，非常祥和、安全，在日本也很少看到警察，警察帮我提东西，很亲切。但是为什么日本几代作家都拼命写犯罪？这个非常有意思。而且犯的罪是匪夷所思。日本人天天把家人放在嘴上，非常重视家族伦理和家族祭拜。但人和人之间又有绝对的冷漠，甚至血亲自之间有虐杀、仇杀，日本很多老年人孤独死，这是一个很奇怪的现象。所以这次碰到专门写犯罪小说的作家，我必须当面向他请教，为什么这样。

这类小说在日本被称为黑小说、暗小说，传到中国发展成一个类型，年轻读者非常喜欢，他们看情节，并不一定了解背后的日本文化，所以今天有机会请作家本人来解释这个问题。中村先生解释的时候我可能会不断提问题，我喜欢追杀。希望你回答得出来。或许有可能回答不出来，因为一个异文化观察者看到了你没看到的，所以今天你准备好。

中上纪女士的作品我相对有陌生感，但是她父亲很了不起，她父

孙甘露　汪涌豪　中村文则　中上纪　潘向黎

亲被称为日本的“福克纳”，非常努力。成就丰富，有十几本作品，刚才主席介绍她从小就跟着父亲去过很多地方，视野和一般日本小女生的有点不同，日本“芥川奖”的得主现在年龄越来越小，19 岁，20 岁，21 岁，22 岁。我不相信这么年轻的作家能写出多深刻的东西，没人脉，没社交圈，没固定职业，只是个人一点小小的悲欢，甚至用偷窥的方式来保持自己和这个社会的联系，老是写一些心里面小小的东西，我不觉得这样的文学会在多大程度上涉及人的基本面。我感觉现在日本人普遍排斥异文化，世界各地的高校，日本学生越来越少，和上世纪七八十年代没法比。另外日本人之间的交流也很少。第三，日本人感知爱意的渠道也越来越少，所以日本 35 岁以上不结婚的男女已经超过 35%。这使得他们变得越来越封闭，视野变得很狭隘。当然也有好的地方，切入点小就能非常深刻。但是这个深刻在我一个老男人看起来，是一个局限。但中上纪女士有跨界的视野——日本、东亚，乃至世界，我都觉得很惊讶。尽管我没有太多看到中上纪女士的作品，但我相信她的视野不一样。有时候一个作品的高度是由视野决定。

孙甘露：我也不要用话筒了，实际上王老师的讲话中问了几个问题。我们请两位日本作家回答一下。先请中村文刚。

中村文则：首先要深度了解人的内心，我一直抱有这样的意识在写小说，写《偷摸》的时候必然就会看到人恶的一面。人类最早的职业是妓女，第二是强盗，如果能写这两种古老职业，就能触及到人类内心根本层面；另外日本一些黑社会以及被黑社会所支配的人，我也想写这些人。

人在犯罪的一瞬间，跨过这条红线，就进入了不正常的生活，所以我对人跨过这一条红线的瞬间非常感兴趣。所以我写了《偷摸》，以东京为背景。写《偷摸》的时候，如果光去查找一些过去的文献来写，一点都没有意思，所以我也和一些朋友去尝试一下做小偷的感觉。和朋友一起去练如何偷东西。当然我没有在社会上去犯罪，我把偷到的东西还给了失主，但把自己的动作，反映在我的文章当中，我一直在反复尝试。人，如果挖掘到内心的深层，肯定有一种恶的存在。但所谓恶魔是不是真的是恶魔呢？我觉得也不能一概而论，每个人对恶魔的定义也不一样。我从小在一个不很好的家庭里出生——一个接近支离破碎的家庭——当中成长起来，之后被社会挽救，被社会上的小说所挽救——我也念过鲁迅的著作和其他国家的著作，也包括日本的一些著作，这些作品挽救了我，我也感受到了文学作品的多样性。所以可以说我没有走上歧途，是书给我的帮助。

中上纪：允许我讲两句，我和父亲一起去旅游，其实只去了两个国家，还谈不上环游世界，这我要纠正。

我的双亲都是作家，所以我在一个作家世家里成长起来，但并非这个原因让我从事写作，我是走了一段弯路才开始写作。我小时候对作家这个职业一直觉得很怪，并不是特别喜欢。因为我父母经常在家里面吵架，这让我一开始非常讨厌作家职业，但后来我开始想表达自己的想法，就慢慢走上了这条道路。确实非常喜欢旅游，每次出去旅游都非常高兴，虽然谈不上世界各地，但我和父亲一起走了不少的国家。都是一些非常朴素的旅行，和当地的居民进行交流，听到当地人的心声，把它们留在纸上。中国的朋友还不熟悉我所写的小说，内容是一个外国男孩在日本生存，现在有很多外国人住在日本，除了留学还有工作，比如亚洲、东南亚这些人，但他们所能从事的职业是有限的，而且有语言障碍、文化差异，所以他们在职场上很艰苦，男主角和老婆到日本，他工作的压力会释放在妻子身上，会在社交媒体上找到同样感受的人。他们的烦恼是日本年轻夫妇所没有尝到过的。我就是去现场来倾听他们的心声。

这个世界给我们很多惊讶、惊喜，过去觉得不可能再见到的初恋情人，现在三十年后就可以找到。我觉得这种惊讶非常有意思，这种惊讶会给小说带来什么。还有与过去的相遇，在小说当中也表现了这样一种场景，主人公和远方的表兄，通过社交网络进行交流，因为是堂兄，所以是同一个祖父。他们两个地方的亲戚在社交媒体上谈到的话题完全不同，因为每个人的视角不同、出发点不同，祖父母生了孩子，孩子生孩子；过去的烦恼，特别是女性的烦恼，过去的女性非常坚强，但现在的女性却有另外一种层面的坚强。现在的女性烦恼和过去的女性烦恼其实一脉相承、永恒不变。这个主人公终于发现了和过去的连接。这是我现在感受最深的一点。

这个时代在发生变化，我们感受到的惊奇，是暂时性的，生活终有一天会变得正常，现在技术也很发达，有人工智能，可能会给我们带来很大的变化。我们有很多的选择，如果能够选择和过去联系在一起，也可以选择和过去诀别。但是现在这个时代又可能会偶遇三十年前的初恋情人，又可能会带来更多的小说表现方法。这是我的一个想法。

孙甘露： 转到女嘉宾，话题就从犯罪凶杀转换到三十年前的初恋情人。今天非常巧合，台上的女作家都出生世家，刚才中上纪女士的自我介绍是一个半官方的描述，但是她说到家庭里作家父母也会毫无例外地吵架。潘老师从小受父母的影响，尤其是古典文学造诣方面。我也挺想知道在潘老师的青少年时期，您的父亲，不但是一个学者，作为一个父亲，给您留下的重要影响。学问之外，是什么样的情形？

潘向黎：刚才听到中上纪女士的回忆，就想到我父亲，确实有相似之处。我父亲是大学中文系教授、评论家和作家。在学生心目当中严肃，严谨，不苟言笑，但是在我二十岁以后，最晚不超过20岁，渐渐发现他对我有个最好的影响，就是那种学术面前或者说历史面前人人平等的东西，他作为学者的理性宽和，一点点压倒了作为父亲的威严，我经常和他争论的一个话题是唐诗，他最喜欢杜甫，觉得杜甫是绝对毋庸置疑的巅峰，不能有第二人可跟杜甫相提并论，我很喜欢王维，后来喜欢李商隐，我们两个人茶余饭后经常饭厅里面吵架，吵到后面他不愿意和我辩论了。他会跑到厨房里，我会追到厨房里。还争诸葛亮的作用，他一直说孔明是中国知识分子实现人生理想的典范。据我所知他那代知识分子80%都这么说。我就说这个人是很有智慧，但是他的选择真的对吗？他真的是想中国统一、老百姓享受和平宁静的生活吗？如果是，他为什么帮实力最弱的刘备呢？他帮刘备，导致战乱的时间更长，他应该不帮刘备、拒绝刘备，不管刘备怎么去请求他，怎么尊重他。让天下老百姓早点太平，就该让实力最强的曹操早点统一中国。我爸说不是这样讲的，有一个仁义的标准在，刘备仁义，曹操不仁义。但是因为仁义就让战乱时间延长，让老百姓多受很多苦，怎么会是仁义呢？就经常吵，吵到后来也没有统一的答案。

后来他跟我讲，你可以那么想，没有关系，你不用纠缠我从客厅追到书房，你可以写下来。我觉得这对我写作是一个很好的启发。我觉得对呀，既然很多人像我爸爸那么想，我就不应该只说服他一个人，我即使追到书房把他说服了，还是有很多人像他这么想，我就应该直接写下来。但是我写完了以后就想发表，我爸爸又有一个很顽固的观点，他就觉得人年轻的时候太早发表作品不好，对一个人的成长特别不好。我们家经常来很多文学编辑，有做杂志的、做报纸的向他约稿，人家听到我的只言片语，就会说：你也可以来写稿子。我爸爸坚决不许，如果你们向她约稿我就不写了，我给你们写，前提就是不要向她约稿，希望她好好读书。我出书是比较晚的，我第一本书出来已经26岁了，是被父亲压制的结果。但是两代人肯定会有差异，我有一部小说《白水青菜》，外国翻译成青菜汤，很普通的情节：一对外人看起来很完美的夫妻，经济、文化水准都很高，丈夫却不知不觉喜欢上一个年轻的女孩，说到这里大家觉得这种故事太常见。但是后面我的尾巴跟以前我自己读过很多的小说稍稍有点不一样，丈夫后来发现跟年轻女孩还是很多问题，从生活习惯到心理年龄都有问题，他后来想回家，回到妻子身边，这也是很常见的，但是妻子原来天天为他准备非常美味的汤，味道变得一点都不好喝，因为原来汤里面放了很多东西，海鲜、火腿这些，炖一天把原料都捞掉，只放上豆腐和青菜，看上去很简单，但是其实里面有非常高级、非常花时间的食材。等到她对丈夫的感情失去了之后，就只有白水和青菜，丈夫喝了一口就吐出来。我爸爸说这个结尾有点特别。我有很多作家、评论家的朋友看到很不高兴，看到这个结尾纷纷跟我打电话说，前面写得多好，古典美，但是你没有坚持到底。你最后来这么一下子什么意思？我说故事的女主人公，她有很好的文化背景，她不允许自己的丈夫出轨以后又回来。她也许不会分手，但是也会有种种考虑，这个汤的味道肯定会变。我说你们不高兴什么呢？他们说看你前面的叙述、很平稳的节奏觉得很舒服，不知不觉就把自己当成男主角了，觉得很幸福，在外面有个很年轻可爱的女朋友，有个非常贤惠，而且文化层次很高的妻子，天天在家里炖汤，希望汤的味道不变，永远在等着我们。我说你们没有注意到现在城市里面的女性吗？其实早就变了，这就是我小说里想说的东西。

小泉八云有一篇奇谈小说，那时相当于我们的清末，从民间传说里改写的。传说原本写的是一个男人有一个贤妻，他外出很多年以后回来了。他妻子还是那样子，没有变，很热情、很温柔的迎接他。为他煮美味的食物，晚上吃完以后就回家睡了，一切都非常熟悉、非常舒适。第二天起来突然发现自己睡在一堆废墟上。就向邻居打听，邻居说你走了以后妻子生病去世了。后来他才知道妻子的鬼魂对他还是和原来一样。但是小泉八云就改写了，吃了妻子做的饭，第二天起来，睡在废墟上，废墟上有他妻子的骷髅，披着很长的黑发骷髅，披着黑发的骷髅一直追着他，追得他无处可逃，这个男人就被吓死了。

我想说小泉八云这个故事跟民间传说里很不一样，民间传说里面的一切都可以改变，家可以变成废墟，但是只有女人对丈夫的那种爱，我也不知道是基于人伦，还是基于日本文化传统的势力压力，真的有这种的爱，是不变的，超越一切现实的不变。我显然更喜欢小泉八云的结果。我觉得即使生活里面有那样的女性，一辈子等，一辈子不变，我也会理解这样的女人，但是我只是理解同情，不会赞美。我们现在都市里的女性，在这方面肯定要现代一点，有新的感情观，新的两性观。所以这一点上不分中日，我都感觉到这种变化。有一些不可遏制的属于都市的现代的元素，在小说里顽强地表现出来。

孙甘露：潘老师讲的这个细节很有意思，小说当时非常有名。丈夫回家了，妻子不动声色把汤里讲究的食材都拿掉了，如果换成犯罪小说的话，那就是汤里下药。这是非常有意思的现象，虽然都生活在大都市里面，男性作家和女性作家观察、切入的角度以及关注，是非常不一样的。刚才说到两位女作家的父辈都是学问家、作家。汪老师在复旦跟潘老先生是曾经有交集吗？接下来请汪老师也从学问的角度给我们讲几句。

汪涌豪：今天逮着两位作家，我不想从学问的角度。我和潘老先生有过交集，没有给我们那一届开过课，但大名如雷贯耳。我们党委书记曾经宴请过潘先生和我一起吃饭，那是唯一一次和潘先生共处。潘先生和我们最高领导一起吃饭的时候不卑不亢，一点都没有趋奉的意思。书记请教对学校的学科建设有什么看法？潘先生说了一句，我们都已经过去了，应该重用年轻人。就这样一句话，我当时年轻，天然对潘先生有好感，没有机会对潘先生表达我对他的好感，我把这份感激转移给向黎。这是一个渊源。

刚才中山女士说了女性的视角和代表女性的话，我感觉她有一点点表示在日本，女性的不容易。但我感觉最不容易是日本男人。日本男人整天在工作，拿点零花钱，喝一点酒回去要看太太脸色。后来男女平权，女性上位，男人地位直线下降。一旦离婚，家产平分，而这些男人一点生产能力都没有，女性称之为“粗大垃圾”。我在日本读书的时候，有一个日本太太跟我说丈夫一回来世界就变了，他就是一个粗大垃圾。看电视，笑的时候都笑不到点上。不爱笑的时候笑了，该笑时脸上没有表情，所以最希望他不要回来。家里所有的权都是太太掌控的，当然也得看这位日本太太是否贤惠。

在我看日本女性是有心计的，强势的，拥有生活支配权，丈夫在科长面前畏畏缩缩，她可以在外面茶道、花道、听贝多芬、看画展，很滋润。所以我总觉得日本社会有很强烈的阴柔部分，甚至男人也感染上阴柔之气。日本作者对人性的厘析非常细。假设人性有面积，一平方米，不同的作者在上面切割，已经切割很细碎了，后来的作家再进行切割，结果人正常部分都切割解剖完了，怎么办？写不正常。普通的不正常也写完了，那就写得现在越来越不正常了。比如写肉体，18、19 世纪自然主义作家写肉体，但现在日本一批年轻作家写肉体就有点恐怖。而且他们把肉体等同于主体，这在经典作家里面从来没有，乃至把身体改造和灵魂的洗练都等同起来。比如说通过身体的改造，我刺青、钉个耳环，就是向世界宣言。其实不是这样的，我在日本的时候在周刊、报纸上读了大量的文学评论，我有一个感觉，因为日本人评论自己国家的小说家抱有一种高度的同情，非常地认可，看着这个觉得这个写的好。但是对于我一个异文化的读者来说，我总是不明白这样揭露人性的暗面，想要告诉人们什么？西方文化里面说人一半是天使一半是魔鬼，人有两面。但日本把人厘析得这么深刻，想告诉人们什么？人人心里藏着一个魔鬼，得时时捂住不放出来，所以人人需要更多的掩饰和装饰，于是日本人的礼貌越来越周到。向黎说有一个日本人对着樱花哭，我在福冈也看到一个老太太拿着一片银杏叶，看了半天，然后用手绢包起来，放在包里走了。我还跟着走了一段，觉得她可能是从一片叶子中感受到了生命。

我还看到住我对面的中年男子，下了班还在排电线。问他在干什么，他说：白天上班，没看樱花，晚上打灯光看看晚樱。中国人看到这种行为会觉得很闷骚，觉得暴露于公开场合的东西非人本真。阴暗面应该只有天知地知鬼知，不能人知。但作家不安分，不愿意混同一般人，要把阴暗面揭开来。日本人的礼貌就是天然的装饰物，作家就是要揭开这个装饰，这导致日本作家有非常强的暴露性。

我们看看德田秋生、谷崎润一郎的作品都是这样。中国人看起来觉得有一种不可思议的血淋淋。一个人因为睡进所爱的女人睡过的被子，闻着被子上留存的女人的体香，会激动到大哭，中国男人不大能理解的。我很佩服日本人在这一方面没有止境地发掘。人性是深不可测的黑洞，这样的黑洞一直探究下去，像日本作家走在街上看到一个女人，会觉得这个女人很诡异、不可信任。日本人心里想法很复杂，看到一个人走过来彼此觉得互相都有很复杂的想法，于是只能说今天天气。日本人之间距离在拉远，不仅日本这样，中国现在也是这样，人和人的距离越来越远。我们年轻的时候门都不敲，不预约就冲到老师家里，现在不可能，要约时间，并且约在外面。所以城市便利，实现人无穷梦想，当代人的精力都是城市当中获得的，但城市又承担着后现代意义的孤单，东京地铁站的人密密麻麻，人流滚滚，但是人和人之间隔山隔海。那些作家揭露人性丑陋，并非带有蓄意窥私的恶意，其实是不满意这样的状态，希望通过文学转换心理，让人们阴暗一面得到消解。用比较开朗、明快的心情，彼此走到一起。所以我用比较浪漫、诗意、善意来揣度日本的暴露文学，这是对我的一个交代。不然我实在不能理解像太宰治这样的写法，我只能说他们心里怀着巨大的善、怀着彻底的浪漫，才能面对严酷的人生。

孙甘露：感谢汪老师对日本文学以及日本文化深入、细致的分析，请中村先生和中上纪女士回应一下。

中上纪：日本的女性，其他国家也是如此，开始走上社会，同时还要养育子女，也成了一个社会问题。丈夫在外面拼命地工作，女性在外面也工作，回到家里还要做家务，也非常辛苦。日本男性在家里不做事，在外面很忙。所以家庭里会出现一些矛盾。刚才汪老师所说，女性在家里去花道、茶道，其实现在日本女性很少去优雅的场所。女性有很多持家育儿的问题。我想表现这些在生活当中挣扎女性的现象。刚才大家也谈到了恶和阴暗的一面，让人陷入一种困境，这种困境到底是什么？我觉得人并不坏，男人拼命工作，女人也拼命工作，但矛盾无法避免。潘老师小说里的汤这个意象，很好，让我想到妻子做了非常美味的汤，丈夫可以喝汤，也可以选择不喝，去和约会情人。但喝汤又表明对妻子还有恋情，这是非常矛盾的心理，而妻子也可以不做汤，但还是在为老公煲汤。所以这当中也表现了无法割舍的爱，说明爱存在。

孙甘露：请中村先生。

中村文则：今天非常感谢，虽然到中国来了三次，每一次到中国来都让我感到非常幸福，非常开心。今天可以和三位老师一起交流，也感到从不同的文化来讨论同一个话题，非常有意义。刚才汪老师谈到人与人之间的距离越来越远，这是一个现代社会的现象。现在国家与国家也越来越远。世界文学培养了我，我也是参加一些外国举办的活动，我觉得国家和国家之间的距离必须要拉近，所以今后会通过文学、文化加强和中国的交流，今后也希望能够持续。通过这种交流拉近两国之间的距离，非常感谢大家。

孙甘露：非常感谢中村文则先生、中上纪女士，感谢潘老师，汪老师。下半场由李伟长先生主持，介绍四位日本和上海的作家。

第二场：

李伟长：先介绍一下嘉宾，陆梅老师大家很熟悉，《文学报》主编。尹藤氏贵先生是一位学者，他的研究我很关注。因为日本很多小说在中国出版，比如村上春树的《没有女人的男人们》，尹藤氏贵先生就写过评论，对于我们理解小说非常有帮助。柴崎友香女士，很优秀的小说家，曾获芥川奖，她的小说探讨的话题和今天的主题有很密切的联系。小白老师，上海非常知名的多栖型的写作者。

尹藤氏贵先生是一位学者，研究明治时代的代表作家夏目漱石。对村上春树和其他日本作家也很关注，并且做过精彩的点评。所以我想请教一下您对日本当下关于城市写作的想法，不妨跟我们分享一下。

尹藤氏贵：这次能来上海，非常高兴，我是第二次到中国，第一次来上海。上海是一座生机勃勃的城市。四位日本作家只有我是60后，其他三位都是70后。我小时候生活在农村，洗澡都是劈柴生火，厕所也不是抽水式。所以我肯定不是青年。少年时到东京六本木上中学，也感受到农村和城市的差异。刚才说人与人之间的关系，位置接近，心理疏远，这就是城市现象。刚才谈到夏目漱石，他在小说《我是猫》里有一个预言，有两样东西会因为同样的原因消失：文学和结婚。为什么呢？因为人不断汇集到城市。城市让和完全陌生的人在一起生活，不需要婚姻；文学艺术只主张自己想要表现的东西，人们也渐渐无法理解彼此的文学。这就是大城市的一个现象。

村上春树的小说也是这样——表现孤独，比如今天的主题“想象”，城市是剥夺人的想象力的地方。今天在伊势丹百货商店吃饭，我逛了一下伊势丹百货商店，和日本的伊势丹卖的东西是一样的。今天我带的包在伊势丹也有卖。城市越来越同质化，同质化的社会发挥想象力越来越难。如何发挥想象力，今天四位专家来到上海，刚才您也介绍了，曾经获得过芥川奖的柴崎友香，她的获奖作品《春之庭》，不是写大城市，而是以庭院为中心，表现人与人之间的结合。但城中的人与人联系起来确实非常困难，有一些“空和无”，反而可以联系在一起，她的作品是表现这个意思。

村上先生在夏威夷生活，夏威夷就是一个逃离城市的地方。所以村上先生能有很多作品，他也写了关于城市的书，还没有翻译成中文。在那座城市，人互相监视，任何人的行为肯定会被别人看到，生活极其拘束。人只好想象一个理想的空间。这三位的作品看起来，城市虽然是剥夺人的想象力，但在城市当中生活的这些人仍然执拗地想摆脱这种桎梏。

李伟长：尹藤氏贵的发言涉及了非常丰富的内容，提到从哪里来，再怎么到大都市去。生活经验和接下来进入城市之后的经验。如果我们做一个区分的话，意味着尹藤氏贵先生之前的生活是在乡土的。在中国，就有乡土文学，对应城市文学，从我个人的阅读来观察，这种分界在日本并不那么清晰。所以我想请陆梅老师作解读，也是一种回应。陆梅老师自己做《文学报》，很多稿件、很多专题对这个都有比较深入的看法。她自己也是一个作者。

陆梅：汪涌豪教授和潘向黎教授是“知日派”，娓娓道来介绍日本文学，分析解剖日本文学，很专业。我和在座诸君亲耳聆听是很幸福的一件事。今天上半场的对谈相当专业。尹藤氏贵和柴崎友香的作品我都没有读到过，只好看他们的简介，我尽量给予回应。

就刚刚那个话题来说，尹藤氏贵刚刚说到他出身于乡村，这个话题回应一下，今天这个主颢相当好：文学中的都市想象。在全球化时代的上海，特别合宜，我是70后，为孩子写作时主要是童年经验和记忆。我也聚焦乡村叙事。很长一段时间以来，中国文学聚焦进城，本质也是乡村叙事和小镇叙事。城市化过程中城市叙事也越来越被关注和言说。但我没有这方面的深切体会，不像向黎有自己的写作体会，是一种观望的姿态，从阅读里面分析想象。

我很喜欢日本文学，看了不少随笔和散步。我带了一本《随笔的东京》，几年前中日儿童文学作家去日本东京、箱根，作家各自写了一些文章，就是这本书，记录日本也只能是随性成笔的方式。

我想呼应尹藤氏贵的是，三岛由纪夫、谷崎润一郎这些代表性作

李伟长　陆梅　伊藤氏贵　柴崎友香　小白

家在成熟地书写都市文学，有一个自己心目中的“我曾”，类似于香港作家“我曾”，放在上海也合宜，其实在上海这些年也有王安忆和金宇澄这样的作家。都市文学，或者说文学中的都市想象，对更年轻作家的考验是，如何避免同质化，深度地掘境。

李伟长：陆梅提到同质化，可能是我们生活的空间当中，这种细微处，恰恰是日本文学当中非常重要的一块。城市把想象力给剥夺了。有一位作家在被剥夺想象力的同时仍然建构了自己的想象，通过资料、地图、日常经验和对未来的猜想，建构了他的城市——小白，这个问题会给到小白，写的东西相对少一点。

小白：我也在写。

李伟长：你在日常生活中能穿行于历史，你在写作当中的感受如何？

小白：“文学中的都市想象”这个题目挺难聊的，势必要聊出去很多，得用一种隐喻的方式聊这个话题，直接聊没法聊。我觉得如果说小说都市想象我能理解，因为城市化给我们文学上带来的最重要的一个体裁就是小说，没有城市就没有小说，反过来也是一样，没有小说就没有城市。我不认为有乡土小说，算是农家乐吧。因为小说就是城市化的产物，形成一个城市聚落才有小说，否则根本就不需要小说，大家讲故事就可以了。

都市化一个最重要的特征是建筑物，古代房子很简单，中国、欧洲的旧时代，房子几乎是多功能的，里面有一个厅。前年在一个南太平洋岛上，看毛利人的房子比这间还要大，是这个两倍，但只有一间。古代人的生活就是一个房子里吃、喝、拉，亲属都在一起。城市最重要的特征就是房子功能化。从 16、17 世纪开始有卧室、起居室、卫生间、饭厅、厨房。房子在区隔空间，城市也在区隔空间，商业区、文化娱乐区、政府机构区。所以每个人在特定区域只能做特定事情。实际上又回到老的话题，这样一个城市空间里生活的人自然而然就像在一个舞台上表演，在这个场合做这个场合的事，就表演这个场合规定的角色，完成特定任务。所以城市化的重要的特征之一就是表演。伴生于表演的就是偷窥，小说就是偷窥，法语里小说 nouvelle 最早的意思是八卦、新闻。巴黎城市化开始的公共的场所、小破旧广场，人们每天聊哪个贵族家里老婆如何，哪个家里发生什么见不得人事。天天议论传播，久而久之 19 世纪印刷业出来了，就变成了印刷品，也就是小报的雏形，对这些东西，这些印刷品上的内容以及之前口口相传的内容，现在说起来就是八卦、新闻、消息，这个词就是 nouvelle。再说表演，人是被面具遮住的，我们必须符合这个标准，特定场合表演这个场合的角色，但是周围朋友、同事又很想知道你究竟是什么样的人，就来偷窥你。

怎么偷窥法呢？最简单的例子：角色邻居，我们住在城市的一幢楼里，每天早上见到他在走廊、电梯跟你打一声招呼，永远只看他的面具，但也有那么很短的时间瞥见他的内心真实，就是他没戴面具的时候，比如夫妻吵架，甚至有人自杀了，犯罪了。在这样的事件，内部就暴露了，就可以窥视了。于是小说就来挖掘城市阴暗、特定的东西。小说天然地从这里可以窥见一个真实的东西。城市和小说就是这样的隐喻。

李伟长：感谢小白老师给我们上了一堂课，告诉我们小说如何产生，并且严肃指出没有乡村小说这个说法，所以对我们这些做评论的人来讲，很关注的问题就是告诉乡土小说作家，你写的不是小说，他也许会问“我写的是什么？”我说你写的是比较洋气的农家故事。小白用偷窥这个词汇来指称城市里的人的好奇和欲望，隐喻为很多关着的门。

柴崎友香是位非常漂亮的小说家，1973 年生，她在机械厂做过事情，1999 年开始文学创作，代表作品作品是 2014 年的《春庭》，获得了芥川奖。对《春庭》有个很有意思的点评：以一个古旧的公寓为舞台，描写平淡、鲜活、生动的日常生活，有一种浓浓的生活气息。这个小说到底想表达什么意思？请柴崎友香给我们介绍一下这部小说和写作过程。

柴崎友香：小白老师讲的一番话，我很感兴趣，《春庭》描写东京大都市里的一个角落，和表演、窥见有很大关系。《春庭》是写一个年轻男人发现和他同住公寓的女人在偷窥。而这个男人小时候看过一本写真集，就是他居住的公寓。他很喜欢这本写真集，就搬进这个公寓里面，想从这个公寓的房间看看写真集里的风景。但这个房子已经有人住了，他没法住进去，就和住客产生了矛盾。这就是通过写真集偷窥艺术家的生活。现在一对有钱夫妻住在这里，他便偷窥这对夫妻。写真集里的夫妇过的都是非常自然平常的生活。主角就怀疑这是不是一种故意表演出来的幸福。偷窥的女人虽然也已经发现了他只是在表演出幸福，但表演的幸福中仍有期待的愿望。我的这部小说主要是写这样一个故事。

我出生于大阪，是仅次于东京的第二大城市。现在人口是日本第三位，或降到第四位，但大阪工业发达，在文学文化上也非常具有影响力。当然和上海没法比，但也是日本的中心。交通、住房都非常拥挤。

我的小说主要想描写这个城市、描写空间。城市有很多接触和创造，在城市里有可能每天都接触很多人，而且物质丰富，有很多工作机会。但是遇到的那么多人，却无法相互理解，而且能看到这么多的无法相互理解，在人声鼎沸的城市里反而更加孤独。人的生死，也发生更多。大城市是一个充满矛盾的空间，它能够创造财富并被来自农村的人所吸取，同时又在制造贫穷，所以是一个充满矛盾的空间。过度和矛盾通过小说把它表现出来。所以能够带来很多灵感的空间。

大城市也是时光流逝非常快的空间。我在大阪、东京生活了几十年，东京的建筑物在不断地建起来，老建筑越来越少，特别是上海，有时候会给我们一种错觉，是不是到了未来。这是全球大都市里都会出现的时间压缩。这两三年我常去美国、英国的大城市，每个地方都是一样。繁华街口环顾四周，有 H&M、星巴克、优衣库……上海、东京、伦敦、巴黎都一样，风景都一样。买礼品回来发现东京超市也有卖。

同质化或许让人失去想象，但这当中也会找到一些有意思的、和过去不一样的东西，也是比较有趣的现象。比如过去聊不来的人，现在可以非常简单地沟通。现在东京的新宿开了一家很大的优衣库和 BicCamera 电器店。优衣库里很多的外国人、各国年轻人都在这里选衣服，我也和他们一起选衣服。我小时候觉得亚洲是非常遥远的，但是现在我可以和亚洲的年轻人一起选择衣服了。大家的爱好都一样，会选择同样的衣服、同样的颜色。这样的情况下会不会有新的发现？

日本的小说是非常细腻地描写人的内心，中国的小说表现方式更加开放。这种写法也是非常吸引我。中国的小说非常直截了当描写人，人生也被压缩，是一个高密度的描写，不像日本作家那样细腻描绘。相比深挖个人细腻的一面，对我来说站在街头环顾周围更有吸引力，这是比较开放式地描写。小说连接时间和空间，甚而改变时间和空间，可以穿越过去未来，可以想象身处异国，还可以进入到人的内心，而读了这些小说的读者，又可以把小说里的东西深深埋入心田，也可以想象自己成为小说中的主人公。大城市不断有新事物出现，也让我们不得不忘记过去，我就想描写这种过去与现在的关系，有些是为了生存必须忘记，还有一些比较模糊，一时说不清东西，我想写这方面的内容。为此我把大城市作为舞台小说和过去的纪实小说。在日本过去有很多纪实性的小说，我想和纪实小说不一样，写无形、看不见的东西。必须要远离现实才能够写出来。比方说夏目漱石的《我是猫》，只有从猫的角度才可以写出来，还有村上春树用一个根本不知道的地方打来一个电话等等，这或许也是表现了现实，我对这种小说也是非常感兴趣。

李伟长：柴崎友香和我们分享了小说的观念、写作经历、对城市的理解。其中提到的表演和偷窥，小白老师是个专家，他有本书《表演与偷窥》，对人类在空间当中的表演以及偷窥对人类在发展的过程促进文明等等，非常详尽。是一本妙趣横生的书。

时间的压缩、空间的压缩，遇到的人会更多，故事雷同。人与人关系越来越复杂，又越来越淡漠，理解越发困难，还有担心失去，这些都是城市的问题，如果不是语言的不同，作家是没有国界的，谈的问题是同一个问题，不管这个作家来自上海、东京、纽约，因为四、五年以来，几十个国家的几百名的作者在这里讨论写作的问题，时间加速了世界扁平化，哪些东西会变得更加独特？语言吗？还是表达方式？跟尹藤氏贵先生的研究一个相关问题，他说对夏目漱石很有研究之外，还一直关注日本当代文学的现场，就是一个在场的观察者，他提出村上春树的丧失感，就是在村上的小说里归纳出来的。但是问题不是要说春树，是城市、是高速的今日生活里如何日常生活？日常生活和城市生活似乎有着天然的矛盾。很多作家面对日常生活时总是纠结，并且由此也写出了很多主题为爱与日常的好作品。爱和日常，就是爱和婚姻。所以我们说到的那些恩爱百年都是很美好的祝愿，但是更多的是举案齐眉、相敬如宾，但是那个是不是爱？我举的这个例子是想说你现在关注那么多作品，日常和城市对你这样一个学者来讲怎么表现？想听听你的思考和分析，你也可以跟我们分享很多你所推荐的日本的作家和日本的作品。

尹藤氏贵：你给我一个非常难回答的问题，这次来访的四个人都是结过婚的、有家庭的。但是现在在日本流行一句话叫“草食派”，就是指年轻人对结婚恋爱根本不感兴趣，称之为草食派，我觉得他们已经超越了草食派，而变成了绝食派，我平时也和年轻人接触，确实如此，他们对恋爱根本没有兴趣。估计有一半人都决定这一生不会结婚。他们一个人去生活，日常生活和城市生活确实会有重叠，他们不会去意识到其他人，特别是从农村到城市，他们，因为城市生活非常方便。我在大学时，因为我如果不会做饭，一个人不会活下去，但是现在有便利店、有各种各样的方式，一个人都可以活下去。所以城市是为独身提供方便的地方。

刚才中上女士也谈到托儿所，现在女性结婚之后把自己的孩子放在托儿所，所以现在在日本要生孩子非常困难，有很多的约束条件。变得越来越小型化，一个人生活就是“个人”，不仅仅是日本，在任何地方都是如此。刚才汪老师也谈到受到法国自然主义的影响，日本作家喜欢暴露。所以现在日本人越来越孤独，虽然有推特。有些年轻人好几个推特账号。5 个账号，5 个自己，每账号都代表了一个不同的自我。5 个账号背后都可能有一个真实的自我，问他 5 个账号哪个是真实的自我，里面都没有，他把自己分割成 5 个。日本现代小说有很多是描写记忆的。有一部小说描写主人翁 90 分钟就会失忆的。唯有生下来的孤独的“孤”，是不可能分割的。人有很多的假面，这是现代日本日常生活里人的表现。

李伟长：我也很多个账号，比如说我有很多手机号码，这是非常有意思的问题。布洛茨基有一个很有意思的观点：日常生活，尤其现代城市的日常生活就是两个字：乏味。很多哲学家说日常就是无聊。这个无聊不是单纯的无聊，是因为刻板，一板一眼，进入节奏，按照规定、按照动作来做这个事情，时间一长就会产生无聊，无法避免，所以很多艺术家一直在克服无聊。陆梅老师写小说。小白善于从历史建构，柴崎友香善于生活。

小白：城市，分割成功能不同的分区、舞台，会造成这样一个结果——分割的日常生活。能理解的日常生活，很无聊、很让人厌倦。形态上又是连续的，时间上没有分割的，空间上也没有分割，永远呈现。但是一旦分割出来，就变成了一个陌生的东西，尽管城市小说不能回避城市的日常生活，但因为功能分割与时空连续之间的张力而产生陌生感。现代小说因此发展出这么多技术——视角变化、时态变换。这个时态变换不是英语得现在进行时、过去完成时那种，小说家的时态比这个复杂。说我写历史、写时代，我没有认为我写历史，因为我的书写是现在进行时。作者与笔下的对象有时间、距离的关系。比如说马伯庸写康熙，写明清之际的故事，是以现在时态来看那个时候，但是作者假定是康熙时代的人，那写康熙就不一样了。

空间、视角变换、时间变换，还有隐喻变换，我以前喜欢聊直接隐喻、间接隐喻。直接隐喻是直接引用。还有一种间接隐喻，就是分不清是人物说，还是作者说。小说的技术就是把呈现本质还是日常生活的东西切割了。切割成无数的碎片，这些碎片是可以衍生的。现代的小说故事越来越讲技术，没有新故事。理论上完全透明的时间、空间不会有新故事。现代小说却几万本、几十万本、几百万本，不断有小说家这样去写，因为无限的技术在呈现。你觉得无聊的、厌倦的日常生活切割成无数的碎片，这些碎片会给你很新鲜的感受、体验，甚至展现出完全不一样生活。我觉得和技术很有关系。我感受日本小说跟日本房子很像，几乎处于一种半透明的状态，门一拉就开了，传统日本的房子就是纸的，半透明的，尽管是分割的很多空间，但是一个个透明的，无论从语言、描述一个事件的方法来说，我一直觉得有这样一个特点。为什么有些现代城市小说会因为这样的日常分割之后写阴暗、谋杀的东西，这是本身特点决定。

黄昱宁在美国纽约看过一部戏。一个现场戏，好几个小时，大剧院改成小剧场的现场剧，里面一个个小房子，所有的观众可以选择任何一间房子，参与到当中的剧情，但是你永远看不到所有的剧情，起码要看 11 场才可以把所有的剧情看清楚。但只能跟着某几个房间里发生的事，跟着走。他看了一遍回来之后，那天晚上跟我说有恐惧感，很害怕。不敢再看下去了。也疲劳，如果关注剧情要跟着这个演员不断到各个房间去，要跑、要奔、要跳上跳下。累，也有幽闭恐惧感。为什么城市小说会不免写到这种阴暗的、吓人的东西，跟他对日常生活小说技术本身，而且城市本身切割有关系。

柴崎友香：小白老师讲得都非常有意思，也让我有所触动。听了之后也想进一步和小白老师交流，在我小说里面会描写一些非常平淡的日常生活，有很多的读者是给我这样一个反馈，我本人也是非常平淡的人。我觉得这种生活才是最宝贵的，这是我想表现的一种生活方式。对我来说我也没有什么非常令人惊奇的生活。

日常生活到底是什么？我自己也没有完全理解透，日常可能是每天一成不变。昨天和今天，今天和明天都一样。小时候我经常生病，半夜里经常会突然醒来，梦和现实，自己也搞不清楚。2011 年发生了东日本大地震，1999 年在神户也发生了一次大地震，我幸好没受害。那时地震，断电断水，却是日常生活当中无法体验的。地震导致地面摇晃，这种事件的发生也不奇怪，说不定每天发生。然后我曾目睹过一些人，他们的日常生活对我来说是非常理的，很难理解。为什么这些人却能很平常地继续走？都不会有奇妙的行为呢？我觉得很不可思议，为什么不平常也能那么平常。这种奇妙的东西、不知道、不了解的东西，都在大都市的生活当中，所以想把这种奇妙的东西写出来。

我对建筑非常感兴趣，建筑改变空间。空间由于建筑物，或者是进入了一个建筑物当中。登上摩天大楼俯瞰城市，世界没有变，但角度变化，经验、经历就会发生变化。这就是建筑物的神奇之处。日本半透明，这是日本的特点，所以我也对建筑物抱有兴趣。

李伟长：两位的回应非常有意思。也许小白的场景和柴崎友香的场景结合在一块，就是这个分割为不同区域的城市。地震发生了，所有的生活进入了一种意外，事件就出现了。陆梅更多的创作经验是小朋友、更年轻的城市人，更年轻的乡村人，创作态度非常温和、柔软、关照。但是这些问题对你来讲同样都是问题，对一个写作者来说，城市、日常，或者写作的动机也好，可以跟我们分享一下吗？

陆梅：因为说到日常，有一个小趣味的问题，很想拜托尹藤氏贵或者柴崎友香回答。在中国，我们对日本文学和日本这个国家很熟悉，友邦邻国，也有一些词，这些词不知道在日本怎么回事，比如说很“宅”，生活在密集的人群里，越来越密集，可是人心越来越疏离，空间很透明，但是心很茫然。“宅”字在上海大都市里面用的频率很高。我理解的可能是日本文学的一种美学的品质已然进入了我们读者的心理，觉得这是日本文学的品质，一方面到底是文学塑造了城市的美学，还是这个城市的美学倒过来影响文学？这是一个问题。

还有一个刚刚说的“宅”，这些小趣味，日本有很多的猫，文学作品里面有很多猫的形象，甚至有《我是猫》这样的书名，还有村上的小说里面有很多的猫，这个猫可以跟人说话，突如其来的对话方式，在生活中也有很多猫。可能对日本来说不过是一个词，译成中文则不可思议，但我不满意这么笼统，到底是怎样的一种现状？日本的年轻人认同不认同这样一种不可思议的美学？或者城市文学的一种美学，在今天的年轻人这里还有没有受到影响？

李伟长：非常谢谢陆梅老师，关于我的问题你还要回答吗？

陆梅：不用了。

李伟长：尹藤氏贵老师可能对猫更感兴趣，作为一个学者在阅读的过程当中会注意到非常微细的东西，比如说猫，这正是做研究、做评论的兴趣所在，也是他的擅长。关于“宅”的问题请柴崎友香老师回答。

尹藤氏贵：陆梅老师提了三个问题，一个是猫。还有一个是忧郁之美，还有“宅”。

日本很多猫，夏目漱石的猫。散文家也以猫为主人公写了散文，很多主人公死了以后，猫会痛哭，很多作家非常喜欢猫，中上女士就是。东京神乐坂猫特别多，很多作家都住那个区。猫让我想到了一些东西，日本有很多樱花，汪老师提到樱花下的哭泣，还有人带着叶子回家。柴崎友香女士谈到了地震，这次坐高铁到上海，看到这么多摩天楼，我却非常害怕，如果上海发生地震的话，这些摩天楼会不会倒？当然上海没什么地震，建筑物也有足够的抗震能力。在日本，建筑物也设计抗震，因为日本过去建筑物都遭受过地震、然后重建。樱花为什么受日本人喜欢？因为樱花凋落，再等待次年樱花盛开。人之失去、东西的灭亡，却感受到其中的美，这是日本审美观的一方面。

柴崎友香：关于“宅”主要表现在次文化、亚文化当中，经常会用这个字，过去这个字指对某些事物着迷的人。“宅”从汉字来说就是指居住地一个住房，这个“宅”可能就是自己把自己封闭在家里面的这些人。过去的这些对某种事物着迷的人，他们在和对象交流时，不会说“你”，会说“御宅”(おたく otaku)，“おたく”怎么样，“おたく”有这个东西吗？就用“おたく”(宅）来指代“你”。沟通能力比较差的无法面对面进行交流的人，会用“宅”这个字替代“你”，不正面沟通，也不会直呼名字来沟通，也不用“あなた”来称呼。日本“あなた”现在几乎不用了。现在也不知道该用什么词来表现“你”，现在很多人使用“おたく（otaku）”——宅。

日本人整体缺乏沟通能力。不会面对面地看着对方的眼睛说“你”。夫妇之间也是，如果有孩子，称呼丈夫为“爸爸”，也不叫名字。尤其中年男性，在叫自己老婆的时候，会说“おい（oi）”(类似中国打招呼：喂)。

在我小说里面也有公寓房里面的邻居，偶尔大家坐在一起交流，这种场景在我的小说里经常出现。其他地方参加活动时大家都会问我，小说里怎么会有很多陌生人在一起交流。这是因为日本人一起吃饭不是面对面坐，而是并排。在日本有一种现象，也表现在词汇上，中文我不懂，但英文的表达顺序是和中文的语法类似，主谓宾很明确，日文则非常模糊。日本人的沟通确实存在问题。日本人不会把事物讲得非常明确，所以都会用一种模糊的词汇表达自己的意思，这是日本人整体的情况，所以"宅"就是充分地代表了日本人的这种特性。也说明了日本人不擅长沟通。这种称呼也是慢慢从日本传到了国外，可能在中国也被称为"宅男宅女"。

李伟长：正像柴崎友香说的，日本人不擅长沟通，当然这是一个谦虚的说法，所以他们的文学、电影，包括年轻人更喜欢的漫画，都呈现出了神奇的色彩。最后特别感谢中国作协创联部，将这么好的活动放在上海，并邀请了上海的读者，非常感谢各位。谢谢四位朋友们。非常感谢。

时间：2017 年 10 月 28 日

嘉宾：陈保平　陈丹燕　胡晓明　汪涌豪

纸媒时代的生活方式

主持人： 今天秋高气爽，西方是万圣节，中国是重阳节。思南读书会活动请了沪上三位重量级的大佬：陈保平老师，沪上资深的媒体人；胡晓明老师，华师大图书馆馆长；汪涌豪老师，复旦大学教授。陈保平老师带着他的新书：上海文艺出版社出版的《读读书　看看片　聊聊天》，书名特别好，思南读书会今天的主题是“纸媒时代的生活方式”。我们怀念纸媒时代，那纸媒时代是怎样的？请三位谈一下。

陈保平： 在书海浩瀚的环境下，上海文艺出版社、作家协会、思南文学社为这样一本小书举行这样一个讲座，非常感动、感谢。休息日听讲座的读者、听众，感谢你们放弃休息来参与这样一个小书座谈会。读者当中有我非常敬仰的、著名的法文翻译家马振骋老师，已经是 80 多岁，今天是重阳节，借这个节日向他表示深深的敬意。

我这本小书和其他书相比没有太多的东西可说，书中文字是我在出版社工作 10 年、媒体工作 20 多年的闲暇时间里写的一些随笔、闲笔。我从读书一直到工作，大多数时段是在纸媒时代生活的。实际上纸媒时代也是一个不清晰的表述，现在生活和工作的许多方面还是离不开纸媒，一个时代的划分标志应该是有没有新媒体。从小读书开始一直到我工作后的相当长的一段时间是没有新媒体，特别是没有移动媒体的时

陈保平

汪涌豪

代。那个时代，就是“读读书，看看片，聊聊天”，构成闲暇的基本生活方式，当然也有旅游、打桥牌，但是大多数闲暇时间就是读书、看片、聊天，这是我的生命经历，或者说体验。这种生活方式随着新媒体时代的到来发生了很大变化。前两天看到一本杂志，一个美国学者想动员孩子接触自然，要他们走出屋子，小孩说不喜欢到外面，只喜欢在家里，原因是家里有很多电插座。新媒体时代实际上使得年轻一代的生活方式，不仅仅是我们现在的生活，比如消费方式，发生了很大变化。闲暇生活也在发生很大变化。跟过去纯粹纸媒时代相比，哪些是好处？哪些是不利的？哪些值得传承或者哪些事情我们自己必须改变？我请到两位著名的学者，请他们来谈谈他们的体会。

胡晓明：我觉得这个题目特别好，保平老师长期以来在上海的纸媒，在好几个重要的媒体工作。我们上海市民开门就看《新民晚报》《上海壹周》《上海书城》《外滩画报》，都是标志性媒体，打造出海派文化的媒体阵地，长期积累下来，汇成这本书，看似题目非常轻松，其实是一部个人史、媒体史，一个人的报刊史。从80年代到90年代到今天。这本书好似保平为自己建构的小院子，但背后却是一个上海的文化大建筑，双重结构。我们透过这个小院子能看到上海的大建筑。《新民

胡晓明

陈丹燕

晚报》《外滩画报》《书城》都是非常重要的上海文化的杂志。将来可以以这个为基础，写你一个人的报刊史，一定很精彩，把那些没有讲出来的故事，那些冲突、矛盾，那些非常有戏剧性的东西，比如价值与金钱的冲突这类，相信有很多有分量的故事。陈保平老师特别儒雅，他书里面说他最喜欢的词叫“报人”。唐振常喜欢“报人”这个词，黄裳先生也喜欢“报人”这个词。一个优秀的报人如果在火车站碰到一个陌生人，能谈上两个小时，什么人都可以谈，军人、干部、商人、文化人、教授。一谈两小时，那你就是一个优秀的报人，一个报人就是一个杂家。我如果碰到一个陌生人可能5分钟都讲不了。但保平书里非常丰富，囊括文学、戏曲、音乐、艺术、电影、教育，还有一个干净的社会。这么多题目以书为媒，引发出丰富的话题，这就是一个优秀报人。

汪涌豪：我很尊敬保平先生，甚至有点畏惧，因为他高高在上，不苟言笑。他让我做这个序，我诚惶诚恐，翻开读着读着就沉进去了，仔仔细细从第一页读到最后，全部文章读过。我的序只算是读后感，但能看出我读得很认真。

现在是一个互联网时代，或者是一个自媒体的时代，和以前相比有一些什么东西不同？就是市场经济来了，物质主义汹涌。今天的社会是消费社会，科技进步，信息发达，但文化越来越粗鄙，文字都被图像代替，商业化模式操作人文。我想正是因为这些使得陈保平先生强调纸媒时代的人和坚持。

互联网联系了世界，联系人和人的关系，但也把人和人之间分开了。每天回家，一台电脑，你和家人都没话说，孩子和你也是一样，这个东西既把人联系得紧密，其实也把人分开了。

胡晓明：我在家里和太太讲话都是发微信，她在另外一间房子里面。

汪涌豪：甚至于把自己都分开了，所以互联网促进人的联系是表面的，而它分开人是深层次的。文艺复兴、《百科全书》，知识垄断打破了，知识普及。互联网是由上而下的单体宣传被打破了。人人都是一个媒体，所以叫自媒体时代。

在这个过程当中，每个人都去做中心化的努力，都想做意见领袖，整个网络是意见的自由市场。所以科技好不好？科技所赐太多，但我不喜欢科技，不喜欢机器的东西，甚至不喜欢理科，直到读书才找到喜欢理科的理由。黑格尔在《精神现象学》序言里质疑数学是严谨的科学。海德格尔在《存在与时间》第 32 节里面讲过，数学并不比历史更严谨，为什么呢？人类文化两极，一是数学，一是语言学。这个时代我们的人很受压抑，人是什么人？人已经是一个堕落的存在，陈保平先生文字云淡风轻，心里在想什么看不出。凡人的肉身，常怀着神仙般的欲望，过得很纠结、很痛苦。其实目前日子蛮好，但是又确实觉得哪里不对。陈保平敏锐地感受和思考到，跳出一个领导者、管理者的角色，很冷静地看这些事情。有时充满着嘲讽，有时睿智地评论，这是我最佩服他的地方，所以我对他很崇拜。

陈保平：谢谢汪涌豪、胡晓明兄的夸奖，汪涌豪兄有时候有点自恋，我看过他写过的一些文学评论的作品，虽然有时调侃、自恋，但是他特别真诚，非常可贵的。现在在新媒体时代，刚刚汪涌豪也说了，你在网络上看到的东西多少是真实的？多少是真诚的？实际上有时候很难判断。

现在我们说新媒体强调用户的体验，就我个人的体验来说，就是在纸媒时代读书的感觉和现在在网络上读一个作品，或者在移动媒体上读一个东西的感觉确实是不一样的。这个感觉不一样主要在哪里？我自己也想，现在肯定我们很多时间是要被新媒体所占据的，一个人的时间有限，但是你在分布时间、切割时间的时候肯定和传统媒体、纯粹的纸媒时代相比有相当一部分时间不同。移动媒体更多的一种感觉是浏览，到了这个大世界又想要这个，又想要那个，又怕遗漏那个新闻，又怕遗漏那个热点，不像你看书那么专注，有那种进入的心情。同样是看片，我们那个时候主要是看电影，或者看戏剧，看演出，是在一个大舞台，大屏幕上看，和现在在网络上看或者在移动媒体上看一个片子体验也是完全不一样的。我感觉这两年电影烂片很多，但是电影市场分外得好，今年一部片子票房可以达到五六十个亿，这在全世界都是很令人惊奇的。为什么在新媒体时代电影又会有这么好的市场？我想可能这和人的体验还有关系，你在一个小屏幕上看电影，视觉的感受、音响的感受，和在影院的环境里看是不一样的。所以这种体验让人们觉得进入影院，看一部片子可能感觉更好，甚至是人们因为刚刚两位说的，因为新媒体的切割，使人的交往、社交，实际上变得更加疏离了，但是看电影反而变成了社交的机会。比如上海国际电影节，大家一起约晚上零点看首场演出，或者双休日集聚在一起，创造一个社交的机会，这个也是对新媒体的一种弥补。我们小时候看电影，最早的时候我在农村插队，看电影16毫米，后来到了城市里面荧幕比较大，32毫米，或者看一个宽荧幕的电影就觉得非常新奇，当然现在有了3D、IMAX，大家还是要去体验这样一种效果，所以我觉得这个和新媒体的体验带来不同的感觉也是一样的。

同样，我觉得我们聊天，过去没有微信，没有社交、QQ的时候，朋友的聊天一定是大家聚集在一个场合，或者在家里、茶馆，刚才胡晓明说前辈的报人，我们晚报是下午出报，不像早报，晚上很紧张，《新民晚报》下午出，基本上三四点钟报纸出了以后就可以下班了，下班了这些老报人去干吗？去茶馆，当时上海有很多茶馆，还没有咖啡店的时候，茶馆店里面都是大家聊天的场所，这些报人到茶馆店听那些老百姓到底在聊什么，和自己的好朋友到那里聊天，聊天就产生了一些话题，碰撞出思想的火花，第二天就写短篇了。年纪大的读者都知道，我们晚报著名的老社长笔名叫林放，有一个栏目叫“未晚谈”，每天一篇都是茶馆店里面聊天以后得到的灵感，获得的信息，第二天一篇短文就出来了。

现在我们聊天更多可能在网上，在微信上聊天，在朋友圈聊天，或者说我们聊天更多地已经不是表达思想，而是变成转发，转发时间甚至比聊天时间还多。这种变化到底是好还是可能会对我们带来一些思想上的、表达上的不足，或者有些肤浅，或者有些碎片化？怎么辨别这个事情？我也想听听两位学者他们的感受。

胡晓明：参加过图书馆一个会，现在通过移动端访问数据库就可以调取图书馆大量资源。有一个美国学者做了一个统计，2013 年数字化信息非常惊人，互联网上一年创造信息超过了人类历史上所有纸质书的信息，这是个信息洪流的时代。陈保平和汪涌豪有点像“文化遗民”，昨天我在南科大和一个同学一起逛校园，南方校园特别美，很多花跟上海的不一样，我问他这个花叫什么花？他掏出手机一照马上告诉我这是什么花。这个就是我们说的数字化时代的互联网优势。后来我想了想，不见得是优势，可能是一种人力退化。古人必须懂一些草木虫鱼、昆虫、植物，古代诗人不知草木，不懂博物，就不是真正的诗人。诗人就靠他们自己知识的积累跟大自然产生生动的联系。很多知识从他们的生活中来，从他们周边的世界来。我们的时代，图书馆读者经常抱怨电插头太少了，他不是来读书的，这个时代是一个插电的时代，没有办法，没有电连花花草草都不知道，一停电万事皆休。但古代知识人都非常熟悉，跟周边世界切切相关。现在的年轻人关在房间里，根本不想出去，不想看外面的世界，这个很可怕。

说到保平老师，首先是纸媒时代优雅文人的样本。纸媒时代有礼貌，有风范，文质彬彬，进退有礼，有为有守，温柔敦厚，是人跟人打交道的时代。他写到日本讲谈社的老总，说通过这样一种接触之后，会发现这些出版人文质彬彬。还讲到金庸先生的风度。那就是纸媒时代慢慢熏出来的读书人的风度。现在小孩子叫他出来见客人他的魂都不在，我跟太太经常把手机藏起来，因为他坐不下来，跟大人在一起吃饭，手机是他最好的朋友。就养不成一种为人的礼貌、风范、温柔敦厚、文质彬彬。这些纸媒时代的老辈风范，像保平老师、马振骋先生这样，所以纸媒时代非常值得我们去好好总结。

第二细致，保平老师的书，我在飞机上是好好读的，他很专门细致地观察女人。法兰克福书展上，他专门看法国女人戴的项链是什么颜色，这个不是调侃，说明他的细心、观察力，这是纸媒时代人的特点。

第三温和，纸媒时代不像互联网时代，充满了语言暴力，动不动把你灭了，网上那种民粹主义很可怕，中国如果将来这样走入世界，暴力分子、民粹主义将会是灾难。像保平时代这样的纸媒时代的君子，太难得了，还有像马振骋先生这样从小受法国文学的熏陶，所以温和。

还有保平老师的鉴赏品位，他写到电影，对演员观察很仔细，而且很专业。有他性格当中的内敛、温柔敦厚。看完他的书，合起来，脑子会有一个联想，有一幅画面。好多年以前我和太太和小孩子到大理洱海旅游时，坐了船之后，在某一个黄昏的晚上，坐着马车，闻着稻花的香味，慢慢回到大理的古城，一定要坐马车，慢下来，马车上面吃一点盐水花生，马车朝着大理古城。大理古城的灯光美轮美奂，像童话世界。看保平的书就会让我想到坐着马车和我的太太一起回到大理的感觉。

汪涌豪：晓明还是那么善于抒情。我还是要“批评”。我的话完全从心而出。保平先生阅人无数，他看到了我的优点——自恋，这个世界有不自恋的人吗？有的人戴着花围巾难道不是自恋吗？

人们在这个时代怎能安处？在当下自媒体时代和互联网时代，我们能够汲取纸媒时代什么东西？刚才胡晓明讲到鸟兽草木虫鱼的例子，我非常同意，柏拉图说有了机器以后人就不再记忆，是人类灵魂上的健忘。现在大家都是外事不决问谷歌，内事不决问百度，没有电源会恐慌。这种情况下，生存状态恍惚了。人和动物的生存不一样，人是悬挂在自己编织的意义之网中的动物。如果没有一串定语，说你是动物，你会生气，这串定语就是人的意义。所以一般生物性的存在只能叫生存，而人要创造性地存在，生存升华为生活。生活不是充满烟火气。人之所以成为人，必须懂得人活在意义里，并且这个意义是天然存在于心里，没有意识到它，也存在心里。在互联网时代，抛开日常世界，谈价值世界，一定和意义发生关系。我希望我能退回到纸媒的时代去，这也是我看陈保平书后来看进去的一个原因。今人普遍患有失读症，不会读书了。看书跨行，不连贯。英国科学家研究和美国斯坦福大学的研究，都已经表明人类的智商在降低。按理说人的智商应该微微地往上升，现在没有上升反而下降，就是因为知识太多了，知识都是打包成批地给，你要知道什么，全部告诉你，就不动脑筋了，脑筋是不用则退的，本来人是靠战天斗地获得生存权利，所以在这个过程中生命激发了。现在办公室一部电脑全部搞定。这个世界为什么男人越来越不行了？也就在这里，因为不需要斗争了，也不需要拼智慧去扩展，能力退化以后人就越来越不行了。

面对人类祖先早先创造出来的灿烂文明，我们真的是非常惭愧。中国画原来是笔墨，现在都是搞平案画，完全退化了。现在的电影越拍越难看，《甄嬛传》把我太太打动了。《甄嬛传》无非是一个女人为了讨好一个臭男人，不惜打压、欺负甚至弄死自己的同类。当代女性都是自尊自强自信自立的，都是世界上独一份，但是看到这样的东西居然会为它掉泪？是我偏激了么？王尔德说“将来有机器人代替人类枯燥的工作，太好了，人类可以更多从事富有创造性的美妙工作”，但这是良好却幼稚的希望，机器人代替我们做了许多工作以后，反而是机器俘虏了我们，我们再也离不开机器，也没有就此解放，从事精神性的美妙工作，这就是人类的悲哀。科技进步，生活进步，我们无限度开放接纳它，同时说这个时代不是我们的时代。当我在家里打开一本好书，我能身心平和，让我学会滴滴打车、摩拜单车的时候，我就非常低能。所以我说这个时代太多东西可供我们选择，互联网时代、自媒体时代太多信息，太多的机会，太多的可能性供我们选择，选择本身非常重要。纸媒时代的选择就可供我们自媒体时代的参考，陈保平先生选择的是人类的精神家园，在这个内园里面脚踏大地，抬头可以看天空。陈保平先生读书、历事、阅人三者整合在一起，当他回头再讲书本和舞台里面的东西的时候，确实讲得非常妥帖，讲得非常符合中道。他很温厚，不急不躁，不极端，讲得有建设性，这点是我最佩服的。我只会激情呼吁，所以我适合做人大代表，他解决问题，所以他做领导，这是有区别的。

我在序里也说了，他总是想得更深一层，这个深层还实实在在横在思考里，一介书生如我不会想这些东西，但是保平先生想得到且能指出解决的途径，由于年龄、阅历的关系，还有天生的智慧，我学不来的。所以纸媒时代留给我们不仅是一个人的风范，还有人和世界正常的关系，前工业时代以来，就造成的人和自然、人和外界的正常关系。今天科技发展了，AlphaGo 可以打败一切围棋高手，诡异吗？要对这种东西保持警惕。一个冗余的时代，要谨慎地做减法，减得越多，我们的修养就越高，要减少一些应酬，减少一些职务，减少一些欲望。甚至要减少一些色彩，有些女孩子打扮得像花蝴蝶一样。

陈保平：汪涌豪刚才谈到的也是我经常想的，但我觉得这么排斥新媒体也不对，有点落伍了。我也有点担忧新媒体是不是会让人的智力有所减退，或者情感也退化？因为我自己在读书和读新媒体的东西的时候，一个很大的感受就是读书你是和自己的内心有交流的，读新媒体的时候基本上就是一种浏览，就是一种获得，就是一种方便。在读新媒体的时候，好像和内心有交流的感觉是没有的。所以，我觉得这个是读书的一个好处或者是读书的体验，是新媒体不能取代的原因吧。

另外刚刚讲到了，随着科技的发展，机器人或者说智能的高科技的发展对未来我们人类到底会带来什么样的后果？刚才我也想到汪涌豪兄说的AlphaGo出来以后，像中国这么传统的智慧的围棋游戏，充满了文化和智慧，这样一种生活的方式如果被机器人取代了，那会有什么样的后果？我觉得确实也是令人感到非常担忧的事情。

我最近在看《柳如是别传》，这个书我非常佩服，我觉得作者的脑子能够对这么繁复的史料进行考证，这么好的记忆，这么严谨的学术的探究方式，你是不能不佩服一个人的脑子的强大。以后是不是像这样的天才也会被埋没？也会被不需要？也会被人类所不惊叹？这个我感觉也是值得我们思索的。

这本书本来只是一个几十年闲笔的汇集，在制作这本书的时候我想把我做过的纸媒能够作为一个历史的记录，在这本书里面呈现一下。比如我做过的《书城》《上海壹周》《外滩画报》，还在文艺出版社参与办的《艺术世界》，我希望把纸媒当年的封面都能留存在里面。包括《青年报》，包括在上海几张报纸副刊上发表过的文章，比如大家知道《解放日报》的副刊“朝花”，《文汇报》的副刊“笔汇”，《新民晚报》的副刊“夜光杯”，在读者当中都还有一定的影响。我希望把这些副刊的版面留在书里面作为记忆保存。实际上做这本书要把这些东西做进去都要花一些功夫，文艺社的编辑、美编动了很多脑筋，我提出的要求他们都满足了。特别感谢我的女儿陈太阳，她学平面设计，封面请她设计的，她也做了好几个方案，我想借这个机会让她说几句她设计这个封面的体会。

陈保平女儿：大家好。很高兴今天能来，觉得也是非常地幸运，有这么多人在这里，后面的观众都没有座位，辛苦了。看这个封面大家第一个反应是什么？

读者：眼睛。

陈保平女儿：敏锐的观察者。在这么多年当中他的文章和文字，以及他的思想都来自他对周围生活，对新闻，对世界，对艺术，对文学的观察。封面有很多层面：标题《读读书　看看片　聊聊天》，读书看片都需要用眼睛，有眼睛之后，封面就像一张脸，与人聊天，以面对面的方式，看到这本书就像和人聊天。

爸爸是媒体人和编辑，这个眼睛就用逗号做出来的，标点符号与他的专业相关，也是一个小小的惊喜。

《读读书　看看片　聊聊天》给人一种非常亲和的感觉，所以这本书的封面有一点轻松，带点诙谐的背景。他其实也是一个很幽默的人。所以这本书也是代表了他自己的性格和他的生活方式，谢谢大家。

陈保平：我想说的是太阳她是学平面设计的，她更多时候也是在纸媒环境下学习成长，但是她现在从事新媒体设计。整个纸媒和新媒体在融合、共存。胡晓明说纸媒时代确有一些生活、行为方式值得新媒体时代的借鉴。这种体验今天的年轻人很难去感受了。但是如果完全就是要消灭这些情趣，只能在新媒体时代适应，会给人类带来什么？我也比较困惑。

胡晓明：我跟汪涌豪兄的观点也不太一样。我们必须要面对，要承担，要经历新媒体时代的来临，新的人类的来临。明年南科大校园巴士全部实现无人驾驶，我们根本没有办法去猜想未来面临什么样的人工智能。阅读、思考、做学问、兴趣的方式，都会发生非常大的变化。

西方也一直在讨论这个问题，一直是有两派：非常贵族式地坚决不喜欢任何新生事物，觉得这个世界越来越坏；也有一派全力拥护未来时代的到来。最近我跟汪丁丁老师交流，他是跨学科、跨文化教育重要推广人，他就认为第三种文化非常重要。一切古典、贵族要能够经得住时代考验，才是所谓经典；要经得起科技文明和信息时代的冲击，经得起才是真正的经典，具有永恒价值。

保平这本书昭示了纸媒时代文人的品质，平淡、内敛、克制。我的老师王元化先生曾经给保平老师的随笔写过一个评论。他也跟我讲过，他特别欣赏这样的读书人，他特别不喜欢现在的年轻人求快、求新、片面、偏激，他真是经常改我们文章，他发现有那种过火的，求一时之快的东西一定拿过来改掉，当然跟他当宣传部长有关系，非常谨慎，这跟文人修养很有关系。因为只有克制、内敛、平淡的东西才耐看，他讲了一个道理，为什么封面上那些时尚杂志的大美人，买了两天就扔掉了，不耐看，永远不会有一个人把家里墙上贴一个大美女，不耐看，太满。做任何事情都做得太满，太激烈，太过分，太没有克制。王先生一直跟我们讲，文章写作也好，还是做人的方式也好，一定要平和、温和、理智、克制。这点我觉得真的是纸媒时代非常重要的品质。日本讲谈社出了一套中国历史，其中小岛毅先生写宋代，讲到在波士顿博物馆有宋代龙泉瓷，世界上最美的瓷器，每件都非常耐看，温和，站在那里欣赏时会慢慢觉得有气场，有呼吸的感觉。小岛毅感叹，龙泉瓷很多人看一眼就走掉了，但是真正喜欢的人就要站在龙泉池面前静静欣赏。我校杨扬教授是龙泉瓷的发烧友，家里到处都是龙泉瓷，半夜三更爬起来一个人对龙泉瓷发呆。

陈保平：我也讲一个纸媒时代的故事。我有一个很好的朋友，《书城》改版就请他主持。他30年来过周末的方式就是逛文庙书市，每个周六都要去，文庙每个老板都很熟，手头有孤本就给他，有时候我到他家里，他就会拿出来给我看。30多年这样一种生活方式雷打不动，刮风下雨都去，这个就是纸媒时代的生活方式。有时候你会想到我们现在在网上看书和你逛书店的感觉完全不一样，到书店里各种各样的封面、各种各样的书名，各种各样的题材，你会翻看一本看看它的内容介绍，然后慢慢去付钱，这样一种感觉在新媒体上很难找到。所以这个也是纸媒时代和新媒体很大的不同。我太太陈丹燕今天也来参加讲座，让她稍微讲几句。

陈丹燕：谢谢，在这里听觉得很感动。从陈保平办《书城》以来，我们家的饭桌一直是他们开编前会的地方，一开八九个小时。所以我听到很多聊天。今天又聊天了，很像纸媒时代那些漫长的晚上。这本书对保平有特别意义，我们是大学同学，他写作一直比我好，只不过他后来所从事的工作让他没有时间写作，很多东西也不能写，所以他写写社论可以，其他东西就不能写了。我们大学同年毕业，现在30多年过去，我成了一个作家，他成为一个管理者，等到他退休以后，他才能够出他的一本书，也是把他工作之余写的那些小稿子汇集起来，他其实有很多想要写的作品。作为他的太太，我知道他的写作其实都是非常繁忙的工作之余，有一点时间写一点小稿子。他有一次鼻炎很严重，流鼻血，担心得了癌症，他把自己关进书房表示要思考人生了，两个钟头以后跟我们两个人宣布思考的结果是花点时间写点书。医院结果说只是严重些的鼻炎。立刻，思考人生的事情忘记了，就不写了，还是忙工作。他做报纸，电话是不能关的，半夜经常去报社，业余时间极少极少。所以现在终于把书出版了，真的很为他高兴，也非常感谢大家来。陈保平不是名声很响的作家，但真的很会聊天，相信他能给大家带来有收获的聊天。

汪涌豪：保平、晓明都批评我了，虚心接受但也要自我辩护两句。我故意采取比较极端的态度，但要表达的真意是：我们应该要有审视生活的眼光和立场。苏格拉底曾经说过，没有经过审视的人生是不值得过的。所以当我看待世界，基本上从否定的角度出发。法兰克福学派海默说过，现在的生活展现在我们面前的是一派休闲，日子好，休闲时间多，所以许多人开始折腾了，有的人去折腾健身，有的人折腾换太太，各种各样的折腾，但是独独闲暇展开的时候，内心生活不见了。我们在这个世界上不缺乏物质生活，缺乏恰恰是内在的生活。当下再说科技非常好，我们离不开科技？这有意思吗？我这类人，当然要说精神才重要，要高扬精神。我不是反科技，在休闲的时代里面，能够顺应这个时代的人越来越多了，但傲立于时代的越来越少了。迎合这个世道的越来越多，异类越来越少了，我愿意做这样的牺牲。由于悲世傲世的人越来越少，就产生了阿诺德说的“这个社会里面充满了庸俗的阶层”。以前人们说庸俗阶层是小市民，现在不是了，给你谈谈小情调，给你谈谈伪浪漫，给你谈谈芳香瑜伽，这些东西现在都是庸俗阶层。也包括有时候的我，百分之百包括我太太。即便我的批判有点粗鄙我仍然很真诚。我这些算是极端的话，有一位更伟大的人说过更极端的——叔本华说："一个人独处才能成为自己"。不要跟这个社会打交道，社会只会培养出一种虚伪的迁就，人生前面只有两种选择，一种就是孤独，一种就是庸俗。在两个极端选择面前，你选择什么？难道你不应该选择我所选择的孤傲的孤独吗？难道你选择科技的庸俗吗？

陈保平：汪涌豪兄讲的真诚，人的真实状态是在孤独和庸俗之间。不说庸俗，至少是世俗吧，人不能可能完全避免。人的基本欲望这也是一个正常需求，但是要有自己的内心世界、精神生活、自己的审美趣味，这样有时候可以远离庸俗。

我们做媒体人会有个不好的方式，汪涌豪兄讲的，要引导人。这种引导有时候也是一厢情愿。但分享喜悦，分享所得，分享好的思想，这个我觉得还是可以做到的。佛家为人点灯，明在自我，自己看清了自己，这个是作为知识人应该追求的方式。

读者：陈老师，我看到您在您书中有这样一句话：人类有些东西是超越时代，每个时代都会流下来，传下去。您如何看待再过一百年，两百年，我们是否会把《爵迹》这些作品放进去？比如《繁花》，现在受到的评价和现在《爵迹》受到的评价是截然不同的。

第二个，您写泰戈尔：人在浩瀚的宇宙中多么渺小，生命在人类长河中也只是一瞬间，这本身是一个令人失望的事实。泰戈尔把自己的生命融汇于伟大的自然中，使自己的人生观得到了无限扩大，从自然得到启示，坚持人类的真善美不可消失，前半句话在中国文学传统课上会提到中国人的自然观，但是后半部分可能是印度的诗学观念。想请两位老师讨论一下。

陈保平：谢谢你的提问，首先《爵迹》我没看过。但郭敬明的

《小时代》这类，我想他的作品不会成为很多人的精神家园，也许未来会写出好作品。汪涌豪会对新一代网络作家的作品会发表一点意见。我不完全排斥网络作品，网上确实比较好的作品，《繁花》就是，但总体还没沉淀，作为记忆和审美价值保留下来的作品，好像还没有一种公认度。100 年以后有什么样的作品还能够成为人类共同的审美的价值、文学价值？至少我觉得像《红楼梦》这样的作品会保留下来。《西游记》这样充满想象力的作品应该也是会保存下来的。

汪涌豪：公平说，商人郭敬明很了不起，他来自四川自贡，没有任何背景，一手打拼到今天的有些规模的商业王国，这不容易。问题是他作为文学家我有意见，文学这个东西不是展览物质的，也不是展览自己成功的，文学更不是肯定当下的物质生活。文学的定义就是对当下警惕，拉开和当下生活的距离，不然的话我们需要文学干什么？年轻人喜欢郭敬明无可非议，《小时代》的生活和成功更符合他们的心理期待。但是我这个老头子实在不喜欢。我就不懂了：为什么当我愁闷的时候我要用四十五度看天空才能得到释然？郭敬明的小说里面动不动四十五度看天空。所以我对郭敬明的文学嗤之以鼻，对郭敬明作为商人挺敬佩。

而说起泰戈尔有很多非常好的表述，他用儿童的眼睛看世界，写得细腻、妖娆，那部分文字影响了现代中国的一大批作家，比如巴金。印度和中国、东亚之间有一种很微妙的关系。我们长久以来忽略印度文明。尽管受益印度的文明良多，后来离得越来越远，甚至还有点瞧不起它。现在形势变了，它是潜在的第二大经济体，我们是现在的第二大经济体，它的国民年轻，70% 不到 30 岁，而我们已进入老龄化社会。所以它未来在经济实力上的崛起也是谁都挡不住。

胡晓明：刚才我专门从保平兄的文章当中找到泰戈尔的这篇文章，写得很好。刚才那个同学的问题是这段话：泰戈尔把自己的生命融汇于伟大的自然，使自己的人生观得到无限的扩大。这个话跟中国的思想有关系，因为中国文化不孤立个人，东方思想里人与自然融汇，钱穆先生最后的思想就是天人不分。讲起来非常容易，很难真正体会其中深厚文化的精神，怎样天人不分？西方怎样天人相分？这个需要我们从生活实践当中得到很多的体会才能够去感受。

泰戈尔那句，又从自然当中得到启示，坚信人类的真善美，从而找到生命的永恒意义。你觉得这跟中国的思想不一样，我觉得不是，你看很早，汉代就登高，杜甫也说一览众山小，登高就是从大自然得到精神的能量。中国诗人、文学家在大自然当中不仅游山玩水，还获得精神的能量。古人多以山水为教堂，山山水水一草一木都能给予生命滋养，杜甫、屈原、陶渊明、苏东坡都这样，获取生命的启示、意义、能量，中国的思想和印度的思想是相通的。“坚信人类的真善美不可消失，从而找到神明永恒的意义”。保平的书里也谈到印度文化中的永恒观念。印度的永生、永恒讲人死之后可以轮回，佛教、印度教都有，还有就是种子观念和佛教文明了。这个很根本，每个人做的任何事情，留下的任何痕迹都是将来的一个种子，一切因缘会得到一切永恒。中国人不太一样，重当下，现实，而不是永恒。毛姆的小说《刀锋》，他讲了西方的一个寻道者到印度，也特别着迷于印度的思想，想知道印度到底是怎么一回事，后来在印度碰到一个高人，才知道理解印度的思想像翻过刀锋一样困难。

读者：我今天带来了陈老师之前的书《中国七问》，这本书专门以问题为主，跟你今天讨论的书的话题完全不同，谈到了向西方学习，社会转型、人生意义这些话题。您是否可以回应一下当时和曹教授写这本书的一些原由和思考？同时，是否可以介绍下从这本书到今天的这本书，这两本书您的心路历程以及您以后的写作思考。

陈保平：这位读者很用心，《中国七问》主要是曹老师的陈述，也是新闻出版局优秀名编辑出系列丛书的计划，我和曹教授因此有一个交流对话。十多年前的对话，我在《读读书　看看片　聊聊天》里摘了一段我和曹教授关于人生意义的交流，也是年轻时人生观谈话的一个继续，当时和曹教授经常聊天，聊一些青年关心的人生问题，这个话题也纳入到这个书的章节里面。

当然这本书谈的话题是比较沉重一点，我觉得曹教授谈的一些观点今天还是非常有价值的。他觉得研究一个社会，首先要把这个社会的现状描述清楚，呈现真实，才能对它作出判断，否则过于急躁地下判断往往不对。

比如他讲现在我们整个语言系统里民间语言比较少，这样描述会和客观世界有差异，文字世界和我们真实感受的现实世界是有差距的，这些观点今天还是很有价值的。作为一个媒体人，我们更多的是记录和呈现社会，可能会有一些新的视角看待今天现实的状况。前不久我们做一些口述史，让民间的老百姓对自己的生活、生存的环境，自己经历过的社会用口述的方式来呈现，我觉得这对我们这个时代也是一个比较真实的记录。我们在整个文字世界当中，如果没有对真实世界的呈现，我们的判断肯定会发生失误。

最后，要谢谢许先生，他是思南文学之家的志愿者，每次活动都参与，把活动做成文字版在网上和朋友圈发布，纸媒时代留恋这个时代就是用自己的一些方式，让读书这种最传统的求知、思考的方式延续下去。今天等于是一个大范围的聊天，我也特别想说思南文学会现在已经办到两百多期了，也特别感谢今天讲座当中自始至终有这么多读者和我们一起参与。我相信这种面对面的聊天和网上的微信交流还是会有不一样的感受的，希望我们这种聊天的方式能延续下去，也祝愿我们思南文学读书会越办越好。

时间：2017 年 12 月 25 日

嘉宾：梁鸿　金宇澄　黄德海　项静

以父之名：梁鸿《梁光正的光》主题分享会

黄德海：时间差不多了，我们开始。真的要感谢大家在圣诞节到这里来参加读书会，我相信主要是因为金老师和梁老师，像我这种脸大家肯定看烦了，因为前天刚来过。另外一位项静老师，也不用怎么介绍了，因为他们都有名到不需要我再重新介绍一遍了。我现在不知道金老师在酝酿要说什么。

金宇澄：今天主要听我们梁老师介绍这本书，据说这也是她第一部长篇小说，那么我能够从梁老师《出梁庄记》这么一个轨迹来看现在的写作，因为她原先还有另外一本《神圣家族》，最早是在《上海文学》连载，每一期一篇，形成这本书。写作的样式就是慢慢从非虚构朝虚构的方向在往前探索往前走，我觉得梁老师生命力特别强，我感觉就是生命的体验。我特别喜欢这本书里面一些对于农村的书写，比如说豆角这一章节。我过去也在北方下过乡，这把我很多淡忘的回忆都拉起来。实际上豆角并不多，好像三亩多地，豆角长出那么多，在播种的时候是想不到的，到后来变成这么一个样子，好像这也是文学需要关注的，就是说从开始到中间、结尾，与开始的愿望是完全相反。这本书我觉得不仅仅是关注父亲这么一个角色，父亲有部分性格形成也和他的子女有关系，实际是作者自己的积累，是一种非常脚踏实地的感受。

我今天先开一个头，听我们梁老师再来介绍一下这本书，或者讲一讲你创作的过程，都是非常有意思的。

梁鸿： 今天特别不好意思，首先今天是大过节，不管谁的节，中国的还是国外的，总之它也是一个节气，特别不好意思，也是因为自己走到上海，特别想在上海做个活动，刚好选了这样的时间。真是特别感动，大过节的，大家来到这个地方听我们分享。当然特别感谢台上的三位老师，都是特别深的友情，不然也不会在今天过来。写这本书对我来说应该也是一个挑战，因为在别人看来好像写非虚构、评论，现在又要想写小说，你到底想干嘛？但是我写的时候没有这样想，我想写这个人物。写这本书之前，我觉得就是一个小说的人物，不是一个非虚构的梁光，我就用了小说的方法来写，相对戏剧化一点，情节比较集中一些，戏剧冲突相对也比较多一些。

对于梁鸿这个作者而言，可能大家觉得写非虚构的“梁庄”才是你应该的面目，或者说在非虚构的意义下“梁庄”才是广泛的存在。但是我觉得对于我而言是没有界限的，我对自己没有划分。我觉得金老师也是一样，金老师的《回望》影响非常大，他的《繁花》更不用说了。我想对于作者来说，不是说你选什么样的体裁写作，而是什么样体裁选择你。你想写梁光这样的人，你想写《回望》这样一本书，然后才有相应的东西。

写《梁光正的光》的时候，是我要写一个人，这个人刚好是一个农民，所以他跟土地有关系，他是多子女家庭，所以又跟我们中国多子女家庭有关系。因为多子女家庭所以才有亲情的冲突，子女和父母之间的冲突，然后才有一系列的事情，我的出发点是特别想写一个人，其次才是农民，再是农村，这个次序特别重要。我在写这个人的时候，从来没有想过要写一个农民的形象，但是在最后构思当中也会想到这个问题。原点非常重要，你想写一个人，这样一个人的身份是农民，农民对于他来说是什么样的影响？这是在写作过程当中需要作家慢慢琢磨，或者需要写作者琢磨的事情。

刚才金老师提到“麦冬麦冬”“豆角豆角”“油菜油菜”。这三章是梁光正三次创业史，他还是从土地上创业，不管怎么样他只能这样来，没有更好的办法。

这个人是什么样的人呢？一会儿听项静说一说。我现在回忆我的写作过程，有时候忍不住会笑，因为里面有家庭的冲突，也会有一些情感。但总体而言我写这个人是带着会心的微笑写的，这样一个人特别有趣，特别好玩，但是又特别气人，特别费事，爱折腾。他不是传统意义上的本分，在土地上劳作，那么一个热爱土地的农民。不是，他一点都不热爱土地，他一点都不想当农民，但是他一生都在土地上劳作。从内部来看他也是一个父亲，特别费事的父亲，天天把子女们弄得怨声载道，也伤害过子女。另外一方面他也是一个好父亲，又不是一个合格的父亲。他是一个农民，但又是一个不合格的农民。我写的时候特别注重平衡性，我不想把他写成大恶，也不想把他写成大善。我就想成这个人是矛盾着往前走，当你说他去种地，他爱救人这是他的优点，同时这也是他的缺点。因为他的爱救人和打官司给子女造成了不愉快，甚至给家庭造成了影响，你没有办法判断他是什么人。

书名叫《梁光正的光》，其实我也是有一些想法的，梁光正到底是什么人？当你说他身上有光是什么样的光？肯定不是上帝的光，肯定不是能够遮蔽一切的。没有，他的生活是千疮百孔的，他对每个人的好心都没有完成。他一生又在坚持一种道理，并且非常倔强，小说最后一章，他死了还在犟。

我为什么要写这个人？一方面是有私人情感，更远一方面来讲，在我们生活内部其实对人性理解非常简单，我们容易把人归类。比如说他是一个农民、好人、坏人、好父亲，我觉得这种说法是对人非常简单的判断。另外，我想展示在当代社会里面，为什么一个农民一心想好，也算是一心向善。实际上他所有想的好或者善是没有完成的。崔永元老师挺喜欢这本书，说梁光正用了一生来做一场春秋大梦。为什么成了春秋大梦，梦没有完成？为什么这样一个农民没有完成一丁点他想实现的东西？我就先说这么多。

黄德海：项老师，刚才梁老师问你对人物怎么看，你可以先说一下一开始看的感觉。

项静：我觉得梁老师是非常重要的作家，不仅仅是文学的问题，可能我觉得她很多考虑问题的方式我都试着代入一下，自己去想一下。我觉得作家其实有很多类型，有的作家可能一下子就抓住了一个东西，这个东西非常重要，金老师就属于这种作家，会给人非常震撼的感觉。还有一种作家会不停寻找自己的领域，我觉得梁老师属于这样的作家。她在某一种写作方式之后，会再换一种写作方式，不停突破自己。金老师刚才说她是非常有生命力的作家，其实我也能够感受到。不是说勇气的问题，是一种来自生命力的东西。还有一种作家，你觉得他写得不错，但是他会一直做惯性运动。

我谈一下自己特别粗浅的印象，梁老师以前的书我都非常认真拜读过，读这本书，尤其它是长篇小说，我觉得有特别打动我的东西。刚才已经说了，她想写一个人物，首先是写人物内在的需求和动力。其实我觉得任何写作都是想对世界塑形，塑形过程中你不得不产生一些形象、概念、理论甚至视角，如果没有这些，写作是非常困难的，尤其是乡土文学经过这么悠久的传统，形成了很多东西。你在写作的时候，尤其是涉及这些话题，可能都会被这些东西笼罩，这是非常难打破的，你可能认为自己打破了，但结果仍然在笼罩下做一些纤微的突破。梁老师说写了一个人物，我觉得非常重要，只有人才能把这个东西打破。小说最后一句特别让我震撼："他们重新看见了父亲和过去的一切，就像第一次看到一样"，我觉得能够完成这句话的真的只是一个人，他不会受任何框架的限制。我看很多文章都谈到梁山老汉的形象，作为一个父亲的谱系。我觉得这也是一个非常好的分析方式，因为我们找到了很多历史的支撑，但是可能会限制我们对这部作品的理解，我觉得这部作品不能仅仅作为一个形象的分析，同时它也是一个文学性的问题。不仅仅是梁老师从《出梁庄记》到后来的《神圣家族》到现在《梁光正的光》，这样一个自己的轨迹，而且也是对文学的反思，我觉得是塑造了一个有启示的人物。

黄德海：说了一堆人物，但是人物具体是什么情况好像都没说，我们直接进入文学评论。我来讲一个，这本书唤起了我对人的印象。我有一个本家的叔叔，他在我20岁以前的经验里面，是一个特别热情的人，谁家有事都会去帮助，自己家的地撂荒。谁家里吃饭他都愿意去凑热闹，自己家里的饭不管，是这么一个人。20岁以前我根本不知道其他的面向，只知道他爽朗、热情、爱帮助人，他妻子经常跟我妈说，你看这个人从来不顾家，整天在外面，光顾那张嘴。他给我一个特别深刻的印象，有一次是他帮人家家里犁了十亩地，中午在人家家里喝酒喝到了三点，然后喝高了。他喝完就跟旁边人打招呼，开了人家一句玩笑，那种谈笑风生你觉得一下子进入了节日的气氛。你会觉得一个地域被这样一种人注入了活力，显得特别让人振奋。我为什么说20岁以前？就是青春期的时候人会很寂寞，他们的事儿好像都跟你没关系，大人和孩子的事儿都跟你没关系。等到了喝多了以后，突然返老还童的时候，你觉得他和你是一路的。就是又放松，又不是一个大人的感觉，但是他又不是一个孩子，他不会带有恶意，仿佛酒把他融化了一样。

我刚才的这种描述，你不能说这个人是好人还是坏人，这里面有包含着活力，但是他一转身你又发现这个人很硬，就出于这样一种状态，你不知道这是什么的人。

等到我大概二十六七岁的时候，他大概是五十左右。那年寒假我去看他，他忽然跟我说，耳朵痛，两个耳朵都痛。那个时候他再也没有喝过酒，我觉得整个寒假都失去了东西。等到我暑假回去的时候，就发现他白血病去世了。其实那种活力是自身自带的，光会笼罩一个东西，有他会觉得温暖。我们会设想梁光正的事跟这是完全不一样的事，甚至没有写到他醉酒的经验，其实我特别想说的是，这个人是一个活在现在农村的贾宝玉，你看我加了很多修饰语。是现代活在农村的贾宝玉，你看他对女性的态度，他自己不吃西瓜和粮食，留给孩子老婆，他会对很多女性热情，转身对自己孩子就是很残酷的样子。贾宝玉活到现在是不是这样？如果贾宝玉结婚生子会不会这样？我觉得这才是有意思的延续，他是贾宝玉的性情。贾宝玉所谓反抗精神就是他对什么都不服气，贾宝玉对女人的态度就是他对女人的态度。贾宝玉对自己父亲的不满就是他对子女的不满。可以看出来非常有意思的对照关系，其实这个人看起来是一个新人，其实是一个旧人，只是他活在了现在。我觉得在这个意义上，他使意义产生了。他是过去的人，我们仍然是过去的人，但是因为时代变化使他变成了一个非常不一样的情景。我看到这上面有一个推荐，首先说贾宝玉活到21世纪什么情况？活到今天是什么情况？他没有看出来这就是贾宝玉的形象。他会变形到你完全不理解，甚至不清晰，甚至你觉得这个人是土老帽。贾宝玉是纨绔公子，他要去赌博，赌上这亩地我们就发财了，其实这种父母一般都很可怕，因为他会把家庭拖垮。

刚才金老师说豆角的问题，我也有相同的情况。有一年我们刚刚跟韩国关系恢复，他们要辣椒，可能因为泡菜的原因，辣椒特别贵，10块钱一斤。就是我们现在吃的干辣椒。有人算了一下，一亩地300斤干辣椒，就是3000块钱，种了20亩就是6万块钱。他觉得自己三个儿子婚姻问题全部解决了。他包了20亩地，然后把辣椒种出来了，结果那一年辣椒跌到1块钱一斤，没有人收。最后烧火烧掉，可辣椒没法儿烧，辣得呛人。这就是为什么梁光正特别有活力的地方，那个老人家也是。在农村这种情况非常常见，他赌了一把，那一把赌上去就倾家荡产。我觉得这个书会勾连起很多这种情节，我说得有点多，对人物和事情的把握，我觉得金老师会更准确。

金宇澄：你已经谈了，我已经没什么话可讲了。刚才说的时候我就在想，要把一个人写成一本书，实际上要积累相当多的材料，如果材料不够的话，写到一半就不行了。这本书的作者占据着大量的生活细节材料，非常自如，甚至有一些部分写得非常挥洒。包括里面一部分好几页都没有标点，我就特别惊讶，我说天哪，现在还有作者玩这个文体。我拼命翻，好像就这么一大段。连着三四五页没有标点，就这么一次，好像写到这个地方又变成从那些非常细节部分材料，来做一个对人物形象、魅力、特点的停留，有时候这种节奏和停留非常舒服，好像突然将时间变慢，让我们仔细看到时间的特点。包括小说结尾部分写到的棺材的事情，我也觉得是神来之笔。你必须在这个现场，有过这样的经验，棺材吊下去，下面坑挖的太小放不进去。这个部分我估计大概有三千多字，我觉得其实还可以再写三千字。这应该是一种节奏感，作者写到这里肯定非常舒服，一方面因为有材料，另一个方面是在书写时候非常复杂。

那么我们刚才讨论的这个话题，说到底就是当你靠近一个真实的人，或者当你真正行使文学最重要的任务，实际就是要写出一个人的复杂性来。我也讲过一句话，每一个人的人生都是非常尴尬的。梁老师这本书里面写的人物，实际都非常尴尬。我前两天才说年轻人是早上八九点钟的太阳，好像面前有一条康庄大道一样，实际上任何时代的年轻人，摆在他面前的道路都非常狭隘，理论上可以这么激励你，但可以告诉大家做人实际上是非常尴尬的，你仔细观察一个人，所谓人生不如意十有八九。那么我们写作就是要把这种复杂性写出来，而不是回答一个人生的难题，我们没有回答怎么解决这件事的任务，但是我们要表现它的复杂性。

刚才德海举了一个例子，我也想起来我在十几年前接到一个自由来稿，我们发表了以后，作者就出了点名，叫张学东。当时也是写一个老头，上海话讲起来就是老头非常作。他没有子女，已经七老八十了，也没有人照顾他。他就和村里面的一个小伙子说，我知道你妈妈已经过世了，实际我年轻的时候跟你妈妈有关系。这个小伙子就很生气，他说你怎么知道？他就描绘了一番。他说你不要再说出去，他说我不说出去你就来照顾我。然后又去找另外一个人，他没办法要活下来，他找了村里面一半的人，凡是父亲过世就去和儿子说这个话，因为他年纪很大。这真的是很尴尬又是很合理。《梁光正的光》里面有非常合理的部分，但是也有一些部分又让我觉得是文学的魅力。比如说永远穿一件白衬衫，在地里面劳动，怎么就不脏？我觉得可能真有这样的人，读者读到这里的时候肯定会想：真有这样的人吗？还是作者的艺术加工？两者掺在一起的效果是最好的，有的时候可以稍微跨越半步，可以说得绝对一点，真的就是不会脏。实际上我们劳动就知道，你出了汗白衬衫就会发黄，他用什么手段每天保持，我觉得突然间人物非常鲜亮。

我觉得梁老师写长篇非常成功，里面的农村和我们所熟悉的农村已经有点不一样了。我们看里面的人，有很多家庭的矛盾，实际上已经和城里人没什么区别。包括里面无意写的早上他又买了一些菜回来，就这么简单一句话你就感觉得到农村的变化，过去的菜都是自留地的菜。他又种地又买菜，商业已经变成城乡混合，或者乡土已经不是过去的概念。这本书有非常有趣的一些闪现，尤其是长期住在城里的人，你来看这本书，虽然是农村的感觉，但又是似曾相识。我先讲这一点。

黄德海：刚才金老师讲了三四个问题，我特别感兴趣。关于白衬衫的问题当时梁老师是怎么想的？

梁鸿：我父亲经常穿白衬衫，但是没有金老师说的那样一尘不染。我在书里写的一尘不染是这个女孩子记忆力的一尘不染，觉得自己的衣服从来不脏，我想肯定是脏的，但因为印象是闪闪发亮，所以这里面还是加工了一点。实际上我写后记的时候，突然发现时不时带了一下梁光正穿了一个白衬衫走来走去。我突然觉得白衬衫可以穿越时光到我面前，因为他确实可能有一点点象征性，或者某种意味。我还是把它稍微夸大了一点，但是从意识上没有夸大，像我父亲穿白衬衫，白衬衫肯定是皱巴巴，但是他喜欢穿。在我意识当中想他真的是闪闪发光，真的超越了身份。所以这个白衬衫有原型，但是经过夸张处理。

黄德海：我觉得这个可能跟当事人的感觉有关系，我小时候觉得我们村里一个人特别爱干净，穿的鞋不沾浮土，这在上海都很难。但是印象当中他一直保持干净整洁，甚至鞋上都没有土。是不是当时我们浑身都是土，稍微干净一点都觉得很干净了。这个白衬衫我觉得最大的好处不是有意提炼出一个象征，而是说在记忆里你越想的时候越觉得鲜明。包括我们回头看父亲身上这些缺点，让我们很难过的时候，是我们长大了才知道的，如果在我们没有长大以前，看到这个形象只是不解，并不知道他对我们造成了伤害。金老师刚才说，他有时说话很快的感觉，其实是这么挣扎出来的。

我又想到一个相关故事，我父亲的姑姑的丈夫是一个什么都会干，又什么也不干的人。他从每个孩子 7 岁开始，培养孩子做菜。当时我父亲形容他是这样的，因为够不着锅，给一个板凳上去炒。后来他们长大了，四个孩子做菜都非常好，就是这么培养出来的。你看看这种情况造成了一个非常有意思的现象，反而成就了子女。你知道我 21 岁左右的时候到他们家里做客，他儿子做好的菜是一点点都不让爸爸吃，他们两个各自买各自的菜，童年时造成的阴影是没办法调整过来的。有一次买了一条沙丁鱼，带回来放桌子上一摆，我们都在吃，他爸爸要吃，他筷子一打，你干什么？你在外面吃得好多了，你到外面吃。这种事情和人就这么慢慢长在一起了，我觉得在这方面可能项静以一个写小说人的思路来看更好玩儿。

项静：我也谈一下白衬衫的印象，这件事也让我想起一个故事，有一个亲戚结局非常惨，自杀了。我记得他生前给我讲过一件事，他说我现在不太注重穿着打扮了。他说以前每天回家都要把鞋洗一遍，特别是鞋底还要洗一遍。那个时候有一种心气，有一种自己特别重要的感觉。白衬衫也是一种把自己区别出来的东西。这个父亲的形象会让我特别想起另外一部作品，《平凡的世界》里面的王满银，满世界跑，我重新看的时候特别喜欢这个人物，他怎么会是反面角色？里面的人都讨厌他。他本身特别有意思，满世界卖老鼠药，摆摊骗人什么的，别人见到他都是特别讨厌的。但是你从他自身形象来说却是完全成立的，他也是不顾自己的孩子，跟这个父亲特别像，不顾自己的老婆孩子，只要自己吃饱就可以了，他觉得完全可以挣脱他们，我觉得这是生活在自己世界的人，生活在自己世界的人生命力是特别强大的。他完全可以无视其他人，梁老师说梁光正的光不是上帝之光，也不是黑暗之光，他就是一个生命之光。

梁光正三次创业都跟土地有关，这个就是悲剧巨大的来源，土地其实是跟他的梦想，或者跟他自身生命力不相匹配的。他一直在土地上创业，这注定是悲剧，悲剧跟自己生命完全不匹配出现了断裂。所以金老师说这个人特别作，因为他生命力得不到释放，所有生命力都以失败告终。我们看很多文学作品，乡村里的父亲应该是一个能人的形象，是接近理性的人，按照生命逻辑来说应该是挣脱乡村到城市，或者成为一个成功人士。生命如果这样就理顺了，正是因为这个逻辑中断了以后就变得特别作，他把自己生命力完全释放到自己孩子和其他人上，你看这完全是一个示范过程，我觉得可以这么理解。

金宇澄：因为刚才都是讲故事，我在看白衬衫的时候，我觉得这真的是小说家应该要做的，有时候有一个亮点。我就想起，年轻的时候在农村里面真的也会有一些特别爱干净的人，但反面是有一些特别脏的人。因为过去很多男女青年到北方农场，天很冷，可以找一个老乡家住，可以谈恋爱。当时我是没有，我是冬天修火炕，每家每户我都去过。其中有一户人家脏到你不能进门，这是与雪白的白衬衫的相反的回忆，我立刻想起来了，所以她的书是可以代入到你的一些回忆里面。那家人脏到我走到炕里面，气味就不要谈了。两个小孩在炕上，有一个孩子拉了一泡屎，妈妈把这一泡屎一把拽到炕下，我一下跑出去说干不了。别人告诉我他们家是我们厂子做油饼最好的，说不相信可以去吃，我说我不要吃。确实每个人标准不一样，我就想到这个事情。

黄德海：金老师故事讲的，我一开始恶心了一下。真的是有些人很脏，但是做东西很好吃，你知道这是我们吃好东西付出的代价。在这个书里有很多看起来很意外的东西。我没有记错的话，其实有一个名叫《父亲寻亲》。这个很有意思，好像我们那片地区总是有人要寻亲。寻一些八竿子打不着的亲戚，一定要找出来。寻亲的过程当中你会发现很多意外。我觉得你当时核心应该不是白衬衫，应该是寻亲的事情，很想知道这件事为什么对你产生这么大的影响？这本书有很长的篇幅，其中应该有七八万字在讲寻亲这件事。

梁鸿：刚才三位老师都谈得很好。金老师谈到葬礼的问题，确实非常敏感。死了就死了，到最后作品就完了，我觉得好像没有完。在葬礼上梁光正非常倔强，死了以后还是很倔强，他要表达他的意志。写的时候我非常仔细写这个细节，因为我觉得非常重要，能够体现出梁光正到底要干什么。回到德海说的寻亲，小说一开始就写老年梁光正，他拉着子女们不断寻亲，寻各种各样子虚乌有的亲，早年的外婆家，早年的恩人家，青年时期朋友遗孀家，但都是特别遥远的事情，非常滑稽，稍微带一点荒诞。第一章到最后他说找曼子，曼子就是自己早年的情人，也算是老婆之一。当年带了一个孩子到梁光正家，跟梁光正同居。小说实际上从这个地方开始，一直到最后寻到了曼子带着儿子，儿子因为受伤离开了，这是基本的故事情节。为什么写这个人？我一开始确实不想写，但为什么又加葬礼那一章？我觉得在整个小说中，其实每个人都没有办法释放自己，那个小孩在他们家受伤了，这三个人都有责任。最后一章我突然觉得梁光正还可以再活一次，我写到木坑挖歪了。我们知道农村原来是抬着棺材下葬，现在不一样，弄一个吊车，把棺材往木坑里面吊，这样吊不准就没办法下去。梁光正就是不下葬，怎么也放不到木坑里面。我就想把这个东西好好写一下，首先让他亲儿子跳下去，接下来他的继子跳下去，等于他们俩齐心协力把梁光正棺材放了进去。我在里面写了很多细节，表达梁光正希望他的孩子们有一个和解，他还是痴心妄想，希望孩子们能够有一个真正的相互理解。最终没有大团圆的结局，他们各自回家了。当时我给编辑看，编辑说你这个开头太豪华了，一开始是铺开来写梁光正四次寻亲。首先是寻他外婆家，又寻他早年的恩人。比如说他在梁光正青年时期，曾经有一年非常穷，家里揭不开锅了，大年三十带着他的儿子要饭，走到一家人家给了他红薯干和玉米，以后他要求他的孩子们每年都去走亲戚，一直到这个人死。大家想这样终于不会走动了吧？后来梁光正说不能因为这个人死了我们就不管人家了，万一人家过得不好呢？他逼着子女去再到人家家看一看过得怎么样，结果人家过得非常好，根本不需要救。

《父亲寻亲》也罢，《梁光正的光》也罢，其实在我们生命过程当中很多人都在慢慢遗失，我们以为这就是我们的现状。我也想通过梁光正寻亲的过程，重新回望一个人是怎样形成的，一个家庭爱是怎么形成，恨是怎么形成的。再来看一看人性是怎么形成的，说这个好像有点大，包括我们的生活是怎么形成的。包括德海提到农村的破产，我是在写《麦冬　麦冬》那一章的时候，梁光正第一次大创业，小说核心也是。那次创业失败后他女朋友离开了他的家，他的子女们受到了很大的伤害，梁光正才更加进行其他折腾。我在写的过程突然发现破产事件没有那么简单，你提老头自杀的案件是极端的案件。我们一定要知道在农村这样无声无息的破产非常多。

在这本书里，除了梁光正家庭之外，我写了五叔，他本来是一个万元户，正准备盖上下两层的楼房，突然间发现麦冬可以赚钱，他就收了几十吨麦种拉到广州，结果烂到广州街头，从此以后五叔再也没有出现过。这个人确实有原型，但是没有那么惨烈，确实是很多家庭因为各种各样的创业破产改变命运，父子分离，我想梁光正可能是其中之一。

我不想写那么大，不想写那么整体，这本书为什么强调写一个人？我特别想写一个所谓大的社会背景怎样和一个人发生关系，不是说大跃进了，我们家很穷，于是死人了，开批斗了，于是梁光正被批斗了。中国农民跟历史发生关系是非常被动的，梁光正是一个较少和历史发生关系的人，他实际上是一个非常贫穷的农民。他总是能够在最关键的风头上整个事，他爱说真话，爱出风头。唯有他深度参与了“文革”被批斗，被追，然后逃跑。这个过程当中梁光正老婆生病了，子女也受到了伤害。

我觉得写这样家庭内部的事件，我自己稍微有一点点野心。我首先想写这个人，这是我最大的企图，有人说其他子女性格稍微有点弱，这个可能是另外一个话题。我想写这样一个人，他的矛盾性，不管是创业悲剧还是家庭的悲喜剧，他背后其实也还是有一些跟时代之间的纠缠。如果说梁光正只是认命的农民，他是一个非常老实的农民，可能这一切跟他关系就没有那么大。我后来在写后记的时候突然意识到这个白衬衫挺重要的，其实在书里面我没有特别强化这个东西，我觉得他不认命。他不觉得这就是他的身份，在我们生活里面总有这样一些脱离日常秩序的人。我不是你们大家认为的样子，我还是另外一个样子，所以我要梳大背头，皮鞋擦得很干净，因为我不想成为里面任何一个人，我想梁光正就是这样一个人。

金宇澄：我稍微讲两句，刚才梁老师说的话我也有很多感慨。看这本书我心里也会叹气，中国农民的生活实际上体现的是农村的困境，梁老师也是长期研究，拿农村某一个点作为一个标本研究。我前几年特别爱看日本一个节目，叫《去到农家住一晚》。电视台跟着一个人，不管你到哪里摄像机都拍你。走到很遥远的地方，走到一个农户家敲门，希望在他家投宿一晚上，当地门户打开，都是随机的。请他吃饭，吃完饭就关灯睡觉，第二天早上帮他干农活。是一个套路，这个故事到最后给你感觉特别温馨，不管走到哪里，农村房门打开就是跟日本东京家里一样，生活方式、态度，每家每户都干干净净，挺殷实的感觉。

一个电视台记者说我们是不是也可以做这样的节目？这怎么可能？我们机器到了乡下村长就出来了，或者打开门一看家里很脏乱差。梁老师写的书对于我们城市读者来说，就是了解农村的困境，实际上里面这些人的矛盾都带有我们农户的特点。像梁光正，如果各方面都很安稳，有一整套制度，他们就不会做这种无谓的创业，也没有那么多人搞到破产。还有一个想法，我经常看年轻人的写作，80、90后的写作。大部分都在自己一条线上面。可能也和他是独生子女，全家人都罩着他，根本没有功夫看其他人干什么有关。像梁老师这一代，可能在农村有好几个兄弟，或者周围不是一个城市的环境，她可能会关注，我们父母根本不管我们50年代的人。家长越是不管你，你越是要注意他们。实际上写小说就是写这种非常复杂的几代人的关系，这本书以一个永恒的主线做主题，这个位置是非常准的。

黄德海： 金老师果然是非常敏锐的小说家，刚才在讲作者定位的问题，这一代人应该写什么的问题。金老师从一个人种完了地去买菜发现农村发生了很大的变化，其实这个变化就是在十五年以内发生的。以前农村确实吃自己家种的菜，最多是赶集的时候买点肉。这个变化有好几种原因，第一，冰箱普及，电视普及，他可以模仿城市生活。过去我回家吃饭肯定是在家里面，但是我这几年回去，打电话从镇上把饭送过来，要不然到镇上吃，这种情况越来越普遍。原来农村是五天一个大集，只有初一和初六可以买到菜，别的时候去了没有。现在熟食很普遍了，现在只买菜。再一个，你不用走了，可以骑摩托车去，十里五里路只要十分钟左右时间，这些变化使农村变得不像农村了。

金老师跟我们聊，你会发现原来在上海说上海话特别多，现在这一现象也在逐渐减少，你会因为外地人多了被迫说普通话。这本书这一点上非常好，她并不是故意写农村的变化。当然需要金老师这么敏锐的眼光来发现。

金宇澄： 这个不是我的眼光，书里很明显就是这样，书里面很重要的题材，一个是农村，还有一个是家庭内部矛盾，两代人之间永远纠缠没完，因此要到人死。人死了棺材过半小时都下不去，这种矛盾实际非常接地气。只不过梁老师写成像电影一样，从过去到现在，包括刚才讲的有历史的原因，还有政治的原因。有时候会想将来会不会稍微好一点？梁光正这一代人恰恰是十几岁有苦难的这一代人。

刚才我们都讲了这是解决不了的，很多事情死都解决不了，我们请项老师讲一下。

项静： 接着金老师的话，除了政治原因和历史原因，经济也是一个特别重要的原因，金老师举了日本的例子我觉得挺好玩，日本的农村和城市差距没有这么大，在日本买蔬菜和水果非常贵。我们中国人去了以后特别喜欢吃猪蹄，但是日本人不怎么吃猪蹄，特别便宜，据说四个猪蹄才能买一个苹果，日本的农民非常富裕。梁光正这里如果经济问题解决了，很多问题就不是问题了。刚才说到家庭矛盾的问题，像日本小津他们一直持续拍这种家庭剧，一方面是艺术的需要，另外一方面肯定是现实客观存在，我觉得它是一个生命运动过程，也许把这些东西全部去除了，生命可能就没什么太大的意思。梁老师说其他人物形象不那么够，我的感觉不太一样，可能一下子先入为主的观念是小说主要写梁光正。我在自己阅读过程当中反而特别喜欢这几个子女，因为梁老师写得不太一样，矛盾呈现方式是不一样的，我们很多小说都是在写他们之间利益争斗，这个主要是对心灵夺取的方式。

我印象特别深的是他们家的一个场景，过年的时候还是哪个重要的节日，他们一家人会围在一起聊天，分析每一个人谁跟母亲长得比较像，每个人都要说一段，都要分析。其实是没意义的事儿，我觉得讲的过程是对爱的索取。每个人都会有对爱的索取，像父亲会撒谎掩饰各种问题，不停地写信，其实也没有说什么事情，就是索要爱。每个子女跟他父亲的关系都是在找一个爱的东西，因为梁光正形象特别强大，特别突出，所以这些子女相对于他来说都是矮化的过程，都在他的身上夺取爱。他生病的时候儿子对他特别不耐烦，甚至比不上他的养子，梁老师把他解读成一种爱，因为是他的亲人所以可以发脾气，可以嫌弃他。

我读小说的时候一直有一个疑问，我会觉得叙述者也是他的孩子，感觉叙述的人也是他的一个孩子。

黄德海：叙述者可能没有凸显，原则上是冬竹，有时候会置换，有时候又把冬竹放在第三叙述里面，显得不太明确。

项静：可能主要关系在四个子女和梁光正之间，我觉得梁光正死掉之后还是特别有隐喻意义，这个人物死掉了，这种特别激烈的关系可能要消失了，他们子女之间非常独立，父亲死掉之后一方面就是农村彻底的转型，可能就跟城市慢慢走到一个系统上去，之前的东西就不存在了。刚才都说到城市和农村的问题，一方面农村在转型，其实城市也在转型，当我们写农村的时候其实不仅仅写一个形象、时代或者什么东西，其实我们不仅仅是写他们的主体性，也是写作者主体性在转变，写作过程也是对自己审视的过程。刚才那个也算是问题，梁老师也聊一下。

梁鸿：现在都在说索取爱，其实写到子女和父亲的关系，虽然也提到钱，但是钱不重要，重要的没有得到爱。之前我没有仔细分析过这件事，我记得之前有一个读者提到过，我没有在意。刚才听的时候我想了一下，确实这本书里面子女成年了，他们回忆少年时代的时候，埋怨父亲的原因，一方面因为父亲管得不够好，另外一方面主要因为父亲把爱给别人了。他们还是对父亲不够爱他们而耿耿于怀，所以他们也要拼命通过各种方式来说我最爱父亲，父亲最爱我，或者怎么样。这本书写的也不是贫穷，刚才提到家庭关系的问题，对于子女而言这不是绝对的原因，更多的还是心灵之间相互的索求。

后来别人说你这个书里面梁光正对女人都非常好，埋怨的都是他的子女。在梁光正身上我想写出我们在理解父亲上其实也是有问题的，因为我们个人性没有充分完成。我们总是来看父亲的梁光正，而没有说脱离这个角色稍微从更高层面来看梁光正。我们作为子女也是不完善的，我们个人性没有充分发育。反过来这就是我们的家庭，彼时相爱，彼时搅在一起，彼时怨着吵着一路往前走。刚才提到在小说最后，我是特别有感触的，梁光正去世了埋葬了，到了第二年春天又来到了梁光正坟前，大家突然发现“家”这个概念消失了，原来大家都是被梁光正拖着往前走，每个人都是非常生气。但是当梁光正真正死了之后，发现这个家突然间没有了，突然间个人是个人了，再有没有那种亲密的感觉。这也是另外一个层面的东西。小说最后一部分有一段抒情，我是特别犹豫的，本来梁光正下葬之后完了就完了。当我们生命变为自我家庭的时候，其实可能也失去了一些东西，当父亲走了之后我们看起来好像完整了，好像终于可以回归到自己家庭了，是不是也有一些作为人的基本的东西在丧失。我在书里面写了突然间缝隙大了，但是其实又是很失落的东西。

刚才忘了回答你叙述人的问题。这本书有一个非常严重的失误，第二十七页写我和冬玉垂着头，实际上是冬竹和冬玉垂着头。这是第一稿的残留，后来编辑没有改过来。很多人问我，我也挺感动的。他们问这个“我”从哪来的，里面有“我”这个词，但这个“我”是个错误。大家都疑问这到底是谁，这个错误非常大。不管怎么样这是一个错误，到下一版一定要改过来。书中偶尔飘过“我”，这个没有问题，因为叙述人比较跳跃。这个书叙述人是非常清楚，第一章是永志，第二章是冬玉，第三章是冬竹，这三个人来回三章。最后一章是上帝视角，因为前面都是父亲怎么样，以子女的角度来讲故事，每一个子女就像一个抛面一样，每个子女讲他记忆中的父亲的样子，最后一章是上帝的视角。梁光正死了躺着是什么样，其他人是什么样。即使没有“我”偶尔飘出，这个视角模糊了一点点，但是这个模糊我觉得大家是可以理解的。没有子女来看父亲，冬玉是这样看父亲，冬竹又是另外一样。这个过程当中每个子女性格又是不一样，我们看到冬竹在这本书里面几乎没有说过完整的话。他都一个人想，偷偷把家里的信和各种各样的碎片收集过来。那天在山东，赵月斌说我就是这样，我就是冬竹。

黄德海：你知道吗，赵月斌去年出了一本小说叫《沉疴》，你可以把奶奶当成这个父亲的妈妈，性格上也是非常强悍，所有的做事方式都非常像。他的奶奶有一个糟糕的毛病，喜欢偷东西。她那种作，会把人作死。比如说儿媳妇理她了，她就会到处说你这儿不好，那儿不好；儿媳妇儿不理她了，她会说儿媳妇不理我了。你怎么做都不对，会把全家都拖到阴郁当中。她把二儿子东西给了三儿子，如果儿子和女儿之间选择，肯定女儿更好，利用女儿来压儿子。在儿子和儿媳妇之间肯定跟儿子好，再用儿子压制一下。都摆不平，就把大家聚在一起吵一顿。刚才金老师说了，如果这样的话人就会处在尴尬当中。有些人就是活力四射，精力旺盛。

其中有一段梁光正实现没实现自己，金老师和项静各说了一段特别出彩的地方，在梁光正回光返照的时候，他跟曼子那一段非常有意思。感觉就是一个人心底一直没有跟曼子光明正大在一起过，等到回光返照把所有集在一起，他实现了他想要实现的东西。虽然什么都没有做，那个过程当中，光终于放出来了。

梁鸿：这个细节也很夸张，梁光正已经回光返照了，他千方百计把他女朋友招来，实际上有些残酷，好像有点色情。实际上那段也是来自灵感，那一段我写得非常安静，所有人都不说话了，只有用父亲视角写，抓住了曼子的乳房，因为都老了不美了，已经干瘪了。但是他依然抓住，说孩子们都不在我们应该怎么样。我自己真的想写出来当年他跟曼子好，他真的顾及子女了。实际上子女对于他父亲追求幸福造成了障碍，这件事梁光正不会说，子女们也是不知道的。他们突然觉得实际上他们也会有愧于父亲，他们觉得你是父亲，这是应该的。这个情节也是写得比较慢，跟后面葬礼一样。试图放大，让大家感受到既有一点尴尬，又有很色情的场景，梁光正在吮吸曼子的乳房，同时你也有所震动，在那一刹那梁光正和曼子都非常纯洁。

金宇澄：这个细节我看下来还有另外的感觉，那时候你发现了人生的悲哀，实际上是两代人产生的差别。包括刚才两位老师说的细节，我觉得还有他的衰老，他不再敏感，这个是多义性的现场。刚才大家讲了很多，我觉得还有一个蛮重要的事情要问一下梁老师，我现在读书特别爱读一些非虚构的，那么梁老师这次第一次是以虚构形式做的一个长篇，但是我觉得这个小说好看的地方也就是她常年用的非虚构的方式。非虚构有一个最大的困难，如果是一个很懒惰的人是写不了非虚构的，非虚构一定是要用眼睛、鼻子、耳朵，所有器官去感觉和记录。在长期写了几本非常好的书之后，再来做虚构的话实际都有出处。虽然说是虚构，实际也是一种移动的拼接而已。这个书里很多细节，都可以看出梁老师常年的非虚构形成的非常准确的接地气的内容。有时候我们看非虚构的作品，实际上他也没有底气，也没有材料，但是要硬撑。梁老师的作品我觉得很好，不会突然转过来，今天我蛮想听你谈一谈怎么转变过来。

梁鸿：刚才金老师讲到非虚构的写法，我下午还在琢磨这件事，非虚构的功夫我在虚构里面也用了，当时小说开头写梁光正寻他外婆家，梁光正也快70岁了，他外婆也都100岁了，早就死了。他的村庄当时南水北调，他的外婆家在移民区，他外婆亲属们都搬迁了。那么怎么找子虚乌有的村庄？所谓表兄弟全部失散了。他就带着永志，让永志拉着他每个村庄问。在这里面花了一小段讲丹江口的移民，我那里面一句话写那些住在山角某一个沼泽地里，那些老头们觉得好像来了移民局的人，赶紧拉着讲情况。这个是有出处的，50年代是南水北调第一次大搬迁。这个时候淹没了一批村庄，移民移到青岛和西藏，很多移民因为融入不了当地生活又逃回来。他们没有地方住，也没有户口，就在丹江口弄了一个很破的茅草屋住下来了，生儿育女开始生活。我在书里最多用了五行，但是查了资料。虽然这句话别人不在意，别人觉得你怎么写都行，反正是虚构的，但是我觉得非常重要。我想让这些老同志们出现。它像一座大厦地基一样，就像金老师写《繁花》，每句话虽然没有那么细，但是我作为写作者要写出来。每句话最后才是气息，才是基本氛围和建筑。这实际上是我非虚构的功力，我要查证，我要看这句话行不行。包括最后写梁光正死，我一开始写是在春节前死的。后来我觉得不对，书里面有一个细节，小丰要把衣服脱掉，他们扶梁光正的棺材。因为小丰当年烫伤，身上有伤疤。再次回到梁光正家里，所有人都想看他的伤疤，但是没法儿开口。小丰再回来穿得非常整齐，衣服扣得非常紧。

怎样让小丰伤疤露出来？后来我把梁光正的死挪在了3月份过完春节初春的时候。这个时候大家穿的是毛衣，脱掉也不是特别冷。我专门把葬礼挪到3月份，让小丰一脱，整个后面像月球一样的伤疤露了出来，我想这个是合理的，我想都是我非虚构的功夫。这个地方我不能瞎说，我不能说冰天雪地就脱光了。我觉得这个应该是非虚构给我的基本功，我作为一个批评者的叙述训练。实际上写非虚构训练也来自学术训练。

刚才金老师说为什么写虚构的作品，对于我而言我自己没有那么大的界线，我觉得非虚构是一个标签，虚构也是一个标签。当我在写梁庄的时候，我觉得梁庄就是用非虚构方法写，我非常确信这样的方法可以。虽然我不知道会有那么多人了解，当时我不知道会被大家关注。我知道两点：第一不要写成小说；第二要用大众化的语言，我要写得通俗一点。我觉得我的企图非常重要，我的初心就是不要写成小说。卖得那么好完全是意外。

在写梁光正的时候，我没有一秒钟的停留要写成非虚构，我想我还是愿意冒这种风险，哪怕我失败了。我觉得他只能用这种方式来写，我只能凭着这种直感。这是我的初心，是我最初的根本想法。我想这种冲动非常重要。你说从理性上解释，这真的不是纯理性，这是一个感性的选择。开始之后你可能会设计一些情节和人物的故事，这个需要你理性地写。大家都提到梁光正回光返照吃曼子乳房的细节，还有葬礼的细节，这些真的也是灵感。我在写之前没有想过这些细节，快写到这个地方的时候，我突然觉得曼子应该再回来一次，梁光正需要她。我自己特别喜欢这个细节，这两个细节都非常喜欢，感觉最能够凸显梁光正一生的荒诞可笑，这一刹那是有纯洁在里面，哪怕这个纯洁也是我们诉说的纯洁而已。

黄德海：我们今天对话的部分基本结束。给大家留点时间，在这么一个夜晚大家应该有话多说一点。

读者：梁老师您好，我想请教一个问题，当我们回忆农村生活的时候，有没有发现有很多很多情节可以融入其中？不管是写虚构、非虚构，写父辈也好，写农村环境也好，如何从现实环境中提取一些素材融入其中？想请教一下梁老师。

梁鸿：其实这本书后面是回到了少年的梁光正，少年的梁光正非常纯洁，爬到树上偷看他的未婚妻，怀抱对美好生活的向往。他其实是长年累月在你心里面活着，只不过原来是若隐若现。他通过某一个契机突然闪现，实际上在你心里面回旋很久了。在生活里面我对这种人特别关注，他们总是会脱离于我们通常认为的温良，身上往往有启发性。在农村我觉得这种人往往都是受苦的人，他可能是能人，也有可能识文断字，但基本上是失败者。我想这是通常的判断，作为写作者应该把通常判断背后的东西挖掘出来。

另外当你确定写这个人的时候，比如说梁光正活到70岁左右的时候，就按照73岁、74岁的样子，比如说我还是寻亲的样子，首先一点他寻亲往哪寻？他要找什么？这个时候一定是有时间和空间在的，你的时间是往后回溯，你的空间是往外扩展，你要让他走什么样的空间，一定是跟你经验有关系。不管怎样叙述，所有碎片都纷纷复活过来了。比如说南水北调，1950年开始南水北调，当时可能没有感觉了。我在写梁光正寻外婆家的时候，这个地方是很有意思的细节，我们中国南水北调那么早。现在有一条大河往我们村庄过来，非常宏伟，这个在我们大的话语里面是千秋大业。对于普通人来说那是一个失落的村庄，他们永远回不去了。这样说可能太大了，我确实写在里面，你注意不到没有关系，不影响小说整体性。如果你可以注意到我这句话是有力量的，我情节描述也是有力量的。在这个意义上也是你生活的某种再现。

我把梁光正设计成70多岁，他一定是1949年出生的，梁光正是1958年结婚，正好是三年困难时期开始的时候。首先我在书里面写到梁光正一开始要出去找，那个时候家不像家，要大炼钢铁，要集体生活，小家已经被拆散了。梁光正跟他老婆结婚之后，说前几年根本不知道什么叫家，所以他要出去找事干。就到了内蒙古飞机场干活，结果被作为流窜犯，这个是我确定无疑的历史事件。虽然梁光正都是虚构，但是所有经历的历史时段都是真实的。流窜犯是怎样教育的？受过什么样的惩罚？我都做过学习。我想这是历史，也是梁光正的个人历史，在这个意义上，大历史和小历史重合。

这样一个人虽然是虚构，我想他走过的空间和时间还要带有某种真实性。我希望梁光正的生活和内在情感的形成，包括家庭的痛苦，不是完全隔绝于社会的，因为是不可能的。每个人伤痛背后都有时代和社会的因素。在这个意义上，随着梁光正这个人的行走，相关乡村生活一定会慢慢成熟起来。我当年写过一个散文，写梁光正的时候突然发现梁麦冬对于梁光正太重要了，在当时乡村而言，因为我自己成长期可能也就十三四岁，我亲眼看到那家人破产，妻子非常漂亮，一家人耀武扬威，儿子手里举着健力宝，是80年代初期非常昂贵的饮料，当时只有万元户的家庭才舍得买。我想可能不单单是梁光正的事情，他肯定跟我们真实生活相关，文学不管是虚构还是真实的，它的内核里面应该都还包含着真实性，它所达到的力量和穿透的地层也都是和我们真实历史、真实的人性是关联的。虚构并不是虚假，虚假是为了最后完成一个总体的东西。我觉得不管是虚构还是非虚构，应该都是这样的。

读者：我请问一下四位老师对封面怎么看？这幅画是谁选的？画上是不是梁光正还有孩子？

梁鸿：这是一幅插图，但是跟内容又有某种关联。

读者：有六只眼睛，梁光正看上去与其说是父亲，不如说是非常健壮的小伙子，不是爷爷、叔叔大伯级，而是刚刚结婚的小伙子。后面是红太阳还是梵高的向日葵？

金宇澄：我一点不知道细节，您问问题我就回答一下。金黄色是吸引目光的颜色，非常明亮，但是构图上又有一种很神圣的感觉。可以把他画成六个眼睛，他的样子不一定就像中国人，画的构图装饰性很强。还有一个考虑，就是放在书店里面，金黄色非常吸引人的眼球。我觉得没有什么更深的意思，就是一个色彩构图，就是设计者、编辑的想法。

读者：缺一个角是什么意思？

金宇澄：我首先我告诉你，对于美术作品，据说世界上最标准的答案两句话：一句话是我喜欢，一句话是我不喜欢。美术作品没有办法解释，只可意会不能言传。叫我解释就是人生都是有遗憾，不可能圆满。

梁鸿：我觉得金老师解释得非常好，这样的画不是专注于小说化，完全是巧合。当时编辑发现了欣喜若狂，在办公室大叫说这就是梁光正。刚才金老师发现六只眼睛捂了一只，我专门查了一下，在中华文化里六眼是上下四方古往今来，可以看透过去和未来，捂住一只眼睛是好的，为什么？因为他看的是假的未来，错位的未来，他未来所有想象都是假的。比如说春秋大梦，每次规划宏伟蓝图，马上就要发财了，但是没有发财。在这幅图里面刚好对应了梁光正内在的意蕴，后面有光可以是多种意味。乌鸦这个我觉得金老师解释得非常好，就是不完满，虽然在发光，因为眼睛捂住了所以所有的都是多重不完满的。这幅图我自己很喜欢，刚好符合了这本书，简直是天作之合。后来我问插画师要原图，结果人家已经卖出去了，只是给了我们电子版。另外一个考虑是颜色确实比较抢眼，你知道现在一本书放在书店里要特别抢眼。

赵平：我觉得看到封面元素每个人都应该看到有自己的感受，当时大概试了五六个样子，找了一堆的插图，但是找了一圈之后发现还是这幅最贴切。刚才说的虽然是外国人，但是我们觉得本来梁光正就不是一个典型的、传统意义上的中国的农民，他是一个新农民。我们 1993 年生的一个编辑，他很喜欢这幅图，看了小说觉得可以读到一种乡村重金属的感觉。这是我们编辑部里面大家一起投票，一起考量的。其实刚才梁老师和金老师讲的都是每个人的理解，我觉得我们这个封面成功了。谢谢。

黄德海：谢谢赵平，谢谢梁老师，谢谢金老师，谢谢项老师，大家有夜生活可以去过了。

时间：2017 年 12 月 9 日

嘉宾：郦波

今天我们为什么要读诗

——郦波品诗词与人生系列新书分享会

骆新： 今天郦波老师带来了两本书，一本《人生自有境界》，另外一本《诗酒趁年华》，用的苏东坡的词。

郦波老师因诗词天下闻名，您最早被我们熟悉的书竟然是《五百年来王阳明》，这是畅销书，排行至少在前三位。那么为什么没有想起来写有关诗词的书？

郦波： 当中有解读王阳明的《泛海》，是有关诗词的。

骆新： 对，以前我们对王阳明了解更多的书不在诗词，而在哲学。今天既然郦波老师带来了这两本书，有一个问题我得问问，2017 年是中国电视诗词很热的一年，您觉得这个热劲还能坚持多久？

郦波： 我其实参与了很多电视节目，但没有骆老师专业。作为电视业的非专业人员，我觉得它能热多久、接下来热什么都没有太大关系，只要热过了，作为一个文化的引子在社会上引发了共鸣、共识，它的历史使命就达成了。

我录完诗词大会之后，很多朋友喜欢看电视，而且是老中青三代

郦波　骆新

一起看。家里头看电视从来没有这样的情况，一家人坐在一起看说明什么问题？在今天这个手机碎片化的时代，对于一个家庭来讲，这是最快乐、幸福的事情。

但是它能够唤起你的记忆，就是触碰了共鸣的东西，老年人也好、青年人也好。诗词这个东西总是在你的记忆里随风潜入夜、润物细无声的。因为现实的匆忙或者文化的断层，我们唤起了非常强烈的共鸣，坐在一起就达成了共识，到共识的层面就上升了。有些热点形成不了共识，只是一种情绪的共鸣，很多娱乐节目也能造成情绪共鸣，但是一上升到共识的层面，在这个新时代，这个世界的趋势是什么呢？是反对文化世界化的趋势。

在这个时候中国作为负责任的大国，但是第一你要有实力、有资本，但是更重要的是自信，这种自信是文化的自信。

诗词从共鸣的层面到共识的层面，我们再加几把柴，无论大众讲座，还是中央高层讲座，对整个民族来讲都是非常重要的，对整个家庭也非常重要。

骆新：对，有一句话是“凡一代有一代之文学，楚之骚，汉之赋，六代之骈语，唐之诗，宋之词，元之曲，皆所谓一代之文学，而后世莫能继焉者也”。应该再加上明清之小说。但是大家有没有发现“楚之骚”大家背的不多了，汉之赋大家了解的也少了，明清小说虽然也流行，能够像诗词变成这么热的很少了，您研究这个诗词又做诗词节目的评委。唐诗宋词究竟哪一条让它这么广为传播？

郦波：这个是看上去很大众的问题但又是很专业的问题。这段话是有文化背景的，我们今天不了解这种文化背景，他为什么倡导一代又一代之文学？因为在中国的文化里，词、曲都是不登大雅之堂的，能够和文相提并论的只有诗。

像韩愈的诗也不错，但是他不写词。词本来是叫诗余，唐人的笔记里头，包括有些人就说“张志和喜作诗余”，就是这个词还不登大雅之堂，代表了一种载体。

其实我们现在宋词才开始，唐代词已经正式形成了，但是它上不了台面，所以说李后主功劳伟大，因为词之于后主感慨最深，遂变伶工之词为士大夫之词，词就可以上台面了。后来就是每一代文学都能够反映到核心价值的层面，反过来说，为什么诗词的生命力最为旺盛？因为中国是诗的国度，我现在主要的精力不是教大学生，面对中小学，我认为所有大学的问题，治标不治本，治本都在基础教育上，改变我们的教育土壤才是关键。

我经常跟中小学老师交流，其实有一个技能性的目标，小学第一目标是唤醒每个孩子的母语感知能力，培养母语思维能力，这是影响人一生最重要的奠基基础。但是现在我们的母语断层很厉害，它是人类迄今为止还在使用的独一无二的形象文字系统，联合国出的文件，你只要摸一摸厚薄就知道哪一个是汉语。母语感知和古文息息相关，但是年轻一代的母语感知能力在下降，它会影响一个民族的素质，这是很关键的，这是现在出现很多问题的根本所在。

现在又不使用古汉语了，语感的桥梁和捷径就是诗词，宋词对语文的要求很高。早期中国文学用文字来表现自然，诗句里头能表现山川、草木的作用，他就要写各种草，一个草由各种的字去表现，这是表现的张力所在，到今天已经隔阂太远了，所以我们今天很难接受。

所以对于中国文化来说，最中庸之道，最能体现母语感知能力的和训练母语感觉的，韵文里头最中庸的、最精华的就是唐诗宋词，诗词就是我们的文化遗传基因，虽然割裂了，但是只要有机会就可以唤醒。

骆新：今天的普通话变成了四声以后，以前所念古音的诗歌已经很难了。

郦波：今天没有四声，只有三声，平声只有一二个。

骆新：比如说序言当中就举了“千山鸟飞绝，万径人踪灭”。上海话说又是另外一种，在解释杜牧这首诗的时候，说上句字字为四声，下句基本上是往上拖的，我说怎么可能呢？最多也就是三个是四声，用上海话每个字都是四声，这个时候你会发现有语言的变化。

但是今天我们再怎么背，这个诗如果不用四声音韵的感觉出不来，您觉得这个基因是不是有所改变？或者诗的味道有没有改变？

郦波：因为中国是诗的国度，从《诗经》以来到今天，是中国诗词最危机的时代，就是语言土壤的改变，就是您刚才讲的。因为此前的语言土壤，这里有一个发展史的问题，隋唐之前魏晋的时候，当时形成了格律诗的基础，之前是没有这么讲究的，但是已经有音韵的语感在里头了。所以你看他写的诗，早上起来太阳快出来了、公鸡要叫，他说“鸡叫一声撅一撅，鸡叫二声撅二撅”，头两句看上去是像文盲写的，接下来是“三声四声天下白，褪尽残星与晓月”。太阳出来的气势多大，这个就是帝王气象，所以这就是不一样的格局，他还做了对中国文化至关重要的事，颁布了《洪武正韵》，就是明朝初期的全国普通话计划。他以江淮官话为全国的官话。上海话有七到八个音，普通话只有三个音，江淮官话有五个音，明清又重新恢复了这个系统，后来诗词又大盛，明代的诗文复古运动。到清代就不得了了，出现了纳兰容若，还有曹雪芹等等。但是今天的音韵就不一样了，已经有基础了，今天这个情况就是怎么样做变通，把普通话的四声作为新韵我也主张的，但是现在普通话的基础不可能再改变了，你可以鼓励孩子去做新的创作，只要有创作土壤就不贫瘠，今天很少有人善于词道的创作。

现在都是只能用古代的，就变成了一块块自留地，看上去很高雅，但是对于诗词本身的帮助不大，一定是平民普及，每个人都有诗词的共鸣，所以我经常讲小学里头的教育应该鼓励他们学习，不必要一开始对规范要求的太高，放开一点条件。反过来说，在隋唐之前，在格律诗出现了之前，古人就不写诗了吗？《汉乐府》一样是精彩的诗篇，要有价值的引导，让全民参与进来才是最重要的。

骆新：现在也有一个小问题，诗词大会火了以后，家长都让孩子去背诗，中国家长特别容易让孩子变成荣誉的代表。但是我有一个疑惑，也想跟您做一下沟通。

有人认为太小的孩子学诗词是不对的，因为诗词当中包含了很多人生的韵味，就说床前明月光、疑是地上霜。举头望明月，低头思故乡。这个诗让现场年龄超过六七十岁离开家乡的人他马上就感觉出来的，让小孩子背这些东西，他能理解吗？

郦波：我不认可也不赞同这种说法。从社会心理上来讲，形成了一种鄙视链，我们70后鄙视80后，80后鄙视90后，90后反过来鄙视其他的，就觉得我们中年人看年轻人没有阅历，真正的经典是怎么样的？但儒家讲人生终极的奥义不是成功，而是成长。可能过几年我对这首诗的理解不一样了，什么叫做经典？经典最大的作用是什么？经典把它揉在你的血脉里、骨子里，随着人生的成长，你碰到的人和事，经典可以一生当中不停的反哺给你滋养。

什么叫海纳百川？你小的时候理解不了，但是七八岁父母带你到海边你知道了，这个是不是理解浅薄？并不是，等到他以后创业的时候，遇到了种种坎坷，甚至被人骗，但是他用自己的精神感召，那个时候他再说海纳百川，那个是尽头吗？未必。“少年听雨歌楼上，壮年听雨客舟中，而今听雨僧庐下，悲欢离合总无情。”诗词最大的依赖是什么？我觉得是人生的支柱，经典的诗词是人类的文明，或者是我们这个民族文化最精炼的总结。

你在人生当中碰到什么问题的时候，“险夷原不滞胸中，何异浮云过太空”，我闲下来就写这个，但是不光是闲下来，碰到人生的一个坎坷，每次写感觉又不一样了，当年有一些话没有办法说给任何人听的时候，说给别人听人家也不懂的时候，那个时候就是诗词把灵魂当中的另一面给导引出来了，人要学会跟另外一个自我交谈，但要找到这样的东西和灵魂面对面。

经典就是孩子应该从小，不管懂不懂，小孩子学《论语》，那些最经典的话他不懂没关系，但是要让他记下来，最好能揉在他的血脉里，最后他人生的成长有一天突然懂了，当他人生坎坷无助的时候，他突然想起来了一句话，那个时候这样的一句话才是对他人生有帮助的。到最后我说实话我的人生停了，没有什么可以依赖的，父母和孩子，父母没有不爱孩子的，孩子也没有不爱父母的，但是成长当中有这样那样的问题，人世间最悲哀的作为的情感都是以聚合为目的，友情和爱情，但是只有父母和子女是以分离为结局的。

什么叫做父爱或者父爱？有一天你走了，你对他幼年的培养、理念、解读，你不在他身边的时候，使得他在以后能获得支撑和温暖，所有的大师都是在父亲母离开了之后，开始写我的父亲、我的母亲，回忆起来就一两样小小的东西，一定是精神层面的一两句话，就像诗词总结精炼的东西，然后刻入到孩子灵魂里，当你成长无助的时候那一两句话一下子成为他生命最大的支撑，这个就叫最大的父爱和母爱。

骆新：谢谢，习近平同志跟大家见面也用了一句：“要留清气满乾坤”。

郦波：对，所以我经常讲诗词是我们全民的财富，总书记记者招待会那天，我正在录制节目，朋友说晚上有一个聚会您能不能把《墨梅》这首诗讲一下？总书记刚刚提的。

“吾家洗砚池头树，朵朵花开淡墨痕。不要人夸好颜色，只留清气满乾坤。”他们说你读的跟总书记不一样，有问题。我说都对的，为什么呢？这就引出我们这个诗词国度里面是最重要的了。

《静夜思》已经不全是李白的《静夜思》，李白的原作是“床前看月光，疑是地上霜，举头望山月，低头思故乡”。我见过有八九种之多，有学者说有50多种的版本。

为什么今天是这个样子的呢？其实诗词创作是一个全民参与的过程，“看”月光多了一个动词，汉语是一种分析性的语言，它是讲虚词的，哪怕动词都省略才能体现出这种境界，所以“看”就忽略掉了。

全民参与就把李白的诗给改了，日本人绝对不会这样的，到今天还是“举头望山月”，经典的他们怎么样都不敢动，中国人就随意改，天王老子的都敢随意改。

“姑苏城外寒山寺，夜半钟声到客船”。最有意思的是他写这个《枫桥夜泊》的时候没有枫桥。

原来是“月落乌啼霜满天，江封渔火对愁眠”。马上封侯的“封”，他写完了以后，因为这首诗在当时的影响太大了，所以就改成了这个枫，为什么叫《夜泊》呢？因为他写的时候就叫《夜泊松江》，在松江府。

这就说明什么？中国诗歌是全民参与的结果，我在讲李白《静夜思》的时候什么结果？我们都是李白，李白就是我们。

所以《墨梅》也是这样的，王冕写《墨梅》时，现在都说是“朵朵花开淡墨痕”，王冕说是“个个花开淡墨痕”，“不要人夸好颜色”也做过改动。

王冕虽然生在元末明初，都知道他喜欢画荷花，其实最喜欢梅花，不幸中的万幸，他这首诗稿留下来了，现在北京故宫博物院，而且那个是收藏家考证的，王冕的印章什么的都在。

他为什么要这样呢？就是要体现他的非暴力不合作。蒙古人请他出来做官也不做，朱元璋请他，刀架在脖子上也不做，本来最好是“不要人夸颜色好”，他非要把它倒过来，不要“人夸好颜色”，颜压在平声上。

这个意就是这个人就是这么拗，但是我们在传诵的过程当中，因为音调的习惯，感觉还是颜色好就把它调过来，老百姓也参与进来了，你说我家好还是吾家好？我请你到吾家吃饭，这个肯定很别扭，还是改成了我家，这也是全民参与的创作结果，今天就变成了这个样子，但是丝毫不影响它的诗境。

骆新：我真得感谢您，王冕算是跟我同一地方的人，浙江诸暨，他们一直说诸暨人特别“耿”，您这么一说我才理解了。您刚才说的这个我突然想起来了一首诗叫《江南逢李龟年》，其实是特别简单的，“岐王宅里寻常见，崔九堂前几度闻。正是江南好风景，落花时节又逢君。”小时候我背的可熟了，这一定是我们小学或者初中要考的一首诗，我什么时候开始慢慢理解这首诗呢？是我看了《杜甫年谱》以后，他是什么时候碰到了李龟年？有意思的是他的克制在这首诗里面体现的特别明显，这首诗没有一点的哀婉，唐朝已经到那样的阶段，吃也不好，住也不好。这个时候在江南看到了更加落魄的音乐家，两个倒霉蛋都碰到了，但是只有年龄大了以后才开始理解杜甫的克制。

我认为杜甫的每一首诗大家都可以看一看，他都可以得新闻奖，没有一个字是废话，描写景物，他从来不说名声大，只说“崔九堂前几度闻”，但更感动我的是后两句，他当时说正好江南好风景，落花时节又逢君，没有一个哀怨之词，但是你看了年谱以后才发现字字其实都是哀婉。

郦波：这首诗一定要和另外一首诗一起读，叫做《江南赠李龟年》，他的诗题是“相思”和“红豆”，是王维碰到李龟年，当时这些士大夫都流落到江南来了。关于上一首诗，杜甫写的那个诗确实他写的很克制，但是诗史上有争论。那个时候据考杜甫才十四五岁，他怎么可能见到李龟年？他说的不一定是亲自参加而是当时的一片盛景，对应的“落花时节”，这个学术上有争论。

我为什么说王维的诗？大家都觉得他是在相思一个女人，但讲一个故事大家就知道对于李龟年的影响有多大了。李龟年后来在湖南的确见到了杜甫，在按察使的家宴上，流落江南的文人当时都在那里，唐玄宗已经跑到其他地方去了，战乱还没有平息。

大家说李龟年应该高歌一曲，李龟年兄弟三个人都是唐代的大音乐家，李龟年的音乐才能最高，唐玄宗大音乐家，最赏识李龟年，他当时是音乐界顶尖的人物，李龟年和唐玄宗感情不一样，然后李龟年想了想去两首诗里选了王维的，古人实时唱出来的。

结果李龟年为这首相思谱了曲以后，一唱满座皆起，所有人都哭了，李龟年更是泣不成声，他又紧接着唱了另外一首，也是像情诗一样的，李龟年唱到最后一声戛然而止，昏过去了，唱这首诗一昏 4 天，也再不吃任何东西，过了几天抑郁而逝，这叫“一死酬知音”。

所以王维和杜甫都是他的知音，为什么写了两首诗？是李龟年看到大唐盛世不在了。我们现在觉得是爱情诗，但他看了这两首诗万箭穿心，因为这两首诗他要以死报答他的知己，这两首平平淡淡的诗充满了意境，就是一个时代的印子在里头了。

骆新：我有一个小问题，郦波老师今天带来了两本书，其他的诗我也能够想象到，但是发现您竟然在里头选了一首诗专门做解，现在很多人热衷茶道应该知道这首诗，叫卢仝的《七碗茶歌》：“一碗喉吻润，二碗破孤闷。三碗搜枯肠，惟有文字五千卷。四碗发轻汗，平生不平事，尽向毛孔散。五碗肌骨清，六碗通仙灵。七碗吃不得也，唯觉两腋习习清风生。”你把这个诗给选在里头，有人说没有体现什么文化味。

郦波：你看这个诗题叫《诗酒趁年华》，苏东坡当年要写的是“诗酒茶”，我讲“诗酒茶”对应“儒释道”，所以茶很重要，而且卢仝这个人很重要的，就是他是用茶来表现他的思想，他是融合了儒释道的思想在里边。

当时他很惨的，当时一个人被定了罪名，他在他家作客，结果就把他给捉进去了被杀，他是在里头被干掉了，太可惜了。卢仝的这首诗我觉得一定要放在《诗酒趁年华》里头，我们都很喜欢苏东坡，他就是儒释道文化融合的典型人物，“休对故人思故国，且将新火试新茶”，《诗酒趁年华》这个对于中国文化来讲为什么重要呢？

骆新：也有人说中国文明就是这样的，为什么中国文化能够延续到今天？就是我们你中有我、我中有你，反正都是在恍惚当中，左也是、右也是，我们就活到现在，中国是较好较好的。

郦波：这种解释是表象的解释，恍恍惚惚能撑五千年？糊里糊涂能撑五千年？与文化形态有关系，一个是文明包容型，我个人认为其他古文明多注重空间张力，而华夏文明注重的是时间张力，就是时间上的延续力。

中国诗词里头崇拜月亮，文人一写都是“明月几时有，把酒问青天”，各种月亮，我们也可以骂太阳，后羿还要射日。中国文化属于阴性文化。十年前的事女人记的一个字都不差。因为女性天生擅长时间感，男性天生擅长空间感，我们的文化特性是阴性的文化特性，它特有的时间张力，使其韧性特别大。只有在中国这个民族强大的黏合力，为什么小朋友写字是田字格？因为是向内收敛的。

我从人类文明史的角度来看，中华民族经历的磨难是任何一个民族都没有办法比的，但任何的磨难我们都一步一步走出来，再重新崛起，这个就是人类文明的魅力所在，左手儒家，右手释道，儒家提供坚定，释道提供向内的精神追求，再加上汉字文化系统，其实是非常清晰的，它的支撑体系非常合理。

老托尔斯泰，是一个悲观主义者，他对人类的文明不抱希望。假如在遥远的未来当人类遭受灭顶之灾的时候还能够为人类的文明带来希望，我的直觉告诉我应该是东方的儒家文化，所以我特别喜欢这个俄罗斯的老头，研究华夏文明对人类文明的发展是有巨大意义的。

骆新：谢谢郦波老师给我们指引了新的方向，刚才提到了《诗酒趁年华》，我们从这本书开始讲起，既然谈到了文化，我们就谈文化有境界、人生有境界，另外一本书叫《品诗词和人生》，下面我们就对您的人生进行采访了。

您喜欢诗词我觉得也有道理，因为本身是南京师范大学在教书当老师，也是你的专业，就是中文博士。这个跟您生活在南京有很大的关系，生活在南京天生对诗词有好感，为什么？

郦波：大唐建立于618年，明年是2018年，就是大唐建立的1400年，我在编写《唐诗简史》，副标题是一个人一首诗，选了五十多个唐代的诗人，连李白、杜甫都选一首诗，一个人生一个大唐。我们现在流行的话叫一个人一座城，反过来也叫一座城一个人。

我特别喜欢一句话：城市因为记忆而存在。思南公馆这个地方是民国的老建筑，但你要知道你今天走过的路是曾经有前贤在前面走过，他们身上流淌的东西，一个街道、旁边的一棵树，当你抚摸他们的时候，我们讲穿越小说都是胡说八道的，真正能够穿越的是诗词文化。不光是上海，中国的许多城市里头都有这种底蕴。问题是这种底蕴、这种穿越、这种联系被我们生生割断了，没有了。多是行尸走肉式的旅游，真正的旅游是找到山水的灵魂和这个地方过去的灵魂。我是15岁到的南京，到今天30多年，每一条大街小巷，我走的每一个地方不夸张的说，去一个地方想起一个人，我走在长安就觉得里面看到了李白，这种感觉需要长久的滋养，滋养什么？灵魂，人的灵魂是最需要滋养的。

但是外在的东西是很难滋养灵魂的，今天特别需要重新读诗、论道，因为人类正面临第二次的异化危机，就是你手上的手机，现在生活被手机切割得越来越碎片化。

人还是身体的主人吗？已经变成了奴隶，打开手机就完全不知道为什么看手机，就是想刷一下屏，已经变成了奴隶，灵魂已经远离你了。

所以缺乏灵魂的意识，缺乏滋养灵魂的途径，诗、词、茶这些文化就是滋养灵魂用的，所以多在这个时代多读一点诗，多喝一点茶吧。

骆新：大伙有了汽车，可以很快到达，省出很多的时间来。电脑也可以节省很多时间，但是我想问在座的各位，有了汽车和电脑以后你是更忙了还是更闲了？其实更忙了。因为原来是解决单一任务，现在有解决多种任务的能力了，一边看电脑、一边看手机、一边开车。包括我们吃饭也是一样的，上海粮票很少，但是全家人在一起还相对其乐融融，家庭的矛盾还没有那么多，现在大伙天天吃饭，你们还记得上个周跟谁吃的饭吗？

郦波：翻翻朋友圈都有。

骆新：我特别开心今天大家都来了，今天是周末，一般周五的时候大家就已经开始忙了，你打个电话给别人，所有人都没时间，每个人都是在周末开始忙的，因为他怕孤独，但恰恰你没有把这个时间留给自己。

郦波：不只是忙和闲的问题，我有一个朋友说要过慢生活，过两天到武夷山去学习一下，我说你带手机去吗？带手机去就没必要，你还在那里只是找一个安静的地方刷屏，没有意义。

所以说你在路上也好，你有那个心境，第一内心的信仰不放松，第二是随时可以清空自我。辛弃疾写的那首词，灯火阑珊处，可能是忽然之间看到了这个小酒店，或是看见了老友。每天上班经常走的那一条路你还会惊喜吗？所以随时清空自我，那种心境才是读诗词的关键。

骆新：您刚才说这个城市可能被我们拆得差不多了，大多数的城市记忆都没有了，我们现在到上海所有的穿着服装跟城市建筑的风格是很像的，就是很魔幻的，所有的高楼大厦给人的只有压力，必须要进入到这个空间当中才能创造出属于自己的江山，每个人都很焦虑，你真的要去读书，你知道这个语境在哪儿呢？没有语境只是文人自娱自乐而已。

郦波：但是语境一个是社会的语境，期待有识之士或者大家一起来做，都是去改变社会的语境。还有是自我的语境，《诗词大会》的“人生自有诗意”就是我取的，你看自有是什么意思？就是先要构造自己内在的自我精神语气，中国古人最大的本事不是向外的张力，而是向内的开拓，他会先开拓一个自我的语境，自我的语境丰富了，就会有梭罗写《瓦尔登湖》，我们这样努力不是为了改变世界，我们即使改变不了世界，也要告诉世界，我不会轻易被你改变，梭罗自己到那边去寻找自己的语境。

“结庐在人境，而无车马喧。问君何能尔？心远地自偏。”这个是陶渊明比梭罗厉害的地方，我不用去瓦尔登湖我也能构造出自我语境来，说明我已经自我丰富了，你不懂没有问题，所以应该是这样的，先构造自我语境然后去改变世界语境，而不要轻易的丧失自我语境，然后被世界语境去改变。

骆新：说得越来越像王阳明的阳明心学。

郦波：其实我觉得他伟大的地方是往孔子靠近了一步，孔子主要没有解决平民的问题，他是关注人类本身的，王阳明向前靠近了一下，每一个你而不是每一个阶层的你，阳明心学是被主流学给排斥的，他心学面对大众。

骆新：怎么样来理解？

郦波：三个词：原点、归宿、在路上。人生你要知道你的原点在那里，我的原点不在身体上也不在你那儿，不在他那儿，不在这个世界上，而是在我的心里，我从哪里出发的？我的终极归宿是什么？良知，我在上头添砖加瓦，至于加不加的上无所谓，我只要这个方向是对的，哪怕一小悟也有新高度。

我知道我的原点和归宿，我走在路上知行合一，我还有什么可怕的？任你命运坎坷也好，心中不仅仅是强大而且还快乐，养的心中一种恬静。所以这个时候人生在路上就有两种姿态，一种是海纳百川，有容乃大，因为我知道一个人的力量和人类的终极追求是很渺小的，所有的帮助只要是善意的我都会去吸纳，连孔圣人都向圣贤去学习，这是海纳百川的姿态。

反过来另外一个姿态就是行业祖师业的一句话，主持人是内断于心、自我主持，我就是我自己的主持人，我心里有坚定，你什么东西都影响不了我，所以既有成就感又快乐，人家有人家的快乐，只是你体会不到那个层次，你不明白他的快乐在哪儿，哪怕一个人走在路上信心满满，哪怕披荆斩棘，一定会吸引越来越多的人风雨同行，那就是一种巨大的快乐，如果一个民族有这样的姿态，那就是我们党最早的时候，抛头颅洒热血也一样快乐无穷，有那种生命状态就是生命最好的价值体现，也是最好的人生。谢谢大家。

时间：2017 年 12 月 10 日

嘉宾：莫言　曹元勇　陈思和

中国文学传统的当代继承与转化

主持人： 四年前我们最初设立思南文学之家的时候，非常有幸请到了莫言先生为我们“思南读书会”题写了匾牌，每次活动都可以看到门口挂着这块牌子。今天非常有幸在等待了四年之后，终于迎来了莫言先生。还有思南读书会的老朋友陈思和教授，以及浙江文艺出版社常务副社长曹元勇先生。

主持人： 今天的主题是“中国文学传统的当代继承与转化”。

曹元勇： 今天这个日子特别有意义。因为每年诺贝尔文学奖的颁奖日就是 12 月 10 日，也是诺贝尔的纪念日，这个日子是不会改变的。正好莫言老师这段时间要来上海参加一些活动，在今天举行这个活动确实是有很值得在座读者朋友自豪和骄傲的。

一个作家获得诺贝尔文学奖之后，在一定的时间会很繁忙，社会各个方面都想邀请你去参加一些活动，那段时间莫言老师是不是想把得诺奖尽快忘掉？经过多年，今天是不是先聊一下那次到斯德哥尔摩领取诺贝尔文学奖还有哪些难忘的细节，莫言老师仍然记忆犹新？陈思和老师一会儿也会简单的讲两个细节。

曹元勇　莫言　陈思和

莫言：各位文友，下午好。非常高兴能来到盛名在外的思南文学之家，跟大家一块见面、聊天，谈文学，谈人生。刚才曹社长谈到五年前，我们三个一块参加诺贝尔奖的颁奖典礼，当时处在疲惫的状态，头前晚上大雪弥漫，斯德哥尔摩机场封闭，我们凌晨两点被困在了赫尔辛基之后去的饭店，第一个感觉就是北欧的雪真大。

我的老家非常干旱，一点雪都没有，假如可以把这里的雪挪过去多么好。地球真是多样化，第二天在大使馆的一个演讲上我也谈到了这样的联想。地球在宇宙当中尽管是一个小星球，但是对于我们每个个体来讲，世界太大了，我们飞行十来个小时就到了和自己熟悉的地方完全不一样的地方。外部物质世界的多样性，决定了文学艺术的多样性，每个人的一切，它的创作，它的思维，毫无疑问会受到外部环境的影响，甚至是牵制和制约。干旱、雪、风雨、雷电都会变成艺术当中的一个元素，作为一个艺术的创造者就是要千方百计的保护和创造多样性。如果艺术没有多样性，就像地球变得一模一样：地球的温度一样，风景一样，人类生活在这个星球上会感觉非常枯燥和没有意思。

另外，在一切活动即将结束的时候，即将离开斯德哥尔摩的早晨，正好是瑞典的圣卢西亚节，当早晨一开房门的时候，门口站着一群白衣少女，手里捧着蜡烛，用我认为非常专业的歌喉唱着非常庄严、温馨的歌曲，让我内心感到非常温暖和感动，其他细节还有很多，时间的关系也不能多讲了，谢谢大家。

陈思和： 刚才莫言回顾了五年前我们在斯德哥尔摩的场景，引起了很亲切的回忆。那样的大雪我第一次看到，赫尔辛基外面一片雪，飞机都不能飞了，我们就在那里多待了一个晚上，第二天才到。第二天到了斯德哥尔摩以后，莫言被接走了，我们就找了一个车，一路开过去几乎看不到外面的景，全部是雪白的，这个景象给我留了非常深刻的印象。因为我在这之前，正好去了一次罗马，据说罗马也是30年未遇的大雪，我也在雪原当中穿来穿去，那年给我的印象几乎岁末到岁初都是在超级大雪当中度过的。

莫言在诺贝尔颁奖典礼发表了一个演讲，讲演稿前面莫言加了一段话，那天正好是委员会的秘书太太在医院刚刚生了一个女儿，莫言讲话特意加了一段，向年轻的母亲问好，向天下的母亲问好。这个开场白特别好，因为正好碰到的缘分，诺贝尔评奖的秘书正好有这么一个喜事，莫言就连上去了。紧接着莫言就讲了自己的母亲，特别是讲了一段我现在还印象很深的话，他说他妈妈去世以后葬在土里，过了很多年要造火车，要迁坟，但母亲的尸骨已荡然无存。“我葬在大地上，像葬在母亲的怀里”，对着全世界发表演讲，把这两个母亲联系在一起，莫言的视野就显得非常开阔，留给我很深的印象。

曹元勇： 当时雪大得让我们吃惊，莫言作品的日文翻译专门写了那次斯德哥尔摩之行的纪实文章——《雪的幻影》，每天都在雪地里走，印象深刻。

回来那天比较幸运，那些姑娘的歌唱过，白昼最短的一天到来又过去，从那天开始，白天变长，夜晚变短。有她们这样的祝福，我们回去肯定会很顺利，结果很顺利回了北京。

任何一个时代作家写作，都面临着如何继承民族文学传统的问题，怎么转换文学传统，有效利用，突破创新等这些问题。进入 21 世纪的今天，对很多作家这个问题变得比较复杂，严重。

尤其从 80 年代过来的作家创作，都曾经受过西方现代主义文学的影响，莫言老师曾经讲过当初看了马尔克斯、福克纳等人的作品，也知道了作品可以这样写。但很快莫言老师就意识到，要远离他们的影响。

从《檀香刑》《生死疲劳》等作品和一批中短篇小说，还有剧作《荆轲》等，很快体现出非常鲜明、浓烈的和传统文学紧密的血脉关系。有请莫言老师从作家角度谈谈到底该如何面对我们的文学传统，如何在自己的创作当中弘扬传统。

莫言：中国文学传统体现在一部部文学遗产里面，先秦散文，《诗经》《史记》，唐诗、宋词、元曲、明小说。这是印到纸上或者刻在碑上的文学作品，这样一种传统，上过学的人哪怕上过小学的人都学习过，也都在无形当中受过这样的熏染。

另外，还有一个方面的文学传统是没有印成书的，是在民间一代代用口头方式传承着的，所以口头文学的这一部分，民间讲述的一部分，民间的说书人在集市上，在过去生产队的饲养棚里面讲述的传统，也是从事文学创作宝贵的资源，某种意义上来说，可能是更有影响的东西。

唐诗谁都会背几首，著名经典作品我们都看过甚至都学过，民间这本戏就体现了丰富多样性，一个广东省所接受的民间文学的影响和山东省所接受的民间文学的影响，方式可能是一样的，都是听老人们讲故事，民间艺人来说书，戏曲、舞台上的演唱，但是内容完全不一样，一方面语言上，北方农民乡村口头的语言，跟南方或者西北地区各个地方民间的口头语言是不一样的。

这些都是汉语重要的构成部分，甚至可以看到现在很多农民讲的话里面，民间的俗言俚语里面包含着很多语言化石，有很多看起来很土的话，如果你写到纸上就会发现它非常典雅，也许就是当年古人们所使用，所讲述的语言，一直在口头传承最后变成了民间的俗语。这些东西对我的影响——我自己作为一种个例，觉得比书面影响要大。如果我们每个人都要从纸面上，从经典作品里面继承文学传承的话，很可能我们所利用的资源是一样的。但是如果我们每个人都把民间文学这个传统好好利用，就会形成丰富性和多样性。人类世界艺术最重要的特征和最宝贵的素质就是丰富性和多样性。民间文学恰好为我们提供了多样性的基础，从这个角度而言，文学传统重要的不可忽略的方法是口头的，在民间一代代流传的。

曹元勇：莫老师讲到了他创作的个性，是从传统典籍里生发出来的，还是更多源于活生生在民间流传、活的文明里面生长出来的，这也是莫言不同于其他作家的主要方面。陈老师作为中国现当代文学研究者和评论家，请陈老师讲讲。

陈思和：我沿着莫言的说法引申说几句话。莫言刚才讲的一个观点是非常非常重要的，他一直在强调文学的传统很多，有些是教科书的，有很多是印在书上的，但更看重民间和日常生活当中还保留的文化传统，这个非常重要。

什么叫做传统？通常认为传统越早越好，讲《诗经》，讲《易经》《论语》才是好传统，其实任何民族、文化的传统都有两种，一种是跟今天没关系的传统，死掉的传统，还有今天还活着传统，就在日常生活当中。

一个作家首先要关注的就是现实生活。在生活里寻找民族文化力量的源泉。莫言继承大量山东地区的小说传统——蒲松龄的《聊斋》。莫言小说里经常出现动物，牛说话，驴说话，狐狸精，都可以归纳到中国文化传统，中国文化传统喜欢讲鬼怪故事。

《生死疲劳》最能打动我的是里面写了一种精神，比如讲到地主是西门闹被冤枉枪毙了。他后来被阎王炸在油锅里，把他变成了一头驴，他还想着报复，想着仇恨，想着申冤，后来变成一头牛还想申冤，后来牛也烧死了，变成一个猪，猪也是一个很野蛮，变成了一只狗，后来狗也死了。阎王就问他，你还记得以前的仇恨吗？他说我快忘记了，阎王说那你改造差不多了。下一轮让你当一个猴子，猴子跟人差不多了，下一步你就把以前的仇恨忘记了，下一步你就可以干干净净去做人了，就不需要仇恨了。结果这个猴子最后又去到人间走了一圈，猴子又死了，最后恢复做人了。

这个人在小说里是个大头婴儿叫蓝千岁，刚刚会说话，就跳到桌子上讲 1948 年几月几日除夕之夜，谁谁被枪毙了，小说最后就是这句话，这个也是小说的第一句，读了那么多，原来全是蓝千岁说的，他到底有没有忘记这些冤枉，就变成了一个问题。我想到了《聊斋》里面的席方平。这个小说里面就是席方平不停的告状，到地府也告状，到人间也告状，最后也是炸油锅，最后被他告赢了。这个故事里面不是简单的复述告状的故事或者冤枉的故事，讲的是一种坚韧不拔，咬定青山，受了冤枉这口气就是要坚持到底讲出来了，这可能更接近中国文化的传统。

中国老百姓都是争气不争财，为了一口气可打官司到底的精神，这就是中国的文化精神，中国文学当中很宝贵的东西，这种东西现在还在发挥作用，还在产生战斗意义，对一切不公正的现象有抗争到底的精神。我们理解中国文学传统的时候，要理解到根子上。莫言对中国民间农村是有非常深刻理解的作家，莫言的创作跟中国民间文化是相通的。现在诗词大会，什么的很流行，千万别以为背了三千首诗就成诗人了，把四书五经都读通了就会变作家了。真正作家一定从生活中产生，从现实生活的矛盾中，你看到现实生活深层次的地方就有中国文化的积淀，就有中国文化的传统。

莫言： 接着陈老师的话说，写《生死疲劳》的时候，我没有意识到席方平那个小说。山东大学的马瑞芳老师说，莫言你的《生死疲劳》在向蒲松龄致敬吗？你的结构和故事的核心和席方平很像，确实是。当我童年还不能很好读文言文的时候，从我大哥中学语文课本上读了席方平，虽然很多字我不认识，但是故事看明白了，这个人真是不屈不挠，这种精神真是令人感佩。

由此我想到中国远古，上古很多神话里面充满了宁死不屈的抗争精神，西方宗教神话故事一遇到灾难大家就逆来顺受，躲到船上等待上帝发善心。中国神话里面的人物是跟老天抗争的，你太阳太多了，我给你射下来，就一射九日；嫌太阳晒跑太快，就夸父追日，当然也没有追上，自己把渴死了；嫌大海把自己淹死了，就变成一只鸟，精卫填海，非把海填平了；嫌门前山挡住了道路，西方人肯定搬家了，中国人愚公移山，非把山挖平了不行。所以很多上古神话和西方神话不一样，充满了人定胜天，和一种力量的抗争。这种在民间也很多，《生死疲劳》里面之所以写这么多动物，这样一种反抗及就是因为生活当中我碰到的一些动物，也是具有这样的个性。

我们家曾经有一只猫，原来是抓老鼠的能手，一天能抓五六只，每次它抓了我奶奶就劫下来，把老鼠放到锅灶里面烧了给我和堂姐吃了，猫气的在旁边愤怒的号叫。那时候是美餐，一只老鼠我和堂姐一人一块，吃完之后感觉真是幸福。猫在旁边气得要命，我费尽千辛万苦抓来的，被你吃了。后来它就不抓老鼠了，抓也白抓，去吃邻居家的小鸡，改成吃人家的小鸡了，邻居不干了，老找我们家骂，你们的猫又把我们家的小鸡吃了，我奶奶就说我没有看到啊。邻居说你看嘴巴上还有血，我们就把邻居得罪了。

那时候每天有拖拉机从我们门前走过，到县城里面到潍坊到很远的地方拉东西，我们把猫抓住装到麻袋里面，转了几十圈让它转晕了，辨不清方向，扔到农场的拖拉机上。据说那天去淄博，就是蒲松龄的老家，大概三百多里路，我们想这只猫一下子永远回不来了，它走的时候还扔下三只小猫，我们用饭渣把小猫喂大了，有一天刚刚下了大雨中午，我听到外面三只小猫狂欢，下来一看我们那只老猫回来了，尾巴剩了半截，全身伤痕累累，爪子上沾满了泥团，瘦骨嶙峋，不知道怎么回来了。这个猫把我感动得热泪盈眶，这个猫真是了不起，它靠什么回来的呢？

动物也有一个非常执着的精神，第一要回家，第二家里有孩子，可能是母性的力量让它历尽千辛万苦回来了。或者它也有语言，一路打听，高密东北乡怎么走，别的猫也帮它传递信息，沿着铁路往东走。

后来我写过牛，牛也是有原型。生产队买了一头牛，买来时膘肥体壮，一头黑牛，五百块人民币。当时一个生产队拿出来五百块人民币很不容易，买了牛之后我们很骄傲。我们生产队有一头特别漂亮的牛，别的队里面没有。但是这头牛买回来以后一下地发现不是一个干活的牛，把这个牛锁头往肩上一放，一下子仰倒在地，四腿抽搐，口吐白沫，任你鞭打脚踢，火烧它大腿都不起来，后来没有办法，把牛套一摘，一下子就爬起来，自己就跑回家了，后来把伤给他治好，迁到集上去了。集上的经纪人就偷偷的笑，这个牛又回来了。这头牛结果逃避了农业生产劳动，每隔两三个月赶大集就换一个主人，经过一番试验又不行，也不能杀了，杀牛是犯法的，除了病死以外，你杀牛是要被公安局抓走的。后来这头牛卖到哪里去我也不知道，我写到《生死疲劳》写到牛的时候就想起这头牛，这也是民间生活当中一些艺术的元素。

不仅仅人有典型，动物里面也有典型，动物也是充满个性的，大多数牛也是逆来顺受，也有极个别的桀骜不驯的，宁愿打死也不给你干活的一种牛。当时我们就说这头牛前世一定是反革命，对社会主义制度不满，所以不给人民公社干活。这些玩笑话，我在写小说的时候，因为主人公是地主，地主对人民公社怎么满意呢？所以地主转世变成了牛绝对是不给人民公社干活的，当年的那些玩笑后来都用上了。

曹元勇：莫言老师瞬间恢复了讲故事人的本色，高密东北乡的民间故事层出不穷，永远都讲不完。莫言老师作为高密东北乡文学王国的国王随手一挥都是故事，感觉北方农村类似这样的动物和人到处都有。

虽然传统文学在民间存在的方式更鲜活，更能够对作家产生影响，民间故事的素材也是到处都有。但是这样的素材怎么在莫言的笔下变得富有现代意义。刚才听莫言老师讲，无论是那只母猫的故事，还是夸父追日的故事，听的时候不觉得这是远古的故事，也不觉得是60年代的民间故事，仿佛就是现代的。莫老师第一部可能也是当时非常满意的一部作品，《檀香刑》就用了茂腔，我读的时候感觉惊天地泣鬼神。茂腔戏是莫言老师老家的一种民间地方戏种，这些剧中在莫言老师的作品当中，一下子获得了现代意义，焕发了一种特质。

陈老师能不能从这个角度谈谈，民间的这些东西，莫言老师怎么把这些东西变成当下文学非常鲜活的东西？

陈思和：茂腔我没有看过，我开始读了《檀香刑》真以为里面的茂腔是这样的，这场写得非常精彩，真的有点惊天地兮泣鬼神，犯人押上去，原是戏班子的班主，旁边茂腔演员没法劫法场，就爬到树上，一声高，一声低为这个人送行，我印象非常深。我真以为茂腔得爬树上唱的，后来莫言说不是的，就是和秦腔差不多当地的地方戏。

莫言完全是一个民间作家，很多资源从民间来的，但是莫言对于这些素材的处理完全是现代思维和审美，没给人感觉很土，莫言最让我们感到惊艳的第一篇小说是《透明的红萝卜》，换别的作家写可能就是一个工地上的小男孩傻傻不会说话的故事，可是莫言的叙事中文本做得非常复杂，尤其后来出现了很多想象。

最近《收获》一篇写到打铁，当年农村是用炉子烧，把铁烧红了，烧软了再打铁。小说里面有一块铁，铁匠诱哄那个小孩，让他用手抓烧红的铁。这个小孩说话功能蜕化了，拿了铁之后手就烧焦了，闻到一股肉被烧焦的味道。那天晚上小孩子就做了个梦，梦中看到一根透明的烧红的闪着金光的萝卜。这个表述和写实表述不一样，不写小孩手烧焦了，皮肉坏了，怎么痛。他写他做了那么美好的梦，一个悲惨的现实在他的笔下变成那么梦幻那么美好的梦，而且在小孩想象当中最可爱的东西是可以吃的萝卜，想象中幻化成火里面那块铁，烧得透明的通红的闪着金光，那么漂亮的东西。

莫言曾经说这是他最喜欢的小说，黑孩也是最贴近他灵魂的小孩，某种意义上这个小孩就是莫言创造的一种奥秘。莫言一生经历了很多苦难，这个苦难对于莫言来说不是负面的东西，他转化成艺术表现的东西，变成一种美，一种美好的小说，他的作品某种意义上都是像透明的红萝卜一样，一块烧红的铁会变成透明、美好的一个象征，这个转化是一种现代性的转化，不是传统的东西。

莫言所有的小说都有这样一种力量在里面。

曹元勇：《檀香刑》的茂腔是这样的，莫言老师不仅有这样惊人的作品，让我们阅读时不觉得他是在讲一个历史故事，不觉得是民间发生的事情，而且是非常现代的作品。莫言老师多才多艺，今年把《檀香刑》改成了歌剧版的《檀香刑》，相信舞台上的效果也是非常绚烂让人惊叹不已的。山东歌剧院已经演过几轮了，接下来要在南京《檀香刑》歌剧版要上演。

莫言老师不只是《檀香刑》的格局，荆轲刺秦王，是我们不能再熟悉的中国历史故事，莫言写荆轲的时候也是升华了，写出了真正的现代意义上的荆轲，莫言版的荆轲。莫老师也可以顺着这个讲讲两个舞台剧。

莫言：民间戏曲对我的影响非常大，高密号称有四宝：剪纸、泥塑、年画还有茂腔。小时候没有电视，看电影也很不容易。民间戏班子从小看到在乡野广场或者集市或者土台子上，乡村戏班子演出茂腔，“文革”期间我们村里面的小孩跟大人也把样板戏《沙家浜》《智取威虎山》改编成茂腔，大家可以想象那么严肃的样板戏被茂腔一唱会是什么样，我演不了英雄人物，也演不了主要人物，就演小土匪、刘副官，这种小角色，化妆自己管，每个家有锅灶，上面有灰，往脸上一抹就上台了。

所以对于民间戏曲、乡村舞台我非常熟悉，也很有感情。我也总认为应该在某一部小说里面好好利用一下我熟悉的民间戏曲，就有了《檀香刑》。《檀香刑》某种意义是小说化的戏曲或者戏曲化的小说，里面人物设置也是高度脸谱化，人物之间的关系也充满的戏剧性，整个小说完全按照戏剧剧本的构思来写的，语言更是大量使用了茂腔的唱词，有人说这是哪个剧本里面的？实际上没有，都是我编的。《檀香刑》改编成歌剧或者其他的剧种都非常方便，改编成歌剧主要是做减法，故事情节太多，歌剧上来一句话唱五分钟，用不了多少素材，一共九千多字，这是山东艺术学院搞的。山东艺术学院有一个音乐学院的院长是我的高密老乡，也是茂腔迷，他吸收了茂腔的很多元素写了这个剧，获得国家艺术基金的赞助，山东已经演过了三轮了，所以明年年初参加中国戏曲歌剧节。江苏大剧院再演两场。

我对戏剧一直很感兴趣，我在写小说之前，先写了几部戏剧，因为当时上海剧作家宗福先的《于无声处》全国特别轰动，电视也放了。我那时在山东黄县，现在的龙口当兵，电视上看到这部话剧非常激动，模仿了他的话剧，也模仿了曹禺的《雷雨》，郭沫若的《屈原》写了一部部话剧，当然投来投去最终我自己都没有信心了，调动的时候烧掉了。

一直到1999年，我转业离开部队两年以后，部队话剧团来找我，说能不能把《霸王别姬》再写成话剧。我觉得这个事很有挑战性，因为写历史故事别人没有写过，按照历史事实写就行了，像《霸王别姬》很多人演过。改编过的老题材再写必须有一些新东西，要把过去的东西解构。因为它是历史上的一段史实，不能改编太离谱，还要经得起推敲基本符合历史事实。

司马迁在书上写的不要改，没有写的东西可以发挥，在这样的指导下写了《霸王别姬》，写吕后和虞姬两个人见面唇枪舌剑，写吕后爱上了楚霸王，太离谱了是吗？吕后竟然跑到楚霸王的大营里面毛遂自荐，在小剧场里面演了一个月，反响不错。

荆轲这也是老故事，电影有很多版本。过去我们都把荆轲当成正面英雄歌颂的，我不能走老路，也不能按照张艺谋《英雄》的思路来改编，最后就想成了现在的样子。让荆轲变成了充满反思精神的人，最终这个剧本的亮点由于他在追求一种真正人的境界。什么叫做高人？一般都是俗人、庸人、好人，坏人，什么人才符合人最完整的意义，当然是没有答案的。话剧就是语言要好，我也比较喜欢他传统古典的风格，希望台词华丽，让演员有大段独白炫技机会，也写了很长台词，充满了诗意抒情性。《荆轲》这部戏北京演过了第五轮，也是明年一月初会在北京人艺再次上演。

一个小说家，应该也是一个剧作家，或者一部好的小说里面，内核就是一部剧，一部好小说完全可以从里面改编出一部好的话剧，好的电影或者一部好的舞剧、歌剧出来。戏剧应该比小说更早，而戏剧对老百姓的影响比小说更大，尤其是过去农村教育不普及，大部分农民都是文盲的情况下，书的影响是有限的，民间的戏曲的影响是非常大的。当年陈独秀、梁启超专门论证过这个问题，戏曲就是老百姓的教材，舞台就是向劳苦大众开放的教室。

老百姓的道德价值观念，就是通过戏曲塑造的。当然时过境迁，随着科技的发展，艺术形式的多样化，每个民间的剧团处境非常困难。老年观众越来越少，年轻观众兴趣也不太大，主要是麻烦。要去剧场看还要花钱买票，演出本有 1 万字足够了，3 万多字要演出要演 3 天，真要搬上舞台要大量删减合并。我的意思就是作为一个小说家真是应该多了解一下别的艺术形式，尤其像戏曲、曲艺就是玩语言的，曲艺就是语言生动幽默调皮，可读性强，悦耳，写小说的人当然是不指望你的每一部小说都被人去朗读，但好的小说应该是可以被朗读的，而且语言有节奏。为了培养自己语言的节奏感，也应该多学习曲艺、戏曲等其他艺术门类。

曹元勇：莫老师讲到一部好的小说从结构上就是一部好的戏剧，毫无疑问是这样的，人生就是这样，过去有一个比喻，小时候爬着站起来长大了，再身强力壮，年老又弯下来，结构本身也是一场戏剧。莫老师刚才讲的有的小说可以朗诵的，我印象当中莫老师很多作品读的时候你觉得不是在阅读而是在听。当时看《檀香刑》我觉得是一部可以听的有声音的小说，现在《檀香刑》的歌剧在山东演出，在山东巡回演过。马上到了南京，《荆轲》也在北京演，什么时候到上海大剧院，东方艺术中心，上海的读者就可以看了。刚才莫老师讲到他写《霸王别姬》和《荆轲》完全赋予了不同以往的性格，赋予了现代的思想。彼得堡戏剧节，《荆轲》演出之后，有一个剧评家非常感动，说这就是现代的《哈姆雷特》，我想问陈老师，莫言作品当中的立体性或者赋予了人性丰富的地方，从这个角度讲一下，《霸王别姬》里面的虞姬在莫言笔下觉悟了，说霸王就应该得天下，要把霸王让给吕雉。这是一个非常现代的虞姬。莫老师文学创作就是要写丰富的人性，陈老师从这个角度怎么点评一下。

陈思和：《荆轲》我没有看过，我非常好奇你最早是因为茂腔这样一个传统戏剧走上写作道路了。《檀香刑》是西洋歌剧还是中国民间的戏曲？

莫言：比较高大上，他们还是基本按照西洋歌剧编排。

陈思和：茂腔能不能体现出来？

莫言：他吸收了音乐元素，男主角被钉在十字架上，高台上有一段很好的唱腔，远望着家乡。2009 年我们去德国，德国评论家看了德语版的《檀香刑》之后，他认为小说里面的孙丙就是中国的耶稣，很符合耶稣受难的形象，通过他自己的受难然后启发群众的觉悟，带着一种很隆重的宗教色彩。这个解释我很信服。我改编的时候特别强调，就要把孙丙受刑台模仿成耶稣的十字架。当然也不完全像，但能让人联想到，他站在高台上远望家乡，他本身就是茂腔戏班的班主，所以这段有茂腔元素。

陈思和：非常好奇，《檀香刑》如果传统戏剧表演又是一种表演方式，如果放到歌剧里面完全变成另外一个作品呈现了。莫言小说的人物塑造，我简单说几句，这是莫言小说创作一个非常有特色的特点。以

《檀香刑》来讲，莫言处理人物就会把它变得非常复杂。比如孙丙就是义和团，如果站在现代戏的立场上看，那个人代表民族比较落后的一面，德国要在山东高密造火车。火车在电影小说里面都可以看成现代性的进入，一定会破坏当地原来的传统和文化，孙丙在比较落后的民族立场上反对现代性的进入，反对造火车。一开始我读这个小说，这个人物是定型的，后来你们慢慢看下去就会发现莫言赋予了这个人物很多新的内容。包括有人去救他，都救出来了，但是最后他还是愿意死掉去经受那个非常残酷的刑罚。

按莫言的解释，孙丙变成像耶稣一样富有自我牺牲精神。等于是跟他最初的人物形象完全相反的意义上的人物。这样一种表现手法，当代小说里面很少看到。当代小说可以把人性写得很丰富，但是一个人基本上出来是正面就是正面的，本来是一个落后的最后就是落后的。在莫言的作品里面，里面变化跨度非常大，从一个形象最后变成了另一个形象。这中间像两个人在辩，这种手法创作在俄罗斯小说里面不稀奇，但是中国很少。莫言在塑造人物当中这点体现很强，还有莫言作品当中有时候你看到这个人是落后的，比如孙丙的女儿眉娘爱上了知县，但是知县迫害他父亲，眉娘就有一大段古典戏剧里面唱词一样的控诉知县，控诉过程当中又把她全部的爱表达出来，那样一个女性爱上了一个人之后可以把父亲不要，家都不要，就是赤裸裸的爱。这又是一种中国民族文化在中国民间保存下来的，中国民间很多女生非常大胆，爱了一个人可以海枯石烂，这在莫言小说得到了保存。我们谈莫言总是联系中国文化、中国传统，其实这个东西在传统文化当中是被遮蔽掉的，可是在民间当中非常顽强的生存在那里，这些东西在莫言作品当中一个一个被解开了，写出来的人物非常生动。他经常会出现一个人物一面到另外一面完全不同的面表现出来。

曹元勇：刚刚出版的三个剧本，也是莫老师多年前的剧作。刚才也谈到了民间当中发现一些素材，《锦衣》也是，莫老师每年仍有很多时间会在自己老家，对自己故乡的人物都很熟。莫老师在写曾经当年的地主还有他们的后代一直到地主的孙子，现在已经长大了，人物随着社会生活的变化，国家整个社会状态的变化，这些人也在变。莫言最近新的作品这方面也有新的趋向，是不是介绍一下这些短片？

莫言：今年先发布了一个戏剧文学剧本《锦衣》，在《收获》发了三篇小说，在《人民文学》发了《天下太平》。还有一些小说，明年陆续会发出来。这批小说大部分是2012年春天我在陕西秦岭脚下一个朋友的家里写的。当时就可以发表，后来因为得奖，把这批小说放下了。过去了五年，当我重新把这批小说找出来的时候，我就发现不能这样发表，必须修改。因为小说像当年埋到地下的白菜和萝卜一样，我们以为埋下去不长，其实是生长的。萝卜长满了芽子，白菜的心钻出绿苔，小说里的人物原型还在，但人物原型都发生了变化。明年第一季发的小说《等待摩西》里写了一个人物是我小学同学，很单一的人物原型，80年代的做生意发了财，到南方贩卖服装，贩卖电子表，很早就成了我们那里最富的人，那时候我是部队的小军官没提干，见了他很羡慕。第二年这个人就没有了，失踪了，也不知道去哪里了，家里面老婆也扔下了，还有三个孩子也不管了，老婆就等了一年又一年，一直等了三十多年，他老婆只好捡破烂，捡人家扔的烂萝卜和烂白菜，还要管老人，公公婆婆。把孩子抚养成人，还有考上大学的。一直没有抱怨，到了晚年孩子都在外面工作了，他们家门前建了一个大加油站，来来往往的车辆都来加油，她让孩子打印了一批小广告，实际上是写给她丈夫一封信，告诉他你快回来吧，你如果回来在外面哪怕有了人也可以带回来，我们都原谅你。现在外孙也有了，你当姥爷了，孙子也有了，你要当爷爷了，来往司机也知道这个女的悲惨的经历，都同意把小广告贴到自己车上。

我小说写到这时为止了，我回去经常问我的父亲，我的乡亲们，这个人到底去哪儿了，大家都说这个人早就死了，到县城被人家害死了，说得有鼻子有眼，被人在澡堂子里面害了。今年8月份我去龙口当时当兵的地方看，有一天在八仙饭馆吃饭，突然进来一个人，说你还认识我吗？我说不太认识，他说我是谁谁的弟弟，我说你哥到底有没有事？他说刚回来两个月，回来了以后问他到底去哪儿了？谁也不知道，也不会用手机，也不知道信用卡为何物，但是很神秘，一会儿说在深山老林里跟老虎狮子天天在一块，一会儿又说在一个海岛上，一会儿又说在一个地洞里面，说得神乎其神，身上放着几张美国花旗银行的存款单，说成立了一个挽救国家财产委员会，他弟弟当然用一种不屑的口吻谈的，我想跟他见面，但是没有见到。我小说不能到此为止，还要写，本来七千字后来写成了一万七千字。还有一个，他们全家原是基督徒，“文革”期间全部改名，成了卫东，爱红，这次回来恢复了原名——我不叫卫东了，我叫摩西。这几年农村基督教也有所发展，有很多信徒，大家都去找摩西，所以小说叫做《等待摩西》。

这几篇小说都差不多，都是有原型的，五年的时间变化，这五个小说原型人物的命运都发生了变化，一位以为死了多年，突然活着回来了；一位很落后突然开上奔驰了；一位很懦弱的突然干了一件惊天动地的事。总而言之，因为小说里面有人物原型，所以人物原型短短五年都发生了变化，从这个角度来讲，小说是能够成长的，而且建立在乡村、故乡基础上的小说，本身是充满开放性的，永远不会封闭的。

曹元勇： 今天莫老师讲的，我们仿佛看到小说是怎么长成的。陈思和老师对莫言老师和当下中国文学的写作有什么期待？莫老师毕竟从今年刚刚开始重新发表作品，但是一直在写作。

陈思和： 2012年到现在五年了，斯德哥尔摩回来以后，我们一直在期待莫言老师有新的作品出现。我们也期待莫言的创作可能会出现更多新变化。莫言再出山，前面四年都在修行。

这几个作品我看了很喜欢，还是延续莫言原来创作的基本风格，有很多新的内容。但是根本上还是因为莫言永远会写出非常顽强的民间深层。里面讲到孩子，出身地主，在外面闯祸了，手指被剁了，左手割腕。这些小说都不长，但是都让人非常震撼。这个作品仍然保持中国民间文化的一种形态，这种形态也是莫言小说过去常有的。过去批评莫言的文章很多，说莫言老写农村落后的现象。但是恰恰这些里面表现了中国民间很有力量的东西。比如小说里面有一个人，这个人也不是坏，是一个无赖。这个无赖谁欺负他，这个人像阿 Q 一样没有力量，被人一打就打倒了，但不管是村长还是党支书还是有钱人。他也不像阿 Q 骂人骗骗自己，他有自己还击的能力，把你家猪毒死了，或者抓住你的把柄举报。村上的无赖，没有话语权，没有能力，但用超出常规的方式来维护自己，保护自己。表面上看这样的故事你好像写了一个无赖，恰恰这个无赖身上体现了很宝贵的精神。

张艺谋《秋菊打官司》一方面觉得这个人很讨厌，抓住一件事一直告状，但是另外一方面这是中国民间具有强大力量的深层智慧。这些都是在莫言以前的作品当中延续下来的，隔了五年一点都不陌生。我期待莫言新的作品，对社会，对农村，对文学命运作出新的思考和解答。

曹元勇：因为时间的关系，对话先到这里，有一位读者问莫言先生，对 90 年代后成长起来的一代人来说，民间口头的文学传承已日渐凋零，因此越来越少的能有机会吸取文学滋养的大背景下，莫言先生对新一代的写作者想说些什么？

莫言：首先我认为所谓的民间不是固定不变的概念，一提到民间往往想到穷乡僻壤，荒山老林和农村渔村，实际上民间是一个广泛的概念，上海难道就没有民间吗？高楼大厦里面照样有民间，每个作者都应该了解自己的生活圈子，了解自己身边的人，熟悉自己身边的事，写自己熟悉的东西，而且要善于从生活当中发现小说的故事情节，要从身边熟悉人的言谈当中发现语言的新元素，充分吸收他人生活当中的艺术情节。充分熟悉老百姓的语言，并且从中提炼出文学语言来。这个民间谁都有，并不是只有我们这一代在农村长大的才有民间，即便在上海、香港、美国都是有民间可写。

曹元勇：您的新作品《锦衣》是否受到昆曲《牡丹亭》的影响，

我很困惑如果谈中国文学传统的当代继承和转化，为什么要讲一个古代的故事，而不是以传承中国文学的形式讲一个当代的故事？

莫言：《锦衣》故事的原型还是听我母亲讲的民间故事，一个大户人家养了一个大公鸡，深更半夜自己的女儿绣房里面传出男女说话的声音，追问女儿，女儿只好交代，每到半夜会有一个身穿一件非常漂亮，闪烁各种光芒衣服的年轻英俊的小伙子跟她幽会。她母亲就说，你明天把他的衣服藏起来，看看是什么结局？后来女儿听了母亲的话把小伙子的衣服锁到柜子里，第二天天亮小伙子要走了找不到衣服，就走了。第二天一开鸡窝发现里走出来全身没有羽毛的公鸡，打开柜子发现一柜子鸡毛。

我 2000 年在澳大利亚访问，突然想到这个故事。我说将来会把这个写成一个剧本，过了几十年终于写出来了。第一稿几乎按照故事的原型，我母亲讲这个故事的脉络和情节写，写完之后发现没有什么意义，不如《白蛇传》丰富，也不曲折。而且一个公鸡变成了一个人，始终让人感觉不舒服。我放了很长时间，剧本是 2014 年写好的，今年夏天又拿出来看了一些史料，发现在清末有几年，山东半岛每年都会有数百个官派和自费留学生到日本留学，在日本受到孙中山的影响，也接受了西方资本主义的影响，这帮留学生回来之后变成了反清的革命力量。清朝政府对这批人非常害怕，严令各地盘查，我看到这个情节，就把公鸡变人的故事，跟这段历史结合起来，有了《锦衣》目前这个剧本的样子。

现在来看，即便加上了反清斗士、资产阶级民主革命，这个故事依然陈旧。我一是要圆一个多年的梦想，写个戏曲剧本；第二要充分体验一下戏曲语言写作中的快感。因为写戏曲主要靠唱词，写唱词要押韵，要运用戏剧的方法，大量的比喻，大量的联想，满足演员在舞台上长篇大段演唱的需要，是我的一种文体尝试，真要搬上舞台会做一些大量的删减，让它的意义更加突出。

现在依稀可见对于传统剧本的改造，过去在民间戏剧或者传统京剧舞台上，小丑是跑龙套的角色，他们是没有什么性格的，而且他们都是陪衬的作用，但在《锦衣》里面小人物变成了主要人物。衙役、媒婆比主角都要多，性格非常鲜明，想强调一下这些看起来很小的小人物，实际上会影响到历史的进程。当革命党兴起来之后，县太爷的爪牙突然会说革命了，枪口立马一转对着自己的主人，他经常做这个梦，县太爷不在的时候，会偷偷跑到太师椅上坐一坐，耀武扬威体验当官的感受，把每个人物写得有性格，写得立体，写得丰满，也许是《锦衣》这部剧本的可取之处吧。

曹元勇：有一位读者问，您在写小说和写戏剧剧本的时候觉得最大的差别在什么地方？你的作品是否都有原型，有没有纯想象的作品？

莫言：纯想象的作品是不存在的，即便你写科幻也是基于你了解现实世界的材料，还是要写人，写人的感情。纯粹想象的，完全没有现实基础的小说或者剧本都是不存在的。戏曲文学是为了演而存在，我先写出来再说，一般剧作家不这么干。他们一般考虑舞台上哪个情节可以表演，不可以表演的情节他写了也白写，我写的时候就按照我的想法来写。

另外相同之处都是语言，但是戏曲语言主要靠唱词，唱词要工整押韵，要通俗易懂，朗朗上口，有抑扬顿挫的结构感，尤其是京剧还要讲停顿，结尾一定是平的。写歌剧更讲究，写了很多押韵的词，后来演员说这没法唱，最后要咧开大嘴，你弄了一个这个字在这边我们就唱不出来，我说那没有办法，后面加个啊——你吃饱了吗“啊？”

曹元勇：有一个读者来自韩国，在复旦大学读博士，问了几个问题。鲁迅小说中的知识分子都是先觉者进行思想启蒙，但是《檀香刑》中的孙丙是民间英雄，是和作为老百姓的立场写作意图是一致的，金童这个人物形象的创作意图又是什么？仅仅是代表了软弱无能的知识分子吗？还是有其他的创作意图？

莫言：让陈老师先给我们讲五分钟。

陈思和：复旦培养出来的学生，一讲就说鲁迅。鲁迅的知识分子是先觉者。莫言小说的知识分子有什么功能？莫言小说里面知识分子没有好的，他是站在民间的立场，按照我的理解中国文学有三大块，一块是官方的，一块是知识分子的，我称为革命者，还有一块是民间的，老百姓。莫言从农村来的，对于他来说中国农民遭受的苦难，在知识分子眼里面是微不足道的。

鲁迅把农村看得很低，要知识分子站在农民上面启蒙，要唤醒他们的。知识分子对于农村苦难有一个概念——必须起来改变命运，必须要反抗，哪怕死了也是值得的。

莫言的农民立场觉得知识分子太轻率了。鲁迅的《故乡》，鲁迅回忆童年时代大家一起玩的小伙伴叫做闰土，这个小孩非常灵活，非常灵动，到老了已经是话都不敢说，唯唯诺诺，看到鲁迅就叫老爷，麻木掉了。鲁迅说就是沉默的灵魂，灵魂已经死掉了，已经没有做人的生气了。

鲁迅的笔墨主要刻画这样的农民是不可取的，阿Q像做梦，整天搞来搞去，不可取的，必须改变命运。莫言站在农民立场，鲁迅笔下的阿Q、闰土在莫言那里看到了他们的力量，他们生存的机智。莫言对农民的理解，远远超过五四知识分子对农民的理解。为什么鲁迅小说里面的人物从来没有进到房间里？阿Q都是在广场上，因为鲁迅们没有进过农村不知道农村在家里怎么吃饭，怎么睡觉，怎么生活，只看到公众场合的农民，那农民当然是沉默。莫言恰恰把沉默农民心里几千年的苦难，通过他的笔倾吐出来。我们读莫言的小说，我觉得“五四”以来甚至中国历史到今天，真的能够把农民当一回事，不是代农民讲话、为农民申冤，而是直接把农民所受的苦，所经历的委屈，那种无奈，那种被损害和被侮辱，都端出来。农民不是鲁迅笔下的没有生气，也不是我们想象中最苦命的那种草民，完全是真实活在今天时代里已存在了几千年的人。这样一个农民所经历的苦难当中，知识分子当然是微不足道的。

知识分子数落农民的时候，农民内心或许会觉得他特别可笑。

莫言：鲁迅先生的小说，数量也不多。大家肯定读了很多，他小说人物有对农民通过祥林嫂，阿Q，闰土这样的人物塑造了农民身上，尤其是农民儿童美好的一面。但更多是揭露愚昧、麻木、逆来顺受，接受命运。我描写的农民，自一九三〇年代抗日战争时期，农民有了变化发展，尤其是跟我同时代的农民身上，不仅仅有屈辱和逆来顺受，也有抗争的一面。除了有哀愁的一面，也有欢乐甚至狂欢的一面。这代作家作品里面描写的农民，比鲁迅那个时代作品，农民形象更丰富了。不是前辈作家不如我们，随着时代发展，农民本身发生了变化，底下人物也会发生变化。假如农村、农民永远不变的话，他们毁掉就够了，我们没有用武之地。正是因为事物在不断发展，我们可以持续不断写下去。

知识分子看待农民和农民自身看待自己，立场不一样，感受也不一样。这也是我们这一代作家因为出生教育和上代作家写作的角度发生了变化。

曹元勇：最后一个轻松的问题，您平时怎么安排平时的生活？有什么娱乐方式调整身心的？

莫言：我确实没有固定的生活方式，年轻的时候熬夜写作，现在写的时间比较短，一般是白天写一点。娱乐方式也不多，看看电视，偶尔看看演出。也不懂音乐，实在不行打开电脑看看茂腔，看看戏，有时候翻来覆去听吕剧、茂腔的唱段，也是自得其乐。

茂腔和吕剧不一样，唱腔不太一样，有一些唱腔很类似，吕剧可能普及面更广一些，像《李二嫂改嫁》还拍成了电影。

时间：2018 年 3 月 13 日

嘉宾：蕾拉·斯利玛尼　袁筱一

她，就在我们身边

——蕾拉·斯利玛尼新书分享暨读者见面会

主持人：欢迎远道而来的蕾拉·斯利玛尼小姐和译者袁筱一老师和本次活动的翻译张华老师。

蕾拉·斯利玛尼中国之行最后一站是我们上海，她一路从北京到沈阳，又到南京，今天下午刚刚来到上海，非常希望蕾拉稍后分享这次中国之行的感受。

去年 8 月份思南公馆做了一场关于《温柔之歌》的对话——有毒的《温柔之歌》。今天的活动聚焦女性，因为我们最新出版了蕾拉的处女作《食人魔花园》，是关于女性瘾者的故事。

这里简单为大家介绍一下蕾拉·斯利玛尼，她是法国龚古尔文学奖的得主，同时是法国总统马克龙任命的全球法语推广大使，1981 年出生于摩洛哥，赴法国读大学，毕业后在非洲做记者。2014 年出版《食人魔花园》，广受好评，2016 年出版《温柔之歌》，拿下龚古尔奖，在法国不到一年时间，销量超过 60 万册，四十多种语言翻译出版，浙江文艺出版社在非常激烈的版权竞争中，才获得蕾拉两部作品的版权，并在第一时间邀请著名法语文学翻译家袁筱一翻译。

袁老师是华东师范大学外国语学院院长、教授、翻译家，翻译过卢梭、米兰·昆德拉、杜拉斯等许多作品。非常荣幸请到了我们的作家

袁筱一

蕾拉·斯利玛尼

走走老师担任主持嘉宾，来担任本场活动的主持嘉宾。走走老师著有长篇小说《房间之内，欲望之外》、《我快要碎掉了》等，中篇小说集《水下》、《棚户区》等。走走老师认为语言是文学最必要的条件，专注于人性和动机的复杂，这一点这也是蕾拉小说关注的焦点。

《温柔之歌》中文版推出之后，北京、深圳、上海三地都有活动，引起很大反响，《温柔之歌》入选了2017年新浪年度十大好书榜，也是2018年京东文学奖国际作家作品奖评选热门。著名作家李洱老师评论说，所有有孩子、有保姆的都要去读一读这本书，因为你从中可以看到自己。前两天在清华举办的对谈中，格非老师也说《温柔之歌》是关于冒犯的小说，也是关于孤独的小说。《食人魔花园》出版前就获得了大量关注和期待，一上市就登上了京东、当当等热门销售排行榜，《食人魔花园》被誉为当代的《包法利夫人》，我们非常期待针对《食人魔花园》和《温柔之歌》展开对谈。

走走：先请袁筱一老师，小说译者，介绍这位作家的写作背景。

袁筱一：这本书获得了2016年的龚古尔文学奖，蕾拉很年轻，龚古尔一百多年的，她凭《温柔之歌》征服法国读者，《纽约客》有一篇评论这么说的，“几乎征服了整个法国”，这是一种全新的对写作的肯定。《温柔之歌》的故事开头非常惊悚，开篇保姆就杀了两个孩子，故事结尾又回到了这个起点上，大家就会有很多的疑问，为什么这个保姆出场时像个天使，几乎挽救了这个家庭，最终会杀死两个孩子，这就不在这里说了，最好的方式是读者通过阅读来了解。

走走：为什么这么残酷的故事，两个孩子死了，保姆也奄奄一息，陷入昏迷。为什么叫这个书的名字是《温柔之歌》？是因为唱给这两个小孩子听的儿歌，这样一个反讽的意思吗？

蕾拉·斯利玛尼：刚才大家提到标题，这个标题叫《温柔之歌》，其实是来自法国一首非常有名的童谣，歌曲、歌词非常温柔，我母亲曾为幼年的我经常唱。所以书名为《温柔之歌》，可以说是操控读者的一种方式。

提起童年，我们经常会和温柔联系在一起，但实际上在童年当中也不乏黑暗或者是害怕，因为儿童总是有很多的幻想，比如说有魔鬼或者是巫婆，他们躲在床底下或者壁橱后面，所以这就是我们为什么要给孩子唱童谣，用温柔的歌曲安抚他们，给他们讲故事使他们不害怕。而且这种童谣是一种催眠曲，他们睡觉以后就不害怕了，慢慢放弃了警惕，所以法语中有一种表达：我把他弄睡着了。隐含的意思就是我骗了他，或是我终于操控了他，像这样的曲子实际上也可以说是摇篮曲或者是催眠曲。

走走：她刚才用了两次“操纵”这词，这个小说是关于两个阶层的，因为夫妻两个人是中产阶级，妻子是实习律师，渐渐升为合伙人，丈夫是一个音乐制作人。这个阶层是可以控制一部分人的命运，比如说律师会帮助穷人辩护等等。可是在蕾拉的“作者意识”中很明确表示，保姆作为一个阶层比较低下的人群，比较贫困的阶层，进入了这个空间之后，她其实是通过掌控孩子来掌控到这一对年轻夫妻的日常生活，她把自己的重要性不断的提高。所以我第一想问的就是说，袁老师你在翻译的时候会有一种惊悚感吗？温柔之歌的调性，但掌控也步步进入，有没有一种惊悚感？

袁筱一： 我读到开场已经觉得惊悚了，我觉得很难想象，什么样一个女作家开始就以一种非常冷静和客观的态度写"婴儿已经死了"，因为有两个孩子，一死一重伤，保姆也自杀了，然后这个母亲一推门看到这个极为惨烈的一幕，发出了狼一般的嚎叫，非常惊悚。但是这也让我非常好奇，很想知道究竟为什么要写这么一个惊悚的开头，这也吸引我阅读到最后，也让我接受了这个翻译，我觉得可能这和我以前译过的小说不太一样。

还有一点不同的是，其实蕾拉的语言谈不上甜美和温柔，她的语言非常客观、中性，也很简洁，很准确。在翻译中没有给我造成太大的困难，因为她的语言准确，你知道她是要描写什么动作，或者说要描写发生了什么事情，她没有累赘的文字，这也让我很吃惊，因为她是一个非常年轻的作者，《温柔之歌》是她的第二部小说，和我以前的阅读经验不一样，完全没有自恋的成分，而是站在一个观察者的角度，好像和读者一样，也试图进入一个保姆的世界，去发现她自己的生活，我非常好奇，因为我译过一些女作家，蕾拉还是很不同。

走走： 我想问蕾拉，你觉得这个掌控是什么角度？小说没有表现夫妻两人对保姆有什么掌控，他们其实在步步后退，虽然伪善，但是他们受的教育是要尊重低等阶层的人，要做出礼貌的样子，要以宽容的姿态容纳他们，要做出友善的一面，要带她去旅游度假。但事实上他们不断失去这种掌控，你怎么理解这个保姆步步逼近的控制？

蕾拉·斯利玛尼： 这对夫妇在社会阶层中相当于小资，不属于任何阶层，而是一种文化阶层，这样的人一般善良宽容，不会种族歧视，讲究文化、讲究环保，当然这只是理论上这样说。当这些人他们成为老板以后，其实他们是不知道如何去面对来自一个文化和社会阶层更低一些的保姆的，所以他们感觉到有一点不知所措。

当然我们会发现，其实理论是一套，但在具体实践中可能又是另外一套。有些人比自己想象的更种族歧视，更看不起别人，更加权威。所以有一个矛盾，当这样一个人接受外人或者不同的人，他们会表现的带有一种羞辱性，或者是鄙视的眼光。说到权力的话，这对夫妇对这个保姆还是有权力的，主要是经济权力。在我们这个社会，经济权力还是非常重要的，比如他们可以随时随地解雇这个保姆，对她不满意她就不需要再来工作了。书中被解雇的忧虑始终围绕着保姆路易丝，她一直害怕被解雇。

保姆路易丝对夫妇二人也有权力，但这种权力是地下的。她让这个家庭非常需要她离不开她，她不仅好好的照看了两个孩子，也非常好的照看了夫妻俩的生活，改善了他们的生活，使他们处处方便，也重拾自由。保姆对于孩子也有权力，一些年轻父母告诉我，有了保姆的时候，哪怕对保姆不很满意都不敢直接说，因为担心保姆会报复在孩子身上，所以说保姆对大人也有巨大的权力，成人之间有一种关系，介于保姆和孩子之间的关系。

走走：蕾拉写这个作品的时候，认为母亲应该承担什么？如果父母必须牺牲某些控制，给到这个保姆很多空间的话，是不是法国社会仍然希望女性回归家庭，即使一些有职责诉求的女性？

蕾拉·斯利玛尼：法国社会是希望女性能走出家庭去工作，书的前面女主人公米莉亚姆一开始没有工作，在家带孩子，她感到非常羞愧，觉得自己好像是一个失败者。米莉亚姆后来自以为可以在母亲和律师的角色之间切换，还有些个人自由，比如晚上见朋友等等，可以调节好，可以做方方面面完美的女性。但实际上她天天面临各种各样的小危机和矛盾，每天都处于一些小的痛苦状态。

我刚定居巴黎的时候，看巴黎女性非常漂亮，非常精致。骑着自行车送孩子到学校，开开心心和孩子道别，然后做自己的工作，觉得她们非常幸福，晚上去酒吧或者参加画廊的开幕式，回去看孩子，共度晚上的时光，生活非常幸福，我非常向往。但事实上我慢慢也进入了这样的生活，我周围的朋友也到了类似的年龄，实际上并不是表面上看到的，有的女性会关在厕所里哭，因为有些状态让她们感觉非常绝望，有时候会和丈夫产生口角、和保姆吵架、被领导批评、孩子对她们不满意等等，所以完美女性背后这个“完美”是值得探讨的。

走走：蕾拉某些态度很尖锐，是不是跟她是摩洛哥裔有关，这样的身份观察社会，反而能看到很多的缝隙和裂痕？

蕾拉·斯利玛尼：其实这还是来自我的天真，因为我不知道成为母亲的生活是怎样的。后来做了母亲，又在这样的大城市生活，是一种天真的想象。我母亲非常焦虑，我小时候不理解她为什么这样，觉得她非常可笑，给我们很大的压力。后来我成为母亲，发现自己和母亲一模一样了，因为很担心孩子，任何状况都非常恐怖。所以这种恐怖的担心贯穿母亲的整个生活，但是又没有人可以讲述母亲的这种担忧和恐惧。

走走：看了这本书后，我在法国朋友中做了一个调查，有一些法国人想请菲律宾女佣，因为至少可以用英文交流，可是菲律宾女佣经常找不到，他们就很焦虑，因为找一个中国的阿姨会有语言问题。又有一部分法国家庭绝对不会让一个陌生人进入自己的空间，所以阿姨、钟点工、住家保姆，让他们很惊讶——怎么可能跟他们融到一个空间里。因为我问了很多法国人，他们觉得就是雇员老板关系，跟我们对一个阿姨的理解不太一样，我们也有很多女作家写过关于保姆的小说，这个比较有意思。

蕾拉·斯利玛尼：其实在法国也有很多的文学会讲保姆和家庭的关系，甚至一些大的文豪也会写，法国社会是非常实用主义、个人主义的消费社会，每对夫妻选择保姆的时候都有自己的标准，比如有些说不要找阿拉伯人，因为他们太严格，有些想找非洲保姆，因为有母性，有人想要菲律宾保姆，因为孩子可以学英语。有时候主观看起来挺善良挺温柔就选了，但这些标准的标准又是什么呢？很空泛。有的人要不抽烟，或者不戴面纱等等，一旦主观选择了这个保姆，就建立了老板和雇员的关系。其实任何关系都是一样的，一旦建立在理性基础上，就非常难继续做一个不变的标准，就像女性选择丈夫的时候，有些女性嫁给了一个又帅又有钱，对她又好的完美丈夫，也许她们的婚姻非常糟糕。反过来有些人嫁给一个其貌不扬的丈夫，却是一个理想的丈夫，所以好的关系建立在什么标准上，其实是没有那么理性的。

走走：刚才袁教授说小说一开始就呈现了结局，像一把悬着的剑又不让它掉下来。那翻译的过程中，最紧张的细节或者情节是什么？

袁筱一：译后记中提到了，慢慢到一个高潮的时候，是一只鸡架把保姆和雇主之间的斗争推到了高潮，这一幕真的非常惊悚，甚至超过了开头描写她杀了两个孩子，恐怖达到了高潮。而且这个细节让我们想起生活中很多冲突，代入感会让人觉得毛骨悚然。

鸡架标志保姆控制这个家庭已经到了高潮，那刻保姆已经意识到她已面临危机——这个家庭要解雇她，再也没有生活依靠了，她也到了心理崩溃的边缘，她要宣告她对这个家庭的统治能力，这个家庭离不开她。实际上这对夫妇属于文化阶层，有教养，讲环保，所以表面上尊重保姆，觉得这是人的道德感的体现。他们知道这个保姆来自完全不同的生活阶层，比如说保姆有些习惯，喜欢买超市打折的东西等等，非常节俭，剩菜放在冰箱里，一定要吃完等等，过着完全不一样的生活，但是又要尊重她，所以尽量不去冒犯她，雇主都是偷偷把剩菜倒掉。有一天，因为头一天晚上把吃剩的鸡扔掉，第二天回到家里以后，她其实还很害怕保姆会指责她，回到家发现鸡架已经放在餐桌上了，意思就是保姆让孩子把剩下的鸡肉全吃掉了。这个冲突已经达到了一个高潮，我真觉得毛骨悚然。因为不是说同样的事情发生在保姆和雇主之间，而是说你和另外一个人的关系，任何一种关系当中都有可能会出现这样一种非常让人害怕的一种斗争的顶点。这个时候就知道悲剧肯定要发生，但是因为悲剧是一步步发展上去的，所以觉得特别震撼。

走走：这段让我也很震撼。为什么这对夫妇如此特别，事实上一般常人看到这个鸡架，而且母亲知道保姆是逼着孩子把过期鸡肉全部吃光，而且要他们把骨头留下来，可以得到一粒糖的奖赏。按常理任何人都会让保姆走人，她也没有。保姆担心家庭不需要她，可是有别的家庭需要，这个细节我觉得有一点怪，有个家庭需要一个保姆，推荐了你。结果路易丝保姆非常生气的把婴儿车直接掀翻了。为什么对她来说这个家庭不可以离开的？她曾经离开过家庭，而且也有其他的家庭需要她，为什么她要跟这个家庭过不去？

蕾拉·斯利玛尼：首先从这对夫妇角度看，女主人米莉亚姆找了很多借口原谅路易丝，因为她觉得责怪路易丝会有负罪感，比如说：她出身比较穷，所以鸡肉对她也重要，而且她这样给孩子树立了节俭的形象，这样就原谅了路易丝。另外她也懒惰，因为要上班，有很多的事情要处理，有保姆在家非常方便，所以米莉亚姆对路易丝有依赖，不想解雇她，这两方面就给她减少了警惕。从保姆路易丝角度看，她一辈子做佣人，带了很多孩子，教他们走路说话，孩子大了，雇主就说我们不需要你了，她就又开始新的轮回。路易丝再也忍受不了这种生活，她需要一个家，需要一个归属，需要别人去爱她。好像一个盘子从一个桌子放在另外一个桌子，其实盘子内在渐渐有了很多裂缝，外表看不到，到了最后一下，盘子放下时就碎了。

蕾拉·斯利玛尼：路易丝始终住在别人家的，她生活的源头就是别人对她的需求，但是她没有自己的生活。像弗吉尼亚·伍尔芙的作品中说女性应该有自己的房间、自己的钱，不用看别人脸色，有自己的生活、自己的自由。路易丝和弗吉尼亚·伍尔芙的表述中正好是反的，她没有任何独立性，她依赖别人，她依赖在孩子们对她的需要上，但她自己的孩子都没有照顾好，所以她是非常有依赖性的，遗忘自我的人。

走走：小说里也给了路易丝一个机会让她的生活出现转机——一个男人，这个男人看起来其貌不扬，但喜欢音乐，而且邀请她在天气暖和时在酒吧喝一杯，而且说退休以后我们可以做哪些事情，那个瞬间她是有出路的，可以转身有另外一种生活，而且也有一夜情，但是为什么这些都没有办法真正温暖她？

蕾拉·斯利玛尼：路易丝一直向往的是资产阶级的生活，她向往像她的雇主一样有好的工作，穿着吞吐都高雅，她厌恶自己的阶层，但追求她的男性就是这个阶层的，所以路易丝内心觉得找这个男人非常丢脸，在日记上写我是不可能把他介绍给我的雇主夫妇的。她欣赏资产阶级的生活，她内心也演绎这种生活，比如穿着打扮，而这个男人给她描述的生活太过简单，太过平凡，所以路易丝是在追求属于别人的生活，她其实永远达不到这种状态。

走走：这本书跟目前中国阶层固化有很多对照性，给一个低阶层的人看到了更好的生活，也许是打开了潘多拉的魔盒，驱动了不正常的欲望，而这个欲望会摧毁两个阶层。现在读者可以提一个问题。

读者：我想问你的另外一本书《性与谎言》，据说在摩洛哥做了两年调查，那么这本书是虚构还是非虚构的？这两年的调查中，你选择了什么线索？

蕾拉·斯利玛尼：这本书建立在两年的访谈基础上。我回摩洛哥两年，见证了很多女性比较私密的生活，因为取得这些女性的信赖以后，这些女性会讲述她们自己的生活，尤其是关于女性的生活，比如性生活，她们如何长大，小时候，母亲如何告诉她们关于女性身体的故事，还有她们的母性，第一次的性伴侣，她们对婚姻的想法。我是把话语给予摩洛哥女性，来了解她们对于已婚女性或者是未婚女性对性的看法，或者是同性恋或者是异性恋的女性对性的看法。

时间：2018年5月12日

嘉宾：彼得·沃森　张明扬

从火到弗洛伊德

主持人： 欢迎大家来参加思南读书会第242期《从火到弗洛伊德》新书分享会，今天我们的嘉宾是《从火到弗洛伊德》的作者彼得·沃森先生和对谈嘉宾张明扬先生。

张明扬： 我是上个月拿到这部皇皇巨著，非常热销，后来我听同事说这本书还有个续集，叫《20世纪思想史》，说来这本书可以翻译为20世纪以前的思想史，我听译林同学说为什么把弗洛伊德作为结尾？比较有趣，结尾是19世纪结束，以弗洛伊德作为结束，我听说《20世纪思想史》首章也是从弗洛伊德到维特根斯坦，我觉得沃森先生的两本书可以看作是正续集，构思非常的巧妙。

我的想法是中国出了很多思想史一类的书，但是似乎是思想家的历史或者学术的历史，从来没有看过沃森先生这样的思想史，书里引用了很多人类发明火和罗马帝国的崛起灭亡，还有经济学家的解说与理论，看起来不那么思想，却很物质，和我们熟悉的思想史不是一回事，所以请沃森先生来回答一下您对思想史的如何界定？为什么和我们熟悉的中国思想史不一样？

彼得·沃森： 你说的对，我对思想史的理解可能更广阔，我会注

丁雄飞　彼得·沃森　张明扬

意一些更细节的问题，我会注意思想和世界的一些关系。确实很多发明本身它并不是思想，但是发明会导致我们发生变化，比如火本身不是一个思想，但是人类学会用火就改变了整个生活方式，改变了我们。驯服动物、耕地等都会对思想造成影响。反之也有很多观念会改变我们的生活方式，比如时间的观念，我们把时间作为理所当然的存在，但为什么会有“公元前”“公元后”，我思考这些问题并在书里面写了关于时间的一章，讨论日子、分秒钟表，这一切总会产生的，尤其是时钟，它对我们目前的工作日这样一种方式产生了什么影响？

到了12、13世纪就是我们对于什么是精确有了一种新的认识，尤其在这段时间当中，数学有了显著的进步，还有音乐技术，文学标点以及种种对于我们认识精确世界有关，还有代数的进步，这些思想上的变化导致了很多由此产生的思想产品，会进一步影响我们将来对于思想的认识。

张明扬： 我注意您书里有一个思想史大事记，思想大事记里科学实验占的比重特别大，我想问彼得·沃森先生两个问题，第一，您为什么把科学事业在人类思想中的地位放这么高？这可能是中国思想史没有触碰的领域，第二个问题是这本书是文科生、理科生都可以读的思想史，一般我理解思想史是文科生的读物。彼得·沃森先生您的背景是什么？为什么会如此了解科学家？

彼得·沃森：我最初是一个心理医生，但是我并不很喜欢这份工作，所以之后我就去《伦敦时报》做了记者。我能够去采访世界各地的一些学者，那个时候我就有幸认识了很多非常知名的学者，比如说像列维·施特劳斯和乔姆斯基，这样类型的采访是非常少的，就是把严肃的学者思想家放在了媒体上。

不过对于我来说把科学作为如此重要的部分也不完全对，但是确实就是科学的兴起在人类思想史上是非常重要的事情。对我而言，更重要的是有一种能够囊括一切的方法来处理思想史，因为这对人类开端如何发展到今天有一个整体性理解非常重要。在我的观察当中过去有很多思想史家他们处理人类思想史的方式就是会用三分法，根据不同的阶段、发明和原则把人类思想分成三个阶段，这对我很有启发，下面我们来讨论一下在我书里面对于三分法的运用。

先举一些例子，有很多思想家把历史分成三个部分，我觉得这样的一种区分会有助于更清楚地理解历史，比如有的历史学家把历史理解为东方历史、地中海历史和北方历史，还有历史学家把历史理解为人类从狩猎到农业再到工业的进化历史，还有根据不同领域区分人类思想史，比如关注什么是真实的，什么是虚伪的问题，这是宗教的问题，还有关注权力的问题，这是法律和政治之间的问题，还有关注品位的，这是艺术和人文主义的问题，可能我们没有必要一定都有共识，但大家有不同的意见是更有益的。

在我看来人类在中世纪尤其是从10世纪到13世纪经历了一个大的转型，这个转型之后欧洲成为了世界的中心，在转型之前，世界的中心在东方：印度、中国、穆斯林，在此之后领导人类前进的就是欧洲，这一转型也是我组织这本书的基本结构。至于三分法，这个书的三分法用三个观念填充，第一：灵魂解释，第二是作为观念的欧洲而不是地理位置的欧洲，第三部分是在科学实验成为重要观念。

下面首先说灵魂观念，我用灵魂观念来处理人类最早的思想史而不是用上帝的观念，是因为灵魂观念它更普遍，我觉得这个观念更有用，这个术语相比上帝的观念更有生产性，尤其是在西方的“上帝死了”以后，灵魂观念还能存在下来。灵魂观念另一个重点就是人类最早关注的是外部的神——天上的太阳、树，把它们作为一个个神，但是灵魂观念产生后，人类向内转型，关注内心来指引行动，这一转型是非常重要。

各大文明的转型有一个显著的特点就是都转型成一神教文明，历史上的有些思想家解释这种转型，认为和人类从农村迁徙到城市的有关，因为城市生活更加复杂，就有复杂的法律来处理各种各样的问题，这会导致人们向内关照自身而导致向内在的转型，柏拉图就是这样的例子。教会 12、13 世纪的时候也有这样的一种转型。

人类历史上类似转型有很多，比如天主教时代，向神父告解，本来并没有那么普遍，后来教会关注良心，于是用这种私密方式取代之前所有人都能看到的祈祷。再之后新教改革，马丁·路德不再需要教会作为个人和上帝的中介。只要诉诸自己的内心，就可以联系上帝。到了浪漫主义时代，更加关注内在自我，所有浪漫主义思想家主张人类向内关照自我，看到内心的自己。精神分析的发明——弗洛伊德精神分析，该学说深入人的内心的另类的自我，通过对另类自我的发现能更好地了解各种各样的行为。总之这一过程都是向内转，向内关照人类思想。

下面说作为一个观念的欧洲。中世纪时的穆斯林会觉得欧洲是一个很落后的地方。印度、中国、穆斯林是更先进的，但在 16 世纪的时候发生了激烈的转型和变化，欧洲诞生了一系列观念：世俗世界、人文主义、普遍主义、透视法视角、个人主义，等等，更深刻影响了之后几百年人类历史。

与此同时，东方也渐渐地落后，一个重要的原因是黑死病的爆发，对世界造成了非常大的影响，对西欧也产生了一定的影响，但对东方的影响更大，此后世界文明的中心渐渐向西方转移。

同时伊斯兰世界也在变化，很多学者带了很多的手稿离开了巴格达，之前世界文明的东西翻译成阿拉伯文，这些手稿到了意大利，由此欧洲通过这些手稿重新发现了希腊的传统，重新发现了亚里士多德，尤其发现了希腊科学，导致了现在的文明，尤其导致实验观念的兴起。对我而言，实验对于西方社会的影响不仅仅是在科学领域，对于政治也是有助力的，让我们能够更接近现代政治。

张明扬：沃森先生谈到人生经历，让我想到鲁迅也是弃医从文。您刚才提到东方和中国在13世纪之后的落后，其实这个问题无论在中国还是西方的思想界也算是显学了，您能不能再详细地和我们说一下。

彼得·沃森：首先是和训练和教育方式，当然黑死病也是重要的因素。阿拉伯人曾经翻译了很多古希腊的经典，在巴格达有个智慧学园，阿拉伯人集中翻译了很多古希腊的经典。但1608年左右，阿拉伯人认为这样的学习方式——翻译古希腊经典不那么重要了，《古兰经》对他们无疑是最重要的文献，第一所现代意义上的大学诞生了，这个学习方式从阿拉伯世界转移到了欧洲世界，这一转移是非常重要的原因。

这个问题还有很多解释，当时发现北美洲、南美洲也是非常重要的因素，在南美洲发现了白银对于欧洲的繁荣起到了非常重要的作用，这个繁荣从巴格达开始，在地中海的很多岛屿上发现了很多的金属对于商业和贸易的繁荣都起到了非常重要的作用，总而言之，多元因素导致中世纪之后西方相对于东方更加进步，发展更快速。

最后我介绍一个英国学者的观点，这位英国学者区分了东方学术界和西方学术界，在东方很多的学者他们多担任公务员的角色，他是为整个王朝和帝国服务的，而且有比较严格的等级制度。西方学者进入学术是与大学产生关系，相形之下他们就更有竞争力，更加世俗化了，没有那么严格的等级制度，和上帝没那么直接的关系，这也是非常重要的原因。总之这一切原因导致在这时西方领先东方，虽然有很多争议，但我们很难拒绝基本结论。

张明扬：对于西方历史的解释上长久以来是西方中心主义，都是以此为主流的，这些年加州学彭慕兰，一位东方主义者，把亚洲特别是中国在世界历史中的地位、作用大大提高了。我注意到沃森先生对于非常强调欧洲角色，是否担心被认作一个西方中心主义者？前几年有一本很有名的书叫《世界的起源》，也是世界史，提出了更绝对的观点：英国改变了世界，英国中心主义者，您作为英国人怎样看待这种英国中心主义？

彼得·沃森：你说我是欧洲中心主义者我还是持保留意见的。我只是借这本书如实反映这一阶段历史的真实过程。这一过程是欧洲逐渐地领先于东方的过程，这个过程在今天终结了，而且我的书里也讨论了很多中国、印度、阿拉伯、印第安人的文明，但毋庸置疑，对今天产生直接影响的是欧洲文化，我们不能说印第安人的法律影响了今天的法律，没有。在这个意义上我只是比较如实地来讲这样一个故事。世界上很多的观念可能更有用，有位学者比较莎士比亚和东方的经典，他觉得东方和西方一样深刻，但事实上莎士比亚的很多观念直接影响了后面历史的进程以及生活。这是实际发生的事情，我书写这样的一种过程。

在19世纪有一个穆斯林的“文艺复兴”，当时有几个欧洲的国家，和阿拉伯国家发生了战争，战争中一些穆斯林学者和知识分子对欧洲产生了非常浓厚的兴趣，他们前往西方学习各种各样欧洲的思想，并引入到了阿拉伯世界，在19世纪末有了发生在阿拉伯世界的现代化，比如土耳其。但在一战之前这个趋势就消失了，烟消云散了，这告诉我们文明是有起有落的。

当然了，书的后一半可能比较欧洲中心主义，但是我们不能说这些观念就是西方观念，我们应该说它们是来自于西方的观念，一个观念一旦产生，就属于世界上所有人的，它不仅仅是属于西方的，尤其在今天可能西方影响世界的过程已经结束了，中国开始拥抱世界，对这个世界产生影响，中国被世界拥抱是非常成功的。

固然我们今天生活在高速发展的世界，这个世界每天发生各种各样的变化。但我们来设想一下，在最初的电话发明的时候，在我们没有发明电话的时代对比今天用苹果手机的时代，不同时间的三个世界有那么大的差别吗？比如说最初没有飞机到第一台飞机的世界再到今天有各种歼击机的世界，它们之间有那么多的变化吗？这个世界在这样一个不断更新换代的过程中，真的发生了这么大的变化吗？是这个过程中发生的变化大？还是1850年到1950年这一百年间很多东西被发明出来变化大？所以说这当中哪种变化更大是需要考虑的问题。我们今天真的是在一个快速变化的世界？还是各个发明都已经发展到了固化的世界？

张明扬：书里其实还是有中国不少的篇幅，沃森先生甚至把朱熹作为一个章节名，朱熹是不是您最喜欢的中国思想家？您对宋朝的赞扬特别多，似乎宋朝也是您最喜欢的中国王朝，我们中国人的观念中汉唐才是最好的朝代，您为什么认为宋朝是最好朝代？

彼得·沃森：很难说宋朝一定是我最喜欢的朝代，我这本书最初是为了给西方读者看的。宋朝确实有很多思想上的发明，而绘画艺术在那个时候也达到了一个高峰，这实际上是体现了一种内在转型，我这本书把思想的语境体现了出来，尤其东方的变化是和西方整个世界历史的变化是相关的，所以说在这样大的语境下我更关注宋朝。

张明扬：沃森先生非常强调大学在社会中的作用，您为什么对大学在社会上的作用如此看重？您是否对中国大学有些建议？如何向西方比如牛津这样的领军大学靠近？

彼得·沃森：我的书里两章讲大学，大学是社会机构当中第二重要的机构，第一重要的机构是国会和议会，然后就是大学，因为它们是原创思想的家园。西方早期大学最初是培养律师、医生这类专业化、职业化的人才，一个重要的变化发生在19世纪初的德国，诞生了最初的研究型大学。

除此以外还产生了PHD博士或者哲学博士的制度，这在大学历史上也是第二重要的发明，设想一下通过若干年的研究有个博士学位，最后训练成了专业的学者，这是非常伟大的制度发明。经过了200年我们对于这个世界的研究深入到了很多的细节，所以说社会当中不仅要有受过大学教育的人口，还要有些博士学位的人口，后者能在新的领域不断探索，这对整个社会的繁荣有非常重要的。

张明扬： 您书中对于政治思想的兴趣没有那么大，民主、自由和个人主义这些西方观念，您讨论的没有那么多，您著作中，政治思想史为什么比重不大？

彼得·沃森： 刚前面提到我的另外一本书《20世纪思想史》这本书明年出版，说到《20世纪思想史》我想到一个非常重要的英国思想家叫以塞亚·伯林，他在高龄之际英国BBC电视台对他有个采访，他1904年出生，20世纪90年代去世，横贯了整个世纪，伯林说20世纪发生了很多不好的事情：两次世界大战和各种各样的屠杀，是非常残忍、残酷的世纪，但与此同时他作为一位思想史家仍可宁静悠游在各种各样的思想当中，他觉得人生还是非常有意义和有趣的，他的话让我意识到政治史和思想史的区别。

当然政治史和思想史的关系目前没有太多的研究讨论，我有点有意避免政治，如果写太多的政治史留给思想的空间更有限，我更关注的是不同思想史之间的交互运动，这个意义上我是有意不过多地去处理政治的问题。

主持人： 感谢两位嘉宾的互动，下面进入提问环节。

读者：第一个问题我想问您怎样看待西方科学主义的危机需要东方去寻找解答的钥匙，使人更加健全。

彼得·沃森：西方不同的阶段都有思想家对于亚洲哲学有非常强烈的兴趣，但这始终是一种兴趣，却不是最首要的兴趣，不是核心位置。这些思想家对于思想的兴趣更关心的是自己本身的哲学。

读者：我想问一下一百年之后如果有位历史学家要学习你的风格写21世纪的思想史，你想他会主要关注哪些思想？

彼得·沃森：这是个好问题，我们当下阶段非常重要的一个问题是基因或遗传研究，这些研究将会在21世纪产生非常深远的影响。在20世纪的时候男女基本上已经平等了，最终会不会导致不同的基因的平等这还是一个疑问，尤其是智力的基因，在不同种族当中的分布是否一样？这是比较敏感的问题，21世纪非常重要的发展就是说一些和基因相关的道德是需要进一步来讨论的。

另外就是今天生活的世界很大程度上都被电子化，在一些意义上和所谓的太空也是一种电子，这个我会待会儿接着讲。

然后是数码或者电子的问题，我最近出版了一本书叫《融合》，讲的是不同学科的融合问题，在1850年达尔文进化论学说出现，不同学科的趋势是融合，比如20世纪物理学的研究，比如电子研究主导化学研究，学科之间的重叠是非常明显的，比如说语言学和生物学。还有所谓的量子生物学。

新书的最后一章讨论所谓量子或者量子化的生物学，有些研究说最终决定鸟类飞的路线可能是大脑当中的量子或者量子化的过程，植物的光合作用也是。如果这是事实的话，就说明生命基础科学是数学，数学是作为非常基础的整个生命运作的机理，在这个基础上高等数学变成很重要的学科。伟大的学科需要在思想的领域有更深入的思考。

读者： 到底是人类主导思想？还是思想控制人类？

彼得·沃森： 首先思想的传播确实可以非常迅速，当然要区分政治思想、艺术思想和科学思想，它们的传播意义是不同的，确实也有一些思想它有传播的热情，比如说共产主义、德国的观念论。至于说思想从哪里来确实是比较复杂，17世纪宗教战争导致了民族国家的兴起，这也是一个非常复杂的过程，不是一夜之间就导致结果的，所以说这还是一个比较难以处理问题，我们可能要更多地考察。

政治思想还有个非常重要有趣的特点是会在两个极端之间摇摆，这是个有趣的特点，比如美国最近因为特朗普的一个观念在两个极端之间不断摇摆，一会儿这样，一会儿那样。

时间：2018 年 7 月 14 日

嘉宾：冯涛　张坤　小白　汤惟杰

缓慢前进的勇气和信心

黄昱宁： 各位下午好，我们今天读书会的主题是“缓慢前进的勇气和信心”，关于诺奖作家石黑一雄的两部最重要的作品：《长日将尽》和《莫失莫忘》的读书会。刚才大家已经在大屏幕上看到了一段石黑一雄谈这两本书的很短的视频，我们今天来到现场的四位嘉宾，我先分别给大家介绍一下。

坐在中间的两位是我们今天的读书会的主角，这两本书的译者，冯涛先生和张坤女士，他们并称译坛“神雕侠侣”，冯涛还是“石黑一雄文集”的主要策划人，可以说石黑一雄在中国所有作品的出版离不开这两位。坐在我身边的是作家小白先生，他的代表作有《租界》，最新的是《封锁》。汤惟杰老师是同济大学人文学院的副教授，中文系硕士生导师，主要的研究方向包括都市文化、视觉文化、电影，因为今天谈到的这两部小说都有很著名的电影，所以汤老师要跟我们好好聊聊电影。

今天这场读书会有个比较重要的背景，一个是去年石黑一雄获得了 2017 年的诺贝尔文学奖。再一个今年的诺贝尔奖停发，虽然不是史无前例，但是二战之后就没出现过这样的事情。而且什么时候会复发？越来越悬。既然 2018 年已经不可能再有新一届诺奖得主了，我们文学爱好者就继续看一下石黑一雄吧。去年获奖后，上海译文出版社出版了

汤惟杰　冯涛　张坤　小白　黄昱宁

他五部作品，今年补齐了，因为他自己写了七部长篇小说，一个短篇集，所以说这两个月，所有作品全部补齐，我觉得我们很有必要再来一个总结性的发言。

基于这个背景，我觉得今天重点讨论他两部最重要的代表作，这两部作品年份比较久远了，不是最新的作品。但是从它们诞生起，已经成为了当代英语文学的名著了，尤其是《长日将尽》，在英美文学史上，是少不了的一部作品。今天就要具体分析一下，为什么这两部在他比较年轻的时候写的作品就能这么出名，这么重要？这两部作品题材差别很大，一个是比较传统的英国小说的写法，写最传统的标志性的英国故事：一个通常被定义为科幻的或者是反乌托邦的青春悲伤故事。我觉得它们都反映了石黑一雄非常重要的特质：对时间和记忆的执迷，对探索人类社会的自我欺骗的模式，还有人性和爱注定无望等等。先请“神雕侠侣”概括谈谈这两部小说。先直接切入，他们作为译者，这两个故事最吸引他们的特质是什么？另外有一点比较重要，因为这两部作品之前在中国出版的时候译名并不完全是这样，好像有一个叫《去日留痕》

之类的，还有一个叫《别让我走》，这次为什么改了书名，他们有什么背景？

冯涛：我先跟大家报告一个八卦，今年6月上旬，英国女王每年生日时都要封一批爵位，以表彰在各个领域做出杰出贡献的人士，因为英国是君主立宪国家。这个爵位不能世袭，却是至高无上的荣誉，相当于国家级勋章，石黑一雄获封，以后应该称他为石黑爵士了。

《长日将尽》是石黑一雄1989年的作品，那个时候他很年轻，我们中译本上面有一张照片，是他跟他的夫人于1989年在《长日将尽》获得布克奖庆祝酒会上的合影，那个时候真的是风华正茂，郎才女貌。石黑一雄的太太叫罗娜，和他在大学的时候就认识了，他们在一起做社工，为一些无家可归的人提供服务，两人先成为男女朋友，再成为年轻夫妇，一直到现在，一起相互扶持、守护的。而且罗娜不同于一般作家的夫人，她对石黑一雄的创作有非常重大的影响，这也是石黑在接受《巴黎评论》采访时讲的。《长日将尽》的创作源起在很大程度上应归功于罗娜。因为石黑一雄是一个日裔英国作家，5岁来到英国，20多岁开始学习创作。前两部作品以日本为题材，因为他想把童年时对日本的记忆用文字确定下来，所以前两部长篇《远山淡影》和《浮世画家》都以日本为题材。

为什么写了两部很日本的题材以后，第三部又完成了一部非常英国的作品呢？因为《长日将尽》的主人公是一个豪门管家，管家文化是最具有英国特色的文化，没有之一。为什么要写这个题材呢？石黑一雄自己说，跟他太太罗娜的建议有很大关系。他太太建议他写一部非常具有英国特色的小说，所以他就产生了这样一个想法。

我看到豆瓣上很多豆友说，像读一部奥斯丁或者是典型的英国作家的作品。当时他得布克奖，也有媒体惊呼：一个日裔作家竟然写了一部比英国小说家还要英国化的小说。但这是表面现象，石黑的诉求是他虽然写的是一个最典型的英国文化的题材，但他要用一种国际的眼光来写。成为一个国际化的作家，一直是他有意识的追求和目标。

简单说下《长日将尽》是什么故事。史蒂文斯先生在达林顿勋爵府服务了三十多年，这个时候他人也老了，而且达林顿府也已易主，讲它本是达林顿勋爵祖传产业，英国一个赫赫有名的豪门。但是二次大战以后，日不落帝国进入黄昏，达林顿府在达林顿勋爵自杀以后不得不易主，新的主人是一个美国人，隐喻一种新的财富。尤其是二战以后，美国人来全面接管了日不落帝国的各个领域，政治、经济、文化领域都有这样的改朝换代，美国主人建议史蒂文斯休个假，碰巧这个时候府里人手少，在极盛的时候，史蒂文斯手下有30位男女仆人供他调动，可现在加上他只有四五位全职服务员，那么大的府邸，这几个人实在人手不够。这时史蒂文斯接到二十多年前的同事肯顿小姐的来信，史蒂文斯从信里读出肯顿小姐生活很不幸福，跟丈夫关系不好，想重新开始她的职业生涯。史蒂文斯想正好府里缺人手，如果把肯顿小姐请回来，就可以顺理成章解决府里的问题。这是表面的理由，更深的理由是史蒂文斯跟肯顿小姐关系非常密切和深厚。

他找到完美的理由去请肯顿小姐，就开始了驾车一周的旅行，一路开到英国西南部。这五六天里，过往一切逐渐在史蒂文斯先生心头浮现。他的回忆里围绕的中心是什么呢？他是一个非常有抱负的管家，他不但想成为称职的管家，而且他一直想成为伟大的管家。管家总是伺候人的，怎么能伟大起来呢？只能是服务伟大的主人。他服务了三十多年的达林顿勋爵是不是一个伟大的主人？他一开始斩钉截铁地说绝对是的，我愿为他鞠躬尽瘁，死而后已，我很骄傲为他服务了三十几年。但是随着他的记忆慢慢一层层出现，读者会发现，其实不完全是这么回事。达林顿勋爵确实是一个很有绅士风度、贵族精神的人。但是否像他说的一样，为全人类的福祉、进步做出了巨大贡献呢？并不是这样，小说通过他的回忆证明了这点。

一战时英国与德国为敌，达林顿勋爵上过战场，跟德国打过仗。但他觉得一战后缔结的《凡尔赛和约》对德国不公道，因为是法国主导签订的合约，过于压制德国。出于绅士风度，认为战场上是敌人，战争结束了，应该把你拉起来，重新当朋友，共同创造美好未来。这是非常高贵的初衷，真正的绅士精神，一点没错。他秉持着这样的精神，在全世界为德国受到不公平待遇鸣不平，他主导邀请全世界在野在朝的有影响的人物，到达林顿府里开了一个国际会议，就为了为德国谋求公平待遇。这在一战以后，没有问题。但大家知道历史进程，20 年代末，尤其是 30 年代，德国纳粹抬头，希特勒掌权，德国已不是一战以后受亏待的魏玛共和国了，已经走向极权，而且开始扩张，要露出獠牙了。这种情况下达林顿勋爵并没有认清楚德国真面目，仍然为德国摇旗呐喊，这时候他成了希特勒在英国最得力的棋子。甚至在纳粹已经掌权，希特勒已经马上要发动侵略战争的时候，他利用自己的影响，把纳粹德国驻英大使和英国首相请到府里密谈。也就是说，他出于美好愿望，出于绅士精神，从一个伟大的绅士沦落成了纳粹的棋子和帮凶。

史蒂文斯当然知道爵爷的可悲下场，所以不像他一开始坚称的那样"骄傲"。爵爷一辈子是悲剧结局，所以史蒂文斯一辈子也是一个悲剧结局。这一切都是通过他层层记忆，层层诉说才揭开的，所以他的回忆是一种非常典型的不可靠叙述，我们不能完全相信他说的，而且前后的表述也不一样，但正是在这层层叠叠的讲述中，在这些前后矛盾之中，我们才逐渐认清了小说的真谛。即：不论爵爷还是史蒂文斯先生，不论是史蒂文斯跟他父亲的关系，还是史蒂文斯跟肯顿小姐的关系，通通是一场悲剧，通通一场空。也就是大家都怀着最美好的愿望，走到了最悲剧性的结局。

我前面提到，达林顿府里有两个高潮事件，一个是爵爷利用他的影响力召开的国际会议。那个国际会议召开的时候，史蒂文斯的父亲是当时的老管家，所以他是一个"管二代"，他也以他的父亲作为人生楷模。那时他父亲病重，在阁楼上咽气，史蒂文斯为了实现作为管家的价值，都没办法陪父亲最后一程。第二个高潮事件是达林顿利用个人影响，把德国大使和英国首相拉到府里密谈。这时肯顿小姐屡次试探未果后，对他死了心，尽管两个人有很深的真情在里面，肯顿小姐就在那个夜晚接受了另一个人的求婚。在这两个标志事件的同时，史蒂文斯首先是牺牲了父子之情，又牺牲了爱情。

我写了一个译后记，标题是《为无可慰藉之人提供慰藉》，因为《无可慰藉》是石黑老师小说的标题，他笔下都是悲剧人物，都是无可慰藉之人，他的创作就是为这些无可慰藉之人提供精神慰藉。再扩而言之，文学艺术就是起到精神慰藉的作用。所以石黑老师的文学精神是非常纯正的，我毫不讳言是石黑老师的忠实粉丝，我也很荣幸翻译了他的一部代表作。

译林有过一个译本，译文买下这部小说的版权是在2015年底，当时没打算重译，但是我看了以后，觉得原来译本不够理想，所以想请我信任的译者重译，也联系了几位译者，但是他们要么手头有事，要么对石黑老师不很了解，就搁下了。后来想，要不自己上阵吧，喜欢了这么多年，也表示一下敬意，然后花了一年多时间译了这部小说。并且把原来的译名改了，小说的原标题叫做 *The Remains of the Day*，Remains 的意思是留下来的东西，但是这个留下来的东西是很少的，几乎没有什么含义在里面。如果译作《长日留痕》的话，我觉得是过于积极的译法，长日虽然过去了，毕竟留下来了一点东西。前面通过我对小说文本的介绍，大家可以看到，这部小说实际上是悲剧性的，没有这么积极的信号在里面，就是说这一辈子都是白费了。史蒂文斯也好，肯顿小姐也好，达林顿勋爵更不用说了，事实上都走到了自己悲剧性的结尾。如果把人生比作一天，达林顿勋爵已经进入黑夜，史蒂文斯跟肯顿小姐进入了黄昏，濒临人生要结束的阶段。尤其在最后，史蒂文斯先生在一个港口的小镇上，他跟一个也做过管家的老先生聊天，两个人说到黄昏时分是一天中最好的时光。想想确实是这么回事。所以无论从他作品的精神，一直到他一遍遍点题，我们都认为《长日将尽》这种比较悲剧性的译法比《长日留痕》这种积极性的译法更符合小说的真正精神，所以改成了《长日将尽》这样一个译名。

张坤：我译的这本叫做《莫失莫忘》，在座的老师们好多看起来阅读经验丰富，生活经验比较丰富，可能会觉得比较耳熟，这四个字是中国古典小说《红楼梦》里面贾宝玉的宝玉上刻的字："莫失莫忘，仙寿恒昌。”跟薛宝钗金锁上的八个字正好是一对：“不离不弃，芳龄永继。”这是我们中国人传统的吉利话，希望孩子长命百岁，健康。这跟我翻译的这本小说其实反差非常明显，这本小说出版于2005年，他写的是在封闭环境里成长起来的一群孩子，渐渐发现自己身份和生活的残酷真相的过程，然后他们的人生一点点展开到相识的过程。但石黑一雄一开始没有把这个故事设定为科幻题材。他本人出生在长崎，曾受过原子弹的袭击，这是所有日本人甚至全世界人的精神上都不可磨灭的记忆。他五六岁随父母亲移民英国，成年很久才回到日本。但是长崎的核记忆让他曾经想过要在核威胁的场景设定下写这个故事，后来改了主意，把场景换到了虚拟的英国七八十年代的背景。

小说里有一个叫凯西的女人，比较年轻，30多，她说自己做护理员。这个护理员是怎么回事？也得一点点慢慢发现，她在做护理员过程中在英国全境旅行，回顾自己从小到大成长的经验，以及她为什么护理这些人，这些人是什么人。随着故事慢慢展开，会发现她小时候生长在一个田园牧歌式的寄宿学校里，就是比较传统的学校建制。孩子们受到老师的呵护、教导。老师们一直跟他们讲：你们是很特殊的，你们与众不同，你们保持身体健康非常非常重要。渐渐你会发现，他们的健康为什么重要？因为他们的器官是要被人们来使用的，他们是通过克隆技术产生的人类，他们生存的目的就是为了治愈人类的绝症，为治愈人类提供更换的器官。这样的生活事实上谈不上人权，谈不上享受生命，谈不上生命的喜悦和权利，是个非常悲惨的人生。在捐献器官之前，可以护理其他捐献器官的人。这样看生命几乎是没有意义的，但是随着凯西的描述和她很主观的回忆，一趟一趟回到校园场景——上课的教学楼、体育馆、做运动，同学之间的那点小矛盾和温情，种种这些，生命也很丰厚，也像棱镜一样有很多内容。同学们之间也会有一些情感的纠葛。因为克隆人生命非常短暂，在他们器官状态最好的时候拿来使用，所有人都会在年轻的时候会死去。我刚刚想到，石黑一雄笔下人物即使是年轻人，也处在生命的黄昏。包括后来《被掩埋的巨人》，也是老人的故事。我翻译的《莫失莫忘》中的人物，虽然年轻，但是也是在生命临近结束或者是已经结束的时候，其他的人在回顾他们生命存续期间的故事。

冯涛：石黑一雄所有人物用他自己的话说都可以被界定为“无可慰藉”，《无可慰藉》也是他第四部小说的标题，就是不可安慰的人，史蒂文斯已近黄昏了，《被掩埋的巨人》写的是老夫妇，《远山淡影》是一个日本老妇回忆她为什么会到了今天的地步，《浮世画家》是二战后一位老画家检讨一生的经历。《莫失莫忘》的主人公都是年轻人，但是这些年轻人经过一、两次，最多四次捐献，就濒临死亡了，所以其实每个人都是无可慰藉之人，都处于生命的黄昏。

张坤：石黑一雄本人说，他写的是一个比较振奋的故事，我后来认真想，这个故事有什么令人振奋的地方，到底有什么不让人那么伤心难过或者是绝望，那就是因为生命毫无意义。这种情况下你再去想《莫失莫忘》里的主人公凯西，她的好朋友露丝，她喜欢的汤米，他们之间的爱、纠缠、矛盾、排斥种种的，随着故事一点点发展，随着他们的命运一点点揭示出来，他们也有救赎、弥补、感情表达，甚至汤米还有比较丰富的艺术创作。这么说他们人生也挺丰厚的，该实现的都实现了，该做到的也都做到了。

冯涛：石黑一雄老师说他自己觉得《莫失莫忘》是令人振奋的作品，大家都认为这个说法挺好笑的。但是把眼光放长远一点，活几年，跟活到八九十岁又有什么本质区别？人是必死的，人生下来的那一天开始就是倒计时，总有一天会死，关键是人生怎么过的，石黑先生觉得他们的人生虽然短促，但也有令人安慰、令人振奋的地方。

张坤：这也是我们说的石黑一雄的核心。在完全绝望，毫无出路的处境下，人们的爱和坚持是不是有意义？他想说的是有意义的。黄昱宁老师，你感觉更多的是绝望，还是坚持的力量的意义？还是说这些温暖？

黄昱宁：先说《长日将尽》，石黑一雄的作品本来也不多，作品水准普遍比较高，就是一个奇峰。因为我自己也写点东西，当然差得太远了，但是感觉上还是有一些相通的地方。他只用了40天写完这本书，如有神助。这个故事可以说极小，只是管家的日常生活；又极大，那么长一段历史，哀叹日不落帝国的衰落。通过这个庄园里面开了两次会，吃了两次饭，这些东西全在里面了，太神奇了！他用那么短的时间搭好了如此完美的框架，但又很自然，流畅地写下来，没有什么阻滞，没有磕磕绊绊的。我很想听同样是小说家的小白老师，你怎么看待石黑一雄整体上的写作？

小白：首先因为我对两位翻译者比较了解，他们两位翻译这两本书是非常恰当的，因为张坤老师比较强悍，冯涛老师比较脆弱，这两部小说《长日将尽》伤感，温柔；《莫失莫忘》非常残酷，我读了十几页就觉得心里一凉，非常难受，能翻译这部小说比较强悍，《长日将尽》比较柔软，我觉得他们比较合适。

张坤：冯涛买下来这个版权，找《莫失莫忘》的翻译的时候，他劝我说："你2007年、2008年就看过这个小说，而且喜欢，为什么不翻？"这个时候我非常不愿意，因为这个小说让我痛苦的记忆非常深刻，非常不想做这个事情，这个痛我还是想回避。但是我后来磨不过，我要不翻译，他就不给我做别的翻译，只好开始做。

冯涛：用石黑老师的话说你们还是没有看明白，这部小说是一部十分振奋的小说。

小白：如果他说这部小说是正面的，其实是糊弄你们的，这部小说是一部极其不积极的小说，你怎么能把它理解成积极的？也不能说是糊弄，可以理解成是反讽。我已经蛮积极了，你还让我怎么积极？

冯涛： 石黑老师可能对积极或者消极这种预设比较反感。

小白： 随便谁问我，我还是不能正能量啊，每个作家基本上都是这样说的，很正常。

张坤： 我记得翻到差不多三分之二的时候，传来石黑一雄获得诺奖的消息，我兴奋了一会儿，马上快马加鞭翻完。前面一度很不耐烦，因为都是少女少男在学校里的琐碎的事情，而石黑一雄讲述事情的方式又非常不确定——我记得是这样的，我记得是那样的；不对，有可能有错！——一次次转回去，很不可靠。我在亚马逊英文读者评价里看到说：受不了了，再也不要看下去了！可以理解这种一吟三叹。但是后来最后三分之一的部分，你会被他的故事席卷，最后我纸巾盒一直放在旁边，我很不坚强，我说我也需要情感安慰，最后这样翻译完的。

小白： 这个小说我读了十几页就觉得很惊恐，不知道下一章会告诉你什么事情。我觉得两位翻译已经把这个小说的内容、意义讲得非常好了。刚才黄老师让我从写作的角度来讲。石黑的写作是非常英国的，而且他英国得甚至有点太标准，刚才冯老师说有点奥斯汀的感觉。不论石黑一雄带有什么样的趣味、叙述偏差、反讽，《莫失莫忘》里面写的寄宿学校的生活状态、管家的生活状态，总体来说他是欣赏的，在叙述的笔调里，可以感受他欣赏的英国的状态和生活方式。所以他是特别典型的英国小说。但是他又是日裔。你这样理解这部小说，他确实得比英国人写的还要英国，还要纯正。

为什么我强调阅读的时候要注意纯正这一点，比如他的视角，张坤老师说了，他一直要么用老年人，要么用儿童去写，你会发现这是英国小说里的传统。很多作家都是小孩的视角，或者老人。这两类人物有一个共同特点：视角是受限制的。儿童囿于知识面和他的人生经验。老年人囿于行动能力、反应、知觉能力，所以这是一个很英国、很经验主义传统的文体才会滋生出来的写法。《莫失莫忘》里面是一群儿童，信息一点点透露，虽然石黑一雄不是设置悬念的作者，不管是《长日将尽》还是《莫失莫忘》，没有任何动机设置悬念，就是一点一点告诉你。那唯一可设置的障碍就是视角，一个是儿童，一个是老管家。因为管家自身对自己的行为语言有约束，用这个方式来形成一个叙述上渐进的节奏，因为在这个受限的视角里慢慢观察，因为受限视角而产生偏差。打个不恰当的比方，逻辑学所谓幸存者偏差，存在在那边的东西，和不知道的东西，你会觉得存在的东西最重要。但是实际上正因为有这个存在的东西更应该推想到不存在的东西，那个不存在的东西可能是更重要的事情。用在这里可能不恰当，但是我引申过来，石黑在受限视角之后，在提醒你这之外还有更复杂的事情要去想，这就是一个非常英国的写作方式。

我也写小说，其实推高潮、设悬念、反转，或者戏剧性冲突，我并不觉得非常难，我自己也能处理。但我常常读小说，经常会看“过渡”，音乐家也说过渡在音乐剧里更难一点。写小说也是过渡的地方非常困难。转得不好，一部小说所有的缺点、弱点都会暴露出来。但石黑处理得很好：非常缓慢地。比如说《长日将尽》，一开始就说到他要换衣服，要制装，然后就联想起他跟他美国主人的对话和玩笑。又从他的玩笑里知道他想让主人允许他放假，所以跟主人开了一个玩笑，这句玩笑里引出了肯顿小姐。回忆当中管家有一个场景，站在窗口看他父亲，到下一章再引出他的父亲。从他的父亲引出了两代管家之间的区别的讨论，又慢慢引出管家的职业思考。从职业思考再引出达林顿勋爵 1923 年一次重要会晤。所以他整个小说节奏非常舒缓，行云流水慢慢过渡。这部小说如果让我来写，肯定比较生硬，我今天开着车到哪个城市，这个城市硬加一点回忆，我又开到一个城市又硬加一段，是挺难处理。但是我觉得他非常自然，一点点引出来，就像一个管家在跟你谈话，他用的就是管家的那种，有点文采又有点做作的语言，又有一点反讽在里面。偶尔还露出几句石黑一雄自己的感受，就非常舒缓地呈现出来。

黄昱宁：我觉得这个行云流水就是刚才我讲的，跟他的写作时间如此之集中是有很大关系，可能只能理解成上帝这时候正抓住他的手写下来，所以他才推进得如此自然、如此顺畅。这绝对是每个小说家，或其他写作者特别羡慕的时刻。

说起《长日将尽》，石黑一雄除了是个小说家的身份，他其实还是一个非常成功的电影编剧，虽然说他的作品不多，但是他的作品里面至少有三部都是被改编成挺成功的电影，而且都参与了编剧工作。最著名的就是《长日将尽》，它在奥斯卡也得到了提名，特别是两个演员，霍普金斯在这个戏里面的这个角色简直太适合他了。具体对这个电影的观感我们有请汤老师。

汤惟杰：《长日将尽》是石黑一雄作品里面改编为电影最好的一部，这部片子没在中国公映。另外有一部，也是他和《长日将尽》导演合作的作品，不是他的小说改的，但是他作为编剧直接参与，就是《伯爵夫人》，这部片子背景里涉及中国，还有上海的段落，这部我想大家可能有印象。

还有张坤老师译的《莫失莫忘》，或者又叫《别让我走》。这个片子有两个版本，一个是电影版，两年前日本人还拍了一个十多集的日剧，全部背景和人物都日本化了。但是它实际上有一个电影版本，演员也比较重要。当然在这些片子里面，拍得早的是90年代的，因为《长日将尽》本身是1989年的片子，90年代拍的《长日将尽》，里面整个主创人员大家都非常熟悉，一个是导演詹姆斯·伊沃里，和石黑一雄不止一次合作了，他改编了很多英国文学名著，大家比较熟悉的是《看不见风景的房间》。我们讲这部《长日将尽》，小白老师讲原著有一个受限制的视角和叙述，如何以电影这个新的介质去重现？一部电影因为要在一百分钟之内完成，所以对原小说肯定有点改动，但是基本是忠于原著的。比如里面有一些大家可以看出来，电影作为一个在院线上映的商业片类型会做一些什么变动？比如原小说中和庄园有关联的美国人是两个角色，一个是在20年代参加秘密会议的美国外交家，另一个是达林顿勋爵去世以后的美国的富豪接手了他的庄园。在小说里面，这实际上是两个人，大家在电影里面就合二为一了。当然一方面也可以使得这样一个所谓美国的标识和英国构成一个更加鲜明的对照。当然到了电影这里面实际上就是一身二任，他既代表日不落帝国走向黄昏，国际政治上新的主宰起来了，在这个会议的最后，一位刚刚开启政治生涯的年轻的美国政治家，突然间站起来在大家觥筹交错，一派和气的外交场合指斥在场所有欧洲政治家，说你们都是业余的，你们都是外行。他说，你们秉持的那种政治理念属于过去。作为一个英国政治家把德国打趴了，怎么还伸手救他？还要把他拉起来？现代政治更讲究丛林原则、讲究实效，这绝对是一个非常愚蠢的行为。美国政治家毫不讳言，世界变了，你们都应该退出政治舞台了。电影里面为了使人物关系更集中，叙事上的对比更浓重，两个美国人合而为一，不仅代替老一辈欧洲政治家，而且代表着美国雄厚的经济实力，来接管英国的庄园了。

我和冯涛老师曾经比较过其中一个场景，就是《长日将尽》的主人公，所谓的“管二代”，他的父亲是一个管家。他父亲临终对他有一段话，看电影会觉得挺震惊的。一个基本上不会跟别人讲自己情感的老先生，突然对自己的儿子，说：我没有爱过你的母亲。儿子很震惊，很痛苦，但他还是忍受下来了。但对比小说，并没有这句。商业片在运作同样一个故事时，人物的关系或者在对白的营造方面，有它的路子。多少要洒点狗血，才能抓人眼球，能够使矛盾或者人物冲突更激烈一些。

张坤：上次在南京做活动的时候，南京大学的老师提到，读小说的人要小心警惕影视视觉呈现对你的影响，因为影响视觉上呈现的东西是确定的，它在这里就是在这里。《莫失莫忘》最典型，捐献器官这件事情，在小说里是晦暗的，如梦似幻、如烟似雾的一个黑影。但是在电影中就没办法了，只能实实在在把人放在手术台上，手术刀把身体剖开，把器官取出来。这个视觉震撼其实违背了小说作者本意，但是又不得已，要电影呈现捐献器官，空口白牙怎么呈现？

汤惟杰：比如《莫失莫忘》，我自己是大学教师，上课也要教文学作品。刚才张坤和小白讲到读这部小说的感觉，我要怎么传达给我的学生？怎么精准把握进入小说的感觉？我就想到一个场景，那种非常细节甚至是很芜杂的叙述者、年轻人早年在学校里的琐碎的事情，去构筑这样一个背景，但是又让你觉得甚至有点恐怖的感觉，让人会凝滞住的感觉。好比你去探望一个和你关系很近的亲属，他得了癌症，他进了一个病房。你进去以后和他谈的所有的话都是无关紧要的，都是吃得怎么样，最近气色还不错，我带点什么东西给你。避开不谈的就是你要死了，越重要的事情越是不谈，这是这部电影本身的原著希望达到的一种阅读的效果。但是这个恰恰是张坤老师所讲的，要拍电影挺难的。

冯涛：我接着汤老师的话谈一下自己的感受，因为电影是个大众媒体，小说尤其是外国小说，尤其是纯文学的小说，就非常小众。小众怎么跟大众拼呢？像当初去年石黑老师得奖，我接到无数媒体采访，说石黑以前从来没有听说过，怎么突然他就得了诺奖了？我说也不是的，在我们外国文学研究、出版里面，石黑一雄已经是响当当的名字了，不光是我们，全世界都早有研究英国文学的学生、硕士生、博士生把石黑一雄作为论文的题目，这个在我们圈子里已经是广为人知的。你之所以不知道他，是因为文学，尤其外国文学本来就是一个小圈子里的事情。如果他不得奖，我们一本书就卖八千到一万册。媒体朋友说这么少？我说这不少了，一本纯文学的小说能够有八千到一万，这已经是非常好的事情了，很多都只有四五千册甚至两三千册。电影是大众媒体，之前张北海的《侠隐》，能有多少人知道？姜文的《邪不压正》一拍一放，大家都知道有这么一本书了。

电影跟小说是两种完全不同的介质，电影诉诸视觉，小说诉诸思维。没有高下之分，只是完全不同。我有一个非常强烈感受，越是好的小说越难改编成优秀电影，因为逻辑完全不一样。你可以借小说的由头，改编成一部很优秀的电影，但是那个电影跟小说的优秀之处是不同的。反之，平面化的文学作品容易改编成好电影，因为借题发挥，逻辑可以完全不一样。可以看一下电影怎么呈现，然后再读小说，可以更加深对这部作品的理解。

黄昱宁：《长日将尽》里有一个大明星艾玛·汤普森，这个角色我觉得到了电影里，好像有更被加强的感觉，所以我想管家和肯顿小姐之间的爱情，不管是小说还是电影，怎么看待他们两个人就是要错过？

冯涛：石黑老师封了爵士，同一期的女爵士就是艾玛·汤普森。小说情节如此，电影里面肯定是，汤普森不亚于霍普金斯，这两个老戏骨也不仅合作一次了。詹姆斯·伊沃里改编的《霍华德庄园》，也是这两位老戏骨演，碰撞出多少火花。但小说里为什么没有这么强烈？因为小说完全是从史蒂文斯这个视角呈现的，小白老师作为作家的眼光确实很毒，第一个“不可靠视角”的大师是亨利·詹姆斯。从他开始，小说的叙事才不可靠了起来，他最擅长用的就是孩子视角，刚才小白老师也说了，因为孩子认知能力有限，只看到一点。比如一个女孩，《黛西》那本小说非常典型，她看到的世界她不理解，她只能说今天看到我妈妈见了一个男人，我爸爸跟另外一个女人吃饭，这里面的实质上是什么，这个需要读者体会。这就是现代小说跟传统小说的根本区别。比如说我们看《大卫·科波菲尔》，看《简爱》。《简爱》的叙述就可以认作夏洛蒂·勃朗特的叙述。但是到了亨利·詹姆斯这边，黛西说的跟亨利·詹姆斯是两样的，反差越大，对一个成熟读者的情感冲击力越大。史蒂文斯不是孩子，不存在认知障碍，但他存在一个欲说还羞、遮遮掩掩的障碍。他不愿意去面对真相，也就是他服务了三十年的爵爷并没有为人类进步做出伟大贡献，反而起了相反作用。他不愿意承认，否则就意味他的人生也虚度了。所以他的表述表面上滴水不漏，他标准的英文长句真的是非常漂亮，而且是没有一点点漏洞的，句句话无比周到，无比正式。但是透过他的层层叙述，会发现里面破绽很多。这个破绽就体现了真相和他不愿意面对的回忆，也正是小说的艺术性的体现。

既然是通过他的视角，他不愿意直面他和他父亲关系被牺牲了，也不愿意直面错过跟肯顿小姐的爱情。但是我们从他遮遮掩掩的话语中完全可以清楚地看出来，他跟肯顿小姐关系真的非同寻常，他们两个刚见面就吵了一架。因为肯顿小姐拿了一束花装饰管家的住处，说像住在修道院一样，让你明亮一点，开心一点。可他非但不领情，而且指责肯顿小姐对他父亲不尊重。

那么史蒂文斯跟肯顿小姐之间到底有没有情感纠葛，有没有爱情？肯定是有的。肯顿小姐比较直爽，她已经明白表述了：我对你有好感，我希望你能对我有回应。他们关系很好，每天工作结束，还会到肯顿小姐的起作间里喝一杯热可可，聊聊天。有一次肯顿小姐故意试探：史蒂文斯先生，你现在在管家这个行业里可以说功成名就了，什么时候考虑个人问题——这个再明显不过了，但他完全不解风情，他说我要看达林顿勋爵认为他已经完全实现了他的抱负理念，我才可以考虑自己的事情了。绝望之下，肯顿小姐才接受了别人的求婚，这实在是很悲哀的事。重要的密谈进行时，达林顿勋爵让史蒂文斯到酒窖里拿他的佳酿，在路过肯顿小姐的房间的时候，看到里面有灯光，肯顿小姐在屋里泪流满面，他在她的门前停了几秒钟，因为他要把酒送给老爷们饮用，竟没有理会肯顿小姐。

黄昱宁：刚才说管家文化是英国最重要的一个标志的文化，这种文化里包含着牺牲，成为一个伟大的管家，就必须时刻跟主人的日常生活全部联系在一起，实际上失去了自我。在这个小说里面，可以说表现得非常入木三分。

小白：实际上是因为从19世纪中叶以来急剧的城市化，管家对普通人是高级工作，甚至比在办公室里做白领还高级，所以会形成“管家文化”。他父亲说我们那代管家就要追求伟大，这个职业在不断提升，突然二战让它崩溃了。这就是历史的虚无。

黄昱宁：说回《莫失莫忘》，最让我触动的一点是对时间的处理，小说把我们通常认为应该发生在未来的故事，作者放到了过去。从我们现在这个时间点看，既看到了过去，好像也看到了未来。小说主人公是在一个像伊甸园的地方长大，从文本叙述我们越来越清楚，他们将会在最好的年华中消失，这好像是一个正向的成长跟负向的死亡，在青春顶点相撞，他最震撼的地方就是在这里，对时间的处理是在其他科幻小说中都很少见到的，未来就是未来，石黑一雄把它放到过去。

冯涛：他们之间有真情，能减缓几年捐献的时间，这对他们来说已经是最大的幸福了。

张坤：延迟几年捐献是这几个克隆人对生命最卑微的要求和期望，最终也破灭了。人类给克隆人的预期程序中，延迟生命就不可能，这是小说里最大的高峰矛盾。你会觉得这些人物的讲述只能是这个样子，只能是接受命运的安排，包括你说到她幸运，因为可以跟汤米有一段时间共处，给汤米做护理员，汤米知道自己在做什么事，他离死亡越来越近。

冯涛：但石黑老师说人生几个月和几年放在长远看没什么差别。石黑一雄接受诺奖以后有一个演讲，非常坦诚又非常详尽，就是关于他的创作历程。他讲到写《莫失莫忘》的时候，是着力处理人与人之间的关系，他想到因为福斯特之前有个《小说面面观》说，可以把故事像蠕虫一样用镊子夹起来放到放大镜下观察。他现在想做的就是把人与人之间的关系拎出来放大化，浓墨重彩地表现。他认为《莫失莫忘》里面他就是这样做的。所以大家也可以从这个角度来着眼，以三个主人公的三角关系作为介入点，作为关注重点来看这部小说。

张坤：从他们三个小孩子一起成长，到开始产生爱情，产生嫉妒、矛盾、争执，甚至使阴招来赢得爱情也好，或者是更多的机会也好，只有他们之间才有爱，这种连接，是因为共同命运把他们绑在一起，这是无法取代的，他把他们放在与世隔绝的环境里，就是刨除其他所有的社会关系的干扰，整个人类社会都若在迷雾，对他们是控制者，而不在他们中间，他们之间的关系就是最纯粹的人跟人之间的关系，爱也好，仇恨也好，抱歉也好。

冯涛：可能正是从这个意义上来理解，这部小说是一部令人振奋的小说，还要提醒各位读者，石黑老师八部作品，呈现的方式是很不一样的。比如说《莫失莫忘》是一个科幻小说的外壳，《被掩埋的巨人》是奇幻小说的外壳，《我辈孤雏》是侦探小说的外壳，像福尔摩斯一样解谜，《长日将尽》，有人说是庄园小说。每部小说外壳都是不一样的，但内涵一以贯之。其实就是他在诺奖的颁奖词里说的那句话：小说以巨大的情感力量，揭露了我们与世界虚幻联系下潜藏的深渊。大家千万不要觉得只是克隆人的故事，悲惨的命运是你的，也是我的，概莫能外。其实石黑老师的态度是这样，我们为什么把《上海孤儿》改成《我辈孤雏》？它的原文是 *When We Were Orphans*——我们都是孤儿。同样的，我们都是克隆人，我们都是虚掷一生的老管家，都是把自己的才华给日本的侵略利用的老画家，还有《远山淡影》里什么都不敢直面的老妇人，她的过去。石黑老师本意就是这样的，每个人都是他笔下的孤儿。

小白：《莫失莫忘》如果让我写，肯定写到一半就让他们反抗了。

冯涛：那就不是石黑一雄了，那就是另外一种类型的小说了。所以为什么他有一部小说干脆叫《无可慰藉》，我觉得《无可慰藉》是他所有主人公共同的特点。

张坤：小说里面他们接受自己命运安排的过程或者是态度，是带有尊严的、主动的，甚至有职业自豪感的。对于完结他们也会难过，是不甘心的，最终，他们并没有太多抱怨。

小白：石黑这个概念，在小说文本中蛮符合逻辑的，在电影中就变成血腥事件了，被一帮人拿着枪顶着。

冯涛：人出生那一天就是向死亡去的，必死的命运是无法改变的。每个人都是克隆人，你隔几个月死跟隔几年死有什么区别？你的命运是固定的，你是逃脱不了的。

张坤：而且不论你活十年、三十年、八十年，生活中实现的事情才有意义。

冯涛：这个设置是都可以随便改的，因为开始他并没有想写成克隆人，他开始就是想我要有一个合适的外壳呈现这个故事，这个故事已经存在了，现在他以克隆人外壳呈现，他要符合克隆人的逻辑，从小是克隆人，就是要捐献的，要认命。如果他开始想写一个核威慑外壳，就要是核威慑的逻辑了。所以要透过这个外壳看到石黑老师的文学精神。

张坤：不管你的人生长也好，短也好，人生要实现的就是这些东西。

黄昱宁：刚才冯涛老师已经把总结性发言做得很好，导演很满意，觉得可以结束在这里了，下面时间是留给在座各位的，有问题尽管问。

读者：石黑一雄，5 岁左右去了英国，他的生活就像 banana，外面是黄的，里面是白的，他前 5 年日本的生活对他写作会有什么影响呢？

冯涛：他的人生履历其实也比较清晰，他五六岁的时候跟父母从日本去英国，是因为他父亲工作的关系，他父亲是一个海洋物理学家，受到皇家海洋学会邀请。开始他们从来没有想说就此移民英国，每年都打算回日本的，但是就这样一年一年待下来，就成了移民了。石黑虽然五六岁就离开了日本，但是日本其实对他还是有很大的影响的。除了他童年的印象以外，他来到英国以后，他的爷爷每一个月都会给他寄一个大邮包，大邮包里有上个月的日本的漫画书、教科书、各种流行文化，所以他在他的精神里构筑了一个只属于他的日本的形象。他前两部小说之所以创作，事实上就是为了把他印象中的，精神世界里的日本固定下来。他自己很清楚地说这个日本跟真实的日本不是一个日本，这个日本只属于他自己。他怕遗忘心目中的日本才创作。他开始没想成为作家，他想成为一个爵士乐歌手或者是摇滚歌手，19 岁也到美国流浪，留着长头发、小胡子，典型摇滚青年。而且你看他的文学作品都是非常悲剧化的故事。他的人生很顺畅，父亲是科学家，典型的中产阶级。到了英国，他是在萨理郡，奥斯汀的故事大多数发生在这里，是一个风光无比优美的地方，而且是经纪人、银行家的聚居社区。他虽然是在二战以后移民英国的，但从来没有受到歧视，整个社区里只有他们一户日本人，所有人都认识他，都叫他 Ishi，他的生活是优渥顺利的。他大学毕业以后，去东安格利亚大学学创意写作，然后写他第一部长篇小说《远山淡影》，一出来就引起了很大关注。如果用传统传记式的文学研究，无法解释一直一帆风顺，为什么笔下的人物会如此悲剧，所以从普鲁斯特开始就反对这种人生传记式的方式。

张坤：他曾经说到过，因为他是一个外来人，最初感受英国的社会生活，包括成长过程中，这种有点外来人的视角是一直存在的，或者说当他看待世界的时候，这个角度是跟土生土长的孩子不一样的。而他的作品中流露出来的审美，他是一个英国作家，他有日本名字，他有很重的东方性。这种幽暗的叙述，模糊的恍惚的不可靠的东西，我们感觉是很东方式的，这可能也是不可违抗的。

冯涛：如果谈到创作美学的话，可以用“近水流深”来形容他，他的风格呈现是很东方化的，或者是符合东方审美，或者是符合日本的传统审美标准。有一个说法我大体认可，就是现在文坛上有两个最著名的日本人名字，石黑一雄和村上春树，村上虽然用日语写作，但是更西方作家；石黑一雄虽然用英文写作，但是更像东方作家，我大体认同这种说法。当然这是从美学意义来说，他表面上波澜不惊，其实水面下是暗潮涌动的，这种审美诉求肯定是我们东方特别推崇的那种。

时间：2018 年 8 月 4 日

嘉宾：王占黑　王宏图

穿梭于街道江湖的写作

梁捷： 今天我们的嘉宾是青年作家王占黑，她在几个月前出版了第一部小说集，也很高兴请到了复旦大学王宏图教授。我叫梁捷。一起来聊一聊占黑小说写作的过程。

我就先说这些，我觉得接下来主要还是先请王占黑来给大家介绍一下她的背景、经历，她的生活环境，以及为什么会开始写作。

王占黑： 大家好，我叫王占黑，我是嘉兴人，可能很多人看了我的书，书里方言的运用，大家可能会以为是上海这边的，但其实我从小在嘉兴长大，可能会有很多上海市民把嘉兴看成上海的一部分，因为大家已经把房子买过去了。

嘉兴和上海挺近的，方言也挺像的，我从小在嘉兴，一直到 2010 年来复旦中文系念书，从本科一直念到研究生，2017 年毕业。很多人写作都是从自己最熟悉的环境跟人物入手，因为这是一个比较容易的尝试。

所以我写的这些小说最开始也是以我自己生活的环境来作为一个现实的基础，八九十年代的五六层楼，一个个单元楼小区，没有地下停车库，一楼停车的地方都是停自行车，后来能停个电动车什么的，小区里面也有很多杂货店、早饭店，能自在生存的小社会，里面的人也像我写的那样，彼此之间很熟。

高中的时候就写过一点家乡的故事，大学时代有一些停滞，读研时，忽然觉得我一味在吸收，是不是输出一些什么？也因为学业上比较困惑，大概从2014年开始，以小区的看门人为素材，写了一个故事，之后陆陆续续各种各样的群体和个体的故事出现，不仅写人也写动物，有一些跟市民相关。

最开始的写作计划叫《街道英雄》，后来觉得里面的英雄，其实是一个非常反英雄的题材，角色们看起来很要面子，其实各有自己生存的困境，还有包括长久的忍耐在里面，所以这个主题计划大概还有30万字，有一些有我，有一些没我，能看到市民活动：打麻将、吵架、养鸡，算是一个共存的状态。

《双响炮》是朱德庸的漫画，我的这本名字叫《空响炮》，里面只收入了10万字，作为我的第一个小说集来面世。

为什么是《空响炮》不是双响炮？因为大部分城市都禁止燃放烟花爆竹了，小区里面也不能放鞭炮，不同身份的人是怎么面对和处理的？以及每个人的生存面貌是什么样子的？所以起名《空响炮》。

梁捷：王老师，你第一次读到王占黑的小说有什么感受？

王宏图：上海跟嘉兴都是独立方言，但她把这些方言用在小说里面，非常亲切，可以把平时普通话当中没有办法表达的东西表达出来。

她直接经验是嘉兴这座城市里面有一些老公房，实际上上海这个地方老公房也是大量存在的，虽然现在比以前少得多，我以前小时候住的是弄堂，等到70年代末期搬到一个高楼里面，但是我在90年代初，在像王占黑写的七八十年代或者更早的时候造的房子也住过，有深切体会。里面有的独门独户，有的两家人共用厕所，楼上水泥板很薄，如果上面的人稍微响一点，下面马上听得到，邻里就会发生争吵。

很热的天，安装空调非常困难，不仅是空调的价格贵，还有供电线路的问题，我记得1993年的时候，热得受不了，装了空调，特地到供电局申请装一个大的电表，那天装的时候也是惊心动魄，那么粗的电线，一直弄到5楼，每一层都要打个招呼，否则人家觉得好像是一个外来者在入侵。

像她写的居民区当中的棋牌室、五金店、小吃铺，还有垃圾回收厂。王占黑说她尽管不是写农村，但实际上跟我们现在过的生活还是有不一样的地方，还是一个熟人社会，因为手机通讯工具还没有那么发达，所以小区里面很多消息还是人们口口相传。

小说里面写的那些人物，下岗工人、退休的人，我在90年代初期的时候感受还没那么深，但是90年代后期下岗潮、老龄化、人口流动，所有问题逐渐显现，但是就像张天一老师写的前言里说的，很多读者会把这部作品当成底层文学，大家读《空响炮》的时候，王占黑政治标识是不明晰的，她仅是想通过展示这些人的生活，关心他们的生老病死。

她对老人生活的描写的确在青年作家当中是不多见的，特别是像有一篇小说叫《偷桃换李》，里面所描写的老人的精神状态，青年人很难非常传神地表达出来，这里大家也可以看到她老道的地方，她尽管很年轻，一下子就把人生的边界线看清楚了，不用浪漫的幻想麻醉自己，很多生老病死和命运的总体的图景了然与胸。

梁捷：我也说几句读王占黑小说的时候的感受，因为我是先认识她这个人，然后再读小说，认识人和读小说是同步推进的。我当时读了她刚开始写的几篇，第一个感受是非常有天赋，我觉得这是蛮重要的一点，有些作家会非常努力，或者在文字上非常用力等等，有不同的发展方向，但是像王占黑这样有天赋的青年作家是不多的，她一开始写出来的作品就非常成熟。

王占黑是从研究生开始写作，虽也不算晚，但肯定不算早，因为现在90后甚至可能00后的一些作家在高中大学就冒出来了，所以研究生开始写并不算早，但是一写出来以后，大家觉得是一个很成熟的作家，包括嘉兴的方言与上海方言接近的这些的文字特点。

王占黑

王宏图

现在很多文学作品是缺乏想象力的，动不动穿越，动不动科幻、架空，其实是因为在文本内部，很多问题解决不了，没有办法想象一个人应该怎么生活，生活的状态应该是怎么样的，只能靠情节推动，而不是靠人物本身来推动。

王占黑每一篇小说都不靠硬加进去的情节来推动，脑子里想象的都是具体的人，不管是棋牌室的人，不许放鞭炮的人，残疾人，或者是热爱种菜，但因为地已经变成水泥地了，不能种菜的老年人，各种各样都是非常活生生的人。我觉得王占黑能够非常准确地想象出人物的生活状态、生活细节，可能说的话和精神状态。

这个不要说是90后了，我觉得没有丰富的阅历的中年作家都很难做到这一点。但是王占黑一直是从这样的角度入手，从塑造人物入手，从这个人物自身的发展逻辑入手，而不是需要通过外在的情节来推动，看到你的小说，我就相信你一定会有文集出版，一定能够被大家接受。

当然反过来我也一直想问你，我对你的一些批评，认为你的作品缺少情节，缺少故事性，你自己是怎么看待的？

王占黑：我先讲讲最早梁老师是怎么看到我的小说的：我们参加一个活动，在地铁上我说我在写小说，我强行给他看我发在豆瓣上的小说。梁老师说：你接着写。最开始我写的时候，我是写一篇贴一篇在豆瓣日记上，还不够格放豆瓣阅读，后来贴了很多之后，豆瓣上也有很多人在看，比如说有一些人看的时候说这个很像我家里的谁谁谁，也有的说他可能是住在上海的老公房，因为现在很多都租给年轻人了，像我这种在上海打工的人就租一间老公房住一下。所以后面我就开始写更多的人物。

写的时候确实碰到两种质疑，一种是非虚构，看着像真实故事的一种，我就会强调说不是的，这是我认为的小说的做法，看起来像是一个采访来的故事，但其实是我编的，当然会有各种各样的原型在里面。

还有一种质疑是故事太慢了，怎么能慢成这样？情节在哪里？我在创作坛里面给过一个观点，我写的这个人物环境群体，你如果不放在几十年纵深的时间里面，他们的一生可能很平淡，毫无波澜，有的时候我的时间节点是很短的，也可能在这几天里面或者几年里面都不会有什么变化，尤其是这样的人，他生活当中有一些非常小的事情，我们可能认为根本够不上情节的事情，可能是他认为他生活当中非常非常重大的事情。

比如说楼上装修，人走路，楼下有人听到了，楼下的小孩在写作业，家长跑到楼上吵架，这个可能持续两三年，没有情节，但是这个人或者说这个群体生活的原貌，所以我觉得情节的淡化是生活的真相本身，或者说这个情节本身就是应该由一些非常平淡的东西构成的。

而且我想最早我写的小说挺短的，一万字左右。如果一万字左右的小说大家觉得很平淡的话，肯定看三四万的铺陈就看不下去了，我的耐心比我想象的多得多，我的铺陈有的时候我自己都受不了了，但是我觉得一定要这样深入下去，这是我对平淡的理解。戏剧性不是你肉眼能在几分钟内感受到的戏剧性，可能是你拿着摄像机追踪他几年，才能在某两个小小的动作之中，感受到一种微妙的戏剧转变，而不是一个大起大落的东西，那个东西才可能是有隐患在里面，可能是一些真正的人为的因素，我是这样想的。

王宏图：我看你的《空响炮》还有《街道江湖》，大部分是比较短的，节奏把握得还可以，但是我发觉戏剧性实际上跟人的命运有关系的，有时候不是我们故意去设计一个狗血的情节，有些人具有这样的性格，比如说容易发生点跟一般不一样的。现在的年代比几十年前开放多了，但是就是在几十年前，有的人还是很有故事的。

我觉得王占黑的小说视觉性很强，《街道江湖》的后记有点像电影式的写作，不知道大家在读小说的时候有这样的印象吗？有两类作家，一类是视觉感很强，很清晰的画面在你面前，但还有一类作家视觉感不一定强，可能是音乐感很强，或者思想，或者人物性格当中另外的东西来吸引你。

像《街道江湖》，我发现没有情节，因为关注的是日常生活当中的人，虽然说是英雄，但实际上是反英雄，就像爱尔兰作家乔伊斯笔下的形象，反英雄，平平庸庸，不要说惊天动地的伟业，性格上可能跟家里人吵架都不敢，很窝囊，所以他描绘的这些人物，都是市井生活当中很细碎的生活。

她的描写方式跟中国古典小说传统有很多联系，前些年金宇澄的《繁花》，为什么大家喜欢？他实际上就很大程度上复兴了白话小说的市民烟火气，他是写60年代到90年代在上海市中心的生活，吃喝玩乐，非常细碎，仔细想想《繁花》当中的戏剧性也不是很强。

这种结构方式，故事性、戏剧性不强，中国很多古典小说都有，大家看《红楼梦》，因为《红楼梦》名声太响了，很少有人公开说不喜欢《红楼梦》，最多就是说《金瓶梅》比《红楼梦》好，但是大家读下来很多人觉得客观上还是有点枯燥的，《红楼梦》主体上是故事情节也有戏剧性，但是推进的时候节奏很慢，因为作者舍不得生活细节，那些生活细节都是从小经历过，饱含着感情的，当家族败落以后，就靠回忆细节都写进去，客观来说，如果细节适当剪裁一点，节奏就更明快了。

以《红楼梦》为代表的中国古典小说里面很多结构不是戏剧性的，不是靠尖锐的、能抓住你好奇心的情节来推动的，就是靠日常生活画面来。像王占黑写的小说，这本加上另外一本，可以组合成一个长篇小说，推动这些方面，她的确也是给我们一种独特的观察世界的方式。这个东西没有定义，也并非戏剧性比没有戏剧性好。吸引读者，有紧张情节当然好，但是大部分人的生活绝不会充满突变，或者匪夷所思的情节，而是日常事情填满了整个生活，是生活的全部，描写缺乏戏剧性或者戏剧性不强烈的生活，才是最好的表现方式。

有一句很时髦的话：贫穷限制了我的想象，实际上每个人都有自己的想象力。比如说你可能一辈子都没有犯过什么过错，公安拘留、公安警告都没发生过，但你要想想这个世界上有多少个国家，多少个监狱关着的罪犯，他们跟你的生活是不相交的，所以你可以想象这个世界有很多人不是像你那么守规矩的，他们有狂暴的激情，愿意冲破日常的生活，甚至不惜自己的生命和青春。所以我觉得王占黑的小说缺乏激烈的戏剧冲突为特征的小说，实际上为我们现代生活提供了关照的方式，但不是唯一的。

梁捷：非常同意王老师的看法，王占黑小说画面感很强，非常明显地受到电影，或者是经典的文学作品的影响。

王占黑小说的特点，有非常好的克制力，她写的很多人物生活当中也充满了不幸和无奈，但是我觉得在写作的时候，并没有去渲染他们的不幸，或夸张他们的悲惨，而是很平淡自然看待他们的生活，甚至突出他们的幽默感，或苦中作乐，或自得其乐，他们有自己的情趣，这也是一种非常难得的少年老成的控制力。

所以王老师讲的让我有这样的感受，因为我知道你平时看大量的文艺电影，也读经典作品，我想听你说说电影和阅读对你的写作有什么影响？

王占黑：最近经常碰到这样的提问：你最喜欢的作家是谁？最喜欢的书是哪一本？最近在读什么书？你觉得什么书对你有影响？我通常就说我最近不读书，我确实读得也不多，可能我大量的阅读时间其实还是在本科和研究生的时候，到了工作的时候，阅读的速度和量是下降的。

其实我有一个小小的看法，我觉得文学这个东西不是一个绞肉机，我大学的时候，比较喜欢30年代的中国现代文学，他们给我的印象很深。另外就是我有一阵特别喜欢晚清的小说，非常通俗，尤其是那些以妓女、嫖客为书写对象，比如说《海上花列传》，我特别喜欢，这样的书写给我留下了非常深刻的印象，可能也是在很多年之后，给了我一种惊喜的反哺吧。

我最开始的写作尝试确实是通过画面思维来展开的，画面在脑子里出现的时候，才知道要怎么把自己的文字给推进下去，我在创作坛提到过，我非常喜欢看90年代，包括最近一段时间的现代中国文艺片。像贾樟柯，拍西藏的万玛才旦，还有拍大西北的李锐军，最近也有拍内蒙古的，拍贵州的。不约而同都在书写故地，以影像的方式呈现，呈现得非常诗意，不做作，很自然。而且这个状态都是在中国现代化的潮流下，他们的故地怎么变化？人怎么变化？这些都进入了影像，这些对我的影响比很多当代的书对我的影响更大，大家都有一种自觉的认同，要把一个跟故地有关的，跟历史有关的东西给呈现出来。

梁捷：所以我觉得挺感慨的，我们过去谈文学的时候还是在文学框架里面，写作者和影像等等媒介艺术的交叉互动，其实是相对弱势的，以前即使是把一些所谓的文学作品改编成电影，好像也是作者和剧本的编写者提供文本，由导演来拍，但是现在，尤其是这些年，各种新的媒体发展那么快，像王占黑这样的90后，或者是更年轻的一代，不再把文学媒体看作是封闭媒体，从电影里面得到的影响，比传统的文本的影响更大，对我挺有启发。

王宏图：王占黑受电影启发，也并不奇怪，上世纪欧洲就有作家电影，像这次国际电影节的时候搞了伯格曼专场，我看了4部，最后一场碰到两个学生，尽管伯格曼的电影很压抑，但他是欧洲作家电影的代表，影响巨大。

你看他的电影当中，很多思维方式和对主题的处理，跟文学也有很多相近的地方。特别是像王占黑刚才说的对故地的描写，自己童年生活的展示。她对自己童年生活的社区街道的描写，开始时候实际上也有悲凉的色彩存在，这里面写的不是生活中春风得意的人，大部分跟不上时代步伐，日渐衰败，这个衰败发生在两个方面：一个是楼房，没几年就显得破败，这里面人的生活状态，整个的生存方式也越来越跟不上时代的发展，王占黑的写作像非物质文化，当中提供了很多社区生活场景、生活状态的描写，有个别老人聊聊天，还保留了过去的生活形态，有一定的延续性，但是大范围的还是陌生人的社区。而且老年人有的时候被小辈指责，把家里面的事情说给别人听，对年轻人来说这是隐私，对老年人来说是很自然的。

对于即将逝去世界的书写，是永恒的主题，一个人可能没有爱情，但是肯定有一个逝去的世界，有人说这类书写里最成功的就是普鲁斯特的《追忆逝水年华》，直译叫“追寻失去的时间”，当然这部作品全文读过的人我估计很少，有一句话说：人生太短，普鲁斯特太长，但是有人说他的作品有一种试金石的意味，如果按照很多文学标准来看，普鲁斯特的作品有很多局限性，他都局限在法国中上层富裕的商人、医生的生活，下层人的生活是没有的，他里面提到的格雷夫事件只是提到，不是重点，真正的意义是通过男主人公的记忆串起一个记忆的世界，每个人都有一个世界。《红楼梦》把贾府逝去的世界给我们呈现出来。

王占黑表现出来的是一个衰败的世界，文学当中表现逝去的世界在现实当中都类似陪伴，跟我们每个人的生命都有联系，生命是不可逆的过程，生命过程都是走向衰败，有的衰败不是很早的就有意识的，等意识到的时候，身体的衰败，精神的衰败已经发展到有非常鲜明的特征的阶段了，我觉得这个是文学中永恒的书写主题。

有的人说 20 世纪中国文学当中，青春书写很引人注目，老年书写不大有。现在老龄化社会，我猜想将来老年书写会成为重大的题目。我去年参加一个会议，他们就用德语文字区分成长小说和教育小说，德语词根就是成长教育跟小说分离，他们用一个新的词，老年小说，就是衰亡中的小说。以前人寿命短，刚退休就不行了，衰老过程不像现在那么长，不能彻底治愈，又得苟延残喘好长时间，在这样的过程当中，人的感受、困境，以前很难想象，比如现在70多岁还去照顾90多岁的父母，这种情况以前很难碰到。

在这个时候，老年社会，如果是从机械的想象来说，你觉得这个没什么好写的，但实际上不是的，有各种衰老的方式，各种的情感，比如争夺遗产和跟子女的关系当中，遗产切割又是整个社会的缩影。

所以我觉得她对逝去的衰败的世界的描写，我觉得也是文学非常重要的主题。

梁捷：王占黑的小说就是在谈论这样的衰败的世界，现在这个社会变化非常非常快，我有时候觉得跟不上这个时代。我住在市区，周围隔壁邻居房子租出去了，我隔壁搬进来一对老夫妻，再隔壁两个年轻小姑娘，年轻小姑娘在家里面每天都有快递，门口堆积如山，快递员一敲门，隔壁的老夫妻就开门，我就很奇怪，他总觉得为什么有人来找他，但一开门就不是找他的，因为在他生活里面没有快递，而另一边门口很多包裹。我可以感受到老年人与这个社会格格不入，他们没法想象隔壁为什么每天有那么多的包裹，同时年轻人也不能想象老年人每天买菜做饭。

王占黑的小说描述的场景跟我们现在已经拉开差距了，好像是20年前的生活，所以很多细节在我看来应该是我小时候的，但是王占黑能够生动复原出来，我还是想请你谈一下，你怎么写这些人物？塑造这些人物，你是怎么样经历和看待王老师说的逝去的时代和逝去的过程？

王占黑：我觉得在写这个所谓的衰败的世界，我非常看中的是他们其实还存活，只要他们活着就很会搞事情，花样很多，打麻将可以打出各种各样不开心来，跳广场舞也可以有争斗，也可以很有荣誉感，包括捡垃圾也好，做早饭也好，看起来是跟不上这个时代的潮流，但是实际上只要他们还活着，这口气还在，其实每个人的生命力是非常非常旺盛的，这个旺盛的生命力和他们创造很复杂的生活的状态，几乎能够掩盖掉衰败的表面，让你看到大家其实每天都折腾地特别开心。

但是基调仍是这些人所处环节是在走向一个穷途末路的趋势，所以有特别 high 和特别沉寂的这两个极端，我觉得都很重要，但是我在写的时候，会更希望把大家生龙活虎的样子表现出来。

就好像有人生病，有人下岗，有人破产，有人遭遇情感危机，但是其实我们所有的人，包括我写的这些都比我们想象的要厉害得多，大家可能哭上一个小时或者一个上午或者一天，之后还得继续生活，可能你会照样做平常的事情，这也就是说为什么你生了病也可以继续打麻将，明明被小孩抛弃了，你还是愿意继续跟他有亲子的沟通。

这种打不倒的利器，在这个衰败的地标是特别有力量的一个东西，我写的时候，我肯定会更加注重，想象的时候，观察的时候，会更加关心这些人的姿态。因为这个姿态是他能够跟一个真实的，或者说一个历史的，让他没有办法去摆脱的状态来进行抗争的东西，其实这个抗争不一定自知，这个抗争其实就是他的一个从小到大的生活的习惯也好，路径也好，就是他在存活的标记。

王宏图：你在创作当中提到说，很多是非虚构的，你的虚构和非虚构的成分是怎么处理的？

王占黑：最开始写的时候是依赖于一些原型的，写着写着其实我虚构的成分或者是能力在加强，会把一些我看到的材料，观察的一些东西，做一个更好的杂糅，包括我写这个小区，刚开始其实包括我自己，我也觉得我是在写我自己生活过的一个小区，但其实后来发现不是这样的，我在上海待了七八年，上海也有这样的老小区，市中心也有很多这样的地方，你稍微走动走动会发现这些地方都是相似的，不仅是人物的原型，哪怕是书写的地域空间也是越来越虚构，不在是一个有实质性指向的地方，我生活过的小区不全是这样的，小说是一个很大的空间。

我不仅想把上海和嘉兴的城市状态打通，还想通到越来越抽象的城市。另外文本和文本之间不是封闭的，不存在界限，所以一开始写的时候，就有一个明确的想法，这些人物可以在不同的文本里面穿来穿去，启示我的也不是文学，而是情景喜剧，情景喜剧每一个情节都会出现一个主角，可到下集却是个龙套，隔了很多集这个人又跑出来，小区看门人后来在别的地方看门，不仅是现实和虚构的空间，文本的空间也在打通。

这还是一个脑子里的空间，和你能够诉诸于文字的空间和已经出现的文本之中的一种跳动。

梁捷：所以我觉得随着你写作慢慢成熟，小说空间也在不断拓展。

我在想另外一个问题，你现在也开始写一些年轻人的生活，我觉得这也是让人挺感兴趣的一个问题，大多数的90后作家都是从自己的生活开始写，但是你是从父辈开始写起，然而你也开始逐渐回到你自己的生活，我还是挺好奇你是怎么看年轻人的生活？

王占黑：这个东西很虚，虽然是年轻人，我也不知道是怎么回事，好像活得很假一样。还是要先实现再说出来，因为我确实是在做一个尝试，到底能不能写一点别的？还是在做一个小小的尝试和转型，但是能不能成功，可能还是要往后看，我已经有一点想要写写年轻人，一个二十多岁的人就不能写点时髦的？但是每次写着写着就写不出来，又回去写自己的很土味的东西。

我觉得书写的东西，有一个滞后或者说需要有一个沉淀，作为当下环境中的年轻人，我没有办法能够跳出来抓到觉得可以展开的点。

王宏图：我听了你说的话，我有一个创作心理学的问题，一般人开始写作的时候，自我表达的冲动很强，你是不是内在的自我情绪表达的愿望不是很强，反而是对周围世界的描绘的兴趣更大，对外部世界的兴趣压倒了抒发自我情绪的兴趣。有没有这种倾向？

王占黑：目前是有一点，我喜欢看来看去的，但是我不太喜欢面对面，我不太发呆，觉得好浪费时间，不如出去走一圈，后面的很多尝试里面，也有一些对自己的挖掘，我不知道大家有没有注意到，《空响炮》里面有一篇《地藏王的故事》，那篇里面有一个很明确的我，一个非常明确的迷茫的我，有一大段类似于私小说的表述，那是不自觉出来的东西。

我的个人经验是在所谓的社区书写上，我不是观察来写进去。因为每个人都写自己的个人经验，有些人关注自己和朋友之间的，我的个人经验刚好是这个，但我缺乏对自己内心的关注。会时常有一些惶恐和反思，会立刻表现在行动上，但是哈姆雷特不是我的偶像。

梁捷：那就聊聊你现在的状况，你现在的写作状态或者是工作，你从离开了大学开始工作，其实我也在想，我开始读你这些文本的时候，你还在大学比较宽松的环境里面，压力可能还好，但现在你的身份有些转变，进入社会工作，对你写作会不会有什么影响？

王占黑：工作之后，对我写作最大的影响就是没时间，所以工作一年，写作速度很慢，而且一心不能二用，写一个小说可能这一天都不能干别的事情，但是工作之后，我必须调整节奏，每天下班吃完饭到睡觉前这段时间坐下来写，但是要进入那个状态又需要一段时间，越来越慢，越来越迟钝，现在完全感觉不到有什么冲动，但也有可能是因为我比较后知后觉，可能过一阵不干了或者换工作了，可能会回想，那又是另外可能逝去的东西，可能会写，但现在完全没有这个想法，因为我是中学老师，还是班主任，所以时间不太充足。

王宏图：现在的工作跟你小说当中写的题材，是不是也有共同点？跟很多人打交道，烟火气很重，人际交流挺频繁的，从结构上还是有重构性的？每天跟学生、家长，同事接触。

王占黑：相对来说还是比较简单的环境，你要打交道的人都是固定的，这个工作还是不错的，寒暑假两个月我可以使劲写，因为后面就没有时间。

梁捷：所以你目前写作的计划仍然是在《街道英雄》的框架之内吗？对自己的写作有什么期待，希望写到怎样的程度？会不会跳出这个框架？

王占黑：我现在的计划还在《街道英雄》里面，虽然已经搬出了那个环境，但是还残存了一点点放不下的社区线索，我要写的东西不太会走出市民世界。其实这是我的想法，也不知道什么时候能实现。我想写一个长篇，把时间空间拉得更深一点，不再是剪影一样的东西。

梁捷：那就涉及历史了。

梁捷：接下来把我们交给读者，大家有问题，不管是对王占黑她个人的作品也好，还是她写作的想法也好，都欢迎大家踊跃提出来我们进行交流。

读者：你说写作无边界，文学、电影等等都是体验，生活也是体验，你把体验写出来，拍出来就是电影，这样的话把这个东西全都整合成一个体验，边界就被打破了，就叫无边界是吗？

王占黑：是的。

梁捷：我觉得余华的小说都是很激烈的。

读者：我想问比如说占黑在描绘身边社会的时候，是不是也是需要距离感和抽象出来的东西？然后作为一种骨架或者是写作标的，才可以把写作进行下去？

王占黑：如果是作为生活中一个个体的话，我其实是能够接受各种新鲜的东西，但是确实在写作中我有很大的局限，我毕竟是一个初创作者，加上经验有限，能力有限，我常常觉得需要一番冷处理之后，才能够做一个真的处理。所以确实很多东西我不能拿来就用，这个事情我会觉得不负责任，或者我需要反复思考一下，如果我想用他，我会希望能搜寻更多的东西来用，要到一个我觉得足够成熟的地步，我才会开始，可能这样子的话就会有一个时间的延迟。

梁捷：你写作的时候，会不会有冲动，有些人会觉得即便通宵我也要把这个东西写下来，一口气写一万字，你会不会有这样的冲动？

王占黑：我特别节制，我要早睡早起，我不是通宵写作的人，但我会一口气写个白天，晚上不太写。

梁捷：你其实是思考非常多，非常理性，根据画面来推进，而不是根据情绪或者热情。

王占黑：我觉得不是靠热情，是靠意志力。

梁捷：其实日常生活本身是非常有趣的，你把这个题目起名叫做《街道英雄》，你希望反映虽然是底层的，下岗的，离婚的，生活不幸的人，但是他们生活非常有活力，所以我挺喜欢《街道英雄》这个名字的，确实是反英雄的英雄，本身是要对抗现代，对抗无聊生活，能够在这样的生活当中，还生龙活虎，本身是有英雄气质。

读者：我觉得“宅”和“丧”的情绪更多出现在年轻人的身上，年轻人的生命力并没有像老年人那么强，他们每天自己感觉要去做很多很多事情，这种事情在我们看来很琐碎，这是一个很大的反差，身体上非常的健康，但是情绪上或者生命上是挺弱的，现在的年轻人大部分都是这样。

老年人每天有用不完的精力，他们身体上不一定好，我们小区有个阿姨，她年纪也挺大了，她就会守在垃圾筒旁边捡报纸，感觉很有生命力。

王占黑：你就看占据马路的那些人，他们就是有最有生命力，最不“丧”的人。

读者：“王占黑”是不是一个笔名？你在设计这个名字的时候有什么想法吗？

王占黑：不是我设计的，我的小名叫点点，点字繁体就是占黑，后来我就把网络ID都改成了“王占黑”，其实很有趣，因为我高中的时候也写一点什么，我都会署名叫王点点，其实它是一个很好的青少年写作者变成成年写作者的标志，从王点点到王占黑，其实不是一个笔名，最开始是一个恶搞的网名。

读者：王老师说读《红楼梦》会有点枯燥，但是我读了那么久的网络文学再回到传统读物，会发现我们的生活压力比较大，我们反而会倾向到您作品中慢节奏的代入，包括您写的老社区，也是童年的时候非常好的体验，代入感比较强，反而会有舒适感和愉悦感，把压力放到一边去。

梁捷：所以你有没有把小说拿给长辈，或者你小说里面人物的原型给他们看看？

王占黑：他们不看的，他们没阅读的习惯，比如我以前拿给我爸看，阿金的故事，看一个题目，说不错不错，原型就是这样的态度，他才不会看，他自己生活得那么好，不需要文学取悦他。

读者：您刚刚提到您在创作的时候会以画面思维帮助创作，这种画面思维可能对于您创作20世纪80年代老旧小区的时候是比较适用的，但是你想走出像您说的熟人社会密闭环境的时候，比较定格的画面思维对您的创作会有什么影响？您觉得这种创作方法还能不能继续使用？

王占黑：其实现在已经在减少使用了，那只是一个阶段的比较熟练并且有效的一种方式，其实也没有定格，它在已经出版的作品里面是一个明显的特征，但不会像一道工序一样，每一个零件都压一下，不是这样子的。

其实我觉得无论我长得多大，我和这样的人群接触的时候，都是一个小孩，这个角色是我认为最重要的姿态，能够帮我更好地无论在真实的接触上，还是我进入虚构人物的生活中找到一个很好的位置，就是小孩子的位置。

读者：三位老师好，我有一个比较抽象的问题。我以前听一个老师跟我说，中文系是培养学者不培养作家的，他说作家不是中文系培养出来的，我就比较好奇，王占黑老师是复旦中文系毕业的，在中文系的学习对你成为一个作家有什么帮助？

王占黑：中文系确实不培养作家，中文系会出现两类人：一类会当上文学研究者，还有一类人就会干点别的，比如说写作这些事情。我以前也挺想做文学研究，但是到读研究生的时候，稍微有一点困惑，然后我不太能受挫，就想找个别的空间把自己放进去，所以就放在了写作这样的空间里。

但是中文系对一个人的培养确实是非常有用的，像王宏图老师教了我一学期的外国文学史，给了很多的时间去读书、思考，形成了一个不是很实体的隐形基础。过了几年会展现在写作上，阅读偏好也有可能，但不会展现一个具体实用的东西。

读者：我感觉她的写作，更像一种行动，可以作用你的亲人，面对现在的社会状况包括周遭的环境，包括时代快速变迁，很多东西都容易逝去的行动，不是一种嘲笑文学的行动，他很多回答并不在提问者的逻辑里面。

你如何看待逝去的世界，如何看待年轻人的状况？

王占黑：没错，就是一种行动，一个非常直接的行动就是写作，书写输出本身就是一种对生活的反馈，这是我作为一个行动者，在我能做的领域做出的一个东西，就是这个。

梁捷：也是我共同的朋友，他提的意见，在现在社会当中年轻人用各种各样的方式，来进行行动。或者从当代艺术的角度来说，我们有各种各样的行动，有一些人是拍电影，你选择的是写作的方式。因为一个文本写出来以后，不同的人从不同的角度来阐释，你这个文本作为一个小说，大家都放在文学的系统和框架里面进行评论和比较，其他的人会把你的东西跟电影进行比较，跟社会运动进行比较，就像前面的第一位年轻人说的，现在大家接受到的信息是跨越不同媒体的，既有文本，也有电影，也有社会新闻，表达出来的方式也有不同的样式，写作其实也是一种。

虽然我觉得很难评价到底应该从哪个角度来对你的作品进行评论，把你的小说和其他的小说进行比较，还是把你的小说跟青年导演的作品进行比较，还是放在当代艺术、青年运动里面去比较。

我觉得外界的评价可能也不是太重要，比较的还是你自己的评价或者自己的定位，或者你自己愿意别人从哪个角度来对你的作品进行阅读或者思考，或者你愿意被置于怎么样的语境来进行讨论，或者你希望你的读者是怎么样的背景，觉得可能跟你有更多的共鸣和互动？

王占黑：我好像没有设定这个范围。

梁捷：或者你觉得怎么样更容易理解你的作品？

王占黑：豆瓣网友，他们最新看的，可能他们比较理解我。

梁捷：所以可能类似于，像你说的，电影啊或者是怎么样的？

王占黑：觉得可能跟我的写作差得最远的人会最快识别并且理解吧，可能需要一种相斥的东西，我也不知道，然后就开创了一个老少通吃的局面。

读者：因为你是嘉兴人，嘉兴的环境比较好，这个小说是嘉兴的环境放着上海的人物，还是用上海的环境放着嘉兴的人物？

王占黑：两个环境交互。

读者：你写作的时候是人物自己走还是你在推着他们走，还是冥冥之中在写？

王占黑：不好说，我不知道和他们之间是什么关系。

王宏图：他主要还是追寻意志。

读者：描写逝去的世界，旧的铁序崩溃，会不会有一个新的秩序浮现出来？

王宏图：这是有可能性的，新的不一定比旧的好。

读者：会不会在写作的时候引导一下有一个新的东西。

王宏图：这不是文学的东西，这是社会学家，你不能指望文学来引导。

读者：最后还是说无边界的东西，比如说她是写作很受电影影响的，比如说余华以新闻写作的，最后一章也是一大堆案例，把新闻和小说的界限给打破了，电影把小说的界限给打破了，我感觉现在就是体现出文学，所有东西都是体验，把这个东西体验写成文字就是文学，拍成电影就是电影，是按形式划分，这种东西是去标签化的，没办法很难定义是怎么样的存在。

王宏图：现在的电影节奏也很慢，这个电影也可以这样处理。她的小说里面也不是那么浮躁的，比如说老马的故事，写的老太太的命也很悲惨，丈夫中风，大儿子、小儿子都先后生病死去，她的作品没有戏剧性在里面。还有捡破烂的阿明的故事，给老太太第一个镜头，就是人家捡垃圾，在垃圾筒旁边昏倒了。小区里面有这样的人，把几百斤垃圾都堆在房子里面，现在有这种癖好的，结果后来卫生状况实在恶化，影响邻里生活，但是奇怪有些人活得寿命很长，脏的要死还活到了90多岁，我估计脏的东西多了，免疫力提高了，她写的其实惊心动魄，如果你这本书出来搞这些东西，可能大家会对你的作品认识更全面。

梁捷：非常感谢大家到思南读书会来参加这次活动，谢谢大家。

时间：2018 年 8 月 31 日

嘉宾：张屏瑾　吕永林　来颖燕　金理　黄平

批评家何为？

——从“述而批评丛书”谈起

主持人：谢谢各位，今天有正式的主持——沈敏老师，是编辑，也是一位翻译家，从英国留学回来，还是这套书的责编，等会儿她会做主持。

我想说两点：第一，这套书的出版非常感谢文景，做得特别漂亮。应该说整个中国评论界，都从来没有见过这么美的文学评论集。的确是这样，我相信在座的各位拿到书的时候，也会体会到里面的用心，从整体的封面设计到内容排版等。而且出得特别快，很多人可能知道一些出版的流程，很多时候稿子定下来了，出版耗费很长的时间，这套书从 4 月拿到稿子，到 8 月之前就出来了，速度是非常快的，而且是一整套书，不是一本，说明世纪文景的协作能力非常强，所以在这里我也代表思南读书会，代表小伙伴们，代表上海作协向出版社表示感谢。有时候我们说在文景出一本书是莫大的荣幸，以后不一定有这样的机会，因为文景出的书非常讲究。

第二，这套书有一个名称叫“述而批评丛书”，实际上来源于孙甘露老师的命名，当然最原始的出处是“述而不作”，孔子的一句话，为什么把它作为一个批评文丛的名字呢？实际上是渴望我们这一代更年轻的人，能够对传统、对前辈、对已经发生的过去的世界进行一些集成，

黄平　金理　来颖燕　吕永林　张屏瑾　沈敏

同时也能够有一些新的生发，所以说才会有“述而”，后面两个字没有放上。这是一个重新的开始，是对已经发生的，而现在在现场的对接，这就是“述而”的概念。

这个名字出来以后，我们也做了很多的宣传工作，包括他们也拍过很多照片，都非常好看。“述而”是一个开始，上海年轻的批评力量整体性的呈现，他们确实是非常棒的，因为有在高校的，也有在文学杂志的，他们有一个特点是一直活跃在文学的现场，这点对批评家来说非常重要。总的一句话，我们已经写好了，到底怎么样还得请在座的读者和其他的朋友一起关注。

接下来就交给我的责编沈敏老师。

沈敏：谢谢老师，各位读者下午好，欢迎大家来到思南读书会的活动，刚才李老师就“述而丛书”为什么名为“述而”做了一个介绍，也介绍了背景，就想提一点，在刚刚过去的上海书展上面，11位青年评论家有一个非常简短的集体的亮相，有一个很小的签售活动，但是因为场地所限，没有机会和读者非常近距离地交流，非常感谢思南读书会给我们非常好的平台，让我们近距离和沪上的评论家有一个接触和交流。

我简单讲一下今天的流程，一共是三个方面，第一个方面是我们会请每一位评论家老师读一小段自己作品中的文字，简单介绍一下自己和作品，我们会抛出一个问题，可能与作品有关，也可能与他批评的理念有关。第二个是圆桌讨论环节，我们准备了两个问题，分别是从普通的读者角度和专业的批评家角度出发，来讨论批评、文学、文化、文艺批评以及批评家的职责。第三个环节就是读者交流环节，最后也会有签售环节。下面先有请《追随巨大灵魂》的作者，同济大学人文学院中文系副教授张屏瑾老师，请她来读一下自己书中的段落，简单介绍一下。

张屏瑾：谢谢，很高兴来参加这次活动，因为我是第一个，我就先讲一下我这本书。我这本书实际上是一个文学批评的论文集，原来文学批评是陆陆续续在写，我主要在学校里面从事现代文学研究，但是这个书里的批评，好多都是我的整个现代文学研究的问题意识延伸到当代的一些在文学批评现场所作实践，所以里面有谈城市的，因为我关注城市文学，近现代的一直延续到当代，也有关于女性的，也有关于文学在民族共同体文化当中起到的作用的。

我需要来念书里面的一段我想就是从我的书名开始，这是我这本书里面一篇文章的题目，这篇文章是一篇书评，是评论台湾的散文作者尉任之的一本随笔集，后来用了这个文章来做这个书名，我就念一段这篇文章的结尾，可能从某种程度上可以解释一下我为什么要用“追随巨大的灵魂”作为我的书名，而且书里面有两句引用了帕斯捷尔纳克的两句诗我非常喜欢，所以我给大家念这一段：

在这里你可以从另一个侧面，读出《室内静物·窗外风景》一书所真正持守的东西：艺术价值本身。也可以看出这种持守之艰难，不然它将不成其为高贵和稀有，很长一段时间以来，我们总是在争论，有关民族、阶层、国家等等的一系列利益纷争，和艺术之间的关系究竟是什么，也在反复思考，作为人性本身的弱点和限制，对于艺术创作来说究竟是损害，还是某种更深层的动机。说到底，艺术当然是人类所有的物质与精神活动的一种镜像，他本应该包含古往今来一切陷落的东西，但是，一种对于艺术的自主与自律的想象也从来没有停止过，纵然它在今天已经显得有些过时。有人说尉任之的这本书是反潮流的写作，因为他仍然执着地要在艺术家的身上找出他们超拔凡俗的缘由，而我以为最重要的是，艺术作品本是表达我们每一个人身上所具有的生命力，只有允许那些巨大灵魂作为向导的人类，才能听见前路传来的歌声，借用尉任之在书里所引用的帕斯捷尔纳克的诗句作为这篇文章的结尾：

我孤独伫立，伪善者皆为主宰，
活着过一生，究竟不是儿戏。

谢谢大家。

沈敏：谢谢张老师的分享，您也提到了一个书评，这个问题也是与书评相关的，我们知道书有良莠，书评也会有好坏，这里我想问问张老师，您觉得好的书评要看哪几点呢？

张屏瑾：就是他们把这本书读完了，这不是开玩笑，因为之前有一个朋友跟我说，他敢打赌作者没有看完这本书就写书评了。但是对我自己来讲，我写过一些书评，在这本书里面也确实有一些书评，好的书评要“能入能出”，要读了这本书基本的状况，知道内在的问题意识，基本的特点等，还要能出来，能够从这本书读出跟当下时代的精神状况相关联的那样一些延伸性的含义，所以叫“能入能出”。

还有另外四个字叫“能上能下”，书都是有各种各样的，也有各种各样的读者。但是书有很多的层面，由不同的深浅、对象、方法来写，我觉得有一些书可以做一个主体性的提升，让它跟一些更宏大的、历史化的问题接轨，另一些书是朝下的，比如说有一些非常学术的著作，或者是更加经典的一些探讨，这个要让普通大众更加能够接受，我觉得这也是批评家的职责之一，让更多的人能把握这本书的精髓，所以叫做“能入能出”、“能上能下”，这个对批评家来讲，首先心里要有读者，谢谢。

沈敏：谢谢张老师，能入能出能上能下，心里有读者，还要把书念完，听上去挺容易的，做起来也有一定的要求，协调作者要有批评家的意识在里面。下面有请《销魂者考》的作者，吕永林老师。

吕永林：刚才张屏瑾老师讲述了她追随巨大灵魂的顾虑，实际上我们都是追寻巨大灵魂的精神探寻者，我觉得在这样一个艰难的行径当中，每个人都试图给自己挂幅精神地形图。这篇小说的前面我写的名字叫精神地形图，我想把序言当中的一小部分分享给在座的各位：

我上小学时，我哥常说，他又在荒滩上瞭见了野兔，有几回，他说我家那条闻名于村中的“小狼”还使劲撵过兔子，可惜没撵着。我哥比我大七岁，他说的话那时我都信，他不仅在很多事情上护着我，还不时带着我爬上我家屋顶，去辨认远方，告诉我狼山、大青山和黄河的位置，他曾经朝着狼山、大青山和黄河的方向唱歌、撒尿，并教会了我打响指和吹口哨。

我自己从未在河套平原的荒滩里见过野兔，我哥口中的那些野兔，慢慢成为了一种如村头烟霭般缥缈但迷人的存在，我想象它们自由出入于洞穴和野地，虽弱小、羞怯，需要觅食、交欢和嬉戏，却善于躲避追捕，与原野、山河、地平线和万物为伴。因此现在，我很乐意将自己比作这样一只兔子，常常挖洞，常常迸发，还热烈思想，而写作之于我，也便像一处可以不断行经的窝点，我经由写作思想，经由思想生活。

2010 年夏天，我开始断断续续在纸上书写《事关未来正义的正义》一文，直到 2011 年秋将它完成，在我个人思想史上，这是一只兔子首次蹿上他精神的大兴山，里面动用了从弗洛伊德而来的“死亡本能”理论假说，将“忘我”(或者说销魂）指认为是人类最根本、最深沉的欲望，并由此提出我自己的“正义论”。

如今我仍在挖洞，仍在迸发，刚才是序言当中小小的片段跟大家分享，所以这本书的名字我定为《销魂者考》，很怪的一个名字。大家听到销魂这样的词，可能心中会有所动，当然也可能读者心中无所动，我觉得都是正常的，因为在我们的辞典里面，销魂的解释好像是指灵魂离开肉体，又说是形容极度的痛苦、悲伤、忧愁或者欢乐，可是在更多的日常使用当中恐怕就越来越狭窄了，在网络当中我们可能会看到很多的作者是把销魂狭窄为肉体之欢。我觉得这其实是很宽阔的一个词语，所以我在这本书里面动用了一个更加宽阔意义上的维度。

我想用一两个小小的例子加以说明，刚才在跟几位嘉宾老师聊一个很好玩的事情，我在昆明市的一个中学校园里看到居然有一个巨大的石碑一样的东西立着他们的校训，鼓励孩子们只做第一，与第二保持距离。我看了首先觉得很可笑，但是再稍微缓缓，发现其实蛮可怕的，你会发现这样的话作为校训立在校园里面主楼的前面很显眼的位置，体现出我们这个时代或者社会当中的关于成功的集体无意识。孩子也好，我也好，要出人头地，要高高居于他人之上，这是我们对成功的定义，其实成功有很多很多的定义。

梭罗在瓦尔登湖待了两年多，我觉得也蛮成功的，包括我们现在的青年心中都装着北上广，这是蛮夸张的观念。某种意义上，反思的能力好像停滞了，认同了某一种关于成功的观念，或者是关于我与社会和时代之间的关系的那种观念，这种情形之下，其实是笛卡儿所说的我思故我在的“思”停止掉了，我把这样的人的反思能力的停滞或者消失，称之为销魂，是在这个意义上来说销魂。但销魂并不意味着完全或者全部都是消极的东西，我们去追寻巨大的灵魂也是一种销魂。我向来认为黑格尔最终完成了他那么庞大的巅峰式的学说，碰出了世界精神，其实也是蛮销魂的，因为在他的哲学的极大的当中，实际上他的反思在某种意义上也停滞了，当然我们后人会对他提出反思。

所以我觉得销魂既可能是黑暗的，甚至是可恶的，也可能是光明欢乐幸福的，我这本书里分了几个部分，有意识地无意识地去端详文学世界中的一个个销魂者，如果大家有时间感兴趣的话，可以翻一翻，多多批评指正，谢谢。

沈敏：谢谢吕老师对于您这本书的书名做了一个非常生动的解释，这本书除了书名特别以外，章节名也很有意思，不是第一部、第二部，而叫野部，山部，泽部，我想问您为什么这样分章节？有什么背后的原因？

吕永林：这个是我一时兴起，我觉得在《事关未来的正义》那篇文章出来以后，我好像是有自以为是的精神高点出现了，所以我把这类文章那个位置，称之为山，一个高的地方。

里面还有湖，我地理学得不好，我一直觉得好像我们陆地是主要的，海洋反而是次要的。所以所有的湖都是小海，海反而是大湖，湖某种意义上是具有一定宽度的深的东西。像这本书里面有一篇文章我把它放在了湖的位置，想去开掘人类精神和情感的深度。

我这本书里面也有野部，我可能尚未登山也尚未入海之前，其实一直是在荒野上徘徊，现在也还在荒野上徘徊，好一点，里面也有泽部，其实就是在走向更多的更加具体的人物、事情的时候，我的理解充满了冒险，就像过沼泽地一样。但我想我无论如何都无法摆脱作为一个人的身份，所以这里面还放了一个部是村部，其实就是指人间，我走向一个具体的活生生的人。

最后有一个溪部，我有一个理想，近乎乌托邦的东西，就是想如果有一天这个世界上有许许多多的人，他们都能各美其美，大家都相近而不争，相忘于天下的感觉特别美好，所以溪部可能是指我对于未来的一种向往，大概是这样一个意思。

沈敏：谢谢吕老师的介绍，这也让我想到有人说一个好的批评家首先也应该是好的写作者，好的写作者对于自己的每一个字都是有考量的，从书名到章节，作者也是有他自己的想法在里面的，下面有请来颖燕老师来分享她书中的内容。

来颖燕：各位下午好，谢谢主持人，我想先念一段《感受即命名》当中的一篇《“在一个世界里感受，在另一个世界里命名”》里的一些集段。

因为我的书名其实就是化自于这句话，普鲁斯特的一句话，这篇文章写的是作家王尔德与比亚兹莱之间的一些纠葛。比亚兹莱为王尔德画《莎乐美》这个文学剧本的插图，是非常著名的画家，但是他跟王尔德之间发生了非常多的纠葛，文学作品可能最需要的就是用最直观的触角去触摸，所以大家听了下面这几段话之后，可能对我写作的特点有一个直观的了解。

给文学作品配插画，如同让两个彼此熟悉又界限分明的阵营短兵相接。世人对这场博弈大多会怀有“成见”——文学作品是独大的主角，“配图”的重心在“配”字上，其风格特点忠于文学作品，多数情况下确实也如此，但是细想这“大多数”中鲜有出挑到让人凛然的例子，却反而是王尔德的《莎乐美》与比亚兹莱的插图——这个与“大多数”相悖的个案，散发出历久弥新的光芒。

……

王尔德认为自己的作品中充满着鲜明的色彩感，而比亚兹莱只会选择黑白两个色调，两者间显然是一种违逆。然而黑白之调并非如其表面那样只能表达黑白两色。中国素来就有“墨分五色”之说，在比亚兹莱的处理中，简易的色调在强烈的对比之下，更加引人遐思，反而会发出意象不到的“色彩感”。

……

绚烂色彩的内核，却可能是另外一种安静和单纯。比亚兹莱可以黑白绘绚烂，而王尔德则证明了反之亦然。他的许多作品，都会给人以色彩浓烈之感，尤其是他的童话作品……但是王尔德的内心并非由他给人的感觉那样斑斓，而是会更加接近“纯色”。

……

这样的极端，是王尔德生命的底色，所以即使他的外在看起来多变妖冶，他的作品看起来五色斑斓，但这种极端正是因为他的天真，他那“无所谓道德或不道德”的主张，实则是处于对于人性无条件的理解和尊崇，用博尔赫斯的话来说：“王尔德尽管有恶习和不幸，却保持着一种不可摧毁的天真。”

……

“任何强烈情感的欲望，都应当由其相反的情感来发泄。”无法穷尽和企及的境地，唯有以“有限”和“节制”来表现，所以，太过浓烈丰富的色彩，或许只能归为至简的黑白，就像从现实切入无边无际的想象世界，才会寻找到支点而愈加宽广。

这是文学与语绘画对彼此互不妥协的延展，也是王尔德和比亚兹莱关系之间的隐喻。

……

在比亚兹莱死后约半个世纪，意大利艺术家瓦伦蒂·安吉洛采用波斯风格，为王尔德的《莎乐美》再配插图，画面华丽精美，连装帧都极为考究，虽然此时王尔德自己已经无法得见，因为他已经过世了，但这次的配图被认为会更加符合王尔德作品的气质。然而这“贴切”的配图却只是表明画者要沉入王尔德世界中心去的决心。但刻意在同一世界中表达，又能抵达多少“无法言喻”处呢？无怪在比亚兹莱的作品在王尔德的《莎乐美》上留下的指纹，更令人刻骨铭心——在一个世界里感受，在另外一个世界里命名，他们谁也没有成为谁的附属。

“有时人们说艺术家生命中的悲剧在于他不能实现自己的理想，但是发生在大多数艺术家身上的真正悲剧是他们过于彻底地实现了自己的理想，因为一旦理想被实现，他也就被剥夺了奇迹和神秘感，于是就变成了他自身之外的另一理想的新出发点。”王尔德和比亚兹莱，正是两个如此相似却并不相交的巨匠的悲剧，这让人想起歌德的话：“希望从他们头上滑过，就像星星从天空坠落。”

谢谢。刚刚是我认为比较能够显现为这本书起名“感受即命名”的一个初衷的片段，因为“在一个世界里感受，在另外一个世界里命名”原本是普鲁斯特的话，一开始是解决了我在面对不同艺术门类时候的焦虑，因为就像绘画和文学看似是两个并不相交的领域，但并不是彼此支撑，而是彼此激发，可以抵达彼此所不能到达的地方，所以我觉得很多艺术门类在这个基础上面是相通的，可能回复于彼此更宽阔的生命感和表现力，但是后来我发现文学批评也是一个道理，在面对文学批评的时候，我们所能捕捉到文艺的感受，到后来文学能够转移出来的本来是两个世界中的世界，但他们真的是两个世界中的两极吗？

其实很多时候，我们感受一件事物，我们的命名就已经存在了，就像黑与白，罪恶与神明，或者丑与美，都是可以互相转换，或者在一个更宽广的领域里，成为一个共同体而存在的。

所以我觉得其实批评者与被批评的对象并非是两个对立的阵营，而是把批评本身也看作一个艺术品，都是能够并行前进的状态，我希望能够用这样的感受即命名来表达我的焦虑与愿景，我的这本书基本上就分为三个部分。

一个是“如是观”，收录了我近年来写的一些文学作品论，我特别能够感受到作品给到我的画面感，并且关注在文学史上兼备绘画、写作的作家，同时我也会关注文坛上的焦点问题，比如说非虚构的写作等；第二部分是“横截面”，收录的是一些比较短小的书评，刚刚张老师也讲了，其实写好书评也是件非常不容易的事情。我就想，回头再看这些短小的书评能反映我阅读的趣味和走向，这就像生命中很多点一样，往往是微不足道的事情，决定了你在某一个拐弯角能够转弯或者是停步。另外我想第三个部分是我写的一些画论，我用“真画者”来命名，其实我觉得能够随性地画一些画，能够坦白面对自己的内心才是一个真正的画者和写作者的状态，谢谢。

沈敏：谢谢来老师，您刚才提到第三部分是画论、美术批评，而且在书中您经常提到视觉教养，想问一下您觉得在进行美术批评的时候什么是最重要的？

来颖燕：在进入《上海文学》杂志社工作之前，我在上海美术馆工作很多年，我从小特别喜欢绘画这一类，刚刚毕业的时候会选择一条路，这几年的工作经历赋予了绘画鉴赏的艺术视野，所以后来才会回来有关上海艺术文学的杂志工作。

视觉教养是在上海美术馆工作的时候，上海博物馆的一位老前辈传授给我的，他经常会带我看一些展览，他讲视觉教养顾名思义，就是作品看多了你会知道这个作品美不美，很多时候没有办法用一个界线来限制它。

我记得我在读硕士的时候，因为我学的是中文系里面的美学专业，当时有一个世界小姐选美的事件，我导师就接到了某一个大报的采访电话，意思就是想采访他，您认为姑娘长成什么样的算是美的，希望他能够给出一个程式，给现代人的审美观点一个定夺。但这个哪是能够定夺的事情？很多美的东西只有用自己的眼睛和心慢慢地去看，你可能才会知道什么是好的什么是坏的。对于文学批评而言也是这样的道理，这样就带出了一个难题，用很多好坏或者高级不高级去判断，好像是说了什么，但其实什么都没有说。如何表达这里面的感觉，更要靠我们自己的积累和修炼。

就像鲁迅说要在好处说好，坏处说坏，这个问题一直是没有定论的，但是这并不妨碍要捕捉对作品第一感觉的重要性，你只有忠于自己的心灵，多看了多积累经验了，才会更精准地表达自己的感受，并且越是个体化的东西，越能抵达普遍人性深处的东西。我记得布鲁姆曾经讲过，有多少个批评家就会有多少个福斯塔夫，其实就是告诉我们，说到底，美术批评也好文学批评也好，就是一种观看方式，我们所有的人其实都是可以拥有这样的观看方式的。可能每个批评家把自己置身到观看方式当中，读者们获得的就是阅读的维度以及一种训练，并且由此生成他们自己观看的一种方式。

所以我觉得就这本书而言也好，还是主持人提出的问题也好，我希望是我的愿景，一直寻求在文本清晰化外的一层沉默的话语，这也是我对自己的要求。

沈敏：谢谢来老师，下面我们请金理老师。

金理：我其实还沉浸在前面几位朋友的发言当中，比如刚刚永林兄提到的学校的校训，我跟黄平兄差不多，我们两家小孩子马上就要上幼儿园小班了，我们家小孩 8 月份已经上了两个礼拜的过渡班了，每天 4 点我去接他，见到他要问的第一句话就是：今天你拿到小红花没有？

所以刚刚提到校训的时候，我觉得我大概就是他所说的销魂者，问小孩的那一刻，大概我的反思能力也已经停滞了。但幼儿园真的是非常恐怖的地方，开学前老师来家，提了要求，说每一家要提供一张照片，特意强调要全家福，我都不知道是干什么用的。昨天我去帮小孩子拿被子，才进到教室里面，发现每天全家福就贴在班级的墙上，每天放学的时候，老师会根据小孩的表现，如果好的话，会给出两样东西，首先是有一个小贴纸，贴在小孩子的身上，这是带回去给家长看的，同时还有一个小红花，小红花就贴在每一个家庭的全家福下面。所以我决定我自己不但要认真读永林兄的《销魂者考》，下一次开家长会的时候我要带一本书进幼儿园跟老师聊一聊。

接下来我要介绍一下这本书，但我觉得还是要感谢我们的出版方，感谢作协的孙甘露老师，他们做了很多的事。就我个人来说还要特别感谢我的责编，因为她太敬业了，希望以后有机会和她合作。我的这本书很惭愧，随着列身于一套批评家的丛书里面。我在编这本书的时候，刊录了这些年写的文学批评类的文章，主要是一些文学史研究方面的论文，其实本来在我的心中，文学批评和文学史的研究应该是两幅笔墨，后来觉得这样想也挺迂腐的，过去和现在在不断进行对话，任何文学现场当中所出现的新变的因素，对它进行判断的时候，其实都应该回到文学史的脉络当中，去辨别它的价值，而同时任何新变的因素，当它回到文学史当中的时候，肯定会使得整个结构发生变动，所以需要我们在文学批评和文学史研究当中有一种综合的眼光。

我就念后记当中一段话，这段话就解释这本书为什么叫这个名字。其实明眼人都看得出，出自钱钟书先生的散文集《写在人生边上》，钱先生在序言开篇就照例讽刺一类书评家，这类人他们具有书评家的本领，无须看这几页书，议论早已发了一大堆，这就是刚才张屏瑾老师讲的，写书评的时候，首先你要把书给看完。

我的工作与书评家有几分相似，见了这句话不免暗自心惊。幸好接下来钱先生话锋一转——

但是，世界上还有一种人，他们觉得看书的目的，并不是为了写批评或介绍，他们有一种业余消遣者的随便与从容，他们不慌不忙地浏览。每到有什么意义，他们随手在书边的空白上注几个字，写一个问号或感叹号，像中国旧书上的眉批，外国书里的marginalia。这种零星随感并非他们对于整部书的结论。因为是随时批识，先后也许彼此矛盾，说话过火，他们也懒得去理会，反正是消遣，不像书评家赋有指导读者、教训作者的重大使命。

我非常喜欢上面的意思，借来做书题，这本书没有什么高明的意见，不过是我在阅读的时“随手在书边的空白上注下几个字”而留下的零星札记。同时也希望自己永远要保持钱钟书先生所谓“一种业余消遣者的随便和从容”，借此位居旁观的世界，表达对于文学史研究热爱的初心与清醒的反思。

沈敏：谢谢金老师的分享，您刚才提到业余消遣者，这让我想到现在文学批评或者说是书评，不仅仅是出现在学术论文或者专著或者纸媒学术论坛上面，也有出现在业余消遣者的一些新媒体公众号上，还有线下的活动上。我的问题是，这种渠道平台的多元化，您觉得会给文学批评带来怎样的影响？

金理：我觉得就我来说这个问题可能有利有弊，一方面毕竟平台多了，你的声音可能被更多的人听到，但是也有弊端，可能你的声音在这么多平台传播的过程当中会有损耗甚至歪曲。最主要的问题是你自己在进入这样的舆论场的时候，你是持什么样的态度？顺便也推销一下我的书，有一篇文章可能跟您提到的问题有一点关系，2011年的时候，《上海书评》还有纸质版，有一次上面发表了一篇王元化先生的谈话录，是他的一个弟子做的记录，当中有一段王元化先生谈到了胡风，他说很反感这个人，因为这个人宗派意识很强。这个谈话录出版和发表了之后，其实引起了很多人的关注，因为大家知道王元化先生当年也是作为胡风分子受过折磨的，这一句话让人觉得看似同一个集团阵营的，内部也有裂隙，所以有人挖了很多八卦出来，这就是舆论场中各种各样的声音。

我觉得类似这样的人事关系的纠葛，你可以看做史料，也可以看作纯粹的八卦，但是你作为一个发言者进入舆论场的时候要有态度，比如说如果你是来自学院的话，你能够提供一些什么样不同的声音？当时我觉得我以前在读王元化的著作的时候，印象很深的地方在哪里？就是他的那本《文心雕龙讲疏》。我发现他对《文心雕龙》的理解和胡风的现实主义文论之间，有很多很多重合的地方，有很多很多神合的地方，所以我想在这种人事关系的纠葛的背后来探寻一点思想者之间的对话和沟通，我觉得我这样一个出身学院的人，进入各种各样的声音的舆论场的时候，能够提供不一样的声音，一方面渠道多了对每个人都有好处，另一方面自己要警惕，你能够为他们提供什么？

沈敏：谢谢金老师，最后我们请到《自我的踪迹》的作者，华师大中文系教授黄平老师。

黄平：非常感谢上海作协，感谢文景，也感谢主持人沈老师，我接着前面几位朋友的发言来讲，先念书里的一段话，然后再解释一下，这段话严格来讲不是我写的，是我在这本书的第二章分析的一篇小说，这篇小说是改革开放初期蒋子龙先生发表在1979年《人民文学》杂志上的成名作——《乔厂长上任记》，其中的一段。这本书这一节的标题叫“竞争状态下的技术化个体”，乔厂长回厂后，首先遇到的是青年工人杜兵，关于两个人的相遇，小说是这么写的：

乔光朴在一个青年工人的机床前停住了。那小伙子干活不管不顾，把加工好的叶片随便地往地上一丢，嘴里还哼着一支流行的外国歌曲。乔光朴捡起他加工好的零件检查着，大部分都是坏的，他盯着小伙子压住火气说：“别唱了。”

工人不认识他，流里流气地朝童贞（童贞是乔光朴的原来的女友，也是厂子里的负责人，陪乔光朴一起回工厂）挤挤眼，声音更大了，他说：“哎呀妈妈请你不要对我生气，年轻人就是这样没出息。”

为什么念这么一段？我觉得这一段跟我这本小说也跟前面几位朋友的发言密切相关。40年前的故事，讲了乔光朴回到工厂整顿工厂，他要整顿两类人，一类是官僚主义，厂子当中的负责人是官僚主义，后来失败了；第二类人是吊儿郎当的青年工人。他怎么办？乔光朴想了一个办法把这个工厂治理好了，什么办法呢？他说你天天这么干，我有办法治你，三个词，第一个词竞争，你们车间里的工人开始竞争，只当第一名，和第二名保持距离，第一名奖金高，发相当于青年工人四个月到六个月的工资，肯定还是令人动心的，第一名发你一笔六个月的工资作为奖金；第二是技术，你生产的零件要好，不能有磕磕碰碰；第三是个体，我奖励谁？奖励车间所有的工人吗？不是的，奖励最优秀的那个工人，竞争技术个体，所以是我这一章的标题“竞争状态下的技术化的个体”。这是改革开放时期的作品，会看到这个小说好像离我们今天非常遥远，其实不然，今天的很多观念，在40年前就出现了，一直深刻影响着我们。

在这个过程当中文学批评做什么？文学批评就要回应这些观点，对我个人而言，文学批评帮助我们解释这个世界，如果做得足够好的话，文学批评帮助我改造这个世界，谢谢大家。

沈敏：谢谢黄老师。五位嘉宾老师各自作品的关注点都不同，批评家本人的趣味不同，可能是因为他们所受的文学教育不同，阅读倾向不同，家庭背景不同，社会位置，甚至出生地家乡讲的方言不同，等等。关于批评家本人趣味的特殊性，批评家怎么来处理个人的趣味的特殊性与批评对象之间的关系？这是想问黄老师的问题。

黄平：谢谢沈老师。我个人的看法，文学批评者首要的不是解释对象，而是解释自己，所以有时候作家看一个批评家写文章很生气，怎么没有夸我很好，其实有点多余，因为批评家写的东西首先是解释自己的，利用提供的文本解释自己，并不等于说文学批评一定有特殊性，一定携带个人各种各样的印迹，这些都有没错，但是一流的文学批评在解释自己之后，通过自己来解释宽广的世界，我们最终怎么看这个时代？其实就是在内心的深处来看待，发现了这样宽广的时代。这其实对文艺批评提出了非常高的挑战，我个人远远做不到这一点，但是我努力尝试，所以为什么起名叫《自我的踪迹》？我对于十几部作品的解读，从90年代末到2018年出版的新的小说，想讨论改革开放40年来，中国人内在的世界，自我的结构，内在的世界发生了怎样的变化？什么样的东西在塑造我们？就像前面讲的，今天为什么那么怕失败，怕自己是第二名，什么东西正在潜移默化地塑造我们？我希望通过文学批评来回应大问题，当然一定是通过自我来回应这样的大问题。

沈敏：谢谢黄老师，第二环节是自由发言，一共准备了两个问题，一个问题是如果我是一个非文学专业的普通读者，不是读中文专业，专门研究这一方面的，我是一个普通读者，应该如何来欣赏，如何来进入文学批评？想听听各位老师的想法。

吕永林：我觉得应该是在座的各位读者最有发言权，如果让我们来说，可能也只能是，我们自己也是一个普普通通的读者。小时候不仅金庸的武侠一本一本读，可能在乡村里面追着金庸武侠小说拍的电视剧看，因为我们村子里只有那么几台电视机，会被借来借去的，大家以此为荣。

所以我想阅读特别迷人的是找到了自己真正动心的地方，当然这个动心也可以变得特别宽广，我们不仅发现自己所喜好的，所觉得美妙的东西，而且还可以发现我朋友、亲人甚至是这个世界上许许多多的陌生人，他们觉得美妙的东西，如果这样敞开的话，可能我们的阅读趣味或者说滋味也会变得万万千千的，这是我的想法。

来颖燕： 接吕老师刚刚的话，提到这个问题我想到我很爱的一本书叫《普通读者》，里面特别引出的一句话，可以献给在座的各位。他也是在书里说的这句话，正好是名字叫约翰逊的博士在做某一次诗歌评奖，他觉得在决定一首诗歌的荣誉的时候，许多高雅的趣味也好，学术上面的教条也好，固然很重要，但更应当看中的是未受到文学偏见损害的普通读者的单薄和坦诚。我觉得其实阅读无所谓专不专业，我们每一个人包括我的朋友们也好，哪怕是在高校里面做很久，哪怕是在文学刊物里面见多了文学的编辑也好，他们都是用一种最本能的东西去读书，并且是为了自己快乐，这是最重要的一件事情。

我还想到，哈罗德说过，我们怎么样阅读，就是尽量在作品中寻找到能够贴合自己心性的东西，努力和作者分享同一种天性，这样你可能会从作者里面听到自己内心的声音或者发现另外的自我，这样你的人生会丰富，并且会发现这个世界也会丰富，我先讲这些。

张屏瑾： 我其实觉得现在普通读者非常非常地重要，普通读者已经参与到了文学批评的现场当中，就刚才沈老师问的问题，自媒体网络上的所有的用点击量来投票的那些，我觉得都是读者对文学批评的参与，如果我们能把文学批评的定义稍微放宽泛一点，比如说我们任何的社会事件、现象包括文化产品，电影绘画，这些你都能把它视作一个文本，视作一个我们能够发表看法，对它进行评价的东西。其实我觉得普通读者在今天参与度更高，原来想象文学批评者做文学批评，普通读者在外边选择一小部分看，今天已经不是这样的状态了。所以对于文学批评者来讲，我觉得肯定有一种职业伦理的，就是除了刚才讲的自发的本能的判断之外，很大程度上也要跟自己进行对话，有一个责任感。

我觉得普通读者在阅读这样的文学批评时，可能也会遭遇到这个责任感，首先需要去理解文学批评家，或者是职业的文学批评家在什么意义上谈了这个问题，我觉得这本身是阅读的前提，普通读者来阅读文学批评的前提，我是这样想的。

沈敏：我们看第二个问题。第二个问题从批评家的角度出发，大家觉得批评可不可以圈子化，为什么现在的批评家一团和气不吵架呢？

金理：很难回答，这个问题其实是我提出来的，前两天有两位前辈对谈当中也提到了这样的话题，述而作者群的活力是非常猛的，不能说没有争论。

我想起吴亮老师专门写过一篇关于圈子化的文章，我觉得圈子挺好的，甚至觉得批评必须要有圈子。我记得以前有个作家写过一篇回忆录，大概 1984 年的时候，他写了很多作品已经发表了，但是他很苦恼，觉得已经写了这么多好东西出来了，但是北京的批评家还没有对他发言。他说的北京的批评家大家也能够想象到的，当时在中国作协周围，在《文艺报》周围的权威的前辈，他一直在等待他们能够对他的作品进行评价，但是等不到。但是他说就在那个时候，忽然看到了来自上海的跟他同龄的青年批评家程德培给他写了篇评论。如果当时只有一个圈子，如果所有的评价都来自一个地方的话，可能对于像他这样的青年作家很不公平，如果有多种多样的圈子，而且每个圈子确实是很诚恳的，有自己的文学主张，哪怕会形成紧张，但只要大家能够公平对话甚至竞争，我觉得这个都无妨，这是我想回应的第一个问题。

第二，为什么那些老前辈特别是对 80 年代黄金记忆般的老前辈会说今天的批评界没有争论，首先也不是没有争论，其次但凡说到争论，也会有一个预期，你会觉得我们通过争论能够求得一个共识的，但是我觉得在今天其实很坦率的，共识已经破裂了，而且你会发现争论在今天其实也没有什么用，因为争论可能会预期通过大家平等的探讨，改变某一种看法，但是现在没办法改变。

我现在会做一种游戏，你可以去观察批评界文学界的很多朋友，你如果了解他的大致的立场之后，你可以看到他对任何事物的发言。比如说你了解了一个人大致的立场之后，你可以看某部作品出来之后，他到底是喜欢这部作品还是反对，甚至包括你了解了一个人的立场之后，你可以看他对一些公共事件，比如说纪录片的发言，你都可以看到他是什么样的态度，你可以去猜，基本上不会猜错的，就是你从好的方面来说可以说今天的知识分子可能比较成熟了，大家已经有一个很成熟的观点，不像以前，今天大家一出场观点很明确，但是不太好的地方大家非常的姿态化。

通过你对生活认真的观察，通过文学事件来扭转立场和观点，在今天已经很难发生了，他只会看到自己喜欢的，但是不会改变自己的态度，这个争论是没有意义的。

在客观方面来讲，80 年代的时候发言渠道是少了一些，如果要让大家关注你的话，大家都是要挤独木桥的，但是今天平台太多了，可能大家不是很在乎一定要通过争论的形式来表达自己的主张，所以我觉得这可能是上面几个原因让大家觉得今天不是很喜欢争论，我先说这么多。

黄平：我和金兄的看法很相似，这个问题提出的时候，隐含了这样的预设，批评界圈子化，大家封闭在一起，分享利益，必然隐含这样的道德批评。我个人不大同意，我非常诚实的干差，今天这个时代如果你写得足够好，无论是文学作品还是文学批评没有什么圈子的东西在阻碍你。

我本人也是文学评论刊物的编辑，我认识几乎所有的文学相关的期刊，现在感觉包括自媒体，其实是缺优秀的作家，缺优秀的批评家，而不是相反，你这个人很优秀我要打压你，这是很诚恳的我个人的观察。

第二个问题，这种提问隐含了另外的批评，从另外一个角度回应是不是一团和气，整体上确实是偏一团和气，问题在哪里？今天的批评生态我个人的看法跟80年代不那么一样，80年代批评群体的更迭，依赖于观点的更迭，不大依赖于年龄的更迭。比如说我们看到在80年代的中期，《文艺报》的批评群体就散掉了，新潮批评家出来了，当时浙江文艺出版社出了一套书都知道，并不是说年纪大的退休了，年轻的起来了，不是这样的，观点不一样，思潮变化新的就起来了。

但是现在批评界群体性的更迭，不那么依赖于思潮，可能科层化，必然是一个高度数字化的，60岁退休30岁刚工作，它不依赖这样的争论机制，因为机制背后必然是不同群体之间的撞击，但是今天是非常缓慢的更迭，所以不同的生产机制发生变化了。

由此你会看到在批评界没有那么多必要来争论，通过自说自话可以来不断积累文化资本，在这个意义上不能简单做道德的评价，一方面道德的评价站不住，另外一方面道德的评价也不那么准确。

沈敏：我想问一个问题，刚才黄老师讲到的80年代批评圈整个气候和现在是不一样的，也是问在座的其他嘉宾，你们觉得批评它的标准是永恒不变的吗？还是说80年代有80年代批评的标准，现在新青年有新青年批评的标准？

黄平：我个人观察，批评的标准在变，批评标准其实很受到我们所在时代的整体潮流变迁的影响，只是说有的批评家对这一点很敏感，有的对这一点不敏感。我个人比较倾向于把标准理解为变，讨论是什么东西导致这个标准在变，这点非常重要，当然从另外一个角度来说很多朋友认为不变，讨论永恒文学和永恒的人性这也非常有价值，看你从什么样的角度来理解。

张屏瑾: 我说争论的问题，我以前有一个同事，同济工科的老师，他看到我的海报写着“批评家”，他笑说你是批评家，意思是你要批评什么？因为有两个表达，一个叫评论家，一个叫批评家。评论家是你是评论的，批评家就是你要批评别人，但问题恰恰相反，我觉得今天之所以缺少争论是因为缺少批评，其实我自己也在这个空间里面。实际上刚才黄平老师讲，如果是一个非常好的东西出来，大家都心服口服，当然不会去批评，但是有一个不够好的东西出来，大家是否去批评，我也在自我发问。我们作为批评家可能也要想一下这个问题，我们从事的工作跟所谓批评的本意。在今天这样一个思想纷争非常厉害，市场化也非常厉害的状态下，可能离本意会有一些远，这是我自己觉得我需要反思的一点。

吕永林: 我觉得批评我更愿意理解为是一个对话，当然我们现在这个时代好像太复杂了，有时候复杂到让你无法去把握他的命门所在，如果说得稍微黑暗一点，我们把这个时代作为我们要克服的对象或者敌人，我们找不到他的命门。

尽管黄平兄提到的，其实真正有抱负的、有责任感的批评家或者批评者，他部分意义上可以超脱利益，但是我依然比较怀疑，我们的利益其实也是千丝万缕，不知道缠到哪里。如果现场做一个小小的实验，比如说我现在在讲话，我立刻要分神，我要跳出我来观看正在说话的我，我还要分神出来审视那个正在审视观看我的那个我，这样的分层能够分多少层呢？我们会无限分下去，总会有一个层面或者一个境界停在那，我们走不动了，这是一个个体思维的线性。

而我们朋友之间彼此之间的批评或者对话关系的意义就在这里，但是你也会发现今天这种对话关系好像也变得无效了，真理好像也变不出来，甚至大家都不期待你能变出一个真理来。这种无效性，当然也是在我们每个个人的某个思维的境界或者层面上生成的，认为无效的这种想法肯定也是在我们某个反思的点上生成的。

我们以为，我们认为，我们觉得是无效的，我不知道我这个话说的偏激一点是不是在某种意义上也是一种颓废，我要从我自己身上克服时代性的东西，但是难题就在于真正的对话能够对话到什么程度，我们最终进入对话，分崩离析为一个孤独的个体，还是仅仅成为一个良善的圈子而不是很坏的圈子，甚至我们还能借由这种对话创造出一个更大的共同体，比如说一个国家、一个民族。

我觉得难题是大家的疲惫心理，大家的颓废心理恐怕和这个有关系，千丝万缕的利益，我觉得还在捆绑着我们，我能否像杀病毒一样的杀那个我自己以为是很到位的，可以认同的各种各样的肯定心理。

来颖燕：确实，批评这两个字在我们这里有很多的词义，我们开一个内部的会议的时候，也是述而当中的一位作者，大家都说你是批评家你来说两句，他说赞美的话好的话其实也是一种批评，批评并不意味着批判，其实就是一种自由平等的交流状态而已。我想为什么说今天文学、批评有圈子的问题，你要了解一个时代的艺术状况，你就得去看这个时代的精神状况。为什么我们今天的这个圈子可能跟前辈说的80年代都不一样，其实我们今天的精神状况跟那个年代就是不一样的，圈子不一样也很正常，关键要看形成这个圈子的目的是什么，圈子有很多种，可能是诗文形成的圈子，有的是阅读倾向形成的圈子，关键要看这个圈子的目的是什么，如果目的是很真诚的，是对于文学有一个物以类聚的话这就是健康的。

像刚刚金老师讲到的，这两天朋友圈也出现非常激烈的状况，我看到一个前辈说，“我看到大家吵起来我就高兴了”，确实有很多状态吵吵更健康，但从普通读者的观点来看，就是从中获得一种视野、维度、训练，来教我们怎么更接近一个作品，接近作品更本真的状态，这是我想补充的一点。

沈敏：今天能够请到五位嘉宾老师一起来出席这个活动也非常难得，还是想借这个平台再抛出一个问题，五位老师能不能推荐一篇你们觉得喜欢的，写得特别好的评论文章，或者是评论专著，或者是你觉得做得非常好的批评家，给大家推荐一下。

张屏瑾：我想的就是《普通读者》那本书，正好可以回答刚才讲的那个关于普通读者的问题，那里面也有圈子化的问题，因为在沃尔夫的时代——我这个书名“巨大的灵魂”也是沃尔夫的一句话——文人也有圈子化，也有非常激烈的争论，我觉得这本书可以回应到今天所有的问题。

吕永林：很多的，我想弗洛伊德在《梦的解析》里面有很短的两个片断在谈论俄狄浦斯和哈姆雷特，我想推荐这个。

来颖燕：我想推荐给在座的各位一本我个人非常喜欢的，也是著名批评家哈罗德·布鲁姆的《如何读，为什么读》。我也好大家也好，如果读过这本你会知道读一部作品最要紧的是用你全部的人性去读，不在乎你受过多少训练，在乎你用真诚的心去读，你可能会回到自己很童年的状态，就是高兴或者不高兴，一种本能的支配，而不是审判作品，这就是阅读的关键所在。

金理：我就推荐我的老师张新颖先生最早的评论集叫《栖居与游牧之地》，因为我经常想和他比一比，见贤思齐，每次之后我都非常的绝望，因为那是张老师的第一本书，他那么年轻的时候，我发现他已经有自己的风格了，永远比不上他，我在读他的评论文章的时候，我都觉得他已经把文学的围墙拆倒了，他讲的就是自己对于生活的感悟和反思，我觉得这个挺了不起的。

黄平：我个人推荐奥尔巴赫的《摹仿论》，奥尔巴赫在七八十年前完成了我个人作为一个文学批评者几乎无法完成的工作，这本书既有非常细微的文本分析，一句话一个词怎么用，同时从一句话一个词的背后，深刻表现出从圣经时代一直到20世纪整个的时代的变迁，面对这个世界总体性的变迁。这本书非常专业，全世界的文学系必读书，同时非常好读，我觉得把非常矛盾的东西黏合地非常好。非常博学，非常深刻，但同时非常好读。它不吊书袋，因为奥尔巴赫写作的时候遇到二战，没有合适的图书馆可以用，但因祸得福。在文体意义上对学院之外的读者很容易接受。这也是华东师范大学中文系9月份研究生入学的时候，要求学生读的第一本文学批评著作，最近推出了新的译本，商务印书馆的。

沈敏：谢谢五位嘉宾的分享，接下来就是读者提问时间，大家有问题的可以举手。

读者：我想请教一个问题，罗兰·巴特在60年代写的“作者之死”，其实是把作者对于文本的权威主义给打掉了。我想问在目前这样的时代批评或文学批评权威主义的意义还存在不存在？刚才大家也讨论了，在19世纪因为知识分子和普通读者之间的认知差距是很大的，包括在80年代差距也是很大的。但是在现代社会，从事文学专业或者文学批评的，跟很多普通读者对文本的认识或者人生阅历方面的差距就缩小了。而现在对于文学的看法，通过一种民主式的方式，集中了那么多的读者给文本打分，进行分析，值得读还是不值得读，跟一个批评家给出的文学批评的文本之间，很多人更愿意选择更加民主性的方式，对于文学批评来说是不是非常巨大的挑战？权威主义的存在方式还有没有意义？我想问这些，谢谢。

金理：很精彩，我在你的逼问下面觉得自己是很自私的人，我觉得我写这个书也没有人看的，就是自娱自乐了，在我教养的意义上来完成自己的写作，所以我不需要回答这个问题。但是黄平老师讲了，好的批评是可以认识生活，甚至是可以改造生活的，如果一个批评家还是能写出这样的著作的话，那我觉得他大概跟普通民众之间还是有距离的，所以我觉得你应该期待这样的批评家的诞生，对我这个批评著作不需要有任何的关注。

黄平：我现在无论怎么讲都像个小丑，很认真地回答一下，这个是非常好的问题，在几分钟之内很难展开讲。刚才这位朋友谈到，比如说豆瓣上或者时光网站上有很多学院之外的读者很朴素的评论，这样我们还有必要看文学批评家的文章吗？我下面的回应会显得有点傲慢，但没办法。

今天这个时代，尤其是有自媒体和移动终端绑定的时代确实有各种各样的声音，是不是发声更容易，就会更消解文学批评的权威性，确实在消解，但是还是要打问号。比如说豆瓣，以民主的方式大家评论出来的，豆瓣多少年排第一的就是《肖生克的救赎》，这是非常典型的带有豆瓣群体趣味的作品。

上豆瓣都是青年的，受过大学教育的，中产的，他们对于电影背后的情感结构的理解，《肖生克的救赎》这个电影非常完美地满足了，这个体制太讨厌了，各种各样的委屈冤枉，但是不要紧，我通过个人奋斗，有一天能从这样的无形的围墙逃出去，能拥有非常好的生活，把腐败的官员送进监狱，让他获得应有的惩罚，这是非常典型的青年精英的情感结构。

如果说我们把权威性完全让步给了民主裁定出来的东西，背后的东西可能看不清楚了，如果看不清楚的话，豆瓣的评论是不是又会变成另外的文化压抑、压迫，或者是不是当我们逃出肖生克监狱的那一刻，又逃到了另外一个监狱呢？比如说中产阶级文化意义上的监狱呢？这个中产阶级文化还是不错的，但是万一越来越堕落呢，越来越下流了呢？怎么办？如果有几千万粉丝怎么办？我不是说一定要强调他们多伟大，不是这个意思，我觉得在今天这个时代确实需要一种平衡，这个平衡我觉得是在维系真正的关系叫民主。

读者：台上的几位既是搞文学写作也是搞文学批评，我听北大的老师说，写作和批评这两样东西，他就是只能搞批评，写作不行，因为这两种思维方式不一样。所以我在这里想问你们两项都通，这两项以批评为主的话，写作和批评把你们提高了还是有的时候牵制了你们的经历。

张屏瑾：其实我们这一套书里面有几位作者没来，他们是名家，我本人目前暂时还没有这个经验，很难回答这个问题，如果以后有机会的话，希望有这样的经验。

你说的文学批评和写作的关系，从写批评的角度来想的话，我们知道历史上很多美食家，但是美食家往往不会做饭；非常好的医生一定要生过这个病才能做医生吗？往往不是的，大部分医生是没有生过这个病的，但他治疗的技术是从哪里来的？我觉得这个跟文学写作的关系非常接近。

主持人：非常感谢各位，我们一直在共同进步和阅读，我们的交流会更加地坦诚、真挚，也谢谢大家。

时间：2018 年 9 月 23 日

嘉宾：潘向黎　毕飞宇　徐惟杰

潘向黎和她的梅边消息

主持人： 非常高兴请到了潘老师，感谢这么多朋友到思南读书会来，今天是我们第 262 期，嘉宾除了潘老师以及她的好朋友和我们的好师长以及世界上最帅的男人毕飞宇老师。我们还请到了上海 SMG 著名主持人徐惟杰老师。见到三位我非常开心，我们在商量这个活动的时候毕老师特别忙，潘老师说毕老师这个男人你得紧紧地抓住，所以后来我真的是紧紧抓住，我还说“从明天起，做一个幸福的人，喂马，劈柴”，催毕飞宇。

徐惟杰： 谢谢如此精彩的开场，大家今天等了很久，抓紧时间进入主题。相信大家对潘老师和毕老师两位非常了解，潘老师这本书我读了非常享受，没读的朋友抓紧时间。今天最大的看点毕老师很少参加这样的活动，日程也很忙，今天您怎么舍得把真尊摆到了这里？您和潘老师之间有什么特殊关系？

潘向黎： 我先开场白，首先非常感谢大家在大过节抽出宝贵的时间来这里相聚，我相信人生都是一期一会，在这里相聚一场的缘分和时间非常珍贵，不仅因为毕飞宇抽出了时间来，也不仅因为徐惟杰做主持，每位的相聚都很珍贵，非常感谢。刚才大家都说了毕飞宇很少参加

毕飞宇

潘向黎

活动，这次特地从成都飞过来，确实挺不容易。本来我不忍心迫害他，他之前写了一本很火的《小说课》，他在里面的成功实践让我很心动，我觉得他走出了一条作家对经典作品的品读的路。我觉得某种意义上我是他的追随者，可能没有比他更合适的对谈嘉宾，所以狠狠心让他抽空来了。

这几天很多朋友转发活动的预告，用的词比较澎湃，说“重磅大咖毕飞宇降临上海”，“居然请动了毕飞宇”，等等。我看了以后有点后怕，觉得好像有点冒失。至于他来做嘉宾的理由是否充分，我觉得他自己应该说一下。

毕飞宇：不要听向黎瞎说，其实我拿到《梅边消息》这本书看了以后内心很纠结，一方面我特别为向黎高兴，这本书她写了出来，但是你知道人都是自私的，每个人都小心眼，我就想这本书要是我写得多好。我没来得及下手，她那么快就写了，考虑到我和向黎特殊的关系，我觉得她写和我写一样，虽然稿费没给我。我利用一下向黎的宝贵时间把我们的关系简单捋一下，我个人认为我们是有血缘关系的，我是扬州师范学院毕业的，虽然这不是一个什么了不起的学校，但是“文革”期间许多毕业于复旦的特别棒的学者被弄到苏北劳动，“文革”以后就留在了扬州师范学院，就是现在的扬州大学。当年教我鲁迅的曾华鹏先生和向黎的爸爸潘先生是复旦的好校友，我的老师比他晚几届，他们都是泉州人，我就是从我的老师那里知道了她的爸爸，心里面非常敬仰。有句话我不好意思说，实际上她的爸爸，如果胆子壮一点说其实是我的师叔。南京大学有个大教授、学者叫王彬彬，他是潘先生的博士，潘先生去南京的时候，王彬彬把我拉出来陪她的爸爸喝酒。有一年我发瘾症了，想到南京大学丁帆教授那里读博士，我知道还有一个名额，立即虚荣心上来了，我说向黎你快过来，丁教授那里有一个名额，我把她拉来我就是她的师兄，关系更加血浓于水。最后英语方面没通融，我放弃了，她没放弃，考上了南京大学，成了我的好朋友，成了丁帆教授读现当代的博士，她报到的时候和我一起报到，我把这件事都忘了，结果她很不高兴，那是我人生最凄凉的一天。我把电话放下来以后，匆匆赶到南京大学，把她的小包拿过来，姑奶奶发脾气了，我把包接过来送到丁帆教授办公室。所以我必须过来给她当亲友团。

潘向黎： 小说家的语言比较夸张，人家说小说家的话不可相信，但是以我对毕飞宇多年的了解，我觉得除了幽默的成分，刚才的回顾基本属实。大家觉得今天会是一场愉快的对谈，我希望今天的气氛轻松、愉悦一点，正因为相聚很珍贵，不要搞得很凝重严肃，就是愉快的一期分享时间。你不要因为当了教授显得多德高望重。

毕飞宇： 我同意你的说法，要愉快，要有家庭氛围，按道理来讲首先要谈这本书，你知道吗？向黎，把你这本书打开来以后，我特别喜欢的就是跟这本书没关系的部分，也就是序，我不是说序写得多么成功，或者在里面描绘她和她父亲关系，父亲和女儿之间有什么样的故事。我还谈一点这以外的话题，诗歌到底是什么，我从向黎的序里知道了。

潘向黎：我的序可能很多人没有看过，是一个代序，标题叫“跟着父亲读古诗”，写我怎么从小跟父亲接受古诗的影响的。

毕飞宇：诗歌的来源非常多，但是最要紧的来源是从家里、童年来的，一个人有过诗歌所有的储备，如果从家庭、童年来的话，最后对一个人的影响是跟他在学校里通过被教育而来有质的区别。我想和在座的各位说，这本书可以先放到一边，回去以后能够和自己的孩子一起让诗歌成为家庭生活的组成部分，成了家里面的一只碗、勺，可能比孩子的什么衣服、鞋要重要得多，搞不好二三十年之后你家里又会出现一个潘向黎。

徐惟杰：有一句话“生活不止眼前的苟且，还有诗和远方”，我看了潘老师的书，很羡慕她有这样的环境，生活中有诗真是特别美好的事，您觉得诗在您或者我们所有人的生活中可以扮演怎样的角色？

潘向黎：前两天毕飞宇写我的一篇书评文章，很有意思，他说读古诗词能够读进去很好，但是能够晃出来更重要，晃出来的都是幸运儿。我就觉得这是一个俏皮的口语，如果要从比较书面的表达来讲可能就是“化”字。读古诗词不是我一个人的心得，说白了就是一个“化”字，你读诗词一定不能有隔，你当中不能有墙，不能有帘子，甚至连一层纱布最好都不要有，要不隔，你这个人能够化进去。你如果强行把自己融进去，会成为诗的意境里的杂质，融不进去，你要把自己化进去，首先得把自己的很多东西放下，不能想着说现在我是一个什么人，我在单位里是干什么的，最近我因为加了点工资很得意，最近我想升职没升上很烦恼，这些要放下，不能关心你们家附近学区房的房价涨还是跌，要放下，你要把自己当成赤裸的精魂，没有肉身的束缚，你就像是一个精魂，像羽毛、云一样飘进去，飘入私人为你缔造好的世界里。

毕飞宇：我们在座每位都读过诗，诗歌如果真想进去真不容易，第一，文字关你得过，你别以为诗歌的文字关好过，我们读短信的时候文字关都能过，语言太简单了，太容易了，诗歌有特殊的文字你得过。第二，文字过了以后每个字你都认识，但是不是诗？意思你能不能懂？懂了才叫化。比如说“明月来相照，清泉石上流”，你得心到了一定程度才能懂，两个如此动态但彼此干干净净不构成污染的东西，她说的化就是这个意思，你要把语言的墙跨过去，把里面构成诗的东西变成你的感受，你才能化，就是我所说的你才能晃出来，别爸爸说一句我说一句我会背了，那不叫进去，更不叫出来。我为什么说这本书好？比向黎有学问的大学者太多了，当然我也冒昧地说一句，很多人研究了一辈子也不一定就能晃出来，你能进得去不一定能晃出来。

徐惟杰：我们体会进不去的感觉很容易，如果想体会出不来了，能给我们解释一下出不来的状态是怎样的？您给我们形容一下。

潘向黎：我把词面意思攻克了，甚至进一步不同版本也搞清楚了，同一句诗不同的解释我也搜来了，并且在里面选了一种中意的，都解决了以后我进去了，找到了里面飞宇所说的爆点，飞宇说很普通的诗句埋藏着爆点，你找到了爆点感动过了，拍案叫绝或者潸然泪下都有过了，这个时候毫无疑问你进去了，你享受到了它要带给你的震撼或者纯美的境界。那什么是出不来？第一种是技术上你认为已经得到了终极之旅，比如我看见有人说李商隐的《锦瑟》有八种解释，昨天晚上我研究出来，它只是里面的某种，其他七种绝对错，为什么错？我讲给你听，一种说《锦瑟》是在缅怀他们家的丫鬟，我逐一驳给你听为什么不对，我坚信的为什么对，这种就是出不来，自以为被感动到了就掌握了诗的终极真理，这是欣赏上的出不来的症状，不是说不好，但是你肯定没出来，你把一件欣赏、享受的事情弄得很刻板，这个不好玩。你要懂得一首好诗像花园一样很美，每种解释通向花园的不同小径，你欣赏到了美的景色，发现了前人没有发现的角度，但是不能不允许别人通过其他的路径发现，说别人不对。

第二层次上常见的出不来的症状，是认为最近阶段迷恋的诗人是全宇宙最好的，到处和人家掐架，这件事有点搞笑，也有点可爱，但是这件事情不是爱情，不需要你专一，会妨碍你，你的偏执热爱会影响你进一步欣赏其他花园的美妙，这是第二种。

徐惟杰：我给大家推荐《杜甫埋伏在中年等我》。

毕飞宇：这篇我个人最喜欢，有品位。

潘向黎：英雄所见略同。

毕飞宇：第一句话写得真好，第二句话着实好，如果我编写语文教材，我会把这篇文章收到中学语文教材里头，真的，一点不是戏言，好在哪儿呢？这篇文章写谁的？各位都会说写杜甫的，也有说写父亲的，其实都不是，这是写家庭生活的，就是家庭生活里面的一个常态。然后家里面是有人的，有父亲，有我，也许还有多出来别的人。只有一种诗人、艺术家了不起，他的作品最后构成了民族的文化，甚至渗透到了民族文化人的精神，这样的作家才可以称得上了不起，杜甫就是这样的诗人。我坚信杜甫写诗的时候从来没有想到到了20世纪有一个潘旭澜教授和他的女儿潘向黎。我之前说鲁迅之所以伟大，可以走进千家万户，你想摆脱都摆脱不了，为什么能够走进？他们有特殊的禀赋和表达能力，紧紧抓住了属于生活里最本质的部分。我们是生活里的人，我们总有一天也会回到本质那里去，等我们把生活的本质活出来的时候，你会发现你就见到了那个人，就合拍了，所以我觉得好的艺术家永远能够抓住本质，精彩的人一定能活出本质，我觉得这个精彩，真好，着实好，我觉得你们应当鼓个掌，这个文章是我最爱的一篇文章。不是说其他的不好，也很好，即使从文章的角度看也很好，一个小孩如何去写文章，你看他从哪儿写的，写杜甫的文章哪儿有这种写法的？我读得也很多，是好。

潘向黎：徐惟杰朗诵得真是好，完全是再创造。

徐惟杰：文章写得好，写得好的文字读起来一定让你觉得特别舒服，气息很顺畅。这本书我两个礼拜没有读完，一来没什么文化，读书比较费劲；二来我给自己找理由说这么好的书得慢慢品。诗词很讲究，虽然潘老师用白话文，但是非常讲究。

毕飞宇：我去年写了一本《小说课》，其实我觉得我就是在做文学的科普工作，我觉得向黎这本书里比如《杜甫埋伏在中年等我》，何尝不是有关杜甫中国古典诗最好的普及读物，真的是科普。

潘向黎：对你的命名我略有商榷，因为飞宇之前讲过，很多经典的作品你不要以为很多人都看了，也不要以为很多人都看懂了，因为很多人被语文教材搞坏了，被语文老师的解读败坏了，整部作品失去了被真正阅读和互相真正靠近的机会，所以他说有时候我们还是要急着做点好事，把自己领略的东西做一点科普。我明白他的意思，我也赞成，我一直在想他的词我不接受，科普是科学方面的普及，我们毕竟是和文学有关的，怎么也不能说是科普，后来我想了想一直到今天憋了个词，不论《小说课》还是《梅边消息》，我觉得应该叫“美普”，听上去也好，它的普及不像孔乙己到处和别人讲“回”字有四种写法，这个稍微难一点，我们是经常被经典作品的爆点爆到，难在我们怎么把爆点做好二传，传到没有读作品的人那里去，告诉他这里有个爆点你不要错过，你要在这里停一下，这是第一个难点，我们要有信服度，让他愿意跟着我们指的方向试试看。第二难点就是我们传递的感性和理性要均衡，如果我们过于理性就真的是科普了，很像一个学问家或者教授在上课，我觉得这不是我想做的，可能也不是毕飞宇老师想做的，他和我还是比较从写作者的感性立场出发。

毕飞宇：我收回我的话，“美普”好。

潘向黎：“美普”过程当中感性和理性的均衡很重要，不能像学究做高头讲章，也不能是百科全书的介绍和罗列，也不能像我们自己写小说把自己内心世界通过人物、细节传递出去或者营造整个世界，都不行，因为文本已经在那里了。比如一首七律就八句每句七个字，如果五绝二十个字文本就在那里，你要能够通过你的感性和理性均衡的指示、指引，让人家沿着一条不太曲折的路，有趣味一路愉悦地抵达你所说的爆点，这件事情其实有点难度。而且我们要避免很多文史知识的硬伤，有个硬伤人家觉得你业余的导游不靠谱，他不跟你走，那么就无法抵达我们要带他看的那片最美的风景，我们业余导游就要很小心不能出现明显的硬伤，但是这还不够，如果是仅仅不出现硬伤的介绍，无数的古典文学专业的教授做得都比我们好。我们为什么还做？我们相信有自己的特长，第一，我们有那种源自感性对美比较敏锐的捕捉能力，我们不太计较在文学史上的地位，不太计较评价每个词要很准确，我们不怕商榷，我自己多么狂热地喜欢这个诗人就可以写得多么狂热，可以很感性地出发，有几分狂热就写到几分狂热，几分沉溺就写几分沉溺，这是第一优势。第二，我们作为写作者，虽然创造的门类不相同，但是相通，这一点我借毕飞宇的《小说课》讲一下，他的《小说课》之所以让人一读就上瘾，最重要的一点在于他是一个小说家。我觉得一个小说家在剖析别人写小说上是完全不一样的，跟文学史家、小说理论家完全不同，他知道这个人写小说的一砖一瓦是怎么搭起来的，以及材料的好坏，并且他能看到小说家的动作。到这里难点来了，他顾得了墙的垂直面就顾不了屋檐的角度，就不能兼顾飞檐的美丽，这些东西毕飞宇能够洞察到，当他发现解决得很好的时候，其实把小说精髓的奥秘揭示了出来，所以看得很过瘾，因为大多数人喜欢，可能毕飞宇讲的精彩的地方别人也叫过好了，感觉到了，无数的前人叫过好，但是很多理论家说不出它难在哪儿，就说这个地方是个精彩片段、不朽的段落，因何不朽，因何永远不能超越？这需要一个成熟的小说家作为内行来拆招，我觉得毕飞宇的拆解非常难，他的水平要到那里，到那里才能看到，所以我觉得我读古诗词有一点不能够像毕飞宇写《小说课》那么方便，谦虚点说就是我不如他，但是骄傲点说我没办法，因为我不是古人，我本来就不是整天生活在诗歌、古诗词的氛围里。

我怎么解决这个问题？怎么发挥我的引领作用？是和学者有区别的。我跟学者的区别在于，学者过分地把古代的诗人当成研究的对象，很容易把他们弄得像中药铺，一个一个抽屉拉开，宋代、中唐、盛唐、古文、绝句，有一个个抽屉，在这里面前三甲是谁，谁和谁是什么派，像中药店分得很细，应该说他们很科学，我这个离科学有点远，我是纯感情的。我有个最大的来自家庭的馈赠，我进大学中文系真正上文学史的时候，有些同学还在扫盲阶段，我就已经把喜欢的诗人变成了我的好朋友。好到什么程度？我对他们的命运了如指掌，我已经不再崇拜他们了，我只是喜欢，我觉得我非常喜欢、热爱、欣赏他们。

随着年龄的增长，我喜欢同一个诗人不同的诗，比如我十七八岁喜欢杜甫，喜欢他在成都草堂写的黄四娘家这种，很宁静的，不喜欢“不尽长江滚滚来”这种很萧索的。但是慢慢也喜欢这种了，我觉得不是萧索，有阔大的气象，是一个生命个体在大自然之中，在宇宙之间的苍茫，其实很阔大，生命力也非常旺盛，所以我就觉得不同的年龄会发现他们不同的优点，我活着活着把这些诗人都熬成了我的朋友，非常热爱他们，但是从来不膜拜，当然也绝不可能是俯视，基本是平视。说得夸张点，比如说我很喜欢的刘禹锡，以前没发现突然感觉很惊喜，我感觉像他们昨天刚写出来一样，我有冲动想打电话给他说你这首写得真好，我以前居然漏掉了，特别好，这个和以前的风格不一样，我真的有这种冲动，我觉得这种冲动和我看到了毕飞宇的《玉米》打个电话没什么不同，虽然极其欣赏，但是我就是这种感觉，我随时可以说一声我叫好，我服了你这样的感觉。

第二种，因为了解他们的生平、个性，像朋友知根知底以后，我觉得对历史有很奇特的移情作用，历史已经发生了，我不想穿越回去，但老是跟着他们命运的进程着急，我跟着他们的喜怒哀乐在着急，比如安史之乱里杜甫颠沛流离真的很苦，苦到家里经常断炊，妻子和他诉苦，他把家人安顿在这里，最后一点粮食你们吃，他要奔走到其他地方，找有可能伸出援手的朋友借点钱和米，非常凄惨。我好几次读他的书，很想对老杜拍拍肩膀说再忍忍，孩子不会有事的，马上你们全家可以到成都了，迎来他们一生当中相对比较平静安顿的几年。他建了草堂，种满了植物，有心情到江边散步赏花，偶尔喝点酒，有些当地的官员尊敬诗人来看他，他就愉快地写诗，我知道他后面是这样的。他到处求告无门的时候我真的想过去安慰他再忍忍，马上就好了，这种感觉可能只有作家才会有，不把他当成研究对象，中药铺才有的。

徐惟杰：讨论到有无用处的问题，如果学好了取得了成绩可以考上大学，大家都看什么东西是有用的了。比如我儿子学钢琴考十级能加分，明年不加分不学了。能不能请两位跟我们分享一下看似没有用的东西到底为什么重要？

毕飞宇：不重要，作为潘老师的亲友团兄长，我把她相对比较长的即兴演讲做一个逻辑总结，第一，我潘向黎写的《梅边消息》不是做文学史研究，第二，我们不是大学教授开中药铺，不对唐诗进行文艺美学研究，第三，她谈到我的《小说课》，说毕飞宇是个作家写了《小说课》，就这三件事情，我把它拎出来还不能完全同意向黎。这本书为什么好？第一点，你作为诗歌的读者，没错，但是你忘记了最基本的你对文学史的了解，只不过你没有用写文学史、研究文学史的方法写这本书。她自己不知道她太幸运了有那样的家庭和父亲，用她自己的话说，别人在读书的时候她已经是老朋友了，这个我替你概括，你对历史已经了解了，这是史学要求。第二点美学要求，这本书不是谈你的美，不知道读者有没有注意这本书里涉及大量诗话，这是一个特殊的理论，用诗歌的方法阐述理论，这方面向黎是非常强的，如果她没有那么多的诗话支撑，仅仅背得比我多，我不崇拜她，不就是量的区别吗。第三点，她是作家她具备能力、直觉和这样的表达。总结下来史学、美学、艺术能力三者缺一不可。另外，为什么她对诗人有那样的感觉？杜甫对她来讲不是珠穆朗玛峰，也不是天上的浮云，某种程度上讲就是她家地板、餐桌、窗帘，所以她和杜甫的关系是肌肤相亲的，和纯粹搞理论和历史不一样。不看高不看低，高兴了搭在他的肩膀上，老杜去南京找老毕，是这样的关系。

潘向黎：这是一种无用的美好，外国人读唐诗宋词多难？几乎不可能，如果你们不举出个别的例子像比中国人还中国人的老外，那就跟攀登珠穆朗玛峰一样难，因为我们古典诗词的水太深了。早年我读懂了，又过十年以后没懂，甚至读反了，当时觉得是讲爱情后来发现是想当官，很多东西外国人肯定要绝望怎么可能懂？一个一个字扫荡完了典故解释清楚，整个意思你还是不明白。还有一些非常复杂，这些技法和外国人不可能解释，他们也不可能懂，所以这样说来读古诗词是中国人很大的福利，我们稍作努力，过了一两个门槛我们就能享受到这么大的福利，而且几乎是免费的，很多人不去拥有有一点遗憾，不是因为它有用没用，首先它是个很大的福利，外国人没有，只有我们可以享受到。第二个想法写了这种文章以后也有些人误会把我当成狂热古诗词的推广者，我想说其实不全是，其实我是在生活里面或者任何可能的地方努力寻找一点美的享受的方式的推广者，你不一定要在古诗词里找到，你说我在别的地方找到一样，都可以，都好，只不过以我个体的例子我在古诗词里找到了，而且我觉得找到了很多美的享受，如此而已。很多家长问我说你给我们的孩子开点诗单，告诉我几年级要命令他背哪几个人，到几年级命令背哪几个，看全集好还是选集好？唐诗三百首、宋词三百首够吗？哪本选集比较好？我听了以后头很大，我担心他们会好心办坏事，举个不恰当的例子，你可能不知道上海人民公园有个相亲角，大量白领青年到了结婚年龄他们自己不着急，他们的父母都替他们着急，他年收多少，有哪些优点，狂热地相亲，我觉得让我想起了相亲角，恋爱要自己谈，他们要在何时遇到合适的人或者以何种方式遇见这都是缘分的事情，父母不能这样的。强行命令他背诗词很粗暴，像把两个人强行送到民政局一样很粗暴，效果很悲催，我请求、拜托你们不要强制你们的孩子背任何一首诗，已经很危险了，现在很多小孩都很不喜欢古诗词就是因为他们被强制了，如果你不强制，晚一点来没关系，就像真爱一样，有句话很热，“如果真是你，晚一点遇见没关系”，像我早年不喜欢杜甫一样，我爸爸没有强制我，假如他强制肯定使我终身不喜欢杜甫，因为一提到杜甫我把他和被强制的经历联系在一起，和一个童年、少年的创伤记忆联系在一起，我怎么喜欢得下去？我肯定排斥，而且我会发现杜甫很难背，背也没用，我的意识跟自己说你背吧，他有名确实很好，潜意识会反抗，因为我的潜意识会调度我早年童年少女时代的创伤记忆，我一定会觉得很讨厌，只要我的潜意识讨厌一定背不下来而且进不去，我觉得他又难背又讨厌没什么好。

我爸爸无意当中选了我不喜欢他最喜欢的诗人让我接触，到 30 多岁我流下眼泪突然懂了，而且我知道前方等着我的是什么，将是我在 60 岁的时候对于杜甫进一步的领悟以及对我爸爸对杜甫的爱更深切的理解，我现在能预感我到 60 岁更理解杜甫以及我父亲对杜甫的爱。如果家长有准家庭行政的手段介入，断送了一切可能，这么多美好的可能都没了，当然我知道在座的不至于认为我在只讲杜甫一个例子，肯定不是，所以宁可小儿懵懂、懒、玩，对古诗词毫无兴趣，如果你们真心真意想让他得到无用但是美好的享受的话，或者想让他到中年像我和毕飞宇这样对古诗词有一种心会的话，如果你们想有这个可能就不要强制。但是你们可以做一些比较狡猾的事情，买一些适合他年龄段的选本，一定不要买全集，他看了就吓回去了，放在他随时可以看到拿到的地方，用眼角的余光观察，你要让他感觉这是他的发现，如果哪天他看了，你不要问，你看他有没有停下来，他第二次拿起来你可以问一句“你喜欢吗？”“喜欢哪一首？”要很小心像蝴蝶的触须轻轻的几乎没有被察觉触碰感知他的感受，如果没有不能急，不能像人民公园的父母那样，不能急，这样做的同时在宣示我的孩子是一个没有能力自己谈恋爱，没有能力寻觅到他生命力的另一半的一个人，你宣示这样一件事我觉得会增加他找到合适的另一半的难度的。

同理，床头、书房到处扔，哪天有一个诗人从巧妙的角度把门捅开了，你主动会和爸爸妈妈说这句什么意思我看不懂，那么契机来了。

如果没有来，海枯石烂等下去。

毕飞宇：把书买回去的年轻的爸爸、妈妈我建议自己先看看，向黎讲把书这放一本那放一本，这件事我也干，我不是放在那，我要把它放在那，万一我儿子拿起来会看到里面有我的笔记，这个是很重要的，但还不是最重要的，最重要的是你看完了以后，在适当的地方扯起来，别让孩子始终处在求知的状态里，要有能力让他生活在这里。

想让孩子做什么，最有利的方法是父母要身体力行，我们要牺牲刷微博、看美剧的时间，多陪孩子一起做才最有意义。

读者：我觉得诗歌能培养人的书卷气，那对男孩子怎么培养阳刚气？我感觉女生适合读，男生读起来有一点不合适，我有这样的疑问。

毕飞宇：读诗出了问题，诗歌里面男人气的诗太多了，你没读到而已。

潘向黎：刘禹锡很棒，他完全是很开阔、爽利的。男人气不一定剑拔弩张，他要追求气魄大开大阖，这样说起来李白也很好，李白是生命气场特别大的，“弃我去者昨日之日不可留”这一首，大家觉得他是一个大诗人，饮酒后充满了牢骚，又有昂扬之气，两者在搏杀，我觉得两点不到位，我想来想去为什么大家觉得他句句是牢骚绝望？为什么觉得是盛唐的强音？因为他的气场大。他讲的昨日之日、今日之日、过去现在未来苦恼不可解，人面对时间的流逝你没办法，你才华志向再高远，无奈何，李白淋漓尽致地写了苦恼，而且里面的个人意识完全撑破了时空，撑破了唐朝，一直溢出到今天，每个人都有感觉，我真的面对时代这一刻，面对时间不停流淌，其实每个人或轻或重都会有一种很深刻的对生命的无法把握的痛苦，我觉得这是人最大的痛苦，就是我们会有很多的心愿，如果心愿了了会生出新的心愿，但是时间不等待我们，时间给生命的只有这么点，人永远觉得时间不够，机遇不来，实际上机遇来了会生出新的念想盼望，唯有李白把这种痛苦写得激昂慷慨，把别人应该用哭腔说出来的话倒写成了笑骂，对于时间秩序和无望、绝望的笑骂，笑到最后你们不能击倒我。我读这首诗的感觉有点像你当时对海明威《老人与海》的剖析，到最后哪有胜利可言？就是挺住应对一切，我觉得李白达到了这个高度，依然保持了他的英雄气，所以非常适合男孩子读，不存在读诗只适合女孩子，男的读不利于阳刚之气。诗词是个大花园，里面各式各样的，只要你进去必有一款适合你。

毕飞宇：诗歌没有男性女性，我挺诧异的，如果不同的体类有性别，我觉得诗歌恰恰男性，散文女性，小说雌雄同体。

读者：这两天我看潘老师的书有个感觉，里面所有的诗人年龄比较轻，这里我感悟到同样是20多岁的现在的人，可能他的思维能力很狭窄，很简单，想着我挣多少钱，而那个时候的诗人，比如潘老师介绍的几位，对人生的考虑非常深刻。由此想到一个社会的现实问题。是不是由于我们这五十多年来缺少古诗的阅读量或者说普及，就是说中国人优秀的点有些缺失。如果我们每个人都能有唐诗宋词这样的思维方式，不一定表达出来，可以作为喜怒哀乐表述出来，我们整体的水平会不会提高？实际上我是70岁开始读诗的，原来我从没读过，我看了潘老师的文章很有感悟，人家20岁写的我70岁开始读，估计像我这样的人也不少，我的问题是古代的诗人是人群中的百分之一还是千分之一的概念，还是古代的人基本上这样的年龄就有这种思维方式？

徐惟杰：看了书感觉古人很行，今天我们怎么不行？

潘向黎：第一，您今天看到的名字觉得他们20多岁很不错很成熟，你要知道他们已经是大浪淘沙又淘沙以后留下的金子，不能由此结论唐朝、宋朝所有年轻人都是这样，不但有比例问题，而且他们本来就是非常稀缺的人中龙凤，任何时代人中龙凤都是少的，永远是稀缺的，金字塔尖一小部分被我们读到，你不能拿他们和我们今天的大多数来相比，首先这一点不成立，不能这样比。

第二，随着寿命的延长，他们当时的平均年龄 60 岁以下，这些好的诗人平均年龄也有 50 多岁，没有比别人好很多或者差很多，安史之乱是全社会的，当时整个朝野皇帝到最小老百姓都一样，所以他们的寿命就是这么短，他们有快速成长的现象，一般起蒙就很早，我各方面折算，10 岁左右相当于我们人生节点的高中毕业，16 岁相当于大学毕业或者硕士毕业，基本是这样的节点，他的整个人生完成度的曲线才是基本吻合的。首先现在我们寿命延长了，要求我们快速成长的动力没有那么强劲了。大家知道可以比较慢慢来，这也是一个因素，每个家长对孩子没有那么催命，没有七八岁可以写诗，没有那么急。

因为现在物质丰富了，全球一体化带来了剧变，不再会是所有的优秀人才集中在诗的领域，因为他们当时以诗立国，每个人你要能够有学问要当官必须会写诗，他们两件事是必须的，第一一手好诗，第二一笔好字，很多人不了解这个背景，他们只要是进士肯定都是书法家级别的，只要进士都一手好诗，所以优秀人才都集中在诗歌的领域里，你会看到特别多精彩的人让你震撼、惊叹，我们现在分散在这个领域里。

徐惟杰：像我们今天看“中国好声音”那么多人会唱歌？一样的。

读者：从小练字，后来逐渐练习书法，诗词对书法来讲还是比较重要的，所以我看到凡是诗词的文章都剪下来，装订成一本一本。

潘向黎：我在《新民晚报》开专栏几年，很多人都剪下来收集起来，还有的人说出差的时候吩咐家里人几月几号有一篇潘向黎的文章出来，麻烦你帮我剪一下。曾经有一个 80 多岁的老先生，可能《新民晚报》刊登我文章的版次不一样了，他找不到，于是到上图找了，复印后剪下来，让我签字，这使我特别有冲动想出一本书。其他书特别小众，爱看的人通过杂志、微信看，一般不看你的怎么推广都没用，你放书店没有阅读习惯不看小说就罢了，比较私人，这个我觉得是一个大福利，第二个我觉得我有那些很陶醉、心驰神往的时刻想和大家分享，不同于我其他的小说和散文，真的是独乐乐不如众乐乐的感觉。

读者：我想问两个问题，一个是潘老师，我觉得像您的家学在文学和读诗方面有传承，您预测您的孩子会不会在这方面也继承家学？因为您刚才讲到现在的优秀人才不像唐朝的时候集中在诗的方面，可能这是他欣赏无用幸福的一种方式，但是可能不在这个方面。您预测以后在家学方面有没有可能写东西？

另外一个问题，我的孩子小学一年级的时候，上海的语文教材中把所有的古诗从教材里拿出来变成了辅助教材，五年级的时候又把所有的古诗全部放进去而且加倍了。老师让他们预习古诗的方式是自己去百度查，不知道他们上课会怎样讲。现在我在外面给他补课，发现补课的老师是一个在语文方面非常有理想的人，他讲诗的时候会讲得有感情。实际上在学校教育当中把美学放在里面我觉得因人而异，如果你碰到一个好的老师可以，如果不是的话真的太难了，所以我觉得这可能是家学方面的传承更重要。我的第二个问题是您觉得语文教育当中不管是小学、中学传承您所谓的“美普”，有可能吗？

潘向黎：第一个问题我的孩子会不会继承这种东西，我无法预计，我只能说我到现在为止从来没有影响过他，我是很仇恨强制的感觉，己所不欲勿施于人，我的书他基本上没看过。有一天我在外面有个演讲，事先准备我的文章，我怕忘记带，贴在门上，他放学回家说你还在报上发文章？是这样的感觉。因为我的书他从来不看，一概不知，我觉得很正常。所以我对他的将来完全无法预测，两种可能，一种可能他找到像我找到古诗词很有乐趣的领域，不一定以它谋生，但是保持兴趣一直关注下去，另外可能像我到中年喜欢上杜甫一样，这件事情可能埋伏在他的某个年纪，遗传发作突然翻出我所有的书来看，追到外公那里追很多人都有可能，无法预测。

第二关于学校里老师该不该进行早期的美学教育启蒙。美学启蒙的事情我觉得很难有标准答案，就是说要看这个老师是个怎样的人，如果是个高手我觉得他功德无量，如果是个低手我觉得是无效劳动，孩子抵抗起来很顽强，他们不感兴趣，心里的大门不会打开，抵抗非常顽强，现在他们这代比我们那一代更顽强，所以你放心，孩子不会被水平不够高的美育启蒙的企图所摧毁或者所带坏，不会的，两种可能，一种有好的影响，另一种是无效劳动，浪费的是老师的口水，家长稍安毋躁。

读者： 谢谢潘老师，我很喜欢你的作品，小说、散文我都看过，潘老师的作品写得都很美，看过一篇文章《美，请为我停留》特别好。我想问潘老师，你读诗的时候有没有碰到过隔的时候，你怎么处理？读不进去的时候你怎么化解隔的问题？不读了还是怎样？

潘向黎： 有个前提，每个人都会碰到隔，读不懂不丢人。我很崇拜顾随先生，他是叶嘉莹先生的老师，我很佩服他，他公开写过这句诗不通读不懂，某某这句实在不知道什么意思。所以不必紧张，很多前人也有碰到读不懂的。另外读不懂这句话说出来你已经很高级了，胜过很多千千万万根本没读的人和不懂装懂的人，大家务必放下思想包袱，公开讨论。

要说我有没有碰到，我大量碰到。脸皮厚一点，我去问人家，毕老师经常能够问人家，他很坦诚、踏实地问人家这个地方你怎么看，说我不懂。我认识一些古典方面的教授，人家真的是专家我就去问，也有问了以后专家也说我们也是疑难杂症，我就会如实地在文章里这样写，专家也是疑难杂症，看来这句诗或者这首诗有点问题，如果连专家都觉得有问题的话，你让一般的读者怎么接受呢？你要知道有时候真的是诗本身出了问题，也有的，你不必那么紧张。

有的时候懂了，专家告诉我什么意思，但还不是很喜欢，那很释然，不喜欢就算了。而且今天毕飞宇说交朋友，其实不喜欢和喜欢都是相互的，有时候他不喜欢一个人他掩饰了没用，别人还是不喜欢他，我喜欢的诗人不一定喜欢我，也可能他不喜欢我，我也不喜欢他。

主持人：潘老师非常慷慨地把花园的方向指给大家。再次感谢两位老师，祝大家有个美好的周末。

潘向黎：最后一句话，秋天很适合读唐诗。

接续传统、理解当下、想象未来！

思南读书会策划团队

一、活动背景和起源

上海是一座具有深厚历史文化底蕴的城市，一直以来都是中国文学出版的重镇。它既是中国的经济中心，也是一座具有张力的国际化大都市。随着经济的发展，广大市民对于文化与精神层面的渴求也日益增强，“上海书展”便因时代的需求孕育而生。

2017上海书展暨“书香中国”上海周于8月16日至22日成功举办。主会场继续设在上海展览中心，展场面积23000平方米。2017的上海书展为第十四届，书展主题一如既往，仍然是“我爱读书，我爱生活”。2018年迎来了上海书展十五周年。

经过十多年的积累沉淀和品牌塑造，上海书展秉承“立足上海，服务全国，服务读者”的理念，海纳百川，兼收并蓄，从一个区域性的地方书展，逐步成长为一个全国性的重要文化盛会，成为全国知名的文化品牌和全民阅读活动示范平台，已经升格为国际级书展。

多年来，上海书展不断探索创新、追求卓越，致力于推动城市阅读，确立了面向广大读者，以零售为主，同时涵盖出版物展销、图书订货团购、出版产业信息发布、高峰论坛、新品首发、作品研讨和阅读推广的综合功能定位。参展图书从10万种，增加到15万余种；参展出版单位从170多家，增加到500多家；书展主会场零售额从1300万元，增加到5000多万元；文化活动从170余项，发展到600余项；参加书展活动的嘉宾、作者、学者和文化名人从100多位，增加到近千位……上海书展以其独特的定位、丰富的精品力作、浓郁的文化气息，每年吸引了30余万市民读者的热情参与，成为老百姓的阅读嘉年华，读书人的文化黄金周。

其中，“上海国际文学周”是上海书展的重要品牌项目之一。

2011年起上海书展开设“上海国际文学周”，并邀请国内外具有代表性的知名作家，通过讲座、签售等形式与读者朋友们交流沟通，众人共赴文学盛宴。每年“上海国际文学周”开幕式都有其独特的主题，如2011年的“文学与城市的未来”，2012年的“影像时代的文学写作”，2013年的“书评时代”，2014年的“文学与翻译：在另一种语言中”，当年诺贝尔文学奖得主、英国作家维·苏·奈保尔，美国桂冠诗人、翻译家罗伯特·哈斯，美国小说家、普利策小说奖获得者罗伯特·奥伦·巴特勒，法国语言学家、翻译家帕斯卡尔·德尔佩什等嘉宾与翻译家、作家、诗人和学者马振骋、周克希、孙颙、叶兆言、刘醒龙、黄运特等畅谈各自的经验。2015年的主题是“在东方”，2016年为“莎士比亚的遗产”，2017年为“地图与疆域：科幻文学的秘境”。2017年的“上海国际文学周”邀请了中国作家协会副主席、上海市作家协会副主席叶辛，中国作家协会副主席李敬泽，俄罗斯诗人、俄罗斯作协共同主席、作协莫斯科分会主席、国际作家联盟执委会副主席弗拉基米尔·博亚利诺夫，科幻作家王晋康，韩松，陈楸帆，张冉，美国科幻作家瑞萨·沃克、陈致宇，伦敦书展推荐的两位英国科幻作家保罗·J.麦考利和理查德·摩根，军旅作家裘山山、作家汪剑钊、唐颖、李宏伟、林白、小白、徐则臣、弋舟、马伯庸，诗人韩博、冯唐，评论家毛尖、杨庆祥，台湾地区作家高翊峰、伊格言，以及阿根廷作家马丁·卡帕罗斯、法国作家J.M.埃尔、英国文学评论家托比·利希蒂希，日本作家平野启一郎、林真理子等嘉宾出席。2018年上海国际文学会走的主题是“旅行的意义”，意在用文学的方式回应“一带一路”的国家战略。2018年的8月，本届“上海国际文学周”迎来了28位中外作家、诗人、学者，举办主论坛、诗歌之夜和“上海国际文学周”——伦敦图书与银幕周合作等系列活动，以及文学对话、文学讲座、新书首发、读者交流等形式多样的文学活动。从8月14日开幕，持续到8月20日，一周时间内举办各类活动共40多场。

可以说，“上海国际文学周”已然成为了具有国际影响力的文学盛会。2015年，创办一个多世纪的英语世界著名书评杂志《泰晤士报·文学增刊》，连续四年为“上海国际文学周”免费刊登广告的同时，在《思南文学选刊》创刊之际，也刊发了创刊号的广告，显示了文学对外交流的进一步深入和持续。2016年上海书展期间，“上海国际文学周”与“伦敦书展·影像与银幕周”签署合作协议，连续三年互派作家，为中英两国作家提供跨文化交流平台，为中国文学“走出去”搭桥铺路。

“上海国际文学周”也不乏有趣的创意。如2017年“上海国际文学周”开展了一个“直播上海文学地图”的诵读活动。在全市9个文学地标，持续朗读10个小时，20余位国际文学周嘉宾参与朗读并网络直播。诵读活动从上海书展现场开始，途经上海作协（巨鹿路）、巴金故居（武康路）、茅盾旧居（甜爱路）、思南文学之家（复兴中路）、上海文艺出版社（绍兴路）、鲁迅故居（甜爱路）、“左联”纪念馆（多伦路），到文学周诗歌之夜所在地（北外滩）结束，李敬泽、金宇澄、徐则臣、杨庆祥、张冉、李宏伟、陈楸帆等作家学者接力朗诵文学经典作品。“上海国际文学周”做到了集高品质、高品位、高创意，高创新于一身的“四位一体”。

但一年一次的上海书展与“上海国际文学周”已经不能满足广大市民与读者朋友们对于文学及艺术文化的渴求。为了能将面向广大市民的阅读、交流活动常态化、多样化、衍生化，思南读书会便因此而生。

二、思南读书会和思南书集

由上海市作家协会联合上海市新闻出版局、中共上海市黄浦区委宣传部、永业集团和思南公馆共同推出的上海公共阅读组合活动——思南书集和思南读书会，自2014年2月15日面世以来，深受上海市民欢迎，获得了国内广泛关注。此举措为推进上海城市公共文化服务，营造城市文化环境氛围提供了有益经验。

2018中国全民阅读年会在广西南宁国际会展中心举行，公布了“全民阅读优秀推广机构、推广人”，思南读书会荣获“全民阅读十佳推广机构”荣誉称号，上海作协专职副主席、思南读书会总策划孙甘露获优秀推广人。全民阅读年会获原国家新闻出版广电总局批准，国家全民阅读活动组织协调办公室为年会指导单位。日前，思南读书会荣获了“第二届上海十大文化品牌提名奖”。

自思南读书会2014年2月15日举办第一场读书会开始，每周六下午与读者朋友们准时相约在思南公馆，至2018年12月30日活动已累计举办了280期，诸多海内外知名作家、学者与读者共赴“文学饕餮盛宴”，约计有800余位作家、学者和文化人士参与了读书会。来自海外的作家学者们包括法兰西文学院院士达尼·拉费里埃，瑞典文学院终身院士、诺贝尔文学奖评委会前主席谢尔·埃斯普马克，奥地利作家彼得·汉德克，法国哲学家夏尔·佩潘等。中国作家包括王安忆、刘恒、格非、韩少功、贾平凹、叶兆言、孙颙、陈思和、金宇澄、严歌苓、毕飞宇、陈丹燕、李辉……作家学者们与读者朋友们相约思南公馆，因着文学而共融，一同畅所欲言。在思南，作家与读者彼此的关系不再是那么遥不可及，每次相聚都是因文学而相交的故友重逢。

读书会第一场由上海作协主席、知名作家王安忆老师主持，上海作协副主席、著名作家孙颙作为主讲嘉宾。读书会是免费的，一般情况下读者无须预约就可排队进入读书会现场。读书会开始前一小时，在工作人员的协助下，读者们就井然有序地排起了长队。读书会的热度告诉我们，如今读者并不是不读书，而是要读好书，读有品质的书。好的读书会，才能留住读者。即便星期六偶逢刮风下雨，读书会现场也是满满当当。人多没有座位，有读者就站着甚至席地而坐。对读者而言，思南读书会让他们的精神得到充实。

1.活动元素

一个好的文化品牌需要用心去经营与“呵护”，需要时间的沉淀。思南读书会主要通过以下几种方式与方法来积累人气，提升自身“内力”与底蕴：

（1）思南读书会与思南书集相辅相成，打造文化活动组合。逛完书集，听文学讲座，听完讲座，再逛书集，两者相得益彰。这也是主办方充分为读者考虑，让“读书也是一种生活方式”的理念得以体现。这套文化组合拳的影响力和实际效果已经得到了充分验证，达到了1+1远远大于2的良好效果。第一批进驻书集的四家机构，设立七个摊位，两周以后，社会反响热烈，许多书店前来申请入驻，中国出版集团、久远期刊和新汇音乐等得以加入其中。同时，入驻机构各展其能各施所长，例如上海作协旗下的作家书店就主打作家签名本，当天四百多本签名本被一抢而空。

（2）一个好的文化活动需要有出色的场地与之相配合。思南书集选址在上海地标性建筑思南公馆举办，地处城市中心。读书会放在上海市作家协会、上海市新闻出版局共同成立，并由诺贝尔文学奖得主莫言先生题词的“思南文学之家”。经过2013年“上海国际文学周”，“思南文学之家”已成为沪上为人所熟知的文学场所。

（3）思南读书会、思南书集集合优势资源，以上海市新闻出版局和上海市作家协会为主导，充分集合上海文学、作家、媒体、出版、艺术等多方文化资源，广泛调动社会机构的参与热情。这体现了广大市民对好的文学作品的渴望与追求，也验证了好的作家与文学作品不会因时代的发展与变化而被淘汰。

2.活动品质

整个读书会活动主打三张王牌，即专业牌、作家牌和国际牌。

（1）专业牌：思南书集的图书都可谓是高品质，其品种在出售前都经过反复精挑细选。图书多以文学为主，兼顾社科等种类，保证了其专业性。

（2）作家牌：读书会主推文学名家名作，兼顾其他艺术名家。在邀请嘉宾方面，读书会策划团队经过反复推敲，除了作家，还有陈思和、李欧梵、张新颖、陈子善、陈尚君、汪涌豪、谈峥、孙周兴、戴锦华等各个领域的著名学者专家莅临现场，马振骋、袁筱一等著名翻译家也都曾担任读书会的主讲嘉宾。

（3）国际牌：思南读书会定期邀请外国作家与中国作家进行对谈。这体现了一种文化的交流与切磋。国际牌不仅体现在嘉宾会有国外作家，也体现在还为思南书集的外文书店提供了原版外文图书。

3. 宣传渠道

思南读书会进行宣传的另一个经验就是顺应时代发展、大力依托新媒体。信息发布充分依托微信和微博等新媒体，上海观察、上海发布、书香上海以及众多公众微博、微信等新媒体，对读书会和书集进行了热切关注和追踪。

思南书集和思南读书会举办以来，社会反响异常热烈，包括新华社、人民日报、光明日报、中新社、解放日报、文汇报、新民晚报、东方早报、上海电视台和电台等在内的数十家新闻媒体，发布了一大批高质量的新闻报道。

4. 读者和读书会的互动机制

作家、图书、读者是思南读书会不可或缺的组成部分，读者的厚爱和支持让思南读书会这份品质有了温度。在思南读书会一周年特别活动时，主办方就特别设计了一个向读者致敬的单元，评选出了5位思南读书会年度读者和1位年度荣誉读者，并在读书会的中心位置，为年度荣誉读者特别设置了为期一年的红色专座。2014年度荣誉读者许树建感慨地说："思南读书会成为我每周必修的文学课程，我的收获比上一次大学还要大，因为老师都是上海一流，中国一流，甚至世界一流的"。许老师还发动身边的亲朋好友积极参与思南读书会。通过思南读书会公众号等网络平台，读者还可进行征文投稿。征文得到了读者朋友们的踊跃投稿。这充分说明了大家对思南读书会的支持与肯定。思南读书会2015年年度荣誉读者为知名翻译家马振骋先生。

三、《思南文学选刊》：从线下交流到阅读刊物的延伸

逆水行舟，不进则退。克服艰险、逆流而上为勇者也。从2017年2月25日起，上海纯文学阵地又多出一张新面孔：众人期盼了许久的大型综合类双月文学选刊《思南文学选刊》就此诞生。

每期选刊约二十五万字左右的容量。这份由上海市作家协会主管、主办的文学选刊，全面关注中文世界的文学创作、翻译和研究，既填补了上海之前没有文学选刊的空缺，完整了上海文学期刊的种类，也为更深入地推动上海的文学和阅读生活起到积极良好的作用。

顾名思义，《思南文学选刊》与已经创办三年多的思南读书会有着千丝万缕的关系。思南读书会孕育了《思南文学选刊》，《思南文学选刊》让思南读书会与思南系列的活动更“丰满”与精彩。

近年来“上海书展·上海国际文学周”在思南公馆的举办、思南文学之家的成立、思南读书会和思南书集的创办，在国内外都引起了相当不错的反响，成为国内外作家、出版人和媒体的一个重要展示推广平台。《思南文学选刊》亦是“思南”这一文化品牌的延伸与拓展。这是新媒体文化环境中，强势回归文学初心的表现。不忘初心，方得始终。这是一次探索社会化办刊思路的新尝试，将起到推广品质阅读、营造都市文化氛围的重要作用。

在新媒体崛起的大背景下，这样一份纯文学选刊的创办，让人深深感受到创办者和书写者们逆流而上的勇气。实体刊拿在手中的重量，纸张上所散发出的墨香，是另一种让文学爱好者感到惬意与满足的诠释。杂志不仅针对汉语文学的创作，翻译作品也在其中，编者们期望这本刊物能在纯文学期刊的选择中互相补充，兼顾艺术性、可读性和思想性，以一种朴实的方式回到文学。

目前国内选刊基本以小说为主，其他体裁比如理论、随笔、诗歌、演讲与访谈等，以往选刊很少涉及。而《思南文学选刊》做到了把好作品选出来，让读者看到当下汉语文学的水准，并可以与国外的相关作品

相互比较。也为文学爱好者提供了另一个展示自己才华的平台。在第一期的目录中，叙事一栏中有弋舟的《随园》、双雪涛的《飞行家》等；诗歌一栏中有里尔克的《唯有诗歌我们在注视》等；随笔中收录了李敬泽的《抹香》等；对读中收录有尼克的《人工智能的起源》等；重温一栏中是福楼拜的《淳朴的心》。值得一提的是，资讯栏目中，特别邀请富于幽默和艺术才情的青年作家btr（笔名）执笔撰写近期文学信息，以体现《思南文学选刊》作为期刊的时效性。

思南文学系列活动真正做到了传统与新兴的相辅相成与齐头并进。文化需要包容接纳与共融。在共融的环境下，上海文学的未来一定会百花齐放。

四、思南书局·概念店：实体阅读到实体书店

上海是一座充满文化底蕴的城市，上海亦是一座充满无限希望与创新的城市，思南书局在这座充满奇迹的城市中孕育而生。这家由上海作家协会联合上海永业集团、上海世纪出版集团共同发起的书店，运用了诸多创新的模式，注定会在上海书店史上留下精彩且让人难忘的美好印记。

2017年11月5日，思南路复兴路路口的小广场上，思南书局快闪店第一季即“思南书局”概念店正式开张。开店首日热情的读者几乎撑爆了这家充满着希望的书店。

30多平方米的书店，经过同济大学设计团队创作，容纳下了1046个书籍品种、3000余本图书，100多个文创品种，30余张70年代的经典唱片，书籍选品以文学为主轴，兼陈人文、历史、生活、艺术、外文，甚至还为孩子们准备了童书绘本区。

书店的一个独到之处就是每天会有一位驻店作家兼当日店长，皆为知名作家、学者、评论家。每天16时至20时，这位店长就会准时出现在书店里、和读者聊聊天、为他们挑选书籍，有时还会带上自己为读者朋友们精心准备的小礼物。书店每一天的收银条都不一样，会印着

当天店长的名字，读者同时也可以获得店长的亲笔签名。持续60天，60位不同的作家。李欧梵、金宇澄、潘向黎、吴清缘、小白、蔡骏、张定浩、毛尖、周嘉宁、路内等沪上读者喜爱的作家陆续现身在书局，与市民读者面对面交流。在邀请驻店作家的选择上，不仅包括具有影响力的传统知名作家，也邀请高人气的网络文学作家。

2018年世界读书日，思南书局实体店落成，地处复兴中路517号思南公馆内，思南书集、思南书局概念店等平台功能，由世纪出版集团主办运营的思南书局实体店承接。甫一开业，即成沪上网红书店，也成了来上海参观旅游人群的新地标。

让阅读成为市民的生活方式，满足广大群众对美好阅读的向往，一直是思南读书会主办方、承办方的初心。从“上海书展、上海国际文学周”、思南读书会、思南书集到《思南文学选刊》、思南书局·概念店，出发点十分纯粹，那就是为读者、作者、出版人搭建对话平台，让更多好书、好作品与读者见面。

海纳百川，有容乃大。思南读书会及系列活动已然成为了读者和作家们沟通与互动的优质平台，已经成为了上海的城市文化名片。思南书局快闪店的设计形状极像一颗“心脏”。思南读书会是上海的城市文化名片，在不久的将来也将成为上海市民文学与阅读的聚集地与“心脏”。思南书局的形状也极像一颗钻石，这也预示着在今后上海的文学事业发展进程中，思南读书会及系列活动将散发出璀璨的光芒。上海是一座国际化的大都市，也是中国文学事业的重镇。思南读书会将为上海的文学事业发展添上重要的一笔。

图书在版编目(CIP)数据

在思南阅读世界.第四辑/孙甘露主编.—上海：上海书店出版社，2019.2
ISBN 978-7-5458-1771-3

Ⅰ.①在… Ⅱ.①孙… Ⅲ.①演讲-中国-当代-选集 Ⅳ.①I267

中国版本图书馆 CIP 数据核字(2019)第 001941 号

责任编辑 王 郡
封面设计 胡 斌 刘健敏

在思南阅读世界(第四辑)
孙甘露 主编

出 版 上海人民出版社
上海书店出版社
(200001 上海福建中路 193 号)
发 行 上海人民出版社发行中心
印 刷 上海商务联西印刷有限公司
开 本 720×1000 1/16
印 张 31.5
版 次 2019 年 2 月第 1 版
印 次 2019 年 2 月第 1 次印刷
ISBN 978-7-5458-1771-3/I·466
定 价 78.00 元